陕西师范大学中国语言文学
"世界一流学科建设"成果

陕西师范大学"长安与丝路文化传播"
学科创新引智基地(基地编号:B18032)成果

秦腔语言及民俗研究

王怀中 ———— 著

中华书局

图书在版编目(CIP)数据

秦腔语言及民俗研究/王怀中著. —北京:中华书局,2019.12
(陕西师范大学中国语言文学"世界一流学科建设"成果)
ISBN 978-7-101-14182-5

Ⅰ.秦… Ⅱ.王… Ⅲ.①秦腔-戏曲语言②风俗习惯-介绍-陕西 Ⅳ.①I236.41②K892.441

中国版本图书馆 CIP 数据核字(2019)第 227697 号

书　　名	秦腔语言及民俗研究
著　　者	王怀中
丛 书 名	陕西师范大学中国语言文学"世界一流学科建设"成果
责任编辑	葛洪春
出版发行	中华书局
	(北京市丰台区太平桥西里 38 号　100073)
	http://www.zhbc.com.cn
	E-mail:zhbc@zhbc.com.cn
印　　刷	北京瑞古冠中印刷厂
版　　次	2019 年 12 月北京第 1 版
	2019 年 12 月北京第 1 次印刷
规　　格	开本/920×1250 毫米　1/32
	印张 16½　插页 2　字数 410 千字
国际书号	ISBN 978-7-101-14182-5
定　　价	88.00 元

总　序

陕西师范大学中国语言文学学科至今已经走过了 70 多年的发展历程。数代学人培桃育李、滋兰树蕙，在学科建设、人才培养、科学研究以及社会服务等方面取得了令人瞩目的成就，涌现出了一批蜚声海内外的硕学鸿儒，形成了"守正创新、严谨求实、尊重个性、兼容并包"的学术传统和"重基础训练、重理论素质、重学术规范、重人文教养、重社会实践、重能力提高"的人才培养特色，铸就了"扬葩振藻、绣虎雕龙"的学院精神。数十年来，全体师生筚路蓝缕、弦歌不辍，获得中国语言文学一级学科博士授予权，中国语言文学一级学科博士后科研流动站，中国古代文学学科也跻身于国家重点学科；建成"国家文科（中文）基础学科人才培养和科学研究基地"，教育部、国家外国专家局"长安与丝路文化传播学科创新引智基地"，教育部"2019 年全国普通高校中华优秀传统文化传承基地"，"陕西师范大学语言资源开发研究中心"，"陕西文化资源开发协同创新中心"等多个省部级科学研究平台；汉语言文学专业为教育部特色建设专业、陕西省名牌专业，入选陕西省"一流专业"建设项目，秘书学专业和汉语国际教育专业也入选陕西省"一流专业"培育项目；形成了从本科、硕士、博士到博士后完整的人才培养和科学研究体系，中国语言文学学科走上了稳健、持续发展的道路。

　　2017年，中国语言文学学科被教育部列入"世界一流学科"建设学科，迎来了难得的发展机遇。中国语言文学学科全体师生深知"一流学科"建设不仅决定着我校中国语言文学学科能否在新时代开创新局面、取得新成就、达到新高度，更关乎陕西师范大学的整体发展。在学校的正确领导下，各有关部门同心协力，兄弟院校及合作机构鼎力支持，文学院同仁更是呕心沥血、发愤图强，学科建设取得了显著成效。为了及时汇总建设成果，展示学术力量，扩大学术影响，更为了请益于大方之家，与学界同仁加强交流，实现自我提高，我们汇集本学科师生的学术著作（译作）、教材等，策划出版"陕西师范大学中国语言文学世界一流学科建设成果"丛书和"长安与丝路文化研究"丛书，从不同的方面体现我们的研究特色。

　　丛书的出版得到了陕西师范大学学科建设处、社会科学处以及有关出版机构的大力支持，在此一并致谢！

　　作为陆路丝绸之路的起点与丝路文化中心城市高校，我们既承载着历史文化的传统与重托，又承担着新时代的使命与责任。作为新时代的中国语言文学学科，既古老又年轻，既传统又现代，包容广博，涵盖古今中外的语言与文学之学。即使是传统的学术学科，也是一个当下命题，始终要融入时代的内涵。用一种人人参与、人人分享的形式，借助于具体可感的学术载体，传播中华优秀传统文化，发扬中华优秀传统文化，彰显中华现代文明，这是新时代人文社会科学工作者的重要使命。"士不可以不弘毅，任重而道远。""一流学科"建设永远在路上，中华优秀文化的发扬光大永远在路上。我们将不忘初心，不辱使命，努力前行！

陕西师范大学文学院院长　张新科

2019年10月30日

目　录

第一章　绪论

第一节　秦腔简介

秦腔是中国最古老的剧种之一,发源于陕西关中一带,因配乐用"梆子"击节,故也称"陕西梆子",陕西当地也叫"梆子"、"桄桄"、"乱弹戏"等。秦腔主要流行于陕西、甘肃、宁夏、青海、新疆等地,是西北地区人们喜闻乐见的一种艺术形式。秦腔历史悠久,流行广泛,秦腔的广泛传播对各种地方戏尤其是梆子戏产生了重大影响,被称作"中国梆子戏的鼻祖"。

关于秦腔的起源,一般认为秦腔始于秦,其后历经发展,至明朝中叶成为一个独立的剧种。秦腔形成于东府的同州,称同州梆子,后来往周边辐射,在陕西地区发展成东、西、南、北、中五路秦腔。各路秦腔因受不同地区方言和民间音乐的影响,在语音、唱腔、音乐等方面都有一定的差别。流行于西安地区的中路秦腔,又称"西安乱弹"。后来其他各路秦腔都不发达,陕西中路秦腔一枝独秀,成为秦腔的主流。

秦腔的唱腔,宽厚利落,既有浑厚深沉、悲壮高昂、慷慨激越的风格,又有缠绵悱恻、细腻柔和、轻快活泼的特点,为广大人民群众所喜爱。

　　秦腔音乐属板腔体结构,其音乐唱腔分为"欢音"和"苦音"两种声腔和六大唱板。苦音深沉哀婉、慷慨激越,易于表现悲愤、凄楚、怀念的感情;欢音欢乐、明快、刚健、有力,善于表现欢快喜悦、爽朗热烈的情感。秦腔的板式有慢板、二六板、带板、垫板、二导板、滚板等六种。

　　秦腔语音以泾阳、三原、高陵一代语音为基础,随着发展,后来西安语音逐渐成为基础语音。秦腔唱词讲究押韵,以明清以来形成的北方曲艺十三辙为主要分韵依据。押韵方式有逐句韵、隔句韵等。一韵到底较为常见,换韵相对较少。唱词多用整齐的七字句或十字句,七字句主要以"二、三、二"或"二、二、三"结构为主,十字句以"三、四、三"或"三、三、四"结构为主。

　　秦腔的道白,包括人物的"道白、对白、独白、滚白、叫板"五种。道白虽是散文体式,但韵律感很强。这五种道白,根据语句押韵与否又可分为两类:一类是"韵白",属于半吟半念的形式,如"上场引"、"下场诗"等。另一类是"秦白",因使用秦地方言而得名。

　　秦腔角色行当主要有生、旦、净、丑四大类,分别有"四生、六旦、二净、一丑",又称"十三头网子"。各行当又细分为"二十八门",素有"十三门二十八类"之说。各门角色不同,表演风格也有不同,都有自己独特的风格和拿手戏。

　　传统的秦腔伴奏分"文场"、"武场"两种。秦腔文场器乐有板胡、二胡、笛子、唢呐、笙、月琴、三弦、琵琶、扬琴、中阮、秦筝(古筝)等。武场器乐有板鼓、暴鼓、堂鼓、战鼓、大锣、手锣、铙钹等。

　　秦腔所演的剧目数以万计,传统剧目大多出自民间文人之手,题材广泛,内容纷繁。因时代久远,佚散颇多,据原陕西省剧目工作室(现省艺术研究所)1958年挖掘整理的统计仅存3000多本。秦腔剧目剧本所反映的内容非常广泛,基本上涵盖了中国五千多年的文明史,从三皇五帝到现代社会,从皇廷贵族到民间百姓,事无巨细,均有所反映,可以说是一部中华历史的"民间通俗演义"①。

第二节　秦腔研究综述

长久以来,人们对秦腔进行了比较深入的研究,取得了很大的成就,但也存在着不少问题。秦腔的研究可以分为两方面:一、秦腔研究史;二、秦腔研究内容。从秦腔研究史的角度看,秦腔研究主要有三个重要时期:第一个时期是清代,第二个时期是民国时期,第三个时期是新中国成立以后。

一、清代的秦腔研究

清代乾隆年间,秦腔艺人魏长生晋京演出,在京地掀起一股秦腔热,在当时所谓的"花雅之争"中胜出,并由此确立了秦腔当时"剧坛盟主"的地位。秦腔的繁盛推动了秦腔理论的研究,清代很多名家如洪升、孔尚任等在各自的著作中都谈到过秦腔。该时期关于秦腔的主要著作有:张鼎望《秦腔论》、严长明《秦云撷英小谱》、吴长元《燕兰小谱》、焦循《花部农谭》等。

陕西三原人张鼎望的《秦腔论》是较早的专门探讨秦腔的理论著作,该书写于清康熙四十四年(1705),对秦腔音乐声腔及文学曲词等进行了探讨。"《秦腔论》收入《鲁桥八景集》,纵论当地

---

① 参《陕西省非物质文化遗产数据库》,http://www. snwh. gov. cn/fei-wuzhi/gjyp/8/200711/t20071109_34635. htm

人民群众喜闻乐见的秋神报赛大戏中的秦腔演出,论及秦腔的历史沿革、艺术风格、唱腔音乐、表演艺术、演出习俗和剧本辞章、人物掌故等,文字简约,充满情趣。"①

严长明《秦云撷英小谱》写于乾隆四十三年(1778),记述了当时主要的秦腔演员,还对当时"花雅之争"中秦腔能战胜昆曲的原因进行了探讨,从秦腔渊源、声腔乐器等方面论述了秦腔的特点。是我国戏曲史上一部较早较全面讨论秦腔的理论著作。

吴长元《燕兰小谱》对当时有名的几十位秦腔艺人做了评价,对秦腔的渊源、发展、师承等也有述及。

焦循《花部农谭》专门探讨当时被称为"花部"的剧种以及艺人,撷取了十几部秦腔剧本,对故事演变、观众品评等方面加以论述,是秦腔理论研究的重要著作。

除上述四家外,探讨过秦腔理论的著作还有礼亲王昭琏的《啸亭杂录》(?)、铁桥山人等的《消寒新咏》(乾隆六十年)、小铁笛道人的《日下看花记》(嘉庆八年)、留春阁小史的《听春新咏》(嘉庆初年)、杨雄健的《梦华琐簿》(道光二十七年)和《长安看花记》(道光十七年)、张际亮的《金台残把记》(道光八年)以及陈伯澜的《群儿赞》等②。这一时期的《缀白裘》(乾隆九年)则收集了部分秦腔梆子戏的曲目。

清代的秦腔理论研究还处于初发阶段,其研究多数是片段性的,还没有形成系统的研究思路和研究方法,没有深入系统的研究理论。这种研究显得很不彻底,但开创之功是不可磨灭的。

---

①焦文彬、阎敏学《中国秦腔》,陕西人民出版社 2005 年,第 254 页。
②焦文彬、阎敏学《中国秦腔》,陕西人民出版社 2005 年,第 44 页。

二、民国时期(1911—1949.9)的秦腔研究

如果说清代是秦腔研究的发轫期,民国时期就是秦腔研究的发展期。这一时期开始了对秦腔的艺术改革以及较为系统的研究。

这一时期出现了不少秦腔班社,如易俗社(1912)、三意社(1915)等,并对秦腔进行了有意义的改革。最值得一提的西安易俗社,易俗社原名易俗伶学社、陕西易俗社,1912年7月1日成立。这是一个将戏曲教育与创作演出相结合的艺术团体,提出了"以编演各种戏曲,补助社会教育,移风易俗为宗旨"①的戏曲观念。

这一时期的主要研究著作有:齐如山《中国戏剧源自西北》、李桐轩《甄别旧戏草》、王绍猷《秦腔纪闻》等。

《甄别旧戏草》是易俗社创始人之一的李桐轩的代表作。李桐轩既是剧作家又是戏曲理论家,《甄别旧戏草》提出了甄别旧戏的标准以及新创作戏曲的要求,对秦腔的剧目进行了系统的甄别和研究,对新创作曲目具有很大的指导作用,是秦腔研究的一部力作。

齐如山《中国戏剧源自西北》原载于1930年北平国剧学会《戏剧丛刊》第一期,文章对陕西的戏剧唱腔进行考察,对梆子腔、皮黄腔等的流播作了说明,认为"中国戏剧源自西北"。认为"若想考究以前的法则,当然应追本寻源,由西安秦腔入手","国人若想研究戏剧,非到西北去不可;世界人想研究中国戏剧,非到西北

①易俗社《陕西易俗社章程》,见中国戏曲志编辑委员会、《中国戏曲志·陕西卷》编辑委员会《中国戏曲志·陕西卷》,中国ISBN中心1995年,第816页。

去不可"①。

王绍猷《秦腔纪闻》(西安易俗社,1949)是一部秦腔历史及音乐理论的著作。全书包括秦腔之源流、秦剧之考证、戏剧源自西北说、盛世之秦腔、乱弹之考证等十四节。是专业性很强的理论著作,在秦腔研究史上具有重大参考作用。

清末民初徐轲编著的《清稗类钞》(商务印书馆,1917)中,也有有关乱弹戏、秦腔戏、秦腔和昆曲之异同等文章。

抗战时期的陕甘宁边区,也对秦腔进行了有益的改革。1942年毛泽东发表《在延安文艺座谈会上的讲话》,提出了文艺为工农兵服务和提高普及相结合的原则。在讲话的指导下,边区戏剧工作者开始了秦腔的整理、改革以及研究工作。马建翎在延安进行了秦腔改革,并创作了《穷人恨》等反映时代、反映抗战的秦腔剧目。延安时期也有秦腔研究的著作问世,如安波记录整理的《秦腔音乐》,该书写成于1947年,从秦腔的传播及流布、乐器配置、剧曲形式等方面对秦腔做了较为详细的描述。

民国时期的秦腔研究主要集中在对秦腔改革、源流的研究上,研究虽然不够系统深入,但其功劳是不可磨灭的。

三、新中国的秦腔研究

综观新中国成立以来的秦腔研究,可以将其分为四个历史分期:兴起期(1949.10—1965)、停滞期(1966—1976)、发展期(1977—2004)和繁荣期(2005—今)。

---

① 转引自陕西省艺术研究所《秦腔研究论著选》,陕西人民出版社1983年,第116页。

（一）兴起期的秦腔研究

1949 年 10 月，中华人民共和国成立。中央人民政府在全国范围内开展了戏剧的整理改革工作，戏改工作开创了秦腔研究的新局面。1950 年 7 月，中央成立了文化部戏曲改进委员会。1950 年 11 月，文化部召开了全国戏曲工作会议，"进一步确定了以历史唯物主义和爱国主义的观点为审定剧目的主要标准，鼓励各种戏曲形式、风格的自由竞争"①。1951 年 5 月 5 日，周恩来总理签署《中央人民政府政务院关于戏曲改革工作的指示》，提出了新时期戏曲改革的指导思想。中央的决定促进了戏曲改革工作的蓬勃展开。适应这种形式，秦腔也进行了一系列的整理和改革工作。这一时期秦腔研究所做的主要工作有：整理传统剧目、创作新剧目、理论研究和戏剧改革。

响应中央政策，陕西省成立了陕西省剧目工作室，隶属陕西省文化局，开展了大规模的传统剧目搜集整理工作，并出版了《陕西传统剧目汇编》系列书籍。甘肃、宁夏等省区也有相应的工作，出版了一些剧目汇编书籍，其中就有不少秦腔剧目。长安书店等单位出版了系列剧本的单行本、改编本。

1950 年，安波记录整理的《秦腔音乐》（该书写成于 1947 年）出版，该书从秦腔的传播及流布、乐器配置、剧曲形式等方面对秦腔做了较为详细的描述，对推动秦腔研究做出了贡献。陕甘宁边区文化协会、戏剧工作委员会、音乐工作委员会合编的《秦腔音乐》（1950）收录了多篇研究秦腔的论文。范紫东《乐学通论》

①《中央人民政府政务院关于戏曲改革工作的指示》，《人民日报》1951 年 5 月 7 日，第一版。

(1954)对秦腔等作了较系统的介绍和研究。陕西剧协《关于秦腔源流的研究》(内部资料,1961)也是秦腔研究的重要资料。

这一时期发表了一些研究秦腔源流、音乐、表演以及改革方面的论文,主要有:周贻白《中国戏剧声腔的三大源流》(《新戏曲》1951年1期);程砚秋、杜颖陶《秦腔源流质疑》(1951)、张树楠《秦腔唱法的初步研究——民间唱法研究之一》(1950)、殷守中《对秦腔花脸发音的点滴体会》(1959)、吴淮生《观秦腔剧"卧薪尝胆"——兼谈历史剧的题材处理问题》(1961)、秦志扬《关于秦腔改革的问题》(1961)、程宏《试谈秦腔音乐改革》(1961)、李林平《研究秦腔戏剧改革,首先要了解它的特点》(1961)、陈易平《进行秦腔改革应有的正确态度》(1961)、闻廉《秦腔艺术的继承和发展》(1961)等。

这一时期的秦腔研究处于新时期的初期阶段,研究内容主要有秦腔源流、改革、表演等方面。研究的内容虽然还不全面,但他继承了民国时期的秦腔研究的成果,是对以西安易俗社为代表的秦腔研究以及陕甘宁边区秦腔研究的继承和发扬,承上启下,功不可没。

(二)停滞期的秦腔研究

"文革"十年,是秦腔研究的停滞期,大批秦腔从业人员受到迫害,这一时期几乎没有什么研究作品,创作或移植的剧目也主要是样板戏,如《红灯记》、《智取威虎山》等。出版物主要有宝鸡市秦腔剧团《龙江颂》移植演出组编《秦腔移植龙江颂主要唱段选》(1975)、西安市革委会文化局戏改组移植,陕西人民广播电台文艺组编《秦腔移植〈海港〉选场壮志凌云主旋律曲谱》(1976)、宝鸡市秦腔剧团,陕西人民广播电台文艺组编《秦腔移植〈海港〉选场闸上风云主旋律曲谱》(1976)等。

这一时期秦腔的研究虽无较大进步,但在改编和移植其他剧种的过程中,秦腔也吸收了其他剧中的特点,对秦腔音乐的改革,如板式的安排、音乐的表现、乐队的编制、乐器(尤其是西洋乐器)的配置等,对秦腔音乐的发展也起到了一定的作用。

(三)发展期的秦腔研究

"文革"结束以后,各方面"拨乱反正"。秦腔的研究经过短暂的恢复休整期,开始了快速的发展。1983年陕西省连续三次召开振兴秦腔座谈会,1984年3月陕西省成立了"陕西省振兴秦腔指导委员会",对秦腔的振兴、改革、研究等作出全面指导。1984年陕西省委办公厅发布《关于振兴秦腔的实施方案》(〔1984〕16号)文件。为保护秦腔艺术,1998年,陕西省文化厅、陕西省振兴秦腔办公室、陕西省艺术研究所制定了《秦腔艺术的保护计划》,"由陕西省文化厅振兴秦腔办公室组织实施,陕西省非物质文化遗产领导小组负责管理、督导,陕西省艺术研究所负责具体事务"①。一系列政策举措对秦腔的研究提供了可靠保障,极大刺激了秦腔研究的深入开展。

这一时期继续整理传统剧目,刊印和出版了一系列的剧本。比较有代表性的有:陕西省文化局、陕西省艺术研究所编《秦腔传统剧目汇编》(1980—1984)、甘肃省剧目工作室编《甘肃传统剧目汇编》(1982)、西安易俗社七十周年纪念办公室《范紫东秦腔剧本

---

① 陕西省文化厅、陕西省振兴秦腔办公室、陕西省艺术研究所《秦腔艺术的保护计划》,见《陕西省非物质文化遗产数据库》,http://www.snwh.gov.cn/feiwuzhi/gjyp/8/200711/t20071109_34635.htm

选》(1982)、西安易俗社《易俗社秦腔剧本选》(1982)、纪念西安易俗社成立八十周年办公室《易俗社秦腔剧本选续编》(1992)。还出版了大量的剧本单行本。这一时期还创作了不少新剧目,如《西安事变》等。

这一时期的秦腔研究著作主要有:鱼讯主编《陕西省戏剧志》(1983—1992),肖炳《秦腔音乐唱板浅释》(1980),杨天基、王兴武《秦腔板胡简明教材》(1981),陕西省艺术研究所编《秦腔研究论著选》(1983)、《秦腔剧目初考》(1984),焦文彬等《秦腔史稿》(1987),王学秀《秦腔戏散论》(1990),潘哲《秦腔音乐分析记秦腔传统曲调及其发展》(1993),张晋元《秦腔艺术论》(1994),王正强《秦腔音乐欣赏漫谈》(1994)、《秦腔音乐概论》(1995)、《秦腔词典》(1995),刘文峰《山陕商人与梆子戏》(1996),吕自强《秦腔音乐概论》(1997),焦文彬《长安戏曲》(2002 年)等。

鱼讯主编的《陕西省戏剧志》丛书,按陕西省行政地区分卷,共分省直、西安、宝鸡、咸阳、渭南、延安、榆林、铜川、汉中、安康、商洛 11 卷。本丛书"按专业方志体例撰写,统合古今、详今略古,上起本地戏剧之发端,下限截止于 1989 年"[1]。该丛书对秦腔等剧种的源流、流播、特点、剧目等都有较为详细的介绍,是研究陕西戏剧的重要参考书。

陕西省艺术研究所《秦腔剧目初考》(1984),概述对各个时期近 2000 部秦腔剧目,对剧目的剧情、藏本等情况加以介绍,对研究秦腔剧目有着重要意义。

焦文彬等《秦腔史稿》(1987)是一部以秦腔源流为主要研究对象的专著。本书探讨秦腔发展史,"上自远古,下迄中华人民共

---

[1]鱼讯主编《陕西省戏剧志·省直卷》,三秦出版社 2000 年,《凡例》第 1 页。

和国诞生。历时数千年"①。对秦腔的起源、声腔、剧目、作家、舞台艺术等作了全面考察和记述。全书材料丰富,是研究秦腔历史的重要参考书。

除专著外,这一时期有相关研究论文数百篇,主要研究内容及代表性著作有:

讨论秦腔的源流、流派以及秦腔的流播。如:白江波《谈秦腔艺术的继承和发展》(1981)、张发颖《"秦腔"发展早期情况探微》(1983)、寇养厚《也谈秦腔流派》(1984)、静波《秦腔艺术流派的继承和发展》(1984)、许德宝《试论秦腔的风格流派问题》(1993)、李继祖《秦腔渊流纪闻》(1993)、马建华《秦腔流派之管见》(1995)、何光表《秦腔对于川剧的影响》(1985)等。

讨论秦腔改革以及秦腔振兴,这一类文章很多。主要有:鱼讯《从建国以来秦腔的发展谈振兴》(1984)、阎可行《要重视秦腔音乐的革新》(1981)、《对新时期秦腔音乐及其创作观念的思考》(1987)、苏育生《谈振兴秦腔指导思想上的几个问题》(1987)、王保易《谈秦腔语音的改革》(1981年)、樊虎鸣《对秦腔剧团体制改革的几点意见》(1983)、赵逵夫《论秦腔的艺术传统与改革发展问题》(2003)等。

探讨秦腔音乐、配器、声腔、字调处理等。代表性文章如:张晋元《秦腔彩腔研究》(1988)、阎可行《当代秦腔音乐创作动态评析》(1989)、《秦腔唱腔字调处理的基本规律》(1995)、王相乾《大提琴演奏秦腔音乐技法探略》(1995)、杨智《打击乐在秦腔中的应用及规律性》(2004)、毋兰《浅论秦腔音乐声调与板式》(2004)等。

秦腔史料的研究。如:周育德《乾隆末年秦腔在北京》

①焦文彬、阎敏学《中国秦腔》,陕西人民出版社2005年,《前言》第2页。

（1981）、孟繁树《魏长生系秦腔表演艺术家辩》（1985）、杨智《二百年前的秦腔演员申祥麟》（1985 期）、阎敏学《明代康海秦腔脸谱的发现》（1990）、焦文彬《"五·四"前后易俗社的秦腔改革》（1979）、《晚明秦腔钩沉》（1996）。

探讨秦腔的表演艺术。如不同的角色行当表演、发声等技巧。文章如：李创《秦腔花脸发声用嗓问题刍议》（1981）、费庆民《关键是演唱技巧——秦腔净行艺术探索》（1981）、霍慧君《秦腔旦角之搜门》（1984）、赵梦兰《秦腔旦角手势的表演艺术》（1984）、李兴《秦腔丑角身段》（1984）、王小民《秦腔表演技巧五种》（1991）。

这一时期秦腔研究的特点是：研究内容全面，主要研究内容涵盖了秦腔源流、秦腔流播、秦腔改革、音乐唱腔、角色行当、舞台艺术、演员评谈、剧目讨论以及秦腔史料等方面；研究队伍壮大；研究成果丰富。其局限在于研究对象和研究方法有待扩展和提高。

（四）繁荣期的秦腔研究

2005 年 03 月 26 日国务院办公厅发布《国务院办公厅关于加强我国非物质文化遗产保护工作的意见》（国办发〔2005〕18 号），主张"建立名录体系，逐步形成有中国特色的非物质文化遗产保护制度"。制定了"国家级非物质文化遗产代表作申报评定暂行办法"和"非物质文化遗产保护工作部际联席会议制度"①。为全

————————

① 国务院办公厅《国务院办公厅关于加强我国非物质文化遗产保护工作的意见》，见中华人民共和国文化部网页 http://59.252.212.6/auto255/201111/t20111114_27215.html

国非物质文化遗产的申报和保护提供了政策支持。

2005 年 6 月 30 日文化部发出《文化部关于申报第一批国家级非物质文化遗产代表作的通知》(文社图发〔2005〕17 号),"根据《国务院办公厅关于加强我国非物质文化遗产保护工作的意见》(国办发〔2005〕18 号)精神,2005 年我国将建立第一批国家级非物质文化遗产代表作名录,为建立我国非物质文化遗产代表作名录体系奠定基础"[1]。开始了我国第一批国家级非物质文化遗产代表作名录的申报工作。

2006 年 05 月 20 日,国务院发布《国务院关于公布第一批国家级非物质文化遗产名录的通知》(国发〔2006〕18 号),公布了文化部确定的第一批国家级非物质文化遗产名录(共计 518 项)。秦腔、汉调桄桄、汉调二簧、华县皮影戏、华阴老腔、阿宫腔等陕西传统戏剧进入首批国家级非物质文化遗产名录[2]。申遗的成功,为秦腔的研究打开了更为广阔的光辉前景,提供了前所未有的发展机遇。

这一时期秦腔研究机构专业、研究队伍壮大、研究方法多样、研究成果丰硕。

主要研究著作有:焦文彬、阎敏学《中国秦腔》(2005)、静波《秦腔名家》(2005)、吴向元《秦腔名家名唱腔精选》(2005)、李力整《秦腔曲牌汇编》(2006)、马凌元《秦腔打击乐入门与理论研究》

---

[1] 文化部《文化部关于申报第一批国家级非物质文化遗产代表作的通知》,见中华人民共和国文化部网页 http://59.252.212.6/auto255/200603/t20060330_27446.html

[2] 国务院《国务院关于公布第一批国家级非物质文化遗产名录的通知》,见中华人民共和国文化部网页 http://59.252.212.6/auto255/200606/t20060609_21079.html

（2006）、西安市政协文史资料委员会《秦腔名家》（2007）、苏育生
《中国秦腔》（2009）、杨文颖《秦腔表演艺术家》（2010）、毕海林《秦
腔》（2010）、刘斌主编《中国秦腔文化丛书》（共 20 部，2010—
2011）、张江中《中国秦腔脸谱》（2011）、纪红《青少年应该知道的
秦腔》（2012）。

　　最值得一提的是焦文彬、阎敏学编著的《中国秦腔》（2005）。
该书分绪论、秦腔历史、秦腔文学、秦腔音乐、秦腔表演、秦腔技
艺、秦腔班社、秦腔理论研究、秦腔的流播和广泛影响，共十章。
秦腔历史方面，探讨了秦腔源流及发展；秦腔文学方面介绍了秦
腔的文学结构、思想内容、唱词的语言特色、秦腔的剧目情况以及
主要剧作家；秦腔音乐方面介绍了秦腔的唱腔音乐、曲牌及打击
乐等；秦腔表演方面介绍了秦腔的角色行当以及表演技巧和著名
艺人；秦腔舞美介绍了化妆、脸谱、行头、道具等；秦腔技艺介绍了
秦腔的基本功、基本表演程式和特技；秦腔班社分析了班社的历
史沿革，介绍了一些重要班社；秦腔理论研究则介绍了 20 世纪及
其前的秦腔研究状况；秦腔的流播方面介绍了秦腔的流播途径以
及多其他地区戏剧形式的影响。本书结构完整、资料丰富，可以
看成第一部系统介绍秦腔的著作，也可以作为"秦腔学"的基础
教材。

　　这一时期出版的剧本主要有：西安市政协文史资料委员会
《西安秦腔剧本精编》（共 68 卷，2011）、《秦腔经典四十剧》编辑委
员会《秦腔经典四十剧》（共 4 卷，2013）。《西安秦腔剧本精编》按
班社分卷，据其《序》，丛书"收录了西安易俗社、三意社、尚友社、
五一剧团四大著名秦腔社团上自清末、下至二十一世纪初百年来
曾经上演于舞台的保存剧本，共计 679 本，2600 余万字；另有 22

个内部资料本,约 65 万字"①。是目前为止汇集剧目最多的秦腔剧本集。

这一时期秦腔研究出现了一些新现象,不少高校学者开始多角度、跨学科进行秦腔研究,申报了一些研究课题,进一步拓宽了秦腔的研究领域。不少研究生以秦腔为研究课题,撰写了一些学位论文,为秦腔的研究注入了新鲜血液。这些论文有的研究秦腔班社,如张泓《试论西安易俗社的剧目改良》(上海戏剧学院 2005,硕士)、阮慧平《百年三庆班:兼论城市文化的功能》(上海社会科学院 2009,硕士);有的研究秦腔的流播及保护,如陈丽霞《秦腔在乌鲁木齐的传承与发展研究》(新疆师范大学 2009,硕士)、崔保亚《从多学科背景下来看秦腔折子戏在甘肃的传承与保护》(西北民族大学 2010,硕士);有的从文化角度研究秦腔传统剧目,如刘苑《审美文化视域下的秦腔传统剧研究》(西北大学 2011,硕士);也有的研究剧作家及作品,如王雪《范紫东及其剧作研究》(中国艺术研究院 2008,硕士)、王玲玲《"可与莎翁媲美"的秦腔剧作家范紫东》(陕西师范大学 2010,硕士)等。

这一时期还发表了数百篇的单篇论文,研究内容涵盖了秦腔的源流历史、流播、行腔音乐、发展和改革、角色表演、演员评谈、剧目评介等各个方面。

关于秦腔源流的研究,主要研究方向有秦腔和汉调、二黄、西秦腔等的关系探讨、秦腔流派等。如:流沙《两种秦腔及陕西二黄的历史真相》(2009)、赵家瑞《从西府秦腔源探古"西秦腔"》(2007)、李志鹏《管窥"西秦腔"之"西秦"及声腔衍化》(2008)、赵

---

① 西安市政协文史资料委员会、西安曲江新区管理委员会编《西安秦腔剧本精编》,西安出版社 2011 年,《序》第 5 页。

建斌《浅论西府秦腔》(2010)、陈刚《"两个秦腔"刍议》(2009)、刘红娟《西秦戏与秦腔的亲缘关系考论——以主奏乐器的比较为中心》(2012)等。

　　秦腔流播方面,一般认为秦腔是"梆子戏的鼻祖",其他的梆子戏都源于秦腔。研究秦腔流播的论文如:张晋元《秦腔流派与传播》(2005)、宋俊华《山陕会馆与秦腔传播》(2006)、焦海民《秦腔梆子响高低——梆子腔演变路径分析初探》(2011)、周仕华《秦腔流布宁夏考略》(2006)、周仕华《宁夏秦腔与陕西、甘肃秦腔的亲缘关系》(2009)、陈丽霞《秦腔在乌鲁木齐传承形式探究》(2010)、刘红娟《论秦腔在广东的本土化》(2011)等。

　　秦腔改革方面有姚娣《浅谈秦腔的继承与发展》(2007)、仲红《浅谈秦腔戏曲艺术的发展与改革》(2008)等。

　　秦腔史料方面有陈国华《探究乾隆时期秦腔在北京和扬州的演出》(2008)、陈国华《清廷禁抑秦腔探微》(2007)、郭红军《秦腔史料错误指瑕》(2007)、范克峻《王绍猷揭开秦腔历史之谜》(2007)、戴和冰《清代乾隆时期京腔消歇及秦腔色情戏兴盛原因述论》(2009)等。

　　戏剧理论方面如李政芳《从李渔的宾白理论谈清代三部秦腔剧目》(2010)、赵海霞《李渔戏曲理念对秦腔创作的影响》(2012)。

　　有关秦腔文化的方面如甄业《秦地文化生态和秦腔习俗》(2011)、程军《浅谈秦腔文化》(2011)、李会娥《秦腔社会文化研究述评》(2012)等。

　　对于秦腔语言的研究如阎可行《秦腔唱腔字调处理的基本规律》(1996)、许德宝《谈秦腔音乐的作曲技法——地方语音及四声的变调与唱腔旋律的关系》(1992)、李斐《从秦腔剧本看民国初年关中方言的语音特点》(2004)、寇养厚《谈秦腔语音及唱念技巧的改革》(1982)、《也谈秦腔语音的变调与轻声》(1983)、王保易、卢安民《谈秦腔语音的改革》(1981)、苏青《秦腔语言规范刍议》(1986)、弋丹阳《陕西方言与秦腔》(2011)等。

本时期的研究特点是：研究队伍壮大，研究人员专业化水平提升；研究领域广泛，从单一的本体研究开始向多领域拓展；研究方法科学，开始用多学科进行秦腔研究；研究成果丰富，仅十年的研究成果，已经接近了以往各时期秦腔研究的成果总和。

（五）新中国成立以来秦腔研究评价

从秦腔的总体研究来看，新中国成立以来的秦腔研究是对自清代至民国近300年的秦腔研究成果的继承和发扬。这些研究从方方面面，或全局把握、或究其一点，或深或浅，对秦腔的发展都起到了积极的影响。以往的成就主要有：源流方面基本理清了秦腔的起源以及发展历史、秦腔及其他梆子戏的关系、秦腔的流播情况等。对秦腔的音乐表演等进行了有益的改革，整理和创作了大量剧本。对秦腔的研究开始从秦腔本体研究向其他领域的研究发展。前贤的秦腔研究成果为全面系统的秦腔学建立打下了坚实的基础。

以往的研究成绩斐然，但仍存在很多局限。以往的研究重戏剧本体，而轻语言文化；多松散研究，各重某一领域或话题，研究缺乏系统性整体性。多单一研究，缺少深层次、多角度跨学科的关注。分析起来，主要表现在以下几点：

1. 以往的研究较为片面，甚至有些存在错误

以往的研究主要着眼于秦腔本体（如声腔、板式、表演、流派、剧目）的研究，研究作品虽然很多，但研究范围不够全面，多是片段性的、不系统的，不少研究缺乏深层次的思考和挖掘。甚至有

些研究专著或文章存在着明显的错误。如焦文彬《中国秦腔》、王正强《秦腔音乐概论》等书,在论述秦腔韵辙时由于音韵学知识的欠缺或印刷的问题,出现了将韵辙所包含韵母写错的情况。还有的文章混淆了秦腔的概念,如褚冬雪《从秦腔中看陕西乡土文化》(《大众文艺》2012 年第 11 期)将戏曲剧种的"秦腔"和贾平凹的小说《秦腔》混为一谈。还有的文章出现用字有误,如苏青《秦腔语言规范刍议》(《当代戏剧》1986 年第 3 期)一文,标题当为"刍议"而非"诌议"。此外,已出版的剧本集也存在不少编排、文字、标点、甚至内容的舛误。如《陕西传统剧目汇编》和《西安秦腔剧本精编》中都有这样的一些错误。

2. 对秦腔的概念缺乏统一清晰的认识

秦腔在发展过程中有不同的变体和不同的流派,先后有过不同的称呼。由于名称的不同,有所谓"大秦腔、泛秦腔"等提法,造成了剧种的混淆,如五路秦腔中所谓的南路秦腔——汉调桄桄已和传统秦腔有较大区别,当视为一个独立的剧种。由于对于秦腔的概念模糊,造成了研究标准的不统一,限制了秦腔研究的深入发展。还有,由于缺乏全面研究,在对待秦腔韵辙时有"十三辙"、"十四辙"甚至"十五辙"之说,对"须臾辙"的归属莫衷一是。如果对秦腔剧本的用韵进行全面考察,完全可以确定秦腔韵辙的实际情况。

3. 研究缺乏全局深入,缺乏多学科的关照

以往的研究多单纯的秦腔本体研究,缺乏从文学、文献学、校勘学、语言学、民俗学、文化学、音乐学等不同角度的跨学科、多方位的研究。即使有对文学、文化学的关注,也鲜有深入的研究作品。如甄业、史耀增《秦腔习俗》一书,主要介绍的是秦腔的演出习俗以及演出轶闻,而没有关注到秦腔剧所反映的民俗文化。另

外不少的研究对所涉及的问题缺乏深入系统的探讨。从实际研究状况看,无论是语言的研究还是文化的研究,都是秦腔研究的薄弱环节,尤其是将语言文化综合的研究更是接近空白。

综观 60 余年来的秦腔研究状况,我们看到秦腔研究取得了很大的成就,同时也存在着一些局限。了解研究现状,能为我们更为深入的研究提供借鉴。新时代为秦腔的研究提供了新的机遇,党的文化政策为秦腔的研究规划了更为广阔的前景,跨学科多体系的研究方法为秦腔研究提供了新的思路。基于秦腔的这种研究现状和新的机遇,我们呼吁建立系统完善的"秦腔学",从学科的高度重新审视和定位秦腔以及秦腔研究。

第三节　本课题的研究价值及研究思路

一、研究意义

1.秦腔语言和民俗的研究有利于更好地保护和传承秦腔这一宝贵文化遗产

秦腔艺术是中国传统农耕文化的缩影,对于研究我国传统的社会形态、道德价值系统、生活方式以及民俗形态有着非常重要的价值。是我国文化史上非常重要的宝贵文化遗产。

为了更好地继承和发扬秦腔艺术,1983 年中共陕西省委提出"振兴秦腔"的指示。1984 年,中共陕西省委办公厅【1984】第 16 号文件批转了《关于振兴秦腔的实施方案》,明确提出了振兴秦腔的方针任务等。1984 年 3 月,成立了陕西省振兴秦腔指导委员会,有领导、有组织、有计划地开展了振兴秦腔的工作。因而研究秦腔既是保护非物质文化遗产的要求,也是时代的要求,更是我们这些陕西学人不可推卸的责任。

2.秦腔语言和民俗的研究可以弥补目前秦腔研究的不足,为"秦文化"的研究提供一条新思路

前代的研究关注的主要是秦腔的戏剧本体研究,很少关注秦腔语言及民俗的话题。秦腔语言和民俗的研究正可以弥补这一缺陷。秦腔是研究陕西方言的珍贵材料,对陕西方言的研究不能忽视秦腔的重要作用,而目前这方面的研究几近空白。对秦腔的研究应该是全方位的,探究秦腔理论的同时,也应该加强对其语言的研究力度。秦腔是对秦人性格、民俗的一种真实写照,对陕西民俗的研究不能缺少秦腔这一重要材料。以往的关中方言研究主要集中在语音调查上,很少关注到戏曲和民谣等民间文学中的材料。因此加强对秦腔语言及民俗的研究可以为"秦文化"的研究提供一条新思路。

秦腔是"秦文化"的重要载体,秦腔中就有许多的陕西方言词以及方言表达方式。如《三滴血》(改编本)第五折①:

　　贾莲香:相公你这一去,老虎再来了,我倒是该死嘛该
　　　　　　活呢?

　　周天佑:老虎已经走远了,你再莫要胆怕。

　　贾莲香:老虎走了,一会子再来个狼,那我越发地不得
　　　　　　活了。

　　周天佑:哎哎哎!(跺脚)你不见老子不见娘,前怕老虎
　　　　　　后怕狼,难道说叫我在此给你等着打狼不成?
　　　　　　哎呀,你丢开。

---

①《秦腔经典四十剧》编委会编《秦腔经典四十剧》,西安出版社 2013 年,第
　27—28 页。

贾莲香：(忸怩地)好我的哥哥呢<u>些</u>，咱们都是乡党么，难
　　　　道你连这点忙都不帮吗？你若一去，我便不得
　　　　活了。

周天佑：今天真是晦气，遇见这个冤孽。

贾莲香：(唱慢二六)

　　　　　未开言来珠泪落，

　　　　　叫声相公小哥哥。

周天佑：你不要把我叫哥哥，我把你叫姐姐得成<u>些</u>。

　　本剧"朝山"一折中，贾莲香随父母进香遇虎，与父母分散。恰遇周天佑上山寻父，打走老虎救了贾莲香。周天佑心急要走，贾担心一人再遭遇祸患，拉住周不让其离开。两人之间有一段对话，其中就使用了不少方言词和方言句式。其中"嘛、些、乡党、不得活、得行"等都是陕西方言词，"乡党"又是古语词。"我倒是该死嘛该活呢"、"好我的哥哥呢些"是地道的陕西方言表达方式。研究戏曲中的语言及民俗事象，可以丰富"秦文化"的研究。

　　3. 秦腔语言的研究是中华戏曲语言研究的重要组成部分

　　有关戏曲语言的研究以往主要集中在历史剧目如元曲等的研究上，对当今地方戏曲的语言研究相对薄弱。目前，对于中华地方戏曲语言的研究主要有：戏曲语言总论如黄丽贞《中国戏曲的语言艺术》、吴琼《戏曲语言漫论》。戏曲用韵研究如游汝杰《地方戏曲音韵研究》、亢宏《云南戏曲音韵》等。而对于秦腔的语言及音韵研究则非常薄弱，这和秦腔作为首批国家级非物质文化遗产以及梆子戏鼻祖的地位很不相称。作为中华戏曲中的一枝奇葩，秦腔的语言研究理应成为中华戏曲语言研究的重要组成部分。加强秦腔的语言文化研究也是繁荣中华戏曲、保护和发扬中华传统文化的重要一环。

二、本课题研究问题拟采用的研究方法

1. 文献搜集整理法

开展相关的科学研究，必须对所探讨的课题的研究现状有明晰的了解。研究秦腔首先要对现有的研究资料和研究成果进行梳理。文献搜集整理法就是要对现有的研究资料进行全面的搜集和整理，弄清目前研究的优缺点，以便对将来的研究有一个较为清楚地认识。文献的搜集整理还包括对海量的秦腔剧本和影像资料进行较为全面的搜集整理，并在此基础上建立进一步研究需要的数据库。

2. 田野调查法

田野调查法体现出科学实证的要求，田野调查的资料可以作为文献的佐证以及补充。本课题的田野调查主要集中在秦腔语言所本的关中地区，尤其是泾阳、三原、高陵、西安等一带的方言资料、民俗资料。并在实地调查的基础上建立相应的文本库和数据库。

3. 语言学研究方法

近年来在文学、方言学等研究中，只看重实地调查而忽视文本语言，带来了诸如结论的不可信、材料来源单一等一系列问题。因此我们从语言学的角度考察秦腔的语言材料，从语音、词汇、语法、修辞等角度进行文本解读分析，深入探讨秦腔的词汇、语体及修辞情况。本课题拟采用的语言学研究方法主要有韵脚字系联法、共时和历时的语言对比法、语料分析法等。

4. 语言民俗学研究法

秦腔文本融入了大量的语言和民俗资料。从语言研究民俗，从民俗研究语言，双方是相辅相成的。秦腔的语言以关中方言为

基础语言,无论是唱腔的韵辙、对白的用字都能反映关中方言的语音特点。其词汇和语法修辞也有浓厚的关中语言色彩。从内容看,很多剧本都反映了广大老百姓的生活,有很多材料表现了人们惩恶扬善、忠善爱国、尊华攘夷的思想,还有不少材料反映了关中地区的婚丧嫁娶、衣食住行、邻里关系等内容。语言和民俗的结合研究方法,有利于全面考察秦腔的深厚文化内涵。本课题综合运用文化人类学、文化语言学等理论方法,运用相关理论从方言地理、历史、民俗等方面探究秦腔反映的文化精神及秦地民俗,探讨秦腔与秦人以及秦文化的关系。

第二章　秦腔和关中语音

第一节　秦腔和关中方言语音之间的关系

任何一个地方的戏曲、歌谣都是所在地的人文、历史、文化、语言等的写照,是所在地的一种重要的文化项,他和其他文化项之间存在着千丝万缕的联系。作为产生和流行于关中地区,百姓喜闻乐见的艺术形式,秦腔的韵律(声腔)、押韵(韵辙)、语言(对白、唱词)等都受到关中方言的重要影响,又反过来反映着关中方言的特点。本节重点讨论秦腔和关中方言语音之间的关系。秦腔的旋律唱腔由关中方音决定,其唱词的韵辙也是由关中方音决定的。

一、秦腔唱腔旋律和关中方言语音的关系

秦腔的唱腔、念白等均按照关中方言念唱。其唱词唱腔按照关中方言语音展开,其念白的语音也是按照关中方言语音进行。可以说是秦腔就是关中方言语音的另一种展示,是关中方言语音的产物。

秦腔的韵律和关中方言的声调存在着极其密切的关系,秦腔的韵律由关中方言的声调决定,同时韵律又对唱词的声调有着很

大影响。也就是说,声调决定韵律,韵律影响声调。许德宝《秦腔音乐》第一章谈到了关中语言和秦腔唱腔旋律间的关系,他认为:

> 一句话,各地的剧种均采用当地用语,但这种语言已是戏剧化了的舞台用语。……语言音调的不同,直接反映和体现在旋律音调上,所以说唱词字音的四声及变调是构成剧种唱腔旋律的基本骨架。

> ……

> 各剧种唱词的原声调,均是各自唱腔旋律形成的基础,大家通常听到的"字正腔圆、腔由字生"便是这个道理。但有时也偶尔出现个别字不太正(读音)的现象,其原则是不要出现倒字(将词义闹反)就行。采用变调并非单一地运用变调技巧,显示变调手段,而是要将这种变调与唱腔旋律相结合,使得唱腔旋律更加流畅,更加耐人寻味。

> ……

> 秦腔唱腔旋律的形成是以唱词各字的原声调为基础的,在确定好唱词各字的声调后,依附基调来产生、形成唱腔旋律。如秦腔《游龟山》中胡凤莲"耳听岸上有唤"这段唱,足可说明或验证秦腔唱腔的旋律是在唱词各字原声调的基础上产生、形成的。①

为了验证这一观点,我们拿关中方言的单字声调和秦腔曲谱中的字做了对比,对比结果能证明其说法是对的。下面一段曲谱选自许德宝《秦腔音乐》,曲谱后我们专门制作了对照表,以期能较为直观地展示原字调和曲调的关系。

---

① 许德宝《秦腔音乐》,太白文艺出版社 2010 年,第 8—11 页。

登山涉水到蒲关

《三滴血·结盟》李遇春［小生］唱　　　陈妙华　　演唱
　　　　　　　　　　　　　　　　　　　敏　军

1=G　　　　　　　　　　　　　　　　振　易　记谱

【苦音二六板】忧伤地

（唱）祖　籍陕　西　韩　城
县，
杏　花村中　有家　园。　姐
弟姻　缘　（安）生了　变，　堂　上
滴　血　蒙屈　冤。
姐　入
牢笼　（她）又逃　窜，
不　知　她

（乐谱，简谱）

逃难　　到哪　边。　　　为寻　亲哪顾

（齐板）

得路途　遥远，　　登　山　涉

（渐慢）

水　到蒲　关。

唱段单字声调和秦腔曲谱旋律对比表

例字	方言			秦腔		备注
	声调	调值	调型	曲谱	调型	
祖	上声	53	降	5｜5 4 3	降	原调
籍	阴平	21	降	2	平	原调
陕	上声	53	降	5 2	降	原调
西	阴平	21	降	7 6｜5	降	原调
韩	阳平	35	升	2. 5	升	原调
城	阳平	35	升	2 1 7	降	变调
县	去声	55	平	1 - ｜1	平	原调
杏	去声	55	平	5｜5	平	原调
花	阴平	21	降	6 1	升	变调
村	阴平	21	降	6 5	降	原调
中	阴平	21	降	4 3	降	原调
有	上声	53	降	4 3	降	原调

续表

例字	方言			秦腔		备注
	声调	调值	调型	曲谱	调型	
家	阴平	21	降	$\widehat{2\,7}6$	降	原调
园	阳平	35	升	5	平	变调
姐	上声	53	降	$\overset{\frown}{5\,5}2$	降	原调
弟	去声	55	平	5	平	原调
姻	阴平	21	降	$\widehat{5\,2}$	降	原调
缘	阳平	35	升	$\widehat{1\,|\,7}$	降	变调
生	阴平	21	降	$\widehat{6\,5}$	降	原调
了	上声	53	降	$\widehat{4\,2}$	降	原调
变	去声	55	平	5	平	原调
堂	阳平	35	升	$\overset{2}{5}\,|\,5$	升	原调
上	上声	53	平	$4\diagdown$	平	原调
滴	阴平	21	降	$\widehat{5\cdot\dot{1}}$	升	变调
血	上声	53	降	$7\,6$	降	原调
蒙	阳平	35	升	$\overset{\frown}{5\,\dot{1}}$	升	原调
屈	阴平	21	降	$4\,3$	降	原调
冤	阴平	21	降	$7\,6$	降	原调
姐	上声	53	降	$5\,|\,\tilde{2}$	降	原调
入	阴平	21	降	1	平	原调
牢	阳平	35	升	$\widehat{2\,5}$	升	原调
笼	阳平	35	升	$\widehat{2\,7}\,|\,7$	降	变调

续表

例字	方言			秦腔		备注
	声调	调值	调型	曲谱	调型	
她	阴平	21	降	7	降	原调
又	去声	55	平	1	平	原调
逃	阳平	35	升	7 1	升	原调
窜	去声	55	平	1	平	原调
不	阴平	21	降	2	降	原调
知	阴平	21	降	1 2	升	原调
她	阴平	21	降	7 6	降	原调
逃	阳平	35	升	5 1	升	原调
难	去声	55	平	2 | 2	平	原调
到	去声	55	平	2	平	原调
哪	上声	53	降	5 6	降	原调
边	阴平	21	降	5	平	变调
为	去声	55	平	2	平	原调
寻	阳平	35	升	7 1	升	原调
亲	阴平	21	降	7	平	原调
哪	上声	53	降	2 1	降	原调
顾	去声	55	平	2 | 2	平	原调
得	阴平	21	降	1	平	原调
路	去声	55	平	5	平	原调
途	阳平	35	升	1 | 1	平	变调

例字	方言			秦腔		备注
	声调	调值	调型	曲谱	调型	
遥	阳平	35	升	$\widehat{2\ 5}$	升	原调
远	上声	53	降	$\overset{6}{5}$	降	原调
登	阴平	21	降	$\underline{7\ 1}$	降	原调
山	阴平	21	降	$\widehat{7\ 6}$	降	原调
涉	去声	55	平	5	平	原调
水	上声	53	降	$\overset{\dot{1}}{4}\ \underline{3\ 2}$	降	原调
到	去声	55	平	5	平	原调
蒲	阳平	35	升	$\underline{2}\ 56$	升	原调
关	阴平	21	降	$\underline{2\ 1}$	降	原调

从上面的表格可以看出,绝大多数唱词用字的曲调升降和方言原字调的调型一致。不同的则多属于方言中的连读变调,变调后的调型和曲调仍然一致。还有个别字看似原字调和曲调不同,但结合其音节前后的音节看,仍当视为原调。即使有个别字调和曲调不符,但只要不影响语义,也是不会有什么问题的。

二、秦腔韵辙和关中方言语音的关系

和其他剧种一样,秦腔是要求押韵合辙的。秦腔的用韵以关中方言为基础音,用韵带有极强的关中方言特色。秦腔韵辙以关中方言为归韵依据,这也是秦腔作为地方戏的灵魂和基础。我们在考察秦腔用韵的过程中,发现不少韵字的押韵是由关中方言决定的。具体表现是按照通语读音某些字应当归属某一韵辙,但在

秦腔实际用韵中,他们却归入了另一个韵辙,而这种归法正符合关中方言的实际情况。具体表现如:

(一)"百伯白拍麦脉拆窄摘宅册侧测策得德革格隔刻客塞色责仄额则择泽帛墨貊迫魄国获惑"等字归入"灰堆"辙

以上各字普通话韵母为 ai、e、o、uo 等,秦腔则根据关中方言读音归入灰堆辙。剧作的用例如:

例1.范紫东《软玉屏(前本)》第六回[11]3727①:

丁守梅:(唱)几杯闷酒便沉醉。

谁料酒后竟失德。

与朋友特来贺婚配。

为什么倒卧在床闱。

虽然说无心不为罪。

无故落了一脸灰。

这事拖泥又带水。

想说冤屈难表白。

罢罢罢我与你登时下跪。(跪介)

秦贤弟你不要妄生疑惑。

例2.范紫东《女儿经》第二回[18]6688:

朱效虎:岳丈、这是纸笔、我说你写。(殷大咀写)

(唱)借钱之人王若水。

银钱数目整一百。

①本书中凡是引用的剧本来自《陕西传统剧目汇编·秦腔》各卷的,页码均采用"[卷号]页码"的格式使用上标在正文中标出。第3—23卷标点和后面十几卷不同,本书引用时一仍其旧。

半年归还将地赘。

三分行息写明白。

中人便是殷大咀。

立写字据有手脉。

例 3.《平西羌》第十场[37]345—346：

郑新郎：驸马容禀了！

（唱）论书法龙飞蛇真草俱会，

作诗文作表章件件明白。

即就是为秀才问心不愧，

若用我入科场平地起雷。

敖　堂：听你叙说一番，心想任你为我部参事之职，不知
意下如何？

郑新郎：哎，驸马不可！

（唱）念小人虽愚笨颇晓翰墨，

年纪幼哪里有奇谋妙策。

怎敢受参事职非常富贵，

无功劳受爵禄从没道德。

敖　堂：公主，新郎不肯受职，这却怎处？

金花公主：新郎不肯受职，多因不见嫣香。

敖　堂：嫣香走来。

〔嫣香上。

嫣　香：来来来了！

（唱）虽是他来的好婚姻助美，

诚恐怕拜花堂不比中国。

又改装女相貌满面惭愧，

欲不去当不得主人相催。

　　　　伺候驸马。

敖　　堂：见过新郎。

嫣　　香：郑兄，你才来了。

郑新郎：哎，好怪也！

　　　（唱）只见她倒叫我如酒似醉，

　　　　　　这件事真蹊跷令人疑惑。

　　　　　　此一位必定是嫣香令妹，

　　　　　　主人唤不敢违即出香闺。

　　例1中的"德白惑"、例2的"百白脉"、例3中"白墨策德国惑"等字秦腔均归入"灰堆辙"。

　　以上归入"灰堆辙"各字今关中方言分别读为：德得[tei]、则窄责仄摘择泽宅[tsei]、测册侧策拆[ts'ei]、色塞[sei]、革格隔[kei]、刻客[k'ei]、白伯百帛[pei]、拍迫魄[p'ei]、麦脉墨貘[mei]、国[kuei]、获惑[xuei]、额[ŋei]。《关中方音调查报告》中，也记录了一些例子，如：则[tsei]、侧测[ts'ei]、色[sei]、格[kei]、客[k'ei]、额[ŋei]、得[tei]、特[t'ei]等①。高本汉《方言字汇》中也有很多例子，这里不再一一列举。

　　（二）"角₍海角₎脚缺却雀确阙榷削雪药鑰约月岳乐₍鼓乐₎钥悦觉₍平₎爵嚼诀绝穴学杓"等字归入"坡梭"辙

　　上述各字普通话韵母为 üe、ao、iao 等，秦腔则按照方言读音归入"坡梭"辙。秦腔剧作用例如：

　　例1. 范紫东《双凤飞来》第十四回[17]6600—6601：

　　　朱小慧：（唱）手捧饭盆珠泪堕。

---

①白涤洲遗稿，喻世长整理《关中方音调查报告》，中国科学院 1954 年。

好似马前将水泼。

不怨旁人只怨我。

怨我当年做事错。

早知今日无结果。

不该背恩断丝萝。

越思越想越难过。

不如早早服毒药。

怀儿内急忙取包裹。（取药包撒盆内介）

霎时一命见阎罗。

例2.范紫东《萧山秀才》第二十三回[11]4147—4148：

颜夫人：（唱）你二人两下都难过。

说来说去待如何。

李连珠：（唱）这还怪汤郎自逃躲。

旁人待他莫过错。

颜夫人：（唱）既然待他莫过错。

又何必强迫结丝萝。

李连珠：（唱）结丝萝本来还怪我。

爱才爱貌爱文学。

颜夫人：（唱）爱才爱貌爱文学。

我家小姐有成约。

李连珠：（唱）虽然以前有成约。

再娶一房也不多。

颜夫人：（唱）一房两房无不可。

新郎至今莫下落。

李连珠：（唱）为只为新郎莫下落。

才求吕仙分明说。（道士猛从中间出来唱）

道　士：(唱)吕仙签上已说过。

命里没汤不得喝。

想要喝汤不见面。

杨姓之人难捉摸。

老道与你拆讲过。

快寻杨姓莫多说。

上述各字正是按照关中方言读音归韵的。高本汉《方言字汇》西安话中，"药"音[yo]，"学"音[ɕyo]，"约"音[yo]，"虐"音[ȵyo]①。白涤洲先生《关中方音调查报告》："关中有三分之二的地方把 ye 和 yo 分成两个音位。即决：角、缺：确、雪：学、悦：药这几对字读的不同，例如西安悦 ye、药 yo。"②从白先生的记音看，泾阳、三原、高陵、乾县等地和西安相同。

(三)"斜嗟"等字归入"发花"辙

"斜嗟"二字普通话为 ie 韵母，秦腔中则将它们归入"发花"辙。如：

例1：范紫东《琴箭飞声》第二回[11]3924：

卓文君：(唱)十分春色将立夏。

帽影鞭丝乱如麻。

杨柳绿阴系骢马。

锦江春水泛桃花。

豆蔻年华偏守寡。

---

①高本汉《中国音韵学研究》，商务印书馆 1994 年。
②白涤洲遗稿，喻世长整理《关中方音调查报告》，中国科学院 1954 年，第98 页。

　　　　　　　　春梦醒来日已斜。

　　　　　　　　红颜有泪凭谁撒。

　　　　　　　　可怜裙钗尚无家。

　　　　　　　　任凭韶华随风谢。

　　　　　　　　满地落花谁管他。

　　　　　　　　说甚么春宵一刻千金价。

　　　　　　　　只落得远山眉锁泪交加。

　　例2:封至模《还我河山》第五回[27]299—300:

　　姚　氏:(唱)自古道将相出寒厦,

　　　　　　　消磨志气是豪华,

　　　　　　　少不努力即老大,

　　　　　　　徒唤奈何徒伤嗟。

　　　　　　　中原地胡儿任走马,

　　　　　　　国难临头要挣扎。

　　　　　　　叫一声孙儿你们一个一个发奋为雄努力自

　　　　　　　勉莫负祖母我期望大,

　　　　　　　必须忠义爱国家。

　　　　　　　随定你父整天下,

　　　　　　　帮助你父把贼杀。

　　　　　　　五国城迎回二圣驾,

　　　　　　　恢复灿烂锦中华。

　　　　　　　讲话中间我的咽喉哑,(眼直,昏厥)

　　李　氏:婆婆!

　　众　孙:祖母!

　　姚　氏:(徐徐缓气)

　　　　　　　(唱)只觉得神昏乱气力不佳。

"斜"字《广韵》"似嗟切"，邪母麻韵开口三等平声，今关中方言有两读，一读 xié，如西安等地，一读 xiá，如澄城、合阳。"嗟"字《广韵》"子邪切"，精母麻韵开口三等平声，今普通话读 jiē。我们统计的几百部秦腔剧本中，"嗟"字作韵脚字共出现 12 次，均入发花辙。高本汉《方言字汇》："'嗟'官话大都不读齐齿而读撮口 tɕye 等音。"①白涤洲《关中方音调查报告》50 个方言点中，"嗟"的情况分为四种：1.没有出现，如华县；2.读[tɕia]，如华县瓜坡；3.两读，一读[tɕya]，一读[tɕyɛ]，如富平；4.读[tɕya]，如西安②。经过我们的考察，民国时期西安方言"嗟"字还应有一个[tɕia]读音。"斜嗟"入"发花辙"正反映了关中方言的实际读音。

（四）"路芦楚怒都（都城）诉做度"等归入"由求"辙

"路芦楚怒都（都城）诉"等字普通话为 u 韵母，"做"字为 uo 韵母，秦腔则归入"由求"辙。如：

例 1. 范紫东《哭秦庭》第一回[13]4578—4579：

同　　　：(唱)听一言不由人心惊恼怒。

事到了这时节怎好甘休。

你和我八拜交平生有旧。

好朋友到做了临风马牛。

你只管报父仇领兵伐楚。

全把那祖国谊一笔消勾。

我有心为朋友不把国救。

难道说好山河付之东流。

---

① 高本汉《中国音韵学研究》，商务印书馆 1994 年，第 551 页。
② 参白涤洲遗稿，喻世长整理《关中方音调查报告》，中国科学院 1954 年。

你灭楚我兴楚分途异路。

或尽忠或尽孝各有来由。

我这里上殿去先把本奏。

只恐怕囊瓦贼误国招尤。

例2.《取金陵》第十六回[35]149—150：

　　郭凤云：（唱）自那日仓皇逃虎口，

　　　　　　　　跋山涉水入皇都。

　　　　　　　　和阳王荒淫无度，

　　　　　　　　居深宫不把政事修。

　　　　　　　　民有冤屈难上诉，

　　　　　　　　纵然告状也不究。

　　　　　　　　今幸洪武当皇路，

　　　　　　　　真是恶恶如寇仇。

　　　　　　　　为明冤枉宫门走，

　　　　　　　　只见冤钟悬当头。

　　　　　　　　放大胆向前去打钟，（打钟）

　　　　　　〔龙套、内侍、武士引朱元璋上。

　　朱元璋：（唱）宫门鸣钟何情由？

　　以上各字，今泾、三、高一带分别读为"路芦"［lou］、"怒"［nou］、"楚"［ts'ou］等。《关中方音调查报告》所列各地语音与今相同，《方言字汇》西安话与此基本相同。这些字秦腔中归入由求辙，正是方音的写照。

　　除上述情况外，还有一些字在秦腔韵辙归属上有两属的情况，如"姑苏辙"和"由求辙"的韵字混押、"乜斜辙"和"怀来辙"韵字混押、"坡梭辙"和"乜斜辙"韵字混押的现象，这些也多是由某些字的方言语音引起的，具体情况可参看第三章《秦腔用韵研究》

第六节"秦腔的邻韵互押"部分。

第二节　秦腔用字反映的关中方言语音

秦腔是关中地区的代表性剧种,他的语言是以西安及其周边的泾阳、三原、高陵一代语言为基础的。秦腔的唱腔格调是由地域方言决定的,这在秦腔与方音关系一节专门论述,本节主要从秦腔剧本用字方面来窥探关中方言的某些语音特点。由于我们所选的剧目均来自中华人民共和国成立以前,所以这些用字所反映的语音特点主要是清代末期至民国时期的关中方言语音特点。

一、秦腔用字反映的关中方言声母特点

（一）zh、ch、sh 读成 z、c、s 声母

关中方言声母方面的一个特点便是不少中古知庄章组声母的字今读为 z、c、s 声母。秦腔剧本中就有不少两类声母的字相混的用例。下面就从声母方面来看一下具体的混用情况。

1. zh 读为 z

普通话读为 zh 声母的字在关中方言中读为 z 声母。这些字主要来自中古的知、澄（仄）、庄、崇（仄）、章、船（仄）等声母。秦腔中有不少 z、zh 声母的字混用的用例。

例 1. 范紫东《黑暗衙门》第二回[17]6610：

　　黄得禄：你说这个巷中有一担之嬽货、是那一家。

例 1"一担之嬽货"当为"一担子嬽货",意思是"一个漂亮女人"。"子"写成"之",也说明"子""之"在关中方言中音同。秦腔

剧本中"之""子"相混的例子还有几处。如:

例2. 例1.《夜打登州》第七场[39]460:

　　程咬金:(唱)人之初性本善赵钱孙李,

　　　　　　　　苟不教性乃迁周吴郑王。

　　　　　　　　教子道贵以专冯陈褚魏,

　　　　　　　　昔孟母择邻处蒋沈韩杨。

例2中,程咬金的唱词每句前六字来自《三字经》,后四字来自《百家姓》。《三字经》"教之道,贵以专"一句剧中被写成了"教子道,贵以专","子""之"混用,说明当时"子""之"同音。

例3.《牧羊卷》第三场[40]240:

　　宋　成:你要计谋中之计? 啊,我给你撇个言之,你还不
　　　　　　懂呢! 我是诸葛亮把捎马子遗咧!

例3中,"言之"也写成"言子",意思当为"歇后语",如《铁弓缘》第二场[27]381:

　　史　虎:你一家子没有大爷,我问你,你那姑娘多大岁
　　　　　　数了?

　　周陈氏:大爷,我给你调个"言子"你懂不懂?

　　史　虎:大爷我当然懂"言子"。

　　周陈氏:我女娃今年苹果桃下去咧。

　　史　虎:苹果桃下去是多少?

　　周陈氏:那你就不懂,你还假充你懂。听我与你明言:苹
　　　　　　果桃下去了,石榴就上市。我女十六岁了。

例3中宋成说的"我给你撇个言之",意思和《铁弓缘》"我给你调个言子"一样,都是"我给你说个歇后语你猜一下"的意思。而"言子"写成"言之",也说明了关中方言的"之""子"读音相同。

例4.《天台山》第四回[28]408—409:

毛　遂:自古常言讲的却好,生柿子以礼,熟柿子以礼,猪娃柿子以礼,牛心柿子以礼。

白　猿:你道说啥呢?背了一背笼柿子,倒在天台山四周八下都是柿子。人家生事之以礼,死葬之以礼。

例4中"生事之以礼"来自《论语·为政》。"孟懿子问孝。子曰:'无违。'樊迟御,子告之曰:'孟孙问孝于我,我对曰,无违。'樊迟曰:'何谓也?'子曰:'生事之以礼。死葬之以礼,祭之以礼。'"①毛遂把"生事之以礼"说成"生柿子以礼",说明"子""之"关中方言同音。

上述几例中的"之"《广韵》止而切,章母之韵平声;"子"《广韵》即里切,精母止韵上声。关中方言中,"之"读为[tsɿ],"子"作后缀时轻声读音和"之"相同。除"之、子"外,秦腔剧本中还有其他zh、z声母相混的例子。如:

例5.范紫东《燕子笺》第五回[12]4180—4181:

花大姐:侬家英年时候、花名就叫花大姐、在长安这个地方、倒也卖了几天风流。……把我英年攒(音斩)下几两银子、都守了节了、可是了不得了。叫我上楼、去瞧瞧这个孩子的光景。这个孩子又睡倒了。你也起来活动、活动罢了。

文中括号里"音斩"两字是范紫东为"攒"所作的注音(在范氏剧本中用同音字注音的情况不少)。"攒"《集韵》子罕切,声母属精母;"斩"《广韵》侧减切,声母属庄母。二者普通话一读z、一读zh,读音不同。范紫东剧本中用"斩"为"攒"注音,说明在他的语音中,"斩、攒"读音相同,也就是zh声母读成了z声母。高本汉

---

①邢昺《论语注疏》,见《十三经注疏》,中华书局1980年,第2462页。

《中国音韵学研究·方言字汇》中，西安话"斩"音[tsæ]，攒音[tsæ]，二者读音也是相同的。

例6：范紫东《三滴血》第十回[17]6475：

李晚春：今晚我吃几杯也好。妹妹请。（同坐饮）
　　　　（唱）今晚有酒还须醉。（饮）

阮　妹：嫂嫂你还怕喝醉了、你看妹妹还拿上这个大杯
　　　　子喝哩。

李晚春：（唱）我的酒量向来仄。

阮　妹：嫂嫂、妹妹的酒量也不大，只是今晚上一见嫂
　　　　嫂、不觉酒兴动起来了。

该唱词中"仄"的意思从下句"妹妹的酒量也不大宽"中可以看出，其本字应当为"窄"。"仄、窄"二字《广韵》同属庄母字，普通话中"窄"读 zh，"仄"读 z，声母不同。但二字在今关中方音中同读[tsei]。高本汉《中国音韵学研究·方言字汇》所收西安话中，"窄"音[tsei]，"仄"音[tsei]，"窄、仄"读音相同。

例7. 王辅丞《假斯文》[23]9184—9185：

师之惰：来，予与尔言。甚矣哉，小人之好行险以侥幸
　　　　也，竟敢见几（鸡）而作（捉），置于予怀。彼人
　　　　也，施施自外来，使予无所措手足。不得已，推
　　　　而纳诸沟中。幸而非鸡则鸣，无伤也。设不幸
　　　　而鸡鸣不已，使之闻之，如之何则可。

例8. 封至模《义侠武二郎》第九回[36]60：

武　大：你和谁在哪里说话？

潘金莲：隔壁王干娘。

武　大：说什么，捉死的捉活的？

潘金莲：唉，原是做活去。

武　大：做什么活去？

潘金莲：有一个大施主送王干娘一套好衣料，王干娘请
　　　　我与她做寿衣去。

例 7 中，假斯文的老师师之惰说话满口之乎者也，几个学生偷鸡，师之惰把"见鸡而捉"说成"见机而作"，也说明"捉、作"同音。同样例 8 中，武大郎把"做活"的"做"说成了"捉死的捉活"的"捉"，也可以作为"捉、做"同音的例据。"捉"《广韵》侧角切，声母为庄母；"作"《广韵》则落切，声母为精母；"做"字《广韵》《集韵》均不见，《汉语大字典》收《字汇》音"子贺切"，声母也是精母。普通话中，"捉"声母为 zh，"作做"声母为 z，读音不同。而关中方言中三字读音相同，都读[tsuo²¹]（按：关中方言"做"还读为[tsəu⁴⁴]）。

2. ch 读为 c

所谓 c、ch 混读，主要是普通话中读为 ch 声母的字在关中方言中读为 c 声母。这些字主要来自中古的彻、澄（平）、初、崇（平）、昌、船（平）等声母，也就是中古知庄章组部分字关中读为 c 声母。秦腔剧作中也有一些用例。

例 1. 吕南仲《耍牌子》[22]8861：

老　鸨：这是胡崔牛哩。（胡崔牛又惊）你身上挂的木
　　　　牌、分明是谁家铺子里的伙计、那是到总统府送
　　　　货物的出入证、也要来耍起牌子、真是可笑。

《耍牌子》一剧中，流氓胡崔牛，加入万国道德会成为会员，胸前悬挂牌子（主要作为出入凭证使用），与流氓柏实贵（白失鬼）、张搜罗到处吹牛骗人。一日，三人同入妓院欲行诈骗，恰好一个京货铺里的伙计经常出入总统府，将总统府的出入牌子挂在胸前，自称自己是总统府的人，被老鸨识破。老鸨说的话正戳中胡崔牛要害。老鸨说伙计"胡吹牛"，口中说的是"胡崔牛"，把"吹"

说成"崔"。

　　吕南仲在给剧中人物命名时用了谐音,胡崔牛其实是"胡吹牛"的谐音、柏实贵其实是"白失鬼"的谐音,本剧巧妙利用谐音揭示了这两个骗子的身份。而把"胡吹牛"命名为"胡崔牛",也说明了关中方言中,"吹""崔"同音的特点。《广韵》崔,仓回切,清母;吹,昌垂切,昌母;二者读音不同。普通话崔为 c 声母,吹读 ch 声母,读音也不相同。而关中方言中二者读音相同,都读[tsui](有些地方"吹"有[ɥ]介音,但二者音色接近)。

　　例 2. 王辅丞《媚外镜》第十二场[23]9154:

　　　　重　贵:前者朕躬筹划国事,未与二位爱姬携手同乐,实

　　　　　　　在对不住。今则朝廷无事,宇内粗宁,高枕可以

　　　　　　　无忧。你们愿饮酒便饮酒,愿看花便看花,今晚

　　　　　　　上索性金吾不禁。(赵妃拉重贵)

　　石敬瑭去世后,其侄重贵执掌后晋政权。契丹大兵来伐,后晋群臣合力抵御,大败契丹。重贵从而骄矜荒淫。上例中重贵说"宇内粗宁",当为"宇内初宁",《西安秦腔剧本精编》第二十五卷《媚外镜》正作"宇内初宁"①。《汇编》将"初"写为"粗",也说明二者音同。按:《广韵》粗,聪徂切,清母;初,楚居切,初母。今关中方言"初""粗"亦同音[tsʻəu]。

　　例 3. 李约祉《仇大娘》第三回[7]2048:

　　　　魏　明:唉、好笑也。

　　　　　　　(唱)这孩子年纪小真疵真傻。

　　　　　　　　　把瞎话当就了圣旨王法。

────────────

① 西安市政协文史资料委员会、西安曲江新区管理委员会编《西安秦腔剧本精编》第 25 卷,西安出版社 2011 年,第 55 页。

我这里将恶蛊暗中压下。

站一旁看他个水涨河塌。（下）

上例"这孩子年纪小真疵真傻"一句唱词中，"疵"当为"痴"，意思是"不聪明、不灵醒"。关中方言中，把人不聪明、不灵醒称作痴，读为 cí，也写作"磁"、"瓷"。疵，《广韵》疾移切，从母支韵平声；痴，《广韵》丑之切，彻母之韵平声。瓷，《广韵》疾资切，从母脂韵平声；磁，《集韵》墙之切，从母之韵平声。"痴"写作"疵"也说明二者音同。

3. sh 读为 s

s、sh 混读主要是普通话读为 sh 声母的字，关中方言中读为 s 声母。这些字主要来自中古的生、俟、书、禅等声母。秦腔剧作的用例有以下几例。

例 1. 孙仁玉《美术缘》第十回[36]188：

杨云友：唉，我请你来作诗，谁请你来骂人？

黄天监：我没吃桑叶么，就能作丝吗？

杨云友：是诗文的诗，不是丝线之丝！

黄天监：这一下不得了，才是叫我作诗哩。……

黄天监不学无术，把杨云友的话听错，错将"诗文之诗"以为"丝线之丝"，才说出了"我没吃桑叶么，就能作丝吗"的话。《广韵》诗，书之切，书母之韵；丝，息兹切，心母之韵。二者声母不同。而例 1 这句话"诗、丝"相混，正表明关中方言中"诗""丝"同音。

例 2. 孙仁玉《阿姑鉴》[19]7169：

魏继齐：是实那就是实，我也担当得起。

郑胡来：哎呀、给我却使起绅五的势来了。

上例中，"绅五"属于仿词，原词当为"绅士"，关中方言中"士、四"同音，所以郑胡来就依照"绅四（士）"造出来一个"绅五"来。

《广韵》士，鉏里切，崇母；四，息利切，心母。"绅五"一词也从一个侧面说明关中方言中"士、四"同音。相同的仿词的例子还有：

　　例3：范紫东《大孝传》第三回[12]4309：

丹　朱：好不气、好不气。……不晓在那个阴山背后、寻出来一个许由、说他能作皇帝、又说他是个高士、非我爹爹亲身去请、还不出山。这个高四、还这样架子大、试问他高家人老几辈、那个高大、高二、高三、知道这皇帝怎样作呢、把他这高四说了个能行。……

　　例4：范紫东《紫金冠》第十五回[13]5016：

董　卓：这几日可练兵不曾。

吕　布：天气渐暖、河上并未结冰。

董　卓：你怎么毫不理事。

吕　布：孩子曾见张三、并不曾见过李四。（董卓起介）

董　卓：呵、这个小子、神气恍惚、语言错乱、这是何故。……

　　例3中，丹朱把"高士"说成"高四"，并臆造出高大、高二、高三等人；例4中，吕布由于心不在焉，将董卓的"理事"一语听成"李四"。说明范紫东的语言中"事、士"与"四"同音。而《广韵》"事"鉏吏切，"士"鉏里切，均为崇母字；"四"息利切，心母字，与"事士"声母并不相同。上述几例能根据"四"的读音仿造出"高四、李四"来，也说明关中方言"事、士、四"同音。

　　例5：范紫东《光复汉业》第十三回[13]4920：

刘　玄：那却一点不错。只是我这孙猴子、坐了金銮殿、望之不是人君、辜负了你的美意。如今你好歹把我安顿一下、那便感恩不尽。

例 5 中"望之不是人君"原句当为"望之不似人君",出自《孟子·梁惠王上》。《广韵》是,承纸切,禅母;似,详里切,邪母。二者声母不同,普通话亦然。范剧写成"望之不是人君",说明关中方言"似""是"音同。

例 6:范紫东《颐和园(前本)》第五回[16]5959:

　　张梅君:但不知这洋话好学不好学。

　　洪　均:只要学、还有学不会的吗。况且到那儿满耳朵里都是洋话,把这"花特"那"也是"那眼面前这些应酬话、学会就得了吗。

例 6 中,"也是"是英语"yes"的音译。本剧中还有"miss"的音译"密斯",同是[s]音,既可写作"斯",又可写作"是",说明在范紫东的语言中,"斯、是"音同。《广韵》"斯"属心母,"是"属禅母,二者关中话声母相同。

例 7.《铡曹杰》第四回[30]140:

　　刘思尹:禀明国舅爷,就说生员刘思尹要见。

　　曹　成:少站,少站,待我与你传禀一遍。娃子背上铁锨往茅厕跑——寻屎(死)呢!有请国舅爷。

例 7 的歇后语属于谐音型歇后语,字面的意思是"寻屎",实际上意思是"寻死","屎、死"谐音。《广韵》屎,式视切,书母;死,息姊切,心母。关中方言二者音同。

例 8.高培支《侠凤奇缘》第七回[5]1124:

　　芮大烈:(唱)小子休得胡梢轻。

　　　　　　不说你来横作梗。

　　　　　　害我好事不成功。

　　　　　　还敢胆大来强硬。(取手枪)

　　　　　　这一枪拔去眼中钉。

例 8 中,"梢轻"读作"骚情"或"骚轻",是关中方言词,意思是不稳重、轻佻等。"梢轻"也写作"捎轻",如:

例 9.《合凤裙》第八场[8]2726—2727:

> 韩　福:今天把婆娘没打得成、揭了我三辈老底根子。我太爷没打过我太婆、我爷没打过我婆、我爸没打过我妈、到我手呢、我还有秃子呢、还打婆娘呢、真个还列天行事呀。婆娘家受搞磨、我不免上前与她捎个轻。(向妻)你娘。嘻嘻哈哈、热闹甚大。
>
> 韩　妻:莫捎轻、捎轻不上。

《广韵》"梢捎",所交切,生母字;"骚",苏遭切,心母字。三字普通话读音声母不同,而关中方言音同。

中古知庄章组的汉字,普通话多归入 zh、ch、sh 声母。而关中方言中则分化为两类声母,一类读为 zh、ch、sh 声母,一类读为 z、c、s 声母。秦腔大量例子说明了关中方言中不少知庄章组声母的字读为 z、c、s(精组声母)的语音现象。

(二)部分匣母字仍读 h 声母

现代汉语普通话的 j、q、x 声母是由中古的精组声母和见晓组声母的细音(三四等)演变而来。今北方官话中绝大部分都演变了过来,但也有少部分字没有变化。关中方言中,部分中古匣母细音字声母没有变为 x,而是仍然读 h,如"下闲咸咸味鞋"等。秦腔剧作中有一些用例也反映了这一语音特点。

例 1.《移花接木》第十六回[34]199:

> 李云娘:这个聘礼受去容易,退去很难,况且那是韩将军的聘礼,并非是我的。

梅笑雪:哪怕是酸将军的,当初订亲的时候,我就只认得
你,并不认得韩将军、酸将军!

上例中,李云娘说是韩将军的聘礼,不能随意退掉。而梅笑雪则巧妙偷换了概念,将"韩将军"理解为"咸将军",利用谐音仿造出"酸将军"一词来反驳。之所以能造出"酸将军"一词,是因为在关中方言中,"咸_{咸味}、韩"同音。《广韵》鹹,胡谗切,匣母咸韵三等;韩,胡安切,匣母寒韵一等。普通话中"咸_{咸味}"音 xián,韩音hán,读音不同。关中方言则二者读音相同,因而能仿造出"酸将军"一词来。《一枝梅》中也有一个"韩、咸"谐音的例子:

例 2.《一枝梅》第四回[10]3590:

陆千金:罢了韩。

尤　莲:倒是个苦、可说是个咸。

陆千金所说"罢了韩",指的是未婚夫韩伯亚。而她的丫环尤莲则打岔说成"咸"。此例也说明"咸、韩"同音。

"鞋"字《广韵》户佳切,又户皆切。佳、皆均为三等韵,普通话"鞋"声母变为 x。而关中方言中,"鞋"字仍读为 h 声母,音[xai^{35}]。秦腔剧作中有"鞋、孩"谐音的用例:

例 3.《祥麟镜》第十一回[26]389-370:

赵　从:你家太太,将我小儿换得去了!我到这里要小
儿来啦!

门　官:这老头子胡说八道,我太太拿什么将你小姨换
的去了?

赵　从:实是她将我小孩换去了。

门　官:这个老头子,混账不混账,你是个男人,足自然
大,我太太是个女人,足自然小,从那里换你的
小鞋,糊涂混账东西,府门乱嚷。小子们,快将

　　　　　　这个老头子与我赶出去。（下）

　　元宵节，赵从抱儿子观灯，被郭元桢的丫环以哺乳孩子为由将小儿骗去，换成了女孩儿。赵从上门讨换，被赶了出去。赵从说"小孩"，郭府门官故意打岔说"小鞋"。这里"小孩""小鞋"谐音，说明关中方言"鞋、孩"音同。

　　（三）部分 z、c、s 声母的合口字字读 j、q、x 声母

　　中古精组声母的合口呼韵母的字，今普通话读 z、c、s 声母。今关中某些方言中，部分精组声母的合口字（主要是 uan、uen、un 韵母）读为 j、q、x 声母，如钻[tɕyæ]、爨[tɕ‘yæ]、酸算蒜[ɕyæ]等。在范紫东秦腔剧本中，我们可以见到这样的例子。

　　例1.范紫东《翰墨缘》第十二回[11]3875：

　　　甲　：今晚咱二人各执枪刀、闯进匪巢、胡杀乱喊、黑
　　　　　　夜漆漆、他也不晓得有多少人。等他乱了秩序、
　　　　　　咱们看他有吊辫辫子的、或是挽上卷卷的、一人
　　　　　　背他一个、给他冷往回跑、跑回来就把一辈子的
　　　　　　事办了。兄弟千万不要错过这良好的机会。

　　例2.范紫东《翰墨缘》第十三回[11]3880—3881：

　　　乙　：咱们进去摸揣摸揣。
　　　　　　（同摸、甲摸着卧云髻、乙摸着梅香辫子、同到前
　　　　　　场、甲用手等髻形、乙用手等辫子长短介、同点
　　　　　　头、又进门、甲背卧云、乙背梅香同下、又同上）

　　　甲　：这个庙内还点的有灯、咱们在这儿休息一下。

　　　乙　：咱们一同在内边休息。

　　　　　　（进门、各下背、乙持烛看）

　　　甲　：兄弟、你怎么挑了个这个宝贝。（吐）挑庄货、你

先看古眉怪眼的。

乙　　：你不是仁和县的小姐吗。

梅　香：侬家是仁和县的丫环。

乙　　：怪道来、你家小姐在那儿呢吗。

甲　　：你拿灯来、小姐在这儿呢。

乙　　：老哥总算福气大。（持灯同看）

甲　　：头上挽着怎大的卷卷子、一定是小姐。（看）

乙　　：这是松花庵那个老道士。

从"甲摸着卧云髻,乙摸着梅香辫子,同到前场。甲用手等髻形,乙用手等辫子长短介"一句可以看出,戏文里的"卷卷"一词意思当为妇女（或道士）的发髻,其本字应该为"纂",《汉语大字典·系部》:"方言。妇女梳在脑后边的发髻。"[①]关中方言妇女的发髻也叫"纂",如乾县方言中,"鬟:音 zuàn,妇女挽在脑后的发髻"[②]。按:"纂",《广韵》作管切,精母缓韵;"卷",《广韵》居转切,见母狝韵。二字读音本不相同,剧本将"纂"写成"卷",正说明民国时期关中方音中,"纂"和"卷"两个字的读音是相同的。

范紫东的例子之外,同是易俗社剧作家的孙仁玉也有这样一个用例。

例 3.孙仁玉《救荒奇策》第九场[21]8366:

梁　　氏：再问这位大嫂贵姓、他却是你的孩子。

田书元：我吗、婆家贱姓韩、娘家贱姓宣。他便是我的小女子。

---

① 汉语大字典编委会《汉语大字典》(第二版,九卷本),崇文书局、四川辞书出版社 2010 年,第 3694 页。

② 乾县县志编纂委员会《乾县志》,陕西人民出版社 2003 年,第 708 页。

田书元男扮女装外出逃难,不敢暴露自己的真姓名,就捏造了一个姓氏,婆家姓韩,娘家姓宣。其实是娘家姓"咸",娘家姓"酸"。

高本汉《方言字汇》"卷"音[tɕyæ]、"篡"音[tsuæ],两字读音不同,其他相关的字读音也不相混。今西安话以及泾、三、高一带方言也不相混。

白涤洲先生《关中方音调查报告》:"在耀县、富平、铁炉、商县一线以东除去潼关以外的二十一个地方,舌尖塞擦音 ts、ts'和摩擦音 s 在 uã、uɛ̃ 两种韵母前变为 tɕ、tɕ'、ɕ,同时介音 u 变为 y。换句话说,钻窜酸尊村孙六个音缀的声母都由舌尖音变为腭音,介音由 u 变为 y。像钻二十一处都是 tɕyã,孙都是 ɕyɛ̃。"①

范剧"卷、篡"音同,可能是当时这些字存在异读,只不过这些字读为 j、q、x 声母的情况较为少见。赵林森《西安方言跟普通话的语音对应规律》一文,"钻"注音[tsuã],又音[tɕyã];"酸算蒜"音[suã](注又读 ɕyã),又音[ɕyã]②。这可以作为这些字在西安话或泾、三、高一带方言中存在异读的证据。在今西安话及泾、三、高一带方言中已经不再把这些字读作 j、q、x 声母了。

(四)个别零声母读成 n 声母

中古疑母字在今普通话中,大部分变为零声母字,少部分变为 n 声母字。关中方言大概如此,但有少部分字例外。关中方言

①白涤洲遗稿,喻世长整理《关中方音调查报告》,中国科学院 1954 年,第106 页。
②赵林森《西安方言跟普通话的语音对应规律》,见《方言与普通话集刊(第二本)》,文字改革出版社 1958 年。

中部分普通话变为零声母的中古疑母字读为 n 声母，如"硬（[niŋ]
或[n̠iŋ]）"。秦腔剧作中也有一些用例。

例 1. 孙仁玉《禁烟趣闻》第七场[40]363：

阮聚泰：哎呀，看我把新嫂嫂气成什么样子了。新嫂嫂，
　　　　你老人家怎么辄是那样脾气。你把你咹脾气也
　　　　改了吗！

郗云霞：不改。他的大老婆在世，脾气比我还大。他孝
　　　　顺的比孙子还孝顺。而今叫我改脾气呀，不改！

阮聚泰：哎，你稍微改上一点些。我这宁而不宁的这宁
　　　　哥，太得可怜么！

郗云霞：不改，绝对的不改！

宁继燕：阮哥，你莫要难为。人家不改脾气了，咱们把脾
　　　　气改了。

阮聚泰：叫太太改脾气哩，咱们还能讲脾气？我的咹脾
　　　　气，一见了太太，就游了太平洋了。（见郗云霞
　　　　笑，与宁继燕点头）新嫂嫂，你不改脾气，任你去
　　　　造孽。你要吸洋烟，我却要干涉！

郗云霞：怎么，我吸烟你还要干涉？

阮聚泰：我奉了制台札委，是禁烟局的会办。你能立刻
　　　　戒烟，那就甘休善罢。你若不肯戒烟，我便要抓
　　　　要押。就是软忽忽的这宁哥，（指宁继燕头）他
　　　　也是干急没法！

县官宁继燕全家吸食鸦片烟，协台阮聚泰奉两广总督林则徐
之命禁烟，来到宁府，宁妻郗云霞不同意戒烟，而宁继燕又有些惧
内，所以阮聚泰通过谐音拿宁继燕开玩笑。笑话他虽姓"宁
（硬）"，却"宁而不宁"、"软忽忽"。阮聚泰表面说的是"宁"，实际

说的确是"硬",笑话宁继燕不够"硬气"。《广韵》硬,五争切,疑母。宁,奴丁切(《集韵》乃定切),泥母。普通话"宁""硬"读音不同,而关中方言读音相同。

（五）"黏"读为"然"

在关中方言中,"然(rán)"是一个使用非常广泛的词,表示的含义有"胶着、黏性大、混淆不清、纠缠、糊涂"等等。经考证,rán的本字当为"黏",但人们一般直接写成"然"。如:

例1.高培支《双凤钗》第十二回[5]1304:

何　　氏:既非阴司、民妇何尝挟女私奔。我丈夫死后、整
　　　　　整十载、那有复告人之理。

何尚志:哎呀、这又是何人呢。明是玉兰女子、怎么讲出
　　　　　这等言语。这一妇人、你是谁家妻室呢。

何　　氏:老爷容诉。

何尚志:越董越然了。

关中方言中,"董"有"胡弄、蛮干、闯祸"等意思,何尚志是一个昏官,错断案件,所以说"越董越然了",意思是"越弄越混乱不清"。"黏"读"然"还有一些例证,如:

例2.《下河东》第八回[27]156:

石　　连:你们闪开!(康玉瑛暗上高场)楼上可是呼延夫
　　　　　人吗?

康玉瑛:正是得。楼下可是石大人?

石　　连:一个桃瓣不破,然乎。

例2中歇后语用了"一个桃瓣不破,然乎"。桃核和桃肉之间有些是离核,有些是黏核。在关中方言中,"黏"读成"rán",核读成"hú"。"桃儿瓣不开",自然就是"黏核",关中方言读成"ránhú

[$\underset{z}{z}\text{an}^{35}\,\text{xu}^{35}$]",转写成"然乎"。"黏核"谐音"然乎"正反映了关中方言"黏"音"然"的语音状况。

　　除上述声母的读音之外,秦腔剧作中的某些用字还反映了关中方言的其他特点。如:sh声母的合口字声母读为f,除单韵母u外,其他韵母也变为开口韵。如"书"读"夫","顺"读"份"等。秦腔剧作中有"水""飞"相混的用例。

　　例1.《火烧博望屯》第八场[39]429—430:

　　　张翼德:(内吼一声)咻嘿!

　　　卒　　:哪里响雷呢? 要下白雨呀!

　　乙　卒:伙计,不对! 刘备营下有一个罐子浆水呢?

　　　卒　　:大将张飞。那个爷难见的很,他手提打将鞭,又提丈八矛,见了你扑一枪,盖头一鞭。今见此人,你我就白毕了。

　　例2.《长坂坡》第十一回[36]427—428:

　　　曹　操:好惊,哎呀好惊! 何人站在桥梁以上? 这这这有了! 从前关公以在我营言的明白,他有结义三弟,涿州范阳人氏,姓张名飞字翼德。那人生来豹头环眼,雁项胡须,喘声如雷,一在两军阵上,乐意战咧战上三头五回合,不乐意战咧抱住马鞍桥大喊三声,吓的众将轱辘噹滚下马鞍。老夫今天莫非遇见张飞?

　　　卒　　:浆水。

　　　曹　操:张飞! 再去探桥。

　　上述两例中,曹军士卒将张飞说成"浆水",固然有插科打诨的意思,但也在一定程度上反映了关中方言"水"、"飞"谐音的现象。

二、秦腔用字反映的关中方言韵母特点

秦腔的韵辙带有极强的关中方言特点，在秦腔韵辙一节有详细介绍，这里不庸赘述。本节主要关注用字所反映的方言特点。从秦腔用字来看，所反映的方言特点主要有以下几个方面：

（一）普通话 o、uo、e、ai 等韵母的字关中方言读为 ei 韵母

普通话中，部分 o、uo、e、ai 韵母的字今关中方言韵母读为 ei 或 uei，如：德得[tei³¹]、则窄仄[tsei³¹]、测[ts'ei³¹]、色[sei³¹]、隔[kei³¹]、白百[pei³¹]、拍[p'ei³¹]、脉[mei³¹]、国[kuei³¹]、惑[xuei⁵⁵]。白涤洲《关中方音调查报告》和高本汉《方言字汇》中也记录了一些例子。这些字主要是一些中古入声字。普通话 o、uo、e、ai 韵母的字关中方言读 ei 的证据除了押韵材料外，剧本用字也有一些反映。如：

例1.范紫东《宫锦袍》第十一回[15]5878：

　　费屺怀：是了、我记起了、法兰西、法兰西。法兰西是个
　　　　　　甚么东西。

　　张佩纶：法兰西也是一个国。

　　费屺怀：这还是个龟、我当是个鸡。

　　张佩纶：这也是西洋有名的个国、人把他也叫法国。从
　　　　　　前有位皇帝、叫做拿破仑、是有名的混世魔王。

例2.《剪红灯》第十六场[25]519：

　　校　尉：咻是另一国的王子。

　　吴癞子：有老笼大个龟没？

　　校　尉：国王家的国！

吴癞子:噢,咻可是老爷掉文呢,我当是老笼大个龟国。
　　　　好我的老爷呢些,你把娃领的见了我二大的时
　　　　节,我二大心疼我,给我几个钱,你老人家要吃
　　　　啥,娃给你买啥。

上两例中,把"国"听成"龟",说明"国""龟"谐音。在关中方言中二字同音,"国"读为"龟",韵母由 uo 读为 uei。此外秦腔剧作中还有"麦"与"美、妹"谐音的例子。

例 3.范紫东《光复汉业》第六回[13]4874:

甲　匪:行人站住。

阴　识:(战)老总莫非迷了路径。

甲　匪:那里还没路走。我问此地有美人没有。

阴　识:你要吃麦仁,这家家都有煮下的麦仁、你两个却
　　　　能吃几碗吗。

乙　匪:我问的是美人。

阴　识:美人是什么东西。

乙　匪:就是那美貌女人。

阴　识:呵、乡间这女人、都在田野之中务农、那里还有
　　　　美貌人才。没有、没有。(摇头)

例 4.《花钱袋》第四回[9]3233—3234:

秋　瑞:十七了。你可认得那穿红的。

全书信:我认不得。

秋　瑞:那是我姑娘、你麦子。

全书信:想是我妹子。

秋　瑞:噢、就是你妹子、你晓得她多少岁数。

上两例中,把"美人"说成"麦仁",把"妹子"说成"麦子",利用了"麦"与"美、妹"谐音达到相应目的。也说明关中方言中"麦"读

为[mei³¹]，韵母当为 ei 韵母。

(二)"被"音"敝、避"

关中方言中，"被"字音[pi⁵⁵]，这种读音在前期剧作中也能找到例证。

　　例1.孙仁玉《白先生看病》[19]7363：

　　　　尚　当：那好极了。我的敝内有些贱恙、奉请先生瞭望瞭望。

　　　　白失鬼：他说了个被内、我心里怎么全不理会。这这有了被内、一定是被窝内边的人、靠住是他的婆娘无疑。我想他给我调这个文呢、我不免也给他调个文儿。……

　　例2.《珊瑚鱼》第十五回[31]343：

　　　　杨士奇：去查丛林之内，何故火光出现。

　　　　卒　　：是。(看)禀爷，有一青年林内被难。

例1中，尚当是个白丁，自己妻子生病，找冒充医生的白失鬼看病。为了显出自己有学问，说话故意文绉绉的，将妻子称作"敝内"。而白失鬼也是不学无术，不知道所谓"敝内"是什么，理解成了"被内"，并依此推断"被内"就是"是被窝内边的人"，就是"他的婆娘"。结果冒打误撞，推测准确，获得了尚当的信任。之所以"敝内"能理解成"被内"，正是因为关中方言中"被""敝"同音。例2中，"被难"当为"避难"，由于"被"和"避"方言音同，导致同音替代而出现错字。而这种错字恰恰成了"被""避"音同的证据。

(三)部分普通话读 u 韵母的字关中方言读为 ou 韵母

"路楚怒芦"等普通话为 u 韵母，关中方言中则读为 ou 韵母，如今泾、三、高一带分别读"路芦"为[ləu]、读"怒"为[nəu]、读"楚"为[ts'əu]等。《关中方音调查报告》所列各地语音与今相同,《方言字汇》西安话与此基本相同。秦腔归入"由求"辙。这在秦腔韵辙和关中方言一节可以看到。除韵辙外,秦腔剧作中也有一些用字可以反映这一语音特点。

例1.《对银杯》第四回[29]461:

刘　氏:刘奎,你把姑母酒盘内边银子……

刘　奎:老爷禁场合哩,骰子盆子。

刘　氏:银子。

刘　奎:哪里来袄带裙子?

刘　氏:银子。

刘　奎:我没见你的银子。

刘　氏:什么,你没见? 你没见,我要搜呢。

刘　奎:呦怎么咋这样称呼呢? 我把你叫姑母呢,你怎么把我叫叔呢!

刘　氏:我搜你的银子呢。

例1中,刘氏让侄子刘奎杀害赵千、赵万,刘奎临走顺走刘氏的银钱,刘氏要"搜",刘奎故意打岔说"我把你叫姑母呢,你怎么把我叫叔"。由于"叔"在关中方言中读[səu²¹],和"搜"谐音,所以刘奎有如此言语。

例1.《艳娘传》第十三回[32]432:

秃　林:(唱)我大叔到处无踪影,

　　　　　急的我娃子好头疼。

　　　　　到今日已有三年整,

　　　　　却怎么黄鹤一去丰都城。

　　　下官秃……

役　　：老爷不偷!

秃　林：林。

卒　　：老爷不敢偷人,偷人叫贼状元!

关中方言中"秃"字音[t'əu²¹],和"偷"字同音,所以秃林说自己名字"秃"时,衙役听成了"偷"。

（四）"外"读为"卫"

关中方言中,"外"指人伦关系,指母亲、妻子、姐妹及女儿方面的亲属。用"外"做语素构成的词很多,如"外家"、"外公"、"外爷"、"外婆"、"外甥"、"外孙"等,多数地区将这一类的"外"读为[uei⁵⁵],秦腔剧作中也有"外"读为[uei⁵⁵]的例子。如:

例1.高培支《千金亭》第二回[4]669:

周　霭:贪做点心、莫看下雨。不要紧、常言说、天有不测风雨、着急也是无益。请先用点心、一时凉了,吃了有碍卫生。

张玉箫:管他外甥不外甥、我心急的要紧、你先说我怎吃得下去呢。老天、你试今日少下些儿、你是有意刻苦我吗。

上例中,周霭说点心凉了吃了不"卫生",张玉箫心急回家,将"卫生"说成"外甥",说明"卫生"、"外甥"两词读音相同。今关中方言两个词读音仍然相同,均读[uei⁵⁵ seŋ²¹]。

除上述韵母特点外,秦腔剧本用字还反映出关中方言部分前后鼻音相混等特点,由于关中方言只有小部分地区存在前后鼻音先混的情况,不像陕北地区那样明显,因而我们不再详述。

三、秦腔用字反映的关中方言声调特点

秦腔剧作中用字所见的声调问题主要是中古入声字的今音声调归属。中古入声字在今普通话中被派入了四声当中。在关中方言中,中古入声字的今音声调归属和普通话不同。关中方言中中古入声字多归入阴平声中。秦腔个别用字可以从中观察出声调问题。

例1.《玉堂春》第十一场[39]48:

 崇公道:你看天气太热,我这里空走都出汗呢,不如把刑
   枷取下,你看如何?

 苏　三:朝廷王法如何取得?

 崇公道:在这里由我着呢,什么王法,他妈的头发,待我
   给你取了吧。(取枷)

法,《广韵》方乏切,非母乏韵入声,普通话声调归入上声。发头发,《广韵》方伐切,非母月韵入声,普通话归入去声。崇公道"法""发"相混,说明关中方言"法、发"声调相同,"法、发"皆归入阴平。

例2.冯杰三《投笔从戎》第十回[35]56:

 班　超:咦,哈、哈、哈! 我娘有书,待我一观。(看信)哎
   呀,怎么她也到了这里? 贤弟你所说的,原来就
   是她?

 徐　干:什么塔? 弟初到此地,不知道哪里有个塔,是砖
   砌的塔,还是铁铸的塔,玲珑塔么珍珠塔,是个
   什么塔?

 班　超:你看他还装腔作势。你来看,就是这个。(指信)

例2.孙仁玉《蟒蛉案》第十场[21]8467:

彩　凤：也不好听。你只说他、我就明白了。

魏　妻：哦、我说他、是个大雁塔、小雁塔、我嫌不嘹亮、
　　　　我口说顺了、我还总要说你哥哥、你哥哥、教你
　　　　再一辈子都摆不脱。

塔，《广韵》吐盍切，透母缉韵入声，普通话归入上声。《广韵》无"她"，由"他，讬何切"推断，"她"为透母歌韵平声，普通话归入阴平。例2中"她""塔"相混，例3中"他""塔"相混，说明关中方言中"塔""她"同音，"塔"归入阴平。

综上所见，秦腔剧作中用字所反映的关中方音特点虽然是散见的、片段性的，但是这些用字所反映的特点却是我们所探讨的清代末期至民国时期关中方音的特点，为我们探讨关中方言的演变会提供一些有益的帮助。

第三章　秦腔用韵

第一节　秦腔韵辙的研究概况

在对秦腔韵辙的问题上，先贤们也进行了不少的探讨，提出了自己的主张。总结前贤的研究成果，我们认为主要有以下几派意见：

一派认为秦腔采用明清以来北方戏曲的十三辙，如王依群、吕自强等。

吕自强《秦腔音乐概论》："秦腔唱词讲究押韵，其中以排句韵为主（每句押韵），也可转韵或隔句韵。韵辙方面也以十三辙为规范，但有些韵辙如'一七辙'（也称衣期）、'乜斜辙'、'梭坡辙'等应用较少。"①该书所列"秦音韵辙表"如下：

辙　名	韵　母	例　字	辙　名	韵　母	例　字
（1）发花	a ia ua	麻 家 蛙	（8）遥条	ao iao	跑 校

①吕自强《秦腔音乐概论》，太白文艺出版社 1997 年，第 26 页。

续表

辙　名	韵　母	例　字	辙　名	韵　母	例　字
(2)坡梭	o e ou	歌 车 多	(9)曲求	ou iou	口 就
(3)乜斜	ê ie ue	耶 耶 月	(10)言前	an ian uan üan	班 先 团 元
(4)姑苏	u	姑	(11)人辰	en in un ün	分 今 顿 旬
(5)一七	i -i er ü	基 时 耳 雨	(12)江阳	ang iang uang	党 详 王
(6)怀来	ai uai	排 怪	(13)中东	eng ing ueng ong iong	风 星 翁 工 勇
(7)灰堆	ei uei	黑 推	注:秦音虽分尖团而韵辙不变。		

　　从上表可以看出,该表存在一些错误,如坡梭辙韵母 uo 误为 ou,乜斜辙韵母 üe 误为 ue,第九辙辙名"由求"误为"曲求"。该书秦腔韵辙表中"一七"辙包含 i(基)、-i(时)、er(耳)、ü(雨)四个韵母,而实际当为五个韵母。

许德宝在其编著的《秦腔音乐》中，也有关于"十三辙"的介绍："秦腔的唱词同样沿用北方戏曲通用的十三辙，其唱词多为一韵到底，根据需要也可转韵。十三辙中，'一七辙'、'乜斜辙'以及'坡梭辙'在秦腔唱词中较少运用。"[1]

其十三辙图示如下：

辙　名	韵　　母	例　字	辙　名	韵　　母	例　字
(1)发花	a ia ua	麻 家 蛙	(8)遥条	ao iao	跑 校
(2)坡梭	o e ou	歌 车 多	(9)曲求	ou lou	口 就
(3)乜斜	e ie ue	耶 耶 月	(10)言前	an ian uan üan	班 先 团 元
(4)姑苏	u	姑	(11)人辰	en in un ün	分 今 顿 旬
(5)一七	i -1 er u	基 时 耳 雨	(12)江阳	ang iang uang	党 详 王

①许德宝《秦腔音乐》，太白文艺出版社 2010 年，第 16 页。

续表

辙　名	韵　母	例　字	辙　名	韵　母	例　字
(6)怀来	ai uai	排 怪	(13)中东	eng ing ueng ong iong	风 星 翁 工 勇
(7)灰堆	ei uei	黑 推	\multicolumn{3}{注：①此表为"秦音韵辙表"②秦音虽有尖团之分，但韵辙不变。}		

这个表格是由吕自强编著的《秦腔音乐概论》中摘出的，印刷时也有一些错误。如"坡梭"辙韵母"uo"误作"ou"，"乜斜"辙韵母"ê"误作"e"、"üe"误作"ue"，"一七"辙韵母"-i"误作"-1"，"由求"辙韵母"iou"误作"lou"。

王依群在《秦腔语音讲座》一书中，把秦腔的十四韵归纳为"十三辙"，认为"须臾和衣期相近"。没有必要分开，纳入"衣期辙"中，成为十三辙①。

一派主张秦腔有十四辙，如封至模、焦文彬等。

焦文彬、阎敏学《中国秦腔》："秦腔的用韵与关中声韵是一致的，因为秦腔的语言基本上是采用泾阳、三原、高陵为中心的关中方言，所以用韵也与上述地区一致。共有十四韵，比元明以来北方戏曲的十三辙多了一辙，即'须臾辙'。……封至模在《戏曲声韵学》(油印本)中对秦腔的声韵作了系统的论述。为了记忆方便，编一副对联：'东西过来麻小姐，南北走开陈姑娘。'"②

①转引自焦文彬、阎敏学《中国秦腔》，陕西人民出版社2005年，第69页。
②焦文彬、阎敏学《中国秦腔》，陕西人民出版社2005年，第68—69页。

《中国秦腔》将秦腔戏曲的十四辙简表如下：

辙名	辙　韵母	合辙部分	例词	备注
1.中东 （聪明）	eng ing ueng eg iong	eng	风更腾英 延庆翁瓮 共同拥送 用聪明炯	
2.衣期 （稀奇）	i i er ü	i i er ü	基移比被 枝时此雌 而耳二尔 区余许徐	四者相近
3.撮合	e o uo	e	歌破多提 舍末拨坡 多郭硕合	
4.发花	a ia ua	a	麻巴达家 下洽蛙挂 画划发大	
5.逍遥 （遥条）	ao iao	ao	豪跑条票 腰赵跳逃	
6.乜斜 （决绝）	e ie üe	e	耐乃 月雪决绝 野聂雪缺	
7.怀来	ai uai	ai	排代寨哉 歪怪帅率	
8.言前	ai ian uoa uon	an	般言变判 烟田片宽 团峦换环 冤卷宣传	

续表

辙名	辙　韵母	合辙部分	例词	备注
9. 人辰 （深沉）	en in un ün	en	分根神申 因吝银坤 温魂顿屯 晕旬深沉	
10. 江阳	ang ing uang	ang	昌唐榜旁 央祥奖江 黄王闯阳	
11. 由求	ou ian	n	沟绸豆都 优秀刘流	
12. 姑苏	u	u	夫库呼姑	
13. 灰堆	ei uei	ei	非配黑灰 回轨推堆	
14. 须臾	ü	ü	区余须臾	

　　焦文彬在其所著《长安戏曲》一书中有相同的论述①。其"衣期"辙包含 i、-i、er、ü 四韵母，其中 ü 韵母例字为"区余许徐"；其"须臾"辙韵母是 ü，例字为"区余须臾"。可能是校对或印刷的问题，焦文彬两部书中的秦腔韵辙表都有不少错误。如上表中，中东辙"韵母"一列的 eg 当为 ong，例字的"延"当为"廷"。乜斜辙"韵母"及"合辙部分"列中 e 应为 ê，言前辙"韵母"一列 ai 当为 an，uoa 当为 uan，江阳辙"韵母"一列 ing 当为 iang，由求辙"韵母"一列 ian 当为 iou。

　　按照十四辙的说法，其"衣期"辙中不应该包含 ü 韵母。

---

① 焦文彬《长安戏曲》，西安出版社 2002 年，第 119—122 页。

　　除了"十三辙"和"十四辙"的说法之外,还有所谓"十五辙"之说。如:

　　王正强《秦腔音乐概论》:"秦腔唱词末字的平仄声调,又与韵辙结合一起使用的。所取韵目,依然是北方剧种通用的'十三辙',即:发花、梭坡、乜斜、姑夫、衣期、怀来、灰堆、遥条、由求、言前、人辰、江阳、中东。需要指出的是,在'衣期'辙中,还包括'er(儿)'、'ü(鱼)'二韵,前者本在'十三辙'之外,另立'儿化'韵,此韵秦腔运用较少;后者则与'衣期'辙关系甚远,却在秦腔中时有所用(如《铡美案》包拯所唱'陈千岁'一段唱词即是),故有人主张将其另立'须遇'一辙。这样,秦腔实际使用的就成为'十五辙'了。此十五辙虽然在秦腔的唱词中广泛采用,但相对而言,以取中东、人辰、言前、江阳等辙口者普遍,大概这与以上四辙语音较广、字韵较多,用来方便、唱来上口等原因不无关系。"①

　　按:王的"er为'另立儿化韵'"一说不准确,因为 er 是一个韵母,属于卷舌央中不圆唇元音,主要的汉字有"二尔耳而贰"等,和韵辙上的"儿化韵"不属于同一层次。再者,汉语韵母为 er 的字只有几个,完全没有独立成辙的必要。此外"须遇"辙的关系与"衣期"辙关系甚远之说亦不确,从元音发音来看,i 和 ü 都是"舌面前、高元音",区别只是 i 是不圆唇元音,而 ü 是圆唇元音。二者音色差别不大,完全可以押韵。因而他将秦腔分为十五辙的说法是不准确的。

　　综合以上几种关于秦腔韵辙的说法,我们可以看出,秦腔韵辙的研究虽然取得了一些成绩,但仍存在一些失误。主要表现在:1.秦腔韵辙的数量到底应该是"十三辙"还是"十四辙",没有

---

① 王正强《秦腔音乐概论》,人民音乐出版社 1995 年,第 25—26 页。

一致意见;2.由于缺乏基本的汉语音韵学知识,有关韵辙的不少说法存在偏误;3.由于缺乏相关的语音学知识或校对失误,以上关于韵辙包含韵母的归纳和书写存在不少错误。基于先贤的疏漏和争议,我们认为有必要对秦腔韵辙进行详尽考察,以便厘清秦腔韵辙的实际状况。我们的做法就是从具体的秦腔剧作中归纳韵部,采取穷尽式的考察思路,对秦腔的韵辙进行研究。弄清秦腔用韵的真实面貌,庶几可对秦腔韵辙的研究有所裨补。

分析诸家说法,我们发现各家的分歧主要集中在"衣期"和"须臾"两辙的分合,即是否承认"须臾"辙独立。而经过我们考察,须臾辙和衣期辙完全没有必要分开,秦腔应该是十三辙。秦腔"衣期辙"和"须臾辙"关系辨析相见下文。

第二节　考察秦腔韵辙的押韵材料

秦腔中押韵的材料很多种,不光唱词中有,念白当中也有不少是押韵的。我们考察秦腔韵辙的材料主要有唱词和念白两大类。唱词是指以唱为主的韵段,包括和剧目内容密切相关的唱词。我们把与剧情关系不甚密切的韵段,如歌谣等也归入唱词范畴。念白(这里不含以关中方言为主的道白)指以念为主的韵段,包括韵白、引子、诗、板歌等。

一、唱词

唱词是归纳秦腔韵脚最主要的材料。秦腔中的唱词有剧中为表达人物为主和戏剧情节密切相关的唱段,还有一些和戏剧情节联系较疏的歌谣,如山歌等。

1. 唱词

唱词是指以唱为主的韵段,主要是指剧本中标明"唱"字的韵段。唱词是秦腔的重要组成部分,秦腔剧中唱词很多,其主要特点就是要押韵。唱词是归纳韵辙的最主要材料。唱词如:

例 1.《花柳林》第二十回[10]3438—3439:

　　张素贞:好贼呀!

　　　　(唱)见强盗掀起心头恨。

　　　　　　刀割肺腑箭穿心。

　　　　　　自你赶考离本郡。

　　　　　　一去三载无信音。

　　　　　　家中什物都卖尽。

　　　　　　天遭荒旱饿杀人。

　　　　　　母子饥饿实难忍。

　　　　　　为妻张口靠何人。

　　　　　　携男带女离本郡。

　　　　　　沿门乞讨羞杀人。

　　　　　　上京住在张家店。

　　　　　　闻你皇宫招了亲。

　　　　　　央告店东去报信。

　　　　　　重打二十太狠心。

　　　　　　为妻拦轿来相认。

　　　　　　口口骂我疯妇人。

　　　　　　一足踢死心太狠。

　　　　　　又杀儿女坏人伦。

　　　　　　当初你把事做尽。

　　　　　　也该人情留几分。

今日见你黑血滚。

你与禽兽差几分。

这段唱词中,韵脚字为"恨心郡音尽人忍人郡人亲信心认人狠伦尽分滚分",韵母分别为"en、in、un、ün",均属人辰辙。

2.歌谣

歌谣指民歌、民谣、儿歌、童谣等,我们这里所说的歌谣还包括民间曲艺的快板、莲花落等。歌谣也是押韵的,可以作为考察韵部的材料。秦腔剧作中有不少歌谣,如秧歌、山歌、快板、莲花落等。秧歌如李约祉《庚娘传》第四回[7]1953:

甲船户:(唱秧歌)

月儿弯弯照九州。

几家欢喜几家愁。

几家高楼饮美酒。

几家离乡背井在外头。

上段秧歌中的"州愁酒头"四字就是押韵的,韵母分别是"ou、iou",均属由求辙。

山歌如李仪祉《卢采英救夫记》第三回[7]2372:

包　玉:(唱山歌)

昨日里打柴上山岗。

路遇东邻的牧童哥哥赶了一群羊。

我问他你赶多少羊。

他说是九十三斤零四两。

我问他多少钱买一只羊。

他说天天上山放两趟。

我问他多少工钱放一天羊。

他说是羊毛出在羊身上。

哎。

好聋子哥哥、你把话听的当。

他说是山上寺里有个老和尚。

这段山歌中,韵脚字为"岗羊羊两羊趋羊上当尚",韵母分别是"ang、iang",均属江阳辙。

快板如《三义节》第四回[10]3271:

罗　义:(唱快板)

说赌博。道赌博。

提起赌博好罗索。

偷签子。摸九索。

都纲上来把胡合。

场夥尽是呼卢子。

那一个窝子挑不过。

但若背膀悄看着。

你一拳。我一脚。

打了个鬼眉两眼窝。

提起耍钱赌博事。

你看污浊不污浊。

罗义所说的这段快板中,"博索索合过着脚窝浊"等字为韵脚字,韵母分别属"o、uo、e"等("脚"字关中方言读[tɕyo²¹]),属坡梭辙。

莲花落如《乾隆杀花子》第三场[10]3663—3664:

瞎婆儿:(唱莲花落)

说一个天和地古来今往。

上有阎王下玉皇。

一溜莲花落花也。

　　　　　哎哎莲花落也。

　　　　　哎莲花落也。

　　　　　杨六郎斩子梁山上。

　　　　　辕门斩子数宋江。

　　　　　一溜莲花落花也。

　　　　　哎哎莲花落也。

　　　　　哎莲花落也。

　　　　　赵匡胤墩台挡过将。

　　　　　康茂才千里送京娘。

　　　　　一溜莲花落花也。

　　　　　哎哎莲花落也。

　　　　　哎莲花落也。

　　这段莲花落中的"往皇上江将娘"也是押韵的,韵母分别是"ang、iang、uang",属江阳辙。

二、念白

　　念白指以念为主的材料,包括道白、韵白、引、诗、板歌等。道白是散文式的语言,以关中方言表达,较少用韵文。韵白、引、诗、板歌等多押韵,可以作为归纳秦腔用韵的材料。其中有些引或诗直接使用或化用古代诗词,不能反映秦腔用韵情况,故而本文不把这些韵白作为归纳材料。

　　1.韵白

　　韵白是一种吟诵性的舞台用语,具有韵律性,是押韵的念白。剧本中有时标明"念",多数不标明。如李桐轩《孤儿记》第七回[6]1614—1615:

　　　吴知县:(写念)憨孩子、街前跪。吊下两行凄惶泪。口

　　　　　称罗家子、要入李家赘。媳妇年十八、女婿才八

　　　　　岁。八岁理应八岁配、那有十八配八岁。你有

　　　　　受人指拨计千条、我有照见心肝的眼一对。状

　　　　　不准、往下退、你不念抚育恩、黑心脊梁背。真

　　　　　是人碎心不碎。念尔无知免责打、再要纠缠定

　　　　　加罪。

　　这段念白明确用"念"字标明，其中"跪泪赘岁配岁对退背碎罪"为韵脚字，韵母分别是"ei、uei"，属灰堆辙。还有一些韵白没有标明，需要注意。如范紫东《燕子笺》第十二回[12]4208：

　　　孟妈妈：不错、她在那画儿上见了你、又看那女郎就象

　　　　　她。下款题的是霍郎、上款又题的是云娘、所以

　　　　　他看着名字是她的名字、模样是她的模样。又

　　　　　爱你那张画。又想你这霍郎。因此作了两句词

　　　　　章。用笔题在笺上。那燕子太得荒唐。胡里胡

　　　　　涂唧将。唧的落在曲江。偏就教你拾上。两个

　　　　　人都不知道地方。从此胡乱思量。思量的病到

　　　　　床上。都教我与你开方。倒不如我与你作个媒

　　　　　郎。到底还有个下场。

　　这段念白虽然没有标明"念"字，但也是押韵的，属于韵白。其韵脚字为"郎娘样郎章上唐将江上方量上方郎场"，韵母分别是"ang、iang"，属江阳辙。

　　2.引

　　"引"用于剧中人物登场时所说，目的是说明其身份、处境等，主要有两句，也有多句的。以押韵为常见，偶有不押韵的。剧本中一般标明"引"，也有标明"念"的。如高培支《儿女英雄传》第十回[3]445：

（邓振彪、张乐世、张夫人、褚一官、邓女、安学海、安夫人同上）

张乐世：(引)侠义英雄本色。

张夫人：(引)温柔女儿家风。

褚一官：(引)两般若说不相同。

邓　女：(引)除是痴人说梦。

安学海：(引)女儿无非天性。

安夫人：(引)英雄不外人情。

邓振彪：(引)最怜儿女最英雄。

众　　：(引)才是人中龙凤。

傧　相：拜见众位太爷、老爷、少老爷、太太、奶奶、少
　　　　奶奶。

安学海：下边伺候。

这段引语每人一句，合成一首词，词牌依《西江月》，其中韵脚字为"风同梦性情雄凤"，韵母分别是"eng、ong、ing、iong"，均属中东辙。

3.诗

"诗"有上场诗、坐场诗和下场诗三种形式。"上场诗"是剧中人物登场后念的诗，一般在"引"之后；"坐场诗"是剧中人物落座后念的诗；"下场诗"是一场戏结束时念的诗。剧本中一般标明为"诗"或"念"。剧作中的"诗"中，"上场诗"和"坐场诗"多为四句。"下场诗"有的是四句，有的只有两句。有的是一个角色所说，也有的是几个角色分说一句或两句。有的是编者创作，有的则是直接引用或化用前人创作的名诗（需要说明的是：这些诗歌的韵脚，不在我们归纳秦腔韵部的范围内）。也有不少下场诗前有"正是"两字来提示。

"上场诗"如《三义节》第一回[10]3261：

　　　　　（姚彦上，喜禄随上）

　姚　彦：（引）笔尖濡动砚池水。

　　　　　　　熬尽灯油费心机。

　　　　　（念）清明节日三月天。

　　　　　　　家家户户上坟园。

　　　　　　　人家都把先祖奠。

　　　　　　　我与祖宗化纸钱。

　　"坐场诗"如《御果园》第一回[9]2877：

　　　　　（四内侍引李渊上）

　李　渊：（引）双扇门儿单扇开，

　　　　　　　悠悠闪上帝王来。（坐）

　　　　　（诗）有道王子坐明堂。

　　　　　　　目月光辉照万邦。

　　　　　　　扫荡群雄成帝业。

　　　　　　　四海百姓乐安康。

　　"下场诗"如高培支《儿女英雄传》第一回[3]382：

　邓振彪：宴摆客厅、请。

　　　　　（念）从来英雄爱英雄。

　　　　　　　因此樽中酒不空。

　周　三：（念）今日拜识老杰士。

　　　　　　　不打不成好交情。

　邓振彪：好一个不打不成好交情。（同下）

　　上述"上场诗"中的"天园钱"、"坐场诗"中的"堂邦康"、"下场诗"中的"雄空情"均为韵脚字。其中"天园钱"韵母分别是"ian、üan"，属言前辙；"堂邦康"韵母为"ang"属江阳辙；"雄空情"韵母分别是"iong、ong、ing"，属中东辙。

4. 板歌

"板歌"是节奏化念白,是一种顺口溜,需要押韵上口,内容一般诙谐幽默。又分板歌、道歌等多种形式。板歌内容一般和情节内容联系不大,多为各种丑角所说。剧本中一般标明"板歌",也有标明"念"。如《游西湖》第三回[8]2784—2785:

招　香:(念板歌)

人家娃本是女娃娃。

没有个人儿说婆家。

隔壁子有个王妈妈。

拾胡基撩瓦碴。

去打着她。打着她。

王妈妈过来吧。

端一把椅儿你坐下。

你与你娃将媒发。

王妈妈开言吪吪吪、他他他。

把一个蠢才好打煞。

人家娃听言事不好。

忙把背手递给他。

一个布、四两花。

与我说婆家。

王妈妈开言道。

有有有、不当紧。

东庄有个王世华。

他有一子叫哑巴。

又会消白铁。

又会焊喇叭。

又会嘣嘣弹棉花。

人家娃有心嫁了他。

他可是个秃子家。

人家娃有心不嫁他。

他可是个艺人家。

去球吧。嫁了他。

看我爹爹陪啥咖。

我的爹、我的大。……

这段板歌韵脚字为"娃家妈碴她吧下发他煞他花家华吧叽花他家他家他咖大",韵母分别是"a、ia、ua",均属发花辙。

第三节　秦腔的押韵体例

一、秦腔押韵的特点

1. 平仄通押

秦腔押韵的段落有一个重要特点,就是每两句构成一个押韵句式。单句末尾一般为仄声韵,偶句末尾一般为平声韵。押韵的时候,一般是平仄通押,也就是单句押仄韵,偶句押平韵,两个韵脚字虽然声调不同,但同属一个韵辙。这是一种最常见的押韵情况。如:

李桐轩《孤儿记》第五回[6]1605—1606:

孟家祥:三更已下、明河在天、我心中愁绪万端、如何睡他得着呀。

（唱）孟家祥坐床头独坐独念。

甚罪孽天罚我如此可怜。

六岁后就不曾再见父面。

年十五我的娘又归九泉。

为找父想出门心急如箭。

不谅情两尊长强行遮拦。

讲道理只听他高谈雄辩。

无事人怎知我心似油煎。（内打四更）

谯楼上忽听得四更四点。

孟家祥坐床头眼泪不干。

亲娘舅疼甥儿苦苦相劝。

我叔父怜侄子常将泪沾。

怎知我非木石不可动转。

梦魂儿隔千里飞到父前。

细思想将一切葛藤斩断。

到明天怕生出多少纠缠。

以上唱段中，韵脚字的韵母分别是"an、ian、uan、üan"，均属言前辙。其中单句的韵脚字"念面箭辩点劝转断"均为仄声，偶数句韵脚字"怜泉拦煎干沾前缠"均为平声。本唱段属于言前辙平仄通押。

2. 句句押韵

所谓"句句押韵"是指唱段（或韵段）所有的韵脚字不管是仄声还是平声，都属于同一个韵辙，句句押韵是秦腔唱段中比较常见的押韵方式。如李桐轩《戴宝珉》第四回戴宝珉受屈被解充军时的一段唱词[6]1738—1740：

戴宝珉：（唱）大堂口起了解头昏脑晕。

一家人哭啼啼送我出门。

这场祸把家业变卖都尽。

想与我送盘缠没有分文。
自愧我妻子们素无学问。
持门户度日月该靠何人。
她愁我蒙霜露精力疲顿。
我愁她缺衣食怎样生存。
小儿女牵我衣问我怎忍。
行路人也看得落泪伤心。
大老爷这时候安然高枕。
为什么天生我偏要为民。
我有罪论法律甘蹈白刃。
若无罪该把我放还家门。
充发我却把那狗官撤任。
官撤任把吴生又黜衣巾。
谁有罪谁无罪刑罚矛盾。
试问他定此案是何居心。
怕士民长习风嚣张愈甚。
为甚么不怕官无罚殃民。
国家败由官邪古有明训。
伸民冤难道说也生弊根。
解不开这段理真觉气闷。
想来是国无法生杀由人。
大与小贵与贱层层压镇。
论心术但只怕公理直伸。
我今日受刑杖冤屈已甚。
得不死反教我感谢深恩。
似这样作百姓贱如土粪。

倒不如绝人类鸟兽同群。

哎、我的小伙计呀。

(唱)你到那阴曹府莫把我恨。

你遇贼一刀死胜我十分。

当日里只怪我一时失慎。

想为人害了你实出无心。

奉劝我众同人各个发奋。

保家族要自己操练手身。

再莫说遵告示循良安分。

官治盗乃不过一纸空文。

哎、却说王纫姑呀。

(唱)提起来王纫姑可惜可恨。

你与我倒做了惹祸原因。

可惜你做媳妇多遭蹂躏。

可惜你性命贱贻害旁人。

奉劝我众同人改过不吝。

把那些恶风俗再莫认真。

夸什么弓鞋小金莲三寸。

遇了贼走不动受辱失身。

哎、王各卢贼奴才。

(唱)这样人真乃是国家厄运。

把毒药简直的当就人参。

害得你亲生女投缳自尽。

不知羞反告我见色起淫。

奉劝我众同胞速快戒瘾。

再莫要卧灯下吐雾吞云。

　　　　　　恨英人他设下迷魂大阵。

　　　　　　这烟土胜得过万马千军。

　　　　　　说罢了各人事我心好困。

　　　　　　哪一宗还不是亡国之根。

　　　　　　似这样甘下流不加整顿。

　　　　　　何必待洋兵到才见瓜分。

　　　　　　奉劝我众同胞精神自振。

　　　　　　救中国不在兵只在人心。

　　　　　　你莫说戴宝珉身带铁棍。

　　　　　　你莫说吴仲义革去衣巾。

　　　　　　处此世但自觉死安身顺。

　　　　　　这便是人心在天理尚存。

　人　　役：戴老儿、咱们走快些。

　戴宝珉：（唱）路途上说不完满腔冤愤。

　　　　　　千里外只恐怕又是昏昏。（同下）

　　以上戴宝珉的唱词中，韵脚字"尽问顿忍枕刃任盾甚训闷镇甚粪恨慎奋分恨躏吝寸运尽瘾阵困顿振棍顺愤"为仄声，"晕门文人存心民门巾心民根人伸恩群分心身文因人真身参淫云军根分心巾存昏"为平声，他们的韵母分别是"en、in、un、uen、ün"，都属于人辰辙。这一段唱词虽然比较长，仍属于句句押韵。句句押韵有时是一整段唱词，有时可能比较短，也可能中间换韵，但无论怎样，押韵的段落是每一句都入韵的。

　　3.隔句押韵

　　由于秦腔唱词的主要韵脚为偶数句末字，奇数句末字可以入韵，也可以不入韵。隔句押韵实际上是偶句押韵，也就是偶数句末字为韵脚字。如李桐轩《孤儿记》第四回中秦愚的唱段[6]1595：

秦　愚：(唱)架上堆积陈案卷。

窗前排列旧几榻。

任他法政毕业士。

等因奉此要让咱。

再如李桐轩《兴善庵》第三回赵梦魁的唱段[6]1665—1666：

赵梦魁：(唱)江上风月无限好。

不归林下哪得闲。

万变风云却有定。

一席谈笑遇良缘。

秦愚的唱段中，韵脚字为第二句"榻"和第四句的"咱(zá)"，奇数句不入韵。赵梦魁的唱段中，韵脚字为第二句"闲"和第四句的"缘"，奇数句也不入韵。由于秦腔唱词奇数句末字可押可不押，因而隔句押韵并不违背秦腔押韵的要求。

4.一韵到底

所谓一韵到底是指押韵的整个唱段中，所有的韵脚字均属同一个韵辙。上述《戴宝珉》中的唱词就是一韵到底，所有韵字均属人辰辙。再如：

李桐轩《双姤记》第四回李红玉的一段唱词[6]1752—1753：

李红玉：(唱)孤苦零丁一女郎。

飘蓬千里在他乡。

虽然说幸得有依傍。

那恩义越深越断肠。

他待奴亲生无两样。

念叔父一刻不能忘。

还须要将人心体谅。

不敢带孝出守丧。

　　　　　在人前把泪眼拭干愁眉放。

　　　　　强打精神伴老娘。

　　　　　似这样委屈把安乐享。

　　　　　倒不如旅衬寂寞受严霜。

　　这段唱词的韵脚字"郎乡傍肠样忘谅丧放娘享霜"韵母分别是"ang、iang、uang"，均属江阳辙，一韵到底。

　　一韵到底一般是整段唱词同属一个韵辙，秦腔有些剧作则整场或整折都押同一个韵辙，并且这种现象并不少见。如高培支《双凤钗》第二场、第六场、第七场、第九场所有唱段均押言前辙，第三场押江阳辙，第四场、第十一场、第十四场均押中东辙，第五场、第十三场均押人辰辙。《香罗带》第四场、第六场、第十一场均押中东辙，第七场押由求辙，第九场押江阳辙，第十场押发花辙，第十三场押遥条辙，第十四场、第十五场均押言前辙。这样的用韵例子可以说是不胜枚举。

　　5.换韵

　　所谓换韵是指一段唱词押韵时不专用同一个韵辙，而是使用不同的韵辙。换韵往往是几句唱词后就变换韵辙。如：

　　《三义节》第八回梁彦章的一段唱[10]3289：

　　　　梁彦章：（唱）听喜禄他与我讲说一遍。

　　　　　　　　梁彦章倒作了无义儿男。

　　　　　　　　实想说留宝珠一片好意。

　　　　　　　　倒害得姚仁兄身受冤屈。

　　这段唱词中，前两句韵脚字"遍男"属言前辙，后两句韵脚字"意屈"属衣期辙，中途换韵。换韵有时换一次韵辙，有时可能变换多次韵辙。如：

　　《进骊姬》第五回骊姬的一段唱[27]28—29：

骊　　姬：(唱)我父王骊戎国独尊为上,

　　　　　(转二六)

　　　　　　　　进美和国在朝廊。

　　　　　　　　头戴上翡翠冠百鸟朝凤,

　　　　　　　　身穿上过肩蟒照日光明。

　　　　　　　　腰紧上兰田带八宝钻定,

　　　　　　　　足蹬下凤头鞋上钻金钉。

　　　　　　　　我兄长在我国与国报效,

　　　　　　　　身穿上过肩蟒外套黻袍。

　　　　　　　　腰系上兰田带上钻八宝,

　　　　　　　　足蹬下虎皮靴威名在朝。

　　　　　　　　跨下了乌骓马千里能到,

　　　　　　　　马鞍桥斜担上斩将钢刀。

　　　　　　　　兵行在胡地里安下营哨,

　　　　　　　　与胡儿打一仗摆开枪刀。

　　　　　　　　直杀的胡儿败留下番表,

　　　　　　　　收了兵卷帅旗凯歌还朝。

　　　　　　　　五凤楼见父王豁掌大笑,

　　　　　　　　说他与我国里挣下功劳。

　　　　　　　　大王清早出宫去,

　　　　　　　　却怎么不见回宫里?

　　　　　　　　若不是和文武一处闲谈,

　　　　　　　　若不是和文武整理朝班,

　　　　　　　　若不是和正宫一处饮宴,

　　　　　　　　若不是去相会五凤楼前,

　　　　　　　　若不是看武将走马射箭,

若不是去会那文武两班，

若不是那姜后曾作恶短，

若不是那重耳回了朝班。

但愿得我国将威风八面，

一定要杀重耳改地换天。

将身儿打坐在深宫御院，

单等那手下人细禀一言。

上段唱词中，韵脚字"上廊"属江阳辙，"凤明定钉"属中东辙，"效袍宝朝到刀哨刀表朝笑劳"属遥条辙，"去里"属衣期辙，"谈班宴前箭班短班面天院言"属言前辙，一段唱词多次换韵。

二、押韵的特殊情况

除了前文所述几种常见的押韵特点外，秦腔韵段还有几种不常见的用韵情况，我们将其称为例外用韵。秦腔的例外用韵主要有三种情况：偶数句末字押仄韵、整个唱段不入韵、倒数第二字入韵。

1. 偶数句末字押仄韵

秦腔押韵一般要求奇数句末字押仄声，偶数句末字押平声。但也有个别唱段偶数句末字押仄声，这种情况不太常见。如：

冯杰三《范雎相秦》第一回[27]195：

须　贾：(唱)齐廷上眼睁睁头要落地，

真佩服范门客应付伶俐。

不但使两国君复如兄弟，

还要我出使臣功成名立。

今天若非范门客，慢说成功，性命也恐难保，我

今大得养士之益。他在殿上竟有那样的肝胆，

又有那些议论。可怜我胸中实实在在的一点也
没有！齐王留他坐谈，想是也要领领他的教儿。
哎呀，这般时候，不知他可回馆？不免前去看他
一回了！

（唱）急忙出外看他去，

　　　但不知他可回馆驿？（下）

再如封至模《还我河山》第二回[27]281：

刘　豫：（唱）尊世人休骂我卖国无义，

　　　只要与我有利益。

　　　多得军火占土地，

　　　借机会多多的扩大势力。

一般押仄声可以通过音乐韵律进行调节，甚至可以通过改变
某些韵脚字的声调来调节。许德宝《秦腔音乐》中说："秦腔唱腔，
尤其是上句旋律落音比较自由，依照剧情和人物情绪的需要，可
落在调式内的任意一个音上；而下句就不那么自由，一般情况下，
要落到调式的主音上。……但有些唱词中，依附剧情及人物感情
的需要，下句唱词最后一字的落音也有落在仄声上的，不仅传统
剧中有，移植剧和新创剧中大量存在这种现象。落在仄声上的，
有的可以变调，有的就不能变调……对于不能变调的，还要让它
符合秦腔下句唱腔旋律的落音规律，这就必须从作曲技法上进行
突破，以达到变调的目的。"①

秦腔剧本中还有通过改变最末一字的读音以求押韵和谐的
例子。如孙仁玉《商汤革命》第十七场[20]7616：

商　汤：（唱）听罢言来好羞惭。

---

①许德宝《秦腔音乐》，太白文艺出版社 2010 年，第 14—15 页。

　　　　　怪我的语言少盘算。（音旋）

　　　　　有罪无罪已分辩。

　　　　　还要将大众问一番。

再如卢缙青《长安狱》第八回[34]267：

　　　　高　明：咳，可幸也！

　　　　　（唱）蛛丝马迹亦发现，

　　　　　　　把这冤狱要平反。（音番）

　　　　　　　五木之下曲直乱，

　　　　　　　滥刑必难作好官。

　　以上三个唱段中，括号中的"音某"是原作中所做的注音（秦腔剧作中这样的注音还很多）。《商汤革命》第十七场商汤的唱段中，"怪我的语言少盘算"一句末字"算"为去声，属仄韵，不符合偶句末字押平韵的特点。注释"音旋"则是平声，属平韵。读成平声韵就能做到押韵和谐了。《长安狱》第八回高明的唱段中，"把这冤狱要平反"一句，"反"为上声，属仄韵，也不符合押韵特点。注释"音番"则为平声，改读以后也是符合押韵和谐的要求的。我们在秦腔剧作的注释中，虽然只找出这两个变调的例子，但也在一定程度上说明了秦腔唱腔中，为求得押韵和谐而改变声调的做法是存在的。

　　2.倒数第二字押韵

　　所谓倒数第二字押韵，是指押韵的段落韵脚字不是末字，而是每句的倒数第二字。这种押韵的韵段要么末字是虚词，如"呢哩咧了"，要么末尾是词的后缀，如"子"。如：

　　例1.《火烧博望屯》第二场[39]405：

　　　　驿　丞：（引）头戴纱帽两扇子，

　　　　　　　　身穿官袍是缎子。

$$腰里紧的钱串子，$$

$$脚上缠的毛练子。$$

例 2.《对银杯》第十一回[29]484：

　　胡里深:(说)作官是个样子，

　　　　　　爱吃烧馍杠子。

　　　　　　清早接咧一纸状子，

　　　　　　到午间审咧一盆盆浆子。

例 3.《贤孝配》第二场[37]407—408：

　　任　　灿:(板歌)……

　　　　　　　　木匠家削橡呢；

　　　　　　　　铁匠家打镰呢，

　　　　　　　　弹棉花的续弦呢；

　　　　　　　　五个教师耍拳呢。

　　　　　　　　内边世事大不大，

　　　　　　　　十八个丫头子纺棉呢。

例 4.《玉龙钗》第三场[25]688：

　　李长年:这才倒了运了，没人问了，买鞭杆子买成棍了，

　　　　　　买席包去买成囤了，告状去官封了印了，屙屎去

　　　　　　乡约把茅厕禁了，上炕去婆娘把被子撤了！

例 5.李桐轩《呆迷记》第五回[6]1825：

　　王　　八:掮上竿子称强哩。

　　苟　　石:吊上缨子图扬哩。

　　沙黎儿:王爷本来是狂哩。

　　梅和子:吓的呆迷胡藏哩。

例 6.范紫东《秦襄公》第七回[12]4445：

　　官　　娥:太子上前、拿上鞭子乱打、我们也只得避之大

吉、从此就将我家娘娘打了个落花流水。你看
头发也打散咧、带的花也不见咧、裙子也扯烂
咧、裤带也挣断咧、实在可怜。

上述韵段中，每句末字要么是虚词，要么是词的后缀，但由于
没有实际意义，所以每句唱词的韵脚字落在了倒数第二字上。这
样做并不影响这些句子的韵律。

　3. 不韵唱段

所谓不韵唱段是指一段唱词中，每一句末字互不押韵。这种
情况在秦腔剧作中非常罕见。如《打金川》第十七回[9]3110—3111：

　皇　　亲：(唱)展开了帅字旗兵列两行。

　　　　　　　众将官一个个披甲挂袍。

　　　　　　　行来到中途路三军来报。

　　　　　　　金川的众将官来接咱家。

第四节　秦腔"须臾辙"当归入"衣期辙"

一、秦腔剧本"衣期"和"须臾"两辙考察

为了弄清秦腔剧本中"衣期"和"须臾"的具体关系，我们首先
从考察的全部剧本中，找出所有押"衣期"和"须臾"辙的段落。
（这些段落既有人物的唱段，也有人物上场或下场时的引、诗及板
歌等。）其次逐段对其中的韵脚字进行归纳，按照"衣期"和"须臾"
两辙韵脚字的押韵情况，分为"衣期自押"、"须臾自押"、"衣期须
臾互押"等情况将韵段归类。然后统计各种押韵的情况，理出"衣
期"和"须臾"两辙押韵的各类数据。藉此判断秦腔实践中"衣期"

和"须臾"两辙的关系。最后结合"衣期"和"须臾"两辙的来历等信息确定二者的分合。希望能通过上述方法，探讨秦腔实践中"衣期"和"须臾"的具体关系。

为了弄清衣期和须臾两辙的使用情况，我们将找出所有和衣期须臾两者相关的韵段，按照"衣期自押"、"须臾自押"、"衣期须臾互押"、"衣期、须臾和他韵混押"的标准进行分类。

所谓"衣期自押"，是指本韵段中所有的韵脚字均为"衣期"辙（i、-i[前]、-i[后]、er），如：

例 1. 范紫东《新华梦》第四回[16]6277—6278：

　　蔡松坡：(唱)悔不该到北京受这闷气。

　　　　　　满眼中尽都是鬼怪狐狸。

　　　　　　袁世凯丧良心想做皇帝。

　　　　　　这一夥狗奴才顺风打旗。

　　　　　　把人民埋没在云雾堆里。

　　　　　　昏沉沉胡乱嚷不知东西。

　　　　　　经界局充总办本非我意。

　　　　　　已走到屋檐下且把头低。

　　　　　　想跳出这圈套太不容易。

　　　　　　也只好装聋哑避这嫌疑。

例 2. 吕南仲《殷桃娘》第十二回[22]8797：

　　项　羽：(唱)念你逐电追风称上驷。

　　　　　　东征西讨效奔驰。

　　　　　　忆自吴中首倡义。

　　　　　　八载于兹统兵师。

　　　　　　创成霸业半由你。

　　　　　　汗血功劳与有之。

　　　　　而今同在重围里。

　　　　　一样生死未可知。

　　　　　最恨人物难终始。

　　　　　不识你此后为谁骑。

　　所谓"须臾自押"，是指本韵段中所有的韵脚字均为"须臾"
辙，即韵脚字的韵母均为ü。如：

　　例1.高培支《人月圆》第一回[3]283：

　　　蒋　晋：（唱）这教读当的真无趣。

　　　　　　　总怪平日太疏虞。

　　　　　　　从此山区并海隅。

　　　　　　　管教晚景有桑榆。（下）

　　例2.《墨痕记》第十二场[37]83：

　　　妙　谛：（唱）李小姐真来是爱国侠女，

　　　　　　　有志节有肝胆不挠不屈。

　　　　　　　为国家御强寇深堪嘉许，

　　　　　　　拼性命营救她脱险出狱。

　　所谓"衣期须臾互押"，是指本韵段中的韵脚字既有"衣期"辙
也有"须臾"辙。如：

　　例1.高培支《夺锦楼》第七回许妙娘的唱段[4]505：

　　　许妙娘：（唱）先生既然问来历。

　　　　　　　说起又惧又委屈。

　　　　　　　皆因为钱家琼瑶女。……

　　　　　　　那场官司你尽知。

　　　　　　　这本是月下老儿曾拿赤绳预将你们的双

　　　　　　　足系。

　　　　　　　拙夫何曾有甚力。

可见良缘由凤缔。

不是姻缘求无益。

谁料想平空飞来堂堂首相的长公子。

无理混闹强相逼。

求亲不遂心生气。

知县无故降典史。

充发极边烟瘴地。

将旧日仆从齐下狱。

逼的我无法又无计。

才雇他们作仆役。

岂知他们受了万花楼的叮咛语。

手提钢刀找首级。

要不是君子多武艺。

我夫妻身首早分离。

这段唱词中"历知系力缔益子逼气史地计役级艺离"属"衣期"辙,"屈女狱语"属"须臾"辙。

"衣期、须臾和他韵混押"主要是"衣期"、"须臾"两辙和"灰堆"(ei、uei)、"姑苏"(u)两辙的混押。也就是说韵脚字除来自于"衣期"、"须臾"两辙外,还有来自"灰堆"和"姑苏"两辙的,表现比较复杂。如:

例1.范紫东《翰墨缘》第十四回[11]3890—3891:

温席珍:(唱)人曾说松花庵土匪团聚。

抢财物害人民又掠胭脂。

因此上入匪巢伴装卖字。

那匪人使用我管理文书。

仁和县这小姐闺秀才女。

　　　　　　流落在绿林中性命如丝。

　　　　　　那一晚入洞房要成亲事。

　　　　　　酌美酒灌渠魁沉醉如痴。

　　　　　　我便将那小姐衣服换去。

　　　　　　改男装才救她逃出泥途。

　　　　　　带领她到院上禀明事故。

　　　　　　请大帅发落她回衙安居。

　　这段唱词中"脂字丝事痴"属"衣期"辙，"聚女去居"属"须臾"辙，"书途故"属"姑苏"辙。秦腔中"衣期"、"灰堆"、"姑苏"等辙混押的问题比较普遍，其具体情况及原因下文将专门讨论。

　　例 2.《绝缨会》第二场[8]2755—2756：

　　　　吴车霸：速快上车起程。（二旦上车下）哎呀，不好。

　　　　（唱）见得车马此一去。

　　　　　　　倒叫本公操心里。

　　　　　　　昔日殷纣宠妲己。

　　　　　　家将带马，哎唉伺候。

　　　　（唱）摘星楼上排筵席。

　　　　　　　贾氏夫人扑楼死。

　　　　　　　黄家父子反西岐。

　　　　　　　你将这金字牌匾齐打碎。

　　　　　　　府门外砍倒帅字旗。

　　　　　　　叫家将忙把帅印取。

　　　　　　　一见帅印好惨悽。

　　　　　　　当年挣你非容易。

　　　　　　　到今你我两分离。

　　　　　　　大丈夫掉下等身泪。

将帅印交与了奸党贼。（交人持下）

叫家将与爷把路衣取。

家将近前听仔细。

大门锁来二门闭。

三门以上贴封批。

转面我把家将叫。

与老爷带进跨下驹。

本公离朝有一比。

　　唉！

　　（唱）黄飞虎一怒反西岐。（下）

　　这段唱词中"里己席死岐旗悽易离细闭批比岐"属"衣期"辙，"去取取驹"属"须臾"辙，"碎泪贼"属"灰堆"辙。

　　我们从所选剧目中共找出和衣期须臾辙韵字相关的韵段1978段，其中"衣期自押"段864段，占约43.7％；"须臾自押"段仅有19段，比例不到0.1％；"衣期须臾互押"段388段，占19.6％；"衣期须臾和灰堆姑苏辙混押"的韵段707段，比例多达35.8％。如果抛开衣期须臾和灰堆姑苏混押的韵段，仅看衣期须臾互押的话，衣期须臾韵段共有1271段，其中自押段883段，占69.5％；互押段388段，占30.5％，比例仍然很高。详细数据见下表。

秦腔剧作"衣期"辙押韵表

借押辙 主押辙	衣期	须臾	灰堆	姑苏	须臾 灰堆	须臾 姑苏	灰堆 姑苏	须臾灰堆 姑苏	合计
衣期	864	388	258	94	110	122	7	24	1867
须臾	0	19	4	88	0	0	0	0	111
总计	864	407	262	182	110	122	7	24	1978

　　通过以上数据可以看出,"须臾"辙很少单独使用,而多数情况下是可以和"衣期"辙互押的,从这一点也就是从秦腔的实践来说,将"须臾"辙归入到"衣期"辙中,是有道理的。

二、"衣期"和"须臾"辙韵字的来历

　　秦腔中的"衣期"辙的字韵母为 i、-i[前]、-i[后]、er 四个,"须臾"辙的字韵母为 ü。

　　现代汉语韵母 i 来自中古止蟹两摄的开口三四等和梗曾臻深四摄入声三四等的大部分字。对于《中原音韵》而言,秦腔中的 i 韵母主要来自其"齐微"韵。作为 i 的变体,-i[前]和-i[后]来自于《中原音韵》的"支思"韵以及"齐微"韵的一部分。er 来自于《中原音韵》的"支思"韵,常用的有"而儿尔耳二贰"等字。

　　从来源上看,戏曲中"衣期"辙包含"i、-i[前]、-i[后]、er"是有根据的,他们不只音色相近,其来源也是一致的。

　　现代汉语韵母 u、ü[y]有共同的来源,主要有鱼虞模韵、尤侯韵的一部分唇音字以及入声的屋沃烛术物没六韵。韵母[y]的来源相对要窄一些,主要来自鱼虞屋烛术物六韵的一部分字。《中原音韵》中的"鱼模"韵包含 u、ü 两类韵母,秦腔韵辙的"须臾"、"姑苏"两辙是由"鱼模"韵分化而来的。

从来源上看，"衣期"辙的 i 韵母及其变体的-i[前]、-i[后]、er 等韵母和"须臾"辙的 y 韵母来源并不相同。北方戏剧的"十三辙"把"须臾"辙并到"衣期"辙中，主要的依据是二辙的发音特点。从元音舌位图上来看，[i]为舌面前高不圆唇元音，[y]为舌面前高圆唇元音。二者发音时的舌位完全相同，只有唇形圆展的区别，发音时的音色非常接近，因而在戏剧中完全可以将二者合并成一个韵辙。

三、"衣期"辙和"须臾"辙应当合并

通过对"衣期"、"须臾"两辙的考察，我们发现将两辙分与合都有道理。但从秦腔创作及实践来看，我们更支持将二辙合并。

将两辙分立，利于探讨秦腔中邻近韵辙混押的问题。王力先生《汉语语音史》中说："现代北京的十六个韵部和曲艺十三辙实际上是一样的，韵部和辙的数目不同，是由于曲艺合并了三个韵部：（一）现代北京的支思、居鱼，在曲艺里并入了衣期辙；（二）现代北京的车遮，在曲艺里并入了梭波辙。从音位观点看，居鱼是可以并入衣期的，因为[i]和[y]发音部位相同，只有不圆唇和圆唇的区别。但是从音韵观点看，合并不大妥当，因为居鱼来自《中原音韵》的鱼模，一向被认为是和姑苏同类的。"①从音韵学的角度出发，将二辙分开自然可以。但即使不分开，在进行秦腔音韵研究时，也可以根据情况具体处理，不会影响相应的研究。

如果从[i]、[y]的语音特点以及戏曲创作的角度来看，"衣期""须臾"两辙是完全可以合并在一起。前代韵书的一些说法值得我们注意。如隋陆法言《切韵序》："欲广文路，自可清浊皆通；

①王力《汉语语音史》，中华书局 2014 年，第 396—397 页。

若赏知音,即须轻重有异。"①唐孙愐《唐韵序》:"若细分其条目,
则令韵部繁碎,徒拘桎于文辞耳。"②元周德清《中原音韵·正语
作词起例》:"入声派入平、上、去三声者,以广其押韵,为作词而设
耳。"③三家都认为进行文辞创作时,韵部分部不宜过细。

如果"须臾"独立成辙,由于韵母 ü 的语音拼读规律,它所拼
合的声母主要有 n、l、j、q、x 和零声母,常用的汉字很少。以常用
的《新华字典》(第 10 版)为例,其中共收入 nü、lü、ju、qu、xu、yu 等
音节的汉字 297 个,其间有不少汉字属于非常用字。《中原音韵》
鱼模韵中今读 ü 韵母的字也只有 160 余个,其中也有不少非常用
字。由于韵字少,很难安排较长的唱段,无形当中会限制该韵辙
的独立使用。我们考察的剧目中,须臾自押的韵段只有 19 处,最
长的须臾自押段才 4 个韵脚字。

综合以上各种情况,我们主张将"须臾"辙合入"衣期"辙中,
也是"广其押韵",利于戏剧的创作。实际上从秦腔的实践来看,
秦腔也是这么做的。

第五节　秦腔韵辙

据我们考察,秦腔韵字应当分为十三辙,分别是:发花、衣期、
姑苏、坡梭、乜斜、怀来、灰堆、遥条、由求、言前、人辰、江阳、中东。
十三辙所包含的韵母及例字见下表。

---

①周祖谟《广韵校本》,中华书局 2004 年,第 15 页。
②周祖谟《广韵校本》,中华书局 2004 年,第 21 页。
③周德清《中原音韵(中)》,中华书局 1978 年,第 3 页。

秦腔十三辙所含韵母及例字表

韵辙	包含韵母	例字
发花	a	巴爬吗发大她那拉哈扎擦洒炸查杀啊
	ia	俩家掐霞押
	ua	娃瓜夸花抓刷
衣期	i	比皮米低提你离机其西一
	er	儿而耳二
	-i[前]	姿词思
	-i[后]	知池十日
	ü	女吕举去须于
姑苏	u	不扑母父读土奴鲁姑枯呼祖粗苏朱出书五
坡梭	e	歌柯喝鹅我折扯舍
	o	拨坡佛莫哦
	uo	多拖挪落果阔火作错所桌戳硕若窝
	[yo]	觉缺学药
乜斜	ie	别撇灭跌贴聂列借且写野
	üe	虐掠𤏠瘸血粤
怀来	ai	摆排卖带台乃来改开海在菜赛鞋爱
	iai	界街偕
	uai	怪快怀搜踹帅歪
灰堆	ei	被陪每费得特内给黑泽侧色
	uei	堆推泪归魁回锥锤水瑞为

续表

韵辙	包含韵母	例字
遥条	ao	包袍毛刀套闹老高考豪朝超烧饶早草扫熬
	iao	表票苗刁跳鸟了教敲校要咬
由求	ou	斗透耨楼狗口后走凑搜州手柔做偶
	iou	丢拗六九球羞有
言前	an	班盘满反单谈男兰干看韩赞餐三展谄善然按
	ian	遍篇面点天年连见钱先烟
	uan	端团暖峦官宽环钻窜酸转船栓软玩
	üan	卷券宣元
人辰	en	本盆们分根肯很怎岑森珍陈深人恩
	in	宾贫民林金琴信
	un	吨屯论滚坤混尊村孙准春顺润
	uen	温文稳问
	ün	均群旬云
江阳	ang	榜旁忙方当堂囊郎刚康杭赃苍桑张长上让昂
	iang	娘量将强向阳
	uang	光狂黄桩床双王
中东	eng	崩碰蒙风等腾能冷更坑恒曾层僧争丞声仍
	ing	兵平明丁廷宁陵经请行营
	ong	东同农龙宫空红总从松中冲戎
	ueng	翁螉蓊瓮
	iong	炯琼凶用

一、秦腔十三辙韵字表

说明:1.按韵母和声调归韵,不同的同音字组用○隔开。

2.//后的字为关中方言音,和通语不同。

3.部分合口韵母和 zh、ch、sh、r 声母拼合时,韵头[u]变化为[ʮ],因不影响归辙,故本表不单列。

4.前鼻音韵母 an、en、in、un、ün 等实际读音为鼻化元音。

(一)发花辙

秦腔发花辙包含的韵母有:a、ia、ua 三个。我们考察的剧目中发花辙韵字如下:

a

○八巴叭吧疤笆屄○葩○妈犸○发//法○搭○他她它塌//塔○拉啦//辣蜡○纳娜○哈○瞎○扎匝呀//喳吒渣○擦//差叉插权○仨//杀沙纱裟(阴平)

○拔○爬琶杷耙○麻蔴蟆○伐乏罚阀筏○答达瘩鞑○拿拏○杂//铡炸○咱○茶查察茬槎碴○膣○匣(阳平)

○把○马码○打○咋//拃○傻○洒撒(上声)

○罢爸霸坝○怕帕○骂○大○踏榻蹋搨挞那挞○那○//诈炸炸弹咤鲊○//岔诧汉差刹○萨//煞啥嗄(去声)

○吗○么(轻声)

ia

○家加佳嘉嗟咖枷夹痂笳葭○压呀押鸦鸭(阴平)

○霞瑕侠暇峡狭狎○芽涯牙衙(阳平)

○甲胛假○雅哑(上声)

○驾价嫁架假稼○洽○下吓夏厦○讶娅亚轧迓(去声)

ua

○瓜刮呱○夸○花○刷○哇挖凹○抓挞(阴平)

○华哗滑猾○娃(阳平)

○寡剐○耍○瓦(上声)

○挂卦褂○挎胯跨○话化画划○绔袴(去声)

说明:1.“咱”字又入言前辙。

　　　2.“绔袴”音“裤”,而秦腔入发花辙,暂寄此。

押韵的唱段如:

例1.李仪祉《李寄斩蛇记》第四回[7]2470—2471:

　　越　王:好气了。

　　　　　　　(唱)吴都尉竟如此无天无法。

　　　　　　　　　　作长官竟忍得将民仇杀。

　　　　　　　　　　把幼女作牺牲胆比天大。

　　　　　　　　　　实可惜无辜的年幼娇娃。

　　　　　　　(视女介)好奇女也。

　　　　　　　　　　似这般奇女子令人惊讶。

　　　　　　　　　　英烈事丈夫儿哪能比她。

　　　　　　　　　　愧煞了须眉儿口仁意假。

　　　　　　　　　　教孤王羡慕得心醉神麻。

例2.《三义节》第五回[10]3280:

　　姚　彦:(唱)用夹棍夹得我心肝疼炸。

　　　　　　　　　读书人何曾受这样刑法。

　　　　　　　　　谁料想梁贤弟他是响马。

　　　　　　　　　悔不该我和他拜把香插。

　　　　　　　　　我有心招了他真情实话。

　　　　　　　　　县太爷差人役定要捉拏。

擎来了梁贤弟定要杀剐。

忘却了结盟义辜负与他。

罢罢罢我昧了真情实话。

叫一声大老爷细听心下。

鸡不叫狗不咬转来响马。

宰雄鸡打饼子款待于他。

临行时将宝珠于民留下。

或姓张或姓李未曾问他。

大堂口我招的真情实话。

望府师笔尖下怜念于咱。

秦腔中有不少字由于方言中的读音差别被归入不同的韵辙。以下各字既入发花辙，又入其他韵辙：

阴平：○爹$_3$○车$_{13}$○奢$_2$ 赊$_4$○些$_1$

阳平：○吾$_1$○邪$_6$、斜$_{20}$○爷$_3$ 耶$_1$○蛇$_6$

上声：○也$_1$ 野$_3$

去声：○借$_1$ 泻$_4$ 卸 谢$_1$○夜$_8$

押韵的用例如：

例 1. 高培支《双诗帕》第一回[4]562：

安禄山：(唱)适才间蒙宣召进宫见驾。

唐天子和贵妃夸奖于咱。

出宫来好欢喜扬鞭走马。

见一人站当道东歪西斜。

例 2. 李桐轩《孤儿记》第十回[6]1627—1628：

孟家祥：(唱)我是个苦命人罪孽甚大。

怎当得少君的驷马高车。

竭至诚发忏悔无明无夜。

　　　　冀万一偕爹爹远道还家。

例 3. 李桐轩《双姤记》第十一回[6]1784：

　　金志良：(唱)杜氏女那温柔面目全假。

　　　　　　狠心肠比得过恶蝎毒蛇。

　　　　　　平日间那一些蜜语情话。

　　　　　　到今日我看她何词可答。

　　上述 18 字，"爹车奢赊些吾邪斜爷耶蛇"等字《广韵》属"麻"韵，"也野"《广韵》属"马"韵，"借泻卸谢夜"《广韵》属"祃"韵。这些字和发花辙的其他字中古来源相同。在关中话中，这些字的读音发生了一些分化。郭芹纳先生《诗律》"麻部简析"一节中，分析麻韵个别韵脚字今读不押韵的时候，有这样一段话：

　　　　在《广韵》中，蛇，作食遮切；车，作尺遮切；爷，作以遮切。它们的反切下字都是"遮"。按照反切的原则，它们都应该与"遮"的韵母相同。而陕西省的大荔、韩城等地方音，正将"遮"读为 zhá，依然保存其古音(遮，《广韵》作正奢切，麻韵章母。)另外，这些地区的方音，读"斜、些"为 xiá，读"蛇"为 shá，读"也"为 yà，读"爷"为 yá，读"舍"为 shā，读"惹"为 yà，读"裤"为 qià，读"卸"为 xià，读"奢"为 shà，等等。据我们调查，韩城、大荔等地区，几乎全部保留着中古麻部字的韵读。①

　　上述各字的不同归属，说明秦腔韵辙受方言的影响较大。另外也说明，这些字的异读现象和为秦腔押韵时的需求而增加韵脚字的现象。

————————

①郭芹纳《诗律》，商务印书馆 2004 年，第 92 页。

（二）衣期辙

秦腔衣期辙包含的韵母有 i、er、-i[前]、-i[后]、ü 五个。我们考察的秦腔剧本中衣期辙的韵字如下：

i

○逼○低的堤○机鸡饥基激姬击畿积笄几矶绩肌奇稽羁玑○批劈○妻欺期凄七栖戚悽蹊棲漆○梯踢剔○息西惜稀悉夕嘻晰滕吸溪昔皙兮希析锡熙樨○衣依医揖漪（阴平）

○鼻○敌狄获髫嫡○急级及极疾籍集吉棘汲即笈嫉瘠○离漓厘狸黎篱罹璃梨犁醨○眉迷楣媚縻湄弥谜縻○泥呢尼倪霓○皮疲罴鼙脾○奇齐旗棋岐祈骑歧旂祇琪蛴○提啼题蹄○席携媳习袭檄○疑宜仪夷姨移遗饴怡嫠痍颐彝蛇_{委蛇}（阳平）

○比鄙笔匕○底邸○已几戟挤给○理里礼哩李鲤醴蠡○米靡眯○你拟旎○匹疋否_{臧否}圮癖○起乞启绮○体○喜洗玺屣禧○已矣倚椅以蚁（上声）

○毕避闭壁婢弊蔽毙璧币必睥庇敝臂//备被○地弟第帝递睇缔○计稷迹记纪忌际系寄祭济寂技髻悸霁继妓伎剂骥○力历利立丽俪吏俐戾例厉励隶砺霡○密觅蜜秘○逆匿腻溺睨○屁僻○气器弃泣契憩○涕替○细戏系隙○意义易益异议艺谊抑裔忆役翼亿缢驿译邑疫逸臆绎洎翊溢毅佚弋懿艾_{怨艾}（去声）

er

○//日（阴平）

○儿（阳平）

○耳尔珥（上声）

○二（去声）

ü

○居车驹拘裾揤睢○屈躯驱曲岖趋区觑○虚嘘胥须吁墟○迁(阴平)

○局跼○闾驴○衢渠劬藘○徐//俗①○鱼余隅臾虞于榆瑜妤娱渔愚窬(阳平)

○举矩○侣履缕○女○取娶曲○许稰○雨语宇与羽禹圄舆玙(上声)

○据句惧聚具巨拒苣炬剧锯遽○虑律绿○去趣觑○婿绪恤壻叙序蓄絮//肃宿○狱玉遇吁育域欲蜮御驭谕喻寓愈誉豫(去声)

-i〔前〕

○疵差○嗤痴○思丝私司斯嘶厮//尸师狮诗○姿兹淄资谘//之支枝肢(阴平)

○辞词慈雌祠//迟○//时(阳平)

○此○死//史使始屎○子籽姊紫//旨纸指止只(上声)

○次刺赐//翅○寺似四嗣肆伺驷//士氏市示事侍视试饰是○字//至志致(去声)

-i〔后〕

○卮知织祇脂○吃笞○施失(阴平)

○职执直值侄蹢○持池弛驰墀篪○食石识实十什拾射时(阳平)

○尺齿耻○豕(上声)

○制治质栉彘智滞稚置○斥赤饬敕○世势室恃逝释嗜誓噬(去声)

押韵的唱段如：

---

①"俗肃宿"又入姑苏辙。

例1.范紫东《琴箭飞声》第三回[11]3930：

司马相如:(唱)唐蒙虽然习武艺。

他怎能和我论高低。

你为国家定边地。

凿山开道通南夷。

扬鞭策马吐豪气。

过桥踪迹认马蹄。

却将我沦落风尘底。

西蜀道上隔云泥。

英雄怎肯自暴弃。

要对桥柱把字题。

例2.高培支《千金亭》第二回[4]671：

张玉箫:(唱)女儿主内是正理。

出门来种种不相宜。

遇见了男儿要回避。

有话艰以向他提。

若是端正真君子。

还能远远避嫌疑。

若是轻薄浪荡子。

难免节外横生枝。

悔不该今日爱多事。

来请姐姐备寿仪。

偏遇苍天降灾厉。

无情风雨阻归期。

肋下不能插双翅。

双足缠小步难移。

　　　　大雨倾盆无晴意。

　　　　不知爹娘怎着急。

例 3. 冯杰三《草莽英雄》第四回[36]353—354：

　米泊然：(唱)婚姻大事非容易，

　　　　向平了愿在何时。

　　　　到吴江拟访文世侄，

　　　　见面先将婚事提。

　　　　文素臣风尘豪杰器，

　　　　堪作老夫得意婿。

　　　　多年不曾通信息，

　　　　不知他娶妻未娶妻。

　　　　为此事叫人心着急，

　　　　为此事叫人长叹嘘！

　　　　这才是定媳容易婿难觅，

　　　　时时刻刻锁愁眉。

　　　　无聊柳荫听燕语，

　　　　恼恨春风拂人衣。

（三）姑苏辙

　　秦腔姑苏辙主要韵母为 u。我们考察的秦腔剧目姑苏辙韵字如下：

　　u

　　○逋○出初○粗○都督○夫肤○姑孤辜○乎呼忽惚○枯哭窟○铺○书叔姝疏疏舒输○苏○秃突○乌污屋○朱诛株珠铢(阴平)

　　○除厨蹰蹰○毒读独○伏扶服浮符福佛○弧狐胡壶湖糊○

卢庐芦垆炉颅○模//谋谟○奴努○仆圃○如儒○赎熟○俗○图徒涂途屠○无吴吾○竹烛逐○足卒族（阳平）

　　○卜补哺捕○储楚处瞧○堵赌蛊○抚府斧脯辅腑腐否○古谷股骨鼓贾罟○虎○苦○虏掳○母亩//眸○谱○乳辱○暑署鼠蜀曙数属○土吐○五午伍连武侮捂鹉舞○主瞩○阻祖（上声）

　　○布步怖部○处畜○促醋蹙○妒肚度渡○恶○父讣付妇负咐复赴傅富赋缚腹○户护扈○固故顾锢○裤酷库○路禄碌戮录鹿鹭○木目沐牧墓睦慕暮○怒○铺○入褥○术束述树竖恕数诉肃素速宿粟○兔○坞务物误悟雾○住杼注柱祝铸助○做（去声）

　　押韵的唱段如：

　　例1.李约祉《仇大娘》第九回[7]2103：

　　　　仇大娘：母亲呀。

　　　　　　　（唱）母亲休要太执固。

　　　　　　　　　　姻缘天定非人谋。

　　　　　　　　　　妄冀非分天不与。

　　　　　　　　　　天与不取也非福。

　　　　　　　　　　只要兄弟把气吐。

　　　　　　　　　　功名富贵在须臾。

　　　　　　　　　　什么贫来什么富。

　　　　　　　　　　什么巍第什茅庐。

　　　　　　　　　　这般姻缘你做主。

　　例2.吕南仲《双锦衣》第八场[22]8550：

　　　　王　善：呵、这个、呵。

　　　　　　　（唱）如此大王请容诉。

　　　　　　小生家居旧东都。

　　　　　　洛阳城外十里铺。

　　　　　　门有三槐是吾庐。

　　　　　　姓与王祜同家谱。

　　　　　　命名为善字本初。

王　勇：你父亲名叫甚么。

王　善：(唱)父亲名叫王天博览古今称宿儒。

王　勇：你生平做何事业。

王　善：(唱)我生平学文兼习武。

　　　　　　正在窗下用功夫。

　　　　　　只因中途迷去路。

　　　　　　冤被拿获作奸徒。

例3.《平城解围》第四场[24]287：

胡太后：元顺你太得跋扈欺君了。

　　　　　　(唱)问元顺你在朝有何功苦？

元　顺：(唱)愧无功才进这忠言嘉谟。

胡太后：(唱)在齐州贪杯酒怠荒政务，

元　顺：(唱)现有那颂政碑在人耳目。

胡太后：(唱)是这等性桀骜目无君父，

元　顺：(唱)逆耳言原为的惊醒糊涂。

胡太后：(唱)我为念任城王三世勋故，

元　顺：(唱)臣犯的何等罪请君行诛。

胡太后：(唱)叫内侍回鸾驾莫将他顾，

张普惠：(唱)这一旁还有臣谏议大夫。

　　　　　　望太后肃纲纪速整法度，

　　　　　　远小人亲贤臣转祸为福。

胡太后：大胆！

（唱）岂容你两狂夫咆哮当路，

传侍卫速将他二人拥出。

秦腔剧作用韵时，以下各字既入姑苏辙，又入由求辙：

阴平：○粗○都督○叔梳疏

阳平：○殂促○毒读椟○庐芦炉轳颅○奴○赎熟○图徒涂途○烛逐足卒族

上声：○楚○堵赌○虏掳鲁○蜀数○土吐○阻

去声：○醋○妒度渡○禄路戮簶○怒○束数诉素速觫○畜○助做

具体的混用情况以及原因参下文"姑苏辙和由求辙的关系"。

（四）坡梭辙

秦腔坡梭辙主要包含韵母为 e、o、uo、[yo]，主要韵字如下：

e

○阿○戈哥割搁歌阁咯○哈呵喝○坷柯珂科棵搕窠颗磕壳○车○遮（阴平）

○娥峨鹅蛾○禾合何和河郃盒龢○扯○舌折○折折磨摺辙（阳平）

○葛轕○可渴○//我○舍（上声）

○恶饿遏鹗噩○个各○贺鹤喝和荷壑○课锞○热○设涉（去声）

o

○拨波剥钵播//卜○摸殁么没○坡泼颇朴（阴平）

○脖驳勃博膊薄○馍模膜摩磨魔○婆（阳平）

○跛簸○抹（上声）

○磨秣寞漠○哦○破（去声）

uo

○戳○磋撮○多掇○郭聒锅○豁霍○括阔廓○掠略捋洛络落烙乐○虐○莎裟娑娑○唆娑挲梭嗦蓑○说○他它托脱○挞窝○拙捉桌（阴平）

○度夺○佛缚○国○活○罗萝逻锣螺○挪○驮佗陀沱驼跎○凿平○灼浊酌着镯著卓（阳平）

○朵躲○果裹○火伙夥○所索琐锁○妥○左佐（上声）

○剁削挫措错○垛刹堕舵惰大○过○货祸○撮○诺懦○弱○妁朔硕○唾○卧握渥物○凿○爹○作坐作座做（去声）

［yo］

○角海角脚○缺却雀确阙榷○削雪○药鑰约月岳乐鼓乐钥悦（阴平）

○觉爵嚼诀绝○穴学杓（阳平）

说明：1.部分读 e 的字也可读 uo 韵母，如"颗"等。

　　2."说"有些地方读 e 韵母。

押韵的唱段如：

例 1.范紫东《玉镜台》第一回[14]5049—5050：

温　峤：（唱）可恨我晋朝人风流太过。

　　　　　　　东山月南楼酒丝竹行乐。

　　　　　　　文共武一个个诗酒唱和。

　　　　　　　把国事全搁在梦里南柯。

　　　　　　　恨王八窃权柄萧墙起祸。

　　　　　　　貂不足狗尾续朝事大错。

　　　　　　　卧榻侧任他人酣睡高卧。

　　　　　　　才惹起五胡人扰乱山河。

可怜把东都城霎时残破。

荆棘中那忍见洛阳铜驼。

骂刘渊和石勒幸灾乐祸。

中原地任胡队棋布星罗。

老天爷不厌乱何必生我。

我一心投笔砚从事干戈。

此一去见姨丈大事定妥。

扫胡骑清中原齐唱凯歌。

例 2.《回荆州》第十五场[28]138—139：

诸葛亮：(唱)诸葛亮扮渔翁船舱稳坐，

大料想江南地不能知觉。

恨徐庶报君恩曾荐于我，

身感动刘皇爷三请诸葛。

下山来博望屯是我用火，

只烧得夏侯惇魂飞魄落。

曹孟德下江南东吴借我，

过江去舌战儒方显才学。

江南的众谋士舌战于我，

三两句说的他眼闭口合。

南屏山祭东风不才是我，

烧曹兵八十万命见阎罗。

小周郎差丁奉追杀于我，

赵子龙射风篷救亮命活。

争下了荆州地吾主稳坐，

恨孙权和周瑜日夜谋略。

小周郎定巧计十分不错，

差鲁肃过江来搬我说合。

立文卷倒也把荆州买过，

鲁子敬他还在梦里南柯。

回柴桑被周瑜机关猜破，

他定下胭粉计来哄诸葛。

吾的主过江去埋怨于我，

他言说入虎穴怎能逃脱？

过江去只带着赵云一个，

江南地文共武战战索索。

吾的主在江南大事定妥，

天定下五百年龙凤配合。

今本是元旦节主公盼我，

驾小舟接主回渡过江河。（下）

秦腔剧作用韵时，坡梭辙［yo］韵各字既入坡梭辙，韵母为［yo］；又入乜斜辙，韵母读［yɛ］。具体情况及原因详见下文"坡梭辙和乜斜辙的关系"。

（五）乜斜辙

秦腔乜斜辙主要包含韵母为 ie、üe，乜斜辙主要韵字如下：

ie

○鳖○爹跌○阶接揭街节劫杰诘洁结桀捷截竭羯○灭○啮孽○贴铁帖○些歇蝎○切○咽呜咽（阴平）

○别蹩○碟蝶○协邪挟偕斜谐携○琊爷耶（阳平）

○撇○写○也冶野○姐解（上声）

○介戒芥玠界借藉○劣烈猎裂○切且妾怯窃○泄泻绁卸洩械亵谢廨懈蟹○业叶页夜掖谒（去声）

üe

○缺阙○靴○月悦钺阅越○雪血(阴平)

○决诀绝觉掘厥獗橛蹶○穴(阳平)

押韵的唱词如：

例1.高培支《夺锦楼》第二回[4]473：

万碧莲：我知道做下睡不着的事了。且坐高堂、听儿

相劝。

(唱)自古说冤仇宜解不宜结。

何必往往费周折。

休说他已将任撇。

两家从此成吴越。

只要肯把罪儿谢。

与他家属拉亲热。

荐他本身是英杰。

奏他先人有气节。

显见得他前次有罪在不赦。

怎得怪怨老爹爹。

不信他全然无心血。

不信冤仇不消灭。

强如你终日愁到夜。

看那样巧来那样拙。

例2.《六义图》第九回[8]2495—2496：

匡　宏：(打)我把你小奴才。(狱官拉介)

(唱)小奴才大着胆凶横顽劣。

出此言坏了我一世忠烈。

是这等忤逆子越律撒野。

奏万岁把奴才狗头来切。

我把你不孝的奴才。（下）

匡　扶：（唱）千筹思万度量无法可解。

造反事我不该狱中来说。

哎、狱官。

在狱中多殷勤扶侍相爷。

但有慢先把你狗头来切。

例3.《一瓣莲》第十二回[28]484：

画　阁：相公，你好糊涂！（白调唱，哭）

（唱）尊声相公我小爹，

你总不把人巴结。

况且他是县太爷，

前次请你把土匪灭。

你不去他装鳖，

对着上司没话说。

才与你成吴越，

弄出了一个卞大姐。

与你捏强奸她杀她爹，

与你弄下这罪孽。

上夹棍腿流血，

又来把你入缧绁，

此事如何能了结？

你素日不听娃的说，

才有今日这一摺。

娃的亲干达呀！

（唱）还是冤仇宜解不宜结，

托个人与他说。

谎过一节说一节。

那怕折庄子卖土地，

免得相公受折磨。

等日后出监把冤雪，

那时节娃的心里才安贴。

我们考察的秦腔剧作中，"阶堦街偕谐解介戒芥界械廨懈"等字既入乜斜辙，又入怀来辙。入乜斜辙时韵母为 ie，入怀来辙时韵母为 iai。具体情况及原因参下文"乜斜辙和怀来辙的关系"。

（六）怀来辙

怀来辙包含的韵母有 ai、uai、iai，主要韵字如下：

ai

〇哀埃挨挨打〇猜//靫衩差钗〇呆〇该〇开〇腮〇胎〇灾哉栽//斋（阴平）

〇挨难~崖涯〇白〇才材财裁//侪柴豺〇孩骸//阂鞋〇来莱睐〇埋〇排牌〇台抬苔薹（阳平）

〇矮蔼霭〇摆〇采彩睬踩〇歹〇改〇海〇慨〇赖籁〇买〇奶〇宰载崽仔（上声）

〇爱隘嫒碍〇败拜〇菜蔡〇代岱带待怠贷袋戴黛〇丐盖概〇亥骇害〇〇迈卖〇奈耐〇派湃〇塞赛晒〇太汰态泰〇载再在//债寨（去声）

uai

〇揣〇乖〇衰〇歪（阴平）

〇怀徊淮槐（阳平）

〇拐〇甩（上声）

○怪○坏○块快哙○率○帅○外(去声)

iai

○阶揩街(阴平)

○偕谐(阳平)

○解(上声)

○介戒芥界○械懈懈(去声)

押韵的唱段如:

例1.高培支《纨袴镜》第七回[4]810—811:

　　戚祖诒:偏不得取。

　　　　　　(唱)铁箱子本是我性命所在。

　　　　　　　　　好大胆不说明私自偷开。

　　　　　　　　　若不是神差我来得甚快。

　　　　　　　　　不知你要便宜那个奴才。

　　　　　　　　　萧仁兄快帮忙抬出门外。

　　　　　　仁兄、小郑快抬。

　　仇　氏:(坐箱上轮斧)谁敢抬、谁敢抬。

　　　　　　(唱)仇氏女拼性命那个敢抬。

　　　　　　　　　昨夜晚刚气死高堂年迈。

　　　　　　　　　难道说你逼我命赴泉台。

　　戚祖诒:(唱)小贱人不知羞一味撒赖。

　　　　　　　　　萧仁兄你与我快定计来。

　　萧怀策:(唱)你何不卖丫头先除内害。

　　　　　　　　　让柳嫂快引她去变钱财。

　　戚祖诒:明白了。

　　　　　　(唱)此女儿送与你由你变卖。

　　　　　　　　　免得她再与我惹祸生灾。

柳飞飞:这个劳儿我效了。丫头跟我走。

喜　凤:这才冤枉人也。

　　　　(唱)小东人敌不过家主奶奶。

　　　　　　连累我小丫头岂不冤哉。

　　　　哎、大少爷。

　　　　　　我喜凤到你家并非一载。

　　　　　　嫌不好放回家也算应该。

　　　　　　无故地送别人情所难解。

　　　　　　皆因是萧怀贼挑起祸灾。

　　　　哎、怀贼。

　　　　　　你先人生下你只把钱爱。

　　　　　　专勾引我少爷柳巷花街。

　　　　　　可怜把老夫人气死年迈。

　　　　　　又运动当总管即日葬埋。

　　　　　　无孝子你作主请人替代。

　　　　　　又思想抬钱箱去骗钱财。

　　　　　　贤奶奶挡住你不能出外。

　　　　　　为什么又挑拨来卖裙钗。

　　　　　　似这样蛇蝎心只把人害。

　　　　　　难道你小怀贼禽兽投胎。

萧怀策:(唱)你爱骂由你骂我不瞅睬。

　　　　　　言出口即驷马难追回来。

　　　　　　柳嫂嫂施辣手领她出外。

喜　凤:奶奶救我。

仇　氏:(唱)着了忙拉喜凤不敢丢开。

例2.王辅丞《一磅肉》第十四场[23]9090—9091:

鲍丽英:前边带径了。

　　　　　　(唱)不见夫君痛伤怀。

　　　　　　　　安东宜夫妻多慷慨。

　　　　　　　　为我家法庭受祸灾。

　　　　　　　　无奈奴将服饰改。

　　　　　　　　假扮律师把难排。

　　　　　　　　夏乐客,恶作怪。

　　　　　　　　害得我亲戚朋友各分开。

　　　　　　　　哭夫君,今何在。

　　　　　　　　众亲朋友梦阳台。

　　　　　　　　把一个天然风光花丛锦簇好世界。

　　　　　　　　都付与兵燹化成灾。

　　　　　　　　十室九空无主宰。

　　　　　　　　三街六巷断往来。

　　　　　　　　几处处朱门倾大海。

　　　　　　　　一堆堆白骨露尸骸。

　　　　　　　　云黯黯黑气将日盖。

　　　　　　　　风惨惨黄沙扑地来。

　　　　　　　　佳人红袖多遭害。

　　　　　　　　王子白衣委尘埃。

　　　　　　　　禾黍油油深足慨。

　　　　　　　　楼台宫殿长绿苔。

侍　婢:(唱)正行走来用目睐。

丫　环:(唱)日落西山怎安排。

（七）灰堆辙

灰堆辙包含的韵母有 ei、uei，主要韵字如下：

ei

○卑杯悲碑//北百伯帛○//册侧测策拆○//得德○飞妃非绯菲扉○//革格隔○黑○//刻客○肋○//麦脉墨○//拍○//塞色○//责仄窄摘则（阴平）

○//白○//额○肥○梅媒霉○陪赔○//谁○贼//择泽宅（阳平）

○匪○给○美（上声）

○贝狈背倍被辈○废肺费○妹昧寐魅//貊○佩帔配//迫魄（去声）

uei

○吹○催摧璀○堆○归圭妫规闺○灰挥晖辉○睢○亏盔窥○推○危威隈微薇巍○追锥○嘴咀（阴平）

○垂陲捶锤鎚○//国○回○馗魁○//雷○绥随髓○颓○为围帏违闱帷维（阳平）

○诡鬼○悔毁诲○//垒儡累上○水○岁祟遂碎穗○腿○伪尾纬委诿萎腿（上声）

○悴瘁粹翠○队对憝○柜贵桂跪瞆○会讳桧贿晦惠慧//获惑○愧溃篑聩○泪类累//内馁○蕤蕊汭锐瑞○睡淬○退○卫位味畏胃尉谓喂慰○坠硾赘○罪醉（去声）

押韵的韵段如：

例 1.高培支《纨袴镜》第五回[4]782—783：

　　成　实：你又来了。你引诱我家少爷、为非作歹、不听教
　　　　　　训、害得老夫人无法可想、才拿一条铁链、锁在

书房之中。你还嫌莫害够、又来了。来来来、你向我处来。

（唱）你好似传染病霉菌一类。

任是谁染着你一定吃亏。

将好人能害得如同魔鬼。

好教他花银钱受你指挥。

我公子平日间为人贤惠。

又孝顺又和气蹈矩循规。

谁使你勾引他终日昏醉。

打麻将吸鸦片贪恋酒色。

害得他在书房监禁受罪。

不知羞第二次又来何为。

老成实到今年七十二岁。

豁出我与戚家除却坏贼。

拼性命打死你魑魅魍魉。（打）

（郑儿上）

郑　　儿：（唱）转来了小郑儿不速之客。

例 2. 李桐轩《人伦鉴》第一回[6]1851—1852：

段士珉：哎、贤弟。

（唱）叫贤弟你醒来再莫昏睡。

有一辈古人事讲说明白。

大明朝到末年崇祯在位。

官逼民莫奈何起义清侧。

满朝里尽都是招权纳贿。

征兵饷一个个杜门谢客。

周延儒拥重兵置酒高会。

　　　　　吴三桂因嬖妾剪发投北。

　　　　　搬来了满洲兵闯王崩溃。

　　　　　把一座好江山献与蛮貊。

　　　　　只因他眼光小遇事昏聩。

　　　　　害汉族受冤抑历年二百。

　　李　本：好气也。

　　　　　（唱）听罢言气得人牙关咬碎。

　　　　　我同胞怎么是这样人格。

　　　　　一个个眼光小如聋如瞆。

　　　　　全不念皇天爷好生为德。

　　　　　自古说君为轻庶民为贵。

　　　　　断不容听凭他殃民误国。

　　　　　似这样卖国贼真真可愧。

　　　　　恨不得把他们投之有北。

（八）遥条辙

遥条辙包含的韵母有 ao、iao，秦腔剧作出现的韵字如下：
ao

○凹坳○包胞褒○操∥抄钞吵○超○帱刀叨忉○皋羔高膏篙糕○蒿○捞○猫○抛○搔骚∥捎梢莦稍筲○烧○涛绦掏滔韬绡饕○遭糟○朝钊招昭○剖（阴平）

○嗷遨熬璈翱鳌鏖○曹嘈槽∥巢○朝嘲潮○毫豪嚎壕号○劳牢醪○毛矛茅○挠铙○刨庖袍○峣饶○苕○咷洮逃桃陶啕淘萄○着（阳平）

○祅媪○宝饱保鸨堡褓○草∥吵炒○岛捣祷蹈倒○搞缟槁稿藁○好○考拷烤○老○了○恼脑瑙○跑○扰○扫嫂○少○讨○

早枣藻//找爪○沼(上声)

　　○傲奥鳌拗整○报抱豹暴○到悼盗道稻倒○镐○告诰○号好浩耗皓○铐犒靠○旄髦茂冒耄帽督貌○闹○炮泡砲○娆绕○臊耗//哨○少绍○套○灶皂唣造噪燥躁//罩○召兆诏赵棹照(去声)

　　iao

　　○彪标骠镖镳○刁凋貂雕○交郊姣娇浇骄胶椒焦蛟跤蕉教平○漂飘○悄平跷敲○佻挑○枭削鲭宵消绡鸮萧销潇箫霄魈器○幺夭妖腰邀(阴平)

　　○调○嚼○辽疗聊僚寥廖嫽寮燎瞭○苗描○嫖瓢○蹻乔桥憔樵瞧○桃条迢髫○峤学○爻尧肴姚窑谣徭摇遥瑶陶皋陶(阳平)

　　○表○角狡绞皎矫搅剿勦○渺缈○鸟袅○殍○巧○挑窕○小晓○杳咬(上声)

　　○鳔○吊钓鸢调去掉○叫轿较教去窖醮觉校○镣料撂○藐妙庙○尿○票○俏窍翘鞘○眺跳○孝肖去哮效校笑啸○要勒耀跃(去声)

　　押韵的唱段如:

　　1.《红颜泪》第五场[40]299—300:

　　　　何占鳌:怎么说!

　　　　　　(唱)听一言把人的魂吓掉,

　　　　　　　　冷汗淋漓似水浇。

　　　　　　　　只说是鲤鱼来上钩,

　　　　　　　　谁知道缠绕蛇一条。

　　　　　　　　今夜晚她若还命丧了,

　　　　　　　　人命牵连怎承招?

　　　　　　　　今夜晚坚守到天晓,

老头儿寻来怎开销？

左难又难难住我，

思前想后实无聊！（看白秀英）

这才奇了。哎，有了！

我低下头儿醒了窍，

到不开交处强开交。

我娶她女儿是正道，

谁叫她越俎来代庖？

细看她年幼俊儿俏，

就和她牛女渡鹊桥。

况我就将她松放了，

她有何面目往回跑？

她虽要寻死和我搅，

人过了百步井不跳。

我这里换了怒容呵呵笑，

叫声小姐问根苗。

例 2.《出棠邑》第四回[32]324—327：

伍　　员：罢了，哥哥！哎，兄长！

（唱）我不敢高声哭只把泪掉，

伍子胥在马上思念前朝：

前三皇后五帝君王有道，

君有道臣尽忠万古名标。

后闪上殷纣王昏君无道，

宠费仲和尤浑妲己乱朝。

把一个比干相剜心丧了，

姜娘娘抱火斗梅伯烙炮。

　　　　摘星楼黄夫人扑楼丧了，
　　　　立逼的黄父子反出纣朝。
　　　　到西岐与武王曾把国保，
　　　　姜子牙挂了帅来伐纣朝。
　　　　甲子年兵行在孟津河道，
　　　　越五日朝歌城动起枪刀。
　　　　火化了摘星楼民把天叫，
　　　　周武王坐镐京百官来朝。
〔卞庄带卒绕场下。
（唱）周幽王宠褒姒行事无道，
　　　　杀文武害诸侯恶气怎消！
　　　　周赧王坐庆阳龙门斩了，
　　　　五霸强七雄恶动起枪刀。
　　　　齐泯王宠邹妃行事无道，
　　　　立逼的田法章连夜脱逃。
　　　　晋献公宠骊姬朝事乱了，
　　　　把重耳亲生子绑在法标。
　　　　猛想起十八国临潼斗宝，
〔武城黑带卒绕场下。
（唱）天降下我伍员盖世英豪。
　　　　秦穆公坐校场传旨一道，
　　　　哪一家举起鼎就为上朝。
　　　　楚平王听一言愁眉两道，
　　　　众诸侯听一言愁锁眉梢。
　　　　我的父回府来将事报晓，
　　　　小豪杰太猛勇去见低高。

鲁卞庄用尽力将鼎扛倒，

秦穆公举起鼎寸步难跻。

我伍员在一旁微微冷笑，

左撩衣右举鼎要立功劳。

举起了千斤鼎校场三绕，

吓退了十七国咱为上朝。

楚平王坐校场传旨一道，

晓谕了各诸侯岁岁来朝。

秦穆公观一眼事色不好，

无祥女许世子凤配鸾交。

甲子年秦穆公送亲来到，

贼阎狗费无极定下笼牢。

把车辇改为了银顶小轿，

抬进了楚王宫昏君细瞧。

楚平王见女子花容月貌，

父纳了子的妻大乱圣朝。

十三载纳宫中大事变了，

〔卞庄带四卒绕场下，武城黑带四卒左上右下。

把一个大王爷绑在法标。

我的父上殿去拿本奏表，

不允本反将他下在狱牢。

逼我父写书信来把子调，

我弟兄接书信看破笼牢。

大兄长进了京要落忠孝，

（喝场）我的哥呀，大兄长呀，啊呀，难见的哥哥呀！

把一个大英雄连夜脱逃。

　　　　竹林响把豪杰三魂吓掉,

　　　　林中鸟你为何惊吓英豪。

　　　　哗啦啦东海岸红日高照,

　　伍子胥!

　　　　伍子胥在马上展放眉梢。

　　　　望楚国骂一声平王昏暴!

　　昏君,好贼!

　　　　狗奸贼犯我手定斩不饶。

　　　　耳内里忽听得追兵来到,

　　　　倒吓得伍子胥魂飞九霄。

　　　　我杀也不敢杀战也不敢战,

　　说是我,哎呀!

　　　　我该向哪里脱逃!

　　　　耳内里又听得有人来到,

　　　　我看他是何人来把兵交。

（九）由求辙

由求辙包含的韵母有 ou、iou,秦腔剧作出现的韵字如下:

ou

　　○抽瘳○//粗○//都督○勾沟钩篝拘○抠○牟侔○讴殴瓯鸥○剖○收○搜飕//叔梳疏○偷○州舟周洲週粥○陬//诌(阴平)

　　○仇俦帱绸稠筹裯酬雠○○愁殂促○//毒读椟○侯喉猴○楼髅//庐芦炉轳颅○缪○//奴○柔○赎熟○头投//图徒涂途○//烛逐足卒族(阳平)

　　○丑○//瞅楚○斗抖陡//堵赌○狗苟○吼○口○篓//虏掳鲁○呕偶藕○手守首○叟//蜀数○//土吐○肘○走//阻(上声)

○臭○凑//醋○豆斗逗窦//妒度渡○构垢姤够媾彀遘觏○后厚逅候○叩扣寇○陋漏露//禄路戮籙○怒○肉○寿受狩兽售授绶○嗽//瘦束数诉素速觫○透○磙帚纣咒宙绉昼胄○奏//皱助做（去声）

iou

○丢○究鸠赳揪○溜○丘邱坵秋○休修庥羞脩貅馐○优忧攸幽悠（阴平）

○刘流留旒遛骝榴○牛○囚求酋述球裘○尤由犹邮油柚游猷蝣（阳平）

○九久酒○柳绺○忸扭钮○朽○友有（上声）

○旧臼咎疚柩救就舅○六○谬○拗○秀岫绣袖○莠牖右幼佑侑宥诱（去声）

押韵的唱段如：

例1.高培支《人月圆》第七回[3]309—310：

　　柏秀贞：偏要挡你，偏要挡你。

　　　　　　（唱）双手扯住衣衫袖。

　　柳小青：哼、（坐一旁）你爱哭尽着哭。

　　柏秀贞：（唱）郎君耐烦听来由。

　　　　　　　　　非是为妻爱多口。

　　　　　　　　　无原无故将你留。

　　　　　　　　　全不念公婆得气呕。

　　　　　　　　　一年内外两丁忧。

　　　　　　　　　孝不穿来灵不守。

　　　　　　　　　把劬劳二字一笔勾。

　　　　　　　　　父母深恩撒脑后。

　　　　　　　　　花街柳巷任意游。

吸食洋烟结密友。

狐群狗党瞎应酬。

只嫌麻雀打不够。

不管银钱往外流。

你还梦里夸富有。

家财早有奸人谋。

转眼即成丧家狗。

丢人丧德实可羞。

不是做贼便钻绺。

轻则枷打重则囚。

总怪秀贞命不偶。

今生与你作好逑。

你何尝不是英年秀。

你也曾文笔压同俦。

若把诗书勤讲究。

功名早已出人头。

未必不魁多士首。

未必不作百里侯。

那样香来那样臭。

手押胸前自忖筹。

二位公婆盼望久。

焉能一病归九幽。

忤逆儿郎天不佑。

妻常替你加忧愁。

善恶在君一反手。

你何不早把放心收。

例 2. 范紫东《燕子笺》第十八回[12]4226—4227：

鲍　　氏：哎呀不好了。

　　　　　　　（唱）你的父随圣驾仓皇出走。

　　　　　　　　　　丢下我母女们怎样甘休。

　　　　　　　　　　可怜我两鬓霜年高衰朽。

　　　　　　　　　　烽烟起怎蹉跎迟暮春秋。

　　　　　　　　　　这膝下乏儿男凭谁护救。

　　　　　　　　　　一家人尽都是老弱女流。

　　　　　　　　　　最可怜小女儿婚姻未就。

　　　　　　　　　　百忙里怎与他三星绸缪。

　　　　　　　　　　悔不该把婚姻不早成就。

　　　　　　　　　　到今日娇小女有谁收留。

　　　　　　　　　　女裙钗怎出头餐风饮露。

　　　　　　　　　　女裙钗怎行步越山涉沟。

　　　　　　　　　　女裙钗怎露面四处逃走。

　　　　　　　　　　女裙钗怎放手四散漂流。

　　　　　　　　　　既无儿又无婿生存无路。

　　　　　　　　　　老的老小的小怎度春秋。

　　　　　　　　　　思在前想在后无人打救。

　　　　　　　　　　又只见小女儿珠泪交流。

　　　　　　　　　　这残生和娇弱怎好保守。

　　　　　　　　　　母女们只落得对泣交愁。

郦飞云：（唱）倘若还京都城一旦失守。

　　　　　　　　　　禄山贼进了城就要杀戮。

　　　　　　　　　　劝母亲我还要及早逃走。

　　　　　　　　　　遭离乱也只好避这刀头。

梅　香:(唱)事到了这时节也要逃走。

　　　　　这京城如累卵怎敢久留。

（十）言前辙

　　言前辙包含的韵母有 an、ian、uan、üan，秦腔剧作出现的韵字
如下：

an

　　〇安庵菴鞍〇扳班般颁斑搬瘢〇参骖餐//掺搀〇丹单担耽郸
躭〇帆番幡翻藩〇干甘杆玕肝柑竿乾〇顸酣憨鼾〇勘堪看〇
攀〇三//删珊山衫〇搧潸潜膻羶苫扇〇贪摊滩〇沾毡粘詹毡瞻
鹯〇搀簪(阴平)

　　〇残蚕惭//谗馋〇婵禅缠蝉廛潺蟾〇凡烦樊璠繁〇含函涵寒
韩〇兰拦栏婪阑蓝澜斓篮〇蛮瞒〇男南难喃〇盘蟠〇然髯燃//黏
粘〇坛谈痰潭弹〇咱(阳平)

　　〇俺〇坂板版〇惨//产〇谄〇掸胆亶〇反返〇赶敢感〇罕
喊〇坎砍〇览揽缆懒〇满〇赧〇染〇伞散〇闪陕〇坦祖毯〇攒
趱//斩盏〇展(上声)

　　〇犴岸按案暗〇办半伴扮拌绊瓣〇灿粲璨〇旦诞担弹惮淡
蛋石〇犯泛饭范贩〇旰干〇汉汗旱悍捍颔憾撼翰瀚〇看〇烂
滥〇幔慢漫蔓〇难〇判泮叛盼畔〇散〇讪扇善擅膳缮禅〇叹炭
探〇赞瓒//站绽湛〇占战栈颤(去声)

ian

　　〇边砭编鞭〇颠巅癫〇奸尖开坚歼间肩艰兼监笺菅湔缄煎
鹣鞯〇拈〇偏篇翩〇千阡芊迁金牵谦愆签骞鹐鞯籤〇天添〇仙
先掀跹锨鲜〇咽恹烟胭淹焉阉湮嫣燕(阴平)

　　〇佥连帘怜涟莲联廉濂镰〇眠绵棉〇年〇胼〇前虔钱乾捐

潜○田甜填阗○闲弦贤涎娴舷衔嫌○延闫严妍言炎研盐阎筵颜檐(阳平)

○贬扁匾○典点○拣俭柬茧捡减剪检简翦蹇撿○敛琏脸○免勉娩冕○辇碾○浅遣谴○忝腆觍舔靦○鲜狝显险燹○奄衍偃掩眼揜演縯黡(上声)

○卞忭便变徧遍辨辩辫○电甸坫店垫玷钿奠殿靛○见件建饯剑荐贱健涧舰渐谏毽溅践鉴键槛箭薦磵○练娈炼恋殓链○面○念○骗片○欠倩堑嵌歉纤○县现线限宪陷羡献霰○咽厌彦砚宴晏艳验堰焰雁滟谳餤燕赝餍(去声)

uan

○川穿○端○关观官冠棺鳏○欢○宽○款○闩拴○酸○湍○弯剜湾○专砖○钻躜(阴平)

○传平船椽○还环桓寰鐶鬟○峦鸾銮○团○丸完玩顽(阳平)

○舛喘○短○馆琯管○缓○卵○乱○暖○阮软輭○宛挽晚盌婉惋绾碗○转啭○纂(上声)

○串钏○窜篡爨○断段缎○惯冠观贯灌罐○幻宦唤换浣涣患逭痪○涮○蒜算○万腕○转传赚撰篆馔○钻攥(去声)

üan

○娟捐涓鹃镌○悛圈○轩宣谖喧萱暄煊○冤鸳渊(阴平)

○全权泉拳痊筌蜷○玄悬旋璇○元员园垣原圆援湲缘鼋源猿辕圜(阳平)

○卷捲○犬绻○选癣○远(上声)

○卷倦绢眷睠圈○劝券○眩楦○苑怨院媛瑗愿(去声)

说明:1."怛、乱、缗、闉"四字暂寄言前辙。此四字本不应属于言前辙,但秦腔剧本中,此四字均和言前辙韵字相押,原因待考。

押韵韵段如：

例 1.《红颜泪》第七场[40]314—315：

> 李允公：哎，好可怜也！
>
> 　　　（唱）听民女与我讲一遍，
> 　　　　　　不由人心中好痛酸。
> 　　　　　　没父母就没人怜念，
> 　　　　　　把美貌女儿配老汉。
> 　　　　　　褚大年又是老混旦，
> 　　　　　　迫妇人要去骗银钱。
> 　　　　　　一出门恩义就两断，
> 　　　　　　这女儿绝不能转回还。
> 　　　　　　何占鳌年方已弱冠，
> 　　　　　　一见面就想配凤鸾。
> 　　　　　　他姑母说的天花转，
> 　　　　　　他跪下哭的泪涟涟。
> 　　　　　　那女子有口不能辩，
> 　　　　　　心儿内忽北又忽南。
> 　　　　　　要回去黑夜路难辨，
> 　　　　　　要自尽又把好人冤。
> 　　　　　　冥冥中似有神拨转，
> 　　　　　　叫佳人配于美少年。
> 　　　　　　老顽固常持一偏见，
> 　　　　　　只责备女儿不责男。
> 　　　　　　男子坏都要女殉难，
> 　　　　　　这与那天王明圣臣罪当诛谬见都一般。
> 　　　　　　我这笔要与女儿辩，

申明公理讲平权。

断此案已有真主见，

恨媒人还不见心似火燃！

例 2. 韩绾青《阉人祸》第十一场[38]75—76：

苏不韦：请呵！（与众共饮）

（唱）我汉族祭祖先外国少见，

他以为讲迷信提倡神权。

这人身是他母腹中所产，

生无意养有恩怎能漠然？

古圣人见孝兽养亲示范，

用其道传子孙家族保全。

以孝道曾抵御许多外患，

推此心治天下民始得安。

我苏氏有今天人丁繁衍，

看眼前必须要饮水思源。

守家法报国恩祖有明宪，

我弟兄应遵守先世训言。

祭祖坟为的是慎终追远，

并非是媚鬼神求财升官。

享祭品望大家常将此念，（举杯，干）

作善行勿贻羞创业祖先。

苏　潜：哥哥啊！

（唱）我苏氏在扶风嗣繁名显，

全出于守祖训孝悌力田。

至遭逢老伯父这场事变，

弟早已令族人向外分迁。

　　　　朝政坏全国内行将大乱，

　　　　弟想去西凉州另作周旋。

（十一）人辰辙

　　人辰辙包含的韵母有 en、in、uen、un、ün，秦腔剧作中出现的韵字如下：

en

　　○奔贲○喷恩○分纷芬氛○根跟○喷○森○申伸身绅深参○贞针珍桢真砧祯蓁榛簪臻（阴平）

　　○涔○尘臣沉辰陈晨○坟焚○痕○门们○盆○人仁○神（阳平）

　　○本○粉○很狠○肯恳○忍稔○审○怎○枕畛（上声）

　　○笨奔○称趁衬○分份奋忿愤粪○恨○揞○闷○刃认仞任纫韧○甚慎○阵振朕赈镇震（去声）

in

　　○宾彬滨○巾今斤金津衿筋襟禁○拼○亲侵钦○心辛欣新薪○因阴姻茵荫音殷暗瘖（阴平）

　　○邻林临淋霖鳞麟○民○贫嫔频颦蘋○衾秦琴勤擒○吟寅淫银龈（阳平）

　　○紧卺谨锦锺瑾○凛廪○悯泯闽敏○品○寝○隐尹引饮瘾（上声）

　　○殡鬓○尽进近禁晋烬劲噤○蹒吝○聘○信衅○印窨（去声）

uen

　　○温（阴平）

　　○文闻雯（阳平）

〇刡吻扨紊稳（上声）

〇问（去声）

un

〇春椿〇村〇吨墩〇昏荤婚阍〇坤昆〇孙狲〇吞〇谆〇尊遵樽（阴平）

〇纯唇鹑〇存〇浑魂〇抡仑伦沦纶轮〇屯豚（阳平）

〇蠢〇忖〇盹〇滚〇悃捆阃〇损笋隼〇准（上声）

〇寸〇囤沌盾钝顿遁遯〇棍〇混溷〇困〇论//嫩〇润〇顺舜瞬（去声）

ün

〇军君均钧〇困〇勋熏薰醺〇氲晕（阴平）

〇裙群〇寻巡旬询循〇云匀纭耘筠（阳平）

〇允狁陨殒（上声）

〇郡俊峻骏竣〇驯训讯汛迅逊殉〇孕运晕韫韵蕴（去声）

押韵的唱段如：

例 1. 高培支《双凤钗》第十三回[5]1312—1313：

　　　贺玉莲：表兄请听。

　　　　　　（唱）未开言忍不住珠泪下滚。

　　　　　　　　　叫表兄耐些烦细听原因。

　　　　　　　　　为只为我哥哥不安本分。

　　　　　　　　　一心儿想卖武千里驰奔。

　　　　　　　　　离膝下多半载渺无音信。

　　　　　　　　　这时候尚不知生死亡存。

　　　　　　　　　愁得我母女们坐卧不稳。

　　　　　　　　　那夜晚倚门泣种下祸因。

　　　　　　　　　偏遇见二差役黑夜闯进。

把玉莲当玉兰拿进衙门。

那狗官唤上堂来历不问。

口口儿说母女背夫逃奔。

娘儿们诉哀情全不听信。

威严下立逼我刘家成亲。

邵　甲：好一狗官、这等混账。贤妹你可曾允否。

贺玉莲：哎、表兄。

　　　　（唱）婚姻事必须要名正言顺。

　　　　　　名不正言不顺怎成婚姻。

　　　　　　无奈了用巧言将他安稳。

　　　　　　说完婚还须要另选良辰。

　　　　　　那狗官不解意当堂应允。

　　　　　　择就了初六日就要成亲。

　　　　　　回家来无良法屡寻自尽。

　　　　　　年迈母泪哀哀刻不离身。

　　　　　　将此事从头儿历历细论。

　　　　　　望表兄寻良方快指迷津。

邵　甲：哎、好恼也。

　　　　（唱）听言罢不由人切齿痛恨。

　　　　　　骂狗官做此事太得欺人。

　　　　　　怎么晓贺玉兰李家安稳。

　　　　　　差人役在四境屈冤好人。

　　　　　　论情由该将他革职拿问。

　　　　　　哎、妗母呀。

　　　　　　有甥儿何惧他万丈风云。

何　氏：哎、贤甥呀。

　　（唱）能出头真教我感戴不尽。

　　贺玉莲：（唱）母女们忙跪倒叩头谢恩。（与母同跪）

　例2.《花柳林》第二十回[10]3438—3439：

　　张素贞：好贼呀。

　　　　（唱）见强盗掀起心头恨。

　　　　　　刀割肺腑箭穿心。

　　　　　　自你赶考离本郡。

　　　　　　一去三载无信音。

　　　　　　家中什物都卖尽。

　　　　　　天遭荒旱饿杀人。

　　　　　　母子饥饿实难忍。

　　　　　　为妻张口靠何人。

　　　　　　携男带女离本郡。

　　　　　　沿们乞讨羞杀人。

　　　　　　上京住在张家店。

　　　　　　闻你皇官招了亲。

　　　　　　央告店东去报信。

　　　　　　重打二十太狠心。

　　　　　　为妻拦轿来相认。

　　　　　　口口骂我疯妇人。

　　　　　　一足踢死心太狠。

　　　　　　又杀儿女坏人伦。

　　　　　　当初你把事做尽。

　　　　　　也该人情留几分。

　　　　　　今日见你黑血滚。

　　　　　　你与禽兽差几分。

（十二）江阳辙

江阳辙包含的韵母有 ang、iang、uang，秦腔剧作中出现的韵字如下：

ang

○邦帮梆○仓苍舱○伥昌娼○当珰裆噹铛○方坊芳枋○冈刚岗纲缸钢罡○杭航颃行巷○康糠○嚷○桑丧○伤商觞○汤○赃臧脏○张章嫜彰漳獐璋（阴平）

○昂○藏○长场肠尝偿常裳○防妨房○扛○啷郎狼廊螂○忙芒尨盲茫氓○囊○庞旁逢音庞○瓤瓢○唐堂棠塘瑭膛糖（阳平）

○绑榜膀○厂场昶敞○挡党○仿访纺舫○港○朗○莽蟒○嚷攘○晌赏○淌躺○涨掌长（上声）

○傍棒谤○怅畅倡唱唱○宕荡当○放○杠槓○伉抗炕○浪○胖○让○丧○上尚○烫趟○脏藏葬○丈仗帐杖胀账障嶂瘴（去声）

iang

○江姜将浆僵缰殭疆韁○羌戕枪腔锵○乡香厢湘箱襄骧镶○央殃秧鸯鞅怏（阴平）

○良量凉梁粮粱○娘○强墙嫱樯○详祥降翔○扬羊阳杨飏祥洋（阳平）

○讲奖桨蒋○俩伎俩两魉○抢○享响饷想○仰养痒（上声）

○将浆浆子匠降酱犟弝强倔强○亮谅辆量○酿○跄○向象像相项○恙样漾（去声）

uang

○窗囱疮○光桄○慌肓荒○匡筐○双霜孀○汪○装妆庄桩粧（阴平）

○床○皇凰隍黄徨惶遑煌潢磺簧○狂诳○亡王(阳平)

○闯○广○恍谎幌○爽○网往枉罔惘(上声)

○创怆○逛○晃○圹况旷觇眶○妄忘旺望○壮状撞戆(去声)

押韵的唱段如:

例1.王伯明《梁上君子》[23]9280—9281:

陈　实:(唱)自那日罢官回如去缚绑。

课桑麻谈诗书潇洒异常。

每日里与乡人常把学讲。

要把些坏风俗化作善良。

……

(唱)叫书童掌灯来莫可延宕。

……

(唱)思想起国家事烦闷异常。

天生民立之君原为教养。

一日内万几事忙中又忙。

尧传舜舜传禹江山推让。

有巢许怕劳苦山谷躲藏。

到后世贪荣贵世袭安享。

才引起奸佞臣染指欲尝。

西汉时出了个大盗王莽。

窃神器攘权柄自称新皇。

东汉时有窦宪欺君罔上。

又有那贼梁冀当道豺狼。

国运衰又出下逆贼张让。

暗结合十常侍紊乱朝纲。

曹常侍他葬亲我也前往。

为的是结感情保护忠良。

到今日辞官回脱离奸网。

与乡里多讲些仁义纲常。

夜已深自觉得精神不爽。

因此上掌灯火来到卧房。（卧，书童掌灯

下，二贼在梁上暗动，陈实惊）

忽听得屋梁上有些声响。

书童，快掌灯去。

〔书童掌灯上，陈实视梁上。

果然有两个贼隐在屋梁。

我有心呼人役将他缚绑。

可怜他无知识必受灾殃。

我还是与子孙再把学讲。

要把这无赖子化作善良。

叫书童把灯火暂搁堂上。

听老爷把言语讲说端详。

例 2.《铁角坟》第五回[28]305—309：

柴郡主：(唱)柴郡主出府来西风飘荡，

思想起奴的夫痛断肝肠。

因念起夫妻情恩爱难讲，

我奔上铁角坟祭奠一场。（倒板）

春风燕子绕画梁，

昭君娘娘别刘王。

心儿里可恼毛延寿，

不该把影图献番王。

黑水河里雁来往，
将书信捎与汉刘王。
琵琶斜搭鞍桥上，
可怜把烈女一命亡。
黄金空有赎妾想，
揭过相思纸一张。
二月梨花靠粉墙，
有一个宝钏三姑娘。
高搭彩棚大街上，
绣球儿单打薛平郎。
他二人去见王丞相，
他的父不允配成双。
父女们席棚三击掌，
一怒儿赶出夫妻双，
无处来来无处往，
城南寒窑把身藏。
结发未满百日整，
他一心吃粮把军当。
到后来长安登大宝，
才把宝钏封昭阳。
思夫慌来想夫忙，
揭过了思夫纸二张。
三月清明菜子黄，
磨房里受罪李三娘。
刘致远邠州吃粮饷，
磨房里产下咬脐郎。

多亏杜老把子送，
父子们相逢邠州堂。
咬脐儿行围把猎采，
淤流井边认亲娘。
母子们哭的日西降，
好似钢刀剜心肠。
小冤家倒有认娘意，
他一家相逢邠州城。
想夫慌来想夫忙，
揭过思夫纸三张。
四月里来养蚕忙，
田玉莲小姐甚贤良，
心儿里可恼李鸿信。
害的他夫妻不成双。
婶娘他把良心丧，
折磨女子气不长。
身扑鱼池把命丧。
可怜把烈女一命亡。
想夫慌来想夫忙，
揭过了思夫纸四张。
五月里来麦梢黄，
机房里受罪王三娘。
薛子约镇江把命丧，
老薛保远路搬尸腔。
所生一子他不孝，
叮三娘不是他亲娘。

打断机头把子教，
揭过了思夫纸五张。
六月三伏热难当，
有一个贤妇赵五娘。
赵五娘来甚贤良，
自幼儿配夫名蔡郎。
蔡伯喈北京中皇榜，
天不幸本郡遭饥荒。
二老爹娘曾用膳，
赵五娘灶房曾吃糠。
双双爹娘瞧见了，
草堂上吓死二高堂。
怀抱琵琶描容像，
身背影图找蔡郎。
京地里见了蔡郎面，
双手与他二爹娘。
夫妻们相会在京地，
揭过思夫纸六张。
七月里秋风阵阵凉，
陈光蕊娶妻殷满堂。
他夫妻领凭把任上，
路遇水贼起不良，
拷打陈郎扑江丧，
强逼满堂要成双。
官衙里所生陈门后，
张外郎抱他丢在江。

西域取经唐三藏，
殷凯山领兵报冤枉。
想夫慌来想夫忙，
揭过思夫纸七张。
八月里鸿雁叫声忙，
有一个贤妇孙尚香。
他的母得下忧儿恙，
他一心过江探亲娘。
皇叔领兵把仇报，
他夫妻对对不成双。
孙尚香夜来观星相，
又只见织女会牛郎。
神圣倒有思凡意，
我和皇叔不成双。
怀抱顽石扑江丧，
贞烈的尚香一命亡。
想夫慌来走的忙，
揭过思夫纸八张。
九月里来菊花香，
孟姜女配夫范三郎。
心儿里可恼始皇爷。
他不该无道筑边墙，
将范郎打在长城内。
孟姜女千里送衣裳。
白头老翁对他讲，
言说把范郎丧无常。

孟姜女听言泪两行，

一声哭倒数堵墙。

咬指滴血将夫认，

点点滴在夫身上。

州官报与始皇晓，

才封他贞节女孟姜。

想夫慌来想夫忙，

揭过思夫纸九张。

十月里来寒霜降，

陈杏元小姐甚贤良。

心儿里可恼卢杞贼，

害的他夫妻不成双。

夫妻们作别重台上，

落雁崖前一命亡。

多亏神圣来搭救，

邹家府中作成双。

梅良玉后来中皇榜，

斩诛了奸贼报冤枉。

想夫慌来走的忙，

揭过想思纸十张。

正行走来用目望，

耳听杨宏唤声忙。

（十三）中东辙

中东辙包含的韵母有 eng、ueng、ing、ong、iong，秦腔剧作中用到的韵字如下：

eng

○崩○噌○称铛撑○灯登蹬○丰风封疯峰锋蜂○更_平庚耕赓羹哽绠○亨哼○坑○怦烹○扔○仍○僧鬙//生牲胜笙甥○升声○增//争挣狰睁筝○征怔正徵（阴平）

○层○丞成呈承诚城乘盛惩程澄橙○逢缝○恒衡横○棱踜○萌盟濛朦蒙○能○朋棚蓬鹏澎篷膨○绳○疼腾藤（阳平）

○逞骋○等○讽○耿梗鲠○冷○猛蒙懵○捧○省○拯整（上声）

○秤○邓凳瞪镫○凤奉俸缝○横//杏○愣○孟梦○碰○圣盛胜乘_{车乘}○憎缯甑赠//挣净○正证郑政症（去声）

ueng

○翁嗡（阴平）

○瓮（去声）

ing

○冰兵○丁仃叮钉○京经茎荆惊旌菁晴兢精鲸○青轻倾卿清○厅汀听○兴星惺腥○应英莺婴瑛嘤撄璎膺鹰（阴平）

○伶灵凌铃陵棂绫翎蛉零龄○名明鸣茗冥铭溟暝○宁咛拧凝○平评凭屏瓶萍○情晴擎○廷亭庭停婷霆○刑行形型○迎荥盈莹萤营萦嬴赢瀛（阳平）

○柄饼禀○酊顶鼎○井阱颈景儆警○领岭○顷请○梃艇○醒省○颖影（上声）

○并病○订定锭○净径胫竞竟敬靖境獍静镜劲_{遒劲}○令另○命○佞泞○罄庆磬馨○姓幸性倖兴○映硬塍应（去声）

ong

○充冲○匆葱聪聪○东冬咚○工弓公功攻供肱宫恭躬○轰哄訇烘○空○松○通○中忠终盅钟衷锺○宗棕踪鬃（阴平）

○虫崇重○丛琮从○弘红宏洪虹鸿○龙咙栊珑胧眬笼聋隆窿曨○农侬哝浓脓○戎绒茸荣容嵘溶蓉熔融○同桐铜童僮潼瞳（阳平）

○宠○董懂疃○拱珙○哄○孔恐○拢○冗○耸○统桶筒○肿种冢踵○总（上声）

○动冻峒栋洞○共贡供○讧○控○弄○讼宋诵送颂○恸痛衕○仲众重中种○纵（去声）

iong

○凶兄匈芎胸○佣拥庸慵壅（阴平）

○邛穷穹茕琼○雄熊（阳平）

○垌炯窘颍○永咏俑勇涌踊（上声）

○用（去声）

押韵的唱段如：

例 1.封至模《蝶哭花笑》第三回[30]367—368：

燕绿波：（唱）墨磨匀笔蘸锐帖放端正，

　　　　　静着心平着气将字写成。

　　　　　猛想起许多的先贤先圣，

　　　　　大都是成就于拂逆境中。

　　　　　我辈人虽不是聪明绝顶，

　　　　　也愿学大人物显亲扬名。

　　　　　我愿学汉班超续史名重，

　　　　　我愿学宋慧姬设帐讲经。

　　　　　我愿学花木兰军前效用，

　　　　　我愿学朝云女吹散羌兵。

　　　　　我愿学苏菲亚奔走革命，

　　　　　我愿学法罗兰为国捐生。

夫人城娘子军且莫论定，

状元女博士娘也要齐名。

说什么风流人开装对镜，

讲什么窈窕女腹小鞋弓。

鲜花阁要推成国家基础，

胭脂儿要点开世界文明。

铁血关问须眉曾否睡醒，

玉镜台照裙钗最是英雄！

例 2.《下河东》第十四回[27]169—173：

赵匡胤:(唱)跨下白龙出御营，

双手抱鞍好伤情。

忠臣良将朝朝有，

孝子贤孙幽复明。

自从把刘高归幽冥，

咬脐儿登极背理行。

山东郭王把王称，

那个贼奸佞害孤茕，

找鹞子头首丧了命，

江山社稷归柴荣。

陈桥兵变众将攻，

火烧了世宗柴子忠。

这江山才能归大宋，

黄袍加身扶孤茕。

孤王汴京曾立帝，

悔不该贪婪桃花宫。

酒醉斩杀三弟丧了命，

酒醒来贬离苗先生。
王在汴京难镇守,
下南唐遇见贼玉红。
多亏甥妻刘金定,
才救为王回汴京,
河东白龙犯地境,
打来战表要绣城,
高怀德父子身染病,
陶三春守孝不出征。
朝中无人把兵领,
为王御驾亲出征。
挂欧阳为帅把人错用,
呼延兄妹作先行。
长马驿前人扎定,
那夜白龙来偷营。
呼延寿廷真中用,
只杀的白龙远逃生。
天明黄罗把功请,
欧阳芳将卿斩御营。
那奸贼又赐王一支令,
真天子做了巡营兵。
那夜晚为王逃了命,
出营来又遇女英雄。
站在一旁把王称,
声声儿问王要长兄。
有心对他实言奉,

目前难保王太平。
有心谎言将他哄，
她兄长冤仇何日明？
无奈了对她实言奉，
开言再叫女将听。
欧阳芳斩坏你兄命，
你为何领兵寻孤茕？
女将闻言怒冲冲，
她和为王动相争。
自觉得一棍失手了，
蟠龙棍下丧残生。
那日女将丧了命，
王哭着来到河东城。
欧阳芳斩坏将军命，
是何人保王回汴京！
王好比纣王哭闻仲，
冀州苏护哭全中。
文王哭的伯夷考，
武王又哭姜太公。
先朝古人哭夫圣，
散宜生又哭邓九公，
左伯桃哭的羊角哀，
燕丹又哭于期忠。
鲍叔牙哭的是管仲，
伍员在店馆哭父兄，
秦始皇哭的是王翦，

孙百灵痛哭娘几声，

齐桓哭的晏平仲，

庄王又哭是蒋雄。

湣王哭的王孙贾，

颍考叔又哭郑庄公，

蔡文俊哭的汉平帝，

王蟒又哭徐世英。

汉刘秀哭的姚子况，

刘碑又哭蒯文通。

刘备哭的关夫子，

江南孙权哭吕蒙。

周瑜哭的老黄盖，

王司徒又哭张年兄。

张翼德哭的是庞统，

小阿斗又哭诸葛孔明。

曹孟德哭的郭奉孝，

董成马腾哭吉平。

黄忠哭的父丧命，

汉献帝官院哭梓童。

唐李渊哭的元霸勇，

李世民又哭小罗成。

梁王哭的儿丧命，

李晋王又哭永南公。

僖忠王哭的段文楚，

黄巢在寺外哭柳公。

把这些孝子贤孙都丧命，

　　　　乾德王马上哭子明。

　　　　下河东王哭的先锋将，(哭)

　　呼延寿廷，呼延寿廷啊！

　　(唱)是何人保王回汴京？

　　　　催动白龙莫久停，

　　　　王看他是何人统来了大兵？

二、秦腔韵辙的特点

　　秦腔韵辙带有极其浓重的关中方言色彩，又带有通语的某些特点，显然是受到了通语的某些影响。

　　(一)用韵以关中方言为基础音

　　秦腔韵辙以关中方言为归韵依据，这也是秦腔作为地方戏的灵魂和基础。例如某些字的归韵就是以关中方言为标准的，如"百伯白拍麦脉拆窄摘宅册侧测策得德革格隔刻客塞色责仄额则择泽帛墨貊迫魄国获惑"等字归入灰堆辙。详参第二章第一节。

　　(二)用韵又带有一定的通语色彩

　　由于秦腔语言表达使用的是生活语言和书面语言交汇的语言。无论是对白还是唱词都是以书面语为主，而又根据不同角色加上了不少的关中语言词汇以及表达方式。归韵方面也可以看出秦腔韵辙所受到的通语影响。主要表现在某些字在不同的唱段中归属不同韵部，如"楚粗殂促醋都督堵赌妒度渡毒读椟庐芦炉颅膗掳鲁禄路戮奴怒叔梳疏赎熟蜀数束诉素速图徒涂途土吐畜烛逐助足卒族"等字既入由求辙，又入姑苏辙。归入由求辙是关中方言读法，而入姑苏辙是通语读法，易俗社不少剧本都有这种做法。

三、宽辙、窄辙、邻韵互押

秦腔韵辙有"宽辙"和"窄辙"之说,其中的"中东、江阳、怀来、人辰、由求、撮合、稀奇、发花、言前、逍遥十辙为宽辙,其余为窄辙"①。"在十三辙中,中东、江阳、怀来、人辰、由求、撮合、稀奇、发花、言前、逍遥十辙为宽辙,乜斜、姑苏、灰堆为窄辙"②。

我们考察的结果支持这种说法。为了更清楚地说明问题,我们制作了《秦腔剧作韵辙用字统计表》。表格展示了秦腔各韵辙在剧作中出现的频率,字数指该辙中不重复的押韵字数,次数指所有的押韵的字数(含重复出现的字数),次序是秦腔十三辙按照出现次数进行的排序。从数据可以看出,将"怀来、乜斜、姑苏、灰堆"视为窄辙是没有问题的。

秦腔剧作韵辙用字统计表

次序	韵辙	字数	次数
1	言前	634	45150
2	中东	437	22259
3	衣期	548	11281
4	遥条	338	10293
5	江阳	299	9109
6	人辰	291	8777

---

①焦文彬《长安戏曲》,西安出版社 2002 年,第 122 页。
②焦文彬、阎敏学《中国秦腔》,陕西人民出版社 2005 年,第 69 页。

续表

次序	韵辙	字数	次数
7	由求	270	6575
8	坡梭	241	5907
9	发花	212	5005
10	怀来	141	4027
11	灰堆	197	2302
12	姑苏	230	1728
13	乜斜	129	956

我们在考察秦腔韵辙时发现秦腔韵辙也有类似《广韵》独用和合用的情况。在秦腔十三个韵辙中，有几个韵辙经常出现合用的状况，我们把这种情况称为邻韵互押。邻韵互押的具体情况详见下节。

第六节　秦腔的邻韵互押

《广韵》的 206 个韵部中，有些韵部是独用，有些韵部则属于合用。我们在考察秦腔韵辙时也发现有类似独用和合用的情况。在秦腔十三个韵辙中，有些韵辙属于独用，主要是本韵辙内韵字相押，如灰堆、遥条、言前、江阳等。但也有几个韵辙，经常出现合用的状况。究其原因主要有以下几点：1.由于音色接近而邻韵互押；2.由于方言异读而互押；3.由于扩大用韵而邻韵互押。

经常出现互押的韵辙主要有以下几组：衣期与姑苏、衣期与灰堆；坡梭与乜斜；乜斜与怀来；姑苏与由求；人辰与中东。下面就这几组韵辙的关系分别进行辨析。

一、衣期与姑苏、衣期与灰堆

在秦腔剧本唱词的押韵中,衣期辙韵字自押的情况占绝大多数。但也有不少衣期辙与姑苏辙、衣期辙与灰堆辙、甚至三辙混押的韵例。数据见下表:

秦腔剧作"衣期"、"灰堆"、"姑苏"混押表

押韵状况	衣期自押	衣期灰堆相押	衣期姑苏相押	衣期灰堆姑苏相押	合计
数量	1271	372	304	31	1978
比例	64％	19％	15％	2％	100％

如果仅有几处,可能属于临时换韵的情况。但由于数量较多,显然可以排除临时换韵的可能。下面我们就衣期辙与其他两辙的关系分别进行讨论。

（一）衣期与姑苏

衣期辙和姑苏辙本属两个不同的韵辙,而在秦腔剧本中,却有不少唱段存在着衣期辙和姑苏辙混押的现象。如:

例 1.李桐轩《孤儿记》第一回[6]1584—1585:

　　罗万里:(唱)你先写罗万里亲立文字。

　　　　　　要亲家李梦良照应小儿。

　　　　　　你再写汴梁城两座当铺。

　　　　　　水稻田和旱地三顷有余。

　　　　　　有书房和马号偏正院宇。

　　　　　　果林园千株树结盖草庐。

　　　　　这房屋就让他全家居住。
　　　　　这生意就烦他好好主持。
　　　　　这田地就教他年年勤务。
　　　　　我儿子须抚养送学读书。
　　　　　假若还儿成人能立门户。
　　　　　将家业分一半答报劳劬。
　　　　　我夫妻身在那阴曹地府。
　　　　　宣佛号要祝你来生多福。
　　　哎呀、不好。
　　　（唱）自觉得舌根强语不成句。
　　　　　无情的阎罗老不容片时。

例 2. 李桐轩《兴善庵》第四回[6]1666—1667：

　　孙玉仙：（唱）孙玉仙进佛堂不言不语。
　　　　　一腔怨都付与短叹长吁。
　　　　　做叛逆不敢怨高堂父母。
　　　　　退婚姻是正理怎怪丈夫。
　　　　　飘泊身受尽了艰难困苦。
　　　　　坚贞志誓不变石烂海枯。
　　　　　我不羡人世间莺俦燕侣。
　　　　　我不愿从豪贵绕翠围珠。
　　　　　为得是薄倖郎李家公子。
　　　　　老爹爹被污名从此湔除。
　　　　　守节义本不难拼将一死。
　　　　　思想起兄和母一寡一孤。
　　　　　谋生活终晚局靠我十指。
　　　　　要学个反哺乌答报劳劬。

例3.范紫东《翰墨缘》第五回[11]3839：

王妈妈：(唱)温润轩有兄长去年弃世。

丢下了年幼妻喜弄风姿。

恨高堂缺椿萱无人禁制。

因此上与情人牵萝结丝。

这小叔对阿嫂平等待遇。

也只好任所为无法维持。

谁料想前一月忽然大去。

四路里去找寻也没消息。

娘家人说润轩将他逼死。

平白中成命案送到官司。

老大人坐堂上不究证据。

重责他四十板又加鞭笞。

在堂下旁观人泪如雨注。

都言说这案情节外生枝。

陈秋霞：(唱)我的父对案件向来仔细。

为甚么审此案这等粗疏。

这其中一定有特别原故。

暗地里我总要为他设机。

以上三个唱词韵段，主要是衣期辙的韵字。但例1中的"铺庐住务书户府福"、例2中的"母夫苦枯珠除孤"、例3中的"注疏故"等韵字则属于姑苏辙。并且姑苏辙的韵字和衣期辙的韵字混押不是偶然的，在我们考察的剧目中相当常见。在我们考察的剧目中，和衣期辙相关的韵段共有1978段，其中衣期自押段1271段，衣期和姑苏混押的韵段304段，混押韵段的比例15％强。此外还有31段属于衣期和姑苏、灰堆混押（即该韵段中出现衣期、姑苏、灰堆三辙的韵字)的韵段,这样和衣期、姑苏相关的韵段就有 335 段(304＋31＝335),占到有关衣期辙韵段的将近 17％(335÷1978＝0.1694),比例不可谓少。

有关姑苏辙和衣期辙混押的原因,我们认为有以下几点:

1.由于"须臾辙"韵字的来源关系所致

秦腔须臾辙归属衣期辙,和原属于衣期辙的韵字互相押韵。但从历史上来看,须臾辙和姑苏辙在来源上具有很多共同点。关中方言姑苏辙的字主要来源于《广韵》的上平九鱼、十虞、十一模,上声八语、九麌、十姥,去声九御、十遇、十一暮,入声一屋、二沃、三烛、六术、八物、十一没等韵部。须臾辙的字主要来自于《广韵》的上平九鱼、十虞,上声八语、九麌,去声九御、十遇,入声一屋、三烛、六术、八物、二十四职等韵部。两个韵辙的字主要来源是一致的,只有个别不同。到《中原音韵》时,姑苏辙的字主要来自于鱼模韵,少量来自尤侯;须臾辙韵字主要来自于鱼模。两辙来源基本一致。后来由于语音的演变,ü 韵字逐步分化出来。由于音色和 i 接近,在北方戏曲韵辙中汇入衣期辙,遂和姑苏辙分开。

2.为了增广韵脚字,解决姑苏辙韵辙窄的拘束而致

秦腔韵辙中,姑苏属于窄辙。由于他所包含的韵母只有一个 u,造成该辙韵字较少。在我们考察的 300 余部剧目中,姑苏辙的韵字仅有 230 个 1728 次。由于韵字较少,押韵时不太容易。为了"广其押韵",就和属于须臾辙的韵字、进而和属于衣期辙的韵字混押,以满足唱词的需要。

(二)衣期与灰堆

秦腔押韵实践中,衣期辙韵字和灰堆辙韵字也有不少混押的用例。如:

例1. 李仪祉《复成桥》第十一回^{[7]2330—2331}：

　周玉英：(唱)把往事昏茫茫全不记忆。

　　　　　　亏姨母提醒儿儿才明白。

　　　　　　自那日受母责悬梁自缢。

　　　　　　阴曹府一概是昏昏迷迷。

　　　　　　猛然间忽觉得微光照视。

　　　　　　觉有人背上我行走如飞。

　　　　　　到那家儿才有醒悟记忆。

　　　　　　听他言是刘五摇鼓痴儿。

　　　　　　他前夜曾拐儿到他家里。

　　　　　　多亏了任老丈派人送回。

　　　　　　因此上儿知他决非善类。

　　　　　　逃出门投任老路径依稀。

　　　　　　哪料想任老丈不在铺内。

　　　　　　只有那两伙计对面下棋。

　　　　　　他见儿都惊说孩儿是鬼。

　　　　　　不容情一阵间拳棒交施。

　　　　　　儿情急无奈何装死倒地。

　　　　　　趁机会逃出来投奔阿姨。

　　　　　　儿现在不自知是人是鬼。

　　　　　　望姨母近前来辨认明白。

例2.《取金陵》第一回^{[35]89}：

　朱元璋：(唱)念小生朱元璋表字国瑞，

　　　　　　家住在濠州属县钟离。

　　　　　　天不幸七龄上二老去世，

　　　　　　因贫穷无棺木并无衾衣。

三兄长罹瘟疫同把命废,

饥难忍在家中难以站立。

入佛门不多时又飘异地,

从未遇好义人青眼相及。

今日个萍水中幸而遇你,

排困难开店资能不感激!

上述唱段中,例 1 中的"白飞回类内鬼鬼白"、例 2 中的"瑞废"等字属于灰堆辙,和属于衣期辙中的"忆缢迷视忆儿里稀棋地姨"、"离世衣立地及你激"等字押韵。在我们考察的剧目中,和衣期辙相关的韵段共有 1978 段,其中衣期和灰堆苏混押的韵段 372 段,占总韵段数的近 19%。如果加上 31 段衣期、姑苏、灰堆三辙韵字混押的韵段,和衣期、姑苏相关的韵段就有 403 段(372+31=403),占到有关衣期辙韵段的超过 20%(403÷1978=0.2037),比例非常高。

灰堆辙和衣期辙混押的原因,我们也试着进行了探讨,认为主要有以下几个原因:

1. 灰堆辙韵字和衣期辙韵字多数有着共同的来源

从中古音到现代关中音的演变看,秦腔灰堆辙韵字来源比较复杂。主要来自于《广韵》的上平五支、六脂、八微、十二齐、十五灰,上声四纸、五旨、七尾、十一荠、十四贿,去声五寘、六至、八未、十二霁、十三祭、十四泰、十八队、二十废,入声二十陌、二十一麦、二十四职、二十五德。

衣期辙的来源则更为复杂,主要来自《广韵》的上平五支、六脂、七之、八微、十二齐,上声四纸、五旨、六止、七尾、十一荠,去声五寘、六至、七志、八未、十二霁、十三祭、二十废,入声五质、七栉、九迄、二十陌、二十二昔、二十三锡、二十四职、二十六缉等韵。

　　和《中原音韵》相比,灰堆辙韵字主要来自齐微、皆来两韵部,衣期辙韵字则来自齐微、支思两韵部。二者来源有很多相同之处。

　　2.为了扩大押韵字的范围

　　秦腔灰堆辙韵字比普通话灰堆辙来源虽广,但韵辙字数仍不算多。我们考察的 300 余部剧目中,灰堆辙韵字共有 197 字 2302 次,也是一个窄辙。由于韵辙较窄,押韵时可供选择的余地也就较窄,限制了唱词的押韵。为了扩大用韵,剧作家们就借助和灰堆辙来源及音色较近的衣期辙韵字入韵。

　　3.关中方言中有不少灰堆辙韵字读入衣期辙

　　今关中方言中,有不少普通话灰堆辙的字读为衣期辙。如:"被备"等字读为[pi]、"眉媚楣"等字读为[mi]、"飞非废肥"等字读为[ɕy]等(有些字则在关中方言中存在异读)。这些读为衣期辙的字起到了类似中介的作用,由它们作纽带起到了联系衣期辙和灰堆辙混押的作用。我们推测,秦腔中衣期辙和灰堆辙可以混押,这些字应该起到了不小的作用。

　　由于衣期辙和姑苏辙、灰堆辙都可以混押,因而有的韵段就出现了三个韵辙混押的现象。如下列两例(为了更明白的说明混押的情况,我们把每个韵字后面用小字注明该字所属韵辙):

　　例1.冯杰三《投笔从戎》第三回[35]22:

　　　　班　超:(唱)傅介子英武有胆识衣期,

　　　　　　　　　出使楼兰人称奇衣期。

　　　　　　　　　暗中秘密定巧计衣期,

　　　　　　　　　先拿金帛惑翻译衣期。

　　　　　　　　　兰王贪财最好利衣期,

　　　　　　　　　入他牢笼身受诛姑苏。

　　　　　　　宣扬汉德并权势_{衣期}，

　　　　　　　诸夷宾服献珠玉_{衣期}。

　　　　　　　这样大功真罕稀_{衣期}，

　　　　　　　封侯义阳垂简册_{灰堆}。

　　例2.《取金陵》第二回[35]95：

　　　　　朱元璋：（唱）只说元璋时运否_{衣期}，

　　　　　　　　　新得一官便授室_{衣期}。

　　　　　　　　　适才瞥见千金女_{衣期}，

　　　　　　　　　幽娴贞静同后妃_{灰堆}。

　　　　　　　　　神情秀雅谁比拟_{衣期}，

　　　　　　　　　貌如莲花白如玉_{衣期}。

　　　　　　　　　心满意足拜岳父_{姑苏}，（拜）

　　　　　　　　　再与岳母双膝屈_{衣期}。

　　例1唱段中，韵脚字"识奇计译利势玉稀"属衣期辙，"诛"属姑苏辙，"册"属灰堆辙；例2中韵脚字"否室女拟玉屈"属衣期辙，"父"属姑苏辙，"妃"属灰堆辙。

二、坡梭与乜斜

　　关中方言中，坡梭辙的字韵母主要是 e、o、uo 三个，乜斜辙韵母主要是 ê、ie、üe 三个，二辙中韵母的音色有着较大区别。但秦腔剧目中，也存在着不少坡梭辙的字和乜斜辙的字混押的韵段。如：

　　1.高培支《夺锦楼》第二回[4]473：

　　　　万碧莲：（唱）自古说冤仇宜解不宜结。

　　　　　　　　　何必往往费周折。

　　　　　　　　　休说他已将任撤。

　　　　　　两家从此成吴越。

　　　　　　只要肯把罪儿谢。

　　　　　　与他家属拉亲热。

　　　　　　荐他本身是英杰。

　　　　　　奏他先人有气节。

　　　　　　显见得他前次有罪在不赦。

　　　　　　怎得怪怨老爹爹。

　　　　　　不信他全然无心血。

　　　　　　不信冤仇不消灭。

　　　　　　强如你终日愁到夜。

　　　　　　看那样巧来那样拙。

例2. 范紫东《燕子笺》第三十三回[12]4275—4277：

　　孟妈妈：(唱)只因军声惊朝野。

　　　　　　她女和娘相闪撒。

　　　　　　郦飞云收养在元戎舍。

　　　　　　似娇生一样无差别。

　　　……

　　郦飞云：(唱)错过的画图请验阅。

　　　　　　春容紧在绣床贴。

　　　……

　　郦飞云：(唱)闺门深锁苦隔绝。

　　　　　　几曾见惯画风月。

　　　　　　春容画轴错送过。

　　　　　　行云女貌不争些。

　　　　　　因此上启开了文房四宝、四宝文房拈笔写。

　　　　　　宛似官人题红叶。

曲江堤上传简帖。

这夫妻有因复有果。（霍都梁与郦飞云合拜、又合唱）

从今后一倍添疼热。

孟妈妈:(唱)两地风光俱漏泄。

这花红羊酒与燕子儿也该分上些。（指飞云介）

你离魂掷果傍香车。（指霍都梁介）

他几乎未娶妻先在缧绁。

这才是两条红线、一双闭目难逃躲。

巧丹青合种下风流冤孽。

霍都梁:(唱)这画中人儿到手也。

那画中人知他何处歇。

只伯是巫山行云把我撇。

不由人魂梦儿暗里牵扯。

例3.《百花诗》第十九回[8]2688—2689:

陆瑞英:(唱)胆战心惊跪金阙。

两泪滚滚往上说。

父名陆严守贫拙。

家住鱼市什字街。

刑部大堂心歪邪。

他差王远把亲说。

宋进贼叩门已半夜。

贼杀我父把门灭。

民女衣柜避妖孽。

宋进把柜往出挟。

　　　　　背柜茶馆贼停歇。

　　　　　那老姥砸柜好惊怯。

　　　　　拜老姥为母心喜悦。

　　　　　母女双双逃外也。

　　　　　逃至渭桥心悲切。

　　　　　谁料又遇那妖孽。

　　　　　驿庭火化廉桐枝,

　　　　　高力士选美要补缺。

　　　　　宋进贼卖奴为美女。

　　　　　郭元帅送奴进金阙。

　　以上三例唱词中,例 1 的"折撤热赦拙"、例 2 的"舍过果车躲扯"、例 3 的"说拙说"等字韵母为 e、uo,应属于坡梭辙。但在上述唱段中,均可以和乜斜辙韵字混押。由于混押现象较多,不能把他们简单当做换韵理解。我们考察了和乜斜辙混押的韵字,发现主要是以下一些字:

　　　　　○车$_2$○遮$_4$○说$_{45}$

　　　　　○舌$_6$○蛇$_2$○折打折$_2$○折周折$_{12}$ 辙$_2$ 摺$_1$

　　　　　○扯$_{10}$○惹$_7$○舍上$_{19}$○者$_1$

　　　　　○彻$_3$○掣$_1$○撤$_1$○热$_{12}$○赦$_8$ 舍去$_4$ 射$_3$ 社$_1$ 涉$_1$

　　以上这些字多数具有共同的特点,即多数字韵母为 e,声母为舌尖后音 zh、ch、sh。

　　究其原因,我们认为也是由于以下几点:

　　1. 两辙不少韵字有着共同的来源

　　关中方言的坡梭辙韵字主要来自《广韵》的下平七歌、八戈、九麻,上声三十三哿、三十四果、三十五马,去声三十八简、三十九过、四十祃,入声四觉、十月、十一没、十二曷、十三末、十七薛、十八药、十九铎、二十陌、二十七合等韵部。乜斜辙韵字除来自其他韵部外,也有一些来自上述个韵部。如九麻,上声三十五马,去声四十祃,入声四觉、十月、十七薛、十八药等。相同的来源,使他们有了混押的基础和可能。

2.为了扩大押韵字的范围

秦腔韵辙中,坡梭辙和乜斜辙都是字数较少的窄辙,由于各自所辖汉字较少,导致本辙自押押韵不易。为了解决这个问题,遂将有关韵辙混押,这样就增加了押韵的可选择性。

3.关中方言中有不少乜斜辙韵字读入坡梭辙

关中方言中,不少普通话归入乜斜辙的汉字读成坡梭辙,或者同一字既可读入乜斜辙,也可读入坡梭辙,方言上存在着异读。如:

〇角$_{海角26}$ 脚$_{45}$〇缺$_1$ 却$_{12}$ 雀$_4$ 确$_3$ 阙$_2$ 榷$_1$〇削$_1$ 雪$_6$〇药$_{23}$ 镳$_1$ 约$_{14}$ 月$_6$ 岳$_5$ 乐$_{鼓乐4}$ 钥$_1$ 悦$_1$〇觉$_{平25}$ 爵$_5$ 嚼$_1$ 诀$_3$ 绝$_2$〇穴$_3$ 学$_{57}$ 杓$_1$

坡梭辙和乜斜辙韵字混押,极有可能是这些字在中间起到了纽带作用。

三、乜斜与怀来

在我们所考察的秦腔剧目中,乜斜辙和怀来辙属于两个韵辙,但也有不少混押的唱段,如:

例 1.高培支《纨袴镜》第七回[4]810—811:

　　喜　　凤:这才冤枉人也。

　　　　　(唱)小东人敌不过家主奶奶。

　　　　　　　连累我小丫头岂不冤哉。

　　　　　哎、大少爷。

　　　　　　　我喜凤到你家并非一载。

嫌不好放回家也算应该。

无故地送别人情所难解。

皆因是萧怀贼挑起祸灾。

哎、怀贼。

你先人生下你只把钱爱。

专勾引我少爷柳巷花街。

可怜把老夫人气死年迈。

又运动当总管即日葬埋。

无孝子你作主请人替代。

又思想抬钱箱去骗钱财。

贤奶奶挡住你不能出外。

为什么又挑拨来卖裙钗。

似这样蛇蝎心只把人害。

难道你小怀贼禽兽投胎。

例 2.《孟丽君》第二十场[29]282—284：

刘魁光：哎，厉害、厉害！

　　　　（唱）求赐婚断送了孟家小姐，

　　　　　　　进京来又请兵征伐吹台。

　　　　　　　该丢丑被长华擒上山寨，

　　　　　　　前后事立供件件明揭。

　　　　　　　儿仗着皇后势索隐行怪，

　　　　　　　皇后死把为父也闪一跌。

哎，早死的妹妹呀！

　　　　　　　这如今朝鲜国依旧为害，

　　　　　　　圣天子为平寇招募豪杰。

　　　　　　　小少华得消息姓名一改，

　　　　进京来夺状元智勇双全。

　　　　天子喜御校场亲拜元帅，

　　　　领人马下朝鲜秉旄执钺。

　　　　收吹台救登州连战皆捷，

　　　　平了番救父回要把冤雪。

　　　　他父子齐封王朱轮青盖，

　　　　我一家下天牢不知日月。

　　　　细想来这罪名未必能赦，

　　　　因此上写一信与儿永诀。

　　　　笔尖上蘸不干汪汪苦海，

　　　　儿早走还存得刘门骨血。

哎呀，难见的爹娘呀？

　　　　看罢书心头火实难忍耐，

　　　　恨只恨刘魁璧这等顽劣。

　　　　为一个裙钗女尽把祸惹，

　　　　连累我年迈母白发爹爹。

这都是娇养不教，溺爱不明之故。

　　　　既爱儿儿是金父是良冶，

　　　　成了器方算是干将莫邪。

　　　　小兄弟不务正撒刁放野，

　　　　逞凶顽玷辱我刘门阀阅。（过场）

哎！

　　　　曾记得老爹爹打败突厥，

　　　　凭功劳封了侯好不喜悦。

　　　　那时节儿虽幼颇知好歹，

　　　　怕功成反学了英布彭越。（过场）

想当年把吾妹选入官掖，

老爹爹都欢喜我心不悦。

常言道好花儿开园必谢，

皇亲家难保全古今一辙。（过场）

天降祸能修德还可救解，

我刘门今却是自己作孽。

思在前想在后无法可奈，

刘魁光只哭得肺腹崩裂。

上述唱段中，例1中的韵脚字"奶哉载该灾爱迈埋代财外钗害胎"属于怀来辙，"解街"属于乜斜辙；"姐揭跌杰钺捷雪月赦诀血劣惹爹冶邪野阅厥悦越掖悦谢辙解孽裂"属于乜斜辙，"台寨怪害改帅盖海耐歹奈"属于怀来辙。我们分析了乜斜辙和怀来辙混押的原因，认为主要有以下三点：

1. 来源一致

关中方言的乜斜辙韵字主要来自《广韵》上平十四皆、下平九麻，上声十二蟹、三十五马，去声十五卦、十六怪、四祃，入声四觉、八物、十月、十六屑、十七薛、十八药、二十八盍、二十九叶、三十帖、三十三业等韵部。怀来辙韵字主要来自《广韵》上平十三佳、十四皆、十六咍，上声十二蟹、十三骇、十五海，去声十四泰、十五卦、十六怪、十七夬、十九代。二者在来源上有不少相同之处。这些来源相同的韵字成为乜斜辙和怀来辙混押的基础。

2. 关中方言读音接近

（1）ai、uai等韵母是复元音，在关中话实际读音中，多将其韵母中的复元音 ai 读为单元音[æ]，[æ]是一个舌面前、半低不圆唇元音。和乜斜辙主要元音[ɛ]（舌面前、半高不圆唇元音）音色接近。[æ]、[ɛ]音色接近，成为两辙混押的原因之一。

（2）关中方言有些地方将普通话乜斜辙的字读为 ai 韵母。如关中多地"鞋"读为 hái，部分地方"介界街皆解偕"等字韵母读为 iai，如渭南、富平等地①。

3.为了扩大押韵的字数

乜斜辙和怀来辙都是窄辙，二者所包含的韵字较少。如果将两辙混押，可以增广押韵的字数，为戏剧创作提供较大的检韵空间。

四、姑苏与由求

姑苏与由求两辙混押主要是由方言的原因造成的。关中方言中，某些普通话读 u 韵母的字读作 ou 韵母。正是这些字，或许受到了通语的影响，在关中方言中可能存在着异读。正是这些字的异读，造成了他们既可以和姑苏辙的韵字相押，又可以和由求辙的韵字相押。也正是因为这些字可以和两辙的字互押，才导致本来不相关联的姑苏辙和由求辙出现了混押现象。如：

例1.《御果园》第六回[9]2892—2893：

　　单雄信:(唱)我一见敬德冲牛斗。

　　　　　　叫骂敬德黑炭头。

　　　　　　不得时你是铁匠手。

　　　　　　生毛铁打就黑斧头。

　　　　　　辞别你妻子儿即往外去走。

　　　　　　汴梁城吃粮当过兵卒。

　　　　　　三王子见儿容貌丑。

　　　　　　重打四十不收留。

①参刘静主编《陕西关中东府五县市方言志》，陕西师范大学出版社 2006 年。

反诗留在营门口。

山后投见刘武周。

刘武周见儿武势有。

才封儿扫唐大都督。

投武周无有个月整。

得唐家五关六寨并九州。

二十七县归你手。

无一人挡住你的马头。

徐茂公来阴阳有。

山东之地来把将求。

搬来了好汉哥哥秦快手。

你两家米粮川里作对头。

三鞭两铜把红吐。

一旦间背却刘武周。

刘武周待儿如骨肉。

你怎忍丢刘把唐投。

你本是一臣二主真禽兽。

单五爷怎学儿奴下之奴。

上述唱段中，"斗、头、手、头、走、丑、留、口、周、有、州、手、头、有、求、手、头、周、肉、投、兽"等字属由求辙，"卒、督、吐、奴"等字既属姑苏辙，又属由求辙。再如：

例2.高培支《鸳鸯剑》第九回[3]95—96：

郑婉珠：(唱)听说是老爹爹已被贼掳。

　　　　　不晓得老人家怎样忧愁。

　　　　　骂一声反叛贼不如禽兽。

　　　　　咱两家从那里结下冤仇。

　　　　　是尤物能映人古今常有。

　　　　　我婉珠累一家好莫来由。

　　　　　害丈夫待质所被人看守。

　　　　　害姐姐进城去奔走不休。

　　　　　到如今害爹爹又把罪受。

　　　　　负这样重大罪死有余羞。

　　　　　我只得忙起身且往外走。

　　郑善全：(挡介)那里去。

　　郑婉珠：(唱)救不下老爹爹誓不回头。

　　这段唱词中韵脚字为"掳、愁、兽、仇、有、由、守、休、受、羞、走、头"等字，"掳"入由求辙。但是在其他唱段中，"掳"又入"姑苏"辙，如：

　　例 3. 高培支《鸳鸯壶》第七回[3]153：

　　范国发：(引)谯楼打罢三更鼓。

　　　　　　众家儿郎勇如虎。

　　　　　　今晚闯进朱家去。

　　　　　　妇女财物一齐掳。

　　这段唱词，"鼓、虎、去、掳"为韵脚字，"掳"入姑苏辙。由于这些字存在异读，导致了姑苏辙和由求辙混押的情况。如：

　　例 4. 李约祉《优孟衣冠》第四回[7]2156：

　　优　孟：(唱)引吭高歌在中途。

　　　　　　都只为家中实贫苦。

　　　　　　日每田中去锄谷。

　　　　　　锄谷时节日当午。

　　　　　　点点滴滴汗如珠。

　　　　　　一年吃尽苦中苦。

才得下黄金满斗粟。

莅水承欢奉高母。

自觉得心安意也舒。

说什么贵来什么富。

什么将相甚公侯。

只要高堂康且寿。

便是儿郎天大福。（跌倒介）

正行走来滑了步。

一跤跌倒在中途。

　　这段唱词中，"途、苦、谷、午、珠、苦、粟、母、舒、富、侯、寿、福、步、途"为韵脚字，其中"苦、谷、午、珠、苦、粟、母、舒、富、福、步"为姑苏辙，"侯、寿"为由求辙，"途"则两属。正是"途"字导致上述唱段中姑苏辙和由求辙的韵字混押的现象。

五、人辰与中东

　　关中方言中，人辰辙韵母收舌尖中浊鼻音[n]，中东辙韵母收舌根浊鼻音[ŋ]，韵母有着不同的韵尾。但在秦腔剧目中，有不少人辰辙和中东辙混押的用例。如：

　　1.李仪祉《卢采英救夫记》第四回[7]2376：

卢采英：（唱）唐郎一去无音信。

家中闷坏卢采英。

此去京华原非近。

一月之内打回身。

却怎么一月十日整。

他的音信永不闻。

我每日只觉心身困。

又每日肉跳与心惊。

夜间噩梦睡难稳。

早起懒得对芙蓉。

2.《平城解围》第三场[24]281—282：

娄昭君：(唱)富贵家大都是纨袴子弟，

披绮罗佩金玉夸耀俗民；

叩胸中并无有奇谋远运，

井底蛙那知晓振翮风云。

还有那挟奸谄趋炎避冷，

在人前炫声势倚仗权门；

奇男子患无志不患贫困，

是鸿鹄终不与燕雀等伦。

那高郎年虽幼气识沉静，

似浑金如璞玉含光隐明；

醴无源芝无本天降大任，

论世系况也是侍御儿孙。

家贫穷正所谓磨励英俊，

充兵士暂不过鹤立鸡群；

况当此烽烟起天下不定，

大难至说甚么锦绣王孙。

真英雄才能够拨乱为正，

展抱负方显他旋乾转坤。

论三从深闺女应遵父命，

百年事关系重从权舍径。

你看那朱门绣户铜山金穴和璧随珠夸奢

斗富，

　　　　　　到头来尽都是玩物丧志千秋笑柄。

　　　　　　倒还是土阶茅茨渭水历山草庐陇亩鱼盐版筑，

　　　　　　尽出的流芳百代贤臣圣君。

　　　　　　老爹爹列珍宝将儿教训，

　　　　　　你的儿识英雄不识黄金；

　　　　　　望爹娘遂儿志保全万幸，

　　　　　　儿愿学孟光女荆钗布裙。

例 3.《花柳林》第十六回[10]3429—3430：

　歌　郎：(唱)末开言止不住泪如泉涌。

　　　　　　尊舅父你且坐细听分明。

　　　　　　自我父赴大比无踪无影。

　　　　　　龙门镇遭荒旱十室九空。

　　　　　　我家中无柴米饥饿受困。

　　　　　　因此上我母子找上京城。

　　　　　　进京地在旅店将身安定。

　　　　　　才知道我的父招赘皇宫。

　　　　　　央店主张公老宫门报信。

　　　　　　重打他二十板太得伤情。

　　　　　　我的母到午门拦轿相认。

　　　　　　不料想仰着面全不招承。

　　　　　　我的娘气上心叫骂一顿。

　　　　　　我的父踢一足当时丧生。

　　　　　　我姐弟寻母尸荒郊直奔。

　　　　　　我的父差宫人要杀残生。

　　　　　　多亏了那宫人心发恻隐。

赠盘费放姐弟远方逃生。

夜宿在观音院菩萨托梦。

命姐弟插花柳等候成林。

忽然间遇猛虎姐弟逃奔。

我姐姐多半是虎口丧生。

儿行在深山内心神不定。

遇舅父今日里才得复生。

上述唱段中,例1唱段中,韵脚字"信近身闻困稳"属人辰辙,"英整惊蓉"属中东辙;例2唱段中,韵脚字"民运云门困伦任孙俊群孙坤君训金裙"属人辰辙,"冷静明定正命径柄幸"属中东辙;例3唱段中,韵脚字"涌明影空城定宫情承生生生梦生定生"属中东辙,"困信认顿奔隐林奔"属人辰辙。

在我们考察的300余部剧本中,和人辰辙相关(以人辰辙为主)韵段共1306段,其中自押韵段1152段,和中东辙混押154段;和中东辙相关(以中东辙为主)韵段共2807段,中东辙自押段2519段,和人辰辙混押段288段。两辙混押的总数达442段(154+288=442),比例占到两辙总量(1152+2519=4113)的近11%(442÷4113=0.1075),数量不可谓少。

但在关中方言中,人辰辙和中东辙韵母差别较大,应归属不同的韵辙。在秦腔作品中存在的两辙混押现象,原因可能是在演唱时由于二者同属鼻音,又受音乐旋律等影响而音色相对较近,造成混押。另外我们认为陕西某些地方(如陕北和关中北部)前后鼻音不分,可能也有一定程度的影响。由于两辙来源不同,我们将人辰辙和中东辙混押的现象视为邻韵互押。混押以后不但使韵字增多,提高押韵的灵活性,也使唱词韵律更富变化。

第四章　秦腔词汇

秦腔语言是以关中方言为基础的,因而其语言表达多用方言;但同时戏曲语言也是艺术语言,艺术源自生活又要高于生活,因而秦腔语言是艺术化了的生活语言。秦腔剧作中的词汇有着自己的特点,那就是多用口语词,少用文言词。多用口语词的主要表现在于:多用方言词、多用熟语。这些方言词和熟语使得秦腔更加生活化、平民化、大众化。但秦腔毕竟又是艺术语言,因而其中也有一些文言词,主要是古语词。口语词和文言词的巧妙结合使用,使得秦腔剧作既脍炙人口又能雅俗共赏。

本章内容将秦腔剧作中出现的词汇分为古语词、方言词、熟语(含成语、俗语、歇后语、詈语等)。

第一节　秦腔剧作中的古语词

秦腔剧作中除了本色的关中方言的"秦白"之外,还有大量的文言对白。秦腔文言对白一个很大的特点就是使用大量的古语词,本节拟就秦腔剧作中出现的古语词做以简单介绍。所谓古语词,是指古代使用而在后代口语中很少使用甚至不再使用的词汇。我们对古语词做了时代限制,就是唐代以前出现的词方视为古语词。

一、秦腔剧作中古语词例释

秦腔剧作中出现了不少古语词,这些古语词既有来自先秦两汉时期的,也有来自魏晋六朝时期的。我们以魏晋六朝以前出现的词为例管窥全豹。

(1)式微

例 1. 范紫东《哭秦庭》第九回[13]4642:

昇　我:(唱)祝苍天佑国母稳坐官内。

季　芈:(唱)祝苍天佑兄王早晚式微。

"式微"一词指事物由盛转衰,来自《诗经》。《诗经·邶风·式微》:"式微式微,胡不归。微君之故,胡为乎中露。"郑玄《毛诗笺》:"式,发声也。"①《尔雅·释训》:"式微式微者,微乎微者也。"郭璞注:"言至微。"②朱熹《诗集传》:"式,发语辞。微,犹衰也。"③

(2)噬脐

例 1. 王辅丞《比翼鸟》第十五回[23]9020:

乔　氏:追溯往事泪如雨。

今日噬脐何能及。

"噬脐"也作"噬齐",源自《左传》。《左传·庄公六年》:"亡邓国者,必此人也。若不早图,后君噬齐,其及图之乎?图之,此为时矣!杜预注:"若啮腹齐,喻不可及。"④杨伯峻《春秋左传注》:

---

①孔颖达《毛诗正义》,见《十三经注疏》,中华书局 1980 年,第 305 页。

②邢昺《尔雅注疏》,见《十三经注疏》,中华书局 1980 年,第 2592 页。

③朱熹《诗集传》,中华书局 1958 年,第 22 页。

④孔颖达《春秋左传正义》,见《十三经注疏》,中华书局 1980 年,第 1764 页。

“齐，假为脐。今言肚脐。”《说文解字·口部》：“噬，啗也。”①《汉语大词典》：“自啮腹脐。比喻后悔不及。”②

（3）睍睆

例 1. 孙仁玉《螟蛉案》第七场[21]8446：

彩　凤：（唱）呢喃燕子檐前语。

睍睆黄鹂柳上鸣。

睍睆，《辞源》：“睍睆，美好貌。”③《诗经·邶风·凯风》：“睍睆黄鸟，载好其音。有子七人，莫慰母心。”毛亨传：“睍睆，好貌。”郑玄笺：“睍睆，以兴颜色说也。”④朱熹《诗集传》注：“睍睆，清和圆转之意。”⑤

（4）冶容诲淫

例 1. 高培支《千金亭》第六回[4]701：

姜　秀：（唱）到他家去受些贤良教训。

再莫要学轻佻冶容诲淫。

“冶容诲淫”一词语出《周易》，意思是女子修饰得过于妖艳，容易引诱别人的淫欲。《周易·系辞上》：“慢藏诲盗，冶容诲淫。”孔颖达《周易正义》曰：“‘慢藏诲盗，冶容诲淫’者，若慢藏财物，守掌不谨，则教诲于盗者，使来取此物；女子妖冶其容，身不精慤，是

①许慎《说文解字》，中华书局，1963 年，第 31 页上。

②汉语大词典编委会《汉语大词典》（缩印本），汉语大词典出版社，1997 年，第 1666 页。

③广东、广西、湖南、河南辞源修订组，商务印书馆编辑部编《辞源（修订本）》（1—4 合订本），商务印书馆 1988 年，第 1202 页。

④孔颖达《毛诗正义》，见《十三经注疏》，中华书局 1980 年，第 302 页。

⑤朱熹《诗集传》，中华书局 1958 年，第 19 页。

教诲淫者,使来淫己也。"①

（5）乡曲

例1.高培支《千金亭》第六回[4]715：

　　姜　秀：不是别的、就是那武断乡曲、把持官府的傅
　　　　　　卜仁。

"乡曲"本为古代居民组织单位,也指乡里,出自《庄子》。《庄子·胠箧》："阖四竟之内,所以立宗庙社稷,治邑屋州闾乡曲者,曷尝不法圣人哉!"郭庆藩《庄子集释》："《司马法》:'六尺为步,百步为亩,亩百为夫,夫三为屋,屋三为井,井四为邑。'又云:'五家为比,五比为闾,五闾为族,五族为党,五党为州,五州为乡。'郑玄云:'二十五家为闾,二千五百家为州,万二千五百家为乡也。'"②

（6）伊于胡底

例1.高培支《端阳苦乐记》第一回[3]187：

　　楚　氏：(引)女儿爱作奇事。

　　　　　　　教人忽愁忽喜。

　　　　　　　喜的她志向高超。

　　　　　　　愁的她伊于胡底。

"伊于胡底"出自《诗经》。《辞源》："走到那里去。不堪设想的意思。伊,助词,无义。"③《诗经·小雅·小旻》："我视谋犹,伊于胡底!"郑玄笺："于,往;底,至也。谋之善者俱背违之,其不善

---

① 孔颖达《周易正义》,见《十三经注疏》,中华书局1980年,第80页。
② 郭庆藩《庄子集释》,见《诸子集成》(第三册),中华书局1954年,第155页。
③ 广东、广西、湖南、河南辞源修订组,商务印书馆编辑部编《辞源(修订本)》(1—4合订本),商务印书馆1988年,第99页。

者依就之。我视今君臣之谋道,往行之将何所至乎? 言必至于乱。"孔颖达正义:"我视今君臣所谋之道,唯如往行之人,将何所至乎? 行无所至,犹谋无所成,是言必至于乱也。"①

(7)执一

例1.高培支《双诗帕》第八回[4]625:

　　　尼　姑:的的确确、一点不错。小姐你再不必执一、快随
　　　　　　他老人家回吧。这是孤寡可怜人住的地方、我
　　　　　　看你面带红光、不出百日、不但骨肉团聚、还有
　　　　　　红鸾之喜。我不劝你去、便是我的大罪过了。

"执一"有"固执不变"的意思,来自《孟子》。《孟子·尽心上》:"执中无权,犹执一也。所恶执一者,为其贼道也,举一而废百也。"赵岐注:"执中而不知权,犹执一介之人,不知时变也。"②

(8)中馈

例1.高培支《千金亭》第二回[4]669:

　　　周　霭:(唱)家贫无人主中馈。

　　　　　　　　　　自己治馔来供客。

"中馈"指妇女在家中主持饮食诸事,来自《周易》。《周易·家人》:"六二:无攸遂,在中馈,贞吉。"孔颖达《正义》:"妇人之道,巽顺为常,无所必遂。其所职主,在于家中馈食供祭而已。"③"中馈"后引申指妻室,秦腔用例如:

例2.《倪俊烤火》第十五回[9]3024:

　　　符金莲:是。这是小姐,既不嫌弃,奴将中馈让你主了。

---

①孔颖达《毛诗正义》,见《十三经注疏》,中华书局1980年,第449页。
②孙奭《孟子注疏》,见《十三经注疏》,中华书局1980年,第2768页。
③孔颖达《周易正义》,见《十三经注疏》,中华书局1980年,第50页。

（9）窀穸

例1. 李约祉《庚娘传》第一回[7]1979：

尤庚娘：（唱）他携我入窀穸魂合魄上。

伸手足但觉得四面坚强。

《辞源》："窀穸：墓穴。长埋谓之窀，长夜谓之穸。……转指为埋葬。"①"窀穸"一词源自《左传》。《左传·襄公十三年》："若以大夫之灵，获保首领以殁于地，惟是春秋窀穸之事，所以从先君于祢庙者，请为'灵'若'厉'，大夫择焉。"杜预注："窀，厚也；穸，夜也。厚夜犹长夜。春秋谓祭祀，长夜谓葬埋。"孔颖达正义："长夜者，言夜不复明，死不复生，故长夜为埋葬也。"②

（10）欃枪

例1. 封至模《山河破碎》第一场[29]56：

梁红玉：（唱）奴虽是女流辈稍有志向，

一心要与国家扫尽欃枪。

"欃枪"是彗星的别名。古人认为彗星是凶星，不吉，后以之比喻邪恶势力。语出《尔雅》。《尔雅·释天》："彗星为欃枪。"郭璞注："亦谓之孛，言其形孛，孛似扫彗。"③

（11）嵯峨

例1. 范紫东《哭秦庭》第六回[13]4623：

秦哀公：（念）岐阳宫阙郁嵯峨。

列国楼台艳绮罗。

---

① 广东、广西、湖南、河南辞源修订组，商务印书馆编辑部编《辞源（修订本）》（1—4合订本），商务印书馆1988年，第1262页。
② 孔颖达《春秋左传正义》，见《十三经注疏》，中华书局1980年，第1954页。
③ 邢昺《尔雅注疏》，见《十三经注疏》，中华书局1980年，第2609页。

"嵯峨"语出《楚辞》,本指山高峻貌,也形容事物盛多。《楚辞·淮南小山〈招隐士〉》:"山气龍嵷兮石嵯峨,溪谷崭岩兮水曾波。"王逸注:"嵯峨巉崿,峻蔽日也。"五臣云:"嵯峨,高貌。"①

(12)蹇

例1.高培支《鸳鸯剑》第四回[3]66:

　　聂宿园:(唱)天生宿园命多蹇。

　　　　　　　　伶仃困苦受孤单。

"蹇"本义为"跛脚"。《说文解字·足部》:"蹇,跛也。"②引申为"艰难、困苦、不顺利"。《周易·蹇卦》:"象曰:蹇,难也,险在前也。"

(13)戆

例1.王绍猷《文君当炉》第六场[37]131:

　　卓文君:(唱)怎知我父性情戆!

　　　　　　　我何敢轻身乱纪纲?

"戆"为迁愚而刚直的意思。《说文解字·心部》:"戆,愚也。"③《荀子·儒效》:"王公好之则乱法,百姓好之则乱事,狂惑戆陋之人,乃始率其群徒,辩其谈说。"杨倞注:"戆,愚也。"④秦腔剧作中用例还有:

例2.高培支《鸳鸯剑》第四回[3]73:

　　郑秀珠:爹爹年老性戆、又不善为说辞。还是儿去、暗暗
　　　　　　住在慧云庵中。衙门内外说话、尽教叔父前去、

---

① 洪兴祖《楚辞章句补注》,吉林人民出版社 2005 年,第 239 页。
② 许慎《说文解字》,中华书局,1963 年,第 47 页下。
③ 许慎《说文解字》,中华书局,1963 年,第 220 页上。
④ 王先谦《荀子集解》,《诸子集成》(第二册),中华书局 1954 年,第 79 页。

儿不过经理而已。爹爹叔父以为何如。

（14）皋比

例1.王辅丞《媚外镜》第十二场[23]9160：

　　耶律德光:(唱)拥皋比列荣戟赫赫可怕,

　　　　　　　　到今日直等于飞灰泥沙。

"皋比"意为虎皮。《左传·庄公十年》:"自雩门窃出,蒙皋比而先犯之。"杜预注:"皋比,虎皮。"①后用以指武将的座席。

（15）竭蹶

例1.高培支《鸳鸯剑》第八回[3]91：

　　郑秀珠:(唱)崎岖路走的我一步一跌。

　　　　　　　女孩儿怎经过这样竭蹶。

"竭蹶"义为颠仆倾跌,行步匆遽貌。《荀子·儒效》:"故近者歌讴而乐之,远者竭蹶而趋之。"杨倞注:"竭蹶,颠倒也。远者颠倒趋之,如不及然。"②

（16）举火

例1.范紫东《双凤飞来》第三回[17]6532—6533：

　　张云青:咱家数日不曾举火、小儿郎啼哭不止、难道就照这么饿死不成。

"举火"意思是"生火做饭",语出《礼记》。《礼记·问丧》:"水浆不入口,三日不举火,故邻里为之糜粥以饮食之。"③

（17）弥缝

例1.孙仁玉《救荒奇策》第十三场[21]8391：

---

①孔颖达《春秋左传正义》,见《十三经注疏》,中华书局1980年,第1767页。
②王先谦《荀子集解》,《诸子集成》(第二册),中华书局1954年,第77页。
③孔颖达《礼记正义》,见《十三经注疏》,中华书局1980年,第1656页。

　　　　赵佩玉:哎呀、他已经发出警告了、我不想个弥缝之法、

　　　　　　怎能不决裂呀。

　　"弥缝"义为弥补、补救。《左传·僖公二十六年》:"桓公是以纠合诸侯而谋其不协,弥缝其阙而匡救其灾,昭旧职也。"①秦腔中其他用例还有:

　　例2.范紫东《颐和园》第廿五回[16]6070:

　　　　伊　藤:(唱)正议和竟生出这层事变。

　　　　　　　　倒教人想弥缝大受作难。

　　(18)啮

　　例1.孙仁玉《蔡州城》[19]7339:

　　　　李　愬:(唱)欲擒虎子入虎穴。

　　　　羊毛旦:(唱)莫教老虎把头啮。

　　"啮"为"齧"的俗字。意思是"咬、啃"。《说文解字·齿部》:"齧,噬也。"②《礼记·曲礼上》:"毋抟饭,毋放饭,毋流歠,毋咤食,毋啮骨,毋反鱼肉,毋投与狗骨。"③

　　(19)撄

　　例1.范紫东《盗虎符》第十四回[13]4754:

　　　　安釐王:(唱)秦国兵马最壮盛。

　　　　　　　　那一国敢撄这凶锋。

　　"撄"为"迫近、触犯"之意。《孟子·尽心下》:"有众逐虎,虎负嵎,莫之敢撄。"赵岐注:"撄,迫也。虎依隅而怒,无敢迫近

---

①孔颖达《春秋左传正义》,见《十三经注疏》,中华书局 1980 年,第 1821 页。
②许慎《说文解字》,中华书局,1963 年,第 45 页上。
③孔颖达《礼记正义》,见《十三经注疏》,中华书局 1980 年,第 1242 页。

者也。"①

（20）执鞭

例1.冯杰三《投笔从戎》第一回[35]8：

徐　干：我兄同仇敌忾，激于义愤，若能为国效力，弟愿
　　　　执鞭追随。

"执鞭"持鞭驾车。多借以表示卑贱的差役。《论语·述而》：
"富而可求也，虽执鞭之士，吾亦为之。"何晏注："若於道可求者，
虽执鞭之贱职，我亦为之。"②

二、秦腔剧作中古语词的特点和作用

秦腔剧作中出现的古语词有些是后代仍然使用的，而多数则
是较少使用甚至不再使用的。这些古语词带有极强的书面语成
分和文言化色彩，可能会对一般听众带来一定的麻烦。如：

（1）仆、卿

例1.高培支《人月圆》第三回[3]289：

蒋　晋：观卿情状、必有隐怀、仆虽交浅、何碍言深。

"仆"在古汉语中是用于自称的谦词，"卿"是旧时夫妻情人间
的爱称。这两种称谓词现代已不再使用。

（2）伊

例1.《九江口》第四回[31]38：

刘伯温：这是小书一封，以姑苏王口气，下奔汉阳。中途
　　　　若见办粮草的陈友杰，交伊带去更妙。但勿道
　　　　出金陵行踪！

---

①孙奭《孟子注疏》，见《十三经注疏》，中华书局1980年，第2775页。
②邢昺《论语注疏》，见《十三经注疏》，中华书局1980年，第2482页。

　　"伊"为古代汉语中的第三人称代词,相当于"他、彼",不限男女。五四时期前后的文学作品中"伊"专指女性。现代汉语已不再使用。

　　(3)不谷

　　例1.范紫东《哭秦庭》第一回[13]4579:

　　　　楚昭王:不谷楚昭王在位。只因伍员选住吴国、心想为
　　　　　　　　他父兄报仇、自从不谷登极以来、年年勾引吴兵
　　　　　　　　骚扰边境。

　　"不谷"意思是"不善",是古代王侯用于自称的谦词。《老子》第四十二章:"人之所恶,唯孤、寡、不谷,而王公以为称。"①《左传·僖公四年》:"岂不谷是为? 先君之好是继。与不谷同好,如何?"杜预注:"孤、寡、不谷,诸侯谦称。"②秦始皇及其后的帝王自称"朕",现代封建帝制消亡,"不谷"也就不再使用了。

　　(4)俾

　　例1.高培支《端阳苦乐记》第一回[3]184:

　　　　胡　达:(唱)李夫人赐于我金帛银两。

　　　　　　　　　　　送洪荩作盘费俾壮行囊。

　　"俾"意思为"使"。《尔雅·释诂下》:"俾、拼、抨,使也。"③《诗经·大雅·民劳》:"式遏寇虐,无俾民忧。"毛亨传:"俾,使也。"④现代汉语不再使用。

---

①王弼《老子注》,见《诸子集成》(第三册),中华书局1954年,第27页。
②孔颖达《春秋左传正义》,见《十三经注疏》,中华书局1980年,第1793页。
③邢昺《尔雅注疏》,见《十三经注疏》,中华书局1980年,第2577页。
④孔颖达《毛诗正义》,见《十三经注疏》,中华书局1980年,第548页。

（5）畀

例 1.吕南仲《双锦衣》第二场[22]8510：

　　吕好问:(唱)实可恨女真氏结连兵祸。

　　　　　　逞淫威扰乱我大宋山河。

　　　　　　逼迫得太上皇蒙尘避躲。

　　　　　　畀子女与玉帛割地请和。

“畀”有“给予、付与”的意思。《尔雅·释诂下》:“畀,予也。”①《诗经·小雅·信南山》:“畀我尸宾,寿考万年。”郑玄笺:“畀,予也。”②这个词现代一般不用。

（6）不敏

例 1.冯杰三《投笔从戎》第一回[35]8：

　　班　超:今乃国家多事之秋,正是国人奋勇杀贼之时。

　　　　　兄虽不敏,爱国之心,怎肯后人!

“不敏”表示自谦,义为“不聪敏、不才”。《左传·成公二年》:“臣辱戎士,敢告不敏,摄官承乏。”③现代一般不再使用。

（7）褫

例 1.范紫东《萧山秀才》第二十四回[11]4150：

　　曹锡宝:老贼又想脱逃,褫了狗皮、与我绑了。

“褫”意思是“剥去衣服”。《说文解字·衣部》:“褫,夺衣也。”④《周易·讼卦》:“上九:或锡之鞶带,终朝三褫之。”正义曰:“若因讼而得胜,虽或锡与鞶带,不可长久,终一朝之间三被褫脱,

---

①邢昺《尔雅注疏》,见《十三经注疏》,中华书局 1980 年,第 2573 页。

②孔颖达《毛诗正义》,见《十三经注疏》,中华书局 1980 年,第 471 页。

③孔颖达《春秋左传正义》,见《十三经注疏》,中华书局 1980 年,第 1895 页。

④许慎《说文解字》,中华书局,1963 年,第 172 页下。

故云'终朝三褫之'。"①现代一般不用"褫"字。

（8）窜

例 1. 王辅丞《一磅肉》第四场[23]9041：

　　崔济文：小生崔济文。那日被皇上窜到边地，是我暗暗
　　　　　　　脱逃，来到表兄家中。今日表兄与鲍丽英成婚，
　　　　　　　教我好生伤感啊。

"窜"为"放逐、驱逐"之意。《尚书·舜典》："流共工于幽州，
放驩兜于崇山，窜三苗于三危，殛鲧于羽山，四罪而天下咸服。"孔
颖达疏："窜者，投弃之名。"②"窜"字"放逐"的意思现代不再使用。

（9）沽

例 1.《白雀匣》第十四场[10]3554：

　　纪　德：酒保接来、这是五钱银子、好酒美菜、沽得一道。

"沽"义同"酤"，买卖之意。《论语·乡党》："唯酒无量，不及
乱。沽酒市脯不食。"《论语注疏》："沽，卖也。"③《经典释文·论
语音义》："沽酒，音姑。买也。"④现代一般不用"沽"字。

（10）甓

例 1. 范紫东《玉镜台》第十三回[14]5094：

　　陶　侃：是我每日爱惜分寸光阴、清早起来、常运百甓于
　　　　　　　门内、到了晚上、又运百甓于门外。现在中原多
　　　　　　　事、难道我将这工夫绽了不成。嗳呀、门内现有
　　　　　　　双甓、我不免将他轮流转运便是。

---

①孔颖达《周易正义》，见《十三经注疏》，中华书局 1980 年，第 25 页。
②孔颖达《尚书正义》，见《十三经注疏》，中华书局 1980 年，第 128 页。
③邢昺《论语注疏》，见《十三经注疏》，中华书局 1980 年，第 2495 页。
④陆德明《经典释文》，上海古籍出版社 1985 年，第 1370 页。

砖,古代又称"瓴甓"、"瓴甋"。陶侃运甓的故典见《晋书》。《晋书·陶侃传》:"侃在州无事,辄朝运百甓于斋外,暮运于斋内。人问其故,答曰:'吾方致力中原,过尔优逸,恐不堪事。'其励志勤力,皆此类也。"①《说文解字·瓦部》:"甓,瓴甓也。"②《尔雅·释宫》:"瓴甋谓之甓。"③现代不再使用。

(11)殊

例1.高培支《鸳鸯剑》第七回[3]87:

　　陈泽民:(唱)瞧不起本大王情殊可恨。

　　　　　　　我不夺婉珠女誓不为人。

"殊"为副词,意思是"甚,极"。《诗经·魏风·汾沮洳》:"彼汾沮洳,言采其莫。彼其之子,美无度。美无度,殊异乎公路。"④"殊"的副词意思现代一般不再使用。

秦腔剧作中还有一些古语词后代虽然使用,但是意思却发生了重大的变化。同一个词,词形虽然相同,但是古今意义却差别极大。秦腔剧作中就有一些词用的是古义,用现代的常用义去理解,就会造成偏误。如:

(1)交通

例1.范紫东《三知己》第十三回[15]5585:

　　崇祯帝:贱妃、你做的好事。(打咀)

　　　　　(唱)骂一声贱妃不知理。

　　田贵妃:我做下甚么非理的事了。

---

① 房玄龄《晋书》,吉林人民出版社 1995 年,第 1054 页。
② 许慎《说文解字》,中华书局,1963 年,第 269 页上。
③ 邢昺《尔雅注疏》,见《十三经注疏》,中华书局 1980 年,第 2598 页。
④ 孔颖达《毛诗正义》,见《十三经注疏》,中华书局 1980 年,第 357 页。

　　崇祯帝：(唱)交通外官把朕欺。

　　上例中的"交通"意思是"勾结、串通"，用的是古义。"交通"今义指往来通行、运输或联络，古有结交、勾结等义。《史记·魏其武安侯列传》："夫不喜文学，好任侠，已然诺。诸所与交通，无非豪桀大猾。家累数千万，食客日数十百人。"①其中"交通"义为结交。《汉书·昭帝纪》："左将军安阳侯桀、票骑将军桑乐侯安、御史大夫弘羊皆数以邪枉干辅政，大将军不听，而怀怨望，与燕王通谋，置驿往来相约结。燕王遣寿西长、孙纵之等赂遗长公主、丁外人、谒者杜延年、大将军长史公孙遗等，交通私书，共谋令长公主置酒，伏兵杀大将军光，征立燕王为天子，大逆毋道。"②其中"交通"义为勾结。

　　(2)烈士

　　例1.李干丞《白板进士》第九回[28]223：

　　乡民丁：这就是文烈士的公馆，人看见了越发心酸。

　　上例中的"烈士"今指为正义的事业而牺牲的人，古义指有节气有壮志的人。如《韩非子·诡使》："而好名义不仕进者，世谓之烈士。"③本例中"烈士"用的是古义。

　　(3)锻炼

　　例1.孙仁玉《庐山奇遇》第一场[21]8181：

　　常懋迁：哎呀、照这样罗织锻炼、教人也无法可办。

　　上例中的"锻炼"意思是"罗织罪状，陷人于罪"。《后汉书·韦彪传》："忠孝之人，持心近厚；锻炼之吏，持心近薄。"李贤注：

────────────

①司马迁《史记》，中华书局1959年，第2847页。

②班固《汉书》，中华书局1962年，第227页。

③王先慎《韩非子集解》，见《诸子集成》(第五册)，中华书局1954年，第314页。

"言深文之吏,入人之罪,犹工冶陶铸锻炼,使之成孰也。"①"锻炼"的今义为"在艰苦中经受考验,增长才干",本例中"锻炼"使用的是古义。

（4）影响

例1.范紫东《燕子笺》第五回[12]4180：

华行云：（唱）眼睁睁鱼雁无影响。

　　　　昏沉沉病卧合欢床。

"影响"本指影子和回声。《尚书·大禹谟》："惠迪吉,从逆凶,惟影响。"孔传："吉凶之报,若影之随形,响之应声,言不虚。"②后引申为音信,消息。今义则是"起作用、施加作用"。上例中"影响"用的是古义。"影响"还引申为踪迹,秦腔剧作中也有用例：

例2.《三元征北》第三场[9]3120：

木三华：（诗）一般模样是天生。

　　　　两国只阻汉长城。

　　　　中华之地无影响。

　　　　九重天外称英雄。

关中方言中有一些词语,是从古代汉语中沿用下来的,带有很强的存古性质。这些词既是古语词,又是方言词,很难将两者截然分开。如：

（1）毕

例1.高培支《宦海潮》第一回[3]7：

中　军：禀大人、操演已毕。禀大人操演毕了。

---

① 范晔《后汉书》,中华书局1965年,第918页。

② 孔颖达《尚书正义》,见《十三经注疏》,中华书局1980年,第134页。

　　"毕"古汉语意思是"完毕、终了",《尚书·大诰》:"天亦惟用勤毖我民,若有疾,予曷敢不于前宁人攸受休毕?"孔颖达《正义》:"毕,终也。"①今关中方言意思相同。秦腔剧作中的用例再如:

　　例2.《倪俊烤火》第十五回[9]3023:

　　　　尹碧莲:(唱)我父女千里路特来叩敬,

　　　　　　　　　　拜谢毕入尼庵落发修行。

　　(2)候

　　例1.高培支《宦海潮》第九回[3]45:

　　　　余王氏:(唱)猛想起小姣儿正将娘候。

　　"候"有"等候、等待"之意,如《庄子·逍遥游》:"子独不见狸狌乎?卑身而伏,以候敖者。"②今关中方言用法同。秦腔剧作用例再如:

　　例2.《乱点鸳鸯》第二场[38]440:

　　　　刘秉义:依我之见,不如回了孙家,候我儿病愈,另行择

　　　　　　　　日完婚。

　　(3)縻

　　例1.封至模《箭头鸳鸯》第四场[38]321:

　　　　刘　安:(念)割、割、割葛条,

　　　　　　　　　割上几条縻得牢。

　　"縻"古有"拴缚、束缚"之意。如《广雅·释诂二》:"縻,系也。"③《小尔雅·广言》:"縻,缚也。"④今关中方言也有"绑住、拴

────────────

①孔颖达《尚书正义》,见《十三经注疏》,中华书局1980年,第199页。
②郭庆藩《庄子集释》,见《诸子集成》(第三册),中华书局1954年,第20页。
③张揖《广雅》,见《丛书集成初编》,中华书局1985年,第22页。
④孔鲋《小尔雅》,见《丛书集成初编》,中华书局1985年,第2页。

住"之意。

（4）乡党

例1.范紫东《双凤飞来》第六回[17]6550：

　　齐伯野：（唱）听说此间有乡党。

　　　　　　　　无事前来问端详。

"乡党"语出《论语》。《论语·乡党》："孔子之于乡党,恂恂如也,似不能言者。"①周制,一万二千五百家为乡,五百家为党。本指居民组织,后引申指"同乡、乡亲"。今关中方言"乡党"即"乡亲"。秦腔剧作用例再如：

例2.范紫东《美人换马》第十九回[13]4827：

　　杜　　隐：烦禀大人、就说有位乡党要见。

（5）遗

例1.范紫东《软玉屏》第十六回[11]3775：

　　魏效忠：想是那晚盗贼遗在庙中了。是呵、我还出下万

　　　　　　金赏格、这丁生还有这个福命。

"遗"义为"遗失、丢失",《说文解字·辵部》："遗,亡也。"②《庄子·天地》："黄帝游乎赤水之北,登乎崑仑之丘而南望,还归,遗其玄珠。"③今关中方言义同。秦腔用例再如：

例2.《百花诗》第九回[8]2659：

　　宋　　进：临行之时、将百花诗笺遗在陆严尸旁、若到天

　　　　　　明、地方官检险、岂不嫁祸学士廉老爷身上。

---

①邢昺《论语注疏》,见《十三经注疏》,中华书局1980年,第2493页。

②许慎《说文解字》,中华书局,1963年,第41页下。

③郭庆藩《庄子集释》,见《诸子集成》（第三册）,中华书局1954年,第185页。

（6）手之舞之

例 1.《九江口》第五回[31]44：

　　张采蓱：(唱)大嫂进门眼红了，

　　　　　　　　　　手之舞之不开交。

"手之舞之"意思是"两手舞动"，多用以形容喜极的情状。《诗经·大序》："情动于中而形于言，言之不足，故嗟叹之。嗟叹之不足，故永歌之。永歌之不足，不知手之舞之、足之蹈之也。"①《孟子·离娄上》："乐则生矣，生则恶可已也。恶可已，则不知足之蹈之，手之舞之。"②今关中方言"手之舞之"是指两手舞动，以表达某种心情或准备作某种动作。再如：

例 2.吕南仲《双锦衣》第七场[22]8545：

　　许本德：手之舞之、还想打不成。

　　香　　玉：打就打、试试我的手段。吃我一拳。（打）

秦腔的语言具有文白两种文体，不同的角色有不同的语言表达方式，也就是什么人说什么话。剧中有身份有地位或受过教育的人说话一般用文言文、书面语。而那些底层人员（如丑角、杂角等）或没有多少文化甚至没有文化的人员多用方言白话。由于这种语体的需求，出现一些古语词是不可避免的，也是符合人物角色、人物性格以及戏剧语言需求的。正是使用语体的不同，才使得戏剧人物形象避免千人一面，使得人物性格鲜明丰满。

----

①孔颖达《毛诗正义》，见《十三经注疏》，中华书局 1980 年，第 270 页。
②孙奭《孟子注疏》，见《十三经注疏》，中华书局 1980 年，第 2723 页。

第二节　秦腔剧作中的方言词

　　秦腔是关中地区的戏剧形式,在语言表达方面具有强烈的关中方言色彩。这在语体、修辞、语法、词汇各个方面都有表现。从语体角度看,秦腔唱词文言化程度较高,但也有一些唱词带有方言特点,这在语体一节有论述。本节主要论及秦腔剧作中所使用的关中方言词汇。

　　秦腔对白有不同角色使用不同语言的特点,剧中一些没有多少教育的人,尤其是丑角、杂角等对白时多使用"秦白",即方言对白。秦白的一大特色就是大量使用关中方言的语法和词汇。根据现代语法体系,我们按照现代汉语语法词类标准,对秦腔剧作中出现的有代表性的关中方言词做一简单介绍。需要注意的是,由于不少方言词缺乏统一的文字形式,造成同一个意思写出的汉字也不尽相同,不少同音词转写出来的文字又可能是相同的,这在理解时可能会带来一些麻烦。

　　秦腔剧作中出现的关中方言词很多,我们将其中主要的方言词抽出,按照语法规则对其分类,共分名词、动词、形容词等11类。

一、名词

　　关中方言的名词有一般名词、时间名词、方位名词等。秦腔剧作中出现的关中方言词很多,有的表示地理,如:埝、凹、干岸、南岸子、偏岸、偏岸儿、西岸子、一岸子、干滩滩、暖暖坡、阳坡、庄基、厦房、房圈、旮旯儿、圪里圪崂(圪里圪牢)、潦池(涝池)、外前。

　　有动植物名称的:长虫、虾蟆、蚧蚪、蚵蚤、虱、蝇子、蝼蛄蛄、屎爬牛、毛老鼠、老鸦、鸡娃、鸭娃子、叫驴、牲口、牙狗（芽狗）、窝笋、构木、谷草、麦草（麦苋）、树柯叉（杚杈）、脓杏、枣胡儿。

表示人物、人伦关系，以及称谓的：班辈、阿家、伯伯、承重孙、女、女子、女子娃、二爸、干大、老汉、老老、老婆儿、母家、娘屋、男娃子（牛牛娃）、女婿、女婿娃、婆、婆娘、婆婆、亲亲、挑担、外家、外婆、外爷、晚娘、姨姨、屋里、媳妇、先人、姨姨、娃、丈母姨。

表示人物职业、人物品性等方面的：乡棒、棒棒子、棒槌、材料、残残货、痴锤、痴娃、槌槌、磁鎚、磁壶、磁娃、楞虫、楞楞人、冷虫、愣娃、半斤面、呆货、呆女子、闷棍、闷种、瓜娃、傻瓜、瞎货、棺材瓢瓢子、光棍（地痞）、光棍汉、好娃、歪人、粘浆子、张口货、花花媳妇、晰娃、嫽包包（嫽宝宝）、碎人儿、碎娃、蕞娃（蕞娃儿）、丫环娃、充庄（充装）、替头子、挑庄货、乡党、姑姑（尼姑）、奶妈子、骗子手、经纪、牲口牙子、背锅、拐子、稳婆、乞婆、倒扎门子、等路的、龟娃子、拉胡胡的、先生、姚妇、姚娘、姚婆、姚婆子、贼娃子。

表示人的身体部位及分泌物的：颡、臁、窝窝子、眶眶子、眼睛珠珠、鼻颅、额颅、脸脸子、眉棱骨、鞣鞣子、脖项、脖脐窝、脯脐窝、下巴子、笑窝窝儿、壳囊子、尸腔、心尖尖、心坎坎、尻子、爪爪、捶头子、磕膝盖、腿杆、骨拐、精脚片儿；鼻痂子、垢痂、涎水（含水、颔水、酣水）、痂痂、燎泡、青记、清鼻（清嚏）、眼角眵（眼角屎儿）、屄屄。

表示工具什物、衣物以及食物食品的：安眼、拨浪鼓儿、篮篮子、蒲篮、包包、袋袋、车车、刀刀、抉头、木锨、锁子、火鳌、酒缸缸子、酒瓮瓮子、碗碗、盘盘、蒜涡子（蒜窝窝）、洋火、锅锅子、鼓鼓子、桃桃、环环子、帕帕子、羔儿皮褂褂、花花鞋、花花衣服、香胰皂（香胰子）、褡裢、罗面罗儿、馍馍、蒸馍、饼饼、饸饹、胡饽、臊子面、酸浆水、蒸盆子、拌汤、包谷糁、调和、红苕、煎水、辣子、玉麦棒。

表示时间词及其他名物词：白地（白天）、半晌、晌晌、后晌、天爷（天爷爷、爷、爷爷）、皂（灶）神、碑记、垫头、恶水、胡基、瓦碴、包皮子货、牢食、老臭皮、冷活、冷事、礼节（礼性）、乱弹、门首、黏蛋、偏偏心、味气、席棚、献菜、献汤、瞎瞎膏药（瞎瞎东西）、向上、证见、茅厕（茅房、茅粪坑）。

关中方言词的名词多可以重叠、儿化、并多用后缀“子”。如：蛋蛋、方方、庙庙、婆婆、姨姨、槌槌、姑姑、娃娃、胎胎、呱呱、胡胡、肚肚、痂痂、包包、车车、袋袋、刀刀、把把、碗碗、盘盘、饼饼、爷爷、碴碴；干滩滩、蝼蛄蛄、心尖尖、心坎坎、蒜窝窝、眼窝离、白水水、烂纸纸、泥蛋蛋、泥丸丸、嫽包包（嫽宝宝）、眼睛珠珠、打心槌槌；房圈儿、旮旯儿、枣胡儿、碎命儿、碎人儿、方方儿、线线儿、罗面罗儿、笑窝窝儿、磕膝盖儿、精脚片儿、眼角屎儿、鬼气气儿、嫩芽芽儿、打心锤锤儿；拌子、方子、会子、浆子、壳子、冷子、瓤子、半生子、耳瓜子（耳刮子）、黏浆子、直杠子、疤疤子、根根子、绺绺子、姑姑子、贼娃子、粘浆子、壳囊子、辫辫子、黑桩桩子、空槽槽子、烂门门子、烂窑窑子、老底底子、席棚棚子、纸片片子、棺材瓤瓤子、土匪窠窠子。

二、动词

秦腔剧作中出现的关中方言动词很多，常见的动词如：

拌（绊）$_{\text{摔倒、摔坏}}$、拌命、闯（创）$_{\text{乱子}}$、弄$_{\text{乱子}}$、充壳子、打捶、打搅团、打麻缠、弹嫌、道谎（道诓、道诳）、刁抢、跌$_{\text{绊倒、干活}}$、喋活、咥$_{\text{吃、治}}$、丢吨、丢底、丢开、丢撇、撇$_{\text{丢、扔、甩、砸}}$、闪、断$_{\text{追}}$、蹴、蹲蹴、圪蹴（尻蹴）、给$_{\text{嫁女}}$、胡拌、胡砍、胡粘、胡斩、诓（诳）、撇骗、赚、失鬼、失弄、失塌（失蹋）、失遗、遗$_{\text{丢}}$、恳（掯）、勒、箍（罟）、料置（撂置）、迈眼（卖眼）、卖嘴、冒碰、摸揣、黏住、酿治、磕闲牙、磕牙、谝、谝闲、听传、听闲传、嚷仗、耍、塌（揭、拓）印、塌（拓、挞、踏）丽、踏（蹋、塌）踩、踢、塌账、抬藏、掀、言传（言喘）、拧、招活（招祸）、支蔓（枝蔓）生事、致气、抓抚养、抓养、着气（瘥气）。

　　方言动词的用法比较灵活。一个表现就是同一个词义项较多，或者一个意思可以用不同的词来表达。如表示"闯祸"意思的词有"闯、创、弄、董、懂、闹"等，表示"丢下"等含义的词有"丢、撇、丢撇、抛别、抛撇、抛闪、撇下、弃撇、闪、闪撇"等，表示"欺骗"意思的有"诓、诳、诳骗、撖、撖骗、赚"等。

三、形容词

　　关中方言的形容词非常丰富，在构词法和词的表现能力等方面都极为多样。秦腔剧作中常见的形容词有：

　　熬煎、鳌拗、醒事、残、伧、差火、瓜、闷不聪明、痴（磁）、戳撑、对好、债、焯、零干、伶醒（灵醒）聪明、机灵、坏菜误事、煎热、烫、矫情、亢旱、烂脏（烂葬、滥脏）、劳神、牢实、冷森、凉人、诒、诒和、倩、嫽、美、皙、皙儿、白皙、心疼、麻搭（麻达、麻答、麻瘩）、麻迷儿、暮囊、麻眼（马眼）、瞀乱、明天亮、黏（然、粘）、黏络、黏牙（粘牙）、颇烦、恓惶（凄惶、悽惶）、丧眼、骚情（搔轻、捎轻、稍轻）、烧羞愧、烧燎、松番、松和、碎（蕞）小、歪、细发（细法）、瞎坏、狭滑、咬嘴难缠、赢人、脏、燥（躁）、挣累、狰脾气不好、鼓劲、急剧仓皇、眉高眼低、青眉白眼、干散麻利、心慌瞀乱（心慌目乱）、瞎眉失眼、瞎迷两眼。

　　关中方言的形容词多可以重叠，且重叠方式多样，有"AA"式、"AA 的"式、"ABB"式、"AABB 式"等。如：痴痴、端端、假假、洋洋、面面、燃燃、怕怕、碎碎、甜甜、歪歪、弯弯、瞎瞎、扎扎；安安的、沉沉的、稠稠的、端端的、光光的、慌慌的、黄黄的、凉凉的、嫽嫽的、美美的、满满的、宁宁的、善善的、熟熟的、熟熟儿、殭殭儿的;白蛋蛋、白喇喇、明晃晃、歪劳劳、火炮炮、稀溜溜(稀流流)、血胞胞、端橛橛的;痴痴委委、端端溜溜、零零干干、灵灵醒醒、圪圪宁宁、唧唧咙咙(唧唧哝哝)、唧唧扎扎、麻麻缠缠、麻麻胡胡、松松泛泛、细细法法、絮絮道道。

除了可以重叠外,还有一些形容词有多种后缀形式,如:凉不激激、软不腾腾、酸不辣辣、软扑塌塌、黑古洞洞、乱咕咚咚、毛茸冬冬;吃不楞登、红不琉丢、花不楞登(花不楞蹬、花不楞镫、花不蹍、花不蹍蹬)、骚情不拉;糊里搭斗、忽里忽碌、叽里咕噜、罗哩罗嗦、扎里扎娃、黑打糊涂、黑麻乌洞、痴麻圪登、痴马古东、泥水滑喳、新姑禄独、醉么失道、胡撕麻搭。

四、副词

秦腔剧作中所见副词主要有程度副词、范围副词、情态副词、时间副词、否定副词等。

程度副词主要有:帮肩(旁间)、帮肩儿(帮尖儿)、仿佛、二家梁梁、太得、忒;太、太太、很(狠)、很很、坏坏、紧、要紧、够够儿的、当当的、些子、扎(札、匝、咂、炸)、恓恓的、栖栖儿。

范围副词主要有:单、满、一概、一满、一卯、一下下、一攒。

否定副词主要有:甀、不、不得、么咧(莫咧)、没了(不然)、莫、莫有、莫有得。

情态副词主要有:大剌剌、才$_{原来}$、打睹$_{根本、一点也不}$、大剌剌、得、对、冒、猛可的、宁、应、定、怎生、真真、辄(着)$_{总}$、总$_{一定}$、冷、瞎好、长短、高低、贵贱、横竖。

时间副词主要有:半会、多半晌、登时、端、几时、前在里、日每、算(旋)、一晌、一时、一时时、一向、一阵阵。

关中方言中副词比较有特色的就是不少程度副词可以作补

语,如"太、太太、很(狠)、很很、坏坏、紧、要紧、够够儿的、当当的、些子、扎(札、匝、咂、炸)、恓恓的、栖栖儿"等词。这一点和普通话有很大不同。

五、量词

秦腔剧作中出现的关中方言量词主要有"棒棒、沓沓、个、句子、一伙伙、一卡卡、一坨子、绽"等,前几个主要是物量词,"绽"则表示动量,表示次数,意思相当于"茬、次、遍"等。如:

例1.孙仁玉《白先生看病》[19]7368:

> 白失鬼:赶快熬吃了头绽、吃二绽。千万不敢吃三绽、三
> 绽药有毒呢。

例2.《大烟魔》第三回[35]476:

> 谭德容:(手内拿烟葫芦杆子)哎,这两个孩子,我还有一
> 绽灰没翻呢,你拉我做什么呢?

关中方言量词的特色主要是在表示物量时多用量词"个",普通话表示不同的物体用"只、条、头、根、匹"等不同量词,而关中方言均可用"个"来表示,如"一个老虎、一个人命、一个牛、一个蛇、一个鸡、一个金条、一个驴子、一个猪"。例如:

例1.李桐轩《戴宝珉》第一回[6]1710:

> 王各卢:为父借了隔壁儿你四叔一个驴子、已经备好、拴
> 在门外。你且少待一回、为父过几口瘾、好送
> 我儿。

例2.孙仁玉《商汤革命》第五回[20]7562:

> 何　璧:(唱)牛要五千个。
>
> > 猪要一万个。
> >
> > 羊要一万个。

鸡鸭七十二万个。

限一日要交齐不准耽搁。

六、代词

秦腔剧作中出现的关中方言代词可分为人称代词、指示代词、疑问代词三类。

人称代词有"我、我们、咱、偺、侪、奴、侬、你、他、她"等。其中"我、我们、咱（偺）、侪、奴、侬"是第一人称代词，"咱（偺）"音 zá，意思是"我"或"我们"；"侪"的意思是"我们"。"奴、侬"是女性称呼自己时使用的，也是第一人称代词。"奴"本来是名词，但在女性称呼自己时具有代词的性质，这里将"奴"看成代词。

指示代词主要有"这、这搭（这达、这答）、那、乃、那些子、伢人家、哇那里、阿那、咿、咿儿、咿达、那挞（那答）、恁"等。其中"这搭、这达、这答"意思是"这里"，"伢"是"人家"的合音词，意思相当于"人家、别人"，"哇、阿、咿"属于一音之转，意思是"那、那些、那里"，"咿儿、咿达、那挞、那答"相当于"那里"。这些词在关中方言中使用非常广泛。

疑问代词主要有"谁、阿谁、甚、什么、甚么、阿旮、呵答、哪哒（哪搭、哪达、哪挞、哪答、哪挞儿）。"其中"阿旮、呵答、哪哒、哪搭、哪达、哪挞、哪答、哪挞儿"等词的意思是"哪里"。

七、连词

秦腔剧作中出现的连词不少，比较能代表关中方言的有"连、不了、莫咧"等。"连"作为连词，主要连接的成分是词或短语，表示并列关系，意思和"和、同、与、跟"等。如：

例 1. 范紫东《金兰谱》[18]6964：

屈营生：娘子、咱齐国有两个著名的人、你们可晓得吗。

妻、妾：那两个。

屈营生：不是别个、就是管仲连晏子。

例 2.范紫东《大孝传》第六回[12]4334：

戮　首：爹娘、你再不要太执拗了、人家我哥哥连那两个嫂嫂、都回来给你两个老人家行礼来了。你想人家是皇帝的女儿、礼情很熟的、你两个老人家也要把翁姑的架子拿起来。万不敢胡吵混闹、教人家瞧不起咱们、还说咱们这乡棒不通情理。

例 3.淡栖山《卫生婚姻》第十二场[40]222：

屠庸构：你看难受不难受？ 要怪推事将你断给我，你连我真是一对！

列纳芜：一对什么？

屠庸构：一对冤枉。

“不了”、“不对了”、“莫咧”等主要连接句子，表示选择关系，意思相当于“不然、要不、要么”等。如：

例 1.范紫东《春闺考试》[18]6767：

徐丫环：看把你那个空轿羞的怎抬的回去家。你莫了自己坐在那里头、回去就是了。不了、你还插翅膀往回飞咖。

例 2.范紫东《大孝传》第十回[12]4351：

姚　婆：这才是鹬蚌相持、渔人得利、今天碰了这桩好事、至少有二三斤。我回去把这肉洗的净净的、把它烧着吃、煮着吃、炒着吃。不对了把它凉调上吃、总要吃的美美的呢。

例 3.《玉龙佩》第四场[25]621：

　　李桂兰：我与你求药。

　　尹爱莲：我好好个人,要药何用?

　　李桂兰：莫咧,与他求药。

　　尹爱莲：妹妹其乃淘气! 人家与你好好讲话,你看你那
　　　　　　样子。

"莫咧"也写成"么咧、没了",如:

例1.《梵王宫》第一回[9]2918:

　　刘玉英：兔肉不好吃,不要不要。

　　叶含嫣：嫂嫂! 么咧买上一只大雁。

例2.《对银杯》第五回[29]465:

　　刘　奎：站起来,站起来。没了,你弟兄逃走了去,逃
　　　　　　走了。

例3.范紫东《新华梦》第十一回[16]6319:

　　蔡　妻：妹妹、你怎么把我叫嫂嫂呢。

　　筱凤仙：没了还叫婶婶吗。

八、介词

　　兰宾汉《西安方言语法调查研究》认为:"西安方言的介词有
些与普通话大致相同,如'在、把、到、朝、往、从、拿、用、因、比、除'
等,但用法并不完全一致;有些是普通话中有,而西安方言不用
的,如'于、当、至、将、同、由于、关于、对于'等;有些是西安方言特
有的,如'□nou²¹、闻、投、投到、问、赶'等。"①秦腔剧作中出现的
比较有关中方言特色的介词主要有"闻、把、连"等。

　　"闻"表示时间,主要是使用在表示时间的形容词"早"前和表

---

① 兰宾汉《西安方言语法调查研究》,中华书局2011年,第191—192页。

示性质的形容词"热"前边,相当于介词"趁"。如:

例1.孙仁玉《女婿拍门》[19]7280:

　　钱　妻:你咧鼻子割下来、闻热沾得住。

"连"作介词时除了和"都、也"组合表示强调的用法以外,还表示事情或动作行为关涉的对象,以及比较(或比喻)的对象,意思相当于"和、跟、与"。如:

例1.孙仁玉《双明珠》第三场[21]8096:

　　刘媒婆:什么事吗。我都敢惹大人、鸡蛋都敢连碌碡磕吗。

例2.范紫东《赌博账》[18]6945:

　　石　兄:今天看在我妹妹的面上、这人命事件、连那两个赌棍打官司、不连累你这个逛蛋。可是我连你还另有话说。

例3.范紫东《燕子笺》第十九回[12]4232:

　　农夫甲:京城已经失了、咱们还是把皇上留住、不教他走。咱们领上些小伙子、把抉头拿上、连这胡儿子弄。

例4.孙仁玉《柜中缘》[19]7021:

　　淘　气:(向台下)你看两个小怪物、你一哭、我一哭、给我使手段呀。我心里亮的连镜子一样。给我使手段呀。

例5.孙仁玉《禁烟趣闻》第四场[40]347:

　　王桂生:那一句话我忘了。你看你看、连你写的一样嫽。

例6.范紫东《燕子笺》第三十一回[12]4267:

　　鲜于佶:这一夥奴才、把个新簇簇的个状元、打得连净贼一样、说是快与老爷更衣来。

例7.高培支《端阳苦乐记》第九回[3]241：

　　尹丽仙：打下去、不用。（丫环下、关门再拉。）姐姐起来，
　　　　　　脱了衣裳睡。啊些，啊些。真真沉的连猪一样、
　　　　　　看把你睡死了。哎呀。

上述例子中，例1至例3中的"连"引进事情关涉的对象，例4至例7的"连"引进比较或比喻的对象。

"把"是关中方言使用比较普遍的一个介词，它的作用就是和动词涉及的对象构成介宾短语，放到动词前作状语，这样的句子语法学上称为"把"字句。关中方言的"把"字句一般表示对涉及对象的"处置"的作用，也有一些不表示处置作用。其谓语主要是及物动词（表示"处置"），也有不少是不及物动词，甚至是形容词或疑问代词（不表示"处置"），如：

例1.高培支《宦海潮》第六回[3]32：

　　师　爷：把你给气成什么了、谁还把他害死了吗。哼哼、
　　　　　　你真个岂有。

例2.《双刁传》第九回[27]469：

　　贺贞娘：女儿昨日不知发个什么病，听说肚子疼。我就
　　　　　　请先生都没跟上，把娃就给死了。

例3.《长坂坡》第六回[36]427：

　　卒　　：刘备待人忠厚，探桥去都投了人家。那我看一
　　　　　　下。我的光光，把人吓死了！禀丞相，把探桥的
　　　　　　人吓死了！

例4.封至模《义侠武二郎》第一回[36]14：

　　王　　婆：噫，哈哈！这个东西，真聪明，真聪明！（拧金莲
　　　　　　一下）阿弥陀佛，这老天倒怎生来！将你生得这
　　　　　　样灵醒，就像妈心里的个虫虫，妈还没有动呢，

你先就知道了，真真把人能爱死！

例5.高培支《夺锦楼》第二回[4]469：

> 钱小江：……这、这、这你不愿意。这、这、这把人能急
> 死。（对瑶）她不走、你快跟我走。怎么、你也不
> 愿意么。这、这、这、这把人能急死。看你娘来
> 了、快走吗。

例6.冯杰三《投笔从戎》第一回[35]38：

> 甲　：伙，你看人家都到中国发财去了，偏偏与咱二人
> 派下这个差事，既苦又穷。这个刘蛮子，还不识
> 时务，至死不降，我们又不敢将他怎样，这真把
> 人能累死！

例7.孙仁玉《弹铗记》[19]7117：

> 冯　谖：几个月了、就想吃肉、今天才把目的达到了。真
> 把人几乎香死。哈哈哈哈。

例8.高培支《端阳苦乐记》第四回[3]208：

> 素　琴：我小姐什么时候把耳朵聋了。莫有么。哦哦
> 哦、小姐正听话呢、嫌我说的讨厌、所以拿这话
> 答对我呢、再不说了。

上述几例中的谓语部分"死、气、吓、爱、急、累、香、聋"等要么
是不及物动词，如"死"；要么是心理动词，如"气、吓、爱"；要么是
形容词，如"急、累、香、聋"等。

关中方言的"把"字句还有一种是"把、叫"同现句，也就是
"把"字句和表示被动的"叫"字句混合使用的一种句式，"把"字短
语和"叫"字（"叫"字也可写成"教、着"等）短语一起做状语。如：

例1.范紫东《紫金冠》第十八回[13]5038：

> 甲　：大姐姐、小妹妹、把老贼教吕布杀咧。

例 2.范紫东《软玉屏》第十九回[11]3793：

戴　殷：大帅这样关心民瘼、卑职实在的内愧。现在有
　　　　一位老百姓、名叫李彦芳、也把女儿教人打死、
　　　　本司还是先与百姓伸冤、大帅你看如何。

例 3.范紫东《紫金冠》第一回[13]4932：

张　温：这个甚么。汜水关外、把那贼将华雄、着那英雄
　　　　关云长斩首、你晓得不晓得。

关中方言中还有一种"把"字句的表达方式为"（我）把你××"，只有主语"我"和"把你××"，没有动词出现。"把"后面的动词虽没有出现，从语义上可以看出是处置式的。这种"把"字句主要用于詈语。如：

例 1.《铁角坟》第七回[28]325：

柴郡主：你回了朝了，就说你回了朝了，你见了我你可这
　　　　样那样。不是老先生在此，我把你个天杀的。

例 2.孙仁玉《柜中缘》[19]7022：

钱　氏：我把你个奴才、怪道候你候不着、你才在屋里连
　　　　你妹妹闹仗哩。你真不是个好东西。

例 3.高培支《人月圆》第九回[3]316：

鸨　儿：我把你个小崽子、你既然是个男孩子、当日胡家
　　　　卖你时节、为啥不给我说明，害的我好苦。我把
　　　　你、我把你。（打介珠儿跪介）

还有一种极具关中方言色彩的是"把他家的"，也是一种省略形式的把字句，表示感叹、遗憾或者生气的情绪，是一种典型的"陕骂"。关中方言中经常说到，秦腔剧作中也有不少。"把他家的"还写成"把他的"或"把他咖的"。如：

例 1.高培支《夺锦楼》第八回[4]511：

　　钱小江：把他的、我只说人老了、没彩了。莫看出、我老
　　　　　　婆子彩大的很。

例2.《夜打登州》第十场[39]470：

　　程咬金：这才把他咖的，不知人家都碰见何人？咱的出
　　　　　　来就碰见这个老杂毛子，就挨了他的一鞭。我
　　　　　　看咱的不行，叫我二哥上前。

例3.孙仁玉《慈孝图》[19]7472：

　　卒　　：咳、把他咖的、人家官长家这妇女、到底是读过
　　　　　　书的、所以就这样贤孝。我的姚婆子连我那女
　　　　　　子、成天咖在家里闹哩。

九、语气词

　　秦腔剧作中出现的语气词很多，带有关中方言特色的主要有
"家、么、些、咧、哩、嘛、吗、呀、吧"等，下面分别予以说明。

　　"家"也写作"加、咖、呷"，作用同"呀"。如：

例1.范紫东《玉镜台》第九回[14]5077：

　　刘玉英：我表兄是想成大事的、人家心里常常谋着领兵
　　　　　　家、挂帅家、擒贼家、立功家、还把你这闲事装在
　　　　　　心里搁呢吗、靠不住、靠不住。

例2.《康仪卖桃》第十三回[34]340：

　　杜公子：我咋没拜堂呢？杜黄，你爷今天这是磁器店里
　　　　　　把房倒了——罐罐套罐罐。我和他算账加，傻
　　　　　　父愣爸，今天做出此事，好不气煞你老子咧！

例3.《百花诗》第十六回[8]2680：

　　宋　进：姐呀、你再覂难过咧、这是三百银子、你且拿上、
　　　　　　看你吃啥咖喝啥咖。

例 4.李干丞《桃花泪》第二回^{[26]102}：

> 息　娥：(唱)明知道此事关系大，
>
> 　　　　倒教奴张口说啥咖，
>
> 　　　　奴有心说了真实话。
>
> 　　　　君夫人一旁将衣拉。

例 5.范紫东《燕子笺》第三十七回^{[12]4289}：

> 华行云：姐姐、可巧你回来了、母亲一天呷想望你呢。

"咧"是关中方言使用非常广泛的一个词，它既可以作助词，也可以作语气词。兰宾汉《西安方言语法调查研究》认为："普通话用于表示完成体的助词'了₁'和表示语气的'了₂'，在西安方言中一律用'咧'。"①"'咧'是'了也'的合音词，在句法结构中主要出现在两个位置：一是位于句法结构中谓语中心之后，相当于普通话的'了₁'，是表示已然的体貌助词；二是位于句末，相当于普通话的'了₂'，是语气词兼表已然的体貌助词。我们分别标为'咧₁、咧₂'。"②"咧₂"在秦腔剧作中也十分常见。如：

例 1.范紫东《女儿经》第十二回^{[18]6739}：

> 朱效虎：谁该你的钱着呢、你还嫌少。混账极咧、赶
>
> 　　　　出去。

例 2.范紫东《美人换马》第三回^{[13]4771}：

> 乡　民：好我的徐家少爷、你再不要打娃咧、娃实在背不
>
> 　　　　住咧。

例 3.《海棠计》第五场^{[38]152}：

> 家　院：我大叔在世把我心疼扎咧，我辄想大叔。方才

① 兰宾汉《西安方言语法调查研究》，中华书局 2011 年，第 217 页。

② 兰宾汉《西安方言语法调查研究》，中华书局 2011 年，第 262 页。

　　　　　我爷在这里，我哭不出来，我爷现在走咧，叫我
　　　　　把我大叔哭上几声。

　　例4.范紫东《负米养亲》[18]6905：

　　　　　长孙玉如：今天把好心都做了驴肝花咧、以后再不到你
　　　　　　　　　　屋里来咧。

　　例5.范紫东《春闺考试》[18]6762：

　　　　　徐丫环：……姑娘还是遵旨考试为是。况且他们男子、
　　　　　　　　　定媳妇儿的时候、东家挑、西家捡、头儿咧、脚儿
　　　　　　　　　咧、瞎儿咧、好儿咧、纯是弹驳。姑娘你今得了
　　　　　　　　　手儿了、还是认真把他考、全当为咱们女子们出
　　　　　　　　　气呢。

　　例6.李仪祉《卢采英救夫记》第十三回[7]2429：

　　　　　罗　考：孩儿、你来看、这儿有个窝窝、原先是一个窑、塌
　　　　　　　　　了多时了、砖头圪塔、瓦片碴碴、灰咧土咧、差不
　　　　　　　　　多要填满了。把这些东西、一攒挖出来、就是我
　　　　　　　　　们的活。打起精神来挖吧。

　　"些"是关中方言中使用频率很高的一个语气词，可以表示祈
使（如命令、催促、禁止、请求等）、疑问、陈述、感叹等语气，可以用
在句中提起注意或增加感情色彩，还可用于复句表示转折等①。
秦腔剧作中"些"作语气词的用例也很多，如：

　　例1.范紫东《唾骂姻缘》[18]6817：

　　　　　杨秋波：你去些、先把那味道尝一下、你便晓得侬家的好
　　　　　　　　　处了。

　　例2.孙仁玉《看女儿》[19]7195：

————————

① 参兰宾汉《西安方言语法调查研究》，中华书局2011年，第264—280页。

　　　　任柳氏：快吃去些、这娃哟。听妈给你说话呢、教妈在你
　　　　　　　　房中歇一会、你婆婆妹妹回来时、你把妈叫
　　　　　　　　一下。

例3.范紫东《双凤飞来》第四回[17]6540：

　　　　王陈氏：二爷、你快把你老婆子拉住些。

例4.《取金陵》第十三回[35]140：

　　　　王　元：好夫人哩，你是个聪明人么，怎么不体谅人些！

例5.《黑叮本》第二场[8]2593：

　　　　赵　飞：嗯、我干爸、咋可发了磁了些。干爸你也看
　　　　　　　　呢吗。

例6.《大烟魔》第六回[35]493：

　　　　谭德容：哎、哎、哎！这你老人家为啥也死了些？

例7.《移花接木》第十三回[34]183：

　　　　梅笑雪：你看我妈些，说着说着就向一岸子说哩！

例8.范紫东《金莲痛史》[18]6988：

　　　　刘巧姐：我再遇个姚婆子些、也不受这罪。

例9.范紫东《京兆画眉》[18]6785：

　　　　梅　香：这着我听谁的话呢、你看这难吗不难些、当丫头
　　　　　　　　的、实在可怜。

例10.范紫东《三知己》第十一回[15]5576：

　　　　江都令：丢官再这样快些、那我将官早都丢完了、还能将
　　　　　　　　官作在这个时候。

例11.范紫东《大孝传》第六回[12]4335：

　　　　瞽　叟：我且问你、这两个媳妇的汉子大小呢。

　　　　姚　婆：你看呢么。

　　　　瞽　叟：我能看见些不问你。

"嘛"在关中方言中可以表示陈述、疑问语气,可以在选择问句中连接两个疑问项,还可以用于停顿,引出后面的内容。秦腔剧作中有很多这样的用例。如:

例1.高培支《二郎庙》第四回[5]1203:

役　　:吴沈氏、老爷问你哩、快回话嘛、快回话嘛。(暗语)这娃发了磁了。

例2.《康仪卖桃》第十回[34]324:

郑　女:住了! 我问你卖的黏胡桃嘛离胡桃?

例3.封至模《山河破碎》第三场[29]10:

杨暖暖:闻听人说,当今皇上甚好风流,时常官外寻花问柳。我想搬到汴京。一来躲避大兵,二来到京城也开开眼界,三来嘛……

"吗"在关中方言中作为语气词,既可以表示疑问语气,也可以用于选择问句,连接两个选择项(和"嘛"作用相似)。秦腔剧作中也有不少用例,如:

例1.范紫东《金川门》第十六回[14]5399:

允　炆:你也打听打听吗。就是把我死了、你怎能补我这缺。

例2.范紫东《金川门》第十六回[14]5400:

徐妙锦:皇后你供养和尚呢么、就不供养尼姑吗。那和尚能进官么、这尼姑就不能进官吗。

例3.《铁角坟》第五回[28]313:

杨　宏:戴啥镜戴啥子镜吗,戴挂镜,戴白片镜吗戴墨镜?

例4.封至模《箭头鸳鸯》[38]317:

刘金定:既打在马下,说是愿死吗愿活?

例5.《铡曹杰》第五回[30]148:

曹　杰：哎呀加，这么样粘牙的状子！我想，东家去点
　　　　瓜，拉蔓到西家，西家有个缸缸子，缸缸内边结
　　　　大瓜。一家要缸缸，一家要大瓜。这一张状子
　　　　怎样问法。这、这，是了。明公我且问你，要浑
　　　　缸吗要瓜？

例6. 高培支《崖山泪》[5]1440：

元　兵：你到底是文天祥吗是刘子俊。

"么"在关中方言中读[mo⁰]，作为语气词，作用和"嘛、吗"基本相同。秦腔剧作中用例如：

例1. 孙仁玉《青梅传》第九回[21]8165：

王喜云：(持刀手颤)在那里割。

道　姑：在脖项割么在那里割。

例2. 孙仁玉《青梅传》第十回[21]8172：

程青梅：既是莫大之恩、难道你不想报恩么。

例3. 孙仁玉《青梅传》第二回[21]8143：

程青梅：姑娘不必作难、我已经明白了。我到张家一说、
　　　　张家打发媒人一来、咱们两个在太太跟前运动
　　　　运动、那就对了么。

例4. 高培支《端阳苦乐记》第六回[3]228：

靳惊鸿：嫂嫂恕过他吧、妹妹你也请个人情么。

例5. 高培支《端阳苦乐记》第七回[3]232：

胡　逵：岂不是要考女婿、背履历么。

例6. 高培支《端阳苦乐记》第九回[3]240：

康　氏：免礼坐了。(坐)沁香儿呀、你贴上药、觉得好
　　　　些么。

关中方言语气词可以连用，表达的语气更加强烈。经常连用

的语气词有"加吗、家吗、加么、咖吗、咖么、咖些、哩嘛、哩么、咧吗、咧么、咧些、呢吗、呢么、呢些、呀吗、呀么、呀些"等。秦腔剧作中就有不少两个语气词连用的例子,如:

例1.范紫东《三滴血》第八回[17]6462:

  贾莲香:相公这儿一去、老虎又来了、我到底还是该死呀吗该活呀。

例2.冯杰三《范雎相秦》第十回[27]252:

  春　香:你还给我种人命加吗!

例3.范紫东《紫金冠》第四回[13]4950:

  家　丁:店主人请了。

  店　主:请了。歇店家吗吃面家。

  家　丁:天色已晚、自然要歇店。

例4.范紫东《女儿经》第十一回[18]6736:

  小　商:你这头上还翘翘布系的、身上还是这补丁狼藉的、这象是枕头顶顶子。脚上还穿的这抉头套、哎、特别、古怪。请问老曹、你穿上这一身给人家念经去咖吗、还是捉鬼去咖呢。

例5.范紫东《宰豚训子》[18]6883:

  参　妻:好我的夫君呢、你休我着我犯了你的甚么法咧吗。

例6.范紫东《金莲痛史》[18]6985:

  刘真姐:天呀、天呀、我母亲去世、我那继母懒怠与我缠脚、长了十五六岁了、还是恁大的两片子脚、穿着恁大的鞋样子、人家谁到底要我呢吗。

例7.高培支《夺锦楼》第十三回[4]538:

  房　甲:石夥计、你先说把房写给人、半年天气一个房钱要不下、这到怎么办呢么。

例8.孙仁玉《柜中缘》[19]7012：

　　许翠莲:我舅家莫有甚么事情、你到那里干甚么。

　　许钱氏:给你个蠢才寻下家呀么。

例9.范紫东《大孝传》第十八回[12]4389：

　　鼓　首:你还说给你婆婆报仇咖么、怎么听见没死、却哭
　　　　　　起来了。

例10.《对银杯》第四回[29]461：

　　刘　氏:好你刘奎,我叫你吃酒,谁是你将我的银子拿
　　　　　　去。我问你甘休加么善罢加?

例11.高培支《人月圆》第十四回[3]358：

　　柳小青:这这这、是做梦哩么。

例12.《乾坤带》第四场[39]323：

　　家　院:小千岁,你饥咧么?

　　秦　英:我不饥。

例13.孙仁玉《商汤革命》第十四回[20]7601：

　　夏　桀:哎哟哎哟、战的时间太大了、头也闷了、两臂也
　　　　　　困了、混身上下都没劲了。(喘气左右望)人哩
　　　　　　吗,人哩吗。这些王八羔子都溜到那里去了、靠
　　　　　　王一个打仗不成。

例14.孙仁玉《看女儿》[19]7197：

　　胭　脂:母亲、你可给人家说啥呀些。

例15.孙仁玉《爱莲女士》[19]7223：

　　冯菊香:哎、你看人家有意同我为难、不要我出去么、这
　　　　　　该怎么了咖些。

例16.范紫东《京兆画眉》[18]6792：

卜中用：京兆尹恩宽。（起、抱印盒出介、摇介）印当真在

　　　　呢、谁说丢咧些。

例17.范紫东《三滴血》第八回[17]6462：

　　贾莲香：好我的哥哥呢些、我把你叫亲哥哥呢。咱们都

　　　　　是乡党么、况且还是隔壁子住着呢、难道你连这

　　　　　点紧都不顾吗。你若是一去、我便不得活了。

十、助词

　　秦腔剧作中出现了不少关中方言的助词，如"的、得、一样、咧、着、给"等等，这里主要介绍一下"咧"的用法。"咧"用作助词时，主要用在句中动词、形容词及谓语性词语之后表示已然语气，相当于普通话的助词"了$_1$"。秦腔用例如：

例1.冯杰三《投笔从戎》第三回[35]18：

　　乙　　　：闲咧在那里养养神去。

例2.范紫东《大孝传》第十一回[12]4359：

　　瞽　叟：你都哭甚么呢、你看人到底死咧莫有。

例3.《牧羊卷》第五场[40]259：

　　巡风甲：是。这谁家娃给这搁咧个西瓜皮，把我滑咧这

　　　　　一拌子。……我把话说完咧，咋还没人去呢？

　　　　　把人肚子气管要气出来呢。哎嘘！

例4.《三义节》第四回[10]3271：

　　罗　义：掌柜的、是你不知、我姚家大哥、得咧个牛牛娃、

　　　　　我恭贺去咖、你把酒赊给我、我一前去、借些银

　　　　　两、把你的新陈麻搭、都给你开清了。

例5.《两河关》第十五场[39]254：

　　姚金奢：这才把他咖的，眼窝睁的这大的，吃咧娃这个

亏。碎娃,你姓啥?

例6.《对银杯》第四回[29]458:

　　刘　奎:哎。喝啥酒呢! 有钱咧喝上两杯,没钱咧就不
　　　　　　喝咧,还有啥酒瘾呢!

"给"作为介词,在关中方言中主要有以下作用:表示被动,表达特定情感(如不愉快、吃惊等),表示动作实现等。秦腔剧作中也有很多用例,如:

例1.《乾隆杀花子》第九场[10]3681:

　　乙　　:钱的光气照下这么大、我担土去、可给掉了。今
　　　　　　天我可拾了、岂不是两天拾了一个钱吗。

例2.《三义节》第四回[10]3276:

　　差　甲:哎、把罗义娃还莫看出、竟把我二人给搋住了。
　　　　　　我给你把绳开了、你可要给我说贼哩。

例3.《九华山》第五场[40]28:

　　飞玉娘:哥哥,把这女娘给吓坏了!

例4.《白雀匣》第五场[10]3533:

　　车破天:众弟兄、大王雕翎百发百中、头一箭给落了空
　　　　　　了、你我笑了吧。(笑)

例5.《白雀匣》第十场[10]3541:

　　吴　明:老爷你不要忙、教娃娃把大气再扬一扬。老爷
　　　　　　有命、焦娃娃追赶白雀、讨要凤钗。找来找去、
　　　　　　找到刘洪祖家里。走到门首、唤了一声、刘洪祖
　　　　　　就给出来了。

例6.《白雀匣》第十七场[10]3565:

　　乡　约:还要告我。你告我你就要输。你可晓得、乡约
　　　　　　的状子、按院的本、十支上去九支准。我见了老

爷、跪给一膝、差来穿青的两个人、把你拿上堂去、打你板子、问你罪、我看你是一姚婆、二姚婆，十个姚婆煮一锅、尝去没有人肉味、你和鳖肉差不多。你就告去。

例7.《一枝梅》第一回[10]3574：

兴　　儿：哎、大叔、待娃也把他看给一下。大叔、到底生的窈窕、不能那乖。这是大叔、你看她家梅花、扑过墙来、娃我想采、够不着、不免与那位小姐要得一枝、拿回书馆、插在瓶内、好来供养。

例8.《牧羊卷》第三场[40]243：

宋　　成：唉，我这时有了马咧，有了银子咧，有了皮袄咧，将马备上拴到门上，银子揣到怀里，皮袄斜叉子披上，走到门上把马跷的骑上，抽给一马棒，哗哗哗跑到大街市上，下得马来，银子掏出来，铺柜台上一拌，掌柜的！宋成、宋大爷有了银子了，换些钱缝一个满腰缠带，装给一下，走卖吃喝的跟前，哗啦往下一倒，卖吃喝的啊！

例9.《一枝梅》第五回[10]3602：

兴　　儿：写上一横一字、二横二字、三横三字、当中里杠给一下王字、墩给个点点子玉字、画个圈圈子、不成字了。

例10.《合凤裙》第八场[8]2730：

韩　　福：来了来了。你把钱给给。

韩　　妻：你想莫输脱了、禀啥钱给给你。

上几例中，例1至例3中的"给"表示被动。例4表示不如意、不愉快的情感，例5则表达了出乎意料等情感。例6至例10中的

"给"则表示动作、状态的实现,例 6 至例 8 的"给"表示未然的动作、状态,例 9 的"给"则表示已然的动作。例 10 中的"给给"表示未然语气,多用于祈使句。前一个"给"是动词,表示交付、给予的意思,后一个"给"作助词,表示动作的状态。

十一、叹词

秦腔剧作中出现的叹词很多,主要有"哎、嗳、唉、哈、咍、呵、啊、噫、咦、哼、嗯、呔、呸、噢、哦、呀、哇、哟、咳、哈哈、嘻嘻、呵吁、呵呸、哎哟、嗳哟、啊呀、哎呀、嗳呀、呵呀、哎呀呀、嗳呀呀、哎哟哟、哎呀嗟嗟"等。这些叹词也多具有方言特色,以"哎呀"系列为例,"哎呀"使用广泛,主要表示惊讶或出乎意料,还可以表达突然想起某种事情、表示不以为然的语气、突然疼痛或刺激的感受、不满或埋怨的情绪等。如:

例 1.范紫东《女儿经》第三回[18]6692—6693:

王若水:(暗白)我想事曹家并无此举动、或者甘愿退亲、我写这张字据、也许不大要紧。哎呀不妥。(转身)写这字据、倒也不难、但是曹家如果禀官、我是怎样应付。

殷大咀:那你便一口咬定是他着你写的。

王若水:哎呀这就难了。

和"哎呀"具有相同用法的词还有"哎哟、嗳哟、啊呀、哎呀、嗳呀、呵呀、哎呀呀、嗳呀呀、哎哟哟、哎呀嗟嗟"等。其中"哎呀嗟嗟"主要出现在戏剧中,可以看成"哎呀"的语气增强形式,表示感叹的语气更为强烈。"哎呀嗟嗟"还可以写成"哎呀咖咖、哎呀家家、哎呀加加"等。如:

例 1.高培支《夺锦楼》第七回[4]506:

众　　　：哎呀嗟嗟、这爷才是天子皇犯的亲戚。

例 2. 范紫东《翰墨缘》第十六回[11]3902：

夫　人：哎呀、嗟嗟、恁大的性子。这女孩儿略略识儿个
字、就格外难说话。

例 3. 孙仁玉《镇台念书》[19]7211：

张　　曜：哎呀咖咖、真歪真歪、歪的连蝎子一样。但得罪
下了、总要人给她回话、不回话不得完场。噫、
回个话儿也罢。（向李翠仙笑）那是夫人、这、
哎、这、哈哈哈。

例 4. 冯杰三《范雎相秦》[27]259：

须　贾：哎呀加加！不知范叔有此大面子，交识下秦国
丞相。我们何时去见？

例 5.《玉凤钗》第十一回[30]296：

王　　琏：退下。（看）犯、犯罪人生员李俊，一刀伤坏二
命，秋后处决死、死而无救。天哪天哪，偏偏就
有个死而无救！（再看补状）告、告状人民女王
桂英，山西曲沃县人氏。状告替兄辩冤事。哎
呀家家，此状好大的主语！

第三节　秦腔剧作中的熟语

熟语是语言中定型的词组或句子。使用时一般不能任意改
变其形式。包括惯用语、成语、谚语、格言、歇后语等。熟语可以
起到简化语言，深化表达的作用。适度使用熟语可以贴近百姓，
引起观众共鸣。我们考察了秦腔剧作中的熟语，并将其分为成
语、俗语、歇后语、詈语等加以介绍。

一、秦腔剧作中的成语

关于成语的解释，《汉语大词典》说："指长期习用，结构定型，意义完整的固定词组。大多由四字组成。"[①]成语是汉语中长期积淀而形成的简洁语言形式，它具有一般词汇所不具有的表达功能。秦腔剧作中成语的使用也是比较普遍的。从秦腔剧作中的成语使用情况看，有的剧本成语使用较少，而有的使用较多。整体来看，传统剧使用成语略微少一些，创作剧尤其是易俗社作家群使用成语稍多一些。但这也是一个大体的情况，并不具有规律性。有些传统剧为了刻画人物性格，也有一些大量使用成语的情况。可能使用成语与否，和剧作者的文学修养或者喜好有一定关系。

（一）秦腔成语的类型

我们对秦腔剧作中的成语进行了考察，发现秦腔剧作中成语的使用形式主要有两大类：1. 使用成语原形不加变易，我们称之为"正用"；2. 在成语原形的基础上加以变化，我们称之为"变用"。

1. 正用

所谓"正用"，是指使用成语常用的形式而不加改易。如：

例 1. 高培支《宦海潮》第二回[3]10：

> 余王氏：老爷、我看此人币重言甘、恐怕别有用意、还要
> 小心为是。

例 2. 高培支《宦海潮》第七回[3]34：

[①]汉语大词典编委会《汉语大词典》（缩印本），汉语大词典出版社 1997 年，第 2820 页。

余王氏：（唱）想自尽那贱婢昼夜作伴。

　　　　　　　生不能死不得如坐针毡。

例 3. 高培支《端阳苦乐记》第一回[3]187：

楚　氏：（引）女儿爱作奇事。

　　　　　　教人忽愁忽喜。

　　　　　　喜的她志向高超。

　　　　　　愁的她伊于胡底。

例 4. 李约祉《韩宝英》第四回[7]2212：

石达开：（唱）敌人眈眈效虎视，

　　　　　　关山万里伏戎机。

　　　　　　要设破釜沉舟计，

　　　　　　正是卧薪尝胆时。

例 5. 范紫东《软玉屏》第八回[11]3744：

董步青：此事若成、我这个纱帽、也可升长。但是事不宜

　　　　　迟、缓则生变、所以昨日通知于他、今日便去抬

　　　　　亲、给她个迅雷不及掩耳。

例 6.《一瓣莲》第一回[28]424：

鄂秋隼：取笑了！

　　　　　（唱）读书人第一要好学敦品，

　　　　　　　　举止动行大道文质彬彬。

例 7.《孟丽君》第九场[29]207：

刘燕玉：（唱）人都说孟丽君才貌出众。

　　　　　　　今一见果算是倾国倾城。

例 8.《九连珠》第五场[29]328：

熊　广：（唱）父女们为此事纷纷争论，

　　　　　　一心要娶姣娥燕尔新婚。

例 1 中的成语"币重言甘"意思是礼物丰厚，言词谄媚。语出《左传·僖公十年》。例 2 中的成语"如坐针氈"也写作"如坐针毡"，比喻心神不定，坐立不安。语出《晋书·杜锡传》。例 3 中的"伊于胡底"有不知到要弄到什么地步的意思。语出《诗·小雅·小旻》"我视谋犹，伊于胡底"句。例 4 中的"破釜沉舟"表示下定必死决心，不要退路，要将事情干到底。语出《史记·项羽本纪》。"卧薪尝胆"表示处于逆境而刻苦自励、发愤图强之意。见《史记·越王勾践世家》。例 5 中的成语"迅雷不及掩耳"比喻事发突然，使人不及防备。语出《晋书·石勒载记上》。例 6 中的成语"文质彬彬"亦作"文质斌斌"。原意指文华质朴配合得宜，后也指人举止文雅有礼貌。语出《论语·雍也》。例 7 中的成语"倾国倾城"亦作"倾城倾国"形容女子极其美丽。语出《汉书·外戚传上》。例 8 中的成语"燕尔新婚"形容新婚的欢乐，语出《诗经·邶风·谷风》"宴尔新昏，如兄如弟"句。

上述几例中的成语均来源于古代的典籍或者故事，秦腔剧作中使用时也是使用了这些成语的原形而未加任何变化。

2.变用

所谓"变用"，是指在语句中将成语的常用形式加以变化，改用另外一种表达方式表达出来已达到相应的语言效果。"变用"可以根据对成语原有形式的改变情况分为"改用"和"化用"两种形式。

（1）改用

所谓改用，是指使用成语时，在成语原有形式的基础上，对成语加以改动。如高培支《鸳鸯剑》第五回[3]78："这后生一片利咀、几乎不得退堂。如今打点掩门。正是、莫道片言狱能折。君子小人难区别。"例子中的"片言狱能折"为成语"片言折狱"的改写形

式,成语"片言折狱"出自《论语·颜渊》"片言可以折狱者,其由也
与"一句。

　　秦腔剧作中改动成语的方式主要是:减字、增字、改字、变换
语序等。所谓减字,是指在成语原有形式的基础上,缩减某些字
以达到句式整齐或调整韵律等效果。如:

　　例1.高培支《宦海潮》第六回[3]24:

　　　　王子侠:(诗)自古宦海贵善辞。

　　　　　　　　　英雄何事反趋之。

　　　　　　　　　只因深信尼儿语。

　　　　　　　　　磨而不磷涅不缁。

　　例2.高培支《双凤钗》第十二回[5]1304:

　　　　何　氏:无罪却被缧绁系。

　　　　贺玉莲:城门失火殃鱼池。

　　例3.《珊瑚鱼》第九回[31]332:

　　　　米田共:(引)饥寒交迫无锥地,

　　　　　　　　　得将就时且将就。

　　例1中的"磨而不磷涅不缁"是成语"磨而不磷,涅而不缁"的
缩写,成语"磨而不磷,涅而不缁"语出《论语·阳货》。例2中的
"城门失火殃鱼池"是成语"城门失火,殃及池鱼"的缩写,成语"城
门失火,殃及池鱼"见《艺文类聚》。例3中的"锥地"是成语"立锥
之地"的缩写形式。"立锥之地"语出《史记·留侯世家》。以上各
例都是为了适应唱词句式字数的要求而缩减成语,缩减后使得上
下句式为整齐的等言等字句式。

　　所谓增字,是指在成语原有形式的基础上,增加某些字,以达
到句式整齐或调整韵律等效果。如:

　　例1.高培支《宦海潮》第三回[3]15:

余王氏：(唱)何世恩平空来天外。

口口仗义又疏财。

例2.高培支《菊花宴》[5]1345：

安龙媒：(唱)本请他赏花饮旨酒。

谁知他刺刺辩不休。

例3.范紫东《软玉屏》第七回[11]3735：

魏效忠：(唱)只见按察出了院。

气的我怒发欲冲冠。

例4.范紫东《琴箭飞声》第十一回[11]3980：

司马相如：(唱)猛然山响谷声应。

四面草木皆成兵。

例5.淡栖山《江山美人》第十二回[31]230：

妙　禅：(唱)这才是任重而道远，

急忙赶路回尼庵。

例1中的"仗义又疏财"是成语"仗义疏财"的增字形式。例2中的"刺刺辩不休"为成语"刺刺不休"的增字形式。例3中的"怒发欲冲冠"是成语"怒发冲冠"的增字形式。例4中的"草木皆成兵"为"草木皆兵"的增字形式，"草木皆兵"语出《晋书·苻坚载记下》。例5中的"任重而道远"为成语"任重道远"的增字形式，语出《论语·泰伯》。以上各例也是通过增字改变成语的形式从而满足唱词句式要求。减字或增字一般增减的多是虚词，增减以后并不影响成语的意思。

所谓改字，是指在成语原有形式的基础上，将原来成语的某个或几个字(或词素)加以改动，或者将原有成语的语序加以调整，以达到句式押韵等效果。如：

例1.高培支《宦海潮》第八回[3]38：

　　王子侠：(唱)王子侠手提笔气冲霄汉。

　　　　　　何世恩作此事无日无天。

例2.李约祉《庚娘传》第二回[7]1944：

　　唐柔娘：(唱)繁华城变作了瓦砾一片。

　　　　　　荒村野也闹的鸡犬不安。

　　　　　　顾不得闺门诫抛头露面。

　　　　　　急忙忙随母亲逃避江南。

例3.范紫东《软玉屏》第一回[11]3701：

　　白太玄：(唱)只落得程门积雪、马帐传经、但把后生苦

　　　　　　成就。

　　　　　　屈指流光数十秋。

例4.范紫东《鸳鸯阵》第三回[14]5410：

　　刘　　显：(唱)天不幸遭年荒父子离散。

　　　　　　到今日只落得泪湿衣衫。

　　　　　　何一日出火坑得回本县。

　　　　　　好骨肉想团聚拨云见天。

　　例1中的"气冲霄汉"是成语"气冲牛斗"的改写形式。例2中的"鸡犬不安"改自成语"鸡犬不宁"。例3中的"程门积雪"原作"程门立雪"，语出《宋史·道学传二》，后世以"程门立雪"为尊师重道的典故。"马帐传经"语出《后汉书·马融传》，后世以"马帐"指通儒的书斋或传业授徒之所。例4中的"拨云见天"是成语"拨云见日"的改写。

　　改动成语的目的大多数是为了和前后句押韵，如例1至例3，为了和前后句共押言前韵，将"气冲牛斗"改为"气冲霄汉"，将"拨云见日"改为"拨云见天"，将"鸡犬不宁"改为"鸡犬不安"，改动后就能做到押韵和谐。

　　所谓调整语序,是指在成语原有形式的基础上,将原来成语的语序加以调整,一般是将组成改成语的语素倒置,以达到句式押韵等效果。如:

　　例1.高培支《宦海潮》第六回[3]27:

　　　　余必明:(唱)恨不得一声声把天叫喘。

　　　　　　　　我的天呀、哎呀苍天爷呀。

　　　　　　　　念小孩并不曾犯科作奸。

　　例2.高培支《双诗帕》第十回[4]648:

　　　　葛明霞:(唱)莫非是因为他毫无动静,

　　　　　　　　在那里收义女顶替冒名。

　　例3.高培支《二郎庙》第八回[5]1226:

　　　　陈瑞莲:(唱)如不然请老爷当面对证。

　　　　　　　　便知我并不是捏造凭空。

　　例4.范紫东《三知己》第十八回[15]5596:

　　　　傅以渐:(唱)看在此我还要速快逃避。

　　　　　　　　如不然只恐怕带水拖泥。

　　例5.《珊瑚鱼》第九回[31]327:

　　　　赵体仁:(唱)我和你八拜交言顺名正,

　　　　　　　　怀异心上方有天地神灵。

　　例6.《如意钩》第五场[40]124:

　　　　周幽王:(唱)听一言把孤的肝胆气炸,

　　　　　　　　小奴才在宫中舞爪张牙。

　　例1中的"犯科作奸"原作"作奸犯科",为了押言前韵而改动词序。例2中的"顶替冒名"原作"冒名顶替",为了押中东韵而改动词序。例3中的"捏造凭空"改自"凭空捏造",目的是押中东韵而调整词序。例4中的"带水拖泥"改自"拖泥带水",为了押"衣期"韵而将词序倒置。例 5 中的"言顺名正"是成语"名正言顺"的倒置形式,目的是为了押中东韵。例 6 中的"舞爪张牙"是成语"张牙舞爪"的倒置形式,目的是和前后句押发花韵。

除上述几种改动方式外,还有几种改动方式的结合。如:

例 1.高培支《双诗帕》第六回[4]612:

卫碧秋:(唱)生死存亡猜不定。

　　　　哪里捉影去捕风。

例 2.范紫东《琴箭飞声》第六回[11]3945:

卓文君:(唱)这还是侬家福命浅。

　　　　何必尤人怨苍天。

例 1"捉影去捕风"来自成语"捕风捉影",为了押韵将词序调整为"捉影捕风",为了句式整齐又在其中加上"去"字,将其改变为"捉影去捕风"。例 2 中的"尤人怨苍天"来自成语"怨天尤人",为了和上下句押韵而将词序倒置为"尤人怨天",又为了使句式整齐,在"尤人怨天"上又加入"苍"字,将成语"怨天尤人"改为"尤人怨苍天"。

（2）化用

所谓化用,是指不使用成语原形,也不是在原形基础上略加改易,而是根据成语的意思对成语加以改变,在语句中使用成语的语义而不注重于形式。如:

例 1.高培支《宦海潮》第二回[3]8:

何世恩:(唱)余氏妻似仙鹤鸡群独站。

　　　　他是我五百年风流孽冤。

例 2.高培支《双凤钗》第七回[5]1284:

赵月英:(唱)你媳妇愿以羊将牛替换,

　　　　翠环女冒杏元暂且和番。

例 3. 李约祉《庚娘传》第二回[7]1943：

康　　氏：(唱)这才是天降下无情宝剑。

眼看看覆巢下有卵难完。

无奈了母女们离乡避难。

病沉沉那里找世外桃园。

例 4. 范紫东《软玉屏》第十七回[11]3777：

董步青：(唱)只道亡羊多歧路。

谁料凶手占鳌头。

例 5. 范紫东《金川门》第八回[14]5334：

允　　炆：(唱)同室中动干戈伦常不讲。

背朝廷乱名分不顾家邦。

最可怜众黎民惨把命丧。

这才是城门火池鱼遭殃。

例 6.《春秋配》第十六回[28]82：

张雁行：(唱)真个是欲画虎反类成狗，

因鲁莽水泼地急放难收。

例 1"似仙鹤鸡群独站"化用成语"鹤立鸡群"，比喻人才能或仪表出众。出自晋戴逵《竹林七贤论》。例 2 的"以羊将牛替换"化用自成语"以羊易牛"，指用一个代替另一个。语出《孟子·梁惠王上》。例 3"覆巢下有卵难完"化用自成语"覆巢毁卵"，也引作"覆巢之下，焉有完卵"。语出《吕氏春秋》。例 4"亡羊多歧路"化用成语"歧路亡羊"，比喻因情况复杂多变而迷失方向。语出《列子·说符》。例 5"城门火池鱼遭殃"化用成语"城门失火，殃及池鱼"，比喻无端受牵连而遭祸害。例 6 的"欲画虎反类成狗"化用自成语"画虎不成反类狗"。语出《后汉书·马援传》。

改用和化用成语的主要原因有两个：(1)押韵需要；(2)句型

句式字数的需要。成语具有形式的固定性,一般是不能够改变的。但是在戏曲这种语言相对灵活的体裁下,为适应句式字数整齐的要求或者适应句子押韵的要求,需要对所使用的成语作简单变化,这样就出现了变用成语的现象。戏剧中变用成语主要目的是解决唱词押韵和句式字数的问题,有时还可以产生某种特殊的修辞效果。

(二)秦腔成语的表达功能

1.使语句简洁,适于使用简洁的语言表达较多的内容和情感

成语多是经历长时期的使用而得以凝练的语言单位,可以用极少的文字表达较多的内容和思想情感。成语的适度使用可以增强句子的简洁性、句意的凝练性和语言的文雅性。秦腔剧作中无论正用成语,还是变用成语,都能起到句式凝练、意蕴含蓄或讽刺辛辣等修辞效果。

2.贴近人物性格

秦腔剧作中,使用成语时往往具有人物的区别,一般读过书或受过相应教育的人,如书生、官员、闺秀等,在说话时使用文体,说话书面语色彩较强,使用成语的情况也就相对较多。而社会底层的人物多讲语体、白话,成语则使用很少。适当使用成语用在对白和唱词当中,可以增强刻画人物性格的作用。如:

例1.《墨痕记》第二场[37]17:

柴慧雯:裙钗柴慧雯。桐庐人氏,爹爹官居翰院编修,告老还乡,母亲去世,父女相依为命。昨日爹爹前赴钱干父家谈天,一夜未归,清晨独坐无聊,不免将爹爹买的那本书取来,消遣消遣。(取书,看)这本作品,的确不错,书面上写着杭州寓公贺小明近草,这人当然常寓杭州,照这文字语气推

测,此人一定是个奋发有为的青年,只是**怀才不遇**,形于笔墨,真乃可惜。(思索)这人年纪不大,能有这样呕尽心血之作,**聪明绝顶**,**才华外溢**,无怪乎备受磨折,**潦倒不堪**,我莫说是贺小明呀,贺先生,你莫要**灰心丧气**,**怨天尤人**,你也曾广读史传,岂不知**大器晚成**这句话,试问古往今来有学问,有抱负的人,哪一个不是经过许多**艰难困苦**,才能**大展厥抱**。须知青萍结绿,高贵有时,一朝脱颖,便尔**直上青云**,你何不**我行我素**,静待时机,再不要大发牢骚,感伤不遇也!

陕西省艺术研究所保存本《墨痕记》中柴慧雯是翰林柴作栋之女,聪明好文,文雅娴静。她说话时多用文言,多用成语。上述一段道白中,她就用到了"相依为命"、"怀才不遇"、"灰心丧气"、"怨天尤人"、"大器晚成"、"艰难困苦"、"我行我素"、"直上青云"、"脱颖(而出)"等成语,此外还用到了"奋发有为"、"聪明绝顶"、"才华外溢"、"潦倒不堪"、"大展厥抱"等四字结构的准成语。成语和文言的使用,充分表现了柴慧雯聪明颖慧、高雅娴静的性格特点。

二、秦腔中的俗语

俗语指通俗流行并已定型的语句。使用俗语可以起到简化语言,深化表达功能的作用。秦腔是流行于百姓基层的艺术,其语言植根于百姓生活。适度使用可以贴近百姓,引起观众心灵共鸣。由于谚语也是长期流传下来的寓意丰富、文词固定简炼的古训、俗语。因而二者往往难以区分。我们这里把谚语也放在俗语当中。

（一）秦腔中俗语的类型

秦腔语言中有很多俗语，可以简单分为两种类型，一种是带提示语的俗语，一种是不带提示语的俗语。

1.带提示语的俗语

所谓有提示语的俗语指的是在提及俗语之前，往往会带有一定的提示语说明俗语的性质或者来源。秦腔剧作中常用的提示语有：人说、常言、常言说、常说、人常说、古人常说、常言道、常言说、自古常言、常言说的好、常言道的好、自古常言讲的却好、自古道、自古说、古人云、古人说、古人有言、古人曾说、古人有云、俗话说得好、寻常说的、乡里的俗话、俗话说、俗话常说，等等。如：

例1.吕南仲《摔黑碗》[22]8851：

　　花醒姑：常言种豆得豆，种瓜得瓜，又说前人榜样后人
　　　　　　看。今婆婆待你的婆婆，既是这样，将来媳妇待
　　　　　　我的婆婆，非但萧规曹随，还得更进一层，才是
　　　　　　道理。这是婆婆的好模范，媳妇怕学不好，还要
　　　　　　求婆婆随时指教。

例2.《崤山战》第七场[24]036：

　　民妇甲：人常说：冬天的天气碗儿转，快婆娘做不了三顿
　　　　　　饭。大约是天色晚了，咱们把案子移到院子
　　　　　　去吧！

例3.高培支《二郎庙》第十回[5]1238：

　　慧　香：小姐也叹为精明强干、当世奇人。糊里糊涂释
　　　　　　放回去、人常说擒虎容易放虎难、老爷你再思
　　　　　　再想。

例4.封至模《还我河山》第二回[27]283：

刘　豫:你个东西真是混蛋。常言道的好,吃米不忘种
　　　　谷人。金人教我作皇帝,我当然要报金人的恩。
　　　　你这东西真混蛋,不知道啥。

例5.王辅丞《写白信》[23]9193:

李凤仙:你看你看,常言说,跟上好人习好人,跟上师婆
　　　　跳假神。啥师傅教啥徒弟,你把娃都给我们诱
　　　　坏了。

例6.高培支《双诗帕》第四回[4]584:

李猪儿:(唱)常言说光棍不吃眼前亏。

　　　　　　暂时由你任性为。

　　　　　　敢见咱家得机会。

　　　　　　管叫你身首两断骨化灰。

例7.高培支《夺锦楼》第三回[4]478:

徐翰珊:自古常言、清官难断家务事。究竟平昔之间、还
　　　　是你父亲做人好、还是你母亲做人好。

例8.范紫东《软玉屏》第十四回[11]3769:

黑　氏:这贼偷什么东西来了、怎么把宝盆子不见。
　　　　(滚)哎呀不好了。说是天呀天呀。这却怎处
　　　　了。自古常言讲的却好。官凭印来虎凭山。婆
　　　　娘凭的男子汉。你想咱们权印的人。所干何
　　　　事。丢了印便丢了官。男人丢了官。这个太太
　　　　的威风、也撒不成了。

例9.《走雪山》第六场[9]3049:

曹玉莲:(唱)自古说一句好话三冬暖。

　　　　　　恶言出唇六月寒。

例10.孙仁玉《青梅传》第十回[21]8172:

张介受：夫人、报恩的方法很多、何心定成夫妇。况且古
人有言、贫贱之交不可忘、糟糠之妻不下堂。你
到我家、受了千辛万苦、才有今日。假若又娶别
人、我怎样问心得过。

例11.封至模《义侠武二郎》第七回[36]47：

武　　松：这便甚好。古人有云：这篱高犬不入，你可
懂吗？

例12.《四进士》第五回[36]275：

杨　　青：咳！便宜不过当家，驴你拉了去，我揭了鞍镫，
怎么乘骑？俗语说的好，卖马不卖鞍，卖鞍是笨
汉。

例13.卢缙青《长安狱》第三回[34]225—226：

尤　　文：因此，把这顶绿帽子，稳稳当当的戴在我的头
上。我想这有什么要紧，俗话常说，拔了萝卜，
它有窟窿在哩，可把啥事坏咧！谁知那一伙多
事的东西，与我起了个绰号叫做油葫芦，把我老
婆叫做油浆水。总而言之，王八也罢，龟头也
罢，只要有钱使用，什么都不管。

2.不带提示语的俗语

所谓不带提示语的俗语，是指俗语在表达式直接说出或提
及，而不带"常言道、俗话说"等一类的提示语。这一类的俗语虽
没有带有提示语的俗语那么明确，但也有比较明显的特点。如：

例1.李约祉《仇大娘》第一回[7]2046：

魏　　明：人不说不知、木不钻不透。我再问你、你兄弟做
甚么呢。

例2.范紫东《燕子笺》第一回[12]4170：

斋　夫：相公、知人知面不知心、知山知水不知深。你和
　　　　那人作伴、可要小心一点。

例3.孙仁玉《洗衾记》[19]7303：

王月凤：哎、我是诚心赔罪哩、我今日才晓得前头走的后
　　　　头看、种苦瓜不能得甜瓜。前檐水流不到后檐、
　　　　这话都是真的。我诚心诚意前去赔罪、从今向
　　　　后、惟命是从。

例4.孙仁玉《白先生看病》[19]7364：

白失鬼：我看此人这个形态、学问也不见得咋样、我还是
　　　　胡碰冒撞。不对了撒脚一跑为上。你听话。真
　　　　金子不怕火炼、真学问不怕考验。你要考验、尽
　　　　管考验。

例5.孙仁玉《救荒奇策》第六场[21]8344：

田　氏：哎、这真是跟上官儿当娘子、跟上屠家翻肠子。
　　　　嫁鸡随鸡、嫁狗随狗。不由人不恨气、不由人不
　　　　伤心也。

例6.孙仁玉《救荒奇策》第十一场[21]8377：

田　氏：明白了。光棍不吃眼下亏、打过目前再筹回。
田书元：对着哩、当一日和尚撞一日钟、当一日婆娘压一
　　　　日声。

例7.《剪红灯》第十一场[25]495：

店　婆：咻天下老鸦一般黑,你问咻行灯不行灯,你还能
　　　　跳个啥圈子?

例8.王绍猷《取成都》第一场[31]130：

严　颜：张飞,黑贼! 尔好比猫儿得胜欢似虎,管教你凤
　　　　凰落架不如鸡!

例9.《四进士》第三回[36]264：

　　田　氏：杨青若不愿如何是好？有钱怕买不到鬼推磨。

例10.封至模《箭头鸳鸯》第四场[38]327：

　　春　桃：人不到黄河心不死。我说你总是不信，人家把
　　　　　　你三擒三纵，现在整成顺娃娃了。

例11.范紫东《燕子笺》第一回[12]4182：

　　花大姐：陕西地方邪、说鳖就来蛇。相公你才来、我女儿
　　　　　　把你险些想死了。

例12.郭道宣《戎马书生》第六回[34]383：

　　詹爱娟：这个什么，你说，你是饱汉不知饿汉饥！

例13.《燰玉佩》第三回[5]981：

　　邹　妈：我何尝不知老爷的门生故吏很是不少、但是仁
　　　　　　和县里刻下却没有一个。常言说、远水解不了
　　　　　　近渴。又常说、好汉不吃当面亏。还是大小姐
　　　　　　的主意好、银钱会说话、比人强得多。就请大小
　　　　　　姐赶快办理。

（二）秦腔俗语的特点和表达功能

　　由于秦腔语言是一种舞台语言，这种语言既有书面语的风
格，又有很强的口语特点。因而在使用一些熟语时，往往比较灵
活。有时是直接使用，也有时是变化使用。如"癞蛤蟆想吃天鹅
肉"一条，既可以说成"癞蛤蟆想吃天鹅肉"，如：

例1.高培支《侠凤奇缘》第五回[5]1108：

　　冯子澄：那时央人来向韩老伯求亲，韩老伯少不得看银
　　　　　　子份上，或将他这爱女续我鸾胶，也未可知。好
　　　　　　儿子，你是最孝顺不过的儿，凡事总须让父亲占

　　　　　先。我料不到你这**癞蛤蟆**，居然心怀不良，也想
　　　　　吃天鹅肉了。

　　上例中俗语"癞蛤蟆想吃天鹅肉"被拆开使用。这条俗语也可以说成"饿老鸥想吃天鹅肉"、"饿老鼠想吃天鹅肉"，如：

　　例2.范紫东《软玉屏》第二十一回[11]3814：

　　　　秦一鹗：这软玉屏原是皇上赐我家的、教我两个成亲的
　　　　　东西、你贸然将我娶着来、岂不是**饿老鸥想吃天**
　　　　　鹅肉。况且放着一个科甲出身、何等名贵、谁还
　　　　　看上你这个礼部主事。

　　例3.范紫东《大孝传》第七回[12]4339：

　　　　雇　工：你看饿老鸥还想吃天鹅的肉、心里想了个纯。
　　　　　呵、到底给我分甚么呢。

　　例4.孙仁玉《青梅传》第三回[21]8146：

　　　　沈　氏：(笑)这人真不自量、他还想问我的女儿。

　　　　王　谟：真是**饿老鼠想吃天鹅肉**嘤、哈哈。

　　俗语多来自百姓生活，因而适度使用俗语可以使戏剧语言显得生活化。俗语的适度使用能有效贴近百姓、吸引观众，容易得到观众的心理认可。同时适度使用俗语，可以增强语言的简炼和灵动性，使戏剧语言显得简略生动灵活。由于大多数俗语来源于生活，是人民生活经验的重要总结或凝缩，往往会通过简单的语言展示丰富的寓意或道理。因而适度使用俗语，会增强戏剧语言的含蓄性，增强戏剧语言的寓意，从而增强戏剧的教育、劝化等功能。

三、秦腔中的歇后语

　　歇后语是汉语熟语中一项重要组成部分。《汉语大词典·歇

后语》条:用歇后法构成的一种熟语。分两种体式:(1)对于某一现成语句,省却其后面部分词语,只用前一部分来表示被省却词语的意思。……(2)由两部分组成:前文是比喻语,后文是解释语,运用时可隐去后文,以前文示意。如只说"泥菩萨过江",以示"自身难保";也可前后文并列,采用双关的办法。如"孔夫子搬家——净是书(输)"。歇后语的实际运用,滥觞于晋,至唐而广泛流行①。

秦腔的用语尤其是对白用语大多是基层百姓的日常用语,为了表达需要,有时可能是为了增加剧作语言的诙谐幽默吸引性,语言中使用了不少的歇后语。

秦腔中歇后语也称"言子",如《铁弓缘》第二场[27]381:

　　史　虎:你一家子没有大爷,我问你,你那姑娘多大岁
　　　　　　数了?

　　周陈氏:大爷,我给你调个"言子"你懂不懂?

　　史　虎:大爷我当然懂"言子"。

　　周陈氏:我女娃今年苹果桃下去咧。

　　史　虎:苹果桃下去是多少?

　　周陈氏:那你就不懂,你还假充你懂。听我与你明言:苹
　　　　　　果桃下去了,石榴就上市。我女十六岁了。

　　史　虎:好、好、好!她今年十六了,大爷我也十六了。

上例中,"言子"就是歇后语。秦腔剧作中歇后语的使用使得语言非常活泼、生动、诙谐,这些歇后语往往带有强烈的方言特色。

---

①汉语大词典编委会《汉语大词典》(缩印本),汉语大词典出版社1997年,第3999页。

（一）秦腔歇后语的类型

歇后语一般分为喻意型歇后语和谐音型歇后语两大种。王勤《谚语歇后语概论》中又将歇后语细分，喻意型歇后语又细分为本义喻意和转义喻意，谐音型歇后语又细分为音同谐音和音近谐音两类①。我们只将秦腔剧作中的歇后语分为两种。

1.喻意型歇后语

喻意型歇后语也称表意型歇后语，指的是前文是比喻语，后文是解释语，前文说一个比喻，后文接着阐明寓意。这样的歇后语有时后文可以省略。秦腔剧作中有大量的歇后语，其中绝大多数属于喻意型歇后语。例如：

例1.李约祉《庚娘传》第八回[7]1977：

　　李　四：娘子，是他勾引我来，他是猪八戒倒打一耙。

例2.孙仁玉《沉香亭》[19]7062：

　　高力士：说你这读书人、真是丈二高的灯台、照着人家、照不着自己。中国的士大夫、都像你这终日昏昏、焉有不亡之理。还说人家哩。

例3.《走雪山》第六场[9]3047：

　　掌　柜：今天此事好有一比、单扇门贴秦琼。

　　曹文寿：此话怎讲。

　　掌　柜：少敬。

例4.《游西湖》第二回[8]2778：

　　贾　化：怎得和三太学生舟船可撞在一处了。你晚上枕的磨石睡觉哩、把眼窝磨卷刃子了。站起去。

①王勤《谚语歇后语概论》，湖南教育出版社1980年，第161—163页。

　　　　　禀相爷、和三太学生舟船相撞一处。

　　例5.范紫东《光复汉业》第十二回[13]4916：

　　乡　民：皇帝、这赤眉贼见了婆娘就和蝇子见了血一样。

　　　　　　你把娘娘没带出来、这一下在宫里给你懂黏了。

　　刘　玄：那当真不能说了。

　　乡　民：给皇帝连绿帽子都戴上了。

　　刘　玄：这话再也休提。

　　乡　民：马尾穿豆腐呢、提不起咧。

　　例1中的"猪八戒倒打一耙"可以看成一条简缩式歇后语，前文"猪八戒"，后文释义"倒打一耙"。例2的歇后语"丈二高的灯台——照着人家，照不着自己"。例3的歇后语"单扇门贴秦琼——少敬"，民间常贴的门神多为秦琼、敬德，一般要两个门神一块儿贴，只在单扇门上贴了个秦琼，显然是少了敬德，简略成说则为少敬。字面上后文为"少敬（德）"，而实际意义为"少（尊）敬"。例4的歇后语"晚上枕的磨石睡觉——把眼窝磨卷刃子了"。"把眼窝磨卷刃子了"意思是眼神不好，看不清东西。例5的歇后语"马尾穿豆腐呢——提不起咧"，也是一条常见的歇后语。喻意型歇后语的前文和后文之间意义前后连贯，释义明确，有时虽有双关，也能比较准确把握，因而这一类的歇后语相对容易理解。

　　2.谐音型歇后语

　　谐音型歇后语指的是前文说出一个事物，后文依据前文释义，从字面看，后句是直接对前文做出的解释，而言下之意却是双关，它巧妙借助汉字同音（或近音）的特点，借助谐音完成歇后的释义。字面上是一个意思，而真正要表达的是谐音以后语言表述的意义。如：

　　例1.《双拜月》第七回[34]490：

　　蒋瑞莲：姐姐，男子与你同伴，白昼怎样行走？

　　王瑞兰：白昼望影而行。

　　蒋瑞莲：到晚怎样歇宿？

　　王瑞兰：他宿店主，我宿店婆。

　　蒋瑞莲：倘若无有店婆！

　　王瑞兰：他宿一间，我宿一间。

　　蒋瑞莲：倘若一间呢？

　　王瑞兰：我做针线，他看书。

　　蒋瑞莲：姐姐，读书之人，纵然一夜读个状元，也不会饶
　　　　　　过你的！

　　王瑞兰：你就打破沙锅问到底。

　　上例中，"打破沙锅问到底"就是一句歇后语，按照前文"打破沙锅"推断，后文当为"璺到底"，"璺"即器物上的裂纹。"璺、问"同音，借助两字的谐音，这句歇后语的真实含义就成了"问到底"。秦腔中有一些歇后语就属于谐音型。

　　例2.韩缋青《阄人祸》第九场[38]61：

　　　　小丫环：推车子的拾了个驴肚带——有了盼咧。

　　上例中，"推车子的拾了个驴肚带——有了盼咧"这句歇后语中，前文对应后文的含义当为"有了襻了"，"襻"指拉车子或推车时挂在肩膀上的绳索，可以起到拉车或稳定作用。《汉语大字典·衣部》"襻"字条："形状或功能象襻的东西。如：车襻；提篮襻。……清桂馥《札樸·览古·襻舆》：'今北人推单轮车，编麻韦攀肩，犹呼曰襻。'"①歇后语中借助"襻"、"盼"谐音，将后文的意

---

① 汉语大字典编委会《汉语大字典》（第二版，九卷本），崇文书局、四川辞书
　　出版社 2010 年，第 3329 页。

思变为"有了盼头"。

例3.《两河关》第十六场[39]257：

智子衍：哈哈，这把他咖的。（转身）花光，我问你肩项上
　　　　长的是个啥？

花　光：那是你驸马千岁的御头。

智子衍：御头多半吃着面面，花光，拿你咻个人借给我。

花　光：哎噫！

智子衍：你才是柿子树底下刮旋风，大大的个色鬼。

上例的歇后语为"柿子树底下刮旋风——大大的个色鬼"。
众所周知，柿子是涩的，柿子树底下刮旋风，当然是个"涩鬼"。剧
本写成"色"，本字当是"啬"，所谓"啬鬼"，就是"吝啬鬼、小气鬼"，
关中方言也称"啬皮"。关中方言中"色、啬、涩"音同，同音[sei³¹]。

例4.《火化文卷》第五场[35]255：

张公道：陈智哥，我看你胡子白白的，睡着半夜割谷呢，
　　　　也有些穗穗了。你可有几个儿子？

例5.《对银杯》第四回[29]458：

刘　奎：今日把咱给看到十八两上。八十岁的老人做生
　　　　日——够寿（受）。（进门）姑母在上，娃这里
　　　　撂礼。

例6.《一枝梅》第四回[10]3593：

尤　莲：兴儿哥、你让我进去。

兴　儿：让你进去不难、我要考你的字。

尤　莲：你娃连个字也不识。

兴　儿：你敢笑我、不识字我把那斗大的字识下几毛帘
　　　　口袋。

尤　莲：张果老骑驴从空路过、出你那个毛蹄。

兴　　儿：文题么、怎样个毛题哩。我把我这膀儿撑开。

例4—例6各例中，"睡着半夜割谷呢——也有些穗穗（岁）了"中"穗"谐音"岁"，"八十岁的老人做生日——够寿（受）"中"寿"谐音"受"，"张果老骑驴从空路过——出你那个毛蹄（题）"中"蹄"谐音"题"。谐音型歇后语多数语出双关，因而在理解时要比喻意型歇后语要曲折一些。但从语义表达作用的角度看，谐音型歇后语要比喻意型歇后语更显委婉含蓄一点。

（二）秦腔歇后语的特点

1.部分歇后语带有较强的关中方言色彩

秦腔剧作中不少歇后语都带有较强的关中方言色彩，主要表现在用词的方言色彩以及部分谐音型歇后语的谐音能反映出关中方言的语音特点。

（1）用词的方言色彩

用词的方言色彩主要是指歇后语的用词大量使用民间常见的词汇，有些直接使用关中方言词。方言词的使用使得秦腔歇后语具有很强的俗语色彩，而语言方面的俗恰是秦腔语言的一大特色。如：

例1.孙仁玉《管鲍分金》[19]7360：

喜　　童：把我孩子好有一比、窖窝里塞麦苫（苋）也成了小财东了。哈哈。

（唱）昨晚我做了一个好梦。

我梦见财神爷笑面相迎。

果然而把黄金与我奉送。

窖窝里塞麦苫成了财东。

例2.王辅丞《媚外镜》第十四场[23]9167：

耶律德光：本番自入中原，战无不胜，攻无不克。你们轻
　　　　　弄刀兵，真是螳臂当车，飞蛾送死。

张彦泽：哈哈，你们真是拿上鸡蛋连石头磕里，寻的
　　　　破哩。

例3. 王辅丞《假斯文》[23]9186：

马牛羊：吃了个碌碡，屃了个鸡蛋，说了个松番。把我的
　　　　鸡偷吃了，鞠个躬就算完事，那不成。

例4.《安安送米》第二场[24]077：

灵　姑：你看口袋片片缝袍子呢，先看啥料子。哎，姜诗！
　　　　（唱）你的娘爱秋香手心揉面，
　　　　　　　你提防狗贱人起邪心端。

例5.《剪红灯》第十一场[25]494：

杨月珍：噢，干娘口出此言，莫必干娘想卖孩儿我呢？

店　婆：大腿上平脉，就在咻向上呢！

例6. 淡栖山《卫生婚姻》第四场[40]179：

警　察：谁叫你在这里任意吐痰？站在这里！

周学易：这才是毛子的官，管了个宽！你把我吐痰还能
　　　　管住？

　　上述各例中，歇后语依次是"窑窝里塞麦苋——成了小财
东"、"拿上鸡蛋连石头磕——寻的破哩"、"吃了个碌碡，屃了个鸡
蛋——说了个松番"、"口袋片片缝袍子——先看啥料子"、"大腿
上平脉——就在咻向上"、"呢毛子的官——管了个宽"。例句中
的"麦苋、连、碌碡、巴、口袋片片、咻、向上、毛子"均为关中方言
词。"麦苋"就是麦草、麦秸；"连"为介词，相当于"和"；"碌碡"是
碾米、打场用的石磙；"屃"的意思是拉屎的意思；"口袋片片"的
"片片"属关中方言的叠音词；"咻"是指示代词，相当于"那"；"向

上"这里是在合适的地方或恰当的程度等意思;"毛子"即厕所。戏剧语言使用方言词可以贴近百姓,增强百姓的认同感。

(2)谐音型歇后语能反映方言特点

秦腔剧作中有些歇后语带有较强的关中方言特色,不仅在用词用语上有反映,有些歇后语的用字还反映出了关中方言的某些语音特点。如:

例1.《牧羊卷》第三场[40]244:

校　尉:莫不你就是宋成、宋大爷?

宋　成:一个桃儿掰不开

校　尉:此话怎讲呢?

宋　成:然乎。

上例中歇后语为"一个桃儿掰不开——然乎",该歇后语也作"一个桃掰不破——然乎"或"一个桃儿掰不破——然乎"。如:

例2.《下河东》第八回[27]156:

石　连:你们闪开!(康玉瑛暗上高场)楼上可是呼延夫人吗?

康玉瑛:正是得。楼下可是石大人?

石　连:一个桃掰不破,然乎。

例3.《四进士》第六回[36]286:

宋　妻:听你之言,是要我去救那一女娘?

宋世杰:一个桃儿掰不破!

宋　妻:此话?

宋世杰:然乎。

桃子由于品种不同,桃核和桃肉之间有些离核,有些粘核。在关中方言中,"粘"读成"rán",有时写成"然、燃"等,是一个常用的词,核读成"hú"。这条歇后语中,"桃儿掰不开",自然是"粘核"

的,关中方言则读成"ránhú",转写成"然乎"。"粘核"谐音"然乎"正反映了关中方言"粘"音"然"的语音状况。

例4.《珊瑚鱼》第十一回[31]334:

> 米田共:哎,老丈人呀!
>
> 　　　(唱)少亲友无依靠逃出门来。
>
> 谷董锤:我老汉把你又有一比。
>
> 米田共:比就何来?
>
> 谷董锤:和尚配道姑——
>
> 米田共:此话?
>
> 谷董锤:没法(发)!

该例的歇后语为"和尚配道姑——没法(发)"。和尚和尼姑都应剃度,该歇后语前文"和尚配道姑",自然是"没发",没有头发。后文实际表示的含义却是"没法",没有办法。普通话中,"发"音 fà,去声;"法"音 fǎ,上声,两者读音不同。而关中方言中,"发、法"音同,同读阴平声。

例5.《铡曹杰》第四回[30]140:

> 刘思尹:禀明国舅爷,就说生员刘思尹要见。
>
> 曹　成:少站,少站,待我与你传禀一遍。娃子背上铁锨
>
> 　　　　往茅厕跑——寻屎(死)呢!有请国舅爷。

该例歇后语"娃子背上铁锨往茅厕跑——寻屎(死)呢"。该歇后语前文"娃子背上铁锨往茅厕跑",后文字面义为"寻屎"。后文真实含义却是"寻死","屎、死"谐音。普通话中"屎"声母为舌尖后音 sh,"死"声母为舌尖前音 s,二者读音不同;关中方言中,"屎、死"音同,声母都读舌尖前音 s。这正反映了关中方言中部分中古知庄章组的字在今关中方言中读成 z、c、s 声母的语音特点。

例6.孙仁玉《青梅传》第五回[21]8153:

　　张　　父：我听得新媳妇拜堂哩、我给精尻子坐在火鏊上
　　　　　　　了、我乐的坐不住了么。

　　本例歇后语为"精尻子坐在火鏊上——乐得坐不住"，该歇后语中的"精尻子"是关中方言词，意思是光屁股。前文"精尻子坐在火鏊上"，后文自然是"烙得坐不住"。普通话中"烙"音 lào，"乐"音 lè，二者读音不同。关中方言中二者音同，都读 [luo³¹]，"烙、乐"关中方言构成谐音。

　　2. 喻词多用动物

　　秦腔歇后语中，喻词的使用带有强烈的生活色彩，同时又带有一定的讽刺、挖苦甚至鄙视的情感特征。在选择前文喻体时多选择动物作为喻体。秦腔歇后语中常用作喻体的动物如：老虎、马、牛、驴、狗、羊、猪、猫（猫娃子）、鸡、鸭子、猴子（猴儿）、骆驼、蚂蚁、刺猬、蛇（长虫）、刺猬、雀儿、老鼠（耗子）、鳖、乌鸦、屎巴牛（屎壳郎）、蝎子等，其中的"老鼠（耗子）、鳖、乌鸦、屎巴牛、蝎子"等词带有一定的詈骂色彩。如：

　　例1.《墨痕记》第七场[37]49：

　　　　任　　免：（怒）谁叫你狗逮老鼠，多管闲事！

　　　　胡　　云：谁是狗逮老鼠，多管闲事？你才是狗咬拉粪的，
　　　　　　　　　不知人敬的东西！

　　例2.《两河关》第十一场[39]236：

　　　　姚金奢：呵，吐吐吐！杜容我把你白脸奸贼，我大哥献功
　　　　　　　　准了准些功，不准了算咧，那是鸡坐了个月，蛋
　　　　　　　　事，你为啥问我大哥个惊帅之罪？将我大哥重
　　　　　　　　打了八十。你打我大哥，我大哥吃了你谷草咧。

　　例3.郭道宣《重整江山》第九回[32]519：

　　　　陈妈妈：搬在我的炕上！夜里各人睡各人的觉，可不准

　　　　挨我。

　　唐好善：猫娃子吃糊饽，把人还肮脏死加，我就不挨你！

例 4.孙仁玉《看女儿》[19]7200：

　　亲家母：我和你这老乌鸦落在猪身上、光看见别人黑、看
　　　　　　不见自己黑的人结亲家、我嫌辱没人。

　　任柳氏：唔、那我是老乌鸦落到猪身上、光看见旁人黑、
　　　　　　看不见自己黑。那你好么、光是舍不得给媳妇
　　　　　　吃。羞先人呢、娶不起媳妇子、不会蹙娶媳妇
　　　　　　子吗。

例 5.《麒麟山》第三场[39]364：

　　吴秀英：这些道理，为娘倒也明白。这才是马入夹道，进
　　　　　　退两难，怎能不去。

例 6.郭道宣《戎马书生》第二回[34]359：

　　詹武承：(笑)哈哈哈！她推来，你推去，我是老鼠钻到风
　　　　　　匣子里头，两头子受气！转过来转过去，我简直
　　　　　　当成打秋千了。也罢，任凭你两家闹去，我也不
　　　　　　管了。(坐一旁)

例 7.《对银杯》第四回[29]457：

　　刘　奎：越冷越打颤，越热越出汗，越有越宽展，越没越
　　　　　　艰难。我乃刘奎的便是。这几天好有一比，屎
　　　　　　巴牛给落在砚台上咧，简直走咧黑路咧。要钱
　　　　　　输的没钱咧，我作难；纳宝纳的是黑屁眼；掷骰
　　　　　　子只掷四五点。简直是顶的沙锅子遮雨，墨水
　　　　　　给下来咧。

　　3.喻词多用残疾人等弱势群体

　　秦腔歇后语喻词除多用动物做比之外，还有一个特点就是多

拿社会的某些弱势群体做比,这些弱势群体多为身体有残疾的人,如"盲人、哑巴、瘸子、聋子、佝偻"等;或身体有缺陷的人,如"秃子、麻子";或生活上不健全的人,如"寡妇"。这一类的歇后语如:

　　例1.范紫东《颐和园》第廿三回[16]6058:

　　　李鸿章:战事已开、不免前往海洋观战。这才是哑子吃黄连、有苦说不出。

　　例2.《桃花媒》第四场[38]106:

　　　苏老三:退亲,我怕你当不了这家,没有我贤侄的话,你是聋子的耳朵——样子货,中看不中听。

　　例3.范紫东《秋江恨》[18]6858:

　　　甲船夫:也就差不多。我小时若还把书念、坐在堂上也能问案。这两位死的和两位活的、他的都是一家子、秃子头上的虱、明摆着呢。

　　例4.《秋莲传》第五场[21]8055:

　　　吴　母:哎,我看你秋莲姐读了几句书、到底通大礼、就不是你这蠢才、一天憨头憨脑、张狂的就象背锅子入殓哩、装不到棺材里了。

　　例5.《贤孝配》第二场[37]409:

　　　任　灿:你没往粮食市上看,瞎子进城门呢,强装不知道。

　　例6.《铁角坟》第五回[28]310:

　　　杨　宏:这一伙麦牛粮食虫都走了,丢下我一个。为我家总爷周期之事把我就忙坏,熬下两窝子瞌睡,麻子地里点豆豆呢,把这个空顶了,在这搭睡上一觉,算说着瞌睡来了,睡一会罢。

　　例7.孙仁玉《商汤革命》第十五回[20]7603:

妹　喜：哎、才明白了、才明白了。（拍手）司空今日好比
　　　　寡妇改嫁、成了新人了、我先与新人贺喜。

歇后语将这些人作为喻体，反映了人们对这些弱势群体的一
种歧视的态度。这一点和传统社会的思想认识有关，却是和现代
和谐社会不融洽的，这些歇后语今后应当尽量少用，甚至不用。

4.部分歇后语受通语影响

由于秦腔语言使用的基础语言是关中西安及周边泾阳、三
原、高陵一代的方言，该方言属于中原官话，又由于西安历来为文
化中心，外界交往密切，所以语言不可避免地受到通语的影响。
因而在歇后语的使用上也带有一定的通语色彩，有一些歇后语就
是官话当中使用的，甚至还有一些歇后语带有一定的古语色
彩。如：

例1.范紫东《光复汉业》第十三回[13]4920：

刘　秀：你这几年作皇帝、我何尝不诚心拥戴你。

刘　玄：那却一点不错。只是我这孙猴子、坐了金銮殿、
　　　　望之不是人君、辜负了你的美意。如今你好歹
　　　　把我安顿一下、那便感恩不尽。

例2.《万花船》第七场[38]350：

王茶婆：除此以外，诸葛亮把羽扇丢了，没计了。

例3.范紫东《哭秦庭》第三回[13]4596：

申包胥：为兄看你须发已白、雄心尚在。唉、这才算是姜
　　　　桂之性、逾老愈辣。唉、贤弟你算是个辣手。
　　　　（伸大指介）

例1中歇后语"孙猴子坐金銮殿——望之不是人君"中，后文
引用了《孟子·梁惠王上》的语句，《孟子》原文作"望之不似人
君"。由于关中方言"是"读作"似"，所以写成了"望之不是人君"。

例2的歇后语"诸葛亮把羽扇丢了——没计了",则来源于民间耳熟能详的三国故事。例3的歇后语"姜桂之性——逾老愈辣"则是典型的古代汉语表达方式。来源于通语或受到通语影响的歇后语相对比较少。由于歇后语的表达特色限制,能说歇后语的人在剧中多数是一些文化程度不高、地位不高甚至是一些丑角或者配角甚至龙套,个人修养不高,因而受到语体修辞的制约,这些人的歇后语多用生活用语、方言用语,来自通语的歇后语就会相对少一些。同时,什么角色说什么话、注重语体修辞这一点也是秦腔剧作的一大语言特色。

　　5.使用方法灵活。

　　秦腔歇后语在用法上非常灵活,有的直用,有的化用;有的是角色对白中一人连续说出,有的在不同角色对话中说出。有的是前文、后文具备,还有一些则是只有前文而没有后文。但无论哪一种方式,都能使人比较清楚直观地感觉到、辨认出、听得懂。例如:

　　例1.高培支《纨袴镜》第七回[4]808:

　　　喜　凤:我问你是那一国的报马、在我家充当什么事。

　　　柳飞飞:人巴结你们呢、你才是狗咬屁屎的、不识人敬。

　　例2.高培支《双凤钗》第八回[5]1289:

　　　刘永兴:哎,好打也。

　　　　　　(唱)贺宗圣真好似狗咬吧屎,

　　　　　　　　人敬他他反来客将主欺。

　　　　　　　　大门外叫一声众家小子,

　　　　　　　孩子们快来。

　　　　　　　　你与我将贺成活剥了皮。

上面两例都用到了歇后语"狗咬屁屎的——不识人敬"一条,

例1使用了前后文具备的整条歇后语,例2在唱词中简缩为只有前文"狗咬吧屎",后文"不识人敬"则没有说出,这样就形成了一种类似隐语的含蓄甚至辛辣讽刺的修辞效果。

　　秦腔歇后语有些是前后文连续说出,表达相对比较直白。也有一些是通过对话说出,往往是先讲出前文,做一停顿,故意引起对方的注意而发问,表达出一种欲说还休的含蓄效果。待对方发问,再揭晓后文,达到批评、讽刺等修辞效果。如:

　　例3.《铡曹杰》第四回[30]139:

　　　　金是肯:……我好意把你唤醒,你一抱子把我搂的紧紧
　　　　　　　　的,七呀八呀的叫呢。你晚上枕了磨石睡觉呢,
　　　　　　　　把眼窝磨卷刃子了。你看你的婆娘,就是我这
　　　　　　　　模样,红苕的模样,油饼色的鼻疙瘩,在脸当中
　　　　　　　　长着呢! 你的婆娘,就是我这脚手!

　　例4.《大报仇》第十八场[24]244:

　　　　柴景成:你们昨晚,莫非枕的磨石睡觉?

　　　　众　　:此话怎讲?

　　　　柴景成:把你们的眼窝都磨卷刃了。你是年青呢,孤闲
　　　　　　　　呢? 你爸在屋里贩盐呢? 你把打潘璋当谝闲
　　　　　　　　呢? 年青的、古论的,二十四、五交运呢! 你爸
　　　　　　　　在屋里拾粪呢! 你把打潘璋当胡混呢! 你枕的
　　　　　　　　石灰包子丢盹呢!

　　　　众　　:此话怎讲?

　　　　柴景成:把你们的眼窝蚀瞎了,快追潘璋去!

　　例5.《两河关》第十六场[39]258:

　　　　智子衍:娃娃枕的磨石睡觉呢,把这大的个神仙认成妖
　　　　　　　　怪咧! 妖怪,妖怪,和你娃子胡赖。(下)

上述三例中,歇后语"枕了磨石睡觉,把眼窝磨卷刃了"意思是"眼神不好、不认识人、看不清楚"等含义。例3是全文说出,例4通过对话说出,例5则省略后文,故意造成隐含的表达效果。正是由于歇后语的灵活使用,造成了秦腔语言的灵活、幽默等语言特点。

(三)秦腔歇后语的表达功能

1.使得语言俏皮、活泼,易吸引人

歇后语又叫"俏皮话",它的使用往往会使得人物语言活泼生动、幽默俏皮,因而剧作中适当使用歇后语可以达到有效衬托人物的作用。同时由于歇后语多出自民间,来源于生活,因而适量使用一些歇后语,能引起观众的认同感,使得语言更贴近百姓生活。如《珊瑚鱼》中,书生米田共(小丑)因惹祸怕责备逃跑,途中与同行走散,饥寒交迫,遇到老汉谷董锤(老丑)。谷董锤将米田共收为女婿,在问及米田共的身世来历时,有一段对话连续使用了三条歇后语,表达了谷董锤诙谐幽默的性格特点,也符合丑角的语言以及表达风格。请看:

例1.《珊瑚鱼》第十一回[31]333—334:

　　米田共:老丈人呀!

　　　　　(唱)米田共住沈邱孤身独汉,

　　谷董锤:我老汉把你好有一比。

　　米田共:比就何来?

　　谷董锤:十亩地里一苗谷——

　　米田共:此话?

　　谷董锤:独苗!

　　米田共:哎,老丈人呀!

　　　　　（唱）少亲友无依靠逃出门来。

　　谷董锤：我老汉把你又有一比。

　　米田共：比就何来？

　　谷董锤：和尚配道姑——

　　米田共：此话？

　　谷董锤：没法（发）！

　　米田共：（唱）到深山遇猛虎险遭凶害，

　　谷董锤：我老汉把你又有一比。

　　米田共：又比就何来？

　　谷董锤：哑子吃黄连——

　　米田共：此话？

　　谷董锤：苦的不能说！

　　米田共：（唱）蒙岳父赘养女婿来培栽。

　　谷董锤：何必常常客气。

　　当然还有一些歇后语连续使用，虽对于表达人物性格有一定帮助，但也难免有取悦百姓之嫌。如《大报仇》中，蜀将黄忠和东吴崔禹、史迹对战，崔禹、史迹两人插科打诨，说了很多对剧情没用但有趣的废话，其中史迹在叫骂黄忠时就用了一系列的歇后语：

　　例 2.《大报仇》第十四场[24]218—219：

　　史　迹：过来！过来！叫我骂。

　　崔　禹：好！你给咱占个将名子，一股劲往高升。城门楼子垒麦苋积子高。不搭梯子，怎样下来呢？你给占个将名子。

　　史　迹：我给咱骂去，我可没说，黄家老头子。

　　崔　禹：黄家两头子。

　　史　迹：你背的根头，往包谷地里跑呢！你寻牛呢？还是碰杆呢？红萝卜缨子满天飞,寻着挨炸雷呢？
屎扒牛掉进尿壶里,生装你的醋泡酸梅子！屎
扒牛落在秤杆上,滑的走不成,受罪呢！你当坐
在井里观天呢！屎扒牛钻竹竿,受罪呢！你当
过节呢！长虫把头剁了,死淋虫一个。长虫缠
在辘轳把上了,把不缠你,你还缠把呢！哈巴狗
立在供桌上了,你和爷爷斗起嘴来了。庙后头
的南瓜,你还想给爷爷结蛋蛋呢！你是装下的
不像,磨下的不亮。升掉在斗里,八楞子没相。
锅刷子写字,回回太壮。爬爬睡觉,屁股朝上。
打你两个五分,你那屁咀还犟！

崔　禹:大将以在两军阵前,一来一往,一杀一闯。你空
中有石头。

史　迹:此话怎讲？

崔　禹:塌杀我二人不成！二人死不到你手里,不算我
二人的厉害。

2. 俚俗色彩浓郁,语言平易却道理深刻,容易贴近生活

由于歇后语和俗语一样,多来自百姓的生活,因而在表达上
具有极强的俚俗色彩。歇后语所用的事物、语言等多源于生活,
语言平易但也有不少歇后语反映了比较深刻的道理。由于用语
来自百姓生活,贴近百姓生活,表演时更能得到观众认可。如:

例1.《火化文卷》第七场[35]267:

朱　灿:你看你六月底的芫荽,臭的闻得？你妈你爸给
你起的名字,不叫人叫,还带着阴司叫鬼叫呀！

例2.郝心田《皇觉寺》第四回[32]21:

辛　　:发了两支箭,射了两只雁。

　　　郭天彪：噫，红萝卜调辣子，吃出才没看出！

　例3.《穷人计》第四回[32]131：

　　　施　恩：你这是一对儿啥眼窝？

　　　施　德：我是凡胎肉眼。

　　　施　恩：你是棉花籽的眼窝，有油没光气。你看那子孙
　　　　　　　娘娘，不是泥塑、便是木雕，那是个人么？

　例4.《一瓣莲》第九回[28]464：

　　　伍　大：呵，呵，呵！跑顺风船的运气来了，滕王阁也挡
　　　　　　　不住。我乃伍大，原想到宫婆娘家去捉宿介的
　　　　　　　奸，以泄旧忿，并挟制宫婆娘。一箭双雕，陈平
　　　　　　　妙计。但宫王氏与宿介两个是茅房里的石头，
　　　　　　　臭而且硬，且素日著名的辣手，与他二人争斗，
　　　　　　　其中难免大动干戈。

　例5.《铡八王子》第七场[8]2843：

　　　白文义：还想捏住哩、磁瓦子包扁食、捏不严咧。你再不
　　　　　　　招、我就给人家招咧。相爷、咏有招的啥呢、我
　　　　　　　那八王千岁有书到来、教我将司马都治死、咏有
　　　　　　　招的啥呢、咏件件都是实的。

　　上述各例中，歇后语分别是"六月底的芫荽——臭的闻得"、
"红萝卜调辣子——吃出没看出"、"棉花籽的眼窝——有油没光
气"、"茅房里的石头——臭而且硬"、"磁瓦子包扁食——捏不严
咧"。上述歇后语所表达的含义或来源自生活，或来自生产实践，
无论喻体还是道理都来自百姓。这样的歇后语显然更容易贴近
百姓，得到观众的认可。

　　3.部分歇后语粗俗，却易于贴近百姓

　　秦腔剧作中的歇后语多数源于百姓，有一些歇后语就显得比

较粗俗。如：

例1.《一瓣莲》第十二回[28]485：

　　禁　卒：你倒吃了通草，放的轻松屁，监门不是你家门，
　　　　　　由你随便开呢？

例2.《玉龙钗》第五场[25]701：

　　书　童：哎呀，我的爷！土地爷屁到蒜罐子咧，懂下神酱
　　　　　　了。不用说，上前去给拉一舌头。那是姑爷，咳
　　　　　　呼、咳呼！姑爷，娃不知道是你；若还知道是你，
　　　　　　娃就不敢。你看娃我给你跪下了。自古常言讲
　　　　　　的却好：不知者不作罪。

例3.《火化文卷》第八场[35]275：

　　乙　内：我那早拾了些干柴，你把我骂了几天，今日叫人
　　　　　　家尻子剌小刀，把儿算咧。

　　例1中歇后语"吃了通草——放的轻松屁"，意思是把事情看
（或想）得太轻松了，也写作"吃了灯草放屁呢——把事看的太轻
了"，如《玉堂春》第五场[39]20："你吃了灯草放屁呢，把事看的太轻
了。想沈燕林不是好惹的，他又有万贯家财，你叫我去瞧他的媳
妇，岂不是耗子摘猫的皮子寻着死哩！"例2中"土地爷屁到蒜罐
子咧——懂下神酱了"，意思是事情弄糟了或做下坏事了。"屁"
是关中方言，意思是"拉屎"。例3歇后语"尻子剌小刀——把儿
算咧"中，"尻子"为关中方言，意思为"屁股、肛门"等，"算"音同
"旋"，意思是旋转着切削。

　　上述几例歇后语的用语的确比较粗俗，但粗俗的歇后语却更
接近底层百姓的审美水平，更易贴近百姓生活。同时适度粗俗的
歇后语也相对符合关中人豪爽大气的性格特征。

四、秦腔中的詈语

《说文解字·网部》：“詈，骂也。”①詈语，顾名思义就是骂人的话。人们在产生生气、愤怒等情绪时，往往会发出一些詈骂之语，这也是人之常情。作为人们愤怒情绪宣泄的詈语，也就成为人们语言的一个有机组成部分。因此，詈语也就成为我们语言中词汇的一个组成部分。秦腔是流行于关中地区的，关中地区民风威悍尚武，说话粗声大气，语言缺少一种婉约阴柔，更多的是一种阳刚戾烈。秦人语言中骂詈之语很多，往往比较粗鄙。作为秦人戏曲的秦腔剧中，也就不可避免地出现一些詈语。这些詈语在剧中不仅不显粗俗，多数情况下，适度的使用詈语，倒更能显示剧中人物的性格特点。

詈语有骂詈式，表达憎恶、生气、愤怒等非常强烈的情绪；还有一种非骂詈式，即表示遗憾等不是非常强烈的语气，或者表示说话者的某种身份，甚至可能是某人的口头语。

（一）秦腔詈语的类型

秦腔剧作中出现了大量的詈语，这些詈语既有称谓方面的詈语、人伦关系方面的詈语，也有以动物骂人的詈语以及以生殖器官骂人的詈语等。我们将其归纳为以下几种主要类型：

1. 称谓詈语

所谓称谓詈语，是指用对人的称谓来骂人。用来骂詈的词语一般具有贬抑、粗鄙或者卑贱之类的含义。这一类的詈语骂詈的程度稍低，骂詈者往往是受过教育或者是有身份之人。常见的称谓詈语有：匹夫、奴才、贱人、混账、东西、虔婆、乞婆、娼妇、蠢才、

---

① 许慎《说文解字》，中华书局 1963 年，第 158 页上。

贼、孺子、崽娃子等。

匹夫:《汉语大词典》:"詈词。犹言家伙,东西。常用来指斥无知无识的人。多见于早期白话。"①

例1.高培支《鸳鸯剑》第十回[3]104:

郑道仁:陈自明、老匹夫、平时家教不严、临时希图免罪、羞也不羞、耻也不耻。陈起脸来、呸、呸、呸。(唾介)

例2.高培支《人月圆》第六回[3]305:

胡尔炜:甚么烟土、好好好、一齐拿走。大叫陈伯祥、老匹夫、烟土那是犯禁之物、你家既敢私藏。我们就敢明抢。不怕犯罪、尽去报官。正是。哑子顿尝黄柏味。我叫你自家有苦自家知。走。(四贼同下)

奴才:詈词。有鄙薄轻视之意。

例1.高培支《鸳鸯壶》第十回[3]176:

林桂芳:(冷笑)我把你千刀万剐的奴才、做的好事、本帅一一尽知、你还敢来强辩。来呀。你将这两个奴才、与我结实打。

例2.孙仁玉《柜中缘》[19]7022:

许钱氏:(唱)小奴才一去不见面。

害得我只得转回还。(下驴、打淘气、翠莲哭)

---

① 汉语大词典编委会《汉语大词典》(缩印本),汉语大词典出版社1997年,第401页。

我把你个奴才、怪道候你候不着、你才在屋里连
你妹妹闹仗哩。你真不是个好东西。

贱人：旧时辱骂妇女之词。
　例 1. 高培支《千金亭》第一回[4]664：
　　　吴　赖：你不用管。我把你个小贱人、看我吃烟赌钱哩、
　　　　　　　你也随便吃烟赌钱。吃的好、竟然拿衣服换捧
　　　　　　　子、拿粮食还赌账呢。今日打死你、给我东西
　　　　　　　出气。
　例 2. 高培支《人月圆》第二回[3]284：
　　　鸨　儿：好贱人、老娘花了五百银子、将你买来、不从怎
　　　　　　　能由你。来来来、叫你先在这间屋子享享幸福。
　　　　　　　（推入掩门）再告诉你吧、你自打主意、不从不得
　　　　　　　行。哼、好东西。

东西：特指人或动物（含爱、憎感情）。晋语主要指憎恶情感。
　例 1. 高培支《人月圆》第十三回[3]349：
　　　殷彩云：混帐东西、见了老爷、一个头儿不叩、这还了得。

虔婆：《汉语大词典》："指不正派的老婆子。犹言贼婆娘，多
含贬义。"①
　例 1. 高培支《二郎庙》第三回[5]1191：
　　　沈兰芳：哈哈、吓吓。（一把扯吴母领口）老虔婆。

_____

①汉语大词典编委会《汉语大词典》（缩印本），汉语大词典出版社 1997 年，
　第 6602 页。

（唱）见虔婆不由人气冲牛斗、

哈哈、吓吓。

（唱）杨二郎下了界你你你还不叩头。

老虔婆、老虔婆、你把我当就何人、我乃玉皇大
帝面前杨二郎是也。

例2.薛寿山《冰玉缘》第九回^{[35]380}：

红　玉：（唱）用巧言诳走了刁家仆妇，

急忙忙见姑娘划策设谋。

姑娘，刁家那虔婆已经走了。

乞婆：《汉语大词典》："讨饭婆。亦用作对妇人的蔑称。"①

例1.李桐轩《双姊记》第十二回^{[6]1788}：

王　氏：这一封书、就是你女儿骗李小姐出门的确实证
据、老乞婆还说你挽留我儿没意思么。

例2.孙仁玉《看女儿》^{[19]7193}：

骡子叔：哎、我把你个老乞婆、你娃可怜、一月来了二十
九天、还是小节。媳妇子她娘家还讨厌一年去
了两回半、你老乞婆是个啥账算些。老乞婆真
是个偏偏心。

娼妇：妓女，也用做辱骂妇女的詈词。

例1.高培支《人月圆》第二回^{[3]284}：

朱秦娘：老娼妇、老无耻、你姑娘乃是书香后代、秀才女

---

①汉语大词典编委会《汉语大词典》（缩印本），汉语大词典出版社 1997 年，
第 324 页。

儿、不过我舅父一时大意、误听人言、落了你的
圈套。须知我国结婚、不求男女同意、单听媒妁
一言、所结恶果、往往如此。今日既犯你手、刀
锯鼎镬、任你所为。要想从你、空思妄想。

蠢才:相当于笨家伙。一般用于长辈骂晚辈或者上级骂
下级。

例1.李约祉《杨氏婢》[7]2275:

　　张芸娥:(唱)听一言气得我团团颤,

　　　　　　蠢才说话太欺天。

　　　　　　你真吃了豹子胆,

　　　　　　敢在我前把嘴翻。

例2.《取金陵》第二回[35]96:

　　郭张氏:你个蠢才跑到上房去了,却又来此做什么?

贼:詈词。对国家、人民、社会道德风尚造成严重危害的人,
或邪僻不正之人。

例1.高培支《儿女英雄传》第六回[3]406:

　　安　骥:这就是秃贼灌我的药壶、我也敬你一杯。(掷
　　　　　　壶)

例2.李桐轩《一字狱》第二场[6]1530:

　　郑全真:(怒指)我把你老贼呀!(晕倒)

孺子:犹小子、竖子,含藐视轻蔑意。

例1.高培支《鸳鸯剑》第三回[3]64:

　　陈泽民:我可莫说聂宿园、小孺子、我教你明枪容易躲、

　　　　　暗箭最难防。

例2.高培支《鸳鸯剑》第六回[3]82—83：

　　郑道仁：陈泽民、小孺子。求亲不遂，你竟然下此毒手、
　　　　　　和尔誓不两立。

小崽子：詈词。又称"崽娃子、碎崽娃子"。

例1.高培支《人月圆》第九回[3]316：

　　鸨　儿：我把你个小崽子、你既然是个男孩子、当日胡家
　　　　　　卖你时节、为啥不给我说明，害的我好苦。我把
　　　　　　你、我把你。

例2.孙仁玉《女婿拍门》[19]7272：

　　伙　计：这八成是隔壁的木匠驴儿叫门哩、教我骂这个
　　　　　　崽娃子。你叫的门是给你姑娘招女婿呀。你等
　　　　　　着、你姑夫出来了。（开门）

例3.孙仁玉《女婿拍门》[19]7275：

　　钱　妻：你一个劲儿拉扯的、我是欠下皇粮了。（打长生
　　　　　　介）你碎崽娃子先试再掀。

2.人伦詈语

　　人伦方面的詈语主要是詈骂时提及对方的长辈（尤其是母亲
或祖母）。詈骂时骂及对方的母亲或其他长辈，在中国是极为常
见的一种詈骂方式。人伦式詈语还有一个特点是被骂的对象可
以不明确，或者并非詈骂，而只是人们使用的一种粗话，类似口头
语。如：

例1.高培支《亡国影》[5]1371：

　　张三太：平常那么些差官卫队护兵马弁、不知他妈的都
　　　　　　跑到那里去了。这会子到在那里上火车。

例 2.《走雪山》第七场[9]3065：

　　王　安：开他娘的做什么的旨、来呀、将李德政与我绑了。

例 3.高培支《端阳苦乐记》第十四回[3]275：

　　伴　兰：姑娘改装。

　　林颦娘：改你娘的装。

　　伴　兰：夫人换衣。

　　罗琼珠：换你婆的衣。

例 4.《黑叮本》第二场[8]2594：

　　赵　飞：干爸、他不会十三十四登极吗、单单到十五登
　　　　　　极。干爸此间修书、搬我众位哥哥到来、他登他
　　　　　　爸的泥屐子呀。

3.动物詈语

所谓动物詈语，就是把人视为禽兽，用动物来比拟人进行詈骂。常用来骂人的动物有：乌龟（也称王八）、狗、猪、驴等等。常用的动物詈语词语有：禽兽、畜生（牲）、犬马；乌龟、王八、王八蛋（王八旦）、王八羔子；狗头、狗屁、老狗；秃驴、驴脸。

"禽兽、畜生（牲）、犬马"等词在骂詈时带有一定色彩的文言色彩。一般是受过教育的人或者有身份的人的骂詈用语。如：

例 1.高培支《鸳鸯剑》第七回[3]89：

　　郑道仁：（唱）多亏你中解元名扬天下。

　　　　　　　　甘造反全不怕越律犯法。

　　　　　　　　我女儿何等人岂配犬马。

　　　　　　　　大兵到恐怕你赤族灭家。

例 2.高培支《端阳苦乐记》第三回[3]200：

　　洪锦云：（唱）听罢言来团团颤。

　　　　　　　　禽兽作事太欺天。

例 3. 李桐轩《双姤记》第十二回[6]1787：

尤　氏：(唱)我知道全家人欺软怕硬。

这一回先看我处置畜牲。

例 4.《梵王宫》第五回[9]2929：

郭广卿：(速打叶里寿,叶不语)只打得这贼口鼻流血、九死一生。叶里寿小畜生,你家郭爷爷走是走了。

在汉语中,"乌龟"和"鳖"是人们在骂人的时候经常使用的动物。"乌龟"俗称"王八",骂詈语中经常用到"乌龟、王八、王八蛋、王八羔子、龟儿子、鳖娃子"等词语。如:

例 1. 高培支《鸳鸯壶》第六回[3]145：

阴　氏：输了你的手也不高了、没运气的人、都跑到那里去了、怎不给你送钱来呢。胆大不胆大、三百银子、竟然一戤盘儿送了人家。我将来和你这混账乌龟过日月、陪人家睡觉的日子还有哩。气死我呀。

例 2.《如意钩》第十四场[40]151：

李瑞麟：好一王八,你将毛氏杀坏,反说被人拐去。人来,枷起来！

例 3. 高培支《人月圆》第五回[3]298：

翟寨主：(唱)乌龟胆大将人哄。

嘿嘿、哈哈。

惹得老子恼心中。……

老乌龟、瞎眼贼、早早交出姑娘、还则罢了、如其不然、休想儿活。

例 4.《百花诗》第十六回[8]2679：

高力士：你撒手吧。扯了吾的开义龙袍子、给你个脸不要脸、什么孱头王八旦。

例5.李桐轩《戴宝珉》第二回[6]1718：

　　戴宝珉：你看晦气不晦气、早是遭下这事、又遇着这个不
　　　　　　说理的王八旦。没法子、没法子、且用好言劝
　　　　　　劝。呵、老头儿、你把我丢开、教我与你把话先
　　　　　　说明白。

例6.《打金川》第十一场[9]3096：

　　邻　人：丢手。我还把人错认咧，那个鳖娃子把人错
　　　　　　认咧。

例7.《玉堂春》第十一场[39]47：

　　狱　卒：哪个龟儿子说对了。

例8.王辅丞《一线天》第二场[23]8876：

　　杨同范：涂如松那个杂种，这样狠毒。既不中意，或休或
　　　　　　卖，都是你的主权，法律亦许离婚。如此虐待命
　　　　　　妻，真正岂有此理。混账王八羔子。

例9.范紫东《花烛泪》[18]6998：

　　刘　二

　　王　五：这个王八旦、在这儿骂他先人的牌位、还要瞒
　　　　　　人、装孝子呢。田大哥、你方才数说你老人的
　　　　　　话、我的都听见了。

　　除乌龟外，"狗"和"驴"也是人们经常用到的骂詈动物。经常
用到的詈语有"狗头、狗屁、老狗、狗党、狗官、狗贼、走狗；秃驴、驴
脸"等詈词。如：

例1.高培支《鸳鸯壶》第六回[3]148：

　　欧阳氏：好心毒的狗男女。自从你前晚洇谋之后、我便
　　　　　　着着提防于你、你心说将我主母灌醉、便可以误

中奸计。……

例2.高培支《鸦片战记》第九回[5]1491：

　　余保纯：他昏聩糊涂，简直是狗放屁。

例3.《走雪山》第七场[9]3066：

　　王　安：好一个指挥官。你是什么狗屁官、以在咱家面
　　　　　　前张牙舞爪、还不退下。

例4.范紫东《燕子笺》第十五回[12]4218：

　　鲜于佶：霍兄、这桩事我帮你和那些狗头理论一场、谅不
　　　　　　输于他。若还逃走了、岂不误了功名大事。

例5.《金凤传》第八场[39]97：

　　王　彪：老狗还不滚下来！

例5.高培支《人月圆》第十三回[3]350：

　　殷彩云：(拉柳耳介)我问你、自言自语说什么。你瞧、你
　　　　　　驴脸吊的有三尺长、你给谁耍脾气。

例7.《乾隆杀花子》第六场[10]3671：

　　靖纪先：和尚、胆大的秃驴。青天白昼、竟抢良民之女、
　　　　　　告在县太爷公堂以上、难免剃头之罪了。

例8.高培支《鸦片战纪》第十一回[5]1499：

　　聂　云：(唱)要当穆府好走狗，

　　陈孚恩：(唱)先到王府看情由。

还有一些詈语非常粗俗，带有极其强烈的骂詈色彩，并带有
鲜明的关中方言特点。如"猪巴的、猫巴下的、猫骳下的、狗鳖娘
养、狗娘养的、狗日的、崽狗失的、王八日的、王八失"等等。

例1.李桐轩《呆迷记》第五回[6]1826：

　　李　四：咱俩点炮打他猪巴的。

例2.《海棠计》第五场[38]152：

家　院:把这一夥猫巴下的,你在旁边汪汪着,还想吃我
　　　　大叔那九斤一十四两。待我取一个半截子砖打
　　　　一下。

例3.《乾坤带》第四场[39]324—325:

苍　头:小伙计,我把你个猫脾下的,我说砸不得,砸不
　　　　得,你总说能砸得,咻小千岁这般时候,还要去
　　　　大街市上游玩,咻跟个老虎一样,弄下个麻烦咋
　　　　弄呢?

例4.《对银杯》第五回[29]467:

刘　奎:刘奎这个狗鳖娘养的,今天四两,明天半斤,不
　　　　给咱的钱。今日闲暇无事,待我寻这个狗鳖娘
　　　　养的。

例5.高培支《双凤钗》第五回[5]1276:

李作栋:好一贺成,做出此事,欲待鸣官,就便宜了这狗
　　　　娘养的。不如想个奇妙方法,教狗贼慢慢地受
　　　　个难过去吧。

例6.《十五贯》第七场[39]182:

老　王:老陶上得船来,只是一个劲地说闲话哩,我不耐
　　　　烦啦,在船头上下凉哩。妈日的,咻闲传怎能翻
　　　　了歪筋斗,当心把咱的闪下水去咧。你闪开,叫
　　　　我打这狗日的。

例7.《六义图》第十三回[8]2511—2512:

钱　孝:待我先把门关了,再收拾个枣棍顶住。哎呀家
　　　　家、这一夥崽狗失的在外头等我着、我如何逃走
　　　　得脱。我不免撞墙一死。

例8.《艳娘传》第十五回[32]442:

秃　林：不是别的，就是今科钦点主考魏彦俊那个王八日的！

例9.李桐轩《孤儿记》第六回[6]1608：

梁崇简：王八失、这是有意欺我进士官儿不懂事务。

上述各例中，"巴"也写作"屄、牌"，关中方言为"大便（动词）"的意思，也有"生殖"之义，主要用于动物。所谓"猪巴的、猫巴下的"也就是骂对方是猪或者猫生下的。"王八失"中的"失"也是关中方言，"日"的意思。这种詈语粗俗，方言特色浓，骂詈程度强烈。

4.生殖詈语

所谓生殖詈语，是指提及生殖器官用于詈骂，如《水浒传》中用"鸟"来骂人。由于不同地区方言对生殖器官的表达方式不同，因而生殖类詈语的用词和用字一般都带有极强的方言色彩。关中方言中经常用到的生殖器官词语有"屌、鸡巴、皮、髁（也写作'松'）"等。"屌"《汉语大字典·尸部》"男性生殖器"、"口语中骂人的粗话"①。秦腔剧作中写作"屌、毬、球、求"等字，使用比较多。表达上，既可以有较强的骂人色彩，也有时不具体骂人，只是一种较为粗俗的口头语；"鸡巴"《汉语大词典》："阴茎，男性的外生殖器。……常用作詈语。"②秦腔剧作中较少使用。如：

例1.《游西湖》第三回[8]2787：

召　香：（念板歌）说的不好滚球吧。

---

① 汉语大字典编委会《汉语大字典》（第二版，九卷本），崇文书局、四川辞书出版社2010年，第1045页。

② 汉语大词典编委会《汉语大词典》（缩印本），汉语大词典出版社1997年，第6870页。

甲　　:(念板歌)说的不好滚球吧。

　　　　　到底我是你二爸。

例2.《游西湖》第三回[8]2785:

招　香:(念板歌)去球吧。嫁了他。

　　　　　看我爹爹陪啥咖。

例3.孙仁玉《看女儿》[19]7193:

任柳氏:求、咻是娃那一月来咧、我有些闲活、没叫回去。

　　　　你个老不象啥的、偏偏把咻就给记住了。来来

　　　　来、闲话少说。

例4.《玉龙钗》第三场[25]690:

李长年:哎噫! 我可没说:如今这人尽是狼心狗肺凉血

　　　　动物,吃谁的饭、砸谁的锅,住谁家的房、戳谁的

　　　　窝;成事的少、坏事的多;念什么主仆情重,说甚

　　　　么良心善恶。有一日天睁眼,权付与我,定要将

　　　　这些无情无义之人,生擒活捉,杀一个干干净

　　　　净,那时节将我花儿的气才能平了。尿! 把人

　　　　气成这样子做啥哩! 人家把咱的也没勒一下。

　　　　相公,你如今还是投亲,还是回家看娘?

例5.《三义节》第四回[10]3271:

内　　:你以前喝下的酒、还没给钱、可喝来了,滚毬开。

例6.《红衣计》第十六回[10]3393:

施友能:我把你认死了、求囊的、你不得活了。

例7.范紫东《颐和园》第二十二回[16]6057:

李莲英:你还能作皇上、你能作狗鸡巴旦。

"骹"《汉语大字典·骨部》:"方言。精液。引申为骂人(或动

物)的粗鲁话。"①字也作"屄"或"松",《汉语大字典·尸部》:"精液的俗称。"②关中方言中多用"骰"来骂人,如"懒～、羍～、瞎～"等。如:

例1.孙仁玉《青梅传》第三回[21]8145:

> 侯大娘:给你个老骰说哩、今日我是你家贵客、给你姑娘
> 　　　　说媒来了。我是红溜溜的红叶。

例2.王伯明《熊耳山》第十六场[23]9273:

> 周秉中:你还不得走,走了把你松饶了。

"皮"是关中方言对女性生殖器的称呼,也用来骂人,骂人时不分男女。如:

例1.孙仁玉《美术缘》第十八回[36]214:

> 仆人甲:这个老皮,他女儿跟人逃走,他坐在这里享受,
> 　　　　真道的没血! 真道的脸厚!

例2.李约祉《优孟衣冠》第六回[7]2169:

> 伶　氏:(唱)千言万语说不醒,
> 　　　　　　　不由老身怒气冲。
> 　　　　　　　恨不得送了老皮的命,
> 　　　　　　　教你的宰相做不成。

5.民族詈语

民族詈语指的是詈骂少数民族或者外国人的詈词。重夏轻

---

①汉语大字典编委会《汉语大字典》(第二版,九卷本),崇文书局、四川辞书出版社 2010 年,第 4704 页。

②汉语大字典编委会《汉语大字典》(第二版,九卷本),崇文书局、四川辞书出版社 2010 年,第 1040 页。

夷的民族思想观念在中国由来已久,无论从汉字、词汇方面都有反映。秦腔剧作中有不少反映民族战争的作品,在和敌人对话时就有不少詈骂语言。这些詈语也都反映出了重夏轻夷的民族观和思想观。民族詈语主要有"胡儿、胡儿子、蛮奴、蛮夷、番奴、番贼、番犬、番狗、鞑子、鞑虏"等。如:

例1.《抗金潮》第一场[39]274:

　　王国栋:(唱)汴梁城被胡儿一马踏碎,

　　　　　　　　气的人连声骂卖国奸贼。

例2.范紫东《玉镜台》第十三回[14]5095:

　　店　主:如此你将这胡儿子与我杀、杀、杀。前月这一夥
　　　　　　胡儿子、在我这个店里大抢了一回。

例3.《一笔画》第十场[25]567:

　　郭　俊:呸!好一番犬,天邦大将,岂肯跪汝!

例4.封至模《山河破碎》第十一场[29]69:

　　李师师:(唱)我中华虽妓女也讲礼义,

　　　　　　　　不同你蛮夷人一样风俗。

例5.封至模《山河破碎》第十一场[29]75:

　　李若水:番奴呀,猪狗!我不能杀你两个番犬,也要骂死
　　　　　　你两个番囚。

例6.冯杰三《投笔从戎》第二回[35]12:

　　刘　明:蛮奴,无耻的番犬!你不过侥幸一时,夜郎自
　　　　　　大,我本天朝大将,岂有降贼之理。哎,蛮奴!

例7.封至模《毁家助饷》第七场[38]202:

　　邓叔坚:走!把你这不通人性的番狗!你我两国打仗,
　　　　　　应在军队上决个胜负,怎么跑到后方欺侮我们
　　　　　　老百姓来了?

例 8.《抗金潮》第七场[39]297：

　　赵　甚:我堂堂大宋国民,岂能跪你鞑虏!

例 9.《抗金潮》第七场[39]297：

　　赵　甚:(唱)我只道金鞑子才高智广,

　　　　　　　原来是李汉奸卖了荆襄。

　　　　　　　论法律杀了他情该罪当,

　　　　　　　但只说这鞑子是何心肠?

例 10.封至模《毁家纾饷》第七场[38]204：

　　江贵冰:(唱)骂声番贼太凶横,

　　　　　　　刀杀我母丧残生。

6.方言詈语

所谓方言詈语,是指用方言词汇或语法达到骂詈的效果。这种詈语有较强的方言色彩。运用方言词汇达到骂詈的作用,前文已经叙述。这里所谓的方言詈语主要是指运用方言语法来骂人。关中方言中的"把字句"比较复杂,有一种把字句的表达方式为:"(我)把你××",只有主语"我"和"把你××",没有动词出现。"把"后面省略的动词可能由于不需表达甚或难以表达,动词虽没有出现,从语义上可以看出是处置式的。不出现动词,却比有动词的表达更能给人以想象的空间,骂詈色彩也更为明显。如:

例 1.高培支《鸳鸯剑》第八回[3]92：

　　郑秀珠:(喝)老爹爹、小妹妹、哎呀、我把你天杀的陈泽民呀。

例 2.高培支《端阳苦乐记》第三回[3]200：

　　洪锦云:费五刁氏、我把你千刀万剐的贼。你姑娘虽然被难、也是宦家女儿。……我生不能食尔之肉、死为厉鬼、定摘尔魂。

例3.《玉凤楼》第九回[10]3647：

祖士谋：哎哎哎、这一下弄坏了。（向杨班）杨班、我把你个老狗、我女儿今天不能回去、我和你见官面理。

例4.孙仁玉《吃醋记》[19]7256：

常夫人：我把你个强盗。

例5.孙仁玉《洗衾记》[19]7295：

吴　氏：（向前打）我把你个丑丫头。

王月凤：（持吴氏两手）我把你个丑老妈。

例6.《剪红灯》第四场[25]456：

沈　氏：我把你贼死可的，我害怕狗，可是狗下的，贼死可的！

例7.《玉凤钗》第十二回[30]299：

张　妻：我把你老挨下刀子的！自古常言讲的却好，墙里讲话墙外有人，路途讲话草里有人。你将此话讲出口来，若叫外人听去，你死加我活加，你不死加我咋加？丢下我婆娘守寡加！

例8.《花亭相会》第五场[40]57：

张　三：我的妈呀！我把你屁懂屎的母猪过门！我把你个泼妇！动不动打我。我把啥事做下了？我昨黑咧没给你烧坑吗？清早可没给你倒尿盆子吗？打我为啥来？

例9.孙仁玉《秋莲传》第二场[21]8042：

良　心：不敢不敢。……还打哩、还打哩、打的不出声息了、还打哩。我把你一群半斤面、尽是打监门的手。

例 10. 孙仁玉《青梅传》第一回[21]8140：

　　刘　　氏：把你个老害货、成天间大便呀、小便呀、行动一
　　　　　　　步、要人掺。得知道把人害到什么时候呀。

　　还有一种极具关中方言色彩的詈语是"把他家的"，也是一种
省略形式的把字句，表示感叹、遗憾或者生气的情绪，是一种典型
的"陕骂"。这种"把他家的"相当于"他妈的"等意思，有时也表示
为"把他妈"等。关中方言中"把他家的"是经常说到的，在秦腔剧
作中也有不少。除"把他家的"外，还写成"把他家家的"或"把他
咖的"。如：

例 1. 高培支《宦海潮》第一回[3]5：

　　游　　女：你再闹我骂哩。

　　乙无赖：你敢。

　　游　　女：把你妈。

　　乙无赖：打。（打）

例 2.《花钱袋》第二回[9]3222：

　　秋　　瑞：我小子秋瑞。我爷爷奔上东庄吃社。我去庄门
　　　　　　　前去接待。秋瑞出门来。睁眼把头抬。看墙有
　　　　　　　诗句。喏喏喏、不晓谁写来。何人以在我家粉
　　　　　　　白墙上划的留留道道。我倒把他妈。

例 3. 范紫东《新华梦》第四回[16]6280：

　　老　　鸹：(看)把他妈的、她消闲的看书呢。

例 4. 孙仁玉《平安春》[19]7159：

　　常高兴：把他的、架腌浇了一盆子水、不敢争声。真是哑
　　　　　　　子吃黄连、说不出的苦。还几乎叫人家认清了。

例 5. 孙仁玉《斗龙船》[19]7389：

　　　　丁游人：把他家的、我这个窝子太近、昨日寻了一省城、
　　　　　　　　莫有个对光镜。

　　例6.《九华山》第六场[40]34：

　　　　苏　氏：好一个伶俐的大姐！待我先救你哥哥来。哎
　　　　　　　　呀，把他家的，(自骂)贼婆成天想害人呢，今天
　　　　　　　　害的好！

　　例7.《对银杯》第四回[29]460：

　　　　刘　奎：哎，把他家的，咱这两天没钱，没有喝酒。……
　　　　　　　　哎，我把它家家的，我咀里不要，心里着说拿上
　　　　　　　　拿上……哎，把他家家的，我这咀里说不要，心
　　　　　　　　里着说拿上拿上。哎，没咧就拿上！对对对，拿
　　　　　　　　上就拿上。

　　例8.《取金陵》第八回[35]122：

　　　　郭天叙：(暗)把他咖的，我只说没有父王的粗腿了，不料
　　　　　　　　把半个子军阀，给弄成真个的势力，越弄给越壮
　　　　　　　　了。为王龙心大喜，封官、封官！

　　7.隐语詈语

　　所谓隐语詈语，就是不直说本意，不直接用詈词骂人，而是借
助具有相关含义的其他词语来暗中骂人。所借助的词语具有较
强的隐喻含义，所以这一类的詈语往往具有较强的书面色彩。秦
腔剧作中用到的隐语詈语主要有"木头、竹根、二百五"等等。如：

　　例1.《铡丁勇》第七场[37]296：

　　　　王　朝：马汉分银子么，你可给走咧！这个大木头你连
　　　　　　　　银子都不要？待我先将银子收拾了。……

　　例2.孙仁玉《五台案》第七场[20]7912：

　　　　姚　禄：老竹根放些闲屁、伙计们速快种地。

例 3.高培支《人月圆》第九回[3]317：

宋　妈：你出两个二百五、我见两个二百五、说来又说去、咱们都是二百五。请再验一遍、我们可是货真价实，童叟不欺。

例 4.范紫东《翰墨缘》第六回[11]3842：

陈大少：……我只说我在外前联络腻友、流连忘返、谁料想我妹妹这女孩子也不守闺范、社交公开、这王妈儿简直内外的扯皮条呢。

高培支《人月圆》中，柳小青吸烟嫖赌，以致倾家荡产，并将其妻柏秀贞出卖。其舅殷志洁与朱秦娘商议，让女儿殷彩云女扮男装，冒充官员，娶归柏氏。柳小青冻馁为奴仆，殷志洁故意将其推荐到彩云假扮的官员家里为奴，彩云百般折磨小青，欲使其浪子回头。殷彩云詈骂柳小青，出了一副对联："三鸟害人鸦雀鸨，四灵除尔麟凤龙。"暗骂柳小青为乌龟王八，用的也是隐语詈语。本剧第九回和第十三回通过人物对白说明了对联的寓意。

例 5.高培支《人月圆》第九回[3]319：

鸨　儿：人不害咱们就好了、咱们倒害过谁吗。

宋　妈：你没听人说三鸟害人、鸦片、麻雀、鸨儿。凡是正人君子、提起这三害、没一个不讨厌的。咱们改了行、权当给世人除去一害。

例 6.高培支《人月圆》第十三回[3]350：

殷彩云：你说吗、谁把你挡住了。过来、我与你出个对子、你若对上、每月给你加倍的工资、还另眼待你。

柳小青：请老爷命题。

殷彩云：三鸟害人鸦雀鸨。

柳小青：（沉吟）小人对不上。

　　殷彩云：这点才料没有。我替你对罢。四灵除尔麟凤
　　　　　　龙。懂得意思不懂。

柳小肯：不懂。

殷彩云：这点意思不懂、麟凤龟龙、谓之四灵。你把婆娘
　　　　　卖给别人、岂不是大大的个乌龟。四灵中间、把
　　　　　你除过、不是麟凤龙是什么。

　　"四灵"，指麟、凤、龟、龙四种灵物。《礼记·礼运》："何谓四灵？麟、凤、龟、龙谓之四灵。"孔颖达疏："以此四兽皆有神灵，异于他物，故谓之灵。"①殷彩云骂柳小青"四灵除尔麟凤龙"，是骂柳小青是"龟"。这里的"龟"显然不是什么灵物之意，而是用了"乌龟、王八"等詈词的含义。

　　以上分类只是大体的情况，除以上几种詈语之外，还有其他一些詈语，也带有詈骂色彩。如污物类詈语，用人或动物的排泄物来骂人。骂詈的方式还有很多种，这里不再一一列举。

　　(二)秦腔骂詈语的特点

　　1.詈语符合骂人者的身份，随骂人者身份不同而有变化

　　秦腔剧目中人物众多，每人身份不同，所处地位以及所受教育不同，有不同的说话风格。从语体修辞角度看，什么人说什么话，才符合不同人的身份。骂詈语也有身份之别，一般地位高、教育程度高的人在骂人时用词也比较文雅、含蓄，很少使用那些粗俗甚至粗鲁的詈语。如《永寿庵》第五回[26]24：

陆娘娘：老伯呀，老伯！不知那个天杀的火化永寿奄，将
　　　　众位道姑同烧死在庵内了。

①孔颖达《礼记正义》，见《十三经注疏》，中华书局1980年，第1425页。

　　而那些社会底层人员,所受教育不多,说话就比较平易甚至粗俗,尤其是在骂人时用语则比较粗俗甚至粗鲁。剧作中那些相对粗俗的詈语多由这些人发表。如上述动物詈语、生殖詈语等。

　　从戏曲角色层面来看,各种生角(小生、正生、老生等)、旦角(小旦、正旦、老旦等)均较少使用詈语,即便使用也往往相对文雅、含蓄;而丑角(含彩旦)以及杂角等则较多使用詈语,并且往往平直甚至粗俗。

　　2.有浓重的关中语言特色

　　秦腔剧目中,人物身份不同,说话时的语体色彩也不相同。身份高、受教育程度高的人物,如生、旦等角色,一般说话多用书面语,语言比较文雅。而那些底层人物,如丑、杂等角色说话时用语一般多用方言白话,较少使用书面语。文雅的人一般用文言文较多,说白话的一般用关中方言。骂詈语多由基层人物发表,因而秦腔骂詈语就带有较强的关中方言特色。如生殖詈语中所用到的生殖器官词,就多为关中方言。最能代表詈骂语方言色彩的是方言詈语,其中的"把他的、把他家的"就是典型的"陕骂"。

　　(三)秦腔詈语的表达作用

　　1.表达憎恶、厌弃的情感

　　人有七情六欲,人们欢喜时则喜形于色、手之舞之,失落时则唉声叹气、神情沮丧;生气时横眉冷对、恶声粗言。当对某些人或事产生憎恶、厌弃的情绪时,骂詈之语是比较能释放人的愤怒情绪的。当非骂无以解气、非詈无以释恨时,适度的詈语使用就能使得情绪得以宣泄。戏中的人物也具有各种情感,可以说秦腔剧作中每一个人物都有相对鲜明的形象。符合各自身份的唱词和对白,揭示了不同的性格特征,秦腔剧作中适度使用詈语,能较好地反映人物情感,符合人的基本特点。秦腔剧作中所使用的詈语大多数都表达剧中人物的这种憎恶情感。正是这些詈语的出现,使得人物形象更为鲜明,更为丰富。

2.表示生气、遗憾或者感叹的情感

詈语不仅可以表达憎恶等较为强烈的情感外,还可以表达生气、遗憾,或者感叹等情感,这种情感的程度相对比较和缓。当人们产生某种生气、遗憾等情感时,有时也会适度使用一些詈语来表达。秦腔剧作中有些詈语就表达了这种情感。如陕骂的"把他家的"就主要表达遗憾或者感叹等情感。"我把你××"这样的陕骂既可以表达强烈的憎恶色彩外,还可以表达生气等比较和缓的语气。如孙仁玉《秋莲传》中,常仕虞被恶霸鄂贯盈打死,常二子入县告状,县官被鄂家买通,冤不能伸。其女常秋莲假扮男装,去鄂家为仆。一日,秋莲乘鄂酒醉,乘机刺杀之。秋莲未婚夫姜遇文之表妹吴秀云去常家,和常秋莲戏耍,秋莲假作生气,骂吴秀云。本剧第三场[21]8045—8046:

> 吴秀云:你还不知道。我听得人家娶的、就是常老伯的
> 　　　　小姐常秋莲。
>
> 常秋莲:(拧吴秀云脸)我把你。
>
> 吴秀云:把人脸美美地拧了这一下。把人擦了些粉、教
> 　　　　你都沾的去了、越显得你那手白、人家娃的
> 　　　　手黑。
>
> 常秋莲:你再作践我、我还要打你哩。
>
> ……
>
> 常秋莲:噫呀呀、就说的天上有地下莫有。
>
> 吴秀云:(向台下)就知道是她的人、她先作谦哩。
>
> 常秋莲:我把你个小妖魔。(秋莲赶打、绕场一周)

本剧第七场,常秋莲女扮男装要到鄂府报仇,和吴秀云告别,吴也有骂秋莲的话[21]8061:

　　　　吴秀云:我把你、半夜二更、装成男子、跑着吓人来了。

　　　　　　　　把人几乎魂吓掉了、你真真是个白失鬼。

　　　　常秋莲:哎呀妹妹、是我改扮男装、前去报仇、特来与妹

　　　　　　　　妹作别、并非与妹妹游戏。

　3、詈语的使用还可以贴近观众、拉近观众、引起观众共鸣

　　秦腔来源于百姓,来源于民间,是生活的艺术化。正是其来自于民间,戏中所使用的语言,所表达的情感都带有极强的民间色彩。秦腔是贴近生活,贴近民众的。看戏的人绝大多数是普通百姓,百姓的话语是平素的,有时是粗俗的。戏中出现一些粗俗甚至粗鲁的詈骂之语,就能比较贴近观赏者的身份和审美情趣。适度的詈语可以更好地拉近观众,引起观众共鸣。

第五章　秦腔语体及修辞

第一节　秦腔语体概述

秦腔语言是一种表演语言,它是建立在生活语言基础之上、并略高于生活语言的一种语言。焦文彬在其《长安戏曲》一书中谈及秦腔的语言特色和创作方法,将秦腔的语言特色进行了归纳:"戏曲文学是语言艺术,所以,十分注意语言的运用。长安戏曲文学语言是以西安为中心的陕西关中中部地区的群众语言为基础,同时吸收了汉唐以来文学作品,尤其是诗词曲的语言融合而成的。有着五个方面的特点,即生活用语,本色当行;字中有态,音而兼容;融化词曲,表现力强;干脆利落,音调铿锵;以俗为美,雅俗共赏。"①

根据秦腔戏剧语言的具体情况,我们认为秦腔语言的语体不能单纯地归到某一种类型中去,需要多维度多角度的考量,是多种语体的有机结合。

从语体学角度看,属于文艺语体和口语语体的结合。从书面语和口语的角度看,秦腔语言又是书面语和口语的结合。从角色

---

① 焦文彬《长安戏曲》,西安出版社 2002 年,第 127 页。

语言看,剧本需要根据角色特点选择语言,因而语言带有较强烈的角色特征。

一、文艺语体和口语语体的结合

从语体学的角度来看,秦腔剧本的语体当属于文艺语体,而实际上,秦腔剧作的语言是文艺语体和口语语体的有机结合。由于戏剧中表演内容不同,有时需要韵文,如唱词、韵白等,这时需要注意按文艺语体的要求组织文辞,如押韵、句式整齐、使用多种修辞手段等;当需要人物的对白时,又需要散文的格式,需要口语语体的修辞和逻辑,如多用短句、遣词造句多用生活用语、多用方言词等。

焦文彬《长安戏曲》论说秦腔语言特色,认为秦腔"干脆利落,音调铿锵",正说明了秦腔语体不是单一的文艺语体或者是口语语体,而是两者的有机结合。他说:"正因为长安戏曲是群众的日常生活用语,所以,一般说,它的句子结构简单,多短语和省略语。有时常是几个字一句,甚至两三个字一句,一字一句。这样念起来,能让观众易解易懂也易记忆,干净利落,不拖泥带水;音调铿锵,容易上口。就是一些大段唱辞和道白,也很讲究这一点。说起来有如竹筒倒豆子,一泻无遗。由于语言的音乐性的加强,节奏感也相当突出。"[①]

二、文言文和白话文相结合

从秦腔语言来看,秦腔的语言是一种源于生活又高于生活的表演语言。他的语言带有较强的书面语也就是文言色彩,同时又

---

①焦文彬《长安戏曲》,西安出版社 2002 年,第 130 页。

带有一定的口语色彩。《中国秦腔》认为秦腔语言是"生活用语，本色当行"。他说："长安戏曲剧本的语言不是书面语言或案头之作只供人们阅读的，它是一种立体性的戏曲文学语言，是舞台演出的一种脚本、演出本，即戏曲化了的语言。但是，它的基础仍是生活语言。也就是说，长安戏曲文学属于民间口头文学的范围。但是，这并不是把生活语言不加任何选择、修饰地搬进剧本。它仍然有一个选择、提炼，加工和规范的过程。日常用语的生动性、鲜明性与形象性，在剧本中也表现得十分显明，还经常选用一些群众俗语、歇后语、谚语等特殊用语。"①

秦腔剧作中经常用一些诸如"言文"、"语体"等的提示词或者说法，来说明文言和白话的不同。"言文"指文言文即书面语，多是读书人或者有地位的人使用的表达用语。如：

例1.《夜打登州》第五场[39]450—451：

王　二：不怕什么，我就站起来了。（起）你到此为何？

史大奈：故来投宿。

王　二：咋的话？吃鸡！昨天宿了几个客，把我的鸭子吃了，你来吃鸡，那不成！

史大奈：投宿就是占店。

王　二：占店咖！你听我给你说，咱的咻被薄炕冷，面清店烂，咻头有一个新店子，你宿着咻头子去。

史大奈：出门人一席之地就够了。

王　二：哎哼，这还给我拿言文呢？可是一席之地。一席之地，这倒是个啥话？叫我把我老婆子问一下。屋里家，咻一席之地是个啥话？

---

① 焦文彬《长安戏曲》，西安出版社 2002 年，第 127 页。

内　　：咿是人家说宿一个单客。

王　二：这才把他咖的！才是没来头的话，这有个草房
　　　　子，把你穷宿了。

史大奈要住店需"一席之地"，店家王二听不懂"一席之地"是
什么意思，说史大奈"拿言文"，意思是跟我说书面语。

秦腔剧作中有时也用"甩文"、"吊文"、"说文"等一类的词来
说明说话时语言文白的区别，如：

例1.《穷人计》第三回[32]119：

施　　德：哎，大哥、大哥，池塘岸前坐着那一相公，好像要
　　　　　寻死。

施　　恩：我就不信，好好的人儿就来寻死！

施　　德：你不信了，你去看过。

施　　恩：闪开，待大哥一观。

施　　德：一见么，可是一观。

施　　恩：我到底是一观。

施　　德：你着在我眼前甩文哩。

例2.《慎鸾交》第五回[35]314：

王永成：弟备水酒，与兄遣怀。

花　秀：既有美酒，弟倒乐饮。

琴　　童：王相公！你哪得余钱请我相公？我相公是极喜
　　　　　欢吃酒的。常言道，酒逢知己千杯少，今天丰盛
　　　　　些才好，莫要吃到兴头处断酒，如同执刀杀人
　　　　　一般。

王永成：何待叮咛。花兄请！

琴　　童：这样指顶大的杯子，只不怕把人卡着！

王永成：待我换个巨杯来。（下又上）

琴　童：你的家当我也尽知，取个瓦罐喝去吧，哪里的巨
　　　　杯，再不用吊文了。

例3.《珊瑚鱼》第十一回[31]334：

谷董锤：哎呀，我老汉怎么做下这个冷活！费了许多手
　　　　续，拾了个女婿，看他倒也心疼，谁知他没有手！
　　　　（猛看桌子）哈哈，原是没有筷子！念书人爱说
　　　　文，不说没筷子，可说没有手。把我老汉吓的尿
　　　　出许多冷屁！（指谷水仙）我把你这个蠢才，一
　　　　点礼行也不懂，怎么摆饭不拿筷子。（谷水仙从
　　　　腰取出）拿来吧，简直不讲卫生。（向屁股擦）你
　　　　看这干净了没有？（米田共吃完）贤婿受惊，多
　　　　日未得一眠，且请下边休息。

“语体”就是平民百姓日常说话所使用的口语，即白话。如：

例1.范紫东《琴箭飞声》第一回[11]3922—3923：

唐　蒙：但是你这个字太不风雅。拿上你这样风流
　　　　人、怎么安了那样俗鄙的名子。

司马相如：呵、咱那老人便看着咱莫出息、给咱就安了这
　　　　样没资格个名子、该倒霉呢。你听方才那狗
　　　　监直呼我为犬弟、实在难受。

唐　蒙：那人家当面还抬举你呢、你晓得背地里把你
　　　　叫什么呢。

司马相如：叫什么呢。

唐　蒙：背地里简直把你叫狗娃子呢。

司马相如：这也难怪。这犬子变成语体、就是说狗娃、人
　　　　家也没叫错。

唐　蒙：前日有位朋友、连你的姓也简略了、竟然说马

　　　　　家那狗娃子。闹的不得了、一时我没想起，后
　　　　　来才知道说你呢。
　　司马相如：可怜咱这姓也在六畜里边、难怪咱的功名不
　　　　　发达。

　　司马相如小名犬子，"犬子"是书面语的表达方式，换成白话
的表达意思就是"狗娃子"，所以司马相如自己解嘲说"这犬子变
成语体、就是说狗娃、人家也没叫错"。《汉语大词典》："语体：即
白话。与文言相对。"①"文言：别于白话的古汉语书面语。"②

　　秦腔的语言有文言（半文言）、白话两种类型。

（一）文言色彩、书面语体

　　秦腔唱词由于句式整齐、紧凑，言简意赅，因而多简练、多文
言。这里主要介绍对白语言的文言色彩。如：

　　例1.《墨痕记》第八场[37]58—59：

　　柴慧雯：先生的文章，真如韩潮苏海，先生的诗赋，恰似
　　　　　岛瘦郊寒。然而连试不售，这虽怪试官盲目，妍
　　　　　媸不办；却也是才华轶群的人，常遭造物之忌。
　　　　　青衫无福，红颜薄命，千古一辙，令人不禁落同
　　　　　情之泪。（拭泪）

　　贺小明：听瑞娘之言，小生实在感愧无地。古语云，士得
　　　　　一知己，可以终身无憾。我今得一巾帼知己，更

―――――――――――

①汉语大词典编委会《汉语大词典》（缩印本），汉语大词典出版社1997年，
　　第6602页。

②汉语大词典编委会《汉语大词典》（缩印本），汉语大词典出版社1997年，
　　第4025页。

为生平莫大之光荣，但不知瑞娘在何处得见小

生的拙作了？

柴慧雯：此中大有夙因，刻下未便详告。有事向君请求，

未知能邀允否？

贺小明：有何事故请讲。

柴慧雯：此事未便启齿，勉作五言诗一首，请勿见笑。

贺小明：有诗更佳。

柴慧雯：请听！

　　（念）何事求浆者，

　　　　　蓝桥叩晓关。

　　　　　有心寻玉杵，

　　　　　端只在人间。

贺小明：（笑）诗词古雅，语有寄托，瑞娘具此好心，小生

万分铭感，怎奈穷踧之士，惟痴情可献知己，今

日之赉，已竭绵薄，得近芳容，于愿已足，婚姻之

约，实不敢作此梦想。

《墨痕记》是陕西省艺术研究所保存的一本传统剧目。余杭
县生员贺小明才华出众，然屡试不第，作诗赋一册以抒胸愤。富
余县翰林柴作栋之女慧雯，聪明好文，见贺诗因推崇而内心自许
贺小明。不料柴父赴约途中被船家推落江中，慧雯被卖于杭州烟
花院。慧雯为报父仇含垢忍耻，改名瑞云以诗文迎客。贺小明闻
之，前往相会。二人叙谈互相倾心，遂订终身。上述这段对白就
是二人见面后的一段对话。这段对话中，既有古语词，如"连试不
售、穷踧之士、今日之赉"等；又有成语，如"韩潮苏海、岛瘦郊寒、
妍媸不办、才华轶群"等；又有古汉语句式，如"未知能邀允否"；更
有多种修辞，如"比喻、引用、用典、对偶"等。无论用词用语都带

有极强的文言色彩。

秦腔对白语言的文言色彩体现在：使用古汉语的句式、用词多书面语词汇甚至古语词、使用古汉语虚词等。如：

例1.高培支《人月圆》第三回[3]292：

蒋　晋：有志哉女子也。小生固然未娶、只是贫无金屋、奈何奈何。

例2.高培支《端阳苦乐记》第十二回[3]262：

杜　氏：爱婿功名成就、送女上京完婚。催动车马启行者。

例3.李约祉《庚娘传》第四回[7]1953：

金大用：吓。黄天荡、黄天荡。想当年赵宋南渡之后、韩蕲王领下大兵、夫人梁红玉、桴鼓助战、大败金兵、就在此地、好不痛快人也。

例4.《一瓣莲》第十三回[28]497：

鄂秋隼：（揖）如此谢过公祖，谢天谢地！我冤伸矣。

上述几例中的"也、矣、者、哉"均为古汉语常用的语气词。"也、矣"为句尾语气词，表示肯定的已然语气。"哉"用在句中，表示感叹语气。"者"用在句末，表示命令、晓示或祈使语气。

例5.《六义图》第十一回[8]2502：

匡　扶：夫人、你可愿受我一绑否。

上例中，"可愿受我一绑否"是古汉语的表达形式。其中"否"在古汉语中是一个否定副词，主要对整个事情表示否定。除可以单独作句子成分或单独成句外，主要用法是和肯定性的词语组成并列结构作句子成分。"否"字一定要放在否定的对象后，表示对事情的否定。这一点和现代汉语有着重要区别。如《左传·宣公二年》："宦三年矣，未知母之存否，今近焉，请以遗之。"

例6.孙仁玉《商汤革命》第十四回[20]7600：

> 夏　桀：你却晓得、天下有王、好比天上有日。你带上这
> 几个小喽啰、其如天上红日何。

上例的"其"是表示反问语气的语气副词。"如……何?"是古汉语常用的询问方式的固定格式，由介词"如"与疑问代词"何"组成，中间插入介词的宾语，可译为"对……怎么样"、"把……怎么办"等。

例7.李约祉《庚娘传》第九回[7]1984：

> 庚　娘：为妻只说郎君为贼所害，却怎么得到这里。

上例中"为贼所害"是古汉语常用的表示被动的句式。现代汉语一般用"被"字句来表示被动。

例8.冯杰三《投笔从戎》第十二回[3]69：

> 鄯善王：惟大使之命是听，愿纳子为质。

上例中的"惟大使之命是听"是古汉语宾语前置的常见表达格式，是宾语用代词复指而前置的类型。

例9.冯杰三《投笔从戎》第二回[35]12：

> 左鹿蠡王：将军今既被擒，不如归顺我朝，当封白屋王，
> 单于以女妻之，岂不荣耀万分！

例10.高培支《风尘三侠》[5]1362：

> 张道坚：(唱)挨家劫挨家杀起衅构怨。
>
> 　　　　寡人妻孤人子无法无天。

例9中，"以女妻之"的"妻"为名词活用。如《论语·公冶长》："子谓公冶长：'可妻也，虽在缧绁之中，非其罪也。'以其子妻之。"①《论语·先进》："南容三复白圭，孔子以其兄之子妻之。"②

---

①邢昺《论语注疏》，见《十三经注疏》，中华书局1980年，第2473页。
②邢昺《论语注疏》，见《十三经注疏》，中华书局1980年，第2498页。

例 10 中,"寡人妻孤人子"的"寡"和"孤"是名词的使动用法,也是一种词类活用现象。如汉文帝刘恒《赐南粤王赵佗书》:"必多杀士卒,伤良将吏,寡人之妻,孤人之子,独人父母,得一亡十,朕不忍为也。"[①]

文言的表达方式在秦腔剧目中有很多,并多由角色的身份不同而决定,这将在下节提及。正是因为秦腔语言的文言特点,说明了秦腔戏剧语言是一种艺术化了的语言,源于生活而高于生活。

(二)方言色彩、白话语体

秦腔在西北地区有着广泛和深厚的群众基础,他的文言化是一大特点。但如果过多地使用文言,就会使秦腔语言严重脱离生活、脱离现实。语言过度文言化就会使秦腔语言艰涩难懂,使广大群众不知所云。因而其语言中必须使用大量的白话、口语,这正是秦腔之谓"秦腔"的灵魂。不惟秦腔,所有地方戏曲都是以所在地方言为基础的。《中国秦腔》认为秦腔语言"以俗为美,雅俗共赏",他说:"秦腔是群众的艺术,在语言上强调俗,'以俗为美'。这里的'俗',并非粗俗,而是通俗。浅显质朴是它的显著特点。它反对典雅藻丽、艰深晦涩,主张直截了当,干净利落,使观众'不问而知',一目了然。就如李渔所说:'以其意深词浅,全无一毫书本气也','说何人肖何人,议某事切某事。'"[②]

秦腔之所以称为秦腔,其本质就是"秦地的腔调",其语言当

①清姚鼐《古文辞类纂》,《四部备要》第 92 册,中华书局 1936 年影印本,第274 页。
②焦文彬、阎敏学《中国秦腔》,陕西人民出版社 2005 年,第 74 页。

以秦地关中方言为基础。秦腔语言以关中方言为基础,表现在其
多用方言词和方言语法,所用称谓语、俗语和歇后语等也多为方
言所有,或者带有极强的方言色彩。如:

例1.《剪红灯》第十二场[25]497—501:

〔张六,伊七上。

张　　六:走走!

（念）鼓打五更鸡不叫,

伊　　七:（念）被薄炕冷只是靠。

张　　六:（念）上炕踏的娃叫唤,

伊　　七:（念）和尚戴的姑姑帽。

张　　六:伊七娃呀!

伊　　七:乡约伯呀。

张　　六:咱俩正在咻摸"黑湖牌"呢,耳听吴癞子这娃叫
唤呢,不知可是咻姚婆子拧娃呢吗做啥呢,咱俩
去把娃看一下。

伊　　七:走走。（同进）

张　　六:吴癞子!

吴癞子:乡约伯来了。（抓张六）哎呀,我的妈呀!（哭）

张　　六:看这娃你抓住乡约伯叫你的妈呢,你连公母都
认不得! 咻你妈打你吗拧你呢,你哭啥呢?

吴癞子:乡约伯,你不吃料。

张　　六:这娃,乡约伯不知道么,可不吃料,你把乡约伯
比成啥咧!

吴癞子:乡约伯,把我妈死了。

张　　六:真个吗?

吴癞子:这我还遭啥怪呢。

张　六：你先甭忙，那我先谢过牛王马王的保佑。

伊　七：先谢天谢地呢么，你咋可谢承咻咧！

张　六：呃，不管谢承啥，赶忙把咻收拾了。吴癞子！

吴癞子：乡约伯，你说啥？

张　六：把你妈一死，这一下没有害人的人了。

吴癞子：乡约伯，你瞎好也给我妈抬一付棺材吗！

张　六：吴癞子，你妈贵贱不敢埋。

吴癞子：不埋咋办呀！

张　六：你听乡约伯给你说，以在村里栽下百尺高的
　　　　个杆。

吴癞子：栽下咻，还挂幢纸呀！

张　六：啥吗？再叫铁匠打一个钩搭子，钩到你妈咻脊
　　　　梁杆上，用一条大绳，把她吊到杆尖上。

吴癞子：乡约伯，咱还埋干骨呀！

张　六：甭埋甭埋，埋了可惜咧。把你妈叫风吹日晒一
　　　　下，晒的干干的，落下来拿碾子碾得面面的。

吴癞子：咻倒做啥呢！

张　六：乡约伯给你说，再揭上几百张草纸，一下包成些
　　　　包包，给一家散几包。咱村子老鼠多，你妈心
　　　　毒，能闹死老鼠，叫把咱村里老鼠都闹死完。

吴癞子：乡约伯，你还和娃取啥笑呢。你在娃这个碎面
　　　　子上看，给我妈瞎好买一付材，把咻装殓了。

张　六：呃，一定在娃这碎面子上看。伊七，咱俩买走，

伊　七：走走。（同下）

　　　　〔内答：走走，抬下走。又同上。

张　六：把盖揭开，走，抬尸走。（抬尸）待我把这牛抵角

折回去。（钉板声）停好了，咱走。

吴癞子：乡约伯，你看娃我过不成日子，娃我要走呀！

张　六：你娃走哪答呀！

吴癞子：走西京长安，找寻我二大去呀！

张　六：咻你走了，土地咋办呀？

吴癞子：乡约伯，你看丢给谁。

张　六：哎对么，伊七没有地，那就丢给伊七去。呵，伊
　　　　七娃！

伊　七：乡约伯，你说啥？

张　六：癞子娃说，把咻地叫你种下，你看娃到西京长安
　　　　找寻他二大去呀。

伊　七：乡约伯，你看人家娃要多少租子？

张　六：呵！癞子娃，伊七问你要多少租子？

吴癞子：乡约伯，你给咱评和一下。

张　六：呵！伊七，癞子娃说，叫我给评一下。

伊　七：依你老之见呢？

张　六：对吗，依我看，评个一石，你看咋着？

伊　七：乡约伯，你问人家娃，看咻一石少不少？

张　六：癞子娃，俺俩给你评和了一面，你看少不少？

吴癞子：乡约伯，不少是不少，娃还有个话给你叮咛呢！

张　六：你娃有啥话呢？

吴癞子：乡约伯，咻租子都不说多少，把我的先祖安下。

张　六：对么，我去对他说来。伊七！

伊　七：乡约伯，讲说什么？

张　六：人家娃说来，咻租子不论多少，叫你把他的先祖
　　　　安下。

伊　七：乡约伯，你倒说啥话，我还弄咻事呢？

吴癫子：你安下不亏负你，那怕少给些租子。

伊　七：对么，丢多少租子？

吴癫子：乡约伯，你给评量一下。

张　六：对么，我给你的拿中间一称，你看丢下五斗，你
　　　　看咋着？

伊　七：对么。

吴癫子：乡约伯，还有个话呢。

张　六：娃呀，你还有啥话呢。

吴癫子：还有个清明寒食，叫给我坟里烧两张纸。

张　六：娃，我看咻事人家怕不答应。

吴癫子：乡约伯，那怕不给租子，总不亏负人家娃嘛。

张　六：对对，那我给你说去。呵，伊七！

伊　七：乡约伯。

张　六：癫子娃说来了，遇到清明寒食，叫给坟里压上两
　　　　张纸，

伊　七：乡约伯，咻倒是个啥话压两张纸，我又不是他
　　　　儿呢。

张　六：人家癫子娃说不亏负你，从租子下刨呢么。

伊　七：可刨多少？

张　六：刨上五斗，不是就完了。

伊　七：对对对，能成。

吴癫子：乡约伯，我看伊七怕靠不住，一下叫你老人家
　　　　管，我走了。（下）

张　六：你看这娃，一下全给我搁下咧。伊七娃，你看咱
　　　　俩好喜了！

　　　　（唱二六板）

　　　　　　　我见得癫子奔长安，

　　伊　　七：（唱）倒教我伊七喜心间。

　　张　　六：伊七娃！

　　伊　　七：乡约伯。

　　张　　六：这么给我娃把事弄好了。走！

　　伊　　七：噢，走。（同笑下）

　　上例中，吴癫子是一个没有文化但心地善良的孩子，其母亲由于作恶遭天谴，他在母亲死后决意去寻找叔父，央求地方伊七和乡约张六料理家里后事，三人的对话使用的都是关中方言。

　　传统剧目中使用方言作为对白的基础方言，文人创作的剧目中也是大量使用关中方言，如：

　　例1.范紫东《秦襄公》第四回[12]4428—4429：

　　褒　　姒：自然东家与我管吃管穿、我和西家这个才郎共
　　　　　　　枕同眠。

　　白卜韩：好我的姑娘小姐呢、你说了个软和诣和。你在
　　　　　　　东家把那绫罗彩缎穿好、猪肉大块子咥饱、晚上
　　　　　　　你到西家和这个白面书生给睡了觉咧、把东家
　　　　　　　这个傻孩子搁到干岸岸上凉着。世上还有这样
　　　　　　　美的事吗。

　　上例中，白卜韩的一段话就是用关中方言表达的，其中"诣和"、"咥饱"、"干岸岸"等就是关中方言习用的词语。"好我的姑娘小姐呢"中，"好我的……"是关中方言常用的感叹语，"搁到干岸岸上"是关中方言的惯用语。

　　秦腔剧作中会根据角色身份不同，使用不同的表达语言。经常出现一些文言文和白话文交替使用的片段，这样的文白对比往

往可以营造一种或幽默、或诙谐的气氛,如:

例 1.《剪红灯》第十六场[25]517—519:

徐　　凯:哼,这一小小孩子,你是那里人氏,你父何名?

吴癫子:老爷,是你不知。我是山西翼城县人氏,我大叫
　　　　个吴文清,我二大叫个吴文正。自从我二大以
　　　　奔西京长安应名赴试去了,是我出门找寻我二
　　　　大去呀,腰里没带一个个钱,我整整七八天还没
　　　　吃啥呢。我的老爷呀!

徐　　凯:这一小孩子!

吴癫子:老爷。

徐　　凯:你当你二大在长安坐官去了?

吴癫子:噢,他走的时节,明明说来咧,他还能跑到那去?

徐　　凯:非也。

吴癫子:嗯,没见咿老人家长翅膀么,他咋就给飞咧?

校　　尉:非也,就是没在咿咿。

吴癫子:噢,非也就是没在咿咿。那他不会说没在咿咿,
　　　　可说给非也。

校　　尉:老爷掉文的个话。

吴癫子:噢,咿是老爷说文话呢,我作当我二大给飞咧,
　　　　噢,老爷,我二大没在长安,跑到那答去了?

徐　　凯:现在粤国立帝。

吴癫子:咳咳咳!

校　　尉:你可咳着做啥呢?

吴癫子:你看咿老人家,老咧老咧,胡涂成啥了? 咱的把
　　　　地都给伊七了,他可跑到咿犁地去了。

校　　尉:咿立帝就是为王。

吴癫子：咂他为王，看咂皇上爷不敢打他着？

校　尉：咂是另一国的王子。

吴癫子：有老笔大个龟没？

校　尉：国王家的国！

吴癫子：噢，咂可是老爷掉文呢，我当是老笔大个龟国。
好我的老爷呢些，你把娃领的见了我二大的时节，我二大心疼我，给我几个钱，你老人家要吃啥，娃给你买啥。

　　徐凯的身份是南粤国总兵，他说的话是符合他身份的文言文。吴癫子是一个没有文化的人，他说的则是地道的关中方言。两人语言不同，就造成了一些误解，这些误解却带来了出人意料的戏剧效果。这样的情节安排和语言安排也往往会得到受众尤其是广大基层人民群众的欢迎。

三、角色语体

　　秦腔语言是一种复杂语体，他注重根据表演内容修正表达所需的语体标准。此外，即使在相同文体的情况下，也要根据戏剧人物的性格适当使用角色语言。

　　戏剧要以故事情节曲折生动、故事性强吸引人，也要以语言通俗易懂、生动活泼吸引人，还要以演员的优美唱腔、传神表演吸引人。语言的生动活泼要求剧本的创作做到语体和修辞符合剧情、观众的需求。俗话说："到什么庙烧什么香。"意思是要做到因人而异、随机应变。秦腔要根据情节、角色、受众的不同调整剧本的语体修辞。

　　秦腔的角色有生、旦、净、丑、杂等分类，其中"生"和"旦（彩旦、丑旦除外）"多为有地位或者有修养有文化的人，因而他们的语言多比较文雅,对白以使用文言文为主。"丑"和"杂"多为底层人员,多没有受过教育,因而多以关中方言为主要语言。尤其是"丑角(含彩旦、丑旦等)",是一出戏中的重要角色,也是百姓喜闻乐见的戏剧角色,并且丑角往往有调节剧情等的重要作用,因而"丑角"口语的表达一定是关中方言,其语言往往诙谐幽默,能得到广大受众的认可和喜欢。"净"角则根据剧情需要,根据剧中角色身份不同,其话语语体会有所选择。如上文所据《剪红灯》的例子,再如:

例1.《四进士》第二场[36]254—256:

姚廷美:(引)十年寒窗,

　　　　幸得名扬。(坐)

　　　(诗)人皆恶炎热,

　　　　我忧夏日长。

　　　　荷风自南度,

　　　　庭院生澈凉。

　　　小生姚廷美。河南上蔡县人氏。我父在日,曾作陕西粮道之职,生我弟兄二人,兄长廷春,为人有些愚鲁;嫂嫂田氏,虽是宦门之女,十分刁恶,终日吵闹,只得分为两院。今日是兄长寿诞之期,也曾命人去请兄长,怎么还未见到来。

　　　〔小童上。

小　童:禀二爷,大爷来了。

姚廷美:待我去迎。

　　　〔姚廷春上。

姚廷春:(念)读书牵牛上树,

　　　　饮酒黄水浇田。

姚廷美:(出迎)兄长到了!

姚廷春:到了。

姚廷美:请坐。

姚廷春:有座。(分坐)兄弟,把哥取出来有何事干?

姚廷美:今是兄长寿诞之日,小弟备得有酒,与兄长
　　　　祝寿。

姚廷春:今天敢是我长尾巴的日子,不是兄弟提,我倒忘
　　　　了。快把咱妈请出来,给她老人家也拜个寿。

姚廷美:有请母亲!

　　　　〔姚母上。

姚　母:(念)画堂结瑞彩,

　　　　　　今日寿筵开。

姚廷春

姚廷美:参见母亲。

姚　母:罢了,一旁坐下。

姚廷春

姚廷美:告座。

姚　母:(向廷美)请出为娘,莫非为你兄长寿诞之事么?

姚廷美:正是。

姚廷春:母亲在上,待儿与你叩个头儿。

姚廷美:儿也有一拜。

姚　母:受你们一拜。

　　　　〔姚廷春、姚廷美同拜。

姚廷美:酒宴摆下,待儿把盏。

姚　母:(念)寿酒瓶中现,

姚廷美:(念)兄长在前面。

姚　　母：(念)寿长如东海，

姚廷春：兄弟，

　　　　　(念)你不得过今年！

姚廷美：哎，福寿万万年。母亲、兄长，请呀！

　　　　　(唱)愿母亲多福寿山高水远，

　　　　　　　愿兄长似松柏锦绣绵绵。

姚　　母：(唱)儿说话果真是为人罕见，

　　　　　　　何一日得一品栋梁之官。

　　　　　　　回头来把我儿廷春来唤，

　　　　　　　你的妻田氏女叫娘难言。

　　　　　儿呀，想你妻今日走东家，明日奔西家，成什么
　　　　　大户人家的规矩！吾儿回去好言相劝才是。

姚廷春：哎呀妈呀，我自己管自己还管不好呢，哪有闲心
　　　　　去管老婆子！

姚廷美：(笑)哈哈哈哈！

姚廷春：兄弟，你莫笑呀！

　　　　　(唱)兄弟不必笑哈哈，

　　　　　　　哪有闲心去管她。

　　　　　　　耳旁听得人声炸，

　　　　　〔姚保童、姚天才上。

姚天才：我把你妈……

姚廷春：嘿！你们这两个东西！大人在此喝酒，你们两
　　　　　个给我滚蛋！他妈你叫什么呢？他妈你叫什么
　　　　　呢?！我不念你是我的儿子，我倒把你婆……

姚　　母：嗯！

　　　　　〔姚保童、姚天才跑下。

姚廷春：哎！

　　　　（唱）吃个大醉才回家。

姚　母：小童，掺你大爷回去。

小　童：大爷，回走吧。（扶姚廷春下）

　姚廷美和姚廷春是亲兄弟，姚廷美是秀才，言语文雅；姚廷春则生性愚鲁，言语直白粗俗；一生一丑言谈话语迥别，活脱脱刻画出个人的性格。

　秦腔剧作中有时为了揭示人物性格，剧中会使同一人说话时文时白。如：

　例1.范紫东《大学衍义》[18]6953—6954：

魏儒珍：（唱）料不到仙子凡夫竟成双。（作涎脸）

　　　　哈哈、儒珍有福、得蒙仙姑错爱。哈哈、我实在惭愧得很。请来、请来、咱们先拜天地。（作娇声媚态跌倒）哎呀、我实在立不起了。（乙、丁二学生暗指笑）

水　仙：这样人亏你还是个理学、若再不是理学、不知还要成怎么样。侍儿、咱们走吧。（起）

魏儒珍：（跪、扯衣）仙姑、你当真要走、你要我的命吗。你这一走、我就不得活。（大哭）仙姑慈悲吾儒吧。（叩头不已）

侍　女：仙姑既然和先生有缘、如何走得。

水　仙：呵、凤缘未了、我原是不能走的。虽是不喜欢这轻薄儿、也是不能自由了。先生请起。

　魏儒珍是一个道学先生，笃守程朱，自命正直端方、不欺世人。学生不信，买通妓女水仙扮作狐仙，进入魏儒珍室中媚惑魏儒珍。魏露出假道学的本相，挑逗水仙且与相寝。半文半白、文白交叉的语言活脱脱刻画出魏儒珍假道学先生的丑恶嘴脸。

　　本来说白话的角色说出一些文言的话或者文白不通的话,文白话语的交替使用便于塑造人物性格,营造诙谐、幽默的戏剧气氛。如:

　　例1.《海棠计》第二场[38]141—142:

　　乔　氏:这是周来,我娃再不要玩耍了。

　　周　来:妈,我不言语,你说你的话。

　　乔　氏:周来我娃,是你不知,大相公夫妇每日和娘斗
　　　　　气,因而将我儿唤近前来,与为娘定得一计,将
　　　　　他夫妇害死,这一份家产,岂不是我娃的吗?

　　周　来:这才把它加的,我当我妈唤我做啥咧,才问我要
　　　　　计呢。我小着尻蛋子上有个痣呢,我妈抱我辄
　　　　　看呢,这时我长的高了,我妈可要看呢。我也犟
　　　　　不过他老人家,把这裤子往下一脱。你看这痣
　　　　　怎么样呢?

　　乔　氏:咦! 要计谋之计,谁看你尻蛋子上那个青痣呢?

　　周　来:你看,给娃不说要害人的计呢,娃辄说妈想看娃
　　　　　尻蛋子上那个青痣呢。要害人的计不难,吃不
　　　　　棱登鬼打砖,定计就在眼面前。(左耳朵一摸)
　　　　　哈哈! 有了计了,有了计咧! 母亲妈,如今咱花
　　　　　园里海棠花开的枝叶茂盛,你给娃几个钱,娃提
　　　　　一个罐罐子,在咧大街市上把咧蜂蜜买些,把咱
　　　　　花园里海棠花都抹一下。我后爸在外边讨账去
　　　　　咧,他天天回来,吃酒带醉,今天再回得家来,你
　　　　　问他在外得是带了醉咧,我那后爸他必然说饮
　　　　　了酒了。是你言道:待为妻与你打杯茶去。我

　　　　　　后爸必然说不用。是你言道：不用了，不用了罢。
　　　　　　咳吁几声。我后爸他一定要问呢，安人为何长吁
　　　　　　短叹？是你言道：员外哪知，为妻这几日心慌瞥
　　　　　　乱，心想奔上花园散心，不知员外同我前去否？
　　　　　　我那后爸必说，安人花园散心，小老一定奉陪。

乔　氏：好娃呢，奉陪能怎么样？

周　来：妈呀，一到花园，站在花亭楼，我那后爸他必然
　　　　　　要问：安人你爱哪枝鲜花？小老下得楼去，与你
　　　　　　摘得几枝。那时你就说：员外莫可，待为妻下楼
　　　　　　去折，我夫妻好玩赏。我后爸必然说：有劳安人
　　　　　　了。这时你到花丛中，花上必有蜜蜂咸集，你喊
　　　　　　大相公前来与你打蜂。打蜂中间大叫大相公调
　　　　　　戏于你。我那后爸远远望见，岂不认以为真。

乔　氏：好计，好计！ 如此速快备办。

　　上例中，周来自己的话语是口语，是白话，是关中方言。但在
给其母出主意时，因为说话角色的变化而变成了文言，成了书面
语。文白语言的交替使用，更符合人物的个性。

第二节　秦腔剧本中的修辞方法

　　秦腔剧作中，由于表达需要，经常会采用多种修辞方式。焦
文彬《中国秦腔》在论及秦腔文学语言时认为秦腔语言"融化诗
词，表现力强"，他说："秦腔剧本不论是唱词还是道白，吸收融化
古典诗词的语言及修辞方法，从而增加戏剧语言的表现能力。"①

---

① 焦文彬、阎敏学《中国秦腔》，陕西人民出版社 2005 年，第 71 页。

我们在研究时发现,除了融化诗词一点外,秦腔剧作还大量使用其他修辞手法,来增强作品的表现力。秦腔剧作中主要运用的修辞方法如下。

一、比喻

用一种事物去比方另一事物的修辞方式,或称"譬喻",俗称打比方。比喻在结构上一般分为三个部分,即本体、喻体和喻词。本体和喻体之间存在着某种相似点,但各属于本质不同的事物。根据本体和喻词的异同及隐现情况,比喻一般细分为明喻、暗喻、借喻三类。如果喻体有多个,则又有"博喻"一说。

(一)明喻

也称作"直喻、明比"等,就是明显的比喻。明喻的特点是本体、喻体、喻词都出现,秦腔剧作中常用的喻词有"象、像、好象、像……一样、跟……一样、连……一样、似、如、如同、好比"等,其中"连……一样"为关中方言表达方式。如:

例1.《剪红灯》第十一场[25]493:

    店　婆:把杨月珍这个小贱人收在我的店内,她日每昼夜就象母羊撇下羔咧,哗咧咧、哗咧咧的啼哭呢,把我店里臊的都不歇个客。

例2.《旗亭记》第六回[30]25:

    裴柔娘:你看如今长安市上那些名士,恰像市狗一般,谁给他吃些面饭,他便向谁摇尾。

例3.孙仁玉《禁烟趣闻》第十场[40]380:

    李崇实:一拜花堂,一入洞房,一揭盖头,看见那个鬼模样子,又黄又绿,上头盖了些脂粉,真像江东戏上那个荞面娃。

例 4. 范紫东《三知己》第三回[15]5523：

田　豌：只是这个素云姑娘、看着那样秀丽、总是不大顺
手、好象带壳的毛栗子、你一下手、才扎里扎娃
的、终是吃不到口里。

例 5. 封至模《山河破碎》第三场[29]9：

杨暖暖：从此以后，这客呀，像潮水一样，越来越多，能踢
断了门坎。

例 6.《对银杯》第五回[29]465：

刘　奎：你看我一霎时变脸跟脱裤子一样。你不信，我
不信你个不信。看这是个啥？（取刀）

例 7. 高培支《端阳苦乐记》第九回[3]241：

尹丽仙：姐姐起来，脱了衣裳睡。啊些，啊些。真真沉的
连猪一样、看把你睡死了。哎呀。

例 8.《走雪山》第六场[9]3052：

老　卒：（唱）刮风下雨也要去。

雪地好似棉花开。

假若还一时把法犯。

四十个板子我怎挨。

例 9. 高培支《鸳鸯剑》第二回[3]60：

郑秀珠：（唱）拜一礼站立草堂下。

急的人一阵泪如麻。

例 10. 高培支《人月圆》第十四回[3]358：

柳小青：老爷、你看谁调戏谁呢。（殷志洁殷彩云同笑
介）

殷彩云：（唱）胆小如同鼠一般。

例 11. 范紫东《盗虎符》第十回[13]4722：

　　侯　嬴：好比送着一群肥羊、要喂山中饿虎、我还有讲的
　　　　　　什么。我晓得你定要转来。

（二）暗喻

　　或称"隐喻、暗比"等，把本体直接说成喻体，表面上看不出是
比喻。在秦腔剧作中，本体和喻体之间常用"成、是、成了"一类的
词连接，也有的不用。

　　例 1.《端阳苦乐记》第二回[3]192：

　　杜　氏：（引）母女已成伤弓鸟。

　　洪锦云：（引）一闻呼喊心便跳。

　　例 2. 高培支《争座战》[4]1426：

　　刘泽清：（唱）连一个宾主礼全然不晓。

　　　　　　　　　　　不过是看家犬窝门撒刁。

　　例 3. 李约祉《优孟衣冠》第十场[7]2181：

　　优小姐：今天这事，真个做得危险。你想婚姻大事，总得
　　　　　　男女情投意洽，然后可以说结合。我这亲事，简
　　　　　　直是布袋里买猫哩，预先连气气儿都不知道，糊
　　　　　　里糊涂，就把我出嫁了。

　　例 4. 范紫东《哭秦庭》第四回[13]4611：

　　季　芈：（唱）倘若还顾了我君王丧命。

　　　　　　　　　　那楚国就成了没王的蜂。

　　例 5. 范紫东《鸳鸯阵》第九回[14]5438：

　　家　院：夫人小姐。这位咸少大人、厉害、厉害。把这几
　　　　　　万贼兵杀了的不上算、剩下的一下赶到海岸、下
　　　　　　了扁食咧。

（三）借喻

或称"借比"，其特点是本体、喻词都不出现，直接用喻体代替本体。例如：

例1.高培支《人月圆》第二回[3]285：

　　鸨　儿：把这个小贱人锁在房子、我不大放心、开门观
　　　　　　看。（开门）哎呀不好、宋妈快来、摇钱树上了
　　　　　　吊了。

例2.高培支《夺锦楼》第四回[4]489—490：

　　徐翰珊：（唱）一对才子夺锦标。

　　　　　　　　正替佳人喜眉梢。

　　　　　　　　无端走狗来骚扰。

　　　　　　　　十分高兴五分消。

　　　　　　　　明知豺狼卧当道。

　　　　　　　　谁为五斗米折腰。

例3.高培支《千金亭》第五回[4]690：

　　萧燕娘：（唱）清早起出帘来珠圆玉润。

　　　　　　　　坐窗前匀脂粉对镜盘云。

例4.高培支《新诗媒》第八回[4]923：

　　卢梦梨：仁兄意中自有佳人，岂能舍甜桃而寻苦李呢？

例5.《走雪山》第六场[9]3057：

　　曹玉莲：（唱）正行走来天变了。

　　　　　　　　鹅毛不住空中飘。

例6.孙仁玉《杀狗劝夫》[19]7236：

　　李　氏：（唱）请你前去报乡约。

　　　　　　　　请你前去报官衙。

就豁出这一吊子肉。

就豁出这个大西瓜。

任你斩来任你杀。

头割了碟子大个疤。

例7.王伯明《熊耳山》第十六场[23]9267：

周　　氏：胡说。你这孩子，心术坏了。尽管说不要因她
　　　　哥哥，难为他妹妹。你辄提她哥哥哩。她哥哥
　　　　难为你表兄，我已经宽恕了。你表兄还能说什
　　　　么。她哥哥难为你妹妹，你妹妹不计较，你提说
　　　　又为什么。我看来，你在北京，保不住自由聘订
　　　　了一个，回来当陈世美来了。你再要当陈世美，
　　　　我便不要你这佄儿子。走出去。

沈梅娘：我也不愿给陈世美当嫂嫂。

周玉兰：我也不愿给陈世美当妹妹。

例1的"摇钱树"比喻能给自己带来财富的人。例2的"豺
狼"比喻借助权势残害别人的人。例3的"云"比喻满头乌发。
《诗经·鄘风·君子偕老》："鬒发如云，不屑髢也。"毛亨传："鬒，
黑发也。如云，言美长也。"例4的"甜桃"比喻中意的窈窕淑女，
"苦李"比喻那些粗劣女子。例5的"鹅毛"比喻雪花。例6的"大
西瓜"比喻人头。例7的"陈世美"比喻负心的男子。

（四）博喻

或称"连比、连喻、联喻"等，其特点是连用几个喻体从不同角
度去说明一个本体。

例1.孙仁玉《弹铗记》[19]7117：

冯　　谖：到底是要唱哩、一唱酒肉就来了。（猛吃、捧瓶

尽饮)

中　军：真是个叫花子、你看你看、就像狼刁猪娃子、狗
　　　　噙油葫芦哩。真丧眼、真丧眼。

例2.李干丞《白板进士》第十二回[28]250：

巧　玉：桌台在前头一跑,后头一跳,好像家犬见了主人
　　　　多年回家一般。又像小娃见了他娘远处回来的
　　　　一样。

例3.《墩台挡将》第四回[34]91：

花　云：(唱)你本是小丑想跳梁。

　　　　　　占小国怎能招大将,

　　　　　　鸡架上焉能落凤凰；

　　　　　　荒草滩怎会把灵芝长,

　　　　　　臭泥坑怎把蛟龙藏！

　　　　　　想收爷来是妄想,

　　　　　　儿枉做南柯梦一场。

例4.《出棠邑》第三回[32]307：

伍　尚：(唱)能飞的鹞子麻了膀,

　　　　　　能走的麒麟金锁扛。

　　　　　　豪杰自落千层网,

　　　　　　自古说英雄比人强。

　　例1连用"像狼刁猪娃子"、"狗噙油葫芦哩"比喻冯谖不雅的
吃相。例2连用"家犬见了主人"、"小娃见了娘"来比喻桌台对
"姨太太骚情"时的媚态。例3连用"浅水不能藏蛟龙"、"荒草滩
不能长灵芝"、"鸡架不能卧凤凰"来比喻"国小不能招大将"。例4
连用"鹞子麻膀"、"麒麟被锁"比喻豪杰落困。

二、拆字

拆字也叫"析字"，是运用离合字形、增减字形、借用字形或者离合字义等方式，来表达思想感情的一种修辞方式。拆字有析形和析音等类型，析形就是对字的结构进行增损离合。析音是对构成汉字的音节进行分析。

例1.高培支《人月圆》第十三回[3]352：

> 殷彩云：败家之子、如何容得、还不与我山字磊山字、出去吧。

例2.《玉堂春》第六场[39]22：

> 鸨　儿：覅哭咧，我院中也没死人，也不过将本求利，你现在一钱没有，囊空如洗，我倒要贴茶赔饭。照这样客人留上一个，不到半月就要关门，连我们本钱也要吃下去呢！今日我只得要下一个逐客令，两个山字一垒，你与我请出吧！

例3.《金凤传》第十七场[39]119：

> 刘统勋：(唱)祖代相传本姓卯，
> 　　　　　金刀名字个个闻。

例4.《六月霜》第十六场[37]208：

> 严有纲：古月相对是同胞，口中十字心下劳，好花头上不生草，石崇欠债告煎熬。

例1和例2中，将"出"字拆成两半，是两个"山"字，所以"山字磊山字"或"两个山字一垒"，是"出"字。例3中，"刘"字由"卯金刀"三个偏旁构成，刘统勋用"卯金刀"三字暗示自己姓"刘"。例4的四句话相当于四个字谜。济南知府严有纲，因为苏得仁弟兄命案不明，临斩求情，私访真赃实犯，到东岳庙焚香祈请东岳大帝指点。摇下的神签上写有四句话："古月相对是同胞，口中十字心下劳，好花头上不生草，石崇欠债告煎熬。"严有纲推测："古月相对是个胡字，口中十字是个田字，下加心字是个思字。花字去了草头是个化字，石字旁边加个欠字是个砍字，四字全在一处，胡思化砍。好像人的名讳。"[37]208 经过询问得知真凶是"胡思化"。四个字谜正是运用了拆字法构成的谜面。

　　除了拆析字形之外，还可以将某些本来不能拆开理解的双音节词（如连绵词、音译词等）加以拆析，营造出一种寓意深刻或讽刺辛辣的修辞效果。如：

　　例5.高培支《亡国影》[5]1373：

　　　　乙　　：咱们人的旗袍儿，就这么窄、这么短。（张妹羞）
　　　　　　　　你这叫甚么鞋。

　　　张五太：摩登儿鞋。

　　　　乙　　：怎么还是个摩登儿鞋。请教你这是怎样摩呢、怎样登呢。再请问你们、是那一家的太太。

　　例5中的"摩登"是英语 modern 的音译，是不能拆成两个字的，但剧中将"摩登"拆开，通过乡下人的一番关于"摩登"的言语，达到了一种辛辣讽刺的修辞效果。

　　拆字的修辞方法除了运用在剧本的文本本身，有时某些剧目的人物命名也运用了拆字的手法，达到入木三分的讽刺效果。如高培支《人月圆》中有两个人口贩子，名字分别叫"胡君羊"、"苟尚黑"，高培支再给这两个剧中人物命名时就巧妙借助了拆字和谐音两种技巧，"君羊"两字合起来就是"群"，"尚黑"两字合起来就是"黨"。"胡君羊"就是"胡群"，"苟尚黑"就是"苟党"，谐音就是"狐群狗党"，通过二人的名字，就能知道二人的身份性格。李干丞《鱼水缘》中有两个船盗，一个叫"言诣"，另一个叫"次皿"，前者花言巧语欺蒙人,后一个则杀人抢劫。剧中通过"言谂"说到了两人姓名的含义:"彼此都不用说了,只说今晚仍以我的**谂媚手段**达到你的**盗贼目**的,你看好不好?"[38]520 "盗"字拆开是"次皿","次皿"两字合起来就是"盗"字,通过人名揭示了人的角色特点,收到意想不到的讽刺效果甚至某种教化意义。

三、倒置

为了表达或对仗、押韵、调平仄的需要而改变语序的修辞方式,或称"倒装、变序"等。倒置主要是适应诗歌对仗、押韵、调平仄的需要,所以古代诗歌中倒置使用比较普遍。但"倒置"在语义上多不合逻辑,所以除诗歌外,其他文体使用较少。戏剧中的倒置主要目的是解决唱词押韵的问题,有时还可以产生某种特殊的语意效果。为了押韵协调,秦腔唱词经常采用倒置的手段。倒置的词语既有一般的词汇,也有不少是成语。有一些词语倒置后不影响意思表达,有一些则需要恢复词序才能避免误解。秦腔剧作中的用例如:

例1.《倪俊烤火》第二回[9]2975:

尹照模:(唱)许婚姻择佳婿名正言顺,

我何妨一而再晓谕钗裙。

例2.《泰山图》第六场[24]394:

邵吉祥:(唱)一见夫人痛嚎啕,

泪珠滚滚往下抛;

猛然抬头用目看,

旁边站下女娥娇。

例3.范紫东《光复汉业》第八回[13]4886:

阴妻:(唱)他还是文人通墨翰。

临池作字弄笔尖。

例 4.《倪俊烤火》第三回[9]2982：

符金莲：(唱)数十年好亲眷一旦却忘。

全不怕外人知传于乡党，

例 5.李桐轩《呆迷记》第一回[6]1807：

薄世辉：(唱)从此后便入了中华图版。

供职业纳租税千有余年。

例 1 将"裙钗"倒置为"钗裙"，入"人辰"辙；例 2 将"娇娥"倒置为"娥娇"，入"遥条"辙；例 3 将"翰墨"倒置为"墨翰"，入"言前"辙；例 4 将"忘却"倒置为"却忘"，入"江阳"辙；例 5 将"版图"倒置为"图版"，入"言前"辙。

秦腔剧作在唱词中使用成语时常常使用倒置的修辞手段，以求押韵和谐。具体例证可参考第四章第三节中的"成语"部分。

四、重叠

这里所谓的"重叠"既有单纯词中的叠音，也有复合词的重叠。叠音字的使用可以描绘形貌，也可以摹拟声音。古文当中常用叠音入诗，增加诗歌的韵律感。刘勰《文心雕龙·物色》："灼灼状桃花之鲜，依依尽杨柳之貌，杲杲为日出之容，瀌瀌拟雨雪之状，喈喈逐黄鸟之声，喓喓学草虫之韵。皎日嘒星，一言穷理；参差沃若，两字穷形。并以少总多，情貌无遗矣。虽复思经千载，将何易夺。"①巧妙地使用重叠，可以达到一唱三叹、珠落玉盘的效果。秦腔剧作中也常用重叠的修辞方式，使得唱词有"三叠"的韵

---

① 梁　刘勰《文心雕龙》，《四部备要》第 100 册，中华书局 1936 年影印本，第 109 页。

味。如：

例 1. 李桐轩《双姹记》第五回[69]1761：

翠　兰：(唱)少奶奶谨服侍翁翁婆婆。

比不上人家的妹妹哥哥。

那妹妹和哥哥亲亲热热。

少奶奶倒落个淡淡漠漠。

例 2. 淡栖山《江山美人》第十回[31]225—226：

顺治帝：(唱)乱纷纷一片残叶落，

风飘飘铁马频响过。

雨萧萧青山似愁锁，

云黯黯含情恨转多。

恶森森宫中起大祸，

悲哀哀贵妃入网罗。

孤零零宫中独留我，

冷清清热情向谁托！

哭啼啼此事怎结果！

痛煞煞伤心泪婆娑。

烦扰扰世事已看破，

急忙忙要把红尘脱。

万里江山不愿坐，

要同贵妃念弥陀。

例 3.《丁门山起义》第八回[31]396：

苏锦云：(唱)想把你卖与那轰轰烈烈烈烈轰轰的英
雄汉，

你随他斩除那贪官污吏污吏贪官建功立
名立名建功登凌烟。

倘把你卖与那庸庸碌碌碌碌庸庸的囊
包汉，

恐把你霹雳锋霜锋霜霹雳静静悄悄悄悄
静静悬壁间。

倘把你卖与那狼心狗肺狗肺狼心强梁汉，

免不了玉洁冰清冰清玉洁污污秽秽秽秽
污污染尘寰。

倘把你卖与那炽炭烘炉烘炉炽炭的打
铁汉，

只恐怕锻炼溶冶溶冶锻炼化乌烟。

五、顶真

顶真又称顶针、连珠、联珠、蝉联等，是指上文的词语、句子用来作为下文的开头，上递下接、首尾相连。顶真的修辞手法可以达到抒情达意、加深情感表达的作用。

例 1. 孙仁玉《三回头》[19]7034—7035：

许　升:说是你怎忍丢我呀。

　　　（唱）你怎忍丢我一身单。

吕荣儿:（唱）我不忍丢你一身单、

　　　你为何不肯听良言。

许　升:（唱）你若还能把我怜念、

　　　从今后芸窗苦钻研。

吕荣儿:（唱）你说你芸窗苦钻研、

　　　那一伙浪子来纠缠。

许　升:（唱）怕什么浪子来纠缠、

　　　我永远与他不沾连。

吕荣儿:(唱)你就与浪子不沾连,
　　　　　还有些嗜好把你牵。
许　升:(唱)把嗜好一齐都戒断、
　　　　　不嫖不赌不吸烟。
吕荣儿:(唱)只怕你说得天花乱、
　　　　　日子久了把案翻。
许　升:(唱)日后若还有改变、
　　　　　头上降祸有青天。
例2.孙仁玉《阿姑鉴》[19]7170—7171:
郑愚直:(唱)你也读书作孝廉。
　　　　　你妻将她要诬陷。
　　　　　你儿将她要作践。
　　　　　你是公公也喝喊。
　　　　　逼得她险些儿丧黄泉。
　　　　　你莫欺我庄稼汉。
　　　　　我和你今日不零干。(娟中立挡郑)
魏继齐:哎亲家。
　　　　(唱)不零干就不零干。
　　　　　哪怕一同去见官。(孝拉魏)
郑愚直:(唱)我也不和你去见官。
　　　　　今后两家不往还。
魏继齐:(唱)不往还就不往还。
　　　　　遇年节免得再麻烦。
郑愚直:(唱)照这说今天把账算。
　　　　　你速快还了我的钱。
魏继齐:(唱)没有钱来没有钱。

你干急没法是枉然。

六、对偶

对偶指形式上对称均衡、意义上相互关联的两个句子或短语排列在一起,表示相反、相关或相连的意思。对偶的修辞方式可以增强句子的整齐美和节奏感,便于记诵和吟唱;从句意来看,对偶的辞格使得上下两句意思连贯、一气呵成、句意表达更为深刻。秦腔唱词多是句式整齐的七言或十言句式,前后句子一般字数相同,句式非常整齐。整齐的唱段句式为对偶提供了形式上的帮助,因而秦腔剧作中对偶的句子是非常常见的。如:

例1.《花亭相会》第三场[40]50—52:

张梅英:(内唱)

打开玉笼飞彩凤,

〔张梅英上。

张梅英:(唱)扭断金锁走蛟龙。……

我进得深山用目瞧,

巧手丹青难画描。

湾湾曲曲水流道,

坡坡涧涧长荒蒿。

梅鹿不住满山跑,

猿猴玩耍古树梢。

画眉鸟不住喳喳叫,

石岩上卧象似虫蛟。

打柴的樵夫高山过,

采药的童子念道歌。

一般都似林中鸟,

　　　　低的低来高的高。

　　　　裙边挂住路旁草，

　　　　青丝倒挂杨柳梢。

　　　　用手解开裙边草，

　　　　帕儿再把青丝包。……

　　　　东街幌子龙摆尾，

　　　　西街幌子虎翻身。

　　　　饭店门上碗磊碗，

　　　　茶馆门口壶靠壶。

　　　　铁匠铺内叮当响，

　　　　银匠铺内响叮当。……

例2.韩绾青《千里神交》第五回[29]378：

　　　郭仲翔：(唱)锦上花是世人容易趋凑，

　　　　　　　　雪中炭虽君子也难强求。

　　例1张梅英的一段唱中，多次使用到对偶的修辞手段，如："打开玉笼飞彩凤，扭断金锁走蛟龙。""裙边挂住路旁草，青丝倒挂杨柳梢。""饭店门上碗磊碗，茶馆门口壶靠壶。"

　　除唱段外，秦腔的"诗"、"引"等整齐的句式也常用对偶，甚至某些对白也会用到对偶的句子。如：

　　例1.《五子魁》第一回[10]3317：

　　　高怀德：(诗)为人在世要公平。

　　　　　　　　莫要欺天蔑祖宗。

　　　　　　　　炉中有火休添炭。

　　　　　　　　遇见凉处莫扇风。

　　例2.范紫东《玉镜台》第三回[14]5056：

　　　刘　琨：(引)时穷见节义。

国乱识忠良。

例3.高培支《人月圆》第六回[3]301：

胡君羊：(念)烟有异味爱吃、白吃黑、肥吃瘦、爽肩缩目
真鬼。

苟尚黑：(念)家无余钱要卖、房卖净、地卖完、倒街卧巷
精贼。

例4.高培支《夺锦楼》第一回[4]461：

梅　父：(念)粗米淡饭旧衣裳。

　　　　　这些福老夫享矣。

梅　母：(念)齐家治国平天下。

　　　　　那等事儿辈当之。

例5.孙仁玉《复汉图》第八回[20]7732—7733：

风　将：我能呼起风来、把敌人吹的东颠西倒。

雨　将：我能唤起雨来、把敌人淋的前挝后爬。

……

天　将：我能飞到天上、把天扯下半片、把敌人一概压在
底下。

地　将：我能钻入地下、把地开个大洞、把敌人一概撮在
内边。

七、仿拟

依照现成的词语或格式,临时仿造出类似的词语或格式叫仿
拟。仿拟有仿词、仿语、仿句、仿篇等类型。仿词是按照现成词的
结构,更换其中的某个语素,临时仿造出新词。仿语是按照现成
的短语临时仿造出一个新短语。仿句是摹拟现成的句子格式仿
造出新句子。仿篇是摹拟前人成篇的诗文,赋予新的内容,仿拟

出新的篇章。仿拟具有语言新鲜活泼、风趣幽默的修辞效果。仿拟是在现成的词、句基础上进行仿造,形式上与原有形式近似,内容上又赋予新意。因为有原形式的参照,内容虽新,却无陌生感,新旧形式相映成趣。秦腔剧作中常用的主要是仿词和仿篇,从修辞效果看,仿词的修辞效果更加深刻。

秦腔剧作中的仿词有两种情况:语义仿词和谐音仿词。语义仿词是按照旧有词语的某一个义素的语义来仿造新词。新词和旧词之间具有某种意义联系,秦腔剧作中的语义仿词多属于对义仿词,即按照某一语素的反义来造新词。少数则按照旧词某语素的相关义来造词。如:

例1.《取金陵》第十三回[35]141:

李　　氏:这诗是谁著的?

王　　元:周公。

李　　氏:哼,哼! 周公作的,自然说不吃醋好,若是周婆作的,自然主张一夫一妻了。

王　　元:把我给难住了!

李　　氏:(唱)周公作诗心太偏,

　　　　　　重男轻女理不端。

　　　　　　若令周婆提笔作,

　　　　　　必然反对纳妾偏。

例2.范紫东《秦襄公》第四回[12]4430:

白卜韩:你干什么来了。

女　　民:竞选来了。

白卜韩:你也没问选的是什么吗、你也竞选来了。资格不合、快去、快去。

女　　民:我也是国民一份子么、怎么说我资格不合呢。

白卜韩：这是那特种选举、一定要是真正的公民、才能竞
　　　　选。你这母民、就没有竞选的资格。

例3.范紫东《颐和园》第十一回[16]6002：

李云英：荣姑娘你十几岁咧。

荣钟莲：我才二十四岁了。

李云英：怪道怎粗怎壮，这才是三八佳人。快往上走、教
　　　　太后先把你照量一下。

例4.范紫东《颐和园》第九回[16]5994：

西船主：密斯、你把这门生收了吧。

汪芝房：明明是门旦、怎么叫门生呢。

夏利亚：照嫂夫人这样聪明、就在这船上每日与你教两
　　　　三点钟、投到敝国、管保什么应酬话都会说、多
　　　　少还能学点文法。

傅彩云：如此我先拜过先生了。

汪芝房：明明是先旦、怎么叫先生呢。

例5.郭道宣《戎马书生》第八回[34]399：

众　　：哎，难言。当初大人在此，号令严明，纪律整肃，
　　　　军粮按时发给，将官不敢克扣。自从大人去后，
　　　　粮饷被扣，饭吃不饱。连冻带饿，就把我们壮丁
　　　　弄成瘦丁，瘦丁弄成细丁，细丁弄成干丁，从此
　　　　都成了这个鬼样儿了！

　　例1仿照周公造词"周婆"，表示自己对男权的不满。例2把
"公民"一词故意理解为"男性的民众"，从而依照仿造"母民"一
词，专指女性。例3荣钟莲二十四岁，李云英仿照"二八佳人"造
"三八佳人"一词，嘲笑荣的年龄偏大。例4汪芝房故意误解"生"
的含义，将其理解为生角，并仿照"门生"、"先生"造出"门旦"、"先

旦",讽刺了汪芝房的不学无术。例5依据"壮丁"一词,仿造出
"瘦丁"、"细丁"、"干丁"等词,控诉了克扣军粮的罪过,可谓入木
三分。

　　谐音仿词是按照旧词某一个语素的读音,用一个和原字读音
相同(或相近)的字来仿制新词。新词的新语素和旧语素构成谐
音关系。如:

　　例1.高培支《儿女英雄传》第十回[3]455:

　　　　张金凤:可怜我张金凤说婆家的时候、知道什么是个庚
　　　　　　　　帖、什么是个庚铜呢。我只问姐姐、一般儿大的
　　　　　　　　人、怎么我的庚帖就可有可无、姐姐有了庚帖还
　　　　　　　　不依、这话怎么讲。

　　例2.孙仁玉《阿姑鉴》[19]7169:

　　　　郑胡来:哎呀、给我却使起绅五的势来了。

　　例3.孙仁玉《南柳巷》[19]7412:

　　　　赵维新:照这说、我的心事你已经知道了、你快与我想方
　　　　　　　　子吧。

　　　　引　诱:想方子呀、娃这是诸葛亮的弟兄狗葛亮、要方子
　　　　　　　　尽有。想想想。

　　例4.孙仁玉《螟蛉案》第八场[21]8454:

　　　　王九旦:人把大哥叫牛葛亮哩、大哥的材料、真比诸葛亮
　　　　　　　　还在上。

　　　　何迈仁:人把为弟叫司马二哩、为弟的材料、真比司马懿
　　　　　　　　大一倍。

　　例1中,"庚帖"本指订婚时男女双方交换的写有姓名、生辰
等的帖子。关中方言中"帖"、"铁"同音,张金凤因而仿造出"庚
铜"一词来自嘲;例2的"绅五"是仿照"绅士"而造的,关中方言中

"士"、"四"同音,故而郑胡来仿照"绅四"造"绅五"一词,显示郑胡来的鲁莽和对魏继齐的不满。例3依照"诸葛亮"同音"猪葛亮"仿造"狗葛亮",显示引诱的自以为聪明。例4仿照"诸葛亮"同音"猪葛亮"仿造"牛葛亮";"司马懿"同音"司马一"仿造"司马二"。深刻讽刺了二人的自以为是和相互吹捧的丑态。

秦腔剧作中大量引用了前人的诗歌作品,有些是直接引用不加改变,还有一些是在前人原文的基础上改造而来的。直接引用的我们将在"引用"部分详述,这里简单介绍仿篇的例子。如:

例1.范紫东《关中书院》第一回[15]5714:

王　鼎:(唱)灞陵朝雨浥清尘。

　　　　　客舍青青柳色新。

岳宗武:(唱)老师请饮一杯酒。(同举杯介)

高　超:(唱)东出潼关无门人。

例1中王鼎因丁父忧回原籍主讲关中书院。期满被调回京,岳宗武等学生在灞陵送别恩师。三人所唱诗句即仿自王维的《送元二使安西》。王维原诗为:"渭城朝雨浥轻尘,客舍青青柳色新。劝君更尽一杯酒,西出阳关无故人。"这样的仿造更能吸引观(听)众,从而引发观众共鸣。

八、借代

不直接说出事物的名称而借用其他相关名称来代替的修辞方式,或叫"代称、换名"。借代的使用可以突出事物的特点,增强语言的简洁性和新颖感,或者达到委婉等效果。借代主要有以下几种情况:1.以事物的材料、特征、标志、工具、数量、功能、性状等指代事物本身。2.用特称代泛称(或称以个别代一般、以具体代抽象),或以部分代整体。3.用泛称代特称,或整体代部分。4.以

官名、爵名、地名指代人，或以人名、地名指代事物。5.以结果代
原因。

秦腔剧作中出现的借代也有很多，如：

例1.高培支《鸳鸯壶》第四回[3]134：

> 朱文魁：把他的、把这两个傻娃、一齐赶跑了、不免卷行
> 　　　　李、暗回河南去吧。正是、有钱何用亲伯仲。自
> 　　　　有孔方作弟兄。哈哈。

例2.高培支《人月圆》第三回[3]289：

> 朱秦娘：（唱）猛抬头那人儿有些面善。
> 　　　　　　　没非他与裙钗真个有缘。

例3.高培支《燧玉佩》第七回[5]1017：

> 寇琼花：（唱）那一晚吃酒醉三更人静。
> 　　　　　　　不知晓因何事遭了祝融。

例4.《倪俊烤火》第七回[9]2996—2997：

> 倪　母：（唱）娘见儿向前来无不喜悦，
> 　　　　　　　日夜间只恨着你那爹爹。
> 　　　　　　　害我儿除青衿拘禁缧绁，
> 　　　　　　　到如今把秦晋改为吴越。

例5.《白雀匣》第二场[10]3525：

> 吴子忠：（唱）西方路上一只鹅。
> 　　　　　　　口衔灵芝念弥陀。
> 　　　　　　　翮毛也有修行意。
> 　　　　　　　人不修行为什么。

例1的"孔方"是钱的谑称。铜钱外圆内方，故名。亦称"孔
方兄"。晋鲁褒《钱神论》："钱之为体，有乾坤之象，内则其方，外
则其圆。……难折象寿，不匮象道，故能长久，为世神宝。亲之如

兄,字曰'孔方'。"①例 2 的"裙"和"钗"是古时妇女的典型服饰,后"裙钗"成为妇女的代称。例 3 的"祝融"本是帝喾时的火官,后被尊为火神,也用作火或火灾的代称。例 4 的"青衿"是青色交领的长衫,也指古代学子及明清秀才所穿的常服。《诗经·郑风·子衿》:"青青子衿,悠悠我心。纵我不往,子宁不嗣音。"毛亨传:"青衿,青领也。学子之所服。"郑玄笺:"学子而俱在学校之中,己留彼去,故随而思之耳。《礼》:'父母在,衣纯以青。'"②"除青衿"就是除去青衫,即革去功名之意。例 5 中的"翩毛"也写作"扁毛"、"匾毛",本指鸟的羽毛。因其形状扁平,故名"扁毛"。亦借指鸟类。

九、夸张

描述人或事物时故意言过其实的修辞方式,或称作"夸饰"。夸张虽然言过其实,但都有一定的事实作基础,而非完全背离事实的无中生有。正确使用夸张,可以突出事物的本质和特征,增强语言的感染力,启发读者思考。秦腔剧作中夸张的用例很多,有的朝大处夸张,有的则是朝小处夸张。朝大处夸张的用例如:

例 1.高培支《当头棒》[5]1416:

老　鸨:象他这样花子一般的穷鬼、没说姑娘和他讲一
　　　　句话、就是坐一坐、这间屋子、都要几十斤檀香
　　　　打他的臭气呢。

例 2.《三义节》第十二回[10]3297:

罗　义:自从谋来姚门这份家产、今日这家请我吃、明日

---

① 房玄龄《晋书》,吉林人民出版社 1995 年,第 1473 页。
② 孔颖达《毛诗正义》,见《十三经注疏》,中华书局 1980 年,第 345 页。

那家请我喝、把我吃的不敢圈腰、一圈腰就把油汤汤子淌出来了。

例3.《一枝梅》第一回[10]3573：

兴　儿：这晒透铁的天气。

例4.范紫东《紫金冠》第十五回[13]5018：

李　儒：这个什么。吕布这一出去、自然心中惭愧。也未必插旌造反、倘若与十八路诸侯暗暗勾通、马上便要大祸临头。太师你合九州之铁、也铸不下怎大的个错、你何不再思再想呵。

例5.范紫东《颐和园》第二十二回[16]6054：

李云英：你看胆大不胆大、竟然揭起老佛爷的短来了。

李莲英：胆能给天做楦子。

例6.封至模《义侠武二郎》第十回[36]72：

郓　哥：正是得，你每日出门，他们便一处快活。你这顶绿帽子，连圪膝盖都罩严了，你还糊涂，真冤枉！

例7.《六月霜》第一场[37]169：

酒　保：此酒造的甚高，赛过江南葡萄。就滴下一点，砖头上烧了个燎泡。

朝小处夸张的用例如：

例1.范紫东《三知己》第三回[15]5524：

陈圆圆：老爷你不晓得、她那个人脸皮儿很薄、差不多指头这样一弹、便能弹破。你教她和你就照我和你这个样儿、那是很羞涩的。

例2.封至模《义侠武二郎》第十回[36]72：

郓　哥：那王婆子老狗，多么厉害，他三人岂没个暗记号，就能让你进去，倘捉不住双奸，反吃那西门庆一顿拳头,将你都能打成扁豆,况且他又有钱有势,一张状子倒送了你的性命。

例3.李桐轩《孤儿记》第一回[6]1582:

李梦良:门也吊一个茄子、咱门一公鸡驮不起的家业、还怕什么。

十、排比

排比是三个或三个以上结构相同或相似、语气一致的句子或词语成串排列,以增强语势的修辞方式。使用排比可以增强语言的节奏感和旋律美;可以加强语势,给人以一气呵成的感觉;利于抒发强烈的感情。秦腔剧作中大段唱词常采用排比的修辞手段,利于人物宣泄情感、抒发愤懑;情感表达丰满充沛,引人入戏,扣人心弦。如:

例1.范紫东《玉镜台》第十六回[14]5109—5110:

刁　协:(唱)吃花酒乐升平夜郎自大。

全不念中原地雨横风斜。

笑燕雀巢幕上自安颓厦。

恨鱼鳖游釜中犬戏菱花。

俺曾见破两京拿住銮驾。

俺曾见擒二帝行酒斟茶。

俺曾见五胡贼京都走马。

俺曾见二皇妃堕井埋花。

俺曾见担粪土命官来打。

俺曾见掠胭脂童女如麻。

俺曾见天坛里喂满胡马。

俺曾见金殿上尽成胡衙。

为什么国民债负血肉价。

为什么国民哭望走天涯。

为什么望天打落糊涂卦。

为什么泥犁撒开吉祥花。

只顾你流水落花春去罢。

不管他堂前燕子入谁家。

照这些亡国奴真个不怕。

不由人新亭上眼泪如麻。

例2.孙仁玉《武王革命》第十七回[20]7692：

邑　姜:(唱)想起来成功迅速真可贺。

想起来战士反不乐。

可怜他奔走难安卧。

可怜他饥饿少吃喝。

可怜他身上刀剑剁。

可怜他头上箭石落。

可怜他点点鲜血地上抹。

可怜他身首两分割。

可怜他缺眼少耳朵。

可怜他缺手少肐膊。

可怜他妻望夫来泪如索。

可怜他娘望儿来睡不着。

二弟妹随我宫中搜财货。

慰劳将士特别要优渥。

例3.李干丞《鱼水缘》第十一场[38]538—539：

黄云妹:(唱)指玉鱼将雪郎声声怨恨,

但不知你今日何处安身?

就不来你也该常常通信，
为什么自别后杳无信音？
全不念我的娘将你珍重，
全不念我的娘临别叮咛。
全不念我的娘忧愤成病，
全不念我的娘暗助金银。
奴为你食不甘宿不安枕，
奴为你舍性命保节守贞。
奴为你断绝了胭脂银粉，
奴为你损坏了月貌花容。
白昼间想浙江企足颈引，
到晚来只哭的泪湿枕巾。
对残月解愁眉对窗照影，
落花儿含恨意到底无声。
秀莲妹在一旁泪如泉涌，
我的娘直忧的五内俱崩。
这才是妻尽节夫游四境，
这才是女不爽士二其行。
黄云妹一霎时就要丧命，
除非是夏郎来才有救星。

十一、双关

双关是在特定的语言环境中，借助语音或语义的联系，有意
地使语句同时具有双重涵义，言在此而意在彼。双关中字面的意
思是次要的，重要的是隐含在内的意思。双关可以使语言显得幽
默风趣、含蓄婉转，增加语言的生动性和感染力。双关可分为语

义双关和谐音双关两种。

（一）语义双关

语义双关是指利用词语或句子的多义性构成的双关。秦腔剧作中的例子如：

例1.高培支《夺锦楼》第十一回[4]526：

万谔妻：(念)本意折梅错折柳。

万碧莲：(念)只恐颠狂不到头。

例2.范紫东《金川门》第四回[14]5314：

道　衍：这药方全是攻性、就叫打药、王爷你看敢吃不敢吃。

朱　棣：(接看)青龙汤一剂、猛将八员、精兵十万为引、用长江水煎、一服便愈。我想青龙便是九五之位。猛将八员、精兵十万为引、用长江水煎。……

例3.王伯明《熊耳山》第九场[23]9271：

周秉中：见了你这黑胖官,都吓跑了。

冯　刚：怪道人说,白面书生配佳人,黑皮山汉耍光棍。你两个都是白面书生,一人娶一个美貌佳人。我这个黑胖黑胖的这黑山汉,真该耍光棍呀。

吴孝先：这真成了不白之冤了。哈哈。

《夺锦楼》一剧中,梅镜、柳彦两位生员上京赶考,梅镜中状元、柳彦得探花。丞相万谔逼梅生在相府招亲。梅生因与渔女有婚约,坚决不从。柳生则自愿悔之前婚约而招亲相府。例1中万谔妻的话"本意折梅错折柳",字面上是折梅、折柳,而隐含意则是本意要招赘梅镜却招了柳彦。例2朱棣意欲造反,和尚道衍趁给朱棣疗病之机,意欲劝说朱棣起兵。无论"打药"、"攻性",还是药方,均暗示朱棣起兵。本剧后文道衍就给朱棣说明了自己的意思:"只要王爷攻打就是了、谁敢说王爷造反呢。"例3"不白之冤"本意为得不到辩白、昭雪的冤屈。文中却借用了"白"的白色之义,说明冯刚面容黝黑而没能娶妻是"不白之冤",起到了含蓄而又幽默的修辞效果。

（二）谐音双关

谐音双关是指利用音同、音近的条件使词语具有两种不同的意思。秦腔剧作中的例子如:

例1.高培支《夺锦楼》第十四回[4]542:

柳　彦:我想如今相府婚姻早经断绝、与他个大瞪眼、不认账。他说我写回休书、我说我没写。他说我相府招亲、我说我没招。任他说鸡说鸭子、我与他说鹅。任他生痈生疮科、我与他生癞。看他还有说的甚么呀。

例2.孙仁玉《商汤革命》第六回[20]7568:

费二娘:哎哟、吓的我没烂了。

费瞎老:原是没魂了。

费二娘:烂都没了,还说魂哩。

例3.范紫东《晋文公》第十一回[12]4544:

虢　射:我晓得主公还与你许下一百万亩采地。你以为对秦不失信、对你也就不失信哪。我打开窗子说亮话、你那一百万亩水地、也一水吹哪、再休要胡思乱想。

吕　省:一满都荒哪。

例1中"鹅"字面意思是家禽的"鹅",隐含意却是讹诈之"讹","鹅"、"讹"谐音双关。"癫"字面意思是疮癫,隐含意却是赖账之"赖","癫"、"赖"谐音双关。例2费二嫂故意把"没魂"说成"没烂",是巧妙借助了"烂"的反义词"浑"与"魂"谐音的特点,制造双关语。例3字面意思为"荒",隐含意为"黄",即事情失败、计划不能实现、没指望的意思。原剧注释:"荒音黄。"

十二、委婉

不把本来的话语直截了当地表达出来,而是使用婉转、曲折、含蓄的话语把不便直说的意思表达出来,这种修辞手法叫"委婉",或称"婉曲、折绕"。委婉的目的主要有避忌讳、避冒犯、避粗俗等。委婉有婉言、暗示两种类型。婉言也称"讳饰",是指不直说出本意,而是换一种委婉含蓄的说法。暗示指不直说本意,而通过描述与本意相关的事物来暗示本意。这种曲折委婉的写法,使作品生动别致,蕴含丰富。婉言平和动听,易于接受。暗示含蓄曲折耐人回味。秦腔剧作中也有不少委婉的表达方式,如:

例1.高培支《侠凤奇缘》第八回[5]1128:

　　甘海卿:这是绝好机会,你应承了他,他至少每月送你毛
　　　　　　诗之数,(伸三指,冯子澄大惊)你父女二人在武
　　　　　　昌的盘费,以及嫂夫人的家用也可敷衍得过了,
　　　　　　你为什么又高尚起来呢?

例2.范紫东《战袍缘》第五回[14]5274:

　　杨贵妃:圣上春秋已高、后宫人数太多、所以闹出此事、
　　　　　　查问起来、也不容易。倒不如把上阳这数千宫
　　　　　　女、凡是没配过驾的、糊里糊涂一律放出宫去、

岂非一大快事。

例3.孙仁玉《白先生看病》[19]7367：

梁　妈：娃呀、你媳妇原是有啥的人、你请了那里个先
　　　　生。药吃的稍有不对、便要害两条命。去年有
　　　　个白失鬼、把我的女儿治死了、你再叫个白失
　　　　鬼、把你媳妇治死了、那倒怎么办呢。

例4.《玉堂春》第十二场[39]56：

刘秉义：七九一十六岁也开得怀了。开怀从得那个?

例5.《玉凤楼》第九回[10]3648：

祖士谋：这、哎哎哎、事已至此、不得不说。他是杨班、他
　　　　女儿丑陋、叫我女儿替他女儿往道口于家探病、
　　　　说的当日去、当日回来、谁知昨日去、一天一夜
　　　　未回。叫于凤那个小畜牲、把我娃过了夜了。
　　　　我今拉他见官面理。

例6.孙仁玉《商汤革命》第五回[20]7562：

何　璧：混账。怎么合我老爷瞪起牛眼来了。我就不信
　　　　安邑京城、没进来五千头牛。

甲　商：回大老爷话、进来的牛、实在不知其数了、只是
　　　　都进了肚了、跑了后了。

例7.孙仁玉《美术缘》第七回[36]175：

陈继儒：而况这几天我还在走后!

例8.高培支《双凤钗》第十四回[5]1324：

刘玉冰：孩儿有病在身,和我嫂嫂安眠,心中发闷不觉熟
　　　　睡。适才醒来、唤嫂嫂起床,只见房门半开,不
　　　　知她向哪里去了?

程　氏：想必上后去了,命秋香去看。

秋　香：是。大娘大娘，怎么不见。禀大爷，后茅房
　　　　不见。

例 1 的"毛诗之数"为委婉表达，《诗经》有三百篇，故"毛诗之数"是暗指三百两银子。例 2 的"春秋已高"是年纪大的委婉说法。例 3"有啥"是妇女怀孕的委婉说法。例 4 的"开怀"是谓妇女第一次性生活的委婉说法，古时亦称"破瓜"。例 5 的"过了夜了"也是男女性生活的委婉说法。例 6 的"跑了后"的"后"是肛门的委婉说法，"跑后"则是从肛门跑出去，意即拉出去了的意思。例 7"走后"是陕西方言拉肚子的委婉说法。例 8"上后"是上厕所的委婉说法。后文"茅房"正相互印证。

十三、引用

引用是为了增强说服力而在说话或写作中征引一些材料的修辞方式。为帮助观点的阐述和情感的表达，人们在写作、交谈中，往往引用名言、警句、成语典故、格言谚语等，来表达自己的感受，加深说理的深度，以增强说服力。引用既可增加语言的可信度，也可使语言更具文采。引用的内容一般分为引言、引文、引事三类。引言指引用的内容是人们口头流传的格言、俗语、谚语、歌谣等。引言又分明引、暗引、化引等。引事，或称"用典"，指引用历史故事、寓言故事或人物事迹等。

引用诗词、古文，尤其是用典是秦腔语言的一大特色，因而本文主要讨论引文，用典作为一种单独的修辞手段来介绍。秦腔剧作中的引文有两大类：一类是直接引用古文、诗词原文不加改动；一类则是化用，在角色自己的语句中加入古文词句，或引用部分，或引用词语。

直接引用原文的又分说明出处和不注明出处两种情况。说

明出处的指在对话或唱词中说明引文出处的引文。如：

例 1. 孙仁玉《杀狗劝夫》^{[19]7240}：

> 常　棣：哎、今天才觉悟了。诗经说、棠棣之华、鄂不韡
> 韡、凡今之人、莫如兄弟。惟有我兄弟可靠、别
> 人都不可靠。

例 2.《六月霜》第十五场^{[37]205—206}：

> 严有纲：卑职才疏学浅。孟子曰：民为贵，社稷次之。书
> 云：钦哉，惟刑之恤哉。所谓钦恤者，有罪不得
> 逃，无罪不得妄加刑。

例 3. 封至模《山河破碎》第五场^{[29]23}：

> 梁红玉：那是呀！书云：驷不及舌。君子岂有一言出口
> 而不实践者乎！

例 1 引自《诗经·小雅·常棣》；例 2"民为贵"句引自《孟子·尽心下》，原文作："民为贵，社稷次之，君为轻。"①"钦哉"句引自《尚书·舜典》，原文作："钦哉，钦哉，惟刑之恤哉！"②例 3 的"驷不及舌"引自《论语·颜渊》，原文为："子贡曰：'惜乎！夫子之说君子也，驷不及舌。'"③

有时直接引用并不注明经典名称，而是用"书曰"、"圣人云"或"圣人有言"说明。古时尊孔，称孔子为圣人，所引文句多为孔子言论，所以这种引用我们也视为直接引用。如：

例 4.《孟丽君》第二场^{[29]131}：

> 刘魁璧：芝田兄此言差矣。圣人云："君子无所争，必也

---

① 孙奭《孟子注疏》，见《十三经注疏》，中华书局 1980 年，第 2774 页。
② 孔颖达《尚书正义》，见《十三经注疏》，中华书局 1980 年，第 128 页。
③ 邢昺《论语注疏》，见《十三经注疏》，中华书局 1980 年，第 2466 页。

射乎。"今两家赌射定婚,焉有相让之理!

例5.《珊瑚鱼》第七回[31]321:

　　杨周氏:昔日圣人有言:"父在观其志,父殁观其行;三年
　　　　　无改于其父之道,可谓孝矣。"况且他父新逝,未
　　　　　满一载,母子都在泣额之中,有什么心情与儿子
　　　　　完婚!

例4"君子无所争"句引自《论语·八佾》,原文为:"子曰:'君子无所争。必也射乎! 揖让而升,下而饮。其争也君子。'"①例5"父在观其志"句引自《论语·学而》,原文为:"父在观其志,父没观其行,三年无改于父之道,可谓孝矣。"②

不注明出处的引用为暗引,有时直接引用全文、或部分,或原文整句。有时则只引用古文的短语或者几个短句。如:

例1.高培支《人月圆》第十四回[3]365:

　　蒋　晋:(引)少小离家老大回。

　　　　　　乡音无改鬓毛衰。

　　　　　　儿童相见不相识。

　　　　　　笑问客从何处来。

例2.《孟丽君》第九场[29]215:

　　康信仁:(念)关山难越谁悲失路之人,

　　孟丽君:(念)萍水相逢尽是他乡之客!

例3.孙仁玉《黄河渡》[19]7330:

　　娟　娟:爹爹、惟酒无量、不及乱。万不敢再饮酒了。

例4.范紫东《哭秦庭》第六回[13]4628:

---

①邢昺《论语注疏》,见《十三经注疏》,中华书局1980年,第2466页。
②邢昺《论语注疏》,见《十三经注疏》,中华书局1980年,第2458页。

秦哀公:这是申使臣、你再莫要哭、我登时便修我戈矛、
　　　　与子偕行。

例 5.《香罗带》第九场[38]405:

刘　华:小姐还不开门,我不得其门而入,却该怎处?
　　　　呵,有了,不免顿顿足而惊动惊动。

例 1 引用贺知章《回乡偶书》一诗全文。例 2 引用王勃《滕王阁序》中的两句。例 3 引自《论语·乡党》"食不厌精,脍不厌细。……惟酒无量,不及乱"一篇①。例 4"修我戈矛"、"与子偕行"两句引自《诗经》。《诗经·秦风·无衣》:"岂曰无衣?与子同袍。王于兴师,修我戈矛,与子同仇!……岂曰无衣?与子同裳。王于兴师,修我甲兵,与子偕行!"②例 5"不得其门而入"一语引自《论语》。《论语·子张》:"夫子之墙数仞,不得其门而入,不见宗庙之美,百官之富。得其门者或寡矣。"③

秦腔剧作中的引用有的和原文一致,也有一些则引用古文文意,或引用古文中的几句话,但并不计较所引文句是否合于原文,在注明出处的引用里面也有这种情况。如:

例 1.高培支《双凤钗》第十四回[5]1273:

程　氏:(唱)可恨玉冰理不通,
　　　　下乔入幽甘困穷。
　　　　怪道屡次抗母命,
　　　　才是一心嫁贫生。

例 1"下乔入幽"用来比喻人舍弃光明而接近黑暗,或者从良

---

①邢昺《论语注疏》,见《十三经注疏》,中华书局 1980 年,第 2494 页。
②孔颖达《毛诗正义》,见《十三经注疏》,中华书局 1980 年,第 373—374 页。
③邢昺《论语注疏》,见《十三经注疏》,中华书局 1980 年,第 2532—2533 页。

好的处境而进入恶劣的处境。《诗经·小雅·伐木》："伐木丁丁，鸟鸣嘤嘤。出自幽谷，迁于乔木。"①《孟子·滕文公上》："吾闻出于幽谷，迁于乔木者，未闻下乔木而入于幽谷者。"②

例2.高培支《双凤钗》第十四回[5]1322：

> 刘玉冰：(唱)今夜晚这总是鬼神保应，
> 　　　　望相公休嫌弃愿赋三星。

例2"三星"指男女婚嫁。《诗经·唐风·绸缪》："绸缪束薪，三星在天。"毛亨传："三星，参也。在天，谓始见东方也。男女待礼而成，若薪刍待人事而后束也。三星在天，可以嫁娶矣。"郑玄笺："三星，谓心星也。心有尊卑，夫妇父子之象，又为二月之合宿，故嫁娶者以为候焉。昏而火星不见，嫁娶之时也。"③

例3.范紫东《宰豚训子》[18]6882：

> 参　妻：夫君不知、这孩子淘气的很很、我磨这屠刀、谎孩子呢。
> 曾　参：呵、曲礼上说、幼子常示无谎、他怎么谎起孩子来了。

例3所引《曲礼》"幼子常示无谎"一句句意合于原文，但引文文字与原文不合。《礼记·曲礼上》："幼子常视毋诳，童子不衣裘裳。"郑玄注："视，今之示字。小未有所知，常示以正物，以正教之无诳欺。"④

---

①孔颖达《毛诗正义》，见《十三经注疏》，中华书局1980年，第410页。
②孙奭《孟子注疏》，见《十三经注疏》，中华书局1980年，第2706页。
③孔颖达《毛诗正义》，见《十三经注疏》，中华书局1980年，第364页。
④孔颖达《礼记正义》，见《十三经注疏》，中华书局1980年，第1234页。

十四、用典

用典，也称"引事、稽古"，是引用的一种。这种修辞手段是引用历史故事、寓言故事或人物事迹等来说明自己要表达的意思。用典有"明引、化引"之分。明引虽然不一定说明出处，但可以明显看出是引用。化引是将所引的人或事融进自己的话中，表面上是普通的语句，如果不熟悉有关历史则很难看出其中的引用。

用典可以增强语言的艺术性和语义含蓄性，使语句显得文雅，寓意更为深刻。但有些不太常用的典故可能会引起听众理解的障碍。秦腔剧中大量使用典故，是其语言的重要特点。秦腔典故如：

例1.《墨痕记》第九场[37]62：

贺小明：（唱）不嫌弟无食肉相，

甘嫁梁鸿学孟光。

例2.李约祉《韩宝英》第二回[7]2198：

江忠淑：（引）同挥鲁阳戈，

争着祖生鞭。

例3.王辅丞《假斯文》[23]9184：

师之惰：（唱）老夫今日食指动。

定有脍炙纵口腹。

例4.《旗亭记》第二十一回[30]65：

王之涣：（唱）返魂无术心枯槁，

怎生金屋贮阿娇。

越思越想越焦躁，

决意要守尾生桥。

例5.《皇觉寺》第十回[32]45：

　　　朱元璋：我今年已及冠，已是男子标梅之时，尚不知腹坦
　　　　　　谁家！不免和诗一首，聊当求凰。

　　例6.《取金陵》第一回[35]89：

　　　田　兴：(唱)今日里雪中来送炭，

　　　　　　　　绨袍相赠御严寒。

　　例1引用梁鸿孟光举案齐眉的典故。典出《后汉书·逸民传·梁鸿》。后指夫妻相敬爱。例2中的"鲁阳戈"语出《淮南子》。《淮南子·览冥训》："鲁阳公与韩构难，战酣日暮，援戈而撝之，日为之反三舍。"①后以"鲁阳戈"谓力挽危局的手段或力量。"祖生鞭"亦作"祖逖鞭"。语出《世说新语·赏誉下》刘孝标注。后因以"祖生鞭"为勉人努力进取的典故。例3中的"食指动"预兆将有口福，语出《左传·宣公四年》。例4中的"金屋贮娇"亦作"金屋藏娇"，语出《汉武故事》。原指汉武帝要用金屋接纳阿娇作妇，后常用以形容娶妻或纳妾。"尾生桥"用的是尾生的典故。"尾生"又作"微生"，古代传说中坚守信约的男子，后借指坚守信约的人。语出《庄子·盗跖》："尾生与女子期于梁下，女子不来，水至不去，抱梁柱而死。"②例5中的"腹坦"，亦作"东床坦腹"，语出《世说新语·雅量》。后因以"东床坦腹"代指女婿。例6中的"绨袍相赠"的典故出自《史记·范雎蔡泽列传》。后多用为眷念故旧之典。

　　十五、秦腔剧作中辞格的兼用

　　辞格兼用是指同一种表达形式中，几种辞格融为一体，从甲

———————————

①高诱注《淮南子》，见《诸子集成》(第七册)，中华书局1954年，第89页。
②郭庆藩《庄子集释》，见《诸子集成》(第三册)，中华书局1954年，第431页。

角度看是甲辞格，从乙角度看是乙辞格。将多种辞格融为一体，互相补充和衬托，可以使语言表达呈现出多种美感。如对偶兼对比、排比兼映衬、设问兼排比等，既讲究形式上的整齐匀称，又兼顾内容的强调突出。又如比拟兼比喻，既讲究语言的生动活泼，又使表达通俗浅显。恰当地运用兼格，可以从多方面增添语言的文采和力量。

秦腔剧作中也有不少语句采用了综合的修辞方式，一句话往往是多种辞格的结合。如：

例1.《回荆州》第四场[28]-117：

孙尚香：(诗)独坐画阁守孤单，

　　　　　因为荆州结凤鸾；

　　　　　将假成真天命显，

　　　　　吴越仇反成并头莲。

例1"吴越仇"既是用典又是比喻。春秋时期的吴国和越国世代为仇，两国时相攻伐，积怨很深，后人因以此比喻仇敌。"并头莲"即并蒂莲，多比喻男女好合或夫妻恩爱。本句综合运用了"用典"、"比喻"两种修辞方法，辞格的兼用使得句子既含蓄又生动，增强了语言表现力。

例2.《玉凤楼》第九回[10]3646：

于　母：(唱)我的儿后楼上喜得欢会。

　　　　　和氏璧岂肯教仍回赵国。

例2《玉凤楼》中，杨班之女许给于凤为妻，于听说杨女丑蠢，同母亲商议对策。于母佯装生病想见媳妇，托媒人去告诉杨家。杨恐暴露，借祖士谋女祖金莲代去问病。事情被于知觉，于母决定设计灌醉班妻，留金莲住宿，借机促成于凤和祖金莲成婚。"和氏璧"借指祖金莲。本句采用了"比喻"、"用典"、"双关"的修辞手段。

例 3.范紫东《燕子笺》第三十五回[12]4279—4280：

郦安道：(唱)欲防曼倩偷桃手。

先试陈思煮豆吟。

《汉武故事》载：西王母种桃，三千年一结子，东方朔三次偷食，被谪降人间。《燕子笺》中，鲜于佶买通考场小吏，谋骗霍都梁试卷编号，暗中更换两人试卷，并设计逼走霍生。主考郦安道误录取了鲜于佶，后得知实情，决定要测试鲜于佶。"偷桃手"本指东方朔，这里借指鲜于佶偷换霍都梁试卷的事情。"陈思"指陈思王曹植七步成诗的事，借指真才实学才思敏捷。这两句话综合运用"比喻"、"用典"的修辞方式，委婉含蓄地说出了自己对鲜于佶的认识，并同时具有提示情节的作用。

例 4.《一笔画》第二场[25]543：

秦　观：这是中郎女，定压伯道儿。

例 4 的"中郎女"，指东汉蔡邕之女蔡文姬。蔡邕曾任中郎将，后世以蔡中郎称之。"伯道儿"，伯道是晋邓攸的字，邓攸在乱离中舍己亲子而救侄儿，后终身无子，以侄为嗣。这两句话综合运用"用典"、"对偶"、"比喻"的修辞手段，赞美了米芾女米冰玉的才能。说她能像蔡文姬一样承继父业，虽然不是男孩子，却要比男儿好得多。

第六章　秦腔与秦人的关系探讨

秦腔起于关中、盛于关中，是关中人喜闻乐见的戏曲形式。秦腔植根于关中人民的生活中，扎根在关中人民的骨子里。秦腔和秦人的关系是天然的，他和关中的地理地貌、秦地的人文面貌和关中地区的语言都密切相关。

陕西作家贾平凹在其散文《秦腔》中，有一段非常形象的描述："山川不同，便风俗区别，风俗区别，便戏剧存异；普天之下人不同貌，剧不同腔；京，豫，晋，越，黄梅，二簧，四川高腔，几十种品类；或问：历史最悠久者，文武最正经者，是非最汹汹者？曰：秦腔也。……几百年来，秦腔却没有被淘汰，被沉沦，这使多少人在大惑而不得其解。其解是有的，就在陕西这块土地上。如果是一个南方人，坐车轰轰隆隆往北走，渡过黄河，进入西岸，八百里秦川大地，原来竟是：一抹黄褐的平原；辽阔的地平线上，一处一处用木椽夹打成一尺多宽墙的土屋，粗笨而庄重；……你立即就会明白了：这里的地理构造竟与秦腔的旋律维妙维肖的一统！再去接触一下秦人吧，活脱脱的一群秦始皇兵马俑的复出：高个，浓眉，眼和眼间隔略远，手和脚一样粗大，上身又稍稍见长于下身。……这秦腔原来是秦川的天籁，地籁，人籁的共鸣啊！"[1]贾

---

[1]菡萏、王川编《贾平凹散文精选》，陕西人民出版社1992年，第207—208页。

平凹是陕西作家群的代表人物,深刻懂得陕西人民对于秦腔的依赖。他的这段话正形象地刻画出了秦腔与秦地、秦人的关系。

俗话说:"一方水土养一方人。"关中得天独厚的地理条件,使得关中历来成为帝王之都。厚重肥沃的黄土地、绵延广阔的黄河水系使关中成为重要的粮食产区,成为中国农耕文明的重要发祥地之一,历史上曾被誉为"天府之国"。流行在黄土地上的秦腔,自其诞生就带着黄土地的浓重印记。秦腔的方方面面都和关中地区有着千丝万缕的联系,是秦地、秦人的真实写照。本章主要从地理、人文、语言等方面探讨秦腔和秦地、秦人的关系。

第一节　秦地地理与秦腔的关系

陕西省的地理地貌非常复杂却又非常清晰,从南到北三大地貌区地理特征明显,陕西南部为秦巴山地,中部为关中平原,北部为黄土高原,地理分界明显。

关中平原又称"八百里秦川",是陕西省最重要的农业区,也是陕西省人口最集中的区域。《陕西地情网·地理志》载:"关中平原位于陕西省中部,西起宝鸡、陇县,东至韩城——潼关黄河西岸,北以北山山前断裂带为界,南以秦岭北坡深大断裂带为界,东西长约360公里,西部宽约20公里,东部最宽处达70公里,地势西高东低,高程由海拔700米至323米。盆地平面轮廓呈牛角状。""关中平原是在断陷沉降环境下,由渭河及其较大支流清姜河、石头河、黑河、涝河、沣河、灞河、浐河、洛河、石川河、泾河和千河等长期移荡泛滥冲淤而形成的。"①

---

① 《陕西省情网·地理志》,网址:http://sxsdq.cn/sqzlk/xbsxsz/szdyl/dlz/

　　关中虽称平原，但远没有黄河下游平原的一马平川，其地形地貌呈沟峁纵横的基本特点。本区可以分为 6 个地貌亚区：渭河两侧冲积洪积平原亚区、渭北黄土台塬亚区、秦岭北麓西段黄土台塬亚区、秦岭北麓东段黄土台塬亚区、潼关台塬亚区、骊山低山丘陵亚区。台塬地貌、沟峁纵横，人民多聚居在地势平缓之处，而沟峁之处则居住较为分散①。

　　分界明显的地理特征，为塑造秦人恩怨分明、充满棱角的个性打下了地缘基础。而关中台塬台地沟壑纵横的地貌，给人们的交流造成一定的阻碍，但同时也培养了关中人粗声大气的讲话习惯，培养了关中人豪迈爽朗的个性。

　　任何一个地区的地方戏剧，都是该地区地理地势的反映，更是该地区人们性格的真实写照。比如江南地区水网纵横，人口稠密，人们得水之阴柔，性格柔软细腻，说话慢声细语，吴侬软语也就造就了诸如昆曲、越剧等的阴柔之美。这种阴柔之美，表现在戏曲音乐上，就是旋律优柔舒缓，表现在唱腔上就是声音婉转细腻，表现在剧目上，多是才子佳人的爱情故事而少恢弘壮阔的战争剧目。而广大北方，地域广大，人居较为分散，缺少了水的柔情，增多了大山大地的豪阔，人们性格多豪爽不拘，说话多粗声大气，也造就了北方戏剧普遍的激昂之美。这种激昂之美，表现在音乐上，就是旋律激越昂扬，唱腔高亢有力，剧目多英雄豪杰的故事、多战争题材、多宏大壮阔的场面，甚至是爱情戏也多是放在大的社会背景下展开，而很少在小范围、小圈子、小地方、小舞台展现。

　　南宋俞文豹在《吹剑续录》中记载一个故事："东坡在玉堂，有

---

① 《陕西省情网·地理志》，网址：http://sxsdq.cn/sqzlk/xbsxsz/szdyl/dlz/

幕士善讴,因问:'我词比柳词何如?'对曰:'柳郎中词,只好十七八女孩儿,执红牙拍板,唱"杨柳外,晓风残月"。学士词,须关西大汉,执铁板,唱"大江东去"。'"①铁板和红牙拍板均为古人演奏音乐时打节奏用的乐器,前者为男歌手所用,音调铿锵有力;后者为女歌手而用,音调细腻清脆。这个故事虽说的是婉约词和豪放词的区别,但是用来形容秦腔与越剧的区别却极其恰当。演唱越剧的演员多为女子(越剧前身为女子文戏),而演唱秦腔的则多为关西大汉。

　　秦腔主要起源并流行于陕西中部的关中平原。关中平原的地理地势,造就了秦人说话粗犷大气、为人豪爽热情的性格。正是这种性格影响了本地区的民间戏曲,如老腔、碗碗腔、秦腔等多种剧种均具有旋律高亢激昂、唱腔富于穿透力、听起来使人血脉偾张的特征。陕西关中地区历来有"八大怪"或"十大怪"之说,其中"秦腔(唱戏)吼起来"正是这种戏曲特征的写照。

第二节　秦地人文与秦腔的关系

　　陕西关中地区悠久的历史、灿烂的文明为秦腔的起源打下了基础,为秦腔的创作提供了源泉。陕西关中是中华文明的发祥地之一,这里是蓝田猿人、西安半坡人、临潼姜寨人等原始人类的集中生活地,也是古代神话传说中女娲、炎黄二帝、姜嫄、后稷的故乡,更是大禹治水、仓颉造字、杜康造酒等传说的发生地。中国历史上几个重要的统一朝代建都于此,因此关中地区汇集了周秦汉唐的历史底蕴,这里的文化带有极其强烈的传统文化特点。这里

---

① 宋余文豹著,张宗祥校订《吹剑录全编》,古典文学出版社 1958 年,第 38 页。

是古代丝绸之路的起点之一,也是多民族文化交流融合的地域,是道教、佛教、伊斯兰教等多种宗教文化的汇聚地。悠久的历史和文明,为秦腔这种戏曲形式的诞生创造了得天独厚的条件,秦腔正是这种悠久文明长期积淀的结果。

陕西尤其是关中地区历来是战略要地、军事重镇。《陕西省志·地理志》载:"陕西省位居中国中部,地扼东西,兼跨南北,战略地位十分重要。在历史上,不仅周、秦、汉、唐等王朝选取陕西关中建都,使陕西成为京畿重地、全国政治经济和交通中心,即便是宋代以后,京都东移,陕西的战略地位仍倍受重视,不仅屯驻重兵,而且派皇亲或得力战将镇守。如北宋建都开封,陕西被视为京都的西大门,西夏向东进攻,北宋开封便芒刺在背。元明清三代虽建都北京,但仍十分注重陕西的防卫。"①

关中自古以来的战略重镇地位,养成了秦人崇武好斗的性格特点。秦人粗犷豪放,尚武好斗,自古就有"陕西楞娃"之谓。秦人这种粗犷硬壮的个性反映在音乐上则是生活气息浓郁,乐器简单易得,生活用具即可入乐。如战国时期的李斯在《谏逐客书》中说:"夫击瓮叩缶、弹筝搏髀而歌呼呜呜快耳者,真秦之声也;郑卫桑间,《韶虞》《武象》者,异国之乐也。"②缶本来是瓦罐,汉许慎《说文解字·缶部》:"缶,瓦器,所以盛酒浆,秦人鼓之以节歌。"③《汉书·杨恽传》:"家本秦也,能为秦声。妇,赵女也,雅善鼓瑟。奴婢歌者数人,酒后耳热,仰天拊缶,而呼乌乌。"颜师古注:"应劭

---

①《陕西省情网·地理志》,网址:http://sxsdq.cn/sqzlk/xbsxsz/szdyl/dlz/
②司马迁《史记》,中华书局1959年,第2543—2544页。
③许慎《说文解字》,中华书局1963年,第109页。

曰：'缶，瓦器也；秦人击之以节歌。'师古曰：'缶即今之盆类也。'"①由于瓦罐是用陶土烧制而成，敲击起来叮叮作响，有金石之声，秦人就拿这种生活器具作为击节和歌的乐器，真可谓是妙手偶得、天籁自成。《史记·廉颇蔺相如列传》中就记载了"赵王为秦王鼓瑟"、"秦王为赵王击缶"的故事。如今的秦腔乐器，虽然已不再用缶击节，但在秦腔的伴奏乐曲中，仍可听到"击瓮叩缶"的天籁之音。

筝为拨弦乐器，声音高亢激越，相传为秦将蒙恬所作。《隋书·志·音乐下》："丝之属四：一曰琴，神农制为五弦，周文王加二弦为七者也。二曰瑟，二十七弦，伏羲所作者也。三曰筑，十二弦。四曰筝，十三弦，所谓秦声，蒙恬所作者也。"②秦腔乐器中秦筝曾长期作为主要的伴奏乐器之一。

宋朱熹在其著作《诗集传》中解释《诗经·秦风·无衣》时，对秦地秦人的性格特征有着精辟的论述："秦俗强悍，乐于战斗。……秦人之俗，大抵尚气概，先勇力，忘生轻死。故其见于诗如此。然本期初而论之，岐丰之地，文王用之以兴，二南之化，如彼其忠且厚也。秦人用之，未几而一变其俗，至于如此，则已悍然有招八州而朝同列之气矣。何哉？雍州土厚水深，其民厚重质直，无郑卫骄惰浮靡之习。以善导之，则易于兴起，而笃于仁义；以勇驱之，则其强毅果敢之资，亦足以强兵力农而树富强之业，非山东诸侯国所能及也。"③

从日常说话看，秦人豪气，说话声音洪亮，嗓门较大，平时说

---

①班固《汉书》，中华书局 1964 年，第 2896 页。

②魏征《隋书》，中华书局 1973 年，第 375 页。

③朱熹《诗集传》，中华书局 1958 年，第 79 页。

话就像吵架一样。正是这种生活中的高声大气,成就了秦腔激越昂扬、嘹亮高亢的唱腔特色。秦腔无论念白唱腔,还是剧目剧情均透露着秦人那种豪放的个性。陕西关中八大怪之一的"秦腔吼起来"就是这种豪放民风的真切体现。

从生活态度看,秦人胸怀开阔,不拘泥生活小节。这种生活态度在秦地戏曲上也得到了反映。秦地的戏曲多反映宏大的生活、战争等场面,以秦腔为例,反映战争的曲目占了秦腔剧目的大半,如三国戏、隋唐英雄戏、杨家将戏、水浒戏等。如《秦腔剧目初考》中共介绍秦腔剧目 1600 余部,其中三国戏如《火烧博望屯》、《长坂坡》、《回荆州》、《取成都》、《定军山》、《大报仇》、《空城计》等近 90 部,杨家将戏如《金沙滩》、《四郎探母》、《穆柯寨》、《两狼山》、《天门阵》等 60 余部,时间跨度从杨继业到杨文广祖孙四代人。

即便有反映才子佳人的剧目,这种爱情戏也不是在亭台楼阁的小圈子里展现,而是往往通过很大的空间、恢弘的场面来展示。秦腔的爱情戏往往会放到社会的、战争的宏大背景当中来进行。如《鸳鸯剑》、《双诗帕》、《儿女英雄传》、《软玉屏》、《燕子笺》、《玉镜台》等等。

不少表现家庭生活的剧目也不是简单局限于家庭内部的小圈子,也往往放到广阔的社会背景中去展现,如《鸳鸯壶》、《托尔斯泰》、《贩马记》、《牧羊卷》等等。

第三节　秦地语言与秦腔的关系

秦腔作为起源于关中地区并流行于关中地区的文艺形式,他的方方面面都受到了关中语言的影响,如:关中地区方言语音尤其是字音的声调影响了秦腔的韵律,关中方言语音的声韵特点决定了秦腔的押韵,关中方言词汇决定了秦腔的对白所使用的基础语言,关中方言的语法特点决定了秦腔的语言规则等。总之,作为关中人的戏剧形式的秦腔,无一不和关中语言息息相关。关中方言和秦腔的联系我们在每个单元均有论述,现仅以一段秦腔剧本内容简单展示:

例1.《一瓣莲》第三回[28]434—435:

鄂秋隼:待我先看题目:贤贤易色。原是圣人以贤贤而易色,待我作来。(领卷坐作文)

宿　介:(看题)贤贤易色呵! 本待由正面说来,恐不能出类拔萃。我今以色字立意,方能出人一头。待我也做一篇。(领卷,坐,作文)

甲生员:贤贤易色! 这个老头子出题甚怪,怎么闲暇无事之时,方可贪色? 怎么议色呢? 哦,正在议色,还在将贪而未贪时,待我也编来。(领卷,坐,作文)

乙生员:贤贤易色! 言其纤纤女手,可以捉虱,可见身上生虱,不可易男子而捉也。我今日虽然游场也做卷子。(领卷,坐,作文)

丙生员:贤贤易色! 这才是大人明白话,凡琴瑟曷能易其弦弦也,若弦不是,怎不是胶住鼓瑟了。待我下手。(领卷,坐,作文)

丁生员:贤贤易色! 哎! 你们将中服项下,着我看我可套得一篇吗?(众掩耳)你们欺我不会写文章,你们嫌我,俱将耳朵塞住。这不是嫌嫌以塞的要意思吗?

　　"贤贤易色"本谓对妻子要重品德,不重容貌。后多指尊重贤德的人,不看重女色。《论语·学而》:"子夏曰:'贤贤易色,事父母,能竭其力;事君,能致其身;与朋友交,言而有信。虽曰未学,吾必谓之学矣。'"何晏注:"孔曰:'……言以好色之心好贤则善。'"宋邢昺疏:"此章论生知美行之事。'贤贤易色'者,上'贤',谓好尚之也。下'贤',谓有德之人。易,改也。色,女人也。女有姿色,男子悦之,故经传之文通谓女人为色。人多好色不好贤者,能改易好色之心以好贤,则善矣,故曰'贤贤易色'也。"①

　　《一瓣莲》中,学台施闰章出题考察众学子,题目为"贤贤易色"。鄂秋隼身为才德君子,故作文以贤字立意;宿介虽有才学然好色不正,故作文以色立意;甲乙丙丁四生员不学无术,不知"贤贤易色"原意,而任意胡猜。甲生员将"贤贤易色"理解为"闲闲议色",乙生员则理解为"纤纤易虱",丙生员理解为"弦弦易瑟",丁生员则理解为"嫌嫌以塞"。倘若不明关中方言,这几位生员的解释很难讲通,如果了解关中方言,就会哑然失笑,深刻理会剧作者的深意。关中方言中,"色"、"虱"、"瑟"、"塞"四字音同,都读[sei³¹]。剧作者巧妙地利用方言谐音,对不学无术者进行了入木三分的讽刺。这样的例子还有很多,只有对关中方言和秦腔的关系深刻了解,才能更加深入理解秦腔以及秦腔剧本剧情。

第四节　秦地民俗与秦腔的关系

　　秦腔艺术是诞生于农耕、农战文化成熟时期的大众性通俗性舞台艺术,是农业文明时期农耕文化思维与价值观念的产物。它

---

①邢昺《论语注疏》,见《十三经注疏》,中华书局1980年,第2458页。

的题材、内容、艺术形式都是对社会正统价值观念和意识形态的民间演绎,也是最能代表三秦文化和西北地区广大人民群众生产生活、价值观念以及黄土高原粗犷、荒蛮、朴实、善良、正直、骠悍民风民俗的艺术形式,具有浓郁的地方特色和乡土气息。质朴的民风民俗为秦腔的创作和传播提供了条件。

地方戏曲是一个地区巨大民俗系统中的一个重要民俗项,它源自人民生活又反映人民生活。作为巨系统中的一员,民间戏曲和其他民俗项之间互为反映互为补充。秦腔作为关中地区地方戏曲的领军者,自然也是关中民俗的忠实反映者。

比如:中国人历来崇尚自然、崇拜鬼神,民间有着众多的鬼神崇拜的风俗,有着各种各样的民间信仰。这种崇尚鬼神的民间信仰在秦腔中就有着充分的展示。首先,民间戏曲的起源和报神祭祀等密切相关,大量民间戏曲的内容为神仙戏、神话戏。如从陕西省戏曲研究所编纂的《秦腔剧目初考》看,神仙戏占了较大比重。其次,民间戏曲的演出有着一个多年来形成的传统,就是庙会的秋神报赛演出。最后,鬼神崇拜对人们的行为有着极大的规范作用,一个很重要的反映就是劝人向善、因果报应思想,这种思想在民间戏曲中无处不在,把戏曲的劝善、教化功能进一步深化。秦腔中有不少剧目就反映了劝人向善、因果报应思想,如《孤儿记》、《五子魁》、《对银杯》、《牧羊卷》、《火化文卷》等。

关中地区历来是富饶之地,是传统的农耕文化发祥地,是传统的农业区。这里的民风民俗均反映出农耕文化的烙印,这里的民间生活也是秦腔重点反映的因素。关中地区的衣食住行、婚丧嫁娶、喜怒哀乐在秦腔中均可见到。我们在以后的几个章节中将分门别类予以介绍。

第七章　秦腔和家庭观念

第一节　亲族称谓

亲族关系是一种重要的人伦关系,我国自古以来就特别讲究各种亲属称谓。古人讲究"必也正名",认为"名不正则言不顺"①,注重名分和礼仪之间的关系。亲族称谓不仅是人们身份的标志,更是不同礼仪制度的反映。亲族中不同的人群、不同的辈分,相互间有着不同的称谓。这种称谓关系既有亲族之间的,也有亲戚之间的,甚至还有干亲、师亲、朋友等各种关系和称谓。

秦腔剧作中的亲族称谓有很多种,但都可以在生活中找到原型。秦腔剧中亲戚的各种称谓,都是在生活中使用的称谓。尽管各种称谓很多,关系很复杂,但各自的辈分关系非常清楚。如:

例1.《毁家助饷》第一场[38]182—185:

〔邓攸上。

邓　攸:(引)纲常志气为大,

圣人孝友治天下。(坐)

(诗)人生尘世几度秋,

---

①邢昺《论语注疏》,见《十三经注疏》,中华书局1980年,第2506页。

好似杨花水上游；

荣华富贵不长久，

德望美名永不休。

老夫姓邓，名攸，字伯道。世居平阳襄陵，先祖
讳殷。兄弟名常，字仲俭，已入黉门，尚未登科。
妹妹叔坚，匹配同邑江和礼，现为五台县县令，
整整八年未见。兄弟前去探看，缘何日久无有
消息，令人悬刻在心。

〔邓绩、邓绥上。

邓　绩：(引)少小应立志，

邓　绥：(引)当即入学初。

邓　绩：(引)要知今古事，

邓　绥：(引)须读五车书。

邓　绩：邓绩。

邓　绥：邓绥。

邓　绩—————————爹爹

邓　绥：(同进)参见伯伯。

邓　攸：儿呀！你们下了学了？

邓　绩

邓　绥：下了学了。

邓　攸：今日为何下学甚早？

邓　绩————————————爹爹—————

邓　绥：今日先生讲书，下学甚迟，伯伯怎么反说甚早？

邓　攸：(看外)噢！我心中有事，竟然忘了时候。绥儿，
　　　请你母亲。

邓　绥：有请母亲。

　　　　　〔金氏上。

金　　氏：（引）堂上无亲难孝养，

　　　　　　　　膝下有子堪教读。

　　　　　何事？

邓　　绥：伯父唤你。

金　　氏：大伯何事？

邓　　攸：两个孩儿下了早学，吩咐厨下预备早膳。

　　　　　〔家院急上。

家　　院：禀员外，不好了。

邓　　攸：何事惊慌？

家　　院：二员外带伤而回。

邓　　攸：快快抬了进来。

　　　　　〔四人抬邓常上。

邓　　攸：兄弟！

金　　氏：官人！

邓　　绩：叔父！

邓　　绥：爹爹！

邓　　常：咳！哥哥呀！哥哥！

邓　　攸：哎呀！兄弟！去五台探你姐姐，怎么成了这般
　　　　　光景？

邓　　常：咳！哥哥呀，是我去往五台，经定襄境，遇见赵
　　　　　王石勒，那贼将我掳去，要我作他参谋来攻我
　　　　　国。想为弟堂堂中国男儿，亦算读书之士，岂能
　　　　　助贼作乱。是我不肯，破口大骂。石贼恼怒，便
　　　　　将我枪戳刀砍，因而成了这般模样，恐怕不久人
　　　　　世了！

（唱）恨番贼恃强暴前来侵扰，

占土地抢金银杀我同胞。

有为弟读诗书颇明大道，

我岂肯贪敌人官显爵高。

因此上狗胡儿将我刑拷，

我的兄长，娘子，二姣儿呀，

浑身上带伤痕连夜脱逃。

讲话中间心血潮，（跌）

邓　绥：爹爹！

邓　攸：兄弟！

邓　绩：叔父！

金　氏：官人！

邓　常：（唱）杀贼人报仇恨你们大家记牢。（死）

　　上段戏文中，就出现了各种人物关系和称谓，有父子、有夫妻、有兄弟、有叔侄等不同的关系和称谓。如邓攸、邓常是兄弟关系，邓攸称邓常为"兄弟（关中方言称弟为兄弟）"，邓常称邓攸为"哥哥"。

　　本单元主要介绍秦腔剧作中所反映的亲族称谓，即父系亲族的各种称谓。包含夫妻、父（母）子、兄弟（姐妹妯娌）、叔（伯）侄、祖孙、翁（婆）媳等各种的关系称谓。

一、夫妻之间

　　关中地区夫妻之间的称谓有多种，一般口语中，丈夫称呼妻子为"老婆"、"婆娘"等，妻子称呼丈夫则为"老汉"、"老头子"等。与外人说及自己的配偶则称谓"媳妇"、"妻子"、"丈夫"、"女婿"、"爱人"等。

秦腔剧作中夫妻之间的称谓根据剧情需要,不同阶层角色的称谓也不尽相同。有些人用文言书面称谓,也有一些人用方言口语称谓。文言一些的称谓中,妻子称呼丈夫为"相公"、"官人",或称呼"郎"、"郎君"、"夫君"、"老爷"等;丈夫称呼妻子为"娘子"、"夫人"。如:

例1.高培支《鸳鸯壶》第一回[3]113:

严　氏:官人慢走,为妻还有不尽之言。

例2.《剪红灯》第一场[25]438:

杨月珍:挂念为妻。动问相公,今乃春暖花开,不在南学中看书,是你回得家来,唤妻出堂,有何大事商议?

吴文正:娘子不知。你看今是大比之年,皇王开科,是我心想上京应名赴试,故此回得家来和娘子商议。

例3.淡栖山《双燕珠》第十四回[32]273:

王　妻:为妻有什么不是,请老爷说个明白。

例4.韩绾青《阉人祸》第六场[38]38:

董珊珊:相公何事生烦?

李　皓:我的愁烦,是因朝廷大事,夫人何必动问。

例5.范紫东《唾骂姻缘》[18]6823:

余孝先:娘子、咱二人今晚成亲、你就该欢天喜地、怎么闷闷不乐、这是何意。

杨秋香:郎君不知、咱们这个姻缘结错了。

秦腔剧作中更多的则是使用方言口语称谓,丈夫称呼妻子为"老婆"、"老婆子"、"婆娘"、"屋里的"、"屋里家"、"娃他妈"等,妻子称呼丈夫则为"老汉"、"老头子"、"老头儿"、"当家的"、"娃他爸"、"娃他大"等。如:

例 1. 高培支《夺锦楼》第一回[4]464：

　　　钱小江：(唱)老汉一言定了点。

　　　　　　　不信婆娘敢胡缠。

例 2.《铁弓缘》第一场[27]375：

　　　周陈氏：(念)老头去世早，

　　　　　　　教我好寂寞。

例 3.《四进士》第六回[36]288：

　　　宋世杰：婆儿这里来。

　　　宋　妻：老头子，你看我打的好不好？

例 4. 李桐轩《孤儿记》第一回[6]1582：

　　　李梦良：哎呀、这怕凶多吉少。(向内叫)婆子。

　　　内　　：说什么。

例 5.《红衣计》第十三回[10]3388：

　　　仓斗子：……你是几口人。

　　　百姓丙：五口人、我和我婆娘、三个娃、五口。

　　　仓斗子：五口人的粮、把粮按给。

例 6. 李桐轩《双姤记》第十二回[6]1787：

　　　杜和甫：只因门婿金志良、有书信报到、女儿悬梁自缢。

　　　　　　　我夫妻同来杭州、已是金家门首、老婆子、你说

　　　　　　　这怎么办。

例 7. 王辅丞《比翼鸟》第十回[23]8990：

　　　铁　裕：(唱)蒲篮筛子担一担。

　　　　　　　　　叫了声屋里家你且近前。

　　　　　　　屋里家走来。

　　　　　　　(铁裕妻上)

　　　铁裕妻：当家的讲说甚么。

铁　　裕：我担上竹器往会上卖货去呀，你可好好看守门户。

例8.封至模《义侠武二郎》第三回[36]9：

武　　大：……今天早饭已罢，不免前去卖饼一回。屋里的，走来！……

潘金莲：……当家的，唤我为何？

例9.李干丞《情战潮》第十六回[36]515：

乙　　女：(唱)一夫一妻一样大。

男女平权本成法，

我把他称娃他爸，

他把我称娃他妈。

甲　　男：娃的妈。

乙　　女：娃的爸，做什么？

甲　　男：抱好娃，坐到这观潮呀！

秦腔剧作中除了以上称谓外，还用到了古汉语中一种称谓"老老"。《汉语大词典》"老老"条："称谓。对男性老年人的敬称。"①《辞源》："对老年妇女的敬称。今多用以称外祖母，也作'姥姥'。"②两书解释各有偏颇。秦腔剧作中"老老"主要用作老年夫妻间的称谓，主要是妻子称呼自己的丈夫。还可用于对别人谈及自己的老伴或谈及别人的老伴的称谓。如：

例1.《奇冤案》第一场[26]285：

---

① 汉语大词典编委会《汉语大词典》(缩印本)，汉语大词典出版社1997年，第4982页。

② 广东、广西、湖南、河南辞源修订组，商务印书馆编辑部编《辞源(修订本)》(1—4合订本)，商务印书馆1988年，第1366页。

钱　　氏：这是老老，自古常言讲的却好，男大当婚，女大
　　　　　当嫁。此乃社会一场大礼。

公孙甫：既然如此，你我同唤女儿商议。

例2.《一瓣莲》第二回[28]427：

卞　　福：老婆。

　　　　　（唱）咱女儿她生的聪明无比，

　　　　　　　　小猴儿倒不像猪狗养的。

　　　　　　　　必须得官宦家成其连理，

　　　　　　　　聪明女总须配聪明女婿。

马　　氏：老老！我且问你，女儿是你我所生，你开口便说
　　　　　是猪狗养的，是何道理？

卞　　福：老婆是你不知，我乃是个属猪的，你乃是个属狗
　　　　　的，女儿是个属猴儿的，难道我恁大的岁数，连
　　　　　相数都不知道吗？

例3.《铁弓缘》第三场[27]388：

匡　　忠：此弓何人能开？

周陈氏：相公有所不知，我老老在世，我老老能开；老老
　　　　　去世，只有我那女娃子能开三把。

二、父子之间

父子之间的称谓是父母和子女之间的相互称谓，父子关系是
重要的人伦关系。古人特别注重其间的称谓。关中地区一般父
母称呼子女为"子"、"儿"、"娃"、"女"、"女子"等，子女称呼父母则
用"父亲"、"爸爸"、"爸"、"大"、"爹爹"、"母亲"、"妈"、"娘"等
称呼。

秦腔剧作中多用口语称谓，子女称呼父亲为"爸爸"、"爹爹"、

"大"、"家大"等,称呼母亲为"妈"、"娘"等。如:

例1.《永寿庵》第四回[26]20:

张　鸾:(引)宸妃未死慈云还,

无故惹起这祸端。

爸爸令我把兵点,

今晚火化永寿庵。

俺公子张鸾。领了爸爸将令,今晚火化永寿庵。
来呀。

例2.《裙边扫雪》第六回[32]484:

丁　子:娃娃伺候爸爸。

太　师:儿呀,吴荣进了京了,你二人阻挡。

例3.《玉凤楼》第三回[10]3620:

平　永:(引)忽听老子唤。

急忙走向前。

家大在上、家娃拜揖。

平　置:不消。

平　永:不消就不消、省得我弯腰。且问家大、唤家娃到
来、有何屁拌。

例4.孙仁玉《秋莲传》第一场[21]8040:

常秋莲:爹爹、这人积恶既久、已经习而成性。咱觉着行
善好、他觉着作恶好。咱劝他学好人、他笑咱是
愚人。万一恼羞成怒、还要将恩作仇。依儿之
见、还是永不往来为妙。

常仕虞:我儿讲得很是、爹爹平日最重信行、已经慨然应
允、万无不去之理。

例5.《铁弓缘》第二场[27]383—384:

周凤英：妈，我不是没有婆家吗。

周陈氏：不要胡说。我知道你没有婆家。人家教我将你
　　　　许给人家，妈妈我说了个不允，那小子他便
　　　　要抢。

周凤英：妈妈，他要抢谁呀？

周陈氏：这一句话，把妈丢在冷水盆里去了。你往前站，
　　　　你没想想，人家抢下我，是熬着卖膏药加！

例6.《红衣计》第十三回[10]3388：

百姓甲：我是领粮的。

仓斗子：你几口人。

百姓甲：我是三口人、我娘、我大、我三口人。

仓斗子：三口人、把粮按给。

较为文言的称谓则是"父亲"、"母亲"、"椿萱"、"萱堂"等。
"父亲"、"母亲"可以自己称呼父母也可用于谈及父母时使用，"椿
萱"、"萱堂"等则主要是和别人谈及自己父母时使用。如：

例1.高培支《宦海潮》第八回[3]36：

余王氏：(引)一旦逃出天罗网。

余必明：(引)要与爹爹报冤枉。

　　　　　　来到店门、母亲请进。(门进)这位就是王先生。

例2.范紫东《软玉屏》第一回[11]3699：

白妙香：(唱)只恨我下无弟上无兄长。

　　　　　　老椿萱教女儿怎好收场。

在古代社会有一夫多妻的情形，这种情况下，庶出子女称呼
妻为"大娘"，嫡出子女称呼妾为"姨娘"或"二娘"、"三娘"等。秦
腔剧作中的用例如：

例1.《进骊姬》第五回[27]33—34：

　　骊　姬：我当是何人，原来是大殿下重耳。

　　重　耳：我当是何人，原来是姨娘，姨娘，为何一人在此？

　　骊　姬：你家父王有命，叫我下楼采花。被蜜蜂将姨娘
　　　　　　围定，快与姨娘打蜂，打蜂。

　　重　耳：姨娘受屈一时，待儿唤来宫娥采女，与姨娘打
　　　　　　蜂，打蜂。

例2.《对银杯》第十三回[29]492：

　　赵　千：三娘呀，三娘呀！你儿上京高中，求来凤冠霞
　　　　　　帔。我娘死后无人穿戴，三娘请来穿戴。

　　三　娘：为娘适才受了你兄弟的官诰，穿不了许多，将凤
　　　　　　冠霞帔赏与你无良心的大娘去吧。

　　秦腔剧作中对子女称呼除了"儿"、"女儿"等较为文言书面的称谓外，用得较多的是方言称谓，称呼孩子为"娃"，男孩女孩均可以用"娃"称谓。女孩还可以称呼为"女"、"女子"、"女娃子"等。如：

例1.《剪红灯》第三场[25]444：

　　吴癞子：妈，你不知道，人家叫三朋四友，你娃爱拉扯，多
　　　　　　拉扯两个，因此上叫三朋六友。

　　沈　氏：娃呀！再多也是三朋四友，三朋四友者好听。

例2.《牧羊卷》第四场[40]244：

　　宋　氏：我娃也坐咧官了，叫妈把你看一下。

例3.李桐轩《双姊记》第十四回[6]1801：

　　杜和甫：看我女就做下什么事了。

例4.孙仁玉《青梅传》第七回[21]8160：

　　李　妻：(掩口笑)嗳呀、他已经不娶人了、我却要与他赔
　　　　　　个罪儿、方能买他的欢心。(看李莲)莲女子、去

回去把房子炕扫一下、为娘和你爹爹一时就进来了。

例 5.《铁弓缘》第一场[27]375：

周陈氏：老身周陈氏。身配周德彪为妻。老老在世，曾
　　　　为晋阳守备之职。老老去世，家丢我母女二人，
　　　　以在晋阳道上开了一座茶馆，苦度生涯。老身
　　　　前些日身染疾病，卧床不起。这两日未曾开张。
　　　　今日天气晴和，心想打开馆门，做做生意，须和
　　　　女娃子商议。凤英、凤英，我的娃呀！

需要说明的是，戏剧中在称谓父母时，同一个人往往会用到多种称呼。如《铁弓缘》，周凤英称呼自己的母亲周陈氏，时而称"母亲"，时而称"妈"或"妈妈"。其他剧作中也有类似情况。

三、兄弟之间

古时讲究孝悌之谊，"孝"指孝顺父母，而"悌"就是敬爱兄长。"悌"成为兄弟之间的一种非常重要的人伦规范，讲究弟敬兄、兄爱弟，兄弟和睦。这里兄弟之间的称谓说的是兄弟姐妹及其配偶之间的相互称谓，主要包括兄弟、姐妹、妯娌等。

一母同胞之间统称"姊妹"，细称则因年龄大小各自区别。称呼长于自己的男性为"兄"、"兄长"、"哥（哥哥）"等，称呼小于自己的男性为"弟（弟弟）"、"兄弟"等；称呼长于自己的女性为"姊"、"姐（姐姐）"等，称呼小于自己的女性为"妹（妹妹）"、"妹子"。称呼自己"姊妹"的配偶也因对象不同而变化，称呼兄长的配偶为"嫂（嫂嫂）"、"嫂子"，称呼弟弟的配偶为"弟妹"，称呼姐姐的配偶为"姐丈"、"姐夫"、"哥"，称呼妹妹的配偶为"妹丈"、"妹夫"、"某弟"等。兄弟的配偶之间统称"妯娌"，各自称谓根据丈夫来称呼

对方,夫族的其他亲属则按照丈夫的叫法来称呼。姐妹的配偶统称"连襟、挑担子",各自则按照自己的妻子来称呼对方,妻族的其他亲属也按照妻子的叫法来称呼。

秦腔剧作中的称谓和生活中一样,下面略举几例简单说明:

例1.范紫东《盗虎符》第八回[13]4705:

赵　　胜:(滚)平原君赵胜自思、我家夫人和信陵君一母
　　　　　同胞、也是魏王的姐姐。此刻你不肯出兵援救、
　　　　　权当你不管赵国、难道也不顾你们同胞姊妹了。

例2.范紫东《花烛泪》[18]6999:

田钟莠:兄弟呵、这儿有黄酒一杯、气味甘美、兄弟你先
　　　　将这杯酒喝了。

田钟秀:哥哥请。

田钟莠:兄弟请。

田钟秀:嫂嫂请。

莠　妻:兄弟请。

例3.高培支《夺锦楼》第十二回[4]532—533:

钱小江:瑶英快来、看你母亲和你姐姐回来了。

钱瑶英:哎呦、母亲姐姐、你今来的实在凑巧。再过一两
　　　　天、人家就把我接到京城去了。姐姐、你这一向
　　　　倒在那里容身、怎么永没听见一点消息。

钱琼英:妹妹你听。

钱瑶英:姐姐、你讲话是讲话、可不许你哭。防备人家接
　　　　我来、听见内边动哭声、还疑心出了别的事
　　　　故了。

例4.《春秋配》第三回[28]19:

张雁行:(引)雄鸡连声报,

　　　　　　　红日倍觉高。

　　　　　　　妹子开门来！

　　张秋鸾：哥哥回来了！

　　张雁行：回来了！

例5.高培支《鸳鸯壶》第十回^{[3]179}：

　　严　氏：闲话少说、同到宴上。请。兄弟妯娌重相见。

　　阴　氏：不觉良心又发现。

例6.范紫东《盗虎符》第十四回^{[13]4746}：

　　安釐王：为王晓得你和御弟信陵君发生关系。

　　张如云：呵呵呵、主公怎么拿血口喷起贱妃来了。贱妃
　　　　　　也给信陵君配不上当嫂子、可是所处之地位、略
　　　　　　略有几分、他总算是我的小叔。礼经上说的明
　　　　　　白、嫂叔不通问、难道贱妃连这一句书也不曾
　　　　　　读过。

例7.封至模《毁家助饷》第六场^{[38]199}：

　　金　氏：大伯伯回来了？

　　邓　攸：哎呀！弟妹不好了！

　　除上述称谓外，"民间还有随儿孙称呼的习俗。长者随自己
的儿孙辈称呼对方，如称亲家母为'他姥姥'，称呼亲家公为'他外
公'，称呼孩子的舅舅为'他舅'等等"①。秦腔剧作中也有这种按
照孩子的身份对人的称呼，比如称呼对方为"娃他姨"、"他二爸"
等。如：

例1.孙仁玉《二百元》^{[19]7315}：

　　常　嫂：呸、他二爸没有死、你就说死了、教我丢丑来了！

————————

① 《陕西省情网·民俗志》，网址：http://sxsdq.cn/sqzlk/xbsxsz/szdyl/msz/

例 2. 范紫东《赌博账》[18]6936：

云　　程：你说她、那是我娃他姨。

张　　奎：怎么、是你小姨子。

云　　程：正是得。

例 3. 孙仁玉《女婿拍门》[19]7274：

李大嫂：你姑夫、你是明白人么、媳妇家梳头呀、洗脸呀、
　　　　收拾脚手呀、还跟得上吗。况且咱的车子还
　　　　没在。

四、叔侄之间

叔侄之间是指自己和父亲的兄弟姐妹之间的关系称谓，一般称呼父亲的哥哥为"伯父"、"伯"、"伯伯"（关中音［bei³¹］），称伯父的配偶为"伯母"、"妈妈"、"×妈"；称呼父亲的弟弟为"叔父"、"叔"、"叔叔"（关中音［sou²⁴］），称叔父的配偶为"叔母"、"婶婶"、"娘娘"、"×妈"等；称呼父亲的姐妹为"姑"、"姑妈"、"姑姑"、"姑母"等，姑母的配偶称为"姑父"、"姑爹"等。

例 1. 封至模《毁家助饷》第一场[38]197：

邓　　绩：爹爹，我要我那叔父。

邓　　攸：怎么，你要你那叔父吗？ 那里面就是儿的叔父，
　　　　儿要叫呀！

邓　　绥：伯父！ 我也要我那爹爹！

邓　　攸：噢！ 你也要你那爹爹么？ 那里面就是你那爹
　　　　爹，儿呀！ 你也要与我叫呀！

例 2.《两河关》第十七场[39]261：

姚仙童：我想我老哥子把奸贼交付于我，我不免交付于
　　　　我三爸。三爸走来。

例3.《剪红灯》第三场[25]445：

沈　　氏：癫子娃是你不知。今是大比之年，皇王开科，你
二大上京应名赴试去了，家丢你二娘，是他一人
孤孤栖栖，以为娘心想，命我娃以到下院去搬你
二娘以到上院，和为娘我一处过活。娃，你可情
愿前去？

例4.《安安送米》第九场[24]095：

姜　　诗：姑母到了请坐！姑母前来为何？

灵　　姑：我问你娘疾病如何？

姜　　诗：越加沉重了！

例5.孙仁玉《女婿拍门》[19]7283：

长　　生：我姑把门关上、我姑夫跑了。

李大嫂：快赶去、快赶去。

上述几例中，例2的"三爸"、例3的"二大"、"二娘"是关中地
区特色称谓。相对于称呼长辈而言，自己称呼兄弟家的儿女则为
"侄子"、"侄儿"、"侄女"等。如：

例1.高培支《鸳鸯剑》第四回[3]73：

郑善全：侄女既有这样血性、老汉焉有不去之理。何时
起程。

例2.高培支《鸳鸯壶》第五回[3]143：

林桂芳：贤侄夫妻受苦、我之过也。快快换衣来。

五、祖孙之间

祖孙之间的称谓指自己和祖父辈的人之间的称谓，包括爷
爷、奶奶、姑奶奶等。关中方言中，称呼父亲的父亲为"祖父"、
"爷"、"爷爷"等，称呼父亲的母亲为"祖母"、"婆（婆婆）"；称和祖

父同一辈分的男性与祖父同,也有在称谓前加上排行,称"大爷"、
"二爷"、"三爷"等。称呼和祖母同辈分的女性与祖母同。称呼父
亲的祖父为"太爷",父亲的祖母为"太奶"、"太婆"。如:

例1.《合凤裙》第八场[8]2726:

韩　妻:怎么、你还打我呀、你先与我住了。你莫在你神
轴上边看、你太爷没打过你太婆、你爷没打过你
婆、你爸没打过你妈、到你手里、你还有秃子呢、
你还打我呀、你还不与我收拾了。

例2.《两河关》第十四场[39]246:

姚仙童:我三辈先人叫个啥?我三辈先人叫啥?

智子衍:你爷、你爸、你,你爷、你爸、你!

例3.吕南仲《枯杨枯》[22]8837:

莫　孙:爷爷,你要娶婆婆啦,看你不知害羞。

例4.《安安送米》第三场[24]072:

灵　姑:安安站起来!传禀你婆婆,就说姑婆到。

安　安:禀婆婆,我姑婆到。

称呼儿子的子女为"孙"、"孙子"、"孙女",其配偶则称呼为
"孙媳"、"孙媳妇"、"孙女婿"等,或笼统地称孙辈为"娃"。如:

例1.《桃花媒》第四场[38]107:

苏老三:(唱)叫声侄媳莫上气,

听我把话说端的。

六娘他是我孙女,

岂能选配坏女婿!

例2.《大烟魔》第五回[35]485:

耿惠湘:再无法可想,只有叫我丈夫将鸦片烟戒了。

范　氏:呵,这个法子对。孙儿、孙女,叫你父去,他再不

来，从床上把他拉下来。

例 3.吕南仲《摔黑碗》[22]8848：

> 杨褚氏：这许多虱，不是孙媳与我篦了，身上的血，尽教
> 　　　　它吃完，还不够哩。说是孙媳，象你婆婆待我这
> 　　　　样狠心，就不该有你这样好媳妇。有了你这样
> 　　　　好媳妇，就不该有你婆婆待我这样狠心。想起
> 　　　　我从前侍奉婆婆，也自问心得过。说什么循环
> 　　　　报应，真是天没有眼。

例 4.高培支《鸦片战纪》第十一回[5]1498：

> 王　鼎：你婆婆疑心太大了。我娃没长大，爷丢不下我
> 　　　　娃。(三人同流泪)去，叫你婆婆放心，爷爷不
> 　　　　死，一时就来。

六、翁媳之间

翁媳关系指的是和儿子的配偶之间的称谓关系，包含翁媳、婆媳两种关系。称谓上，妻子称呼丈夫的父亲为"公公"、"翁翁"，旧称为"舅"；称呼丈夫的母亲为"婆婆"、"阿家"，旧称"姑"。如：

例 1.李桐轩《戴宝珉》开场(楔子)[6]1709：

> 戴宝珉：二因家庭专制、女人缠足、作媳妇的、不敢有一
> 　　　　点自由行动。若犯了阿家的令、比犯王法还
> 　　　　厉害。

例 2.李桐轩《双姤记》第十四回[6]1801：

> 刘颂清：(笑)哈哈、好个忠厚长者。女儿、从今向后、称他
> 　　　　(指金海槎)公公。(指王氏)呼她婆婆。(指金志
> 　　　　良)你两口是夫妻、再不要爹爹妈妈哥哥妹妹了。

例 3.吕南仲《摔黑碗》[22]8846：

　　　　杨窦氏:(唱)亲手与姑来送膳。

　　　　　　　　心中总是不喜欢。

　　　　　　　　妾身窦氏。说是我那老不死的姑,今年有了八
　　　　　　　　十三岁,阎王爷还不叫她去。做媳妇的,少不得
　　　　　　　　每日三餐,都要送到她的口里,教人实在厌恶!
　　　　　　　　(将饭倒黑碗内)这就是饭,自己拿上吃去!

　　例4.李干丞《鱼水缘》第二场[38]485:

　　　　李　氏:为娘未生我儿的时候,你父亲就把你给过了。

　　　　黄云妹:既然把我给他,我怎么把他不叫翁翁而叫伯
　　　　　　　　父呢?

　　例5.《玉凤楼》第二回[10]3619:

　　　　杨海棠:母亲。

　　　　　　　　(唱)闻听说翁翁死将谁孝敬。

　　　　　　　　　　婆婆是妇人家不知世情。

　　关中地区生活中主要称为"公公"、"婆婆",民间也有随着丈
夫叫"父亲"、"母亲"或"爸"、"妈"等称呼的。秦腔剧作中也可见
到这种称谓方式,如:

　　例1.《大烟魔》第二回[35]465:

　　　　谭少伯:(引)六旬祝寿日,

　　　　范　氏:(引)预备待佳宾。

　　　　　　　　媳妇,把一切可曾备齐?

　　　　耿惠湘:备齐多时。爹爹在上,媳妇参拜。(拜)

　　　　谭少伯:我儿站起来。那个奴才还未回来!

　　例2.范紫东《鸳鸯阵》第八回[14]5431:

　　　　侯可观:怪道你阿家说、不用五刑、总不肯说、一点儿
　　　　　　　　不错。

刘　妻：大老爷、我母亲那是故意害我呢。

侯可观：满口胡说、你阿家怎能害你。人役们、捣起来。

对于公婆而言，称呼自己儿子的配偶为"媳妇"、"儿媳（儿）"、"儿媳妇"等。秦腔剧作中的用例如：

例1.《取金陵》第四回[35]105：

郭张氏：这是媳妇，你丈夫要将淑贞纳妾，可有此事否？

天叙妻：咳，成天家不是说我身子不端正，就是说我脚儿
　　　　不踜蹭，方才若非媳妇娃从中制止，他便要娶。
　　　　还请婆婆大法处治，不然另娶一个好的，媳妇我
　　　　倒该怎么处呀！

例2.孙仁玉《螟蛉案》第十场[21]8471：

彩　凤：爹爹在上、孩儿与爹爹请安叩喜。（叩）爹爹万
　　　　福、爹爹恭喜。

魏乐善：这想必就是我们的媳妇。

魏　妻：正是的。她是我们的干女、而今成了我们的媳
　　　　妇。她就和我们女儿一样。她名儿叫做彩凤、
　　　　你再叫她、就叫彩凤。

第二节　秦腔与家庭观念

"忠孝节义"是中国古代社会重要的人伦规范，这种人伦规范深深影响着华夏一代又一代的人们，成为中华文化的一个重要组成部分。"忠孝节义"的理念贯穿着中华民族文化发展的始终，也是中国文学史上一个永恒的话题，自然也成为中华戏曲所要宣扬的主题之一。其中，"孝"是规范父子之间关系的一项标准，讲究"父父子子"，即"父慈子孝"。《左传·隐公三年》："且夫

贱妨贵,少陵长,远间亲,新间旧,小加大,淫破义,所谓六逆也。君义,臣行,父慈,子孝,兄爱,弟敬,所谓六顺也。去顺效逆,所以速祸也。"①

　　在各种人伦关系中间,家庭之间的关系非常重要。家庭成员之间的关系有多种,有父(母)子(女)、翁(婆)媳、兄弟、妯娌等,任何一种关系的处理都关系着整个家庭的和睦。古时讲究家庭成员当中的相互关系,在上文的各种称谓语上就有体现,而称谓语的不同,正是不同家庭成员之间的关系、礼仪、制度、行为规范的反映。

　　我们把秦腔剧作中出现的家庭观念分为父子、婆媳、兄弟(妯娌)、继母等几种来介绍。

一、父慈子孝

　　宣扬孝道、宣扬家庭和睦是戏曲惩恶劝善的教化功能之一,戏剧正是通过孝道等的宣扬达到教化目的。范紫东在《大孝传·原序》中说[12]4301:"世俗所传之二十四孝,人皆知以虞舜为首。究竟舜之际遇若何,孝之实际若何,读书人类能知之,而普通人未必知之也。故本剧曲为传出,以为教孝之一助。孔子曰:'非孝者无亲,此大乱之道也。'今日丧心病狂之徒,竟有明目张胆、敢于非孝者矣。为是说者,岂真无亲耶,无惑乎祸乱相寻而靡所厎止也。"

　　子女要尽孝道,要牢记"百善孝为先",听从父母之言,要能晨昏定省,尽孝于父母膝下,能"生事之以礼,死葬之以礼,祭之以礼"②。如果不能做到这几点,即视为不孝。秦腔剧作中也有如

---

①孔颖达《春秋左传正义》,见《十三经注疏》,中华书局 1980 年,第 1724 页。
②邢昺《论语注疏》,见《十三经注疏》,中华书局 1980 年,第 2462 页。

此论述，如：

例1.《六月霜》第二场[37]173：

王春容:(唱)恨奴家是女流难尽子道，

可怜我老爹爹路途远遥。

人世上百善事没过尽孝，

王春容在家中枉把心操。

例2.《九华山》第五场[40]26：

王　豹：……是你不遵父命，谓之不孝；背夫逃走，谓之

不贞。……

例3.冯杰三《投笔从戎》第五回[35]32：

班　超:哎！

(唱)正好娱亲供晚景，

外族侵略占边城。

捐躯抗敌奋余勇。

拜别萱堂要起程。

母亲在上，不孝儿班超与娘叩头。儿今远离膝

下，不能晨昏定省，望娘珍重玉体，孩儿才能

放心！

例4.《牧羊卷》第四场[40]249：

朱春登:(哭)罢了母亲，老娘！哎呀，儿的娘啊！

(滚)我哭哭一声母亲、老娘、儿难见得娘啊！自

古常言讲的却好，生祀之一礼，死葬之一礼，祭

之一礼。生而不能养，死而不能葬，葬而不能

祭，祭而不能哀，哀而不能伤，伤而不能恸，看在

其间你儿何为大孝乎？娘啊！圣人有云:羊羔

跪乳乌鸦反哺，牛有舐犊之意。你儿不如禽兽

　　　　乌乎了！儿的娘啊。哎呀！我的二老爷啊，我
　　　　叫叫一声兄弟呀，兄弟！为兄奔上边庭吃粮，婶
　　　　娘身管家事，为兄上前讨些盘费，兄弟呀，你说
　　　　婶娘她与我多少盘费？

　　秦腔剧作中宣扬孝道、宣扬家庭和睦的剧作很多，这些剧目基本遵循了"百善孝为先"、"父慈子孝"的人伦规范，通过"孝子孝道得以宣扬"、"不孝逆子遭受谴责"的情节模式，通过孝子和逆子的行为因果，达到劝诫人们要孝养父母的目的。孝子有好报的剧目不少，如《大孝传》、《孝子花》、《负米养亲》、《双娇记》等。

　　《大孝传》中，虞舜孝顺父母，亲近兄弟，以孝事天下，终于得到帝尧的赏识，不仅妻之以二女，而且将帝位禅让给虞舜。《孝子花》中，闵子骞不计较继母用芦花给自己絮袄的行为，劝化继母幡然悔过，最终使得全家和睦。《负米养亲》中，子路因本郡年荒，母亲年老，从数百里外负米养亲，受到世人颂扬。这三个人的孝行都得到了后世的褒赞，皆跻身"二十四孝"的行列。

　　不惟圣人贤士能恪守孝道，一般人物也能以孝事亲，最终得到褒扬。《双娇记》中，李仲翁因为求生，携女儿李红玉来杭州，半年未觅得职业，困住店中身染重病。李红玉听说"亲人血肉，和药服下，便能愈病"，于是偷偷从身上割下一片肉，煎在药里，希望"有此血诚，邀得上苍眷佑"，以医好父亲病疴。无奈其父病重不医，李红玉"但免得亲父尸暴露中野，奴甘愿卖本身与人作妾"[6]1747。李红玉剜肉医亲，卖身葬父，其孝道最终也得到了善报。

　　和孝子得好报相反，恶子不孝父母终得谴责的剧目也有不少。如《纨袴镜》中，纨袴子戚祖诒被流氓萧怀策等人欺骗，沉溺烟花赌场。其母教训戚祖诒，而戚不光不听，反而变本加厉。其

母忿极而死。戚不顾人伦，不参加母亲葬礼，反而夺走家财。其妻仇氏阻之不得、亦悲愤自尽而死。好端端的家庭从此瓦解，而戚并不醒悟。后来戚之财产被几个流氓席卷一空，戚无以为生，只好自尽街头。临死方知悔悟，将自己的经历写在墙头以警后人。

《大烟魔》中，谭德容吸食鸦片，且烟瘾很大，只顾沉湎吸烟而不理家事。后谭父病故，而谭德容只顾吸烟，不管父亲葬礼。谭子误食戒烟药身死，谭仍吸烟而不顾及。其母无奈自杀，其妻上吊，家产被人吞没，德容仍不管不顾。后房屋卖尽，烟瘾发作，又将女儿卖入烟花。家破人亡后，德容方才悔悟，将吸烟之害书于纸上以告诫后人，自己则碰石而死。以上两剧主要宣扬嫖赌以及鸦片烟的危害，但都是通过不孝子的行为后果来劝诫世人。

《贤孝配》中，任灿欲去潼关逃荒，不想带母亲而任其饿死家中，其妻坚持带着老母逃难。任灿假意应允，途经柏阳山，将其老母骗上山顶后将其推落山下。其母被财神救下，被薛茂德认作生母奉养。任灿与妻乞讨至薛门，任母收留儿媳桂香而将任灿拒于门外。任灿和薛茂德见官辩理，任灿在公堂赌咒，立刻遭到雷殛，逆子终遭天谴。

二、婆媳相亲

民间自古有"多年的媳妇熬成婆"的说法，说明婆媳关系是家庭中最难处理的问题。一般认为婆媳关系多是水火难容的，但在讲究孝道的传统约束之下，婆媳之间多能相安融合，关系紧张的还是少数。秦腔剧作中的婆媳关系多以婆慈媳孝、家庭和睦为主，也有个别关系紧张的，多为婆婆家庭专制，对媳妇诸多限制。李桐轩《戴宝珉》一剧就说出了恶婆婆家庭专制的问题，如《戴宝珉》第一回[6]1710：

> 王纫姑：奴家王氏、小字纫姑。自小择配徐门、婆婆家法
> 　　　　严谨、一点不顺意、就教她儿子将我百般打骂。
> 　　　　这有什么说的、只怪我娘在家、一味惯养奴家、
> 　　　　今日作了媳妇、只好吞声忍气、过这日子。几时
> 　　　　熬到婆婆地位、也就脱了这个苦了。

周至县的王纫姑回娘家小住，婆婆所给期限已到，急着赶回婆家。而其父因贪恋大烟，不及送她，王纫姑只好独自上路。不巧路上碰到强人，将其衣服包裹等全部抢走。王纫姑又羞又怕，无奈之下只好自尽。导致王纫姑自杀的原因很多，本剧开场就通过戴宝珉之口予以说明[6]1709：

> 戴宝珉：老汉详细推究、这事有好几宗原因。一因吃鸦
> 　　　　片烟的、贪图多吃几口、耽误了正经人工夫。二
> 　　　　因家庭专制、女人缠足、作媳妇的、不敢有一点
> 　　　　自由行动。若犯了阿家的令、比犯王法还厉害。
> 　　　　三因百姓事事靠官、不知自己防备盗贼、闹得盗
> 　　　　贼横行、莫人敢问。四因作官的平常于地方风
> 　　　　俗、不肯用心、出了事、只顾他自己的考成、哪管
> 　　　　冤屈死好人。

恶婆婆欺凌媳妇的家庭专制自然在需要改正的行列，李桐轩编此剧的目的之一也在于要改革家庭关系。而这正突显了戏剧的劝善教化功能。

在戏剧教化模式之下，无论恶媳还是恶姑都能得到教育，改恶从善，婆媳关系变得和睦融洽。为了劝导改善婆媳关系，易俗社孙仁玉编了几部关于婆媳关系的折子戏，如《新小姑研磨》、《看女儿》、《阿姑鉴》等。

　　《新小姑研磨》中婆婆虐待儿媳，要儿媳推磨，并威胁"今天这二斗麦推不完，总要把你咻皮活剥了哩"。而次子及女儿都爱怜嫂子，一同帮助嫂嫂推磨。婆婆发现，痛打媳妇，次子及女儿求情。正巧儿子回家，婆婆又改口说次子及女儿不肖，正要责骂他们，儿媳又代为乞情。其女批评母亲，其母因而产生悔意。

　　《阿姑鉴》中魏继齐继室姚氏虐待儿媳郑娴娟，郑父郑愚直偕子前来辩理。两家发生语言冲突，互不相让。郑家进而追讨魏家所欠债务，魏怒追打姚氏。幸而媳妇夫妻和睦，郑氏父子离去，姚氏因此事亦深感悔悟。

　　《看女儿》中任柳氏喜爱女儿而厌恶儿媳，女儿的婆婆也是如此。任柳氏挂念女儿，一日进城看望女儿，看到亲家母对自己女儿的态度，就和亲家母争吵起来。二人争吵之际，其女婿回家，劝解二人"你二人都爱自己女。全不想女儿长大也要做人妻。将心比、都一理。别人打骂你依不依。劝二老莫要偏爱女。对媳妇也要同看齐"[19]7201。二人始悟，决心把"爱女不爱媳妇"的毛病都改掉。

　　吕南仲在《摔黑碗》中则安排了一出儿媳教育婆婆的情节。窦氏的婆婆已八十余岁，窦氏对婆婆不孝，每日用一个不洗的黑碗给婆婆送饭。窦氏的儿媳花醒姑，则暗中侍奉祖母。不巧被窦氏发觉，窦氏当面申斥花醒姑。花醒姑故意装作认错，要把窦氏的行为，作为自己对待婆婆的榜样。窦氏最终醒悟，改变了对婆婆的态度。剧本最后通过几句话说出了婆媳之间的因果循环关系[22]8852：

　　　　杨褚氏：（念）为姑本是为媳身。

　　　　杨窦氏：（念）前媳后姑同一人。

　　　　花醒姑：（念）果是为媳能孝顺。

到老为姑福自伸。

三、兄弟和睦,妯娌相敬

兄弟之间的关系也是家庭关系中非常重要的一环。俗话说:
"兄弟同心,其利断金。"《论语·学而》则说:"弟子入则孝,出则
悌。"要求弟子回家要孝顺父母,出外要敬爱兄长。汉语有一个专
门的字"悌"来说明兄弟之义,"悌"就是顺从和敬爱兄长。贾谊
《新书·道术》:"弟敬爱兄谓之悌,反悌为敖。"①"悌"是兄弟双方
相互的责任,要求"兄友弟恭"、"相敬相爱"。《泾阳县志》中有"兄
弟同心金不换,先后(妯娌)和气家不散"之语②。

秦腔中也有一些宣扬"悌"的剧作,通过"兄弟和睦则家庭兴
盛,兄弟阋墙则速祸招灾"的故事情节,宣扬了兄弟相敬、妯娌相
亲的家庭准则。如《鸳鸯壶》、《樵夫妇》、《仇大娘》、《花烛泪》、《洗
衾记》等。

淡栖山《樵夫妇》中,王友仁、王友兰弟兄二人,父母双亡,家
境贫寒。兄嫂砍柴纺织,艰难供弟读书。弟为求功名赴京赶考,
兄嫂竭力资助。友兰外出久无音信,其妻周月英不守贫贱,常与
兄嫂吵闹,兄嫂百般劝阻亦无悔意。友兰中状元回乡祭祖,闻听
月英之事,愤怒之下欲与之决裂。嫂嫂李秀霞设巧计教训月英,
月英改悔。经兄嫂斡旋,友兰与月英重归于好。本剧中王友仁、
李秀霞夫妇心胸开阔、亲爱兄弟,终以爱心感念弟妇,理应受到人
们的赞扬。

高培支《鸳鸯壶》(此剧又名《手足鉴》)中,朱文魁命其弟朱文

①贾谊《贾谊集》,上海人民出版社1976年,第137页。
②泾阳县县志编纂委员会《泾阳县志》,陕西人民出版社2001年,第737页。

炜偕家人段诚出外讨账,讨得银子三百余两,归途遭遇不平之事,文炜以银救得林岱夫妻脱困。朱文魁知道后非常生气,将文炜及段诚赶出,自己独卷银两归里。朱文魁贪赌,屡输不支,与妻阴氏暗商,将弟妻姜氏卖于山贼。段诚之妻欧阳氏设计救出姜氏。其后历经磨难兄弟重逢,朱文魁夫妇终改悔,一家团聚。

李约祉《仇大娘》中,仇福、仇禄两兄弟,兄长耕种供养弟弟读书,家庭和睦、家道充裕。仇福受恶人挑唆,与其母弟分居。后受勾引沉溺赌场,及至田产荡尽。其姐仇大娘代为打理仇家,后历经波折,仇福尽改其恶习,父子兄弟一家团圆。

兄弟如果不和睦,或者兄弟相欺,就会招致祸患。范紫东《花烛泪》中,烟鬼田钟荛想霸占家业,与刘二、王五商议,用毒酒害死其弟田钟秀,暗不发丧,并将弟媳娶过家来,想要将其卖掉。田钟荛夫妇出门避弟之殃,刘二王五各装鬼祟来盗嫁妆。田钟秀因服毒不多而复活,刘二、王五各自误为见了真祟被当场吓倒。田钟荛回家,亦以为遇到其弟之殃,也被吓死在院内。后经官问明真相,即判钟荛妻托官媒出卖,银归其弟。判刘二、王五死罪。田钟荛夫妇不顾兄弟亲情,害死兄弟,并欲卖掉弟妇,结果一人被吓死、一人被官媒出卖。害人终害己,为恶受惩罚。通过这一故事既宣扬了兄弟相亲的家庭伦理,又宣扬了"积善之家必有余祥,不善之家必有余殃"[18]7010 的重要道理。

孙仁玉《洗衾记》中,邢友、邢悌二人幼丧父母,赖兄嫂抚养成人,同校读书。邢友之妻王氏,不顾兄弟妯娌之礼,无礼打骂嫂嫂。邢友与弟设计教训王氏。王氏改过,一家和好如初。本剧最后通过几人的唱词说出了兄弟和睦的重要性[19]7304—7305:

　　吴　氏:(唱)妯娌相敬又相扶。

　　邢　友:(唱)兄友弟恭是良图。

王月凤：(唱)自家作孽自家受。

邢　悌：(唱)后人依样画葫芦。

四、继母不贤

在中国传统文化中，继母一直是以负面形象出现的。秦腔传统剧目中，有不少反映继母陷害前房子女的事情。群众中有秦腔剧"不是奸臣害忠良，就是相公追姑娘，或者妖婆害先房"的说法①。

关中方言中，继母也称"后妈"、"晚娘"、"姚婆"、"姚娘"。据说"姚婆"一词起源于虞舜的继母姚氏，姚氏以多次陷害虞舜闻名，后世遂将继母称为姚婆。范紫东《关西方言钩沉》："(姚婆、姚娘)前房有子，称继配谓之姚婆；对其子谓之姚娘。按舜姓姚，其后母为姚姓之婆子，以虐待前房之子著名，俗遂以姚婆姚娘为嘲讽继母之语。"②范紫东《大孝传·原序》[12]4300："舜母既为后母、世俗称后母为姚婆、此其本也。"《乾县志》："传说舜的继母姓姚，以虐待舜著名，后世遂称继母为姚婆。对先房孩子而言，继母称为姚娘或姚妈。"③

秦腔剧作中出现了不少继母(姚婆)的形象，并且主要是常见的反面形象，即恶毒残害前房子女的姚婆形象。如《大孝传》中的姚婆、《双凤飞来》中的孙娘子、《燰玉佩》中的槐氏、《泰山图》中的何氏、《双刁传》中的贺氏、《贩马记》中的杨氏、《海棠计》中的乔氏、《白雀匣》中的段母、《冰玉缘》中的刁氏、《六月霜》中的黎氏、

---

①焦文彬《长安戏曲》，西安出版社 2002 年，第 95 页。

②范紫东《关西方言钩沉》，(西京)克兴印书馆 1947 年，第一卷第 12 页。

③乾县县志编纂委员会《乾县志》，陕西人民出版社 2003 年，第 708 页。

《孝子花》中的李氏、《春秋配》中的贾氏、《济南案》中的杨氏、《冰玉缘》中的刁氏等，都有迫害甚或残害前房子女的恶行。

《海棠计》中，湖广生员张得彦，有继母乔氏。乔氏厌恶张得彦，意欲除之。与自己带来的儿子周来，设下毒计，要害死张得彦。周来在海棠花上抹上蜂蜜，吸引来蜜蜂，乔氏假托去花园散心，到花丛中摘花，看到花上蜜蜂聚集，喊张得彦前来打蜂。张得彦不知就里，帮助乔氏驱赶蜜蜂。打蜂中间，乔氏大叫张得彦调戏自己。张父不明真相，将张得彦打至昏死。得彦妻闻讯，怕自己受到迫害，遂逃出至京鸣冤。张得彦苏醒后也出逃，后经辗转考中状元。丞相窦容主持公道，斩杀了周来，用鞭打死乔氏并弃尸荒郊。本剧中，乔氏出场就交代了自己的恶毒心肠[38]139：

　　乔　　氏：(念)世上三恶：

　　　　　　　蝎子、老虎、姚婆。

　　　　　　　把人家娃娃恨死，

　　　　　　　把自己娃肩上掮着、头上顶着。

　　　　　　　奴家乔氏。前男人死去，后跷了一步，出嫁张门员外，倒也见爱。只是大相公夫妇和我言气不和，不免将我儿子唤近前来，与我定得一计，要害大相公夫妇以死，方取我心头之恨。

善恶终有报，继母为恶，一定受到处分。要么受到舆论的谴责，要么受到应有的惩处。秦腔剧作中继母的结局主要有两种：一种是过而能改和睦全家，一种是怙恶不悛终遭报应。

过而能改的继母如《孝子花》中的李氏和《大孝传》中的姚婆。孙仁玉《孝子花》中，闵子骞丧母，其父闵思恭续娶李氏。李氏偏心，隆冬时节给亲子用丝绵絮袄，而给闵子骞絮以芦花(苇絮)。闵思恭发觉闵子骞寒冷，得知原委，即回家与妻面理。妻子强词夺理,闵思恭意欲休妻。闵子骞大贤,为继母求情。继母亦知改悔,全家和睦。

范紫东《大孝传》中,舜的继母姚氏伙同瞽叟和象,多次陷害虞舜,而舜虽屡遭陷害而不死。尧将帝位禅让给舜后,舜不计前嫌,仍孝顺父母、亲近兄弟,受到世人赞誉,位列"二十四孝"。其父母兄弟亦幡然悔悟,改过自新,一家和睦。《大孝传》第十七回写了舜的贤孝和继母的悔改[12]4383—4384:

姚　婆:(唱)夫君没要将气上。

　　　　　听为妻详细说衷肠。

　　　　　奴向来作事真混账。

　　　　　到今日一家遭祸殃。

　　　　　重华儿他有容人量。

　　　　　孝行不改格穹苍。

　　　　　你还要将我少原谅。

　　　　　从今后总要学贤良。

　　　　　有不是都在我身上。

　　　　　自己甘苦自己尝。

象　　:(唱)爹爹将儿也原谅。

　　　　　从今后永远不荒唐。

瞽　叟:你个贱人、千方百计的总想把我娃害死。多亏我没害死的这娃、连皇上都丢下不作、那晚偷的将我背上跑咧。靠你们些、我老早的都给人抵了命咧。你们早些滚蛋、仍然干你个旧营生儿去。

姚重华:我的爹爹呀。(跪)

　　　　(唱)劝爹爹详细再推想。

骨肉莫将感情伤。
从前的话儿且莫讲。
讲出口教人痛心肠。
只要以后知礼让。
一家和气便荣光。
人能改过皆可谅。
论情况且是伦常。
请父亲为儿放海量。
继母一样是亲娘。

姚　婆:夫君、我如今也明白了、实在把我娃冤屈咧。

象　　:我哥哥总算好人呢、我如今才知道咧。

然而过而能改的继母形象在秦腔剧作中并不多见,出现最多的还是那些恶而不悛终遭报应的继母。如高培支《煖玉佩》中的槐氏谋害前房子女,恶贯满盈,终遭法办;《春秋配》中的贾氏虐待前房女儿,终遭杖责;《济南案》中的杨氏残害继女,被凌迟处死;《六月霜》中的黎氏折磨谋害继女,最终儿子被杀;《白雀匣》中的段母和儿子贾不忠密谋,欲强娶前房女儿翠霞,结果贾不忠被翠霞杀死。段母告官,乡约不应。段母回家向灶神赌誓,被五雷劈死,终遭天谴。本剧第十八场[10]3565—3566:

闻太师:(引)墨麒麟四蹄生烟。
照阳世威烈庄严。
威凛凛二十四帅。
玉祖命清查世间。

雷部掌案太师闻。孝廉星官下凡。遭逢狗咬星加害、玉祖有命、五雷而劈之。来呀、摆动威严。(段母乡约上)

乡　　约：走走走、我把你个老乞婆、我看你给我怎么赌
　　　　　咒呀。

段　　母：你不要忙、我就给你赌呀。

乡　　约：你就给我赌。

段　　母：进了灶房，怎么心内害怕的要紧。哎，说不了、
　　　　　灶神爷在上、灶神爷在上、我若要有害我娃之
　　　　　心、把我么、把我教天雷击了去。

闻太师：五雷而劈之。（雷击段母，乡约急下）

邓　忠：五雷而劈之。

　　秦腔剧作中出现继母的形象，具有增强剧情曲折性的作用，同时也符合戏曲的教化功能，符合大众的审美需求。

第八章　秦腔与关中地区生活

第一节　概述

地方戏曲是所在地的一种重要的民俗事项,也是一个地方文化的重要体现。作为民俗事项,他又不可避免地和其他民俗事项发生各种联系。其他民俗事项会对戏曲产生影响,戏曲也会"观照"其他事项,在戏曲中反映出其他的民俗事项。

秦腔起源于关中地区并流行于西北地区,自然而然地会反映这一地区,即以关中为代表的西北地区的地域文化。作为地域文化重要一环的民俗自然也在反映之列。秦腔剧作中反映出来的关中地区民俗事项众多,"家居、饮食、婚姻、家庭、生育、丧葬、信仰、禁忌"等等,在剧作中都有反映。

比如我国自古就有关于"打喷嚏是别人说自己"的说法。《诗经·邶风·终风》:"终风且曀,不日有曀。寤言不寐,愿言则嚏。"毛亨传:"嚏,跲也。"郑笺云:"言我愿思也。嚏读当为不敢嚏咳之嚏。我其忧悼而不能寐,汝思我心如是,我则嚏也。今俗,人嚏,云:'人道我'。此古之遗语也。"[1]如今民间多传说,一人打了喷

───────────────

[1] 孔颖达《毛诗正义》,见《十三经注疏》,中华书局1980年,第299页。

嚏,就会说"是谁说我了"。《陕西省情网·民俗志》第六篇"信仰崇祀民俗"第二章"迷信"第二节"预兆类"记载:"今天,民间仍有人认为打喷嚏是有人思念自己或议论自己。此外,还有人以打喷嚏为凶祸的征兆。这些人常常在打喷嚏后咒骂一句,借以破除凶兆。"①

秦腔剧作中就有被议论者"打喷嚏"的说法,如:

例1.孙仁玉《商汤革命》第十回[20]7582:

> 费　　昌:真是可怜又可笑也。
>
> 　　　　(唱)无处啖饭无巧计。
>
> 　　　　　　骂的桀王有何益。
>
> 费夫人:哎呀是呀、无处可吃、不想法子、骂的能抵甚事。
>
> 费四婶:而况人家并听不见骂、还且并不怕骂。
>
> 费二娘:哼、他总要多打几个喷嚏哩。只是骂得越凶、肚子越松、这该怎了呀。

夏桀暴虐,人民不堪其扰,偕同逃难,路上咒骂夏桀:"骂桀王来骂桀王。你是个冷子和黑霜。你害得老老少少男男女女难生长。你还说你是日头不灭亡。""时日何时丧、予及汝偕亡。"[20]7581—7582虽说这些咒骂被骂者夏桀听不到,不过民众也认为"他总要多打几个喷嚏"。正说明关中民间也有这种"打喷嚏"的说法,这其实就是一种风俗的反映。

秦腔剧作中还有一些环节,就是当别人在背后议论某人时,被议论者则打喷嚏以回应。如:

例2.李干丞《白板进士》第十二回[28]247:

> 文天一:那人是谁么?

---

① 《陕西省情网·民俗志》,网址:http://sxsdq.cn/sqzlk/xbsxsz/szdyl/msz/

章阿瑗：必是那婆娘的奸夫。

文天一：她明白，我不晓得。

章阿瑗：你怎肯揽他？（武承烈喷嚏）

文天一：实在出人意外。

例 3.《取金陵》第十一回[35]134：

江　妈：他是我家主母。只因主人经商在外，不知道哪
　　　　个天杀的，（慧明打喷）冒风咧吗，是凉着啦？把
　　　　两只鞋暗暗藏在床下，主人回来一见大发雷霆，
　　　　言说主母不知与哪个狗娘养的和尚通奸，便写
　　　　休书一张，立刻赶在门外。姐姐家中窄小，特到
　　　　你家借住几日，兄弟意下如何？

例 2 中，书生文天一父母去世，生活无以为继，只好在章太璞
家作佣工。章子章维屏初赴试，章家命文天一作书童伴其前去。
赴试途中遇雨，借宿柳遇春家中。柳妻柳金氏与邻人武承烈有私
情，约好晚间幽会。后来发生了一系列误会，文天一释疑，提到当
晚之事。武承烈刚好在旁边，因别人说到自己的事情，故而打了
"喷嚏"。例 3 中，商人田兴外出经商，其妻郭风云与江妈作伴。
家旁寺中的和尚慧明贪图郭风云貌美，欲勾引郭氏。买通江妈，
陷害郭风云。田兴中计，大怒之下休了郭氏。后来江妈将郭风云
骗至还俗的慧明（改名江天成）家，假装向慧明说明郭氏受屈过
程，因用了诅骂性语言"天杀的"，提及慧明当日之事，慧明因此打
了喷嚏。

中国"重男轻女"的观念由来已久，《诗经》就有"弄璋"、"弄
瓦"之说。这种观念在传统戏曲中也有反映。如：

例 1.《珊瑚鱼》第十回[31]332：

　　　　杨秋菊：哎，可喜呀！

　　　　　　　（唱）嫂嫂生产小儿郎，

　　　　　　　　　　忙到庭前报吉祥。

　　　　　　　母亲接喜，喜到！

　　　　杨周氏：为娘愁有万千，喜从何来？

　　　　杨秋菊：嫂嫂分娩，岂不是个喜！

　　　　杨周氏：还是大喜、小喜？

　　　　杨秋菊：母亲，大大个大喜！

　　　　杨周氏：我这里谢天谢地。苍天不绝杨家后，如今另有

　　　　　　　一辈人了。哈哈哈！乳名就叫玉振。女儿，快

　　　　　　　快侍候你嫂嫂去，休教缺了饮食。

　　例2.范紫东《双凤飞来》第五回[17]6548：

　　　　周　老：老齐、你怎还担的这张口货。

　　　　齐伯野：周老兄、你不晓得、近来运气不好。刚盼的得了

　　　　　　　个孩子、谁料我那女人得下产后风、登时便死

　　　　　　　了、实在伤心（哭介）。所以我将这冤孽担上、想

　　　　　　　寻奶子。

　　　　周　老：实在可伤。这可是个男孩子吗。

　　　　齐伯野：就因为是个男的、才给他想寻奶子、若是女的、

　　　　　　　谁给她费这神呢。

　　例1中，王翠屏分娩，小姑杨秋菊告诉母亲杨周氏，杨周氏问
是"大喜、小喜"，杨秋菊回答是"大喜"，说自己嫂子生了个儿子。
剧中虽未明言"男尊女卑"，但从"大喜、小喜"之谓仍可看出"重男
轻女"的思想观念。例2中，齐伯野（剧中极具仁爱之心的一个
人）半路捡到一个男婴，不忍其冻饿而死，救下男婴。但苦于无法
抚养，两难之际，周老赶来，给齐伯野出了主意。从齐伯野与周老

的对话"就因为是个男的、才给他想寻奶子、若是女的、谁给她费这神呢"可以看出，"男尊女卑、重男轻女"的观念在齐伯野这样有爱心的人心里也是存在的。

秦腔剧作中所反映的关中民俗事项很多，我们拣择具有代表性的民俗事项予以介绍。

第二节　秦腔与关中特色民居

原始先民们经历了草居野处后，为了躲避严寒酷暑和野兽攻击，开始营造自己的居住地。最开始可能是借助天然洞穴，后来开始掘地为穴、构木为巢。《周易·系辞下》："上古穴居而野处，后世圣人易之以宫室。"[①]

秦腔剧作中出现的民居形式主要有窑洞和房屋。窑洞的产生要早于房屋。

（一）窑洞

窑洞是我国西北地区一种住宅形式。窑洞起源于远古先民居住的洞穴，在黄土高原发展成一种很有特色的民居类型。现在的窑洞根据建筑材料不同，分为土窑、砖窑、石窑几种。土窑是最原始的一种窑洞类型，一般分两种形式。一种是"靠山窑"，即在向阳的黄土坡上铲出一个断面，横向挖出底方顶圆，宽 2.5—3米，高 3 米余，深十几米的洞穴。较大的窑洞常是三数间并列，内部可以互相连通。另一种是"平地窑"，即先在地上垂直向下挖出所需天井（即庭院）般大小的土坑，然后向坑四壁横向掏穴，天井

――――――――

[①] 孔颖达《周易正义》，见《十三经注疏》，中华书局 1980 年，第 87 页。

内设渗井排水。从地面下到天井用土阶。窑洞洞口用砖和土坯砌成，镶有一门一窗或两窗。陕西三原县的柏社村至今保留着这种平地窑的住宅模式。后来土窑发展为砖窑、石窑，即分别用砖或石头建成的窑洞式房屋。

窑洞具有窗户宽大、呈拱形顶等结构特征。因黄土高原黄土直立性好，堆积富于节理性构造，所以非常坚实，不易坍塌。这种窑洞式建筑易于建造，节省建材；大都依山坡而筑，不占用耕地，不破坏地貌，利于保持生态。同时由于窑顶厚实，防风保温、冬暖夏凉。陕西窑洞主要分布在陕北黄土高原地带，关中地区也有不少分布。秦腔剧作中出现的最有名的要数秦腔《五典坡》，王宝钏居住的"寒窑"就是典型的土窑洞。现在西安南郊还有寒窑遗址，是西安曲江地区有名的旅游景点。其他剧作中也有所见，如：

例 1. 高培支《鸦片战纪》第五回[5]1471：

徐　彪：有救，有救，那不是个窑洞？小心抬去，慢慢救护。

例 2. 范紫东《琴箭飞声》第一回[11]3918：

唐　蒙：有商号。

司马相如：没有。

唐　蒙：有房屋。

司马相如：也没有。

唐　蒙：那你的家产是什么。

司马相如：我那家宅有一个窑洞、四面还有四堵墙、立的端端的。

唐　蒙：照这样说、你的家产只有周围那几堵墙。

例 3. 李桐轩《孤儿记》第十四回[6]1645：

侯来喜：(唱)田家村只有得土窑两孔。

　　　　　有薄田八亩半坡墕不平。

　　　　　入冬来免不下妻寒子冷。

　　　　　成天间为糊口南北西东。

（二）房屋

　　关中地区传统的民居因建筑材料不同有多种形制，旧时一般贫民多建土房，建房时或用夹板夯土筑墙，或者先用土做成土坯（关中方言称胡墼），再用干透的土坯垒墙，上面苫盖房顶。富裕的家庭则用砖（一般是青砖）盖房，房顶苫盖瓦片。

　　关中民居的平面布局及空间处理比较严谨，房屋多为对称布置。院落多为传统的四合院或三合院，层次多的有两进院或三进院。正房为主要建筑，多为三间式布局，中间为明间（亦称堂屋），主要用于供奉祖先、饮食会客之处；两旁多为卧室，一般供长辈居住。正房的构造多为中间高两边低的全山式建筑，关中称为庵（也写作鞍）间房。处于正房两边的房子叫厢房，关中称"厦房"或者"厦子"，一般用作正房的补充，或作寝室，或作厨房。厦房形制多为半山式，就像半边正房的形式，"陕西八大怪"中称"房子半边盖"。从建筑学上讲，把厦房建在正房两边，厦房的后墙可当作高墙用，也具有防御功能，里边可以作房子用，空间布局合理。建厦房不需要很长很粗的木料，可以节省工料，减少费用。还有一种说法，是这样的形式利于储存雨水，亦有"肥水不流外人田"之意。秦腔剧作中多次出现"上房"、"厦房"的民居形式，如：

　　例1.孙仁玉《蟒蛉案》第十场[21]8469：

　　　魏　　妻：今天我丈夫回家、儿子上任，真是双喜临门。

　　　彩　　凤：哎呀、这一下发生了问题了。我这上房两个内
　　　　　　　　间、我婆婆住了一处、我夫妇住了一处。今天公

公回来了、我出入就不方便了。我该住到上房吗、还是住到厦房呢。我要问哩、我要问哩。……

魏乐善蒙奸出走，十数年未归。其子魏乘龙参加科举荣任万县知县，途遇父亲魏乐善，父子一同回家。乘龙未婚妻彩凤因高兴而不知所措，问其婆婆自己该如何应对。文中就大体说明了房屋的建筑结构，上房"两个内间"，旁边还有厦房。这种房屋结构正和关中地区常见的房屋结构相同。

其他剧目中也有关于"上房"、"厦房"、"厦子"的说法，如：

例1.高培支《端阳苦乐记》第一回[3]186：

洪　荩：母亲妹妹请进。（杜氏洪锦云进）那一间房子干净。

费　五：上房干净。

洪　荩：好。母亲妹妹先到上房。（杜氏锦云下）抬行李。

例2.孙仁玉《白先生看病》[19]7366：

尚　当：如此请到厦房、暂时用些茶点。等我抓药回来、咱们再炒菜煎酒、喝上几杯。

例3.孙仁玉《庐山奇遇》第五场[21]8194：

常式圭：在二娘厦子唤你哩。

胡玉英：去到厦子，去听老板吩咐，看给老板心坎坎却上甚么点心呀。

第三节　秦腔与关中特色饮食

陕西关中地区历来有所谓的"陕西八大怪"或"陕西十大怪"

的说法,比较有代表性的"八大怪"分别是"房子半边盖、帕帕头上戴、姑娘不对外、盆碗分不开、大饼像锅盖、面条像裤带、辣子一道菜、凳子不坐蹲起来"。其中"大饼像锅盖、面条像裤带、辣子一道菜"正说明了陕西关中地区的饮食特点。

多部秦腔剧作中都出现了饮食的意象和环节,如"长面"、"臊子面"、"饼饼面"、"锅盔"、"泡馍"、"搅团"等,其中有不少就是陕西关中地区的特色饮食。如:

例1.《剪红灯》第九场[25]487:

店　婆:哎呀天爷爷,我娃一天还没吃啥,给我娃烙个烫面油旋子,恐怕跟不上。(思)呵,有了。我不免把面和的软软的,给我娃下一锅揪片子。干女娃,跟干娘以奔后店里,吃上两碗连锅揪片子么个。

例2.范紫东《大孝传》第六回[12]4329:

瞽　叟:快给你伯伯凿火、装烟、倒酒、炒鸡蛋。教我老婆子给你擀长面、打搅团。

例3.孙仁玉《姚家庄》[19]7522:

姚　老:从田野地里回来、撮上一老碗黏面、呼喽呼喽的、真像狼刁猪娃子一样、比财东家那先人、吃鱼翅燕窝还香。

例1中,"烫面油旋子"是关中烙制食品之一,一般用烫面或发面,加油及调料,弄成多层的饼坯,在鏊子上烙制而成。可以单独吃,也可以夹上辣子食用,酥香可口。"揪片子"则是一种煮制的面食,也称"揪面片"。是将和好的面擀成或扯成宽约寸余的面条,再用手揪成长度比较均匀的面片下锅,辅以青菜煮制,吃时调上臊子以及油泼辣子,也可以放好葱花、辣子等调味品,再用热油泼于其上。例 2 中的"长面",是手工擀制切成的细长的面条。"搅团"则是用粗面(一般用玉米面)熬制的糊状食品。例 3 中"黏面"是煮面的统称,关中人吃面条时,面条煮好后先过凉水再盛入碗中的称"漓水面",不过水直接从锅里捞到碗里拌菜的叫"黏面",关中称"然面",或写成"燃面"。

我们就将剧作中出现的比较有代表性的饮食分为"面食类"、"肉类"、"米类"、"菜类"简要说明。

一、面食类

关中地区是传统的冬小麦种植区,人们以面食为主要食材。在关中地区,面食的种类很多,并多数具有悠久的历史传说,并且面食除了日常生活的饮食之外,还具有各种礼仪功能。如关中地区人们过生日一定要吃面,叫长寿面。每遇婚丧喜事,或逢年过节,都要用面来款待客人。年节时也可以用面来祭祀祖先神祇。可以说面(关中所说的"面"主要指汤面)是关中地区人们饮食的"灵魂"。

有一种说法:"八百里秦川尘土飞扬,三千万儿女齐吼秦腔;来一碗捞面喜气洋洋,没有放辣子嘟嘟囔囔。"说明了关中人对面和辣子的喜爱。"八大怪"中"面条像裤带"、"辣子一道菜"正体现了关中人爱面爱辣的饮食习惯。

关中的面食类食品主要有:"面"(煮制)、"锅盔"(烙制)、"搅团"(熬制)三大类。

(一)面

关中方言中"面"专指煮制的面条一类。关中面的种类很多,如"臊子面、摆汤面、踅面、蘸水面、窝窝面、扯面、疙瘩面、油泼辣子 biángbiáng 面"等数十种①。比较有代表性的是臊子面和 biángbiáng 面。

1. 臊子面

臊子面是关中地区的风味面食,品种多达数十种,其中以岐山臊子面最为有名。岐山臊子面以酸辣著称,素有"薄、筋、光;煎、稀、汪;酸、辣、香"的说法。

所谓"薄、筋、光",是指面条要擀薄,面要筋道、光滑。要求和面时稍干,并多次揉搓,饧面时间要长,达到"三光"(即面光、盆光、手光)。擀面时用大擀杖擀薄,用大刀(或大铡刀)切成细长、宽窄均匀的面条。

所谓"煎、稀、汪"是对面汤而言,"煎"指面条要热烫,"稀"要求宽汤,即汤多面少,以突出汤的味道。"汪"指油要多,碗面上要漂着厚厚的一层红油,才能体现此面的特色。

所谓"酸、辣、香"是对味道而言,"酸"要求多用醋,一般用岐山香醋,酸味厚重,回味悠长。"辣"要求多放辣子,陕西人喜辣,"辣子一道菜",臊子面要求碗面上漂着一层厚厚的红油,红润油亮。"香"指其香气浓郁,诱人食欲。

岐山臊子面历史悠久,一般认为源于商周。臊子面的臊子汤,有肉臊子和素臊子两种。肉臊子最好选用七分瘦三分肥的猪肉,切成小薄片。将肉片加入烧开的油锅,不断翻炒。根据火候依次加入姜末、盐、香醋等调味品,快出锅时加入适量红辣椒粉,微炖一会儿,即可出锅。期间要非常注意控制火候和时间。素臊子讲究"五色",配料有木耳(黑)、豆腐(白)、鸡蛋、黄花菜(黄)、胡萝卜(红)、韭菜或蒜苗(绿)。此外还讲究配料要来自不同部位,

---

① 因汉字中没有"biángbiáng 面"相应的写法,故而暂用拼音替代。

如根、花、叶、果等，以求颜色丰富、营养均衡。

臊子面对关中地区人们的生活影响很大，无论红白事、逢年过节、老人过寿、小孩满月、招待亲朋都离不开臊子面。农村地区，新年第一天的早晨基本上都是臊子面。吃饭前，先端一碗汤去门前撒一些以祭奠先人和神祇，然后才家人享用。有的也在先人像前献上一碗臊子面以示怀念。

秦腔剧作中也多次出现"臊子面"的叫法，如：

例1.《下河东》第十一回[27]163：

　　　哑　儿：孩儿前去讨要，他们说：都吃都喝。孩儿问道吃
　　　　　　　的什么？他们言道：羊肉包子臊子面。孩儿言
　　　　　　　道：与黑爷端出一碗来。他不与孩儿也罢，喝出
　　　　　　　他的哈巴狗，咬着孩儿，将孩儿的袍子咬扯了。

例2.《康仪卖桃》第十一回[34]328：

　　　王　鸿：爸的女儿娃，随着爸爸来。爸的女儿娃，听爸给
　　　　　　　我娃说话：上边坐的杜老爷，上前纳头就拜。穿
　　　　　　　花袄、吃臊子面，该这一下招嘴哩！

2. Biángbiáng 面

Biángbiáng 面，又名裤带面，也叫油泼辣子 biángbiáng 面，是最具关中特色的传统面食之一。一般用关中麦子磨成的上等面粉精制而成，通常用手工把面坯拉成长一米有余、宽寸余、厚约两毫米的面条。在沸水锅里煮熟，大碗放入适量用酱油、醋、花椒等佐料调成的底汤，捞入煮好的面条，放上辣椒面，再淋上烧热的植物油即成。

油泼面的面有多种，比较有代表性的两种，一种是擀面，一种是扯面。加工方法不同，口感也有差异。扯面的做法是：

面粉加入少量盐，慢慢加水和制。边加水边揉搓，揉到盆光、

手光、面光(面要略硬),盖上湿布饧发。面团松弛适度时,把面团分成大小合适的面剂子。把面剂子搓成稍粗的条,放到底层刷油的盘里,搓成的面条上再刷层油,盖上干净的湿布,放置待用。将再次饧发好的面剂子擀成厚薄均匀形状扁长的厚面片。把擀好的面片拿起来,用手均匀用力捊扯,边扯边轻轻甩动,在案板上摔几下,把面扯成一米多长、一寸来宽、厚约两毫米的裤带面。锅里水烧开,下入拉好的面(也可根据口味将面扯成五厘米左右的面片),快好时下入青菜,煮好捞进碗里,浇上臊子,放上辣子面、葱花、盐,用烧热的植物油泼上。食用时把面拌匀即可享用。

擀面的做法是:面粉加少量盐和碱面,慢慢加水搅成面絮,揉成较硬的面团。盖湿布饧发,反复揉搓直至面团光滑(这个过程要多次重复,面团宜硬不宜软)。面和好后将面团按扁用长擀杖擀面,擀成约一到两毫米左右的面片,用刀切成约一寸宽的面条。锅里的水烧开后下入面条大火煮制,放入一些青菜同煮。大碗里放入调好的汁子,捞入煮好的面和青菜,放上辣椒面、葱花和盐。植物油烧热,泼在辣子面上,"刺啦"一声,香气四溢,一碗色香味俱全的 biángbiáng 面即可品尝。吃时可以根据个人喜好加入酱油、醋等调味。

Biángbiáng 面字形独特,是仅流行于关中的一个字。其字形有多种写法,并配有多种口诀。比较有代表性的一种说法是(字形参右图):

一点上了天,
黄河两道弯。
八字大张口,
言字往里走。
你一幺(拗),我一幺(拗),

你一长（尝），我一长（尝），

中间坐个马大王。

心字底，月字旁，

留个钩搭挂麻糖，

推个车车逛咸阳。

关于"biáng"字的读音民间多认为是拟声，模拟做面时发出的声音。有专家认为其本字当为文献中经常出现的"汤饼"的"饼"字，"biángbiáng 面"是"饼饼面"的音变。如范紫东《关西方言钩沉》："（饼）宽薄之面片谓之饼饼面（饼音比郎切）。《说文》：'饼，面餈也。'必郢切。惟面食之宽薄者亦称饼饼面。音转必凉切。"①民间的说法则概括了 biángbiáng 面的产地、制作工艺、做面人辛勤、品尝者的感受。同时也显示了秦人的性格气质：心胸开阔、棱角分明、吃苦耐劳、乐观豪爽。专家的说法则说明秦人面食的历史悠久、历远弥香，更显示了关中面食文化底蕴的厚重。秦腔剧作中把 biángbiáng 面写成"饼饼面"，如：

例 1. 范紫东《大孝传》第十回[12]4349：

郑牛氏：这是二斤肉、你今晌午把这肉连蒜苔熬上、把豆
腐滚上、椒面子调上、饼饼面会上、教为娘先纵
一个口腹之欲。

上例中"椒面子"是指辣椒面，"饼饼面"就是 biángbiáng 面。

（二）锅盔

锅盔，又叫锅盔馍，是关中地区传统风味面食，关中地区烙制面食的代表。"陕西八大怪"中"大饼像锅盖"，说的就是锅盔。关

---

① 范紫东《关西方言钩沉》，（西京）克兴印书馆 1947 年，第二卷第 9 页。

中较为著名的有乾州锅盔、武功锅盔等。

锅盔制作工艺精细，素有"干、酥、白、香"之称。锅盔形状整体呈圆形，大的锅盔直径一尺有余，厚过二寸。由于水分含量低，所以能久放，且便于携带。外层焦脆，里面酥软，软硬耐嚼，香醇味美。原本是外婆送给外孙贺满月的礼品，后发展成为风味方便的食品。锅盔保质期长，便于携带，是关中人出门时必带的干粮。

锅盔制作方法讲究，用料选取上好的冬小麦面粉，用水和成面团，用一根粗长的木杆压揉面团。发酵后擀成圆饼坯，入铁鏊中慢火烘烤。烤至外表焦黄，内层白光，酥软适口。

陕西锅盔的起源有人认为可追溯到商周。相传周文王伐纣时锅盔就被用作兵士的军粮，在西府一带，还有一种"文王锅盔"。较为通行的说法是源于唐代修建乾陵时士兵的创制。秦腔剧作中也有锅盔的意象，如：

例1.《黑叮本》第六场[8]2608：

　　内　　：热锅盔。

　　赵　飞：这里有个卖馍的、叫我把路问一下。二大哥、这
　　　　　　离榆林多少路呢。

　　内　　：四十里。

例2.范紫东《伉俪会师》第十回[14]5199：

　　门官甲：种麦不摇耧、做什么摇耧呢。

　　　　　　（唱）只要把麦种的好。

　　门官乙：总是庄家汉的话。

　　门官甲：（唱）要吃锅盔泡杂羔。

例3.《两河关》第十五场[39]253：

　　内　　：三爷，咋咧你背不成我的，我的也扶不成你咧！
　　　　　　把我的饿的，想吃锅盔。

　　除"锅盔"外,关中地区烙制食品还有"油旋"、"白吉馍"、"月牙饼"、"餬饽"等。"油旋"上文已经提及,"白吉馍"(全熟)主要是配合"腊汁肉"做"肉夹馍","月牙饼"(焦熟)主要配合"羊肉水盆",还有一种专门配"羊肉泡馍"的半发面饼(八成熟)。

　　"餬饽"也写作"胡饽",也是烙制而成,食用时采取"羊肉煮饼"的方式,是陕西合阳的一种地方食品。羊肉餬饽据传是元代由蒙古人传入并流传下来的,因油水厚重、味道鲜美、价格低廉被誉为关中名吃。过去曾有"宁可一盘餬饽,不吃酒席一桌"的俗语。羊肉餬饽制作工艺讲究,煮羊肉要用大茴、肉桂、丁香等多种调料,还要掌握好火候。烙饼用烫面,擀成直径一尺左右的圆形面片,在铁鏊子上烙至脆黄,烙成的面饼薄而筋道,再切成宽窄均匀的细条备用。吃时用炒瓢或小锅,用原汁羊汤煮好,加羊油辣子和葱花,盛入盘中。颜色丰富、羊肥汤美,引人食欲。秦腔剧作中的例子如:

　　　　例1.《剪红灯》第一场[25]513:

　　　　　　店　婆:(暗白)哎呀天爷爷,我想贵人吃贵物,二衣子吃
　　　　　　　　　　胡饽。再是公主皇娘买的时节,我问他多要些
　　　　　　　　　　银子,多要些钱。(转身)你我今天还是说银子
　　　　　　　　　　吗,说钱!

　　(三)搅团

　　搅团是中国西北地区有名的汉族特色小吃。是用粗粮面熬制而成的一种糊状面食,因熬制时需要不停地搅拌而得名。根据主要用料不同,分为荞面搅团、玉米搅团等,关中地区的搅团多用玉米面熬制。搅团的吃法也有多种,如水围城、凉鱼儿、烩搅团、凉拌搅团等。

　　做搅团的方法如下：锅内加水适量，把水烧开。左手抓玉米面向锅中慢慢撒下，同时右手拿一根擀杖或勺子在锅里朝一个方向均匀用力搅，要使面粉全部融化无一点干面。在搅的过程中，火不宜过大。为使口感好可以在玉米面撒完后，用同样的方法撒上适量小麦面。搅团糊变得浓稠时用筷子挑起离锅，搅团糊慢慢下流而不断线为宜。等到搅拌的稀稠均匀，半透明且没有疙瘩时，一锅搅团就做成了。

　　食用时可以调关中农村自己腌的酸浆水，也可以加香油、辣椒、蒜泥、姜末、芝麻等调成醋水。一碗调好的搅团，金黄的搅团，一汪醋水，漂着油汪汪的鲜红的油泼辣子，撒上几颗绿色的葱花。既有视觉的享受，更是味觉的享受。

　　在困难时期可以说搅团是农家的"救命饭"。那时粗粮多，农家几乎每顿饭不离搅团。因为搅团含水量大，用少量的面粉就可以做出大体积的食物好用以充饥。搅团是用高粱面、玉米面做的，与醋水一块吃，掩盖了粗粮的缺陷，能提高口感，增强食欲。但由于粗粮不耐消化，吃搅团，饱得快，饿得也快，所以关中民间搅团又有"哄上坡"之谓。秦腔剧作中也多次出现搅团，如：

　　例1. 李桐轩《孤儿记》第九回[6]1620：

　　　　罗承业：我看你大概是初次拉船、难怪你吃亏。我与你
　　　　　　　　说、这扯纤的人、常吃的豆面搅团、你头一碗、少
　　　　　　　　盛半碗、赶把吃了、第二碗就盛一个双料子、那
　　　　　　　　才吃得够。若是头一次贪多、不等一碗吃完、锅
　　　　　　　　里就没了。

　　例2. 范紫东《大孝传》第六回[12]4329：

　　　　瞽　叟：快给你伯伯凿火、装烟、倒酒、炒鸡蛋。教我老
　　　　　　　　婆子给你擀长面、打搅团。

　　由于搅团要多次搅动,制作过程和做出的成品都和糨糊相像,也有一定的粘性,所以关中方言中把"打搅团"也用来表示"打搅、胡搅蛮缠、糊涂"等含义,如:

　　例1.范紫东《鸳鸯阵》第八回[14]5433:

　　　刘　妻:(唱)我母背地用暗箭。

　　　　　　　　　老爷还比浆子粘。

　　　侯可观:(唱)本州原来是混蛋。

　　　　　　　　　不打浆子打搅团。

　　例2.王伯明《新糊涂判》[23]9299:

　　　段德明:(唱)实可笑这个王八旦。

　　　　　　　　　要和本县打搅团。

二、肉食类

　　比较能代表关中地区肉食类(一般配合面食)特点的食品是"羊肉泡馍"、"羊肉水盆"和"腊汁肉"。

　　(一)羊肉泡馍

　　上例中的"羊肉泡馍"是西安回族的特色饮食。羊肉泡馍简称羊肉泡、泡馍,西北地区尤其以西安的牛羊肉泡馍最享盛名。羊肉泡馍历史悠久,古称"羊羹",苏轼《次韵子由除日见寄》就有"陇馔有熊腊,秦烹唯羊羹"的诗句①。它烹制精细,料重味醇,肉烂汤浓,肥而不腻,营养丰富,香气四溢,回味无穷。

　　牛羊肉泡馍烹饪技术要求严格,烙馍、煮肉、切肉、煮馍等每个环节都要求一丝不苟。与肉合烹的"饦饦馍"要求酥脆干香,入

————————

① 苏轼《苏东坡全集》,珠海出版社1996年,第105页。

汤不散。用餐之前，顾客须把"饦饦馍"掰成碎块，便于五味入馍。把馍掰碎后，再由烹饪师烹制。煮馍讲究以馍定汤，调料恰当，武火急煮，适时装碗，以达到原汤入馍，馍香扑鼻的要求。

羊肉泡馍的传统做法有四种：单走、干拔、口汤、水围城。所谓"单走"，馍与汤分端上桌，把馍掰到汤中吃，食后单喝一碗鲜汤。"干拔"亦称"干泡"，煮好碗中不见汤，能戳住筷子。另一种叫"口汤"，泡馍吃完以后，就剩一口汤。"水围城"顾名思义，宽汤，像大水围城。

泡馍的掰法讲究。泡馍是特制的，称饦饦馍，一个二两。据说是九份死面、一份发面揉在一起烙制而成。掰馍大小是和煮法相关的，一般是汤宽则馍大，反之则小。

馍掰好后，请伙计呈给掌勺大厨，加羊肉汤大火快煮，加牛羊肉、粉丝、葱花、蒜苗、香菜（优质的还有木耳、黄花菜和香干等），即可端上来吃了。这样一大碗自己亲手掰好的泡馍，翠绿的葱花、蒜苗、香菜、红褐色的牛羊肉、黄色的金针菜、映衬着洁白晶莹的粉丝、黑色的木耳，香味四溢。

吃时左手拿勺，右手执筷，把辣子酱铺在馍上，讲究从一边"蚕食"，不要搅动，以保持鲜味。可根据个人口味佐食糖蒜、香菜。餐后喝一小碗原汁烹制成的清汤，既可起到清化口气，又可起到"原汤化原食"的效果。

秦腔剧作中也出现了"羊肉泡馍"的意象，如：

例1.孙仁玉《商汤革命》第五回[20]7561：

甲　商：人人都爱吃牛肉。

乙　商：提起猪肉涎水流。

丙　商：羊肉泡馍吃不够。

丁　商：喝了鸡汤不咳嗽。

（二）水盆羊肉

水盆羊肉（和羊肉泡馍中的"水盆"有区别）是陕西地区著名的汉族传统小吃，以渭南市蒲城、澄城、大荔三县的水盆羊肉最为有名。

食用水盆羊肉时，多配白吉馍或锅盔同吃，可以把馍泡入汤中，也可以吃馍就汤。吃时佐以大蒜、糖蒜或辣酱，更有风味。配食的月牙烧饼（也称同州月牙饼），用的是渭北平原产的冬小麦粉，饼呈月牙形或圆形，表皮焦黄，香脆可口。水盆羊肉搭配月牙饼，可以把羊肉片夹在刚烤出的月牙饼中，加些鲜青椒丁儿，或者自腌的小菜儿，就着羊肉汤，真是饼酥焦、肉软烂、汤清美，令人垂涎。秦腔剧作中也有"水盆"的说法，如：

例 1. 孙仁玉《五台案》第十场[20]7925：

　　金二朋：（唱）爸呀你还要挣扎。

　　　　　　　前边不远是省城。

　　　　　　　爸爸、你走、到省城里走。按察司衙门旁边、有

　　　　　　　一个大裁缝铺、就是儿学手的那一家。儿到那

　　　　　　　里、与人家作针线、你老人家歇在他后边、早晨

　　　　　　　给你吃牛肉、吃羊肉。

　　金　　父：省城里水盆肉好、爸爱吃。

　　金二朋：午间给你割腊炙肉、喝烧酒。

　　金　　父：多切几个豆腐干儿也好。

上例中的"水盆肉"就是指水盆羊肉。

（三）腊汁肉

腊汁肉配白吉馍，即腊汁肉夹馍，是关中特色食品。腊汁肉

选料精、用料全、火功到，色艳味美，浓郁芬芳，久贮不变。以"肥而不腻、瘦而不柴"著称。

　　腊汁肉好吃，主要在于它的"腊汁汤"多用多年老汤，汤味醇厚，也是腊汁肉色亮味香的重要原因。用老汤、新料，经过长时间的煮制，肉糜而不烂，浓郁喷香。

　　将猪肉横着切成二寸宽的条，用清水漂洗干净，沥干水分。把原腊汁汤倒入卤锅内，旺火烧开，撇去浮沫，将切好的猪肉肉皮朝上整齐地排放在卤锅里。加入各种调料，上面压铁箅子，使肉全部浸于腊汁汤中。旺火烧开，转用小火焖煮。煮制期间，不断撇去浮沫。约两小时后，放入冰糖，把肉翻过，继续用小火焖约两小时，捞出。腊汁肉颜色红润，软烂醇香，入口即化，是关中地区百姓喜欢吃的一种特色食品。食用时可以单独佐餐，也可以配合其他面食，关中地区常见的是用"白吉馍"夹"腊汁肉"，称作"肉夹馍"，是非常有名的关中小吃。

　　秦腔剧作中也有"腊汁肉"出现，如孙仁玉《五台案》第十场[20]7925，即上文"水盆羊肉"所举例证，只是由于书写原因，将"腊汁肉"写成了"腊炙肉"。

（四）杂羔

　　"杂羔"是关中地区的一道小吃，也叫羊杂羔或羊杂肝。大骨经过长时间熬煮，煮出白色的浓汤。盛碗时加入羊杂、葱花、辣子油，汤鲜味美，诱人食欲。羊杂肝汤食用时将馍泡入，也可以就着汤吃，冬天吃暖身养胃。秦腔剧作中的用例如：

　　例1.范紫东《伉俪会师》第十回[14]5199：

　　　　门官甲：种麦不摇耧、做什么摇耧呢。

　　　　（唱）只要把麦种的好。

门官乙：总是庄家汉的话。

门官甲：(唱)要吃锅盔泡杂羔。

门官乙：看把你逼死了着。

三、米类

关中地区以面食为主，同时也有米类食品，如"甑糕"。还有一种糕点叫"蓼花糖"，也是用米做成的。

(一)甑糕

甑糕，关中称为"镜糕"，也写作"晶糕"，为"甑糕"的音转。甑糕是关中一带群众喜爱的传统早点食品，用糯米、大枣作原料，以铁甑蒸制而成。大枣有益气、补血、养肾、安神之功效，所以甑糕粘甜味美，营养丰富，还可以滋补养身。

《汉语大字典·瓦部》："蒸食炊器。古代的甑，底部有许多透蒸气的小孔，置于鬲或镤上蒸煮，有如现代的蒸笼。也有另外加箅的。新石器时代晚期已有陶甑，殷周时有用青铜铸成的。现代则以木制为主，也有竹制。《说文·瓦部》：'甑，甗也。'段玉裁注：'《考工记》陶人为甑，实二鬴，厚半寸，唇寸，七穿。按：甑所以炊烝米为饭者，其底七穿，故必以箅蔽甑底而加米于上，而馎之，而馏之。'"①现在使用的铁制甑糕锅，在造型上与古代的陶甑相同。

制作方法是：糯米用水浸泡至米心松软，捞出淘洗两三次，放在竹筛中沥去水分。红枣淘洗干净，用清水泡一小时。在锅内加半锅水，放于炉上。将专用甑糕锅置锅上，先将红枣平铺在铁箅

---

① 汉语大字典编委会《汉语大字典》(第二版，九卷本)，崇文书局、四川辞书出版社 2010 年，第 1534 页。

上,将铁箅的空隙盖严,上面铺上一层糯米;米上再铺一层红枣,枣上再铺糯米。反复铺七层,计枣四层、米三层。将锅与甑糕锅的接连处用布封严。将干净湿布盖在枣上,加盖,旺火烧开,上气后约三十分钟,取下锅盖,揭去盖在枣上的湿布,给蒸锅内浇洒清水,再将湿布盖上。如此浇水三次,将接连处用布封好,用小火将锅烧开,然后改用微火蒸六个小时即成。特点是枣香扑鼻,绵软粘甜。

秦腔剧作中的例子如:

例1.《黑叮本》第五场[8]2606:

> 赵　　飞:吃的糯米加的枣、拿着手里燃燃、吃着嘴里甜甜、你揣是啥、晶糕。

(二)蓼花糖

"蓼花糖"也称"蓼花酥糖",是关中地区传统食品之一,尤其以三原蓼花糖最负盛名。蓼花糖形似鼓槌,金黄的表皮上裹一层白芝麻,里面是蜂窝状糖心,吃起来瓤松酥脆、香甜味美,风味独特。用料为江米、芝麻、白糖、饴糖等,经制坯、膨化、成型等三十余道工序制成。秦腔剧作中的例子如:

例1.孙仁玉《五台案》第四场[20]7895:

> 卫景瑷:(唱)叫茶房(茶房近旁听)你可有瓜籽、杏仁、蓼花酥糖、莲花卷、一样儿与她送一盘。

例2.孙仁玉《五台案》第四场[20]7898:

> 林琰琬:能成能成、一定能成。今天你我相遇、我们是送的桂花酥饺、你们还送的是蓼花酥糖、这便是结婚的先兆。

四、菜类

关中地区人民生活以面食为主,菜类相对简单。目前较能代表传统陕菜的是官府菜,而一般老百姓的菜品则极少讲究。关中民间多以腌制菜为主要菜品,其中较有关中特色的是浆水菜。浆水菜多由大众蔬菜如芹菜、芥菜、萝卜缨等叶菜为原料腌制。腌制的步骤大致如下:将准备腌制的叶菜清洗干净,上锅焯水至断生;腌制用的浆水可以是不带油的面汤(可专门熬制,也可用煮过面条的汤汁),也可以是做豆腐时滤出的水;将汤汁倒入洗净晾干的容器(如菜坛子),将焯过水的叶菜切碎,放入汤汁当中密封发酵;每天搅拌一到两次(这个步骤不能省略,否则菜容易变坏,须注意搅拌器具不能带油),三五天后即可盛出食用。浆水菜中的叶菜可以佐餐,汤汁可以做面条或搅团、鱼鱼的汤料,具有开胃助消化的功效。

例1.《合凤裙》第八场[8]2735:

> 韩　福:你真是董乱子、我才铡了一盆盆浆水菜、被你踢
> 倒了。

除以上几大类外,关中地区的饮食还有副食一类,主要是豆腐干和鸡蛋。豆腐干是将鲜豆腐晾干的制品,以洛南豆腐干和甘泉豆腐干较为著名。鸡蛋虽是各地普及的副食品,但在关中地区鸡蛋则有着某种礼仪性的功能,如妇女坐月子、招待贵宾等。有意思的是关中地区招待新女婿时,一定要用"荷包鸡蛋"。这种礼仪在秦腔剧作中也可见到,如:

例1.《康仪卖桃》第十一回[34]329:

> 杜凤莲:噢,是。丫环,将那新人扶奔我的绣阁。(下)
> 丫　环:对。新人,走,在我家姑娘绣房吃合包鸡蛋走。

台沿子高,看把你的高底子!

例 2. 范紫东《玉镜台》第九回[14]5080：

温　　氏：我把你个蠢才、你表兄与你说媒来了、你也不问
　　　　　你表兄喝、也不管你表兄吃、还在这里神来神去
　　　　　的。快去给你表兄做两个鸡蛋去。

刘玉英：还给他吃鸡蛋呢。（忙下）

秦腔剧作中出现的饮食类意象还有不少,这里不再赘述。

第九章　秦腔与关中地区礼俗

第一节　秦腔与关中婚俗

婚姻是人生中最重要的环节之一,中国历来都非常重视婚姻,并由此衍生了一系列的婚姻礼俗。《礼记·昏义》:"昏礼者,将合二姓之好,上以事宗庙,而下以继后世也,故君子重之。"①

婚姻是人类生活的大事,也是传统文学作品描述的大事,更是民间戏曲的重要内容。秦腔戏剧中多数剧目都有对男女爱情的描述。秦腔传统剧目"反映人民大众日常生活与婚姻、爱情、家庭、读书、学艺的剧目,也占相当大的分量。……群众把它从内容上加以概括,就是:'不是奸臣害忠良,就是相公追姑娘,或者妖婆害先房。'"②婚姻爱情戏占了秦腔剧目的相当分量,其中也不乏对婚姻礼俗的描述,从中也可看出关中地区传统的婚姻习俗。

一、婚姻礼俗

由于剧情的需要,秦腔剧目中显示的婚姻礼俗多是片段性

①孔颖达《礼记正义》,见《十三经注疏》,中华书局1980年,第1680页。
②焦文彬《长安戏曲》,西安出版社2002年,第95页。

的,不能将婚仪的全部程序展示出来。但是从这些片段性的描述中,我们也可看出关中地区传统的婚姻习俗。

关中地区是西周旧地,是周礼的诞生地之一。这里的婚姻礼俗一直沿袭着周礼所规定的礼仪程序。关中地区传统的婚姻遵守"父母之命,媒妁之言",讲究门当户对。婚礼程序严格遵照周礼所规定的"六礼"进行。"六礼"指六项程序规范:

纳采:意即男方请媒人向女方提亲,并向女方送求婚礼物以求女家父母同意。《仪礼·士昏礼》:"昏礼:下达,纳采,用雁。"郑玄注:"达,通也。将欲与彼合昏姻,必先使媒氏下通其言。女氏许之,乃后使人纳其采择之礼。用雁为挚者,取其顺阴阳往来。"贾公彦疏:"纳采,言纳者,以其始相采择,恐女家不许,故言纳。"①

问名:男家托媒人索取女子的名字和生辰八字,主要是为了占卜而用。《仪礼·士昏礼》:"宾执雁,请问名。主人许。宾入,授,如初礼。"郑玄注:"问名者,将归卜其吉凶。"贾公彦疏:"此之一使,兼行纳采、问名,二事相因。又使还须卜,故因即问名,乃还卜之,故共一使也。……问名者,问女之姓氏。"②

纳吉:男方占卜结果为吉兆,将结果通知女方,并向女方赠送订婚礼物,决定缔结婚姻关系。《仪礼·士昏礼》:"纳吉用雁,如纳采礼。"郑玄注:"归卜于庙,得吉兆,复使使者往告,婚姻之事于是定。"贾公彦疏:"上文纳采在前,问名在后,今此不云如问名而云如纳采者,问名宾不出大门,故此纳吉如其纳采也。……凡卜并皆於祢庙,故然也。未卜时恐有不吉,婚姻不定,故纳吉乃

---

①贾公彦《仪礼注疏》,见《十三经注疏》,中华书局 1980 年,第 962 页。
②贾公彦《仪礼注疏》,见《十三经注疏》,中华书局 1980 年,第 962 页。

定也。"①

　　纳征:亦称纳币,纳吉之后,男方选择吉日向女方送聘礼嫁娶礼物,约定婚姻。亦称文定,俗称过定。《仪礼·士昏礼》:"纳征,玄纁、束帛、俪皮,如纳吉礼。"郑玄注:"征,成也,使使者纳币以成昏礼。用玄纁者,象阴阳备也。束帛,十端也。《周礼》曰:'凡嫁子取妻,入币纯帛无过五两。'"贾公彦疏:"纳此,则昏礼成,故云征也。"②

　　请期:男方行聘之后,选取吉日,择定婚期,派媒人备礼将结婚日期告知女方。《仪礼·士昏礼》:"请期,用雁。主人辞,宾许,告期,如纳征礼。"郑玄注:"主人辞者,阳倡阴和,期日宜由夫家来也。夫家必先卜之,得吉日,乃使使者往辞,即告之。"贾公彦疏:"婿之父使使纳征讫,乃下卜婚月,得吉日,又使使往女家告日,是期由男家来。今以男家执谦,故遣使者请女家。若云期由女氏,故云'请期'。"③

　　亲迎:男方亲自到女家迎娶新娘,举行婚礼。《仪礼·士昏礼》中有详细的礼仪程式,可参看。

　　"六礼"的程序在秦腔剧目中就有体现。如高培支《儿女英雄传》第十回[3]450:

> 何玉凤:一无父母之命不可行。二无媒妁之言不可行。
> 　　　　三无庚帖、四无红定、五无妆奁、尤其不可行。
> 　　　　纵然五件都有、向我立过誓的人来说、正是向金
> 　　　　刚让坐、对石佛谈经。

---

①贾公彦《仪礼注疏》,见《十三经注疏》,中华书局1980年,第962页。
②贾公彦《仪礼注疏》,见《十三经注疏》,中华书局1980年,第962—963页。
③贾公彦《仪礼注疏》,见《十三经注疏》,中华书局1980年,第963页。

上例中除"父母之命"、"媒妁之言"外，"庚帖"指订婚时男女双方交换的写有姓名、生辰八字等信息的帖子。"红定"指订婚时男方送给女方的聘礼。"妆奁"指女子出嫁时娘家陪送的嫁妆。上述几种手续是旧时结婚所必备的程序。

再如《一笔画》第十一场[25]568：

　　　苏　洵：佛印作伐，女儿奠雁；秦观入赘，子瞻安排六礼。
　　　苏东坡：诸事齐备，贵人到来，便拜花堂。

上例中，"作伐"的意思是做媒，语出《诗经》。《诗经·豳风·伐柯》："伐柯如何，匪斧不克；取妻如何，匪媒不得。"毛传："媒，所以用礼也。治国不能用礼则不安。"郑玄笺："媒者，能通二姓之言，定人室家之道。"①"奠雁"指新郎到女家迎亲，献雁为贽礼，称作"奠雁"。《仪礼·士昏礼》："主人升，西面；宾升，北面，奠雁，再拜稽首。"②"入赘"是古代的一种婚娶形式，即男子就婚于女家并成为其家庭成员，也就是俗谓的"倒插门"。"六礼"即确立婚姻过程中的六种礼仪，本剧中专指婚礼仪式。

秦腔中大量出现男女爱情婚姻的剧作，其中就有不少关于婚姻的描述。我们以"六礼"为线索，看一下秦腔剧作所描述的婚仪现象。

（一）媒妁

在婚姻礼俗中，有一个环节很重要，那就是媒人。所谓"媒妁之言"讲的就是男女双方要在媒人的介绍下才能发生牵连，无媒无证的婚姻是不合礼俗的。所谓"媒妁"，就是说合两性之间婚姻

---

①孔颖达《毛诗正义》，见《十三经注疏》，中华书局1980年，第399页。
②贾公彦《仪礼注疏》，见《十三经注疏》，中华书局1980年，第966页。

的人。《说文解字·女部》："媒，谋也，谋合二姓。"①"妁，酌也，斟酌二姓也。"②

　　传统婚姻讲究"明媒正娶"，没有媒证的婚姻是遭人嘲笑的。《孟子·滕文公下》："丈夫生而愿为之有室，女子生而愿为之有家。父母之心，人皆有之。不待父母之命、媒妁之言，钻穴隙相窥，逾墙相从，则父母国人皆贱之。"③秦腔剧作中也可看出"媒妁"的重要，如：

　　　　例 1. 郭道宣《戎马书生》第一回[34]353：

　　　　　　韩世勋：夫妇乃人伦大端，终身伴侣，应当详加审慎。一
　　　　　　　　　　要才学德性优良无缺；二要天姿风韵兼而有之，
　　　　　　　　　　然后明媒正娶，白首百年。如果马马虎虎，冒昧
　　　　　　　　　　从事，为弟我却大不以为然呀！

　　　　例 2.《戎马书生》第六回[34]393：

　　　　　　韩世勋：(急)哎呀小姐，婚姻乃人伦大端，夫妇须六礼告
　　　　　　　　　　成。青年男女若无父母之命，媒妁之言，只求私
　　　　　　　　　　约桑间，苟合濮上，这等不顾羞耻，禽兽之行，小
　　　　　　　　　　生读圣贤书，所学何事，决难从命！

　　上例中的"桑间、濮上"本是春秋时期卫国的地方，后来用"桑间濮上"指代淫靡之音，或男女幽会的地方，也用来指男女幽会之事。《汉书·地理志下》："卫地有桑间濮上之阻，男女亦亟聚会，声色生焉。"④桑间濮上民风开化，青年男女可以自由恋爱结合，

---

①许慎《说文解字》，中华书局 1963 年，第 259 页上。
②许慎《说文解字》，中华书局 1963 年，第 259 页上。
③孙奭《孟子注疏》，见《十三经注疏》，中华书局 1980 年，第 2711 页。
④班固《汉书》，中华书局 1962 年，第 1665 页。

不符合当时礼仪要求,故而历代遭受斥责。若无"父母之命""媒妁之言",私约苟合,是不被礼俗容纳的。所以古时特别注意所谓"明媒正娶"。上例韩世勋的话正说明古时婚仪六礼的重要性,以及人们对自由恋爱的反对。

媒人也称"冰人"、"红叶"、"蹇修"、"月老"、"红娘"等,做媒也称"作冰"、"作伐"、"执斧"、"执柯"等。

秦腔剧作中的用例如:

例1.高培支《二郎庙》第十一回[5]1245:

　　耿月汀:(唱)再派人东花厅速速整顿。

　　　　　　　招待我老学长好当冰人。

例2.高培支《新诗媒》第三回[4]881:

　　老　妈:(唱)因见你吟梅诗十分喝采,

　　　　　　　特命我执斧柯作伐前来。

例3.《进骊姬》第十六回[27]105:

　　公孙枝:(引)奉命来作冰,

　　　　　　　好谒众英雄。

例4.孙仁玉《双明珠》第二场[21]8094:

　　李探龙:只要你嫂嫂过门、我与你从中作伐。

例5.孙仁玉《美术缘》第六回[36]167:

　　是　空:(唱)要做新郎自执柯,

　　　　　　　全凭心里巧计多。

例6.高培支《新诗媒》第九回[4]937:

　　苏　渊:你是见我没道谢,来来来,我们翁婿父女先与红叶道谢。

　　　　　(唱)来来来我作揖你们叩首,

　　　　　　　改一日设宴席重重相酬。

　　吴瑞庵:不敢当,不敢当。

　　　　(唱)天下事真乃是无奇不有,

　　　　　　无意中与令侄做了蹇修。

　　苏云英:(唱)此一举免得我牵羊担酒,

　　　　　　这才是好媒人不用央求。

　　《周礼·地官·媒氏》:"媒氏掌万民之判,凡男女自成名以上,皆书年月日名焉。令男三十而娶,女二十而嫁。凡娶判妻入子者,皆书之。"①周代专设"媒氏"一职,掌管婚姻之事,说明我国传统婚姻中媒妁的重要性。旧时的媒人多为中老年妇女担任,故又称"媒婆"。关中地区的婚姻中,寻亲、订婚、结婚等各个环节都需要媒人的参与,甚至结婚后夫妻双方发生矛盾有时也需要媒人出面调解。这些媒人既有官方认可的职业媒人,也有些是其他热心人充当的。《陕西省情网·民俗志》载②:

　　　　议婚阶段媒人起着重要作用。过去有职业媒人,多是嘴巧腿勤的妇女,俗称"媒婆"。她们信息灵通,能说会道,主动为男女双方物色对象,既可享受到两家的酒肉招待,事成之后又可得到丰厚的谢礼,俗云:"媒婆扬善隐恶,为的骗吃骗喝。""是媒不是媒,先得吃几回。"媒婆为了促成婚事,往往两头欺骗,尽量夸赞对方的家产和品貌。有的男方身体有残疾或相貌不佳,初相时则由其兄弟或表兄弟代替,结果造成许多悲剧。社会上也有许多热心人,主动为亲友的子女提亲保媒,为了使双方家长满意,常常有意或无意把对方的优点介绍得多一些,虽出于好心,却也会造成一些不良后果。

---

①贾公彦《周礼注疏》,见《十三经注疏》,中华书局1980年,第732—733页。

②《陕西省情网·民俗志》,网址:http://sxsdq.cn/sqzlk/xbsxsz/szdyl/msz/

　　秦腔剧作中很多剧目都有"媒人"（或媒婆）的身影，剧中角色多为丑旦，如《鸳鸯壶》中的宋媒婆、《新诗媒》中的老妈、《雪鸿泪史》中的李媒婆、《卫生婚姻》中的赵媒婆、《玉堂春》中的王婆、《义侠武二郎》中的王婆、《乱点鸳鸯》中的张媒婆、《孟丽君》中的张媒婆、《复成桥》中的侯媒婆、《杨氏婢》中的周妈妈等。剧中的媒婆多性格泼辣、亦正亦邪，但总体而言是邪多于正。媒人在撮合男女两家婚姻的过程中，也会从中得到某些好处，如男女双方赠与的礼物等。这样就有不少的媒人趁机做出欺诈瞒哄的勾当。秦腔剧作中也有对这些不良媒妁的揭露。如《人月圆》中，朱秦娘父母早亡，由舅父陈伯祥抚养。陈伯祥夫妇误信媒妁奸言，将甥女朱秦娘嫁人，却不料被人骗卖于扬州春艳院为娼。本剧第三回通过朱秦娘之口说出了受骗经历及对不良媒妁的批判：

　　例1.高培支《人月圆》第三回[3]289—291：

　　朱秦娘：君子耐烦、听我道来。

　　　　　　（唱）未开言妨不住泪流满面。

　　蒋　晋：不必啼哭。

　　朱秦娘：（唱）提起来家中事心似油煎。

　　　　　　　　我的父入黉门曾食廪膳。

　　蒋　晋：哎呀、原是书香后代。

　　朱秦娘：（唱）我母亲具四德贞静幽娴。

　　　　　　　　我也曾青窗下苦读经传。

　　　　　　　　也勉强咏柳絮凑成诗篇。

　　　　　　　　实想说招快婚姻缘美满。

　　　　　　　　到后来与祖先继续香烟。

　　　　　　　　谁料想十二岁爹娘命断。

　　　　　　　　上无兄下无弟孤苦可怜。

　　　　　　　　　　有娘舅陈伯祥接去照管。

蒋　晋:甚么甚么、陈伯祥就是令舅。

朱秦娘:正是。

蒋　晋:怎样流落在这里。

朱秦娘:(唱)在他家整三载人无闲言。

　　　　　　　　　　自那日有媒妁来提姻眷。

　　　　　　　　　　说快婿名贾仁美貌青年。

　　　　　　　　　　胡尔炜又说的天花乱转。

　　　　　　　　　　有三媒和六证样样俱全。

　　　　　　　　　　用彩轿来迎亲升堂奠雁。

　　　　　　　　　　一家人都说我艳福齐天。

　　　　　　　　　　送上轿不多时天色已晚。

　　　　　　　　　　又谁知中途路起了祸端。

　　　　　　　　　　遇强盗打人伙纷纷乱散。

　　　　　　　　　　昏沉沉无知觉竟到此间。

　　　　　　　　　　好几次头悬梁自寻短见。

　　　　　　　　　　偏遇着二恶鸨将我遮拦。

　　　　　　　　　　无情鞭打周身皮开肉绽。

　　　　　　　　　　活不能死不得如坐囚监。

　　　　　　　　　　这是我衷肠话讲说一遍。

　　　　　　　　　　望君子发善念普渡慈船。

　　朱秦娘在剧中控诉了媒妁的恶行:"须知我国结婚、不求男女同意、单听媒妁一言、所结恶果、往往如此。"[3]284 淡栖山在其《雪鸿泪史》中也提到了"媒人"的欺骗特点:

　　例1.淡栖山《雪鸿泪史》第七回[34]31:

　　　　秋云鸿:哎,好气也!

（唱）李媒婆不要扯闲淡，

　　　谁人托你说姻缘。

　　　人常说媒婆多欺骗，

　　　两方愚弄使手段。

　　　不管人婚姻满不满，

　　　你向双方骗金钱。

　　　这样行为真可叹，

　　　强行作合理不端。

　　　今日你先快走远，

　　　不要在此胡纠缠。

（二）庚帖

　　"庚帖"指订婚时男女双方交换的写有姓名、生辰八字等信息的帖子。因其载有男女双方年庚，故名庚帖，也叫八字帖。

　　男女双方经媒妁之言的介绍之后，男方一般会经过媒人要来女方的生辰八字，请阴阳先生测算男女双方命相是否犯克（也有压在神龛下请神占卜的）。如果男女八字相合，则决定订婚。婚姻关系确定后，男女双方要相互交换庚帖，这是订立婚约的一种重要形式。"庚帖一律用红纸书写，男帖称'龙帖'，写'乾生×年×月×日×时'。另写一红纸柬帖，如'久仰名门，愿结秦晋'、'愧乏金田，敬请金诺'等，下方落款写'眷姻弟×××暨子×××现年××岁顿首'。女帖称'凤帖'，写'坤造×年×月×日×时'，也另写一红纸柬帖，通常多写'德愧比凤，愿切乘龙'，'幸借冰言，仰攀高门'，'兹令冰讯，谨遵台允'等。下方落款写'眷姻弟×××暨女×××现年××岁顿首'。柬贴外壳像个信封，有彩绘的龙凤图案,一边写'天长地久',一边写'地久天长'。"①

双方互换庚帖后,就算达成了婚约,庚帖就是"婚书",具有了法律效力。戏剧中常有"婚书为凭"的台词,说明了庚帖的约束能力。举行了换帖礼后,婚姻关系就得到了社会公认,不论哪方中途悔婚都会被认为是不道德的。戏剧中一方(多为女方)想要悔婚,一定要对方出具退婚文书。有时为了得到男方的退婚文约,会使用各种非常手段,要么伪造、要么威逼、甚至不惜杀人害命。

范紫东《女儿经》中,秀才曹鸿勋自小与殷大嘴之女订婚,殷女及笄之年,殷父嫌弃曹家贫寒,贪图五百两银子的聘礼,又将女儿许配武举朱效虎为妻。殷、朱两家怕曹家告官,因曹家有庚帖、媒证,殷朱怕输官司,遂骗来媒人王若水,强逼王替曹写下退婚文书。

《鱼水缘》中黄现的女儿黄云妹与夏雪郎指腹为婚。后黄现做官,而夏雪郎父死家贫,投奔黄家。黄现见夏家败落,萌生悔婚之意,设计将婚书骗回,将夏雪郎逐出家门。

《二义女》中常嫌贫两个女儿分别许给王家长子怀玉、次子怀珠。后王家败落,怀玉、怀珠上京赶考而无盘费,赴岳父常嫌贫家借贷。常嫌贫因王家贫穷而欲退婚,将二女和吴督二公子婚配。假令怀玉、怀珠花园歇宿,差家人黄狼前去威逼二王写下退婚书。并言王若不许退婚,就要将其杀死。后二义女出面相救,二王才脱离危险。

还有的剧中,为了骗婚甚或逼婚,男方有时也会不惜伪造婚书、假托媒证。如《玉龙佩》中,张玉洁与尹爱莲订婚,总督之子胡廷混图谋爱莲,借张玉洁之名伪造退婚书。《三滴血》中,阮自用

---

① 《陕西省情网·民俗志》,网址:http://sxsdq.cn/sqzlk/xbsxsz/szdyl/msz/

为了娶李晚春,不光伪造了庚帖,还邀请了假的媒证。而公堂之上,县官罔顾事实,滴血认亲,将李晚春强行判与阮自用。《三滴血》第七回,李晚春、李遇春母亲去世,媒人王氏催促二人带孝成婚,并为二人说明阮家强婚之事,正在此时,阮自用假托女婿之名来到李家。

　　例1.范紫东《三滴血》第七回[17]6456—6458:

王　氏:你二人还不晓得,北村阮大公子从前托我求亲,
　　　　　我始终不曾答应。如今你母亲去世,他做了一
　　　　　张假庚帖,说是你母亲将你许配与他,不久便要
　　　　　强娶。你不赶速成礼,还等甚么?

李遇春

李晚春:怎么说。

李晚春:(唱)听一言气的我浑身冰冷,
　　　　　(喝场)我的母亲呀!

李遇春:我的姐姐呀!

李晚春:(唱)骂一声阮自用任意横行。
　　　　　　　　平地里起楼台说把亲定,
　　　　　　　　难道说全不管天理人情。

李遇春:(唱)阮自用小奴才真个凶横,
　　　　　　　　你不该欺压我孤儿零仃。
　　　　　　　　倘若是越理法强纳红定,
　　　　　　　　我和他起诉讼要到公庭。
　　　　　　　　(阮自用带甲乙二人上。

阮自用:(唱)做假庚帖买媒证,
　　　　　　　　要和晚春结鸳盟。(甲乙二人进门)

王　氏:做甚么的?

甲　　：我家公子听他岳母去世，特送蜡烛铭旌各样礼
　　　　物，亲来祭奠。（遇春、晚春大惊）

王　氏：你家公子是那个？

甲　　：北村阮自用。

王　氏：谁是他岳母？

甲　　：我家公子前曾聘定李三娘之女李晚春为妻，写
　　　　有庚帖。死了这位李三娘，岂不是他岳母吗？
　　　　（遇春掌甲嘴）

李遇春：满口胡道。

　　　　（唱）小奴才出此言胆比天大，

　　　　　　　莫来由到我家乱口喧哗。

　　　　　　　劝小儿再莫要糊涂打挂，

　　　　　　　如不然我和你要到官衙。

甲　　：见官便见官，谁还莫见过官。我且问你？你的
　　　　母亲便是我家公子的岳母，你母亲去世，给我家
　　　　公子连丧都不报。如今我家公子备下礼物，亲
　　　　来祭奠，你除了全不招承，又是打，又是骂，又说
　　　　见官，又说入衙。难道你母亲一死，你还能把这
　　　　亲赖了，把你姐姐留在家中，你自己使用不成！

李遇春：呸。

王　氏：你家公子这件亲事，可有媒证？

甲、乙：我二人便是媒证。

王　氏：可有庚帖？

甲、乙：这是庚帖，你看。（付李遇春，遇春扯介）

李遇春：（唱）两手扯碎这张纸，

　　　　　　　那怕你和我到官司。

甲、乙：连庚帖都扯烂了？到媒人面前竟然赖起婚来了。

王　氏：他原来是我作媒，和他母亲商定，看他姊弟二人
　　　　成亲。并不曾许与别人，那里钻出来你这两个
　　　　媒人来吗！？

甲、乙：我晓得是你个老妖精从中作祟。将来告到官
　　　　上，也把你洗不离。

王　氏：你告人个甚么主语呢吗？

甲　　：这样有理的事，还愁没有主语。你想自周公制
　　　　礼以后，尘世以上，那有亲姊弟结亲的道理呢？
　　　　春秋上说，男女同姓，其生不蕃。同姓都不能结
　　　　亲，何况他是同胞吧。这是大干例禁的事。你
　　　　先听我给他下这八个字的主语，把他告的倒告
　　　　不倒，为悔亲乱伦，大伤风化事。为悔亲乱伦，
　　　　大伤风化事。

王　氏：人家并不是亲姊弟，也并不是同姓，你怎生给人
　　　　家下的这等主语？

甲　　：谁说他不是亲姊弟？李遇春，难道你还是要下
　　　　的娃吗？

李遇春：我本是我娘亲生的，我姐姐乃是要下人家的。

甲　　：只要你说是你娘亲生的，那话便好说。看我把
　　　　你姐姐的生年月日，还不晓得了，到了堂上再
　　　　说。你家姊弟姐想成亲，连我家公子要退婚。
　　　　你还要从中作媒人。女婿来你还不认亲。好好
　　　　好，咱们走。（出门）大爷，人家不认你这女婿，
　　　　非告他不可。

阮自用：这还了得，如此进县。（同下）

李晚春：(唱)叫妈妈你与我还要作主，

　　　　　　只恐怕到公堂斩断藕丝。

李遇春：(唱)谁料想平地里起这祸事，

　　　　　　你还要费精神与我筹思。

王　氏：两个孩子莫要胆怕，有妈妈与你作主。说是你

　　　　随着我来。

　　　　(唱)有妈妈与你作媒证，

　　　　　　那怕他起诉到公庭。(同下)

(三)聘礼

约定婚姻之后，男女双方一般要交换信物。男方要给女方赠送一定数量的财礼，作为约定婚姻的保证。这些订婚时男方送给女方的财礼称作"聘礼"，亦称"红定"。《陕西省情网·民俗志》载①：

> 媒人将男方的庚贴送到女家，就要商定订婚日期和彩礼数目。订婚的吉日已由男方选定，只是征求女方的同意。彩礼也是在议婚过程中经媒人几次往返奔波早就商定了的。男方为了慎重，特请女方再开一礼单(包括彩礼、衣料、首饰化妆品等)，男方照礼单备齐，还要再另配四样礼物(喜酒、喜肉、喜糖、喜饼等四种不同的礼品)。一切准备停当，再在亲友中请一位熟悉仪礼、能言善辩的男人作"押礼人"(其任务是配合媒人向女方点交彩礼、并解决女方临时提出的问题)，陪同男方的父母和媒人，按照商定的吉日，将彩礼送往女家。民间对订婚的仪礼很重视，其隆重性仅次于结婚，因而各地

---

① 《陕西省情网·民俗志》，网址：http://sxsdq.cn/sqzlk/xbsxsz/szdyl/msz/

礼俗很多。

秦腔剧作中出现的婚姻也多有"行聘"、"聘礼"、"红定"之言，如：

例1.李桐轩《双姤记》第十三回[6]1794：

> 金海槎：既是令爱、我也就再不打听、明天央媒下聘。我还要借晚车预备回家。

例2.范紫东《玉镜台》第二十一回[14]5129：

> 刘玉兰：哦、几千里路上、寻着把姑娘给人家。一无红定、二无媒证、半年连个回音都没有、心还不死、总想把我一下送到江东去。
>
> 刘　妻：你表兄也不是别人、我是他的亲姨母、你是他的亲姨妹。我从前给他玉镜台的时候、就有意思、但是他去的太急、也莫顾得明说。这时只要他允了亲、就是了、还要什么红定呢、要什么媒证呢。
>
> 刘玉兰：我表兄拿下那个玉镜台、恐怕他把媳妇儿都要下了、人家还要我着纳妾不成。

例3.《九连珠》第五场[29]327：

> 熊　广：这是聘礼。今日纳聘，明日就要抬亲。

由于戏剧的情节因素，剧中男女的爱情婚姻多不是从生活中照搬照抄的，多数是经过加工而来，因而剧中才子佳人的自由恋爱和结合的情况就很普遍，他们当时可能没有父母之命、媒妁之言，但私下约定婚姻关系之后，也往往会双方交换信物，以作为信守承诺的保证。这样的信物无形之中也就承担了聘礼的作用。当然这些私定终身的事情最终仍会以一个合理的方式解决，仍会回到"父母之命"、"媒妁之言"的礼俗上来。

（四）妆奁

订婚之后，就要等候结婚时间。男方将结婚日期选定后，由媒人告知女方，即所谓"请期"。女方同意结婚日期后，双方即可着手准备结婚的所有手续。男方一般要准备彩礼，收拾新房，准备婚礼所需的一切事务。女方则准备嫁妆，准备待客的财物等。嫁妆也称"妆奁"，由女方父母准备，多是家具、被褥等生活必需品。《陕西省情网·民俗志》载①：

> 订了婚后，男女双方都要做结婚的准备工作。男方要准备新娘上轿时穿的衣服和过门后四季穿的衣服，一般6至12套。请工匠做家具、缝被褥、预备婚礼的酒席等。女方也要备箱、柜、桌、椅、被褥等嫁妆。待嫁的姑娘还要亲自动手做些布鞋、袜底、鞋垫、手帕、烟袋包之类的用品，以备过门后奉送给公婆、兄嫂、弟妹和分赠给其他亲友。……

> 结婚前两月，男方要请算命先生按照当年的历书选择"黄道吉日"，……婚单写好后，最迟在结婚前一月就要送到女家，目的是请求女方同意举行婚礼的日期，古代称为"请期"，现代称为"送日单"或"送期单"。送日单也要选吉日，……不单纯是送嫁娶的吉日良辰，还要向女方下聘，同女方商谈婚礼中的许多细则，如女方所需的衣物、首饰，迎亲、送亲的人数，回门日期等都要在这时定下来，免得临时误事。……送了日单以后，女方便赶紧整理嫁妆，男方也立即收拾新房。

在秦腔剧作中也有类似的关于请期、准备嫁妆等情节的描

---

①《陕西省情网·民俗志》，网址：http://sxsdq.cn/sqzlk/xbsxsz/szdyl/msz/

述，如：

例 1.《乱点鸳鸯》第一场[38]437—439：

〔张媒婆上。

张媒婆：(唱)张媒婆奉了刘家命，

　　　　　前去孙家走一程。

　　　　　中途路上莫消停，

　　　　　来在孙家一门庭。

　　　　　老身张媒婆的便是。只因刘家的儿子刘璞，订

　　　　　下孙寡妇的女儿珠姨为妻，是经老身从中说成。

　　　　　现在刘家业已选定良辰，要娶珠姨过门，命我前

　　　　　去孙家下帖。来至孙家门首，待我上前叩门。

　　　　　(叩门)开门来！

孙　　氏：不知何人叩门？待我去看。(开门)原是张大嫂

　　　　　到了。

张媒婆：孙大娘。

孙　　氏：快快请进。(同进门)大嫂请坐。

张媒婆：一同坐了叙话。

孙　　氏：请问大嫂来到我家有何事故？

张媒婆：大嫂哪知。只因刘家择定良辰，要娶你家姑娘

　　　　　过门，命我前来下帖。

孙　　氏：我想我家女儿年纪尚幼，刘亲家因为何事这样

　　　　　着急？

张媒婆：大娘，刘家二老只有刘璞一子，视同掌上珍珠一

　　　　　般，他二老抱孙心切，因此上要给他儿早日

　　　　　完娶。

孙　　氏：这就是了。

张媒婆：大娘将帖收下，我便去了。

孙　氏：送大嫂。

张媒婆：不送，不送。

　　　　（唱）大娘他将帖收下，

　　　　　　　　我还要前去到刘家。（下）

孙　氏：（唱）我这里回身小房转，

　　　　　　　　要与女儿说一番。

　　　　女儿走来！

　　　〔孙珠姨上。

孙珠姨：（唱）同忽听母亲把我唤，

　　　　　　　　行步来在小房前。

　　　　　　　　走上前来拿礼见，

　　　　　　　　问母亲唤儿为哪般？

　　　　母亲万福。

孙　氏：我儿坐了叙话。

珠　姨：请问母亲，唤儿到来，有何教训？

孙　氏：哪有常常教训之理，只因刘家择定吉日，要娶我

　　　　儿过门，已着张媒婆将帖送来。为娘唤儿到来，

　　　　快快给你赶做嫁妆。

珠　姨：（唱）听罢言不由我红了脸面，

　　　　　　　　女孩儿羞答答不好答言。

　　　　　　　　扭回头我这里小房回转。（跑下）

孙　氏：（唱）我女儿果称得才貌双全。

　　　　　　　我也要前去小房，与我儿准备嫁妆。（下）

　　嫁妆一般由女方家长准备，其他的亲朋则会赠送一定数量的
礼物给待出嫁的姑娘，称作添箱（意思是添补嫁妆的不足），送的

喜礼多为婚后所用之物,如被面、床单、衣料等,也有送核桃、大枣、糖果食品的,也有送钱的。如:

例1.高培支《儿女英雄传》第六回[3]411:

> 何玉凤:你们两人媒都谢了、还闹什么假惺惺儿呢。起
> 　　　　来起来。(指月)先拜天地。(指烛)次拜高堂。
> 　　　　再拜岳父岳母。(向安)这是和尚几千银子、换
> 　　　　你一百黄金、与我妹妹添箱。

娘家人准备的嫁妆要在新婚之日由男方抬至新房,有些地方是提前由男方抬来,也有不少地方是随从迎娶新娘的队伍一道抬来。如:

例1.范紫东《花烛泪》[18]7001:

> 田钟莠:将那新媳妇怎样。
>
> 刘　二:那你还顾得管她。(花轿上、抬嫁妆人同上)
>
> 刘　二
>
> 王　五:你看新人已到门首、我二人便告辞了。(出门)
> 　　　　哎呀、好多的嫁妆呵。

(五)婚礼

婚礼是最重要的,因而当天的迎娶手续也是非常隆重和繁复的。关于婚礼程序,《陕西省情网·民俗志》有详细介绍①。按照"六礼"规定,新郎要去亲迎。在关中有些地方新郎要亲迎,有时则不需要亲迎。亲迎也称"奠雁",如:

例1.高培支《鸳鸯剑》第二回[3]56:

> 郑秀珠:(唱)小妹妹只守经不知应变。

---

①《陕西省情网·民俗志》,网址:http://sxsdq.cn/sqzlk/xbsxsz/szdyl/msz/

全不把此事儿想后思前。

假若还是平常河清海晏。

婚姻事论长幼理之当然。

那时节自然有爹爹主管。

凭三媒和六证传达语言。

先问名后纳采升堂奠雁。

何用我姐和妹推让再三。

　　而在秦腔剧作中,由于剧情安排,绝大多数婚礼仪式不可能有非常繁复的程序,多是简化了的婚礼程序,即简化为必需的环节——拜堂。拜堂时一般地铺红毡,由傧相赞礼,一般程式就是常见的"拜天地、拜父母、夫妻对拜、入洞房"。在高培支《儿女英雄传》第十回中则比较详细地描述了迎娶拜堂的过程:

　　例1.高培支《儿女英雄传》第十回[3]457—458:

　　　　(傧相上)

　　傧　相:(引)满路祥云采雾开。

　　　　　　紫袍玉带步金阶。

　　　　　　这回好个风流婿。

　　　　　　马前喝道状元来。

　　　　　　拦门第一请、请新贵人离鞍下马、升堂奠雁。

　　　　　　(安骥上叩头行礼下)

　　邓　女:接、姑娘必定如意。(令何抱如意、盖盖头、何欲揭)不敢揭。

　　　　　　(傧相上)

　　傧　相:(引)天街夹道奏笙歌。

　　　　　　两地欢声笑语多。

　　　　　　吩咐云端灵鹊鸟。

　　　　今宵织女渡银河。

　　　　拦门第二请、请新人缓步抬身、扶鸾上轿。（何
　　　　入轿抬下）

　　　　（邓女张金凤同下傧相下又同安骥上）

傧　　相:（引）采舆安稳护流苏。

　　　　云淡风和月上初。

　　　　宝烛双辉前引道。

　　　　一支花影倩人扶。

　　　　拦门第三请、请新贵人降舆、步步登云。

　　　　（安夫人扶何玉凤下轿）

　　　　请新贵人面向吉房、齐眉就位。参拜天地。拈
　　　　香、跪、叩首、再叩首、三叩首、兴。上堂遥拜先
　　　　祖、跪、叩首、再叩首、三叩首、兴。翁姑升座、
　　　　（众人上同、安学海、安夫人坐左方）揭去红巾。
　　　　（邓女拉何立安骥右边、安骥揭巾）新郎新妇叩
　　　　见父翁母姑、跪、叩首、兴。夫妻交拜、姐妹相
　　　　见、入洞房。（安骥、何、张二旦同下）

　　在关中地区,婚礼后还流行闹洞房（闹新房）的习惯,《三原县
志》载①:

　　　　结婚第一夜一般都要"闹房"。闹房无规定,有"三天之
　　　　内不分大小"之说。一般为猜谜、唱歌、说绕口令、让新娘点
　　　　烟等,也有让新娘、新郎做一些表示亲热戏耍动作的。

　　《泾阳县志》也有"闹洞房"的相关记载②:

————————

①三原县志编纂委员会《三原县志》,陕西人民出版社2000年,第971页。

②泾阳县县志编纂委员会《泾阳县志》,陕西人民出版社2001年,第715页。

左邻右台，不论尊卑长幼，连续三晚，每晚直至深夜。耍闹的手段多种多样，目的是让新娘新郎熟悉，促进夫妻感情。不论手段多么粗俗，新郎、新娘都不能生气使性子，否则就是失礼。闹的人越多，说明主家的人缘越好。

《陕西省情网·民俗志》载①：

闹新房又称"耍新娘"，是各地婚礼中少不了的节目。从新娘进门开始，一直闹到深更半夜。有的地方要一连闹三夜，前两夜为男人们闹房，最后一夜由女人们闹。俗云"三天以内没大小，太公太婆都可吵"。虽说除了父母、孕妇、寡妇和未婚女子，谁都可以闹房，但主要闹房者还是平辈和晚辈，尤以男青年为甚。……

闹房有个规矩，凡众口同声提出的节目，新郎新娘必须照行，题目难度再大，新人都不得恼怒。但闹房者不能打坏新房中的杯、盘、碗、碟等物件，否则视为不吉，要遭到众人的指责。……

但有些闹房者的语言、行为下流粗野，就会使新郎、新娘及其家人的自尊心、身体受到伤害，就会伤风败俗，甚至会造成许多不良后果。……

也有听房的，新郎新娘上床就寝，小姑、小叔等在窗外偷听房中动静，次日作为取笑的资料。

秦腔剧作中有些剧目为了情节需要，也会安排闹房或听房的情节，如：

例1. 孙仁玉《双明珠》第五场[21]8109—8110：

内　　　：李哥快走些。

---

① 《陕西省情网·民俗志》，网址：http://sxsdq.cn/sqzlk/xbsxsz/szdyl/msz/

何宝珠：听得笑语喧哗、像是新郎来矣。

灵　珠：（向内望）哎呀、来了来了。

　　　　（武梦鱼顶李探龙背上）

李探龙：（且走）你怎么是这样子、你怎么是这样子。

武梦鱼：什么样子、要闹房的样子。才娶个新媳妇、就心疼的、不准人闹房吗。

李探龙：哎、你十八九岁了、怎么还是孩子气。人家行礼才毕、还未休息、你就要闹房。难道你等不到晚上吗。

武梦鱼：我爹爹一时回来、我就不得自由。古人说、时乎时乎不再来、这正是一刻千金、不可耽误的时候。速快速快、看把我急死了。（仍顶李探龙前行）

李探龙：哎、兄弟、你好狂妄也。

武梦鱼：你娶媳妇哩、我高兴的不得了么。

李探龙：（唱）贤弟今日好狂妄。

　　　　　　　不等天黑要闹房。

　　　　（进门、何宝珠斜坐台角、灵珠一臂担椅背、支头看）你看你看、人家一见你来、便学了达摩祖师、面墙而坐、全然不欢迎你、你就该知趣了。

武梦鱼：去吧去吧、我是她贤弟、她岂能不欢迎。人家新媳妇照例是一样坐、新郎一说、自然就转过来。

李探龙：我叫人家过来、你却不准妄诙谐。

武梦鱼：善戏谑兮、不为谑兮。咱们是文明耍法、岂能是野蛮耍法。快说去、快说去。

李探龙：待我去说、待我去说。（慢向何宝珠走去）

灵　珠：我走呀、我走呀、我回避呀。

何宝珠：(忙拉灵珠)你不得走。你走了丢我一个怎了。

灵　珠：人家闹房呀、我在这里怎样站立。(何宝珠拉)
　　　　我站下、我站下。

在《芙蓉屏》一剧中，孙仁玉则专门安排了《闹房》一折。如：

例1.《芙蓉屏》第二回[20]7965—7968：

鲁　勋：俊臣既得美妻、又得美缺、今夜新婚、明日动身。
　　　　有这两宗喜事、全不通知我们、真是对不起人。

黄　桢：怎知我们莫有千里眼、却有耳顺风。

李　青：我们一同去到他家、一来尽庆贺之礼、二来兴问
　　　　罪之师。总要多豁几拳、罚他多饮几杯。

杨　宇：我总要闹他一夜、教他两个新人、两眼对两眼、
　　　　不得同安眠、还再干急莫法、渴忙了只是个
　　　　喝茶。

……

王琴芝：(微笑介)你我夫妻相聚日长、今夜晚上吗。

崔　英：怎么样。

王琴芝：我却要学周公、坐以待旦。

崔　英：那却为着何来。

王琴芝：我怕外边有人听房。

崔　英：那个敢来听房。

王琴芝：还怕内边有人暗藏。

崔　英：那个敢来暗藏。

王琴芝：(微笑)料不就。……

崔英和王琴芝新婚，婚后就要赴任。新婚之夜，数位友人前
来闹房。太学生杨宇善测字，推算出二人可能会遭凶险，故意前

来闹房,并五次三番混闹,不让二人入寝,以使二人避过凶祸。"实不相瞒、他二人的八字、他前次教我看过。今夜再结婚、明日便亡身。今夜不结婚、将来要重婚。我们多坐一阵、不要他们接近。"[20]7971并赠新夫妇葫芦一对,后来果如其言。

（六）其他

古时男女结婚也称"结发",即成婚之夕,男左女右共髻束发,因而原配之妻也称发妻,说明头发对于女子的重要性。所以除上述婚礼仪程外,旧时女子结婚还有一个重要程序,那就是梳妆。一般女子结婚前一天,要进行专门的开脸仪式。所谓"开脸",就是旧时女子临出嫁时,用刀剃掉、或用线绳绞净脸上和脖子上的汗毛,修齐鬓角。开脸后,待嫁女子还要梳头,就是把女儿的发型梳成妇女的发髻。已婚妇女的发髻一般梳在脑后,方言称"纂"。不同的地方梳头的具体时间不同,但一般都要求"全活人",即家人齐备、儿女俱全的妇女来进行这些操作。《陕西省情网·民俗志》载①:

> 新娘被迎进洞房,一般都要重新梳洗打扮。……有的地方先"上头"后拜堂,但大多数地方是先拜堂后上头。新娘上炕后,按照婚单上规定的时辰,由男方请的"全命"妇人为新娘梳妆打扮,改辫子为纂纂,梳在脑后,表示少女已变成了少妇。

由于旧时女子结婚前后发型变化非常大,因而发型也是判断一个女子婚否的重要标志,秦腔剧作中也有不少关于发型、挽髻的描述,如:

---

① 《陕西省情网·民俗志》,网址:http://sxsdq.cn/sqzlk/xbsxsz/szdyl/msz/

例1.《春秋配》第四回[28]26：

　　李　华：(唱)细看她梳云鬓尚未出嫁，

　　　　　　　　却怎么来荒郊拣拾芦花？

例2.《康仪卖桃》第八回[34]319：

　　郑伯党：家院，吩咐内宅丫环，与你家姑娘梳妆挽鬓，铺
　　　　　　　了拜毡。

女子发型和婚俗的关系如此紧密，以至于有些女子虽然婚配，但由于不是明媒正娶，在发型上仍要女儿打扮，由此可见发型之于女子的重要性。如：

例1.高培支《人月圆》第十四回[3]364—366：

　　殷志洁：我这内弟夫人、眼看就当阿家了、你先看她还是
　　　　　　女孩儿梳妆么。

　　陈伯祥：你这是何意。

　　朱秦娘：舅父那曾知晓、我与晋郎当日结合、原是一时权
　　　　　　宜之计、一无正式媒妁、二无正式礼节、算不得
　　　　　　正式结婚、所以只得如此。

　　陈伯祥：哎、事有常有变、礼有经有权。暂且改妆、也不
　　　　　　妨事。

　　朱秦娘：万万不能。

　　朱仁仲：她还是一个女道学。

　　……

　　殷志洁：好好好、今天八月中秋、令郎小女完婚之日、幸
　　　　　　喜你也荣归。你父子同日花烛、也是一件奇事。

　　陈伯祥：甥女如今快快改装、预备正式拜堂。

　　朱秦娘：(羞介)我都成了老婆子了、还装扮的什么呢。

　　朱仁仲：礼不可不行。剑儿、快与你姐姐妆扮去。

朱宝剑：姐姐快走、我给你梳头。

朱秦娘：我不要你梳。

朱宝剑：呀、我才学会了、先试梳一梳。（拉秦娘下）

朱秦娘被骗卖于扬州春艳院，蒋晋赴京应试路过扬州，与朱秦娘相遇，二人结为秦晋。蒋晋与姐丈殷志洁写信，吩咐朱秦娘前往苏州安身。蒋晋落第后赴西川帮办军务，数年未归。朱秦娘在苏州殷志洁处生育一子，并培养成人。由于和蒋晋结婚属于"私合"，没有举行正式婚礼，所以一直女儿打扮。后蒋晋荣归，朱秦娘和儿子同时举行婚礼。这一情节尽管是剧作家的剧情巧安排，但也说明了发型对于女子身份的重要性。

二、婚姻形式

在漫长的人类历史中，婚姻经历了血婚、对偶婚、专偶婚等几种阶段。我国古代社会的婚姻制度也有多种形式，如一夫多妻制、近亲结婚等。还有招赘、买卖、劫掠等多种情况。古代婚姻的多种形式中，最为普遍的是一夫多妻制。

（一）一夫多妻制

从原始社会和奴隶社会的"媵制"，到后来的"妾制"，一夫多妻制的婚姻形式在我国由来已久。多妻制是古代社会上层阶级的非常常见的婚姻形式和家庭结构形式，由于其长期的影响，中国文学作品中也常常出现这种婚姻形式。秦腔剧作中出现的反映多妻制的剧目也有很多，归纳起来主要有多妻、纳妾、收房等。从《史记》所载的"尧乃以二女妻舜"始，娥皇、女英就成了多妻制的代表，这种多妻制下，所有的妻子地位基本是平等的，家庭也是比较和睦的，可以说是历代士子所追求的一种婚姻形式。

　　秦腔剧作中无论传统剧还是创作剧,其中都出现了许多这样多妻制的情节。传统剧如《百花诗》、《倪俊烤火》、《三元征北》、《泰山图》、《一笔画》、《玉龙钗》、《花田错》、《孟丽君》、《九连珠》、《济南案》、《艳娘传》、《金凤传》、《鸳鸯误》等。创作剧如高培支《端阳苦乐记》、《儿女英雄传》、《双诗帕》、《新诗媒》、《煖玉佩》、《双凤钗》,李约祉《庚娘传》,范紫东《燕子笺》、《大孝传》、《玉镜台》,孙仁玉《青梅传》,马新登《剪红灯》,淡栖山《双燕珠》,李干丞《鱼水缘》等。

　　剧中的这种婚姻制度反映出真实社会的婚姻现象,《泾阳县志》在述及本地新中国成立前的婚姻状况时说:"清代,虽以一夫一妻制为主,但也存在一夫多妻现象。民国时,名为'一夫一妻',但达官显贵和富豪世家仍是'一夫多妻',妇女无人身自由。"①《西安市志》、《高陵县志》中也都有"允许男子纳妾,提倡女子守节"的记载②。

　　当然一夫多妻毕竟有悖人伦,为了使得这种婚姻制度合理化,剧中也给出了一些解决方案。第一种是借皇帝的金口玉言,以圣旨的方式命婚。如《百花诗》中,状元艾茂和陆瑞英、廉桐枝二女具有婚约,最后皇帝下旨"陆瑞英、廉桐枝二女不分大小同许贵人足下婚配"[8]2696。《三元征北》中,皇帝则下旨:"文状元杨青封为翰林院大学士。徐凤英封为节烈夫人、常云英封为淑贤夫人、康儿义仆封为淑义夫人、同与文状元为配、不分大小、一拜花

①泾阳县县志编纂委员会《泾阳县志》,陕西人民出版社 2001 年,第 120 页。
②西安市地方志编纂委员会《西安市志·第七卷社会人物》,西安出版社 2006 年,第 134 页;高陵县地方志编纂委员会《高陵县志》,西安出版社 2000 年,第 659 页。

烛。"[9]3159—3160《鸳鸯误》中，状元王定国和张贞娘、武玉娥同有婚约，最后皇帝圣旨："玉娥英武可风、封为英烈夫人。身配状元为妻、和张贞娘不分大小。"[10]3482

第二种是几个女子情愿同事一男，如高培支《新诗媒》中，白红玉和芦梦梨二女自愿效仿娥皇、女英，同嫁苏友白。

第三种则是依据成例，如高培支《双诗帕》第十回，钟景期与葛明霞、雷天然、卫碧秋三人的婚姻。钟景期虽口上说"现在世界文明，一夫多妻，大悖人道。我一个小小书生，岂敢冒犯不韪"[4]655。但由于李白、高力士等人的坚持劝说"人家当大官的都讲三妻四妾，只娶三妻，将我们大家的面子都搁住了"[4]655，钟生于是同意和三个女子成婚。

但毕竟一夫多妻制是不符合社会道德的，因而秦腔剧作中也有关于"一夫多妻"的批评，如高培支《夺锦楼》中有"如今世界大同、一夫多妻之制、早在天演淘汰之列"之语，《双诗帕》中也有"论起一夫多妻，的确大悖人道"的论调，但是在"官宦人家三妻四妾也是常事"（高培支《儿女英雄传》）的时代，这些言论更显得非常虚伪和无力。

一夫多妻制中，有的是所有配偶是平等的，当然这种情况是少见的，更多的则是一妻多妾的家庭格局。众多的妻房中，妻的地位要远高于妾。高培支《纨袴镜》一剧中，流氓萧怀策以妓女月楼勾引纨袴子戚祖诒，戚祖诒先将月楼纳妾，又娶妓女柳飞飞做妾。剧中通过月楼和柳飞飞的话语说出了家庭地位的高低。

例1.高培支《纨袴镜》第十场[4]87—89：

> 萧怀策：你坐了吧。他今天娶了一个贾惺惺、你就是这
> 　　　　样吃醋、万一他将来再娶一个、你要闹到什么
> 　　　　地位。

月　楼：世界上女子多着呢、他爱娶只管娶、我总嫁他在
　　　　先。俗话说、先进门为大、我在戚家一日、名分
　　　　却不可不正。

萧怀策：(笑)你这句话说得明白透了。我看祖论有这一
　　　　份家业、一定是娶了一个、又想两个、娶两个又
　　　　想三个四个。总要花销到绝尽之绝、光净之光、
　　　　这才死心塌地得无法可想了。那时所娶之人、
　　　　谁能跟他吃苦呢。戚家财产早晚是个完、显见
　　　　所娶之人、早晚定是个散。大家将来一样是散、
　　　　必定有本领的、手里多捞些钱、还多占些便宜。
　　　　看你吃醋呢、还是捞钱呀。你自己想去。

　　……

月　楼：娃呀、这一下把我要叫姐姐哩。

柳飞飞：先到咸阳为君、叫个姐姐怕什么。

上例中无论是俗语"先进门为大"，还是典故"先到咸阳为君"，都说明众多妻房中，先娶进门的妻妾地位都要高于后进门的。妻多为明媒正娶，妾的来源则比较广，或强娶，或买卖，或将丫环收房等。如：

例1.李桐轩《兴善庵》第八回[6]1688：

左维明：你们都坐在一旁。我且问你，为何强纳世妹
　　　　做妾？

例2.李桐轩《双姤记》第五回[6]1759：

翠　兰：我翠兰服侍太太多年、才博得一个满心欢喜、允
　　　　许为少爷收房。谁料少爷一见红玉、就格外地
　　　　讨厌起我来、这不是红玉唆使那些性儿变得怎
　　　　快吗。照这样我尽先补用如夫人的优缺、怕不

被红玉活活夺得去么。

例 3. 高培支《燧玉佩》第三场[5]977—978：

霍黑子：小的因为家贫、将妹妹卖与寇家作婢。原先同
　　　　中言明、只伺候小姐一人。后来妹妹一天大似
　　　　一天、出脱得有点姿色、寇公子他就打了主
　　　　意了。

谭　德：打了什么主意。

霍黑子：大老爷、事到如今、小的也顾不得羞耻了。他要
　　　　把妹妹收房哩。（寇潜和寇琼花齐恨）

谭　德：寇公子乃是官宦子弟、诗礼人家、未必便有这等
　　　　行为。就是有之、也秽污不了你妹子的身份、她
　　　　也犯不着寻死。（寇潜和寇琼花点头）

霍黑子：好大老爷哩、你不知道、他已经定下亲了。

谭　德：胡道。他不定亲、将你妹妹扶正不成。

霍黑子：大老爷、谁敢说要扶正。因为他定下不是别的、
　　　　乃是镇国王府的千金小姐。恐怕将来出嫁、赔
　　　　房丫头甚多、那里还有小的妹妹的份儿。……

（二）买卖婚姻

人类婚姻由母系转向父系社会，婚姻由"男从女"变成"女从
男"，女方会造成劳动力的损失，为了弥补女家的损失，需要男方
拿出一定的财礼给女家，这就成为古时彩礼的开端。《周礼》的六
礼中，几乎各个环节都需要男方送给女方一定数量的礼物，尤其
是"纳征"就是男方送给女方定亲的彩礼。当然，赠送一定数量的
彩礼，既是对女方一定程度的弥补，同时又是男方表示诚信的信
物。赠送或索要彩礼在一定程度上是合理的，但是如果没有节制

的索要就有了买卖婚姻的嫌疑。除了结婚大量索取彩礼之外，旧社会还有着纯粹的金钱婚姻、买卖婚姻的社会现象。

《陕西省情网·民俗志》记载关中地区婚姻制度时说①："议婚往往男家注重女方的品貌，女家注重男方的门第、财产，民间虽有'婚不论财'之说，实际上有些地方的娘家却十分看重彩礼，往往男家越穷，女家要的彩礼越多，从议婚开始就在讨价还价，是名副其实的买卖婚姻。"《泾阳县志》载②："建国前的婚姻形成主要依靠'父母之命，媒妁之言'，注重'门当户对'，多为金钱买卖强迫婚姻；有的父母甚至指腹为婚；也有极少数妇女迫于生计而自卖身；逼婚、典妻、养妻、押妻等现象，屡见不鲜。"《高陵县志》也有寡妇再嫁被卖者居多的记载③。这些都说明在旧时关中地区也存在着买卖婚姻的现象。

秦腔剧作中也有一些反映买卖婚姻的情节以及对买卖婚姻制度的批判和控诉。高培支的《双凤钗》、《燧玉佩》、《人月圆》、《侠凤奇缘》、《二郎庙》，范紫东的《女儿经》、李桐轩的《双姤记》、李约祉的《千子鞭》、艺研所保存本《四进士》等不少剧目都有买卖婚姻的情节。如《玉凤楼》中，祖士谋贫而贪酒，无力养家，为还欠平置的债务，将女儿祖金莲许给平置的儿子为妻。虽说是许人为妻，实则将女儿卖给了平家。

例1.《玉凤楼》第九回[10]3650—3651：

　　黄自明：本县有心将祖金莲断与你家、但她已和于凤成婚。如今命她退回财礼、你另行选定去吧。

---

① 《陕西省情网·民俗志》，网址：http://sxsdq.cn/sqzlk/xbsxsz/szdyl/msz/
② 泾阳县县志编纂委员会《泾阳县志》，陕西人民出版社 2001 年，第 120 页。
③ 高陵县地方志编纂委员会《高陵县志》，西安出版社 2000 年，第 659 页。

平　　永：回禀府师、原日就莫财礼、是账债折下的个媳
　　　　　妇。如今算起来就多了。若退的话、要把本利
　　　　　一齐断回。

　　秦腔剧作中更多的是对"婚姻论财"和"买卖婚姻"的批评和控诉，认为"婚姻论财"是"夷虏之道"，不合华夏族的礼法。认为结婚多要彩礼无异于买卖婚姻，和市场上买卖"牲口"无别。如：

　　例1.李桐轩《兴善庵》第八回[6]1692：

李玉龙：媒人你来庭前验礼。

赵梦魁：（验，笑）哈哈哈，这是左相国开的礼单。要你这
　　　　样办，却不是我做媒人的故意刁难，累你破钞。

李玉龙：得一绝世佳人，倾城倾国，也都情愿，花钱破钞，
　　　　哪何在意。只是这事，我有好些疑惑。

赵梦魁：你有什么疑惑？

李玉龙：左相国既不嫌弃小弟，允许婚姻，这礼单上，别
　　　　的不要说，只这三千两聘金，实在不在道理。

赵梦魁：怎么不在道理？

李玉龙：古人说，婚姻论财，夷虏之道。民间现在，竟然
　　　　成了风俗，将女子许字人家，简直地就叫个卖，
　　　　讲起财礼来，掂斤播两，争究银钱，那媒人也像
　　　　一个牲口牙子。

赵梦魁：我把你该打。

李玉龙：我莫说你，你不要见怪。我们官宦人家，总该设
　　　　法为百姓革除这等恶习，怎么他老人家，也贪起
　　　　财礼来，比百姓们还狠。

　　高培支在《二郎庙》中更是通过买卖婚姻的受害者之口控诉了买卖婚姻的危害。《二郎庙》中，沈兰芳自幼与表兄赵燕如相

爱,赵燕如父母去世,赵家家业荡尽。沈母贪财背约,把沈兰芳许给了学生吴次仁。吴年仅十四岁,虽好学而貌丑,其母重金娶回兰芳。兰芳不愿,与赵燕如密谋杀死了吴次仁,并谎称杨二郎报夺妻之恨而杀人。后案情大白,二人伏罪,据理痛诉数千年婚姻制度的弊病,并发出了要修改不合理婚姻制度的呼喊。

例1. 高培支《二郎庙》第十二回[5]1249—1251:

沈兰芳:(唱)好兄弟甘心死我也情愿。

又何必叫雨人白受牵连。

哎大老爷。

(唱)我的娘爱银钱不好埋怨。

吴婆子你不该瞎子一般。

把自己那儿子全不检点。

硬拆我好姻缘问心何安。

想离婚大清律不能自便。

犯法事实出在无其奈间。

今日里纵将我碎尸万段。

婚姻法不改变还有奇冤。

老爷、此事谁也不怨、只恨戴德戴圣所著仪礼婚姻制度、不求男女同意、单凭媒妁一言。而且男女之权、极不平等、男子想休妻、有七出之条、女子想离婚、却一字未载、强迫她嫁鸡随鸡、嫁狗随狗、二千年来不知坑死了几千万女子。女子无法离婚、只有毒杀本夫、这样死了的那些男子、也不能不说是死于二戴之手。我兰芳犯了戴家礼法、生不自由、无宁速死、无话可说、请杀请杀。

赵燕如：且慢且慢、我还有话、吴老太、我们杀坏你子、听
　　　　明白了没有。

吴　母：那你该与我儿偿命。

赵燕如：杀人偿命、那何待说。我还要问你、婚姻条件、
　　　　第一是不是爱情结合、第二是不是年貌相当。

吴　母：是是是。

赵燕如：你们有钱人、只知钱能通神、任她谁家女子、只
　　　　要她父母爱钱、便可以布袋买猫、买她进门、哪
　　　　怕儿子是牛鬼蛇神、硬叫她爱。不然的话、便可
　　　　以大法处治、逼迫她爱。再要不从、即使布袋买
　　　　猫、另买一个、前一个就打入奴才行里、宁忍折
　　　　磨一死、决不活放出门、这就是你们有钱人家三
　　　　妻四妾的老法子。什么叫年貌相当、比方你儿
　　　　子十四岁、只可以订十四岁的媳妇、或者大小相
　　　　差也不过三岁五岁、决不能十四岁男子、娶二十
　　　　一岁的媳妇。说起相貌、你老人家二十一岁时、
　　　　想来也很漂亮、假若嫁个十四岁丈夫、像你儿子
　　　　那样、前鸡腔、后背锅、三分像人、七分像鬼、你
　　　　设身处地心理怎样。怎么不言、怎么不语、聋了
　　　　哑了。既没话说、可知你也不愿意、那么人家天
　　　　仙一般的人、（指沈兰芳）就愿意吗。要想离婚、
　　　　大清律例又无此项条文。你说你儿子是谁杀了
　　　　的、是我杀的、还是你杀的。自古常言、美色人
　　　　人爱、苍天莫可欺、手押胸前想、将心比自己。

（唱）丑男子娶娇妻天怒人怨。

　　　　男十四女廿一问心何安。

把这事凭理说再凭天断。

你的儿究死在谁的手边。

我犯罪趁未死高声呐喊。

喊变法救后代怨女痴男。

为了批判"婚姻论财"的买卖歪风,范紫东专门创作了《女儿经》,对买卖婚姻提出了批判。范紫东给《女儿经》(又名《买卖婚》)作的原序中说[18]6673：

> 婚姻论财、世俗之恶风也、而近年以来为尤甚。……其恶劣者、如买卖婚姻等俗、则痛斥而深贬之。志书既成,犹虑其宣传未易普通、遂编此剧、希望家喻户晓、挽此颓风。夫婚姻之道、先送聘礼、以示隆重、婚礼中固不可少。若论财物、则视人道如牛马矣。岂意近来乡俗、女子身价有至二十余石麦者、而寡妇之身价为尤高。依余所闻、有至七十石麦者、实属骇人听闻。农人终年受苦、有经十年至二十年、不能得偶者。甚至有取妻累债、倾家破产者、不亦大可哀也哉。而富豪恶霸、遂借其财力、夺人妻女、横行无忌、令人发指。
>
> 本剧内容大致描写此种恶孽之行动曲折、冀革除恶劣之颓俗。

如序所言,范紫东在《女儿经》中,通过书生(亦为受害者)曹鸿勋之口道出了婚姻论财、无异于买卖牛马的控诉。

例1.范紫东《女儿经》第一回[18]6678—6679：

> 曹鸿勋：你说的是颜色、我讲的是人格。她的颜色好坏、我全然不管。但是她的人格却一点不能含糊、总得严行讨论。
>
> 曹之友：这却怎么讨论。
>
> 曹鸿勋：为弟虽然是一个寒儒、却最注意人格。殷家这

　　　　　人格已经丧失、那种身份、实在不配与我作妻、
　　　　　所以我便撒脱手置之不理。

曹之友：你怎见得那姑娘不够人格。

曹鸿勋：仁兄、这姑娘卖了多少银子。

曹之友：谁不晓得卖了五百两。

曹鸿勋：五百两、也算一匹好马的价钱、难道你说这姑娘
　　　　　长的好。

曹之友：那几年一匹好马、还卖不到五百两。

曹鸿勋：仁兄你想、儿女并不是贩卖品、婚姻岂能讲银
　　　　　钱。她那父亲、既然在女子身上贪图银钱、便把
　　　　　女儿当做牛马、我岂能和牛马成亲。

曹之友：那怪她父亲爱钱不顾脸、与这姑娘的人格、有何
　　　　　关系。

曹鸿勋：这姑娘如果保全人格、岂能任他贩卖。她既然
　　　　　服从这等乱命、就是甘心愿做牛马、有什么人
　　　　　格。所以我不愿与禽兽同处也。
　　　　　（唱）婚姻自古有六件。
　　　　　　　　那一件和人讲银钱。
　　　　　　　　纳采问名又奠雁。
　　　　　　　　礼节郑重费周旋。
　　　　　　　　照这样自己讨轻贱。
　　　　　　　　将人伦当牛马真个可怜。

曹之友：（唱）仁兄讲话有卓见。
　　　　　　　　买卖婚姻理不端。
　　　　　　　　把女儿当作牛马看。
　　　　　　　　丧失人格实难言。

　　　　她这父亲把姑娘当牛马、那连父亲的资格都丧
　　　　失了、所以叫个当槽儿的。

　　曹鸿勋：正是这样、我岂肯把当槽的称岳丈吗。

(三)招赘婚

　　招赘又称倒插门、招女婿，是指男方嫁到女方随女方生活的一种婚姻形式。一般认为，招赘婚(亦称赘婚)"这种婚姻现象发生在由对偶婚向一夫一妻制个体婚过渡的时期，它与中国远古母系氏族社会向父系氏族社会过渡阶段相适应"①。由母系转向父系社会的过程中，婚姻由原来的"男从女"变成"女从男"，女方氏族会造成劳动力的损失，为了弥补女家的这种损失，就要寻求补偿的办法：要么男方拿出一定的财礼给女家，将女方娶到男方；要么男方到女家从事(一定期限的)劳动作为补偿，从而建立婚姻关系。

　　后来的招赘婚则发生了一定的改变，要么是女方家庭富有或地位高，女方比男方尊贵，不愿下嫁到男方，于是招赘男方；要么女方家庭没有男儿，需要将(某一个)女儿招赘，以弥补家庭劳力在不足，同时起到家庭养老的作用；要么是男方贫穷无力聘娶，或者是儿子较多无力娶妻，只好嫁到女方作上门女婿；要么是男方是外地人，来到本地赘入女家一起生活。关中地区一般实行的是男娶女嫁的婚姻形式，但招赘式的婚姻形式也存在。赘入女家的上门女婿一般会遭人歧视。招赘婚姻所生的子女可以随男子的姓氏，但也有不少是子女随母亲姓氏的。《陕西省情网·民俗志》

─────────────

①刘学林、马重奇《中国古代风俗文化论》，陕西人民出版社1993年，第
　21页。

还记载了陕南的巴山地区流行"招女婿"的婚姻形式①。在别的地方被视为特殊婚姻的招赘婚在巴山地区则被视作正常的婚姻形式。

秦腔剧作中出现的招赘婚也有不少。一般是地位比较高的门第有女不舍外嫁，招赘男子入门做上门女婿。如《孟丽君》中孟丽君改名换姓逃至京师。适逢大比之年，考中状元。其师梁相将女婚配，招赘相府。

例1.《孟丽君》第十一场^{[29]224—225}：

映　雪：孩儿愿在爹娘膝下承欢，不愿出嫁。

梁　鉴：我儿不愿出嫁，不肯离我二老，这有何难？我将状元招赘我府，教你常在我二老面前，岂不甚便？

秦腔中招赘的情况很多，《花亭相会》中宋高文举进京赴考得中状元，被丞相温通强留招亲。淡栖山《樵夫妇》中王友兰中状元，谒拜尚书杨德明。杨趁机为其女妙香择婿，友兰终入赘为婿。《取金陵》中朱元璋于郭子兴部下效力，郭器重朱元璋，将义女马淑贞许配为婚，将朱招赘入门。《一笔画》中秦观至京后，结识了苏轼，与其妹苏小妹成婚，入赘苏家。秦腔《珊瑚鱼》第十一回、《孟丽君》第十一场的场目就是"招赘"。

还有一种招赘是女方家里没有子嗣，招赘女婿以便给自己养老送终并且能够承继自家的香烟后代。如：

例1.封至模《毁家助饷》第二场^{[38]190}：

邓叔坚：(唱)有为妻开言来老爷细听：

虽然说不孝三无后为重，

①《陕西省情网·民俗志》，网址：http://sxsdq.cn/sqzlk/xbsxsz/szdyl/msz/

缇萦女替父死上书朝廷。

只要儿有良心孝顺尊敬，

有一女也可当儿子看承。

想从前你劝我何等受用，

到今日反为何引动哀情。

劝老爷你不必泪如泉涌，

与女儿招夫婿养老送终。

　　老爷不必伤心，此本上去，若是圣上恩准，你我
　　回到故乡与女儿招赘一个夫婿，接续咱家香烟，
　　岂不与儿子一样。

　　封至模《蝶哭花笑》中宫西山女宫蕙心，偶同周飞云相遇，一
见钟情。宫妻赵氏将飞云哄至家中，强与蕙心成婚，入赘其家。
本剧第十一回就简要描述了入赘的婚礼[30]421—422：

　　丫环甲：今日小姐招赘，夫人分派各事，你们都收拾好了
　　　　　　没有？

　　傧　相：是。

　　　　　　（念）周家公子宫家娘，

　　　　　　　　　惟士与女配成双。

　　　　　　　　　今夕鸳鸯偕俪伉，

　　　　　　　　　明年兰桂又腾芳。

　　　　　　男女贵人，各上花毡。（丫环掺周飞云、宫蕙心
　　　　　　上）拜天地、拜祖宗、男女贵人拜泰山、女贵人拜
　　　　　　二椿萱、夫妻交拜、再拜、三拜；行奠雁礼，鞠躬、
　　　　　　跪、叩首、进酒、进雁、奠雁。（周飞云、宫蕙心以
　　　　　　酒奠雁头、拍雁叫）叩首、兴、鞠躬、入洞房。

（四）近亲结婚

旧社会的婚姻一般要求同姓同宗不得结婚，近亲一般不得通婚。但也有一种情况属于"近亲结婚"，那就是"姑表亲"，也就是表兄妹之间缔结婚姻关系。民间一般流行所谓的"亲上加亲"，但由于其不符合优生优育的要求，后来被取消。《陕西省情网·民俗志》载："陕西各地通行一夫一妻制的专偶婚，一般是男娶女嫁，从夫居。结亲的基本条件是门当户对，同宗不婚，近亲不婚，兼及品貌。"①《泾阳县志》中记载了所谓"姑表婚"，即"外甥娶舅父的女儿做妻子，称姑表婚，建国前本县城乡普遍存在。此婚讲究严格，只许外甥娶舅家女（所谓'姑姑姨姨作阿家'），不许外甥女嫁舅家（所谓'骨血倒流'）。此婚姻形式危害甚烈，建国后逐渐消亡"②。

秦腔剧作中就有不少"姑表亲"的情况。如高培支《人月圆》中陈珠儿与其舅父之女朱宝剑结为夫妻；《双凤钗》中邵学坤与舅父之女贺玉莲成婚，李久远与舅父之女贺玉兰成婚；范紫东《女儿经》（《状元车》与此剧几乎全同）曹鸿勋与舅父之女马晚春婚配；范紫东《玉镜台》温峤与姨母之女刘玉兰、姑母之女刘玉英成婚；谢迈千《红粉青萍》黄仁与姑母之女杜晓霞成婚。

表兄妹从小青梅竹马者、两小无猜者较多，长大又结成婚姻，更显得两家关系亲密。因而民间历来有"姑表结亲理所应当"以及"亲上加亲"的说法，这种说法在秦腔剧作中也是多次出现。如高培支《双凤钗》第三回有"姑表姐作夫妻情理应当"的唱词。

---

① 《陕西省情网·民俗志》，网址：http://sxsdq.cn/sqzlk/xbsxsz/szdyl/msz/
② 泾阳县县志编纂委员会《泾阳县志》，陕西人民出版社 2001 年，第 712 页。

再如：

例 1. 范紫东《玉镜台》第十二回[14]5087）：

刘玉英：媒人把媒给说到自家眼前了。

温　峤：媒人昨日与姑母说的明白、家世就是这样家世、
　　　　　人样儿就是这个人样儿、年纪就是恁大的年纪。
　　　　　姑母言道、就是比你差一点儿也不要紧、况且一
　　　　　些儿都不差。姑母、难道说媒人还道下谎了不
　　　　　成。再不要埋怨媒人了。（温氏想介）

刘玉英：你听把骗人的路数学了个精。

秋　波：表姐姐。呵、新嫂嫂、这何为骗人呢。这就叫亲
　　　　　上做亲、越做越亲。

温　氏：我真个糊涂了、放着恁好的女婿、我倒莫思量。
　　　　　不是他自己下手、把这一门亲还耽搁了呢。

崔　氏：这是外甥女儿。呵、新媳妇儿、你也坐下呵。

秋　波：坐下、坐下、外家门上做媳妇儿、还把你拘束的。

刘玉英：孩儿谢坐了。（拜介、同坐介）

崔　氏：（唱）表妹结婚自古有。

温　氏：（唱）女婿说媒世上稀。

温　峤：（唱）且将表兄作夫婿。

刘玉英：（唱）举案何妨也齐眉。

例 2. 高培支《二郎山》第二回[5]1189：

赵燕如：当年姑母归宁、领我同来你家、我们两小无猜、
　　　　　共同戏耍。常听两家老人笑言、说我们年貌相
　　　　　当、尽可亲上结亲、这话说过该有千遍罢。

除了以上几种较为常见的婚姻形式之外、关中地区还有转房
婚、交换婚、童养婚等现象。秦腔剧作中出现的则有逼抢婚姻、童

养媳和"布袋买猫"等现象和说法。

　　"童养媳"是童养婚的产物,旧时由于男方家境贫寒而无力娶媳,或者由于男方患疾不易成婚的,其父母便从外地领回(或者买来)别人的女孩抚养,待长大成人与男孩完婚。如

　　例1.李干丞《情战潮》第二回[36]443:

　　　　朱金友:玉楼、玉楼,你是我家的童养媳妇儿,人常说童
　　　　　　　　养两口儿好,从小抱到老。今年母亲不但不叫
　　　　　　　　我把你抱,并且不许我连你睡觉。

　　这种婚俗在新中国成立前较为普遍流行,新中国成立后由于新的婚姻制度的推行则已经消亡。

　　旧时还有所谓"布袋买猫"之说,"旧时男女双方在结婚之日才能见面,民间谓之'布袋买猫'。①"现在男女缔结婚姻,多数是自由结婚,婚前要相亲,男女认识到了解,才会进入到订婚、结婚的环节,所谓先恋爱再结婚。而旧时没有相亲这一环节,男女双方在婚前是不见面的。对方长得怎样、脾性如何无从知晓,这样就给有些不良的媒人钻空子的机会。有些"媒婆为了促成婚事,往往两头欺骗,尽量夸赞对方的家产和品貌。有的男方身体有残疾或相貌不佳,初相时则由其兄弟或表兄弟代替,结果造成许多悲剧"②。

　　秦腔中也有有关"布袋买猫"的说法,如

　　例1.孙仁玉《南柳巷》[19]7412—7413:

　　　　引　诱:少爷少爷、想咱中国这问媳妇、都是布袋买猫

---

①西安市地方志编纂委员会《西安市志·第七卷社会人物》,西安出版社
　2006年,第134页。

②《陕西省情网·民俗志》,网址:http://sxsdq.cn/sqzlk/xbsxsz/szdyl/msz/

里、咱的也不胜布袋买猫是了、还管猫长猫短里。

赵维新：胡说。咱们中国结婚、男女并不见面、往往姑娘好、嫁个坏女婿、好男儿娶个丑媳妇、闹得终身不合。我断不上这冒险、一定要见面。

引　诱：哎呀、我少爷这还不在布袋买、总要把猫看清楚礼。看猫、咱就看猫、别想别想。

例 2. 李约祉《优孟衣冠》第十回[7]2181：

孙公子：今天这事，做得真个危险。你想这婚姻大事，关系人一生福命，何等的重大，总得男女两人，情投意洽，然后可以结合。我这婚姻，简直是布袋里边买猫哩，预先连影儿都没见过，还且不定不得成。设或丑得像个猪八戒，歪得像个母夜叉，那把人还要气死呀。幸亏灯棚会上，和她见了一面，容颜秀丽，举止安详，决定不是个歪劳劳，我才把心放下了。

优小姐：今天这事，真个做得危险，你想婚姻大事，总得男女情投意洽，然后可以说结合。我这亲事，简直是布袋里买猫哩，预先连气气儿都不知道，糊里糊涂，就把我出嫁了。我的性子，最爱打骂人，设或逢个强汉子，我骂他，他不受，我打他，打不过，那把我还要急死了。幸亏灯棚会上，和他见了一面，才知道就是那郊外遇的那个小孩子，我才把心放下了。

第二节　秦腔与关中地区丧俗

　　生老病死是人之常情,中国人看重死亡,把丧葬之事看作人生的一件大事。古代把丧葬之事看作子女孝道的重要规范,《孟子·滕文公上》:"曾子曰:'生,事之以礼;死,葬之以礼,祭之以礼:可谓孝矣。'"①儒家经典的《周礼》、《仪礼》、《礼记》都有关于丧仪的记述,如《仪礼》有《丧服》、《士丧礼》章,《礼记》有《丧大记》、《奔丧》、《问丧》、《服问》、《间传》、《礼三年问》、《丧服四制》等章。

　　三礼中有"五礼"、"六礼"之说,其中丧礼都是其中非常重要的一项。"五礼"指吉礼、凶礼、军礼、宾礼、嘉礼。《周礼·春官·大宗伯》:"大宗伯之职,掌建邦之天神、人鬼、地示之礼,以佐王建保邦国。"郑玄注:"建,立也。立天神地祇人鬼之礼者,谓祀之,祭之,享之。礼,吉礼是也。保,安也。所以佐王立安邦国者,主谓凶礼、宾礼、军礼、嘉礼也。目吉礼于上,承以立安邦国者,互以相成,明尊鬼神,重人事。"②

　　《周礼·春官·小宗伯》:"掌五礼之禁令与其用等。"郑玄注:"郑司农云:'五礼,吉、凶、军、宾、嘉。'"③其中的凶礼是国邦遇到凶事而举行的哀吊之礼,含丧礼、荒礼、吊礼、襘礼、恤礼五者。其尤指丧礼。"六礼"指冠礼、婚礼、丧礼、祭礼、乡饮酒和乡射礼、相

---

①孙奭《孟子注疏》,见《十三经注疏》,中华书局1980年,第2701页。
②贾公彦《周礼注疏》,见《十三经注疏》,中华书局1980年,第757页。
③贾公彦《周礼注疏》,见《十三经注疏》,中华书局1980年,第766页。

见礼。《礼记·王制》:"六礼:冠、昏、丧、祭、乡、相见。"①

人们注重丧礼,既出于人伦孝道,出于对父母养育深恩的报答,又出于灵魂不灭的传统观念,希望先亲能享受到阴间的富贵,因而在丧礼方面不怕繁复、不惜重金,为死者盛殓厚葬。在"事死如事生"观念的影响下,衍生出了一系列繁缛的丧葬礼俗。关中地区是周秦故土,其丧葬习俗保留了古代的很多传统,有很多丧葬习俗目前仍在各地不同程度地流行。关中各地的方志都对当地的丧葬仪俗有着较为详细的记载。

秦腔是关中地区人们生活的反映,因而其中也有不少剧本不少情节反映了关中地区的丧葬习俗。丧葬仪式一般要经过"初丧、入殓、成服、吊唁、出殡、安葬、祭祀"等一系列的程序规范,我们就根据这一规范对秦腔剧作中出现的丧葬情节做一个简单的介绍和描述。

一、入殓

关中地区老人到了一定年龄,子女一般会提前为父母准备好身后的东西如棺材、寿衣等。寿衣俗称老衣,一般是在老年人生前做好备用的。如:

例1.孙仁玉《商汤革命》第二回[20]7552:

费二娘:好爷哩、这一疋丝绸、是我女儿织下给我老头缝
老衣的、你给我留下。

老人临终前,儿女便将置备好的老衣放到老人床边。待老人咽气后,儿女为死者擦净身体,理发(梳头),然后把套好的老衣给死者穿上。"寿衣讲究五、七、九单套数,穿绸不穿缎,穿棉不穿

①孔颖达《礼记正义》,见《十三经注疏》,中华书局1980年,第1348页。

皮,单数取阳吉之意,缎子有'断子'谐音的忌讳,皮毛则怕亡人托生为兽类。"①穿好寿衣后,用一块红布盖住面部,将死者移放到专设的灵床上。给亡人净身穿衣的过程也叫"小殓"。

小殓之后,请乡邻协办丧事,并告知亲友前来吊唁。吊丧完毕后,将遗体置入棺中,称为"入殓"或"大殓"。入殓的时间各地不一,一般在死后第二天或第三天进行。"死者入棺多枕灰包,口中含玉或米、盐等,手握铜钱,棺内四周还会摆放亡者生前喜好的食物或器具,尸体四周用灰包或柏树枝叶填实。'大殓'入棺时,孝子们不能把泪水滴在亡人身体和棺木上,以免亡者亡魂不安。合上棺盖钉铁钉时,孝子和亲属会嚎哭痛叫'躲钉、躲钉'。'大殓'后孝子要再一次举哀烧纸祭奠。"②

秦腔剧作中人死后也有穿老衣、入殓等程序,如:

例1.《大烟魔》第三回[35]478—479:

阳　　红:(唱)我们一同把他看,

毒　　绿:(唱)盼他一死我喜欢。(同进)

　　　　　哎、哎、哎、哎!这时还没给人穿老衣呢?

范　　氏:候你们来了才办呢。

......

众　　　:你回来、你回来,看买啥衣服,啥棺材呢?

谭德容:你们看着办去,啥好买啥。(下)

吴智伯:对、对、对。走,先买衣服棺材走。

---

①西安市地方志编纂委员会《西安市志·第七卷社会人物》,西安出版社 2006年,第137页。

②西安市地方志编纂委员会《西安市志·第七卷社会人物》,西安出版社 2006年,第137页。

阳　　红：你二人就在这里，待我二人买去。

……

阳　　红：买好了，你们看！

毒　　绿

吴智伯：好好好！先与老员外穿上。（穿）入殓入殓！

　　　　（入殓）

樊　　相

吴智伯：如今叫大少爷穿孝衫，送老东家走！（梅姜下又

　　　　上）

　　入殓后，孝男孝女要在灵前穿上孝衣，称"成服"。孝服（亦称孝衣、孝衫）按照血缘辈分、亲疏远近关系有不同的形制要求，主要有斩衰、齐衰、大功、小功、缌麻五等。"斩衰用粗麻布，左右和下边不缝，呈毛絮状，只有儿子、未嫁女对父母、媳妇对公婆、承重孙对祖父母、妻对丈夫穿斩衰，戴大孝。而齐衰用粗麻布却辑边缝齐，是已嫁女对父母、子对继母庶母、侄对伯叔父母、孙对祖父母的丧服。大功服则用熟麻布，质地较齐、衰服细微，而小功、缌麻更细，衣襟也较短，穿着者是已婚的姑母、未婚的堂姊妹、众孙、众子媳妇等人。"①

　　子女穿着重孝，也称"披麻戴孝"。如：

　　例1.《白叮本》第五回[36]141：

　　　　狄仁杰：（唱）头戴麻身穿孝手执纸杆，

　　　　　　　　　　　行来在九龙口用目观看。

　　例2.《庞涓搜府》第十三回[28]371：

①西安市地方志编纂委员会《西安市志·第七卷社会人物》，西安出版社2006年，第137页。

陈　　卿：哈哈，像可掐可算呢？驸马千岁你像可掐可算
　　　　　呢？你掐的好把孝帽子给你掐到头上了，你算
　　　　　的好把孝衫穿在你的身上了，把丧捧掐给你的
　　　　　手里，你再不要掐算了，你把下官这屄旦子掐掐
　　　　　比算强的多。

　　上两例中，"头戴麻"即"孝帽子"，"身穿孝"即"孝衫"，"纸杆"
就是"丧棒"，也称"哀杖、纸棍、丧棍、哭丧棒"，一般用柳木棍做
成，长度约一尺半，上面缠粘着白纸。孝子们手里拄着丧棒，意思
是不能自持，须依靠棍棒才能支撑，表示孝子孝孙心情过度悲痛。

　　除身穿孝服之外，脚上也要穿上白孝鞋。孝鞋一般是用白布
将鞋子蒙上缝住称鞔鞋。根据亲疏远近缝住的面积和形式也有
不同。子女的鞋一般全部蒙住，稍远的则蒙住的地方略少，血缘
越远蒙住的面积越少。"鞔"字音 mán，意思是"蒙住、连缀"，秦腔
中也写作"瞒"，如：

　　例1.《大烟魔》第三回[35]475：

　　　　耿惠湘：刘嫂，快去叫你老爷去。你叫他少吃一口烟，就
　　　　　　　　说他爸爸死了，叫他快来。

　　　　刘　嫂：是。还许正抽呢！（下）

　　　　范　　氏：媳妇，总得先与几个孩子将鞋瞒上。

　　　　耿惠湘：那是自然。

　　上例中的"将鞋瞒上"就是"将鞋鞔上"，也就是用白布将所穿
的鞋子蒙上。孙子给祖父母穿孝鞋，鞋子一般只蒙住前半部分。

二、守灵

　　入殓后，亡者家中要设置灵堂，一般是设在正房当中，灵前摆
一张祭桌，上面陈放供品，放置灵牌。桌前摆设草垫，供亲朋吊唁

之用。灵前两侧铺着草席或谷草,孝男孝女跪、坐在谷草上,日夜轮换守护在灵柩旁,称为"守灵"、"坐草"。坐草表示子女对父母去世万分悲痛,卧不安席之意。坐草的礼俗由来已久,早在春秋时期就有居父母丧"睡草荐"的礼节,如《左传·襄公十七年》:"齐晏桓子卒,晏婴粗缞斩,苴绖、带、杖,菅屦。食鬻,居倚庐,寝苫,枕草。"①

《三原县志》载:"亡者家中设置灵堂,死者牌位于中央,棺木位其后,棺前燃长明灯。灵堂及棺木两侧置草墩、供男、女孝子跪坐,谓之坐草。"②《陕西省情网·民俗志》载:"开吊之前,丧主要请执客司或总管帮助料理全部丧葬事务,因孝子要坐草守灵、寝苫枕块,无暇顾及其他。……灵堂布置停当,还要请吹手乐人,凡来往吊唁的亲友,都要奏乐迎送。孝子在七天内不坐椅凳,男左女右,分坐于灵柩前面两侧的谷草上,日夜轮换守灵,名为'坐草'。"③

秦腔剧作中多次出现"守灵坐草"的说法,正是关中地区这种丧葬礼俗的写照。如:

例1.高培支《人月圆》第七回[3]311:

　　柏秀贞:那些人的钱、你还能赢得到手,临完到了、还是你输。以我思想、你不必去了、还是守灵坐草为是。

例2.范紫东《吕四娘》第六回[15]5638:

　　胤　祯:前日晚上、你们不在畅春国与先帝守灵坐草、私

①孔颖达《春秋左传正义》,见《十三经注疏》,中华书局1980年,第1964页。
②三原县志编纂委员会《三原县志》,陕西人民出版社2000年,第971页。
③《陕西省情网·民俗志》,网址:http://sxsdq.cn/sqzlk/xbsxsz/szdyl/msz/

　　　　　　　自出城往那里去了。

　　允　禩：哎、这个。

　　胤　禛：这个什么、朕躬任军国大事、不能在先帝灵前行
　　　　　　　孝、命你们守灵坐草、你们擅离灵次、该当何罪。

例3.《进骊姬》第十回[27]81：

　　尤　氏：大人请在，老王晏驾，我与老王守灵坐草。

例4.《开国图》第二回[30]169：

　　怀　仲：罗太监，孤王登极，文武都在殿前，你向哪里
　　　　　　　去了？

　　罗　卜：老王升天，奴婢守灵坐草去了。

　　怀　仲：嗯，说什么我父王晏驾，你前去守灵坐草，明明
　　　　　　　你心奸不服，孤本该……

三、殡葬

　　旧时的中原地区一般采取土葬，讲究亡人"入土为安"。安葬是丧葬环节中最重要的一部分，因而有着繁琐的礼节。关中地区殡葬仪式繁复，各地方志均有记载。殡葬一般分出殡和下葬两个主要环节，出殡就是从灵堂将灵柩抬到墓地，下葬就是将灵柩埋入墓穴。

　　出殡的日期一般由阴阳先生算定，一般是去世七日出殡。出殡当日早上，先由男孝和乐队绕村一周（也有些地方在门口鸣炮），藉此告知乡邻前来送葬。丧事的具体事情有专门的执事，由一位总执事负责，各位执事各负其责。到了时间，安排人（一般有专人）将灵柩从灵堂抬出，安放到专门抬灵的架子（也称"床子"）上安置妥当，上面罩上棺罩。众孝子按次序分列两行，跪在地上，身穿孝服，一手拄丧棒，一手扯白布（或长绳，一头绑在灵床上，一

头由孝子牵拉,也称"纤"[或写成"牵、縴"]),放声痛哭。举行送葬仪式,亲友行祭奠礼。出丧时,傧相高喊"起灵"。长子或长孙摔碎纸盆(糊着麻纸的瓦盆),送葬队伍启行。男孝子扯"纤"前行,女孝子扶枢随后,众乡邻抬着灵枢,众亲友随后,在哀乐声中哭送至墓地。在墓地祭奠完毕,埋到事先挖好的墓穴内,填上封土安葬。安葬完毕后回家要款待众乡邻亲友。

秦腔剧作中也有相关描述,但限于戏剧演出限制,丧葬礼俗程序则大大简化,但关中的丧葬仪式风俗仍有反映。如《庞涓搜府》中,孙膑藏在丞相邹琪府中,庞涓去邹府搜捕孙膑。孙膑设计让一个老丫环假冒邹母蒙骗庞涓,庞涓中计杀死了老丫头。邹琪假托己母被杀为难庞涓。提出了如"打纸、散孝、立碑、念经、鼓乐"以及让庞涓披麻戴孝送葬等一系列要求。庞涓迫不得已只好答应。本剧第十三回有送葬的描述:

例1.《庞涓搜府》第十三回[28]370—371:

陈　卿:哎,咻把啥坏了,教我看像孝子? 不像孝子? 嗯,不错。穿的还整齐着呢。驸马你今戴的这个孝帽子,图洋呢,我今天是喝礼生,执事者各执其事。

内　白:呵。

陈　卿:擂鼓者,擂鼓三通。

内　白:三通鼓齐。

陈　卿:掌号三声。

内　白:三声号齐。

陈　卿:鸣钟三点。

内　白:鸣金已毕。

陈　卿:动乐。(鼓乐起喝礼,)今天这个事过的整端,驸

马你戴的这个孝帽,图洋呢,你穿的孝衫图长
呢,手拿的丧棒打狼呢,却怎你静静的立在
这里?

庞　涓:干起何事?

陈　卿:哭么。

庞　涓:什么还要哭?

陈　卿:哈哈哈! 这是丧事哭着是酽的,不哭是个淡的。

庞　涓:该叫什么?

陈　卿:相爷的母亲,即是咱大家的母亲,叫母亲着
　　　　啼哭。

庞　涓:什么还要叫母亲着啼哭?

陈　卿:是的。

庞　涓:罢了母亲,母亲嗯!

　　　　(唱)头戴麻冠身穿孝,

　　　　　　　手提丧捧哭嚎啕。

　　　　　　　四下吹打真热闹,

　　　　　　　走一步退一步不敢伸腰。

　　高培支《纨袴镜》中,纨袴子戚祖诒被流氓萧怀策勾引吃喝嫖
赌,不听母训,其母气极而死。萧怀策邀众流氓至戚家,名为帮忙
治丧,实则骗取戚家钱财。戚祖诒不给母亲送葬,萧怀策等人冒
充孝子强行为戚母出殡。如:

　　例1.高培支《纨袴镜》第七回[4]806—807:

蓝荫筹:今是戚老夫人出殡之期、我们来当礼宾。时辰
　　　　已到、唱起礼来。序立。执事者各执其事。行
　　　　发引礼、启户、孝子孝孙孝侄持杖出丧次、移香
　　　　案前、移香案前。这怎么不见孝子、快请总管。

（萧怀策上）

萧怀策：什么事情。眼看要启灵、孝子不出来、做什么呢。

萧怀策：看你这几位礼宾、实在不会办事。近来差不多的事情、都有一个代表、大家斟酌斟酌、公举一个代表就得了么。这点事情、都要劳动主人呢。

众　　：哎呀、这个代表要穿孝呢、恐怕难举。

萧怀策：我提一个、你们能通过就算举定了。（指卫大桥）怎样。

众　　：大桥肯代、那好极了、赞成赞成。

萧怀策：你唱你的礼。

蓝荫筹：孝子就位。（卫大桥孝服上）上香。跪。叩首。兴。发引。启灵。

内　　：（唱）送灵柩你怎敢请人代表。

（仇氏拉戚祖诒上、喜凤、柳飞飞随上）

仇　氏：戚祖诒、不孝郎、因你不遵家法、将你锁在书房、就该改过自新、极力学好、谁使你胆大如天、扭断铁索、闯入上房、盗去皮包、致将生身老母、活活气死。就该激发天良、跪在灵前、痛改前非、停过尽七之后、再行出殡不迟。谁使你忍心害理、即日就要起灵。你孝又不穿、灵又不送、诞妄已极、请人代表、害得我想送灵、又不便去、你的良心安在、天理何在。

四、摔纸盆子

关中地区老人殡葬时，启灵前有"摔纸盆"的风俗，各地方志均有记载。纸盆是外面糊着纸的瓦盆,盆里盛着烧着的冥钞或者烧过的纸灰。摔纸盆的人一般是长子或者长孙,也就是家业的继承人。谁摔纸盆就意味着谁要继承家业。《西安市志·第七卷》载:"出殡的棺材或人抬或车拉,由孝子挂柳木哭丧棍拉白布纤导引出村,乐人在前一路吹奏哀乐。灵柩出门时要由继承家业的主孝子摔掉灵前烧纸的瓦盆,俗称'摔老盆'。"①

秦腔中也有"摔纸盆子"的说法,如:

例 1. 孙仁玉《蟆蛉案》第二场[21]8427:

　李　义

　王　嫂:老东人埋葬以后、想留也不肯留。

　白和实

　王暮囊:你管我埋葬不埋葬、你给我摔纸盆子呀吗。

《蟆蛉案》一剧中,白发财家富而无子,认族人白和实为义子。白发财死后,白和实不安葬白发财,却要独占家财。白发财之女被逼走,仆人李义和王嫂也离开了白家。上例中的"摔纸盆子"本是丧葬习俗。白和实要侵占白发财家产,李义、王嫂要他们先埋葬老人。白和实愤恨李、王二人多事,用这句话来骂他们。

五、停柩

所谓停柩,是指人死后殡而不葬,而是将灵柩暂时停放于某地,等合适的时候再安葬。在关中地区,老人入殓后,灵柩一般要在家停留几日,再选吉时安葬。也有些地方灵柩暂时不入土埋葬,而是先"殡起来"。有些人家,为了避开凶煞,往往停柩数年之

---

① 西安市地方志编纂委员会《西安市志·第七卷社会人物》,西安出版社 2006 年,第 139 页。

久。停枢的地方有的在家,有的在外,有的寄放在寺庙之中,也有一些是临时寄埋。尤其客死外乡的,家属没有能力将死者遗体拉回家乡,就要在外地临时寄埋。等若干年后,再捡取遗骸回乡安葬。

秦腔剧作中也有相关说法,如:

例 1. 李约祉《庚娘传》第六回[7]1969—1970:

> 丁乡人:这位娘子,为亲报仇,死的这么可怜,算得个
> 　　　　烈妇。
>
> 众　　　:算得个烈妇。
>
> 丁乡人:咱们先报官,待县官验过,咱们大家凑些钱,把
> 　　　　娘子殓得厚厚的,你们赞成不赞成。
>
> 众　　　:赞成,赞成。
>
> 甲乡人:我还算得殷实之家,棺椁算是我的。
>
> 乙乡人:小生愿捐一身冠戴衣服。
>
> 丙乡人:我把我媳妇的花花鞋捐了。
>
> 丁乡人:如此我们暂将尸首、寄在关帝庙中、报官去吧。

尤庚娘丈夫及公婆被强盗王十八所害,自己被王逼嫁。尤庚娘欲复仇假意应允,与王十八成婚。成婚之夜,尤庚娘设计杀了王十八及王母,投身池塘,被乡民捞出。大家感念其为烈妇,将其棺殓埋葬。报官之前先将尤庚娘成殓,灵枢寄放关帝庙。

例 2. 李桐轩《双妒记》第二回[6]1750:

> 金　贵:禀少爷、衣服棺木、样样买齐。
>
> 金志良:店主、叫你那小伙计、帮个忙、殡殓老人。暂时
> 　　　　停枢招隐寺。
>
> 店　主:咱们先殡殓来。(叫小伙计)
> 　　　　〔伙计甲乙上。
>
> 伙计甲乙:做什么。

店　主:抬灵。

金志良:妹妹、我和你同往送灵。金贵，你去叫乘轿、我
　　　　们将灵枢安厝妥贴、再和小姐回家。

《双姤记》中，李仲翁偕女儿李红玉外出求官未成，身染病疴
客死旅舍。红玉欲卖身葬父，金志良遇见，怜悯红玉，替她葬殓其
父，暂将灵枢安放在灵隐寺。

例3.冯杰三《投笔从戎》第十三回[35]74:

徐　氏:我儿莫可。你看你父既死不能复生，不如将他
　　　　好好盛殓，暂寄伊吾。回朝之日，再好殡葬。

上例出自《投笔从戎》一剧。汉章帝时，匈奴单于入侵，汉将
贾忠投敌叛国。班超投笔从戎，约集英雄打败匈奴。贾忠因悔恨
而自尽，其女贾丽娘悲痛难忍亦欲自尽。其母劝贾丽娘暂时盛殓
父亲，待回朝以后再行安葬。

六、丧葬禁忌

人们看重死亡，对于死亡和丧葬有着各种禁忌。关中地区对
"祭祀、出殡、安葬、客死"等都有相关禁忌。如老人去世后忌讳说
"死"，而是改说"老了、仙逝"等话语。再如入殓时寿衣忌讳双数、
忌讳穿皮衣等。

一般认为，人死之后，精魂可能会将恶煞或者灾祸带给邻里，
在人亡故之后，邻居一般会在自己的门口撒上一道草木灰，目的
是避免凶祟进门。《陕西省情网・民俗志》第三篇第四章载:"灵
枢出家后，所过村邻门前，各家点燃柴火，意在防止鬼魂进入家
门。"①《西安市志・第七卷》:"棺材出村的途中，路旁的人家会在

①《陕西省情网・民俗志》，网址:http://sxsdq.cn/sqzlk/xbsxsz/szdyl/msz/

门前烧麦草火，意为防止亡魂入宅引发灾祸。"①

秦腔剧作中有关禁忌的说法，如：

例1. 李桐轩《双姤记》第二回[6]1746：

　　店　主：尽管哭着、就完了吗。我这里不准人停丧。

民间尤其忌讳外人死在自己门口，害怕死人给自家带来不安。上例中李红玉的父亲客死旅店，店主怕给自己带来不祥，所以说"我这里不准人停丧"。

关中还有一种忌讳是"出殃"。相关的说法由来已久，古代有所谓"回煞"或"煞回"之说，如北齐颜之推《颜氏家训·风操》："偏旁之书，死有归杀，子孙逃窜，莫肯在家，画瓦书符，作诸厌胜。丧出之日，门前然火，户外列灰，被送家鬼，章断注连。凡如此比，不近有情，乃儒雅之罪人，弹议所当加也。"②清钱大昕《恒言录·俗仪》："今俗丧家于八九日后谓之煞回，子孙亲戚都出避外舍。或有请僧道作道场，具牲酒祠鬼，谓之接煞。煞字读如去声，盖用道士家言。谓人死后数日，魂魄来返故宅，有煞神随之，犯者必有灾咎。期说诞妄已甚。"③

对于出殃，关中有些地方也叫回殃、出煞、回煞等，不同地方有不同的说法和认识。按迷信说法，出殃是指死者的魂灵离开自己的家。人们认为人死后灵魂不能马上离开，要过上一段时间才能离开。其时可能会有阎王派来的鬼差来家里勾取死者魂魄，为避免凶险，家人要外出躲避。另一种说法是人死后数天内，魂魄

---

①西安市地方志编纂委员会《西安市志·第七卷社会人物》，西安出版社 2006年，第139页。

②颜之推《颜氏家训》，见《诸子集成》（第八册），中华书局1954年，第9页。

③钱大昕、陈鳣《恒言录、恒言广证》，商务印书馆1958年，第95页。

要返回故宅,返回时会有煞神跟随死者魂魄。为了避免遇到凶煞,回煞当日死者家人都要外出躲避。阴阳先生根据人去世的时辰推算其灵魂返回故舍的时间,提前告知死者家属做好准备。

关中地区有"出殃"和"出煞"两种说法。《泾阳县志》:"(出殃)本县城乡称'回殃'。时间由阴阳先生根据死者生辰和咽气时间推算。一般为一个时辰。出殃时,丧家无论大小,均要外出回避。出殃前,由主妇在死者生前居炊之所前撒上一层灰,并斟一盅酒放在屋子里。出殃期满,丧家主妇先回家,察看死者留在灰上的印痕后,其他家人再回家。此俗 50 年代后消亡。"①《乾县志》:"按迷信的说法,人死后某日其煞(即凶神)必返故居,是时丧家要外出躲避,否则将受到伤害,称为'出煞'。"②《西安市志·第七卷》:"'出煞',意为亡者灵魂届时会离宅外出,此时家人会躲避,不少人家会把井、锅、面缸等都加盖封好,连猪狗猫都要隐藏,以免'撞煞'而引发灾祸。"③

秦腔剧作中也有关于"出殃"的说法,范紫东根据这一习俗创作了剧本《花烛泪》。本剧中,烟鬼田钟莠想独占家业,与刘二、王五商议,害死了弟弟田钟秀,暗不发丧。且将其弟媳娶回家门欲将其以寡妇之身卖掉。按照旧俗,人死后有出殃之说,田钟莠夫妇于是出去避殃。刘二、王五各装鬼殃来盗嫁妆。不料田钟秀因服毒不多而苏醒。天将明田钟莠先回家,刘二、王五误以为见了真殃被吓倒。田钟莠一见二鬼,以为是其弟之殃,也被吓死。田

①泾阳县县志编纂委员会《泾阳县志》,陕西人民出版社 2001 年,第 718 页。
②乾县县志编纂委员会《乾县志》,陕西人民出版社 2003 年,第 705 页。
③西安市地方志编纂委员会《西安市志·第七卷社会人物》,西安出版社 2006 年,第 138 页。

妻回来见到死人遂上报官府。后经审问真相大白,恶人终得惩处。

　　本剧关于"出殡"及"避殡"的说法如下[18]7000—7001:

　　　　田钟荞:刘二哥、王五哥到了、快快坐下。(同坐)

　　　　刘　二:我且问你、前天与你定下那个主意、为甚么昨日
　　　　　　　　一天莫见动静、今日又与他娶媳妇儿呢。(荞附
　　　　　　　　刘耳密语)我且问你、昨日甚么时候断气的。

　　　　田钟荞:辰时断气的。(刘二以指掐手)

　　　　刘　二:子丑寅卯、今晚三更时候还出殡呢。

　　　　田钟荞:怎么今晚九点钟还出殡呢、这却怎处。

　　　　刘　二:这有何难、到那个时候、你两口子避一下就
　　　　　　　　是了。

　　作为人生的一项重大礼仪,丧葬礼俗无疑在人类生活中占据重要地位,成为中国民间的一项重要风俗。而这种风俗又会在地区文化作品中尤其是地方戏曲中得到反映。作为关中地区重要文化内容的秦腔,对关中地区丧葬习俗有所反映,也是自然而然的。

第十章　秦腔和关中民间信仰

汉民族是一个泛神崇拜的民族，这一点在我国的各个时代都存在着，甚至根深蒂固地影响着一代又一代人。从有文字记载以来，都可以看到我们华夏民族的各种信仰，如殷商甲骨文中就有很多反映原始信仰的内容。周代信仰也非常丰富，《左传·成公十三年》就有"国之大事在祀与戎"的说法①。从古及今，这种信仰一直保存在我们的民族思想观念中，她深深地植根于民族文化，又深深影响着我们的民族文化。

关中地区位于中国的中心地带，是周秦旧土，汉唐故都，这里的文化带有极其强烈的传统文化特点。古代神话中的女娲、炎黄二帝、姜嫄、后稷的故乡就在这里，禹凿龙门、仓颉造字、杜康造酒等传说也发生在这里。这里是古代丝绸之路的起点，也是多民族文化融合的地域，是道教、佛教、伊斯兰教等宗教文化的汇聚之地。这里的民间信仰非常丰富，有宗教信仰、祖宗崇拜、自然崇拜、灵物崇拜、图腾崇拜等。这种民间信仰的表现既有对各类事物的崇拜，也有对和这些信仰有关事物的行为准则和各种禁忌。

这种民间信仰无论是在人们的日常生活中，还是在关中地区的民间文学形式中都有反映。在作为关中地区主要戏剧形式的

---

① 孔颖达《春秋左传正义》，见《十三经注疏》，中华书局1980年，第1911页。

秦腔中表现则更为显著。下面就秦腔剧作中出现的关中民间信仰的内容做一下简单梳理。

第一节　各类信仰

(一)神鬼信仰

古代社会所崇拜的神灵很多,有道教诸神,也有佛教的菩萨等。除了信仰自然的神,如山神、河神、土地神、谷神、城隍等,还信仰历史中的英雄豪杰,如关公(关帝)、孙思邈(药神)、纪信(西安都城隍)等。这些鬼神信仰在关中地区的民间文学作品中是习见的。

秦腔是陕西关中地区百姓喜闻乐见的艺术形式,作为一种非常重要的民俗事象,无处不反映着关中地区老百姓的生活情趣和审美需求。神鬼崇拜等民间信仰反映在秦腔剧作中,更能贴近老百姓的审美特点,满足他们的审美需求。同时增加神鬼情节既符合民众的崇拜心理和审美需求,在表演上也能增强秦腔剧本的情节化、故事化,也符合戏剧劝人向善的教化功能。秦腔剧作中神鬼事象的具体表现,可以概括为以下几种情形:托化、佑护、点化、托梦、赐宝、送子等。

1.托化

托化(也写成"脱化"、"蜕化"),也叫托生,迷信说法谓有生命之物死后灵魂转生世间。中国人普遍相信转世轮回,认为人既有前世今生、也有来生后世。这种轮回转世的观念,成为人们的一种行为约束规范。秦腔剧作中就有不少神仙或精怪托化为人的说法。如《白雀匣》中,如来佛祖命令小青龙下凡托化成北宋天子刘洪祖，又命三个榆树精分别托化成石洪、段昆和纪德，一人做参谋、余二人做保国大将，命普贤菩萨托化石珠娴保佐小青龙即位，统一天下。

上方的神仙星官可以托化为人，人也可以变成神。秦腔中也有人死后变为神的说法，如《平西羌》中的城隍前身赵廉，生为礼部侍郎，死作本京城隍，监察人间善恶。《如意钩》中西蜀雪山王前身张仲，本是周幽王臣子，因上本谏王而被赐死，忠魂不散，上帝怜惜，将其封为蜀山王。

神仙托化为人，或人羽化成仙，很大程度上反映了人们对神鬼的崇拜心理。秦腔剧作中这种托化的说法正是关中地方人们宗教信仰的一个写照。

2. 神佑

人们普遍认为，神仙是福佑世人的。人们遇到困难，自然会祈求得到神仙的护佑。秦腔剧作中有不少神仙护佑民众的情节，神的护佑又有暗助、收徒、救人等几种情况。

暗助指的是神仙在帮助世人时，不以真身出现，而是化为凡人出手相助。《剪红灯》一剧中，山西秀才吴文正赴长安应试，得中状元。因拒绝首相韩单招婿，遭韩陷害被举荐为元帅去交趾平乱。文正兵败被擒，招为驸马，后登交趾王位。文正寡嫂沈氏欲害死文正妻杨月珍。其子暗放月珍逃走，杨月珍赴长安寻夫。雷部神奉玉帝敕旨，暗送月珍抵粤，后夫妻团圆。《墩台挡将》中，朱元璋部将花云被陈友谅杀死，其妻孙氏赴金陵搬兵，路上也得到了神仙的暗助。本剧第六回《送路》一场中，太白李郡仙变化出"风火车"将孙氏瞬间送到金陵。两部剧本的情节几乎一模一样。

神仙护佑的另一个表现是收徒，当人遇到困难时，神仙出手救助，并将被救之人收为徒弟，教其兵法武艺、仙术技艺，学成之后,下山复仇或成就大事。如《下河东》中骊山老母救下呼延秀英并收为弟子,《裙边扫雪》骊山老母收吴千金为徒,《两河关》中太白李金星将姚仙童收为弟子,《富贵图》中余金华在灵仙老母洞中学得高超武艺。

《裙边扫雪》、《下河东》、《花柳林》三剧中都出现了骊山老母,而骊山老母正是关中地区普遍崇敬的神仙。在道教崇奉的女仙中,地位崇高,在中国民间具有很大的影响力,很多道观中都供奉有她的圣像。关中的传说当中,骊山老母就是华夏民族传说的女娲娘娘,传说她曾在骊山炼石补天,抟黄土造人,提倡婚姻而繁衍人类,教人多行善事,保佑全家平安,无嗣求子者无不灵应。故人们尊称她为骊山老母。老母宫位于西安市临潼区骊山西绣岭第二峰,这座庙宇据说就是为了纪念中华民族的创始人女娲氏修建的。

神仙福佑世人最典型的也是秦腔剧作中出现最多的就是神仙直接或间接搭救世人。不少秦腔剧作中都有神仙搭救的情节,如《三义节》、《花柳林》、《永寿庵》、《下河东》、《裙边扫雪》、《六月霜》、《贤孝配》等。

3. 指点

神仙对人的帮助较常见的说法是神仙点化人。人们在遇到大困难、走投无路之时,神仙暗中对人们作出指示。秦腔剧作中,如:

《花柳林》第十五回[10]3425—3427:

　　　观　音:吾、观世音菩萨。只因金童玉女有难、等他到
　　　　　　来、指点与他便了。……

　　　观　音:歌郎桂姐甦醒、听吾吩咐、等天明之后、奔上江
　　　　　　边、一个插花、一个栽柳、但等日后花柳成林、保

你一家团聚。案上现有柬帖一张、醒后看来、吾当去也。

《花柳林》中,辛瑞林抛弃妻儿,观音菩萨指点辛的儿女,在江堤上栽满花柳;并托梦指点张氏,命他去到花柳林中团聚。神仙的指点还有赐予神力及暗中指点做事,如《泰山图》中,铁牡丹避难出逃,夜宿玄武祖师大殿。玄武帝托梦"助她神力三分",并"教她兵法武艺双全"。《进骊姬》中,重耳逃亡中途遇险,土地韩文兴暗中救助,指点介子推"刮肉奉君"。

当人们遇到了大困难,甚至穷途末路之时,这些指点确实能救人于水火。《泰山图》中,通过玄武大帝之口表达出这种指点的目的[24]391:"苦难吾当齐搭救,恐误片间真圣贤。"人们无能为力时,神仙挺身而出,这才显示出人们崇拜神灵的重要作用。

4.赐宝

神仙福佑世人的另一个显著方式则是赐给人们某些法宝,或者某些法力,能使人在危难之时利用这些法力或法宝,建立功劳。

《白雀匣》如来佛赐文殊菩萨三口宝剑,文殊将宝剑赐给刘洪祖等人。《一枝梅》中锺子奇获黑熊精所赠纯钢宝剑后建立功勋。《泰山图》铁牡丹逃难到玄武庙内,玄武大帝赐其神力三分,并赐其兵法武艺。《贤孝配》财神赐薛茂德神箭三支,让其到边关建功。《如意钩》西蜀雪山王张仲赐何良才如意金钩,去奔镐京退贼,退戎兵而封侯,弟兄团圆。

5.送子

民间传说中,人们想要生儿子,可以向送子菩萨祈祷。秦腔剧作中也有神仙(或菩萨)送子的情节。《三义节》有《贵子投胎》一折,因姚门阴功广大,上天金星下凡到姚门投胎,送子菩萨命张仙和送子帅二仙赴姚门送子。《火化文卷》第三场《送子》,陈伯愚火化别人欠债的券契,四季功曹禀明神王,神王命送子圣母奔上善门送子。李桐轩《孤儿记》第四回,秦愚拒收贿赂,火化文卷,积下"阴德"。秦愚夫妇二人夜梦神送子而生子秦观。最典型的菩萨送子的故事是窦燕山五子的事。宋代窦禹钧五个儿子窦仪、窦俨、窦侃、窦偁、窦僖相继及第,人们称其为五子登科(事见《宋史·窦仪传》)。而民间传说中则认为由于窦禹钧行善积德,上天命五星投胎,以褒奖善人。

需要注意的是,神仙一般不直接和凡人见面,给凡人以指点,这些天降的福佑多是通过人的梦境实现的。一般是神仙给凡人托梦,在梦中赐予法宝、给予指点等。

(二)祖宗信仰

祖宗崇拜主要体现在对先祖的祭祀上,中华民族是一个崇尚祖先的民族,上自中华民族的共同祖先炎帝黄帝,下至各个宗族的先祖都是我们祭祀的对象。关中地区有黄帝陵、炎帝庙、周公庙、姜嫄庙、仓颉庙等各种庙宇祭祀中华民族的共同祖先。农村每个姓氏往往也有祭祀自己祖先的宗祠家庙,逢年过节都要举行隆重的祭祀活动。

关中地区祭祀共同祖先一般有专门的日期,如清明节祭祀黄帝、谷雨节祭祀仓颉等。家祭一般也有日期,或者是某位宗祖的诞辰或忌日,或者是各类年节,如春节、清明节、十月初一等。比较隆重的是春节祭祖,关中地区人们一般是在除夕当天请回祖先神灵,或挂上祖先遗像或摆起牌位,摆上香烛祭品。大年初一一早,要组织整个家族的人们尤其是男子,在祖宗家庙前焚香、放炮、贡献祭品、磕头祭奠。

秦腔剧作中,如果有人立了战功得到封赏,或者是上京赶考得了功名，都要回乡祭祖。这在戏剧作品中成为一种近乎套路式的说法。除此之外，秦腔中也有除夕请神祭祖的说法。如：

例 1. 李桐轩《孤儿记》第四回[6]1595：

秦　　愚：老汉秦愚，表字不愚。作经承半世，脱不了一个穷皮相。明日就是腊月三十日，今日还是两手空空，供献祖先，无法备办。（叹）咳，这真是年关实难度，廉吏不可为。

例 2.《范紫东》花烛泪[18]6997：

田钟秀：小生田钟秀、河南人氏。只因二老去世、家中只有我弟兄二人。我那哥哥田钟莠，好吸洋烟、不知在那里过瘾、这时还不见回家。你看明天便是新春元旦、今晚我不免将我二老牌位、安顿起来、祭奠才是。（收拾香案、拜）

（三）灵物信仰

关中地区灵物崇拜主要是崇拜自然的生物如虎、狮，以及虚构的灵物（图腾）如龙、凤等。其中虎崇拜是灵物崇拜较为普遍的形式。关中地区的幼儿（尤其是男孩儿）要穿虎头鞋、戴虎头帽，表达了长辈希冀孩子能像老虎一样威猛，又可以达到辟邪的作用。关中也有不少虎的造型的艺术品，如凤翔泥塑以及关中花馍中都有虎的造型。人们在家里正房墙上常挂一幅虎的画像，目的也是靠虎的威猛达到驱邪、保安的目的。"民众至今喜欢悬挂绘有《猛虎长啸图》的中堂画，关中和陕北的妇女常给孩童缝制老虎帽、老虎鞋，华县新娘子出嫁时要在胸前佩戴麦面制的老虎，凤翔县喜欢在家中陈设影绘泥塑虎形玩偶，这样做都是想借老虎的威力辟邪穰灾。"①

在秦腔剧作中,老虎不仅是一个重要的民俗事象,更是剧本剧情重要的创作意象。在很多时候,虎成了剧作情节中不可缺少的环节。正是由于老虎意象的出现,使得戏剧情节更加曲折和引人入胜。秦腔剧作中涉虎的情节有多种,我们根据虎在剧作中所起的作用,将其分为以下几种情况:

1. 遇虎离散

在秦腔剧作的情节安排中,亲人离散,历尽波折而后相聚的情景非常普遍。导致亲人离散的原因很多,如恶人的逼迫、仇敌的陷害、天灾人祸等。在封建社会中,导致亲人离散的主要原因是人为的社会的因素,而在对这些原因进行批判时,往往会招致某些人对号入座,给剧组或戏班带来麻烦。为了转嫁或弱化这种麻烦,艺人创作时往往会把造成亲人失散的原因归罪于老虎。秦腔剧作中有一些剧目,就安排有亲人遇虎离散历尽波折而后相遇的情节。

《九连珠》一剧中,云冲霄、云冲汉弟兄二人上京应试,中途被虎冲散。《对银杯》一剧中也有兄弟二人遇虎失散的情节描述。此外,《花柳林》第十六回、《取金陵》第十四回也有遇虎失散的情节。在遇虎失散的情节描述中,虎象征一种超自然的不可抗拒的"黑暗"势力,他造成了亲人离散的苦难局面。而正所谓好事多磨,亲人历尽艰辛终见面,最终一家团圆,美好结局。

2. 打虎逞威

最令大家耳熟能详的打虎故事莫过于武松打虎了,武松打虎的故事在很多民间文学中都有表现,秦腔中也自然少不了武松的

_____

① 杨景震《中国民俗大系·陕西民俗》,甘肃人民出版社 2003 年,第 302 页。

形象。封至模《义侠武二郎》第四回专门描写武松打虎的情节。

除武松打虎之外，还有一些剧目出现了打虎的情节。如《李广射虎》、《乾隆杀花子》、《进骊姬》、《取金陵》等。打虎的情节很大程度上表现了打虎人的英勇雄壮，显示了他们的威猛。而孙仁玉《商汤革命》第十一场，则设计了一个"夏桀搏虎显勇力"的片段。通过搏虎、杀兕等情节突现了夏桀自恃其勇、刚愎自用、怙恶不悛的恶劣行为。

打虎可以显示人的勇猛，打虎的情节能在一定程度上揭示人物的性格，为故事情节的发展起到一定的作用。

3. 打虎结缘

秦腔剧作的涉虎作品中，虎的媒介作用主要是通过"打虎"双方缔结情缘，这种情缘有男女双方因打虎而结亲，也有二位英雄豪士因打虎而结拜。无论哪一种，虎都起到了媒介的作用。

秦腔剧作中，比较常见的是打虎结亲。如《绝缨会》、《鸳鸯误》、《双诗帕》、《韩宝英》、《山河破碎》等。范紫东《三滴血》中周仁瑞、周天佑父子离散。周天佑出外寻父，来至五台山。贾莲香游山，遇到猛虎。周天佑打跑老虎，救得贾莲香，二人遂订姻缘。

本剧第八回《游山》一折详细描述了打虎结亲的场景。第十六回又多次通过贾莲香之口提到了虎口结缘[17]6490：

贾连城：(唱)见信即便送亲眷。

甄　氏：(唱)来至太行大营前。

贾莲香：(唱)幸喜哥哥官高显。

　　　　　深山早结虎口缘。

打虎结缘的故事从现实看本是荒诞不经的，但在戏剧中出现却显得并不突兀，而是那么可信。原因除了文学作品的艺术虚构之外，更多的是虎的形象在老百姓心目中是稳固的，也说明老百姓对虎的一种崇拜心理。此外遇虎结缘的情节安排也使得整部故事具有了一种别出心裁的曲折美。

秦腔剧作中，老虎的形象表达了一种情感或象征意义。虎可以看成是一种凶猛势力的象征，而能打老虎则更能突出人的威猛。虎的出现同时代表了一种困难、磨难甚或灾难，但这种困难会在适当的时候得以缓解。于是剧作中就有了遇虎得救或打虎救人的情节，这种情节也是剧情的有机组成部分。

"虎"多次出现在秦腔剧作中，还有其深层次的文化内涵，"虎"情节的加入不仅符合了民众的审美需求，更反映了民间的虎崇拜。

在中原地区，即使是山区，老虎也绝不是常见的动物，人们遇见老虎的机会可谓是很少的。但是在文学作品中，人们遇见虎（甚至可以说经常会遇到虎），却不会显得不真实，不会引起人们质疑，反而会引起群众的共鸣，这说明"老虎"这一意象在人们思想意识中有着广泛的、深入的基础，和人们日常审美或认识有着密切的联系。

第二节　占卜吉凶

占卜的方式商代主要是灼龟占卜、周代则是使用蓍草占卜，后代则方式更多，有的使用《周易》卜筮的方式，有的采取求签问卜之法，有的使用扶乩占卦，有的使用投掷铜钱的方法，还有的使用测字拆字的方法等不一而足。占卜的人有的是庙宇中的和尚道人，也有一些是专门以此为业的算命先生。这些算命先生（也称阴阳先生）可以给人"看相、拆字、算卦、看八字、合日子、看坟地"[40]333。

秦腔剧作中出现的问卦方式主要有以下几种：

（一）扶乩

扶乩也称扶箕、扶鸾等，是一种民间的占卜活动。是指通过手扶架子在沙盘上进行问卜。扶乩具体方法各地略有不同。一般需要沙盘、架子和笔等。沙盘盛上细沙或灰土，架子为丁字形木架，上面插上笔或筷子，架放在沙盘上面。占卜时两人用手指分别扶住横木两端，请求神明。木架因手臂抖动在沙上画成文字或符号，作为神灵的启示，通过沙上的符号预卜吉凶。《陕西省情网·民俗志》载："千阳县将旧式面箩或筛子架于沙盘上，或由二人抬至沙盘上，面箩边绑一支木笔，尖朝下，由乩手闭眼扶面箩使木笔在沙盘上画出字迹。"①

秦腔剧作中也有扶乩占卜的说法，如：

例1.《进骊姬》第十一回[27]86—87：

　　姜国母：二爱卿，扶乩上来。

　　姬　　志

　　维　　志：遵命。（绕场下、绕场上）禀国母。

　　姜国母：讲。

　　姬　　志

　　维　　志：为臣以在天地坛中，挑袍扶乩。殿下未回朝廊，
　　　　　　　国母整理朝事，暂且女王在位。

例2.李桐轩《戴宝珉》第二回[6]1714：

　　戴宝珉：在下周至县人氏、姓戴名宝珉。家中薄有田产、
　　　　　　今日王家庄开光祀神、是我赶早洗净手脸、备了

---

① 《陕西省情网·民俗志》，网址：http://sxsdq.cn/sqzlk/xbsxsz/szdyl/msz/

一份香马、着伙计套车子前去上香。又多布施了几两银子、庙道甚喜、说我有大功德、要与我扶乩、问问目前的运气。你说也怪、那一支筷子、竟会自己动弹、在桌面上、过来过去、写了几行字、我却一个都不认得。那庙道照住写在黄表上边、乃是功德无量、吉人天相、四季平安、槽头兴旺、槽头兴旺。(摸须笑)哈哈、可见虔诚敬神、总有好处哩、这神是极灵应的。

例 2 中,通过戴宝珉之口说出了扶乩的状况,使用筷子在桌面上写字,庙祝按照所写的字迹进行说解。

(二)求签

求签是求神占卜常用的一种手段。卦签由竹片刻削而成,为细长的薄竹片,上面写有标志或编号,再配以诗句,放置在签筒之中。能够帮人求签的人多为术士即算卦先生。如果有求卦的人,算卦先生用力摇晃签筒,使卦签的位置发生变化。求卦之人任意取出一根,将卦签交给算卦先生。算卦先生据签推测吉凶祸福。旧时不少寺庙内也设有签筒,签筒一般放置在神案之上,旁边配有说解用的签簿或纸片。问卜之人在神佛面前祝祷,用手摇动签筒,使其中一根卦签掉落。占卜者按照摇出的卦签编号配合相应签语进行说解,预测吉凶祸福。

秦腔剧作中出现的占卜较多的就是求签,如:

例 1.《六月霜》第十六场[37]207—208:

严有纲:乡地,本府公馆设在哪里?

乡 约:设在东岳庙。

严有纲:凶犯苏得义、王春容,两家远近如何?

乡　　约：隔壁就是王春容之家。

严有纲：引导前行。（同下，又上）东岳大帝有灵有应，济
　　　　南知府严有纲，因为苏得仁弟兄命案不明，临斩
　　　　求情，私访真赃实犯，诚恐正犯闻风逃走，焚香
　　　　祈祷。惟神冥府，职司轮回，福善祸淫，报应昭
　　　　然，求签显应，血食万代。若要灵应，宜受香烟，
　　　　祈望大帝，默默指点。待我抱过签桶，摇动神
　　　　签。神签落地，捡来观看，第六十二签，待我对
　　　　查签簿。古月相对是同胞，口中十字心下劳，好
　　　　花头上不生草，石崇欠债告煎熬。古月相对是
　　　　个胡字，口中十字是个田字，下加心字是个思
　　　　字。花字去了草头是个化字，石字旁边加个欠
　　　　字是个砍字，四字全在一处，胡思化砍。好像人
　　　　的名讳。问过主持便知端详。主持走来。

《六月霜》一剧中，苏得仁、苏得义兄弟遭受冤狱，被问成罪
死。知府严有纲奉旨监斩，时值六月而天降严霜。严疑有冤情，
即上书上级暂缓行刑。严乔装私访，终将杀人凶犯胡思化等拿获
归案，苏得义等人奇冤得以昭雪。严有纲微服查访前，在东岳庙
中抽签问卜，所抽之签的签语用字谜的形式告诉严，胡思化即为
正凶。严有纲按签问案，将胡思化缉拿。

此外《平西羌》、《艳娘传》等剧也都有到庙中求签的情节。范
紫东《萧山秀才》一剧更是专门安排了"抽签"一折，更增加了剧情
的曲折和故事性。如：

例1.范紫东《萧山秀才》第二三回[11]4142—4144：

道　　士：善女士到此、莫非要问神抽签。

颜夫人：老师傅猜的不错。

道　士：待我与你打点。（颜氏母女叩头、摇签筒、叩头
　　　　起介）善女士请坐、待老道与你查签。（看）呵、
　　　　七十二签。

　　　　（家院引添香李连珠上）

李连珠：（引）洞中奉吕祖。

和添香：（引）签上传真言。

道　士：又是二位善女士、莫非也要抽签。

家　院：老师傅也猜的不错。

道　士：待我与你打点。（李连珠添香叩头、摇签筒、叩
　　　　头起）二位善女士请坐这边、待我与你查签。
　　　　（看）也是七十二签。（取纸看）今天你们两家抽
　　　　的都是一道签、听老道给你们念一遍。（向颜
　　　　女）新人入洞房。吃面没喝汤。二妙俱不妙。
　　　　并坐望垂杨。（问颜淑贞）你听签上这话切题不
　　　　切题。

颜夫人

颜淑贞：实在切题。

道　士：那一个字切题。

颜淑贞：呵、只有这个汤字切题。

道　士：原来你入了洞房、没得喝面汤。（颜淑贞羞介、
　　　　又向添香读介）新人入洞房。吃面没喝汤。二
　　　　妙俱不妙。并坐望垂杨。（问添香）你听签上这
　　　　话切题不切题。

李连珠

和添香：实在切题。

道　士：那一个字切题。

和添香：呵、只有这个汤字切题。

道　士：原来你入了洞房、也没得喝面汤。（添香羞介）
　　　　你们只要吃了面、喝汤不喝汤、却有什么要紧、
　　　　何必又来问神吗。

颜夫人：老师傅、你看我们几时能见这姓汤的面。

李连珠：是呵、你看我们几时能见这姓汤的面。

道　士：怎么你们都想吃汤面。到底想吃汤面么、还是
　　　　想喝面汤、你都给我往明白的讲。

颜夫人

李连珠：老师傅、姓汤的是个人、我们想见那人的面、并
　　　　不是想吃汤面、想喝面汤。

道　士：神给你说的明白、说是你吃面莫喝汤、所以我说
　　　　你们怕想喝面汤。

颜夫人

李连珠：神仙不可分明说、这全在你老师傅拆讲呢。

道　士：是呵、神仙不可分明说、总在我拆讲呢。着我再
　　　　看。（读）新人入洞房。吃面没喝汤。二妙俱不
　　　　妙。并坐望垂杨。是得、二妙都不妙、言其你两
　　　　个人遇的事、都不巧妙。

颜夫人

李连珠：怎么样。

道　士：二妙俱不妙。并坐望垂杨。言其你们要见那个
　　　　姓汤的面、有个姓杨的、你们就盼望着见他、那
　　　　便将姓汤的找着了。

四　人：呵——那里有个姓杨的人呢。（颜夫人、李连
　　　　珠、颜淑贞、和添香问）

道　士：有不有、老道也不晓得、我是凭签着断呢。

李连珠：嫂嫂、咱们两家今天抽了一个签、都找问这个姓
　　　　汤的、究竟你家问的那姓汤的是那里人氏、叫什
　　　　么名字。

颜夫人：不是别个、便是萧山县那个汤金钏。

和添香：怎么她也问的是汤金钏。

颜淑贞：怎么她也问的是汤金钏。

道　士：汤金钏是怎么的个人样儿、竟然教两下里得想
　　　　思病、你想喝汤、我也想喝汤、这不得了。

（三）其他

除扶乩、求签等方式外，古时用于占卜的手段还有很多，秦腔
剧作中还说到了其他的占卜手段，比如可以借助八卦，如：

例1.《裙边扫雪》第一回[32]460—461：

周太真：这是国母，不在正官，来在东宫，所为何事？

吴　后：贤妹哪知，是我昨夜晚上，鼓打三更，偶做一梦，
　　　　梦见粉宫楼前起火，不知是吉是凶。东宫贤妹
　　　　八卦灵应，前来查看吉凶，再无别事。

周太真：待我查来。一请周公到，二请袁天罡，三请王禅
　　　　老先生。出了弟子口，上边造吉凶。不出弟子
　　　　口，卦打一场空。这般时候，待我摇卦上来。八
　　　　个金钱落地，待我捡来观看。原是乾、坎、艮、
　　　　震、巽、离、坤、兑、五行六爻、七鬼八卦、九空十
　　　　干。一元二仪巧安排，三才四支土里埋，五行六
　　　　爻并七鬼，八卦九空十不堪。八卦生的灵，上边
　　　　造吉凶。纵然不得死，也要捆一绳，也要捆一

绳。这边还有小字一行，待我观看。白虎当头
卧，无福必有祸。纵然是铁罗汉，如此躲不过，
躲不过！

（滚）我叫叫一声国母、国母，此乃凶多吉少了！

（唱）八卦上边查一遍，

　　　珠泪滚滚拭不干。

　　　转面我把国母唤，

　　　妹妹把话说心间。

　　　八卦上边查一遍，

　　　凶多吉少不安然。

汉景帝沉湎酒色不理朝政，吴后面谏而不被采纳。吴后前夜
做一噩梦，请东宫周太真查看吉凶，周太真卜卦后认为凶多吉少。
后果然吴后被景帝处死，太子亦遭凶险。

有的借助梦境，通过所谓"圆梦"来预测吉凶。人们认为梦境
是神灵的启示或告诫，认为通过对梦境的说解可以达到预测吉凶
的目的。历史文献中记载了很多所谓的占梦的事件，甚至还有专
门解梦的书籍如《周公解梦》。借助梦境预示吉凶的情况在秦腔
剧剧作有很多，如《御果园》、《大报仇》、《金玉奇缘》、《出棠邑》等。

秦腔剧作中梦境预示的既有吉兆，更多的则是凶兆。如：

例 1.李约祉《仇大娘》第五回[7]2071—2074：

　　范惠娘：（唱）昨晚一梦好异样。

　　　　　　　　天遣石崇做檀郎。

　　　　　　　　此话想对爹娘讲。

　　　　　　　　自觉有口实难张。（相见分坐）……

　　范惠娘：（唱）昨晚一梦到前庭。

　　　　　　　　白发老儿月下逢。

一旁摆就姻缘簿。

一旁放着系足绳。

儿问他夫婿名和姓。

他言道名儿叫叫……

范子文：叫甚么。

范惠娘：（唱）叫石崇。……

范惠娘：孩儿梦中、仿佛听道、清明佳节、花园之中落水
　　　　者便是。

　　　　（唱）良辰美景到清明。

　　　　　　佳人才子去踏青。

　　　　　　檀郎相遇机缘巧。

　　　　　　好风吹落浅溪中。（丫假哭）

丫　环：好苦命的姑爷呀。

范子文：哎、好笑也。

　　　　（唱）女儿做梦好奇离。

　　　　　　会向梦里寻女婿。

　　　　　　清明为日也无几。

　　　　　　再向水中探消息。

　　　　这梦可是个好梦、如果有了效验、我儿倒是大大
　　　　的个福人。今日天朗气清、百花齐放、夫人你我
　　　　摆起家宴、对饮几杯、休要辜负了一片韶光。

例 2.《墩台挡将》第五回[34]93：

孙　　氏：（唱）昨晚做梦梦有错，

　　　　　　我梦见黄梨用刀割。

　　　　　　一片含在奴夫口，

　　　　　　一片含在奴口角，

　　　　吓的我心惊胆又战，

　　　　梦醒来原是一南柯。

　　　　将身儿且在府下坐，

　　　　等家院回来问的确。

　　　〔家院上。

　家　院：夫人，不好了！

　孙　氏：怎么样了？

　家　院：夫人你听，耳听人言乱哄哄，传说陈友谅把我家
　　　　　先锋老爷，乱箭穿死江东了！

　　例1《仇大娘》一剧中，富家女范惠娘夜作一梦，梦到清明佳
节，花园之中落水者便是自己将来的丈夫。后来范女果然梦验，
梦兆成真。例2中，朱元璋命将领花云攻打陈友谅，不幸被擒，花
云誓不投降被乱箭射死。花云妻孙氏前夜做了一个夫妻分梨的
梦，认为此梦不吉，后果听闻丈夫噩耗。因为"分梨"与"分离"谐
音，因而关中地区不少地方都忌讳分梨而食。

　　在没有可靠手段进行问卜的时候，人们还会借助随意的东西
进行占卜。如：

　　例1.李桐轩《孤儿记》第五回[6]1602—1603：

　孟家祥：呀、来到古佛寺前、不免将我一段心事、告诉佛
　　　　　祖、求佛指示。（进跪）我佛在上、弟子孟家祥、
　　　　　因为父亲孟堪、打伤李梦良、只道已死、逃避远
　　　　　方。弟子有志访寻、因侍奉母亲膝下、不能远
　　　　　离。今母病故、营葬之后、百期已满、弟子要出
　　　　　门寻父、求佛指示、该向何方。（叩头）呀、我真
　　　　　糊涂、这古庙之中、无签无卦、佛还能说话不成、
　　　　　这该怎处。呵、有了、我不免脱下一只鞋来打卦

（向佛又叩头）求佛指示、弟子寻父、该向何方、就教鞋头指向那方。（掷鞋看）哎呀、鞋正指东北、这便是神佛命我出门、向东北走了、我不免拜谢神恩、就此走罢。（叩头）

《孤儿记》中，孟堪因不平打伤李梦良，误以为打死，出外躲避，后因救和硕亲王脱险，被授予黑龙江都统。十多年后，其子孟家祥长大成人，母亲死后决心外出寻父。出门前在古佛寺问神，因寺中无签无卦，只好脱鞋求神指示。鞋头指向东北方向，后历尽千辛万苦，终在黑龙江寻到父亲。

第三节　善恶有报

民间信仰的一个核心要求是正确的善恶观，相信因果报应，主张善恶有报、行善积德、惩恶扬善。在民间的善恶观中，认为一个人行善积德，可以得到善报，最直接的善报就是多育后嗣、子孙繁盛。有一个说法就是行善之人，人们往往祝愿其"生五男二女"；而对于作恶之人，人们一般的诅咒就是天打雷劈、断子绝孙。

在民间文学作品中，为善之人往往会受到善报和福佑，并可以绝处逢生、可以繁荫子孙。作恶之人往往都会受到恶报，最典型的恶报就是遭到天谴。

秦腔剧作是一种程式化的文学体裁，他也宣扬了正确的善恶观，那就是善人有善报、恶人有恶报。就是人们常说的"善有善报、恶有恶报，不是不报，时候不到，时候一到，一定会报"，所以恶人可以为恶一时，不能为恶一世。戏剧的一个重要作用就是教化功能，可以通过戏剧的形式劝人之善。秦腔剧作中常见的善恶报应有两种，即善报和恶报。善报主要是人行善积德，上天福佑，使其子孙繁盛，香烟得以继承。这在"不孝有三，无后为大"意识主导的社会中，显得尤为重要。此类的善报如：

例1.范紫东《鸳鸯阵》第十九回[14]5507：

　　罗嘉宾：没了、我把你叫外婆。好我外外的婆呢、积点阴德、给你两个婆积的五男二女的。

"五男二女"是一个普遍说法，传说周武王有五个儿子、两个女儿。如《诗经·召南·何彼襛矣序》："《何彼襛矣》，美王姬也。虽则王姬，亦下嫁于诸侯，车服不系其夫，下王后一等，犹执妇道，以成肃雝之德也。"陆德明《毛诗音义》："王姬，武王女。"孔颖达疏："皇甫谧云：'武王五男二女。'"①后来人们用"五男二女"来表示人子孙繁盛，以此说明人有福气，能得到上天福佑。

除上例外，秦腔剧作中还有一些剧目则有某人行善事积阴德，上天派遣神灵为其送子的情节。如《孤儿记》、《五子魁》、《火化文卷》等。《五子魁》中，"窦燕山，有义方，教五子，名俱扬"，燕山窦公年老而无子，因屡行善事，阴功广大，感动玉帝。玉帝派长庚送去"金星、银星、福、禄、寿三星"五星下凡，为窦公作子。后来窦氏五子科举考中五魁，善人终得善报。

李桐轩《孤儿记》中，李梦良贪才，逼走罗氏孤子，侵占罗氏家产。知情人孟堪因气愤打伤李梦良，李梦良欲灭绝孟氏，将白银千两送给书判秦愚，欲查阅灭孟案卷。秦愚年近六旬却无子嗣，虽家贫而人清廉。他知道李梦良一定会借此陷害他人，没有答应，并焚化了相关案卷。因为行善积德，秦愚妻虽年已五十八岁，夫妻二人夜里做梦，梦到送子菩萨为其送子。后生子秦观，长大后进京考试得中榜眼。恶人终伏法，好人得好报。

---

①孔颖达《毛诗正义》，见《十三经注疏》，中华书局1980年，第292页。

　　《火化文卷》中，员外陈谋有女而无子，陈广行善事，烧掉了别人欠债的契约文卷，并开仓放粮赈济百姓，积下阴德。上天闻知，感其善德，命麒麟下界与陈谋为子。本剧第三场专有《送子》一场[35]240—242：

　　　　　　　　〔甲、乙、丙、丁四季功曹上，牌子。

甲　　　：天上祥云飘绕，

乙　　　：地下乾坤窄小。

丙　　　：一年四季吾尽晓，

丁　　　：吾本是四季功曹。

甲　　　：春季功曹。

乙　　　：夏季功曹。

丙　　　：秋季功曹。

丁　　　：冬季功曹。

同　　　：四季功曹。

甲　　　：众道友请了！

乙丙丁：请了！

甲　　　：陈伯愚已在客庭火化文卷，我们四季功曹，回禀　　　　　　神王得知，各跨黑马，只得去来。（牌子下）

　　　　　　　　〔李天戎上。

李天戎：(诗)凌霄殿前有吾家，

　　　　　　　遣神调将显道法。

　　　　　　　神王登台吾站班，

　　　　　　　诸神犯罪吾锁拿。

　　　　　　中平天官李天戎。陈伯愚以在客庭火化文卷，

　　　　　　四季功曹禀明神王，神王心喜，命我善门赐福，

　　　　　　揽动祥云，只得出来。（下）

〔张月禄上。

张月禄:(引)头戴牙角贯顶,

身穿将相衣裙。

手执金弓玉弹,

单打天宫麒麟。

弹打张仙张月禄。陈伯愚以在客庭火化文卷,
四季功曹禀明神王,神王心喜,命圣母奔上善门
送子,圣母不知,待我弹打天犬。(牌子,犬吠三
声)只见圣母出宫来了!

〔圣母带金童玉女上。

圣　　母:(诗)耳听天犬叫连声,

吾在宫中不安宁,

金童玉女分左右,

吾当忙离九霄宫。

吾,送子圣母。正在宫中打坐,不知何人弹打天
犬,待我出宫观看。

张月禄:圣母不知,陈伯愚以在客庭火化文卷,四季功曹
禀明神王,神王心喜,命圣母奔上善门送子,圣
母不知,因而弹打天犬。

圣　　母:贵子可曾到手?

张月禄:到手多时。

圣　　母:吩咐青龙、白虎,开放南天门,采过麒麟一同下
界。(转场,甲、乙、丙、丁四季功曹。张月禄、李
天戎、圣母同上)揽动麒麟。(牌子毕)

甲乙丙丁:禀圣母,来在善门。

圣　　母:来在善门,张公何不开弓放弹?

张月禄：遵法谕。（牌子毕）开弓放弹，贵星临风，送入善
　　　　门！喜之不尽，奖诗一首：

　　　　（念）弓是宝雕弓，

　　　　　　　弹是如意弹。

　　　　　　　吞云吐雾下九天，

　　　　　　　弹打贵星临凡。

　　　　　　　保婴儿长命百岁，

　　　　　　　一岁四季平安。

　　　　　　　登金榜福寿全，

　　　　　　　愿保你连中三元。（牌子）

　　　　禀圣母，开弓放弹，贵星临凡，送入善门。

圣　　母：说是好。大叫家宅六神，本宅灶君，贵星临凡，
　　　　还要你们永护永护。一十二岁名登金榜，九十
　　　　六岁以归天界。喜之不尽，奖诗一首：

　　　　（念）子是麒麟子，

　　　　　　　送于积善家。

众　　　：（念）长大成人后，

　　　　　　　必然中黄甲！（尾声下）

　　　所谓"善恶到头终有报，只分来迟与来早"。与为善有福佑相
对，作恶之人终究要得到报应。这种报应或者是由人来完成，有
时也有上天来决定。秦腔剧作中，为恶作歹之人终将要为自己的
所作所为付出代价，正义最重要压倒邪恶，取得胜利。和利用人
力使恶人伏法受诛相比，遭受天谴则是为非作歹之人理应受到的
报应，也是最受老百姓欢迎的报应形式。在秦腔剧作中就有为恶
之人遭受天谴的情节。如：

　　　例1.《对银杯》第十三回[29]493—494：

赵　高：我儿站起去。老贱辈上来，怎样害死二娘，何不
　　　　从实的招来！

刘　氏：我无有害死我那妹妹，倘若害死我那妹妹，情愿
　　　　对天盟誓，方见人心。

赵　高：盟来。

刘　氏：(唱)老身提衣跪庭前，(跪)
　　　　　　过往神灵听心间。
　　　　　　倘若我有害妹意，
　　　　　　空中霹雷将我抓。(被雷殛)

赵　同：大娘被雷殛死。

赵　高：将尸撤下！请来高僧高道，超渡二娘亡魂。(同
　　　　下)

《对银杯》中，赵高娶有妻妾三人，其妻刘氏无子，二妾分别有
子赵千、赵万。赵高奉命出征，亲近其妾而疏远其妻刘氏。刘氏
恼怒，暗遣其侄刘奎杀赵千、赵万。刘奎不忍，偷将二人放走。刘
氏又拷打两位小妾，并毒死二姨太。后赵千、赵万得中文、武魁，
途遇三娘，问明真相。赵高回家，责问刘氏。刘氏矢口否认害死
二娘，发完毒誓，即被雷殛而死，终为自己所做的恶行付出了
代价。

　　例2.《牧羊卷》第五场[40]268—269：

朱春科：母亲过来，我不在家，你在家中做出此事，各人
　　　　拿一番主意来。

宋　氏：叫我拿一番主意来？叫我再走上一步，老咧，吃
　　　　不开咧，没人要咧。唉，老嫂子啊！我再不敢有
　　　　害你婆媳之心，我给你还对天明誓呀。

朱　母：方见人心。

宋　氏：方见人心，叫我拜一下跪到这，(跪)老田在上。

朱　母：老天，怎么成了老田了呢？

宋　氏：老田是老天他哥呢。老田在上我再有害他婆媳
　　　　之心，把我老婆得个牙疼病！

朱　母：牙把你老贼辈能疼死吗？

宋　氏：咦牙疼不算病，疼着来要人的命呢。疼着来咧
　　　　圪里圪坳都疼呢。

朱　母：必须明个雷殛之誓。

宋　氏：老天在上，我再有害她婆媳之心，把我(雷响)我
　　　　咋没明呢，咦啥咋轰隆轰隆的？对着呢，邻家他
　　　　二叔起圈呢，推车子轰隆轰隆的。我咋心只跳
　　　　呢，心口子忐忑呢？我再有害你婆媳之心，把我
　　　　被五雷殛了。(雷响一声，一把火将宋氏殛死)

朱春科：(哭，起唢呐)罢了娘，娘啊！

朱春登：兄弟再休啼哭。婶娘死后，请高僧高道，超渡婶
　　　　娘亡魂。回家开了祖先堂，燃起香火。(同下)

　　朱春登替代叔父从军。其婶母宋氏想要独吞家业，命其侄宋
成杀害春登而未遂。宋氏欲强将春登之妻赵经堂嫁给宋成，赵氏
不从而倍受折磨。于是宋氏将朱春登的母亲、妻子赶到山中牧
羊。后朱春登立功封侯，荣归故里。回家不见其妻、母踪影，宋氏
谎称其妻、母已故。春登坟场哭祭妻母，适遇赵氏婆媳，夫妻母子
团圆，宋氏则遭天谴。

第四节　各类禁忌

　　在民间，既然有诸多的民间信仰，也就因而产生了诸多的民

间禁忌。这些禁忌一般是不成文的，但是它们表现在人们生活的方方面面，并时时刻刻影响或规范着人们的生活行为举止。这些禁忌多数是带有封建迷信色彩的，也有不少是人们生活经验的总结。

秦腔剧作中也有不少关于民间禁忌的说法，如：

例1.白雀匣《第八场》第八场[10]3538—3539：

> 家　丁：凤钗没有见、把你的白雀给我捉上走。
>
> 刘洪祖：未见凤钗、白雀岂能与你。
>
> 家　丁：你倒说了个干净、凤钗不与、白雀不与、我和你不能多说、唤你大刘纪德来。
>
> 刘洪祖：我父的名讳、岂是你叫得的。
>
> 家　丁：我是吴府里来的。
>
> 刘洪祖：可是那吴环。
>
> 家　丁：我老爷名讳、岂是你叫得的。

《白雀匣》剧中，如来命小青龙脱化刘洪祖，又命弟子炼就白雀送与刘洪祖。刘洪祖放出白雀，白雀落在吴府大杨树上，吴女玉英箭射白雀不中，白雀反将玉英头上的金钗衔去飞回刘洪祖家。吴家家丁追寻金钗，因出言不逊，被刘洪祖暴打一顿。刘洪祖打人的原因主要是吴府家丁冒犯了刘父的名讳。

在古代社会，人们对长辈以及上级的名字有不少语言上的忌讳，不能直呼他们的名字，遇到与其名字相同的字，一般要用缺笔、改字、避讳等方式回避开。子女对于父母的名字更是必须避讳的，不光自己不能说，身份不如自己父母的人也不能直呼己父之名，否则会视为大不敬。所以刘洪祖打人的原因就是"他口叫爹爹名讳、教儿怎得不打"[10]3539。这种名讳禁忌今天依然存在。

例2.《贩马记》第二场[40]500：

禁　子：这是李奇。

皂　隶：随我来。李奇到。

家　院：随我来。启夫人，老囚犯带到。

李　奇：（跪叩）夫人在上，犯人叩头。

李桂枝：且慢，方才这老囚犯与我叩头，我怎么一阵头
　　　　晕？有了，这是院公，叫那囚犯向外垫跪回话。

古代"父为子纲"，父子之间有着严格的等级制度和行为规范。讲究子女可以给父母下跪，而父母不能给子女下跪。如果父母给子女下跪，子女往往要受到上天惩罚。《贩马记》中，李奇外出贩马，其继室杨氏与人私通，将前房儿女赶出家门。李奇亦遭杨氏诬陷入狱，被受贿的胡知县判成死罪。后来李女桂枝丈夫赵宠被授褒城县令。李奇受刑啼哭，桂枝夜闻哭声，命衙役提来李奇欲问明白。由于两人分离时久，互不认识。李奇给李桂芝下跪，李桂芝感觉头晕，其后方知父亲冤屈。

例3.范紫东《宫锦袍》第二回[15]5846—5847：

刘永福：这是怎么样。（吴忙跑进门介）你看脏吗不脏、
　　　　今天头一次出门、就给我泼了这一盆恶脏水。
　　　　大不吉利、大不吉利。晦气、晦气。（吴发痴介）

刘淑卿：你转脸失色的、什么事呵。

吴云髻：嫂嫂、董下乱子了。

刘淑卿：董下什么乱子了。

吴云髻：你到门上瞧去。

刘淑卿：什么事呵。（出门看介）

刘永福：嫂子、这一盆水给咱浇的好、你先闻这是什么
　　　　味气。

刘淑卿：（笑）小孩子太不小心。客人不要生气、请到家

中再说。（同进门介、淑拭介）

　　刘永福：擦着算什么呢、你看成了什么色气了、这还能穿
　　　　　　吗。（刘闷坐、气介）真个该倒霉呢、这才是不祥
　　　　　　之兆。

　　旧时人们出门远行，一定要挑选一个好日子，故民间有所谓"三六九，往出走"的说法。关中地区出门远行也有很多禁忌，在日子选择以及出门后所遇的景况都有不少讲究。出门忌讳遇到不好的东西和事情，认为这些事物可能会给自己带来不利的影响。《陕西省情网·民俗志》载："往亡和归忌，是两种关于出行的忌日。往亡是出行时应避的日子，归忌是行人归家当避的日子。'杨公忌日'中有往亡、归忌的内容。此外，全省普遍主张'逢七不出门，逢八不回家'，也就是每月初七、十七、二十七不得出行，初八、十八、二十八不得归家。出行者如果估计在忌日可返抵家中，也要在外拖延一日，等过了忌日再回。"①

　　《宫锦袍》剧中，刘永福好打不平，被豪绅遣离家乡，去参加太平军。离家途中，刘的衣袍被吴云鬐倾倒的污水弄脏，刘觉得非常晦气，认为"出门人忌讳很大，这件衣服经了这次污秽"，自己"一见便生恶感"，要求吴给自己换一件衣袍。

　　例4.《孟丽君》第八场[29]193：

　　孟士元：老夫孟士元。自丁忧归家，今已启服，不久又要
　　　　　　进京赴任。但只是皇甫亲翁身陷朝鲜，皇上有
　　　　　　旨，抄拿家眷问罪。幸吾门婿少华逃脱。此事
　　　　　　又不敢教女儿知晓。清早以坐书房，只听乌鸦
　　　　　　乱叫，不知有甚祸事？

---

①《陕西省情网·民俗志》，网址：http://sxsdq.cn/sqzlk/xbsxsz/szdyl/msz/

例5.孙仁玉《二义女》第六场[21]8286：

> 常月英：俺、妹妹那是树林中落了一只猫头鹰、我们这里
> 　　　　叫燃猴哩。那恶物叫唤下了、就是这么唔吼唔
> 　　　　吼、你怎么当成强盗了。

上两例中，乌鸦和猫头鹰也被视为恶物，认为他们也可能会给自己带来不安。乌鸦，民间也叫"黑老鸹"，人们认为乌鸦叫是一种凶兆，因而非常厌恶它。如果一大早就听见乌鸦叫，人们就会认为整天都会不吉利。民间还有"乌鸦报丧"的说法，认为乌鸦在屋前屋后乱叫，可能预示要死人。人们听见乌鸦叫，往往要骂几句，或者用东西将其赶走。猫头鹰也被民间视为凶鸟，民间普遍认为，猫头鹰叫是在钩走活人的魂魄。人们还认为，如果有猫头鹰落在门窗上，即便不叫也可能要出大凶事。因此，猫头鹰的叫声，很容易使人们恐惧不安。

例6.《两河关》第十二场[39]242：

> 卒　　：这一个大光光旋风，半截子都在天里头，赶紧给
> 　　　　三爷禀。三爷，有一旋风挡住咱的路径，不能
> 　　　　前行。
> 姚金奢：咋、咋、咋的话？有一旋风挡住咱的路径，不能
> 　　　　前行？
> 卒　　：正是。
> 姚金奢：待三爷上前观看。我可莫说你这个旋风老爷，
> 　　　　是你不知，我和我大阿嫂与我二哥复仇去，也莫
> 　　　　看日子，把你老人家给秽污咧，我的复仇以毕，
> 　　　　回来的时节，大大的报谢你老人。
> 姚金阙：罢了，三弟、三弟、三弟呀！（留柬帖下）
> 姚金奢：哎，这才把他咖的。我正祝告，旋风老爷走后，

留下二指宽的柬帖，这上边还像有这黑道道子，
咱的一字不识，待我禀过我大阿嫂。大阿嫂，旋
风老人家走后，留下二指宽的柬帖，上边还有字
呢。你看写的是啥？

姚夫人：(看帖)原来是你二哥给显了圣咧！

姚金奢：呵，我二哥给显了圣咧。你看上边我二哥给咱
都说的啥？

姚夫人：上边写的三件大事。

　旧时人们在野外遇到旋风，往往认为是阴兵或鬼魂过来，往
往认为旋风会带来凶险，一定要朝旋风扔东西以便打跑它们。例
6中，姚金阙被害后，就是托旋风给其家人报信要他们为自己
报仇。

参考文献

一、历史文献著作

班固《汉书》,中华书局 1962 年。

范晔《后汉书》,中华书局 1965 年。

房玄龄《晋书》,吉林人民出版社 1995 年。

高诱注《淮南子》,见《诸子集成》,中华书局 1954 年。

郭庆藩《庄子集释》,见《诸子集成》,中华书局 1954 年。

洪兴祖《楚辞章句补注》,吉林人民出版社 2005 年。

贾公彦《仪礼注疏》,见《十三经注疏》,中华书局 1980 年。

贾公彦《周礼注疏》,见《十三经注疏》,中华书局 1980 年。

贾谊《贾谊集》,上海人民出版社 1976 年。

孔鲋《小尔雅》,见《丛书集成初编》,中华书局 1985 年。

孔颖达《春秋左传正义》,见《十三经注疏》,中华书局 1980 年。

孔颖达《礼记正义》,见《十三经注疏》,中华书局 1980 年。

孔颖达《毛诗正义》,见《十三经注疏》,中华书局 1980 年。

孔颖达《尚书正义》,见《十三经注疏》,中华书局 1980 年。

孔颖达《周易正义》,见《十三经注疏》,中华书局 1980 年。

陆德明《经典释文》,上海古籍出版社 1985 年。

钱大昕、陈鳣《恒言录 恒言广证》,商务印书馆 1958 年。

司马迁《史记》,中华书局 1959 年。

苏轼《苏东坡全集》,珠海出版社 1996 年。

孙奭《孟子注疏》,见《十三经注疏》,中华书局 1980 年。

王弼《老子注》,见《诸子集成》,中华书局 1954 年。

王先谦《荀子集解》,见《诸子集成》,中华书局 1954 年。

王先慎《韩非子集解》,见《诸子集成》,中华书局 1954 年。

魏征《隋书》,中华书局 1973 年。

邢昺《尔雅注疏》,见《十三经注疏》,中华书局 1980 年。

邢昺《论语注疏》,见《十三经注疏》,中华书局 1980 年。

许慎《说文解字》,中华书局 1963 年。

颜之推《颜氏家训》,见《诸子集成》,中华书局 1954 年。

余文豹著,张宗祥校订《吹剑录全编》,古典文学出版社 1958 年。

张揖《广雅》,见《丛书集成初编》,中华书局 1985 年。

周德清《中原音韵》,中华书局 1978 年。

朱熹《诗集传》,中华书局 1958 年。

二、现当代文献著作

白涤洲遗稿,喻世长整理《关中方音调查报告》,中国科学院
    1954 年。

束文寿《京剧声腔源于陕西》,太白文艺出版社 2011 年。

崔希亮《汉语熟语与中国人文世界》,北京语言文化大学出版社
    2005 年。

邓萌、何磊《第五届中国秦腔艺术节西北地方戏曲发展论坛论文
    集》,陕西人民出版社 2014 年。

范紫东《范紫东秦腔剧本选》,陕西人民出版社 1982 年。

范紫东《关西方言钩沉》,(西京)克兴印书馆 1947 年。

高陵县地方志编纂委员会《高陵县志》,西安出版社 2000 年。

高益荣《20 世纪秦腔史》,陕西师范大学出版总社 2014 年

高益荣《梨园百戏》,陕西师范大学出版社 2011 年

广东、广西、湖南、河南辞源修订组,商务印书馆编辑部编《辞源
　　(修订本)》(1—4 合订本),商务印书馆 1988 年。

汉语大词典编委会《汉语大词典》(缩印本),汉语大词典出版社
　　1997 年。

汉语大字典编委会《汉语大字典》(第二版,九卷本),崇文书局、四
　　川辞书出版社 2010 年。

菡萏、王川编《贾平凹散文精选》,陕西人民出版社 1992 年。

何桑、陈诚《第五届陕西省艺术节中国秦腔高层论坛论文集》,陕
　　西人民出版社 2014 年。

何桑《百年易俗社》,太白文艺出版社 2010 年。

黄丽贞《中国戏曲的语言艺术》,暨南大学出版社 2010 年。

冀福记、陈昆峰、卢恺《品评秦腔》,太白文艺出版社 2010 年。

焦海民《秦腔:1807 年的转折》,陕西师范大学出版总社 2014 年。

焦文彬《长安戏曲》,西安出版社 2002 年。

焦文彬《秦腔史稿》,陕西人民出版社,1987 年。

焦文彬、阎敏学《中国秦腔》,陕西人民出版社 2005 年。

泾阳县县志编纂委员会《泾阳县志》,陕西人民出版社 2001 年。

亢宏《云南戏曲音韵》,云南人民出版社 1980 年。

廖奔《中国戏曲史》,上海人民出版社 2014 年。

刘静主编《陕西关中东府五县市方言志》,陕西师范大学出版社
　　2006 年。

刘俊凤《民国关中社会生活研究》,人民出版社 2011 年。

刘宽忍《秦腔百年》,太白文艺出版社 2011 年。

刘文峰《中国戏曲史》,生活·读书·新知三联书店 2013 年。

刘学林、马重奇《中国古代风俗文化论》,陕西人民出版社 1993 年。

吕自强《秦腔音乐概论》,太白文艺出版社 1997 年。

马国凡、高歌东《歇后语》,内蒙古人民出版社 1979 年

乾县县志编纂委员会《乾县志》,陕西人民出版社 2003 年。

《秦腔经典四十剧》编委会编《秦腔经典四十剧》,西安出版社 2013 年。

屈垦洁、王勇《陕西地方剧种》,太白文艺出版社 2011 年。

三原县志编纂委员会《三原县志》,陕西人民出版社 2000 年。

陕西省文化局编《陕西传统剧目汇编·秦腔》第 3 集,陕西省文化局 1958 年。

陕西省文化局编《陕西传统剧目汇编·秦腔》第 4 集,陕西省文化局 1958 年。

陕西省文化局编《陕西传统剧目汇编·秦腔》第 5 集,陕西省文化局 1958 年。

陕西省文化局编《陕西传统剧目汇编·秦腔》第 6 集,陕西省文化局 1958 年。

陕西省文化局编《陕西传统剧目汇编·秦腔》第 7 集,陕西省文化局 1958 年。

陕西省文化局编《陕西传统剧目汇编·秦腔》第 8 集,陕西省文化局 1959 年。

陕西省文化局编《陕西传统剧目汇编·秦腔》第 9 集,陕西省文化局 1959 年。

陕西省文化局编《陕西传统剧目汇编·秦腔》第 10 集,陕西省文化局 1959 年。

陕西省文化局编《陕西传统剧目汇编·秦腔》第 11 集,陕西省文化局 1959 年。

陕西省文化局编《陕西传统剧目汇编·秦腔》第 12 集,陕西省文化局 1959 年。

陕西省文化局编《陕西传统剧目汇编·秦腔》第 13 集,陕西省文化局 1959 年。

陕西省文化局编《陕西传统剧目汇编·秦腔》第 14 集,陕西省文化局 1959 年。

陕西省文化局编《陕西传统剧目汇编·秦腔》第 15 集,陕西省文化局 1959 年。

陕西省文化局编《陕西传统剧目汇编·秦腔》第 16 集,陕西省文化局 1959 年。

陕西省文化局编《陕西传统剧目汇编·秦腔》第 17 集,陕西省文化局 1959 年。

陕西省文化局编《陕西传统剧目汇编·秦腔》第 18 集,陕西省文化局 1959 年。

陕西省文化局编《陕西传统剧目汇编·秦腔》第 19 集,陕西省文化局 1959 年。

陕西省文化局编《陕西传统剧目汇编·秦腔》第 20 集,陕西省文化局 1959 年。

陕西省文化局编《陕西传统剧目汇编·秦腔》第 21 集,陕西省文化局 1959 年。

陕西省文化局编《陕西传统剧目汇编·秦腔》第 22 集,陕西省文化局 1959 年。

陕西省文化局编《陕西传统剧目汇编·秦腔》第 23 集,陕西省文化局 1959 年。

陕西省文化局编《陕西传统剧目汇编·秦腔》第 24 集,陕西省文化局 1980 年。

陕西省文化局编《陕西传统剧目汇编·秦腔》第 25 集,陕西省文化局 1980 年。

陕西省文化局编《陕西传统剧目汇编·秦腔》第 26 集,陕西省文化局 1981 年。

陕西省文化局编《陕西传统剧目汇编·秦腔》第 27 集,陕西省文化局 1981 年。

陕西省文化局编《陕西传统剧目汇编·秦腔》第 28 集,陕西省文化局 1981 年。

陕西省文化局编《陕西传统剧目汇编·秦腔》第 29 集,陕西省文化局 1981 年。

陕西省文化局编《陕西传统剧目汇编·秦腔》第 30 集,陕西省文化局 1981 年。

陕西省文化局编《陕西传统剧目汇编·秦腔》第 31 集,陕西省文化局 1982 年。

陕西省文化局编《陕西传统剧目汇编·秦腔》第 32 集,陕西省文化局 1982 年。

陕西省文化局编《陕西传统剧目汇编·秦腔》第 33 集,陕西省文化局 1982 年。

陕西省文化局编《陕西传统剧目汇编·秦腔》第 34 集,陕西省文化局 1982 年。

陕西省文化局编《陕西传统剧目汇编·秦腔》第 35 集,陕西省文化局 1983 年。

陕西省文化局编《陕西传统剧目汇编·秦腔》第 36 集,陕西省文化局 1983 年。

陕西省艺术研究所编《陕西传统剧目汇编·秦腔》第 37 集,陕西
　　省艺术研究所 1983 年。

陕西省艺术研究所编《陕西传统剧目汇编·秦腔》第 38 集,陕西
　　省艺术研究所 1983 年。

陕西省艺术研究所编《陕西传统剧目汇编·秦腔》第 39 集,陕西
　　省艺术研究所 1984 年。

陕西省艺术研究所编《陕西传统剧目汇编·秦腔》第 40 集,陕西
　　省艺术研究所 1984 年。

陕西省戏剧志编纂委员会《陕西省戏剧志·省直卷》,三秦出版社
　　2000 年。

陕西省艺术研究所《秦腔研究论著选》,陕西人民出版社 1983 年。

陕西省艺术研究所编《秦腔剧目初考》,陕西人民出版社 1984 年。

苏育生《中国秦腔》,百家出版社 2009 年。

孙立新《陕西方言漫话》,中国社会出版社 2004 年。

孙立新《陕西民俗》,甘肃人民出版社 2008 年。

汪玢玲《中国虎文化研究》,东北师范大学出版社 1998 年。

王德春《语体略论》,福建教育出版社 1987 年。

王力《汉语语音史》,中华书局 2014 年。

王勤《谚语歇后语概论》,湖南教育出版社 1980 年。

王正强《秦腔大辞典》,上海辞书出版社 2014 年。

王正强《秦腔音乐概论》,人民音乐出版社 1995 年。

吴礼权《现代汉语修辞学》,复旦大学出版社 2006 年。

吴琼《戏曲语言漫论》,中国戏剧出版社 1981 年。

武占坤《汉语熟语通论(修订版)》,河北大学出版社 2007 年

西安市地方志编纂委员会《西安市志·第七卷社会人物》,西安出
　　版社 2006 年。

西安市政协文史资料委员会、西安曲江新区管理委员会编《西安秦腔剧本精编》,西安出版社 2011 年。

晓亮、杨长春等《秦腔流播》,太白文艺出版社 2010 年。

熊贞主编《陕西方言大词典》,陕西人民出版社 2015 年。

许德宝《秦腔音乐》,太白文艺出版社 2010 年。

杨鸿儒《当代中国修辞学》,中国世界语出版社 1997 年。

杨景震《中国民俗大系·陕西民俗》,甘肃人民出版社 2003 年。

游汝杰主编《地方戏曲音韵研究》,商务印书馆 2006 年。

张维佳《演化与竞争:关中方言音韵结构的变迁》,陕西人民出版社 2005 年。

赵山林《中国近代戏曲编年》(1840—1949),华东师范大学出版社 2008 年。

甄亮《陕西戏剧六十年》,太白文艺出版社 2011 年。

甄业、史耀增《秦腔习俗》,太白文艺出版社 2010 年。

钟敬文主编《民俗学概论》,上海文艺出版社 2009 年。

周振鹤、游汝杰《方言与中国文化》,上海人民出版社 2015 年。

周祖谟《广韵校本》,中华书局 2004 年。

(德)顾彬著,黄明嘉译《中国传统戏剧》,华东师范大学出版社 2011 年。

(日)关敬吾著,王汝阑、龚益善译《民俗学》,中国民间文艺出版社 1986 年。

(日)神山志郎、刘育民《中国戏曲音韵考》,学林出版社 2014 年。

(瑞典)高本汉著,赵元任、罗常培、李方桂合译《中国音韵学研究》,商务印书馆 1994 年。

三、期刊论文

白江波《谈秦腔艺术的继承和发展》,《当代戏剧》1981 年第 6 期。

毕永森《秦腔音乐男女同腔同调改革浅探》,《当代戏剧》2006 年第
　　6 期。

蔡睿《秦腔独特的文化意蕴》,《新西部(下半月)》2009 年第 3 期。

陈刚《"两个秦腔"刍议》,《中华戏曲》2009 年第 1 期。

陈国华《清廷禁抑秦腔探微》,《当代戏剧》2007 年第 3 期。

陈国华《探究乾隆时期秦腔在北京和扬州的演出》,《当代戏剧》
　　2008 年第 2 期。

陈丽霞《秦腔新盛班的沉浮兴衰考略:1890 至 1949》,《新疆艺术
　　学院学报》2008 年第 4 期。

陈丽霞《秦腔在乌鲁木齐传承形式探究》,《新疆艺术学院学报》
　　2010 年第 2 期。

陈易平《进行秦腔改革应有的正确态度》,《朔方》1961 年第 7 期。

程宏《试谈秦腔音乐改革》,《朔方》1961 年第 6 期。

程军《浅谈秦腔文化》,《中外企业家》2011 年第 6 期。

程砚秋、杜颖陶《秦腔源流质疑》,《新戏曲》1951 年 6 期。

束文寿《二黄腔是早期秦腔的主要声腔——答方月仿先生质疑》,
　　《中国戏剧》2005 年第 12 期。

戴和冰《清代乾隆时期京腔消歇及秦腔色情戏兴盛原因述论》,
　　《文化艺术研究》2009 年第 2 期。

戴昭铭《试论当代民谣的语言文化价值》,《文化学刊》2006 年第
　　2 期。

董丁诚《提高秦腔表演艺术的技巧性》,《当代戏剧》1985 年第
　　1 期。

董晓萍《民俗学与非物质文化遗产保护》,《文化遗产》2009 年第 1 期。

樊虎鸣《对秦腔剧团体制改革的几点意见》,《当代戏剧》1983 年第 8 期。

范克峻《王绍猷揭开秦腔历史之谜》,《中国戏剧》2007 年第 7 期。

费庆民《关键是演唱技巧——秦腔净行艺术探索》,《当代戏剧》1981 年第 11 期。

费庆民《秦腔净行改革之我见》,《当代戏剧》1985 年第 11 期。

郭红军《建国以来秦腔源流研究述评》,《当代戏剧》2007 年第 1 期。

郭红军《秦腔史料错误指瑕》,《当代戏剧》2007 年第 5 期。

郭金芳《秦腔音乐改革回眸》,《当代戏剧》2001 年第 2 期。

何光表《秦腔对于川剧的影响》,《当代戏剧》1985 年第 8 期。

何光表《魏长生唱秦腔质疑》,《戏曲艺术》1988 年第 2、3 期。

洪钰《"真假声"唱法在秦腔中的运用》,《当代戏剧》2010 年第 1 期。

胡林焕《浅谈秦腔"花脸"行当的人物塑造》,《当代戏剧》2005 年第 2 期。

焦海民《秦腔梆子响高低——梆子腔演变路径分析初探》,《戏曲研究》2011 年第 4 期。

焦文彬《"五·四"前后易俗社的秦腔改革》,《当代戏剧》1979 年第 5、6 期。

焦文彬《晚明秦腔钩沉》,《陕西师范大学学报(哲学社会科学版)》1996 年第 4 期。

静波《秦腔艺术流派的继承和发展》,《当代戏剧》1984 年第 10 期。

寇养厚《谈秦腔语音及唱念技巧的改革》,《当代戏剧》1982 年第

11、12 期。

寇养厚《也谈秦腔语音的变调与轻声》,《当代戏剧》1983 年第 7 期。

寇养厚《也谈秦腔流派》,《当代戏剧》1984 年第 3 期。

寇养厚《表演形式与秦腔改革》,《当代戏剧》1985 年第 6 期。

雷涛《浅谈秦腔须生行当的唱腔与表演》,《当代戏剧》2006 年第 4 期。

雷震中《易俗社秦腔音乐演奏史迹考述》,《当代戏剧》2001 年第 4 期。

李创《秦腔花脸发声用嗓问题刍议》,《当代戏剧》1981 年第 11 期

李斐《从秦腔剧本看民国初年关中方言的语音特点》,《延安大学学报(社会科学版)》2004 年第 6 期。

李会娥《秦腔社会文化研究述评》,《西北农林科技大学学报(社会科学版)》2012 年第 5 期。

李继祖《秦腔渊流纪闻》,《当代戏剧》1993 年第 2 期。

李林平《研究秦腔戏剧改革,首先要了解它的特点》,《朔方》1961 年第 6 期。

李明瑛《从秦腔发展看流派》,《当代戏剧》2010 年第 5 期。

李兴《秦腔丑角身段》,《当代戏剧》1984 年第 9 期。

李运来《秦腔唱腔改革点滴》,《朔方》1961 年第 6 期。

李增厚《秦腔语音是秦腔艺术的根》,《中国戏剧》2010 年第 10 期。

李政芳《从李渔的宾白理论谈清代三部秦腔剧目》,《文学教育(上)》2010 年第 11 期。

李志鹏《管窥"西秦腔"之"西秦"及声腔衍化》,《宝鸡社会科学》2008 年第 2 期。

刘红娟《论秦腔在广东的本土化》,《当代戏剧》2011 年第 4 期。

刘红娟《西秦戏与秦腔的亲缘关系考论——以主奏乐器的比较为中心》,《中华戏曲》2012 年第 12 期。

刘红妍《浅析秦腔"花音"与"苦音"的特性色彩音》,《中央音乐学院学报》1998 年第 3 期。

刘期相《秦腔发声小考》,《艺术科技》2005 年第 3 期。

刘随社《浅谈秦腔声腔的韵味》,《当代戏剧》2008 年第 5 期。

刘毓中《谈谈秦腔改革》,《当代戏剧》1979 年第 5 期。

流沙《两种秦腔及陕西二黄的历史真相》,《戏曲研究》2009 年第 3 期。

马建华《秦腔流派之管见》,《当代戏剧》1995 年第 3 期。

马凌元《秦腔打击乐亟待改革》,《当代戏剧》1984 年第 8 期。

孟繁树《魏长生系秦腔表演艺术家辩》,《当代戏剧》1985 年第 7 期。

乔全生、孙玉卿《试论方言研究与民俗研究的互动关系》,《山西大学学报(哲学社会科学版)》2001 年第 5 期。

秦穆《小谈秦腔演唱方法的改革》,《当代戏剧》1981 年第 11 期。

秦志扬《关于秦腔改革的问题》,《朔方》1961 年第 5 期。

曲丁《秦腔语音声变浅谈——兼就正于王宴卿同志》,《当代戏剧》1982 年第 11 期。

屈长寿《对秦腔改革的几点建议》,《当代戏剧》1981 年第 2 期。

茹辛《振兴秦腔的几点意见》,《中国戏剧》1987 年第 5 期。

施葆璋《浅论戏曲艺术的结构特点——兼谈对秦腔改革的一些看法》,《当代戏剧》1981 年第 8 期。

宋俊华《山陕会馆与秦腔传播》,《文艺研究》2006 年第 2 期。

苏建荣《略考秦腔在宁夏的流变》,《当代戏剧》2006 年第 3 期。

苏青《秦腔语言规范刍议》,《当代戏剧》1986 年第 3 期。

苏育生《谈振兴秦腔指导思想上的几个问题》,《当代戏剧》1987 年
　　第 2 期。

苏子裕《楚调秦腔西秦腔不是陕西山二黄——兼答束文寿先生》,
　　《戏曲研究》2007 年第 3 期。

孙豹隐《试谈秦腔的源流及其发展》,《戏曲艺术》1999 年第 1 期。

王宝麟《对秦腔梆子戏中爱国忠君传统思想的再认识——梆子戏
　　与传统文化》,《西安教育学院学报》1997 年第 2 期。

王保易、卢安民《谈秦腔语音的改革》,《陕西戏剧》1981 年第
　　10 期。

王怀中《浅论建国以来的秦腔研究》,《戏曲研究》2015 年第 93 辑。

王怀中《范紫东秦腔剧本所见民国时期关中方言语音特点》,《陕
　　西师范大学学报(哲学社会科学版)》2016 年第 2 期。

王普《我对秦腔戏词的改正意见》,《当代戏剧》2000 年第 4 期。

王相乾《大提琴演奏秦腔音乐技法探略》,《交响(西安音乐学院学
　　报)》1995 年第 1 期。

王小民《秦腔表演技巧五种》,《当代戏剧》1991 年第 3 期。

王晏卿《当前秦腔音乐改革中的几个问题》,《当代戏剧》1982 年第
　　3 期。

王正强《西秦腔再考》,《戏曲研究》2004 年第 3 期。

王正强《西秦腔 ≠ 秦腔》,《当代戏剧》2008 年第 1 期。

王志直《秦腔剧目源流初探》,《当代戏剧》2002 年第 2 期。

闻廉《秦腔艺术的继承和发展》,《朔方》1961 年第 9 期。

毋兰《浅论秦腔音乐声调与板式》,《当代戏剧》2004 年第 5 期。

吴淮生《观秦腔剧"卧薪尝胆"——兼谈历史剧的题材处理问题》,
　　《朔方》1961 年第 2 期。

肖炳《秦腔声腔改革尝试》,《当代戏剧》1984 年第 10 期。

许德宝《试论秦腔的风格流派问题》,《交响(西安音乐学院学报)》
　　1993 年第 1 期。

许德宝《谈秦腔音乐的作曲技法——地方语音及四声的变调与唱
　　腔旋律的关系》,《黄钟(武汉音乐学院学报)》1992 年第 3 期。

阎可行《当代秦腔音乐创作动态评析》,《当代戏剧》1989 年第
　　5 期。

阎可行《对新时期秦腔音乐及其创作观念的思考》,《当代戏剧》
　　1987 年第 2 期。

阎可行《秦腔唱腔字调处理的基本规律》,《交响(西安音乐学院学
　　报)》1995 年第 2 期。

阎可行《秦腔声调区与旋律的构成》,《交响(西安音乐学院学报)》
　　1993 年第 4 期。

阎可行《秦腔音乐改革三题议》,《当代戏剧》1994 年第 1 期。

阎可行《要重视秦腔音乐的革新》,《当代戏剧》1981 年第 3 期。

阎敏学《明代康海秦腔脸谱的发现》,《当代戏剧》1990 年第 2 期。

杨公愚《关于秦腔改革》,《当代戏剧》1987 年第 4 期。

杨满元《荆生彦的秦腔音乐改革》,《当代戏剧》2002 年第 1 期。

杨智《二百年前的秦腔演员申祥麟》,《当代戏剧》1985 年第 1 期。

杨智《打击乐在秦腔中的应用及规律性》,《当代戏剧》2004 年第
　　6 期。

姚娣《浅谈秦腔的继承与发展》,《当代戏剧》2007 年第 5 期。

弋丹阳《陕西方言与秦腔》,《科教新报(教育科研)》2011 年 25 期。

殷守中《对秦腔花脸发音的点滴体会》,《当代戏剧》1959 年第
　　9 期。

鱼讯《从建国以来秦腔的发展谈振兴》,《当代戏剧》1984 年第
　　10 期。

张安峰《从戏曲源流看秦腔的未来》,《当代戏剧》208 年第 5 期。

张发颖《"秦腔"发展早期情况探微》,《中州学刊》1983 年第 3 期。

张富博《振兴秦腔的传播学思考》,《青年记者》2010 年第 23 期。

张晋元《秦腔彩腔研究》,《当代戏剧》1988 年第 4 期。

张晋元《论秦腔滚白》,《当代戏剧》1991 年第 3 期。

张晋元《秦腔流派与传播》,《当代戏剧》2005 年第 2 期。

张来斌《从审美特性看秦腔形成的社会条件》,《陕西青年管理干部学院学报》1999 年第 3 期。

张树楠《秦腔唱法的初步研究——民间唱法研究之一》,《人民音乐》1950 年第 4 期。

赵海霞《李渔戏曲理念对秦腔创作的影响》,《陕西广播电视大学学报》2012 年第 6 期。

赵家瑞《从西府秦腔源探古"西秦腔"》,《当代戏剧》2007 年第 2 期。

赵建斌《浅论西府秦腔》,《文艺争鸣》2010 年第 21 期。

赵逵夫《论秦腔的艺术传统与改革发展问题》,《陇东学院学报(哲学社会科学版)》2003 年第 1 期。

赵林森《西安方言跟普通话的语音对应规律》,见《方言与普通话集刊(第二本)》,文字改革出版社 1958 年。

赵梦兰《秦腔旦角手势的表演艺术》,《当代戏剧》1984 年第 12 期。

甄业《秦地文化生态和秦腔习俗》,《当代戏剧》2011 年第 3 期。

郑育林《试论秦腔艺术境界的特征及其发展方向》,《唐都学刊》2000 年第 2 期。

仲红《浅谈秦腔戏曲艺术的发展与改革》,《当代戏剧》2008 年第 4 期。

周仕华《秦腔流布宁夏考略》,《朔方》2006 年第 7 期。

周仕华《宁夏秦腔与陕西、甘肃秦腔的亲缘关系》,《宁夏大学学报
　（人文社会科学版)》2009 年第 4 期。

周贻白《中国戏剧声腔的三大源流》,《新戏曲》1951 年第 1 期。

周育德《乾隆末年秦腔在北京》,《当代戏剧》1981 年第 6 期。

四、学位论文

陈丽霞《秦腔在乌鲁木齐的传承与发展研究》,新疆师范大学 2009
　年,硕士。

崔保亚《从多学科背景下来看秦腔折子戏在甘肃的传承与保护》,
　西北民族大学 2010 年,硕士。

刘苑《审美文化视域下的秦腔传统剧研究》,西北大学 2011 年,
　硕士。

阮慧平《百年三庆班:兼论城市文化的功能》,上海社会科学院
　2009 年,硕士。

王玲玲《"可与莎翁媲美"的秦腔剧作家范紫东》,陕西师范大学
　2010 年,硕士。

王雪《范紫东及其剧作研究》,中国艺术研究院 2008 年,硕士。

张泓《试论西安易俗社的剧目改良》,上海戏剧学院 2005 年,
　硕士。

五、其他文献

《陕西省情网・地理志》,网址:http://sxsdq.cn/sqzlk/xbsxsz/
szdyl/dlz/

《陕西省情网・民俗志》,网址:http://sxsdq.cn/sqzlk/xbsxsz/
szdyl/msz/

《中央人民政府政务院关于戏曲改革工作的指示》,《人民日报》

1951 年 5 月 7 日，第一版。

国务院《国务院关于公布第一批国家级非物质文化遗产名录的通
　　知》，见中华人民共和国文化部网页，网址：http://59.252.212.
　　6/auto255/200606/t20060609_21079.html

国务院办公厅《国务院办公厅关于加强我国非物质文化遗产保护
　　工作的意见》，见中华人民共和国文化部网，网址：http://59.
　　252.212.6/auto255/201111/t20111114_27215.html

陕西省文化厅、陕西省振兴秦腔办公室、陕西省艺术研究所《秦腔
　　艺术的保护计划》，见《陕西省非物质文化遗产数据库》网页，
　　网址：http://www.snwh.gov.cn/feiwuzhi/gjyp/8/200711/
　　t20071109_34635.htm

文化部《文化部关于申报第一批国家级非物质文化遗产代表作的
　　通知》，见中华人民共和国文化部网页，网址：http://59.252.
　　212.6/auto255/200603/t20060330_27446.html